W0004689

KNAUR

Im Knaur Taschenbuch Verlag sind bereits folgende Bücher der Autorin erschienen:

Die Wanderhure
Die Kastellanin
Das Vermächtnis der Wanderhure
Die List der Wanderhure
Die Wanderhure und die Nonne
Die Tochter der Wanderhure
Töchter der Sünde

Dezembersturm
Aprilgewitter
Juliregen

Das goldene Ufer
Der weiße Stern
Das wilde Land
Der rote Himmel

Die Wanderapothekerin
Die Liebe der Wanderapothekerin
Die Entführung der Wanderapothekerin

Die Goldhändlerin
Die Kastratin
Die Tatarin
Die Löwin
Die Pilgerin
Die Feuerbraut
Die Rose von Asturien
Die Ketzerbraut
Feuertochter
Die Fürstin
Die Rebellinnen
Flammen des Himmels

Die steinerne Schlange

Das Mädchen aus Apulien
Die Widerspenstige

Tage des Sturms
Licht in den Wolken

Über die Autorin:
Hinter dem Namen Iny Lorentz verbirgt sich ein Münchner Autorenpaar, dessen erster historischer Roman »Die Kastratin« die Leser auf Anhieb überzeugte. Mit »Die Wanderhure« schafften sie den Durchbruch. Seither folgt Bestseller auf Bestseller. Die Romane von Iny Lorentz wurden in zahlreiche Länder verkauft. Die Verfilmungen ihrer »Wanderhuren«-Romane, der »Pilgerin«, des »Goldenen Ufers« und zuletzt der »Ketzerbraut« begeisterten Millionen Fernsehzuschauer. Für die Verdienste im Bereich des historischen Romans wurde Iny Lorentz 2017 der »Wandernde Heilkräuterpreis« der Stadt Königsee verliehen, und sie wurde in die Sign of Fame (und Hands of Fame) des Fernwehparks Oberkotzau aufgenommen. Die Bühnenfassung der »Wanderhure« in Bad Hersfeld im Sommer 2014 war ebenso ein Riesenerfolg wie die vielen Aufführungen der »Wanderhure« durch *Theaterlust*.
Besuchen Sie auch die Homepage der Autoren:
www.inys-und-elmars-romane.de

INY LORENTZ

Glanz *der* Ferne

ROMAN

Besuchen Sie uns im Internet:
www.knaur.de

Aus Verantwortung für die Umwelt hat sich die Verlagsgruppe Droemer Knaur zu einer nachhaltigen Buchproduktion verpflichtet. Der bewusste Umgang mit unseren Ressourcen, der Schutz unseres Klimas und der Natur gehören zu unseren obersten Unternehmenszielen. Gemeinsam mit unseren Partnern und Lieferanten setzen wir uns für eine klimaneutrale Buchproduktion ein, die den Erwerb von Klimazertifikaten zur Kompensation des CO2-Ausstoßes einschließt. Weitere Informationen finden Sie unter: www.klimaneutralerverlag.de

Originalausgabe März 2020
Knaur Taschenbuch

Ein Imprint der Verlagsgruppe
Droemer Knaur GmbH & Co. KG, München

Redaktion: Regine Weisbrod
Covergestaltung: ZERO Werbeagentur, München
Coverabbildung: Arcangel Images/MALGORZATA MAJ; CCI/Bridgeman Images
Satz: Adobe InDesign im Verlag
Druck und Bindung: CPI books GmbH, Leck
ISBN 978-3-426-51889-2

2 4 5 3 1

Erster Teil

Das schwarze Schaf

1.

Zum ersten Mal seit langem war die Familie wieder vollzählig versammelt. Friedrich hätte sich gefreut, dachte Theresa von Hartung und kämpfte für einige Augenblicke mit den Tränen. Über vierzig Jahre lang waren ihr Mann und sie verheiratet gewesen, doch vor zwei Jahren hatte der Allmächtige im Himmel ihn zu sich gerufen. Dieser Verlust schmerzte sie noch immer.

Um ihre trüben Gedanken zu vertreiben, sah Theresa ihre Kinder und Enkel an. Ihr gegenüber saß ihr Sohn Theodor, der neue Besitzer der Hartung-Werke. Er war ein großer, schlanker Mann Anfang vierzig, der ihrem Vater ähnlich sah, dem einstigen Freiherrn auf Steben. Doch anders als dieser konnte Theodor gut wirtschaften und zählte zu den erfolgreichsten Fabrikbesitzern in Berlin. Seltsamerweise wirkte er an diesem Tag, der eigentlich sehr erfreulich war, so ernst, als bedrückten ihn zu viele Sorgen.

Rechts von Theodor saß dessen Ehefrau Friederike, eine mittelgroße, schlanke Frau mit einem ebenmäßigen Gesicht und Augen, denen so leicht nichts entging. Neben ihr hatten die Kinder der beiden Platz genommen, aufgereiht nach dem Alter. Zuallererst Fritz, der dem Vater im Werk hätte nachfolgen sollen, sich aber entschieden hatte, Offizier zu werden. Die Uniform stand ihm auch besser als seinem Bruder Egolf, der noch studierte, jedoch bald in die Firma eintreten und den Vater unterstützen würde. Nach ihm kam Theodor junior oder Theo, wie er genannt wurde. Auch er studierte noch, um später Geistlicher zu werden.

Theresa lächelte, als ihr Blick zu Theodors und Friederikes drei Töchtern weiterglitt. Früher hatte ihr Mann ein wenig gespottet, ihre Schwiegertochter gebäre ihre Kinder mit militärischer Präzision. Die drei Jungen waren nämlich jeweils genau fünfzehn Monate auseinander geboren worden, aber dennoch so, dass sie zu drei aufeinanderfolgenden Jahrgängen zählten. Nach drei Jahren Pause waren dann jeweils wieder mit fünfzehn Monaten Abstand die drei Mädchen Auguste, Lieselotte und Silvia zur Welt gekommen. Auguste würde im nächsten Jahr in die Gesellschaft eingeführt werden, noch besuchte sie ebenso wie ihre Schwestern die Höhere-Töchter-Schule von Frau Berends. Auf derselben Schule waren einst auch Friederike und Theresas Tochter Gunda gewesen, doch damals hatten die Schwestern Schmelling sie geführt.

Beim Gedanken an Gunda rann eine Träne über Theresas Wange, und sie richtete rasch ihren Blick auf die andere Seite der Tafel. Dort sah Gustav von Gentzsch, ihr Schwiegersohn, mit seiner zweiten Ehefrau Malwine. Gustav war ein schöner Mann mit edlen Gesichtszügen, blonden, langsam ergrauenden Haaren und Augen, so blau wie der Sommerhimmel. Es war kein Wunder, dass Gunda sich seinerzeit in ihn verliebt hatte, dachte Theresa. Ihre Tochter hatte neun glückliche Jahre mit ihm verlebt und in der Zeit mit Otto und Heinrich zwei Söhne geboren. Die Geburt des dritten Kindes, Victoria, hatte sie das Leben gekostet.

Theresa betrachtete Victoria, die mit ihren siebzehn Jahren genauso alt war wie Theos älteste Tochter Auguste, sich aber in ihrem Benehmen deutlich von der wohlerzogenen Cousine unterschied. Im Augenblick saß Vicki, wie sie von Theodors und Friederikes Kindern genannt wurde, schief auf ihrem Stuhl und achtete nicht auf das mahnende Hüsteln ihrer Stiefmutter. Gustav hatte Malwine geheiratet, um seinen Kindern eine neue Mutter zu geben. Von Leidenschaft oder gar Liebe war dabei nicht die Rede gewesen. Theresa ahnte, dass er im Herzen noch immer um Gunda trauerte und seine zweite Ehe als Pflicht ansah. Trotzdem hatte seine Frau ihm mit Karl und Waldemar zwei weitere Söhne geschenkt, von denen der Ältere bereits aufs Gymnasium ging. Sein Bruder würde ihm im nächsten Jahr folgen.

Die Nächsten am Tisch waren Theresas jüngste Tochter Charlotte, verwitwete von Harlow, und deren Zwillinge Eicke und Dagmar. Neben Victoria war Charlotte Theresas zweites Sorgenkind, wenn auch in weit geringerem Maße. Mit siebzehn hatte Charlotte ihren Willen durchgesetzt und einen mehr als vierzig Jahre älteren Gutsbesitzer geheiratet. Zwei Jahre später hatte sie die beiden Kinder geboren und war mit einundzwanzig Jahren Witwe geworden. Mittlerweile war sie dreiunddreißig und führte für Theresas Gefühl ein zu freies Leben.

Trotzdem war Theresa bewusst, dass sie selbst es in allem sehr gut getroffen hatte. Natürlich wäre es schöner gewesen, wenn sie ihr Leben noch ein paar Jahre mit Friedrich hätte teilen können. Doch auch so konnte sie zufrieden sein.

Die Familie ließ die Musterung der Matriarchin schweigend über sich ergehen. Theodor von Hartung und sein Schwager hingen ihren Gedanken nach, von Victoria abgesehen verhielten sich die Enkel wohlerzogen, und die drei Frauen wollten Theresa nicht in ihren Betrachtungen stören.

Unterdessen wurde aufgetragen. Noch immer überwachte Adele Klamt das Personal wie ein Zerberus, bereit, beim kleinsten Fehler dem Betreffenden die Leviten zu lesen. Theresa hätte es ihr gegönnt, einen ruhigen Lebensabend zu verleben, doch in der Beziehung war mit Dela, wie sie sie manchmal noch nannte, nicht zu reden.

»Wer rastet, der rostet, gnädige Frau«, hatte Adele behauptet, um im nächsten Moment darauf hinzuweisen, dass für eine Dame wie Theresa ein Spaziergang bei Sonnenschein Wunder wirke. »Aber nur mit Sonnenschirm, denn einen Sonnenstich wollen wir nicht haben.«

In der Hinsicht war Adele noch immer die robuste Bauerntochter, die vor mehr als fünf Jahrzehnten nach Berlin gekommen war, um ihren Eltern zu Hause nicht mehr zur Last zu fallen. Verwundert, wohin ihre Gedanken sich verirrten, nahm Theresa ihren Löffel zur Hand, um die Suppe zu essen.

2.

Victoria flegelte sich gelangweilt auf ihrem Stuhl. Sie hasste dieses düstere Schweigen bei den Mahlzeiten, wenn sich die Konversation darauf beschränkte, den Nebenmann zu bitten, einem den Salzstreuer oder das Mostrichfässchen zu reichen.

Da ihr Vater erst in diesem Jahr nach mehr als zwanzig Jahren, die er als Landrat im Westfälischen gewirkt hatte, nach Berlin berufen worden war, kannte sie die Berliner Verwandtschaft nur von gelegentlichen Besuchen. Ihre Tante Charlotte hatte sie jahrelang nicht gesehen, denn diese vertrug sich nicht gut mit ihrem Vater. Als korrektem preußischem Beamten war Gustav von Gentzsch der Lebenswandel der Schwägerin suspekt, und er mied sie daher, so gut es ging.

Mit heimlichem Vergnügen dachte Vicki daran, dass er diesmal in den sauren Apfel hatte beißen müssen, einen ganzen Nachmittag mit ihr im selben Haus zu verbringen. Am Geburtstag ihrer Großmutter hatte er dieser die Enkel nicht vorenthalten können. Jetzt hielten er, Malwine und ihre Brüder einen möglichst großen Abstand zu Charlotte und deren vierzehnjährigen Zwillingen.

Der nächste Gang wurde aufgetragen, ohne dass die Runde redseliger wurde. Vicki empfand es als Folter, so lange sitzen bleiben zu müssen, bis als letzter Gang das Dessert serviert wurde. Ein vernünftiger Mensch aß, wenn er Hunger hatte, und vergeudete nicht seine Zeit, indem er darauf wartete, bis die Diener ihm den Teller erneut füllten.

Füllten? Vicki entschlüpfte ein kurzes Lachen, das von ihrem Vater mit einem strafenden, von ihrer Stiefmutter mit einem tadelnden und von Charlotte mit einem amüsierten Blick bedacht wurde. Die Diener füllten die Teller nämlich nicht, sondern legten von jedem Gang gerade mal ein Löffelchen voll vor. Dies bedeutete, dass man von einer Speise, die man gerne aß, zu wenig bekam und andererseits das essen musste, was man nicht mochte.

Endlich kam das Dessert. Es handelte sich um eine Eisbombe nach Fürst Pückler Art. Das Stück, das Vicki erhielt, war groß genug, um sie mit dem Essen halbwegs auszusöhnen. Auch sonst hatte es besser geschmeckt als zu Hause, wie sie zugeben musste. In der Hinsicht merkte man, dass ihre Stiefmutter die Tochter eines schlichten Landedelmanns war und man sich hier in der Hauptstadt des Reiches aufhielt.

Vicki leckte sich die Lippen und lehnte sich zurück.

»Kannst du nicht gerade sitzen?«, flüsterte ihr Bruder Otto.

Laut zu werden wagte er nicht, um die Großmutter nicht zu verärgern. Auch Gustav von Gentzsch beließ es bei zornigen

Blicken. Er beschloss jedoch, seiner Tochter einige deutliche Worte zu sagen, sobald sie wieder in den eigenen vier Wänden waren. Es war eine Schande, wie Vicki sich benahm. Ihr würde es weitaus besser anstehen, demütig zu sein und sich immer daran zu erinnern, dass sie ihre Mutter das Leben gekostet hatte.

»Liebste Mama, hast du etwas dagegen, wenn Gustav und ich auf eine Zigarre in den Rauchsalon gehen?«, fragte Theo, als abgetragen worden war.

Theresa sah ihn erstaunt an, denn Theo rauchte nur selten, und auch Gustav war nicht gerade als Freund des Zigarrenkonsums bekannt. Die ernsten Mienen der beiden zeigten ihr jedoch, dass es etwas gab, über das die beiden Männer unter vier Augen reden wollten.

»Gerne«, sagte sie daher. »Friederike, Charlotte, Malwine und ich werden unterdessen in meinem Salon ein Gläschen Likör trinken. Die Mädchen bekommen Limonade, und die Jungen können Billard spielen.«

Theresa wusste zwar nicht, warum Männer es liebten, mit einem Stock nach irgendwelchen Kugeln zu stochern, nahm es aber als deren Freizeitvergnügen hin.

»Danke, Mama.« Theodor schenkte ihr ein Lächeln und sah dann seinen Schwager an. »Kommen Sie, Gustav! Wir wollen die Familie nicht lange warten lassen.«

Während die beiden Männer im Rauchsalon verschwanden, führte Theresa die anderen durch das Spielzimmer, in dem ihre Enkel bis auf Vickis Bruder Otto zurückblieben, zu ihrem privaten Salon. Sie bat Tochter, Schwiegertöchter und Enkelinnen, Platz zu nehmen, und nahm die Klingel zur Hand.

»Bringen Sie uns drei Gläser Likör, den Mädchen Limonade und Otto ein kleines Glas Bier«, wies sie den Diener an.

»Sehr wohl, gnädige Frau«, antwortete Albert und wollte wieder gehen. Da hielt Theresas Stimme ihn zurück.

»Danach gehst du zu den jungen Herren ins Spielzimmer und fragst sie nach ihren Wünschen. Sorge aber dafür, dass Karl, Waldemar und Eicke Limonade bekommen. Die anderen dürfen meinetwegen etwas Bier trinken.«

»Sehr wohl, gnädige Frau«, antwortete der Bedienstete erneut und verließ gemessenen Schrittes den Raum.

Theresa wandte sich ihren Lieben zu. »Ich freue mich, dass ihr zu so einer alten Frau wie mir gekommen seid, um mir eine Freude zu machen.«

»Aber Mama, das ist doch selbstverständlich«, antwortete Charlotte, die nur selten zu Besuch kam, weil sie oft auf Reisen war.

»Auch ich finde es selbstverständlich, Frau von Hartung«, erwiderte Malwine. Zwar hatte Theresa ihr das Du angeboten, doch sie war es so gewöhnt, die Eltern und auch ihren Mann mit Sie anzusprechen, dass sie es nicht gewagt hatte, auf das Angebot einzugehen.

Mit einem leisen Seufzer dachte Theresa, dass Gustavs zweiter Frau ein wenig mehr Selbstbewusstsein gut anstehen würde. Bei den Jungen fiel es nicht so ins Gewicht, da diese sich der Autorität des Vaters beugten. Victoria hingegen hätte eine festere Hand gebraucht, doch Malwine vermochte sich bei dem Mädchen nicht durchzusetzen.

»Komm zu mir!«, befahl sie Victoria und wies auf den Stuhl neben ihr.

Vicki zögerte einen Augenblick. Bei ihrer Stiefmutter hätte sie sich in mindestens der Hälfte der Fälle geweigert, ihr zu gehorchen. Dies war jedoch nicht Malwine, sondern die Mutter ihrer Mutter. Daher trat sie näher und ließ sich auf den Stuhl nieder.

»Vielleicht können Sie diesem Kind ins Gewissen reden«, sagte Malwine mit einem Seufzen. »Wie oft habe ich Victoria schon gesagt, sie solle sich so benehmen, wie es einem Mädchen ihres Alters und ihrer Herkunft zukommt. Aber sie hört einfach nicht auf mich.«

»Du solltest deiner Stiefmutter gehorchen!«, tadelte Theresa ihre Enkelin.

Vicki stülpte trotzig die Lippen nach vorne, ohne etwas zu sagen.

»Ich finde, Vater sollte öfter die Rute zur Hand nehmen, um Victoria zur Vernunft zu bringen«, erklärte Otto von Gentzsch in einem Tonfall, der deutlich zeigte, dass es wenig Liebe zwischen ihm und seiner Schwester gab.

»Schläge nützen wenig! Ein Kind muss man mit Liebe aufziehen.« Friederike von Hartung war als Mädchen zu oft das Opfer väterlicher Schläge geworden, um Vicki das gleiche Schicksal zu wünschen. Schon seit Jahren ärgerte sie sich darüber, wie abweisend Gustav von Gentzsch und Malwine das Mädchen behandelten. Damit riefen sie nur dessen Trotz hervor.

»Wenn Gustav dazu bereit wäre, Victoria zu uns zu geben, wäre dies gewiss hilfreich«, setzte Friederike an ihre Schwiegermutter gerichtet hinzu.

Theresa nickte nachdenklich, wusste aber gleichzeitig, dass ihr Schwiegersohn niemals darauf eingehen würde. Als Familienoberhaupt fühlte er sich für seine Kinder verantwortlich. Seine Tochter anderen zu überlassen, selbst wenn es die Großmutter und seine Schwägerin war, kam für ihn nicht in Frage.

»Ich bedauere, dass Gustav dies nicht tun will«, sagte sie traurig und strich Vicki mit der Hand über die Wange.

Dabei betrachtete sie das Mädchen eindringlich. Obwohl sie erst siebzehn Jahre alt war, entwickelte Vicki sich bereits zu einer Schönheit, wie sie man sie nur selten sah. Ihr Haar glänzte wie Gold, ihr Teint war so rein wie Milch, und die Augen leuchteten wie zwei blaue Sterne. In gewisser Weise ähnelte sie ihrer Mutter Gunda, doch ihre Züge wirkten noch feiner. Diesem Mädchen würden die Herzen nur so zufliegen.

Auch wenn Theresa die Liebe, die Gustav für ihre Tochter Gunda empfunden hatte, verstand, so machte sie es traurig, dass er Victoria nicht als Gundas letztes Vermächtnis an ihn betrachtete, sondern in ihr nur die Ursache ihres Todes sah.

»Wir mussten Victoria erneut aus dem Internat zurückholen. Sie störte den Unterricht, gab den Lehrerinnen freche Antworten und zwang der Tochter des österreichischen Generals Graf Hollenberg ein Handgemenge auf, bei dem diese ein blaues Auge davontrug«, klagte Malwine eben.

Um die Lippen Friederikes zuckte der Anflug eines Lächelns. In ihrer Jugend hatte sie Franz Josef von Hollenberg als schmucken Leutnant erlebt und als unerträglich arrogant empfunden. Für sie war es daher kein Wunder, dass Vicki mit dessen Tochter aneinandergeraten war.

»Kannst du Gustav nicht doch dazu bewegen, uns Victoria zu überlassen? Zu zweit werden Mama und ich gewiss mit ihr fertig«, sagte sie zu Malwine.

»Soll das heißen, dass ich in Ihren Augen nicht dazu in der Lage bin, sie zu erziehen?«, fragte diese pikiert.

»Aber nein, natürlich nicht«, antwortete Theresa, obwohl sie genau das dachte.

»Meine Schwiegermutter meint, dass es für Victoria von Vorteil wäre, mit ihren Cousinen zusammen zu sein und sich an ihnen ein Beispiel nehmen zu können«, antwortete Friederike mit einem nachsichtigen Lächeln. Auch sie wusste, dass

Malwine gegen den Trotzkopf Vicki auf verlorenem Posten stand.

»Ihre Töchter würden sich bedanken, einen solchen Teufel um sich zu haben. Sie würden nur noch mit blauen Augen und zerkratzten Gesichtern herumlaufen«, antwortete Malwine giftig.

Nicht nur Vicki fand, dass dieser Ausbruch überflüssig war. Auch wenn sie ihre Cousinen als langweilig ansah, würde sie sich niemals mit ihnen prügeln. Bei Franziska von Hollenberg war das etwas ganz anderes. Diese war gemein zu einer jüngeren Schülerin gewesen und hatte das blaue Auge wahrlich verdient gehabt.

»Es wäre besser für Victoria, wenn sie zu uns käme«, sagte nun auch Theresa.

Malwine schüttelte den Kopf. »Darauf wird Gustav sich nicht einlassen. Victoria ist seine Tochter, und sie hat zu gehorchen.«

Im letzten Moment konnte Vicki verhindern, ihr die Zunge herauszustrecken. Sie mochte ihre Stiefmutter nicht, da diese keine eigenständige Person zu sein schien, sondern in allem nur das Sprachrohr ihres Mannes war. Ein wenig Zuneigung von Malwines Seite hätte vielleicht manche Härten des Vaters abmildern können. So aber hieb ihre Stiefmutter stets in dieselbe Kerbe wie er und merkte ebenso wenig wie ihre Brüder, wie sehr es schmerzte, ohne eigene Schuld zum schwarzen Schaf der Familie gemacht worden zu sein.

3.

Im Rauchzimmer hielt Theodor von Hartung seinem Schwager die Zigarrenkiste hin und wählte sich dann selbst eine Zigarre aus. Anschließend saßen sie mehrere Minuten schweigend da und sahen den Rauchringen nach, die sie in die Luft bliesen.

»Man sollte meinen, dass mit der Zeit alles besser wird.« Theodor durchbrach die Stille.

»Es wieseln zu viele Laffen um Seine Majestät herum, insbesondere Speichellecker und Nachplapperer, die nichts wissen und nichts können, aber die großen Herren ziehen die Fäden zu ihren Gunsten und zu denen ihrer Verwandten«, antwortete Gustav von Gentzsch voller Groll.

»Vor allem sind diese Herrschaften gierig.« Theodor atmete tief durch und legte seine nur wenig angerauchte Zigarre beiseite. »Letztens wurde eine meiner Tuchlieferungen an die Armee wegen angeblich schlechter Qualität bekrittelt, und man behielt ein Viertel des vereinbarten Preises ein. Es handelte sich jedoch um ein Tuch von ebensolcher Qualität, wie ich sie immer liefere, und ich bin sicher, dass das Geld, welches man mir vorenthalten hat, nicht in die Kassen des Reiches, sondern in die Taschen einiger weniger Männer gewandert ist.«

Theodors Anklage wog schwer, warf er doch den Männern, die über die Heereslieferungen entschieden, nicht nur Bestechlichkeit, sondern auch Betrug und Unterschleif vor. Als Beamter hätte Gustav vehement widersprechen müssen. Stattdessen nickte er mit verkniffener Miene.

»Diesen Eindruck habe auch ich gewonnen. In den letzten drei Jahren wurde meine Amtsführung als Landrat immer häufiger kritisiert. Man hat mich aufgefordert, zusätzliche Summen zu erheben. Da ich mich weigerte, hat man mich von meinem Posten abberufen und nach Berlin geholt. Angeblich sollte ich befördert werden, doch man hat mich mit einer nachrangigen Stelle im Ministerium abgefunden.«

»Es weht ein scharfer Wind durch Berlin, durch Preußen und das gesamte Reich«, fand Theodor.

»Durch Berlin und Preußen ja, im Rest des Reiches dürfte es weniger schlimm sein. Die Könige, Fürsten und sonstigen Potentaten achten streng darauf, dass der Einfluss aus Berlin auf ihre Länder nicht übermächtig wird«, erklärte Gustav.

Theodor packte seine Zigarre und drückte sie verärgert aus. »Das hilft mir aber nicht! Ich kann meine Fabrik nicht in einen Wagen laden und in Schwarzburg, Baden oder Bayern wiederaufbauen.«

»Ebenso wenig kann ich die königlich-preußischen Dienste verlassen und als Amtmann nach Württemberg oder Darmstadt gehen.« Gustav lachte bitter und rauchte weiter, da es ihn ein wenig beruhigte.

Unterdessen starrte Theodor gegen die Wand und überlegte. »Jetzt rächt es sich, dass ich nach dem Ankauf der Dobritz-Werke vor allem auf Heereslieferungen gesetzt habe. Es erschien mir verlockend, jedes Jahr ein gewisses Maß an Uniformstoffen anfertigen zu können, ohne mir über den Absatz Gedanken machen zu müssen. Ich habe zwar nicht übermäßig daran verdient, aber gut genug, um meine Fabriken erweitern und auf den neuesten Stand bringen zu können. Wenn man mir jedoch öfter Preisabschläge zumutet, wird es ein Zuschussgeschäft, und ich werde die Produktion zurückfahren müssen.«

»Ich wollte, ich könnte Ihnen helfen, Schwager«, antwortete Gustav mit bedrückter Miene. »Doch dafür ist mein Einfluss im Ministerium zu gering. Ich sitze am Schreibtisch, lese eine Unzahl an Akten und gebe eine Expertise darüber ab. Was aber danach geschieht, entscheiden Männer wie mein direkter Vorgesetzter Dravenstein, der angesichts seiner beschränkten Fähigkeiten nur durch Vetternwirtschaft auf diesen Posten gelangt sein kann.«

Theodor verstand den Unmut seines Schwagers. Fast zwei Jahrzehnte hatte dieser wie ein kleiner König in einem westfälischen Landkreis geherrscht und musste sich nun vor Hofschranzen verbeugen, die sie beide aus vollem Herzen verachteten. Man sollte diese Leute weniger verachten als fürchten, korrigierte er sich und besprach mit Gustav, was sie selbst dagegen unternehmen konnten. Sie kamen zu keinem Ergebnis, denn sie kannten weder die Männer, die hinter diesen Aktionen steckten, noch wussten sie, wie diese zu bekämpfen waren.

»Ich sage, der Krug geht so lange zum Brunnen, bis er bricht. Hoffen wir, dass diese Krüge bald brechen. Es trifft gewiss nicht nur uns, sondern auch andere. Vielleicht verfügt einer davon über Verbindungen zu Herrschaften, die diesen üblen Menschen in die Parade fahren können.«

Theodors Schlusswort klang in seinen eigenen Ohren schwächlich, und er ärgerte sich, weil er keine andere Möglichkeit sah, als abzuwarten, ob sich dieser Vorfall wiederholte oder nicht.

»Ich werde auf jeden Fall die Ohren offen halten«, versprach Gustav und hob dann die Hand. »Bitte kein Wort zu unseren Frauen! Sie sollen nicht mit unseren Sorgen belastet werden.«

Theodor hielt dies für falsch, denn er sprach mit Friederike oft über die Fabrik und hatte auch schon einige ihrer Vorschläge gewinnbringend umsetzen können. Mit Malwine war so etwas wohl nicht möglich. Daher würde er Gustavs Bitte nachkommen, denn wenn seine Frau davon erfuhr, würde sie mit Malwine darüber sprechen. Dabei, so sagte er sich, hätte er Friederikes Ratschläge in dieser Situation gut brauchen können. Er erhob sich.

»Wir sollten uns wieder zu den Damen gesellen, sonst glauben sie noch, wir hätten über weltbewegende Dinge gesprochen.«

Das Lachen, mit dem Theodor diese Worte begleitete, klang gekünstelt, und auch Gustav hatte Mühe, seinem Gesicht eine halbwegs freundliche Miene aufzuzwingen.

4.

Der Rest des Nachmittags verlief harmonisch. Selbst Vicki hielt sich im Zaum. Auch wenn sie nicht glaubte, dass ihre Großmutter sie liebte, da deren Tochter bei ihrer Geburt gestorben war, so war sie ihr dankbar, nie einen Vorwurf deswegen hören zu müssen.

Als es an den Abschied ging, drückte Theresa das Mädchen fest an sich. »Jetzt, da dein Vater in Berlin seinen Aufgabenbereich erhalten hat, wirst du uns gewiss öfter besuchen können.«

»Sie wird zu euch kommen, wenn sie es sich durch gutes Benehmen verdient hat«, erklärte Gustav und bedachte seine Tochter mit einem eisigen Blick.

Das heißt wahrscheinlich nie, dachte Vicki traurig. Als Kind hatte sie verzweifelt versucht, die Liebe des Vaters zu erringen. Ihr war jedoch nur Kälte entgegengeschlagen und der hasserfüllte Vorwurf, schuld am Tod ihrer Mutter zu sein. Selbst ihre Brüder hatten darin eingestimmt und nie erkennen lassen, dass sie zu ihnen gehörte. Irgendwann war sie es leid geworden, um Zuneigung zu betteln. Da man sie zum schwarzen Schaf der Familie ernannt hatte, hatte sie begonnen, sich auch so zu benehmen.

Während sie ihrer Familie nach draußen folgte, wünschte sie sich sehnlichst, sie könnte wirklich bei ihrer Großmutter und Tante Friederike bleiben.

Der Wagen stand bereit. Da er für sieben Personen zu klein war, nahm Malwine ihren älteren Sohn auf den Schoß und forderte Vicki auf, Waldemar den gleichen Dienst zu erweisen. Mit einem leisen Fauchen gehorchte das Mädchen, um die geringe Hoffnung, ihre Großmutter besuchen zu dürfen, nicht von vorneherein begraben zu müssen.

Gustav von Gentzsch und seine Frau saßen in Fahrtrichtung, während Vicki und ihre älteren Brüder sich auf die Gegenbank quetschen mussten. Während der Fahrt hingen alle ihren Gedanken nach. Gustav haderte damit, dass er sein stattliches Heim in der Provinz samt seinem zweiten Wagen hatte aufgeben müssen und ihm nun nichts anderes übrig blieb, als in einer weitaus kleineren Wohnung in Berlin zu hausen. Der Stall, der zu ihr gehörte, war nur für zwei Gespann- und zwei Reitpferde geeignet. Auch waren die Kosten hier in der Hauptstadt viel höher. Es kränkte ihn, dass sein Gehalt kaum ausreichte, seine Bedürfnisse und die seiner Familie zu erfüllen. Sein Blick streifte seine älteren Söhne. Beide machten sich gut und würden wie einst er selbst die Universität mit Auszeichnung verlassen.

Victoria hingegen war bereits von der dritten Höhere-Töchter-Schule suspendiert worden. Die ersten beiden Male hatte er sie noch die Rute spüren lassen. Inzwischen hatte er begriffen, dass sie durch Schläge nur noch renitenter wurde und sich mit voller Absicht unmöglich aufführte.

Ihm kam der Gedanke, dass sie sich beim Besuch der Großmutter überraschend manierlich benommen hatte. Vielleicht war es doch besser, wenn sie gelegentlich die Villa Hartung besuchen durfte und am Beispiel ihrer Cousinen lernte, was es hieß, ein Mädchen an der Schwelle zur Frau zu sein.

Nach einer längeren Fahrt erreichten sie ihr Heim. In Westfalen hatten sie in einen Innenhof einfahren und dort aussteigen können. Hier musste der Wagen vor dem Hauseingang halten. Die Haustür gehörte auch nicht ihnen allein, denn in dem Gebäude wohnten noch drei weitere Parteien. Gustav fand es beschämend, so leben zu müssen, und trieb die Seinen an, sich zu sputen, um in die Wohnung zu gelangen.

Dort begab er sich sogleich in sein Studierzimmer und nahm eine Akte an sich, den er aus dem Ministerium mitgenommen hatte. Er musste ihn durchlesen, kurz beschreiben, was darin aufgeführt war, und durfte auf dem Beiblatt notieren, ob er die Anfrage begrüßen oder ablehnen würde. Für sein Gefühl arbeitete er seinem Vorgesetzten Dravenstein zu, der von der Materie selbst wenig Ahnung hatte, aber durch Protektion zu seiner Stellung aufgerückt war.

Während ihr Vater mit seiner Situation haderte, suchte Vicki ihr Zimmer auf. Es war nur mit den allernotwendigsten Möbeln eingerichtet und völlig schmucklos. Im Gegensatz zu den Zimmern, in denen ihre Brüder schliefen, hing hier nicht einmal ein Bild mit einem Engel an der Wand, der seine segnenden Hände über Kinderköpfe hielt. Außer ihrer Zeichenmappe gab es nichts, zu dem sie sich hingezogen fühlte. Ihren Brüdern hingegen hatte der Vater nicht nur Dinge gekauft, die sie sich gewünscht hatten, sondern ihnen auch ein gewisses Taschengeld zugesprochen.

»Für mich hat es nie etwas gegeben«, sagte Vicki leise. Sie war es nicht wert, dass man ihr etwas zu Weihnachten oder zum Geburtstag schenkte, denn sie hatte das Wertvollste zerstört, das ein Kind haben konnte, nämlich die eigene Mutter.

Sie kämpfte gegen die Tränen an, die in ihr aufsteigen wollten. Die Familie durfte sie nicht schwach sehen, sonst nahmen alle an, sie mit weiteren Strafen vielleicht doch noch dressieren zu können. Zwar erhielt sie keine Schläge mehr, aber ihre Stiefmutter war mit Stubenarrest, Verweigerung des Nachtisches und dergleichen rasch bei der Hand. Nur ein Stirnrunzeln des Vaters, und man schickte sie vom Mittags- oder Abendbrottisch in ihr Zimmer. Da sie nicht hungern sollte, musste ihr die Köchin einen Grießbrei kochen, und zwar nach Malwines Anweisung ohne Zucker oder andere Zusätze, die das fade Zeug schmackhafter machten.

Die einzige Freude, die man ihr ließ, war Zeichnen und Lesen, wenn auch nur, um sie ruhig zu halten. Daher nahm sie nun eines der Bücher von dem Stapel, der in der Ecke lag. Sie hätte sich ein Regal gewünscht. Doch um ein solches hätte sie ihren Vater bitten müssen, und dazu war sie nicht bereit.

»Schwarzes Schaf, schwarzes Schaf, bäh, bäh«, flüsterte sie und fühlte, wie die Wut in ihr stieg.

Das hatten ihr ihre Brüder als Kind nachgerufen. Malwines Söhne hatten es auch versucht, aber nur ein Mal. Bei der Erinnerung daran musste Vicki lachen. Karl und Waldemar zu beschimpfen oder gar zu schlagen, hatte sie nicht wagen dürfen. Ein paar tote Mäuse, die von ihrem alten Kater in ihrem damaligen Wohnhaus gefangen worden waren und die sie in die Betten der Jungen gelegt hatte, hatten ausgereicht, diesen genug Respekt vor ihr einzuflößen. Die beiden hatten sich danach nie mehr mit ihr angelegt.

Mit diesen Gedanken setzte sie sich so auf die Bettkante, dass sie in dem Licht, das durch das kleine Fenster fiel, lesen konnte, und entschwand für eine gewisse Zeit in eine Welt, in der ihr niemand den Vorwurf machen konnte, den Tod der eigenen Mutter verschuldet zu haben.

5.

Der Gong rief zum Abendessen. Vicki kam zu spät, da sie erst durch ein kräftiges Klopfen an der Tür aus ihrer Lektüre herausgerissen worden war. Die tadelnden Blicke ihres Vaters und ihrer Stiefmutter nahm sie unbewegt entgegen.

»Trödelliese«, raunte Waldemar ihr zu.

Vicki sah ihn kurz an. »Wenn, dann Trödel-Victoria.«

»Lasst das!« Gustavs Stimme klang scharf. Die Versetzung nach Berlin, die im Grunde eine Herabstufung war, hatte ihn unduldsam werden lassen.

Vicki bedauerte ebenfalls, dass sie hierher hatten ziehen müssen. In dem Landstädtchen, in dem ihr Vater Landrat gewesen war, hatte sie den anderen Familienmitgliedern leichter aus dem Weg gehen können als in der engen Wohnung, die ihnen nun zur Verfügung stand. Diese hatte nicht einmal einen Festsaal, in den man mehr als zwanzig Gäste einladen konnte. Allerdings gab es auch keine Gäste, die man hätte einladen können. Ihre Familie kannte kaum jemanden in Berlin, und da Malwine keine Frau war, die leicht Bekanntschaften schloss, verging ein Tag mit der gleichen quälenden Langeweile wie der vorherige.

Auch das Essen war schlechter als früher, fand Vicki. Ihre Eltern hatten nur einen Teil ihrer Bediensteten mitnehmen können. Die alte Köchin gehörte nicht dazu. Die neue, die eigentlich nur eines der Dienstmädchen war, die ebenfalls vom Land stammten, beschwerte sich stets wortreich über die schlechte Qualität der Lebensmittel, die hier auf den Märkten angeboten wurden.

»Kannst du nicht still sitzen für das Tischgebet?«, fragte ihr Vater scharf.

Vicki kniff die Lippen zusammen, denn für ihr Gefühl hatte sie sich kaum bewegt. Doch das zählte nicht, sondern nur die

Ansicht des Vaters. Wenn dieser sagte, dass Weihnachten Ostern sei, dann stimmte das auch, gleichgültig, was die anderen behaupteten.

Während des Essens legte Malwine mit einem Mal das Besteck beiseite, betupfte sich die Lippen mit der Serviette und sah dann ihren Mann an. »Vielleicht sollten wir doch erwägen, Victoria eine gewisse Zeit zu ihrer Großmutter zu schicken. Sie war heute außergewöhnlich ruhig. Ich glaube, dass ihre Cousinen ein löbliches Vorbild für sie sein könnten.«

Noch während sie sprach, schüttelte Gustav den Kopf. »Ich will den Haushalt meines Schwagers Hartung nicht mit diesem ungebärdigen Ding belasten. Sie mag einmal in der Woche für eine oder zwei Stunden hinfahren, doch ihr Heim ist hier.«

Wenn es denn ein Heim wäre, dachte Vicki bitter, war aber froh, gelegentlich ihre Großmutter und ihre Tante Friederike besuchen zu dürfen. Früher auf dem Land war es besser gewesen. Da hatte sie sich im Freien aufhalten können, und auch der Vater hatte bessere Laune gehabt als in der Stadt. An diesem Ort hier fühlte sie sich eingesperrt.

»Es gibt noch etwas zu besprechen«, fuhr Malwine zaghaft fort. »Victoria ist jetzt siebzehn und sollte noch für ein Jahr eine Höhere-Töchter-Schule besuchen.«

»Sie war auf dreien und wurde überall der Schule verwiesen. Das reicht.« Für Gustav war die Sache damit erledigt.

Zu seiner und auch zu Vickis Überraschung wagte seine Frau es, ihm zu widersprechen.

»Es wäre aber besser, wenn sie die Schule abgeschlossen hätte. Als ihr Vater ist es Ihre Pflicht, sie vorteilhaft zu verheiraten. Um in unseren Kreisen als heiratsfähig zu gelten, ist das Diplom eines solchen Instituts unabdingbar.«

Es war weniger das Diplom als vielmehr die Tatsache, so eine Schule hinter sich gebracht zu haben, dachte Vicki. Vor einem Jahr hätte sie sich noch gesträubt, erneut ein Mädcheninstitut besuchen zu müssen. Damals aber hatten sie noch auf dem Land gelebt, und das erschien ihr jetzt im Vergleich zu Berlin wie das Paradies. Hier durfte sie das Haus nur in Begleitung einer Bediensteten verlassen. Da war es vielleicht besser, sich der Disziplin einer solchen Schule zu unterwerfen, um den unerfreulichen Zuständen zu Hause wenigstens für eine gewisse Zeit zu entkommen.

Gustav überlegte kurz und nickte. »Sie haben recht, meine Liebe! Aber das ist nichts, um das ich mich selbst kümmern muss. Ich überlasse es Ihnen, ein entsprechendes Institut zu finden.«

»Ich werde Friederike von Hartung fragen. Ihre drei Töchter besuchen eine solche Schule. Sie wird mir gewiss raten können.«

Vicki sagte sich, dass ihre Stiefmutter sich gerne von anderen beraten ließ, um die Verantwortung von sich schieben zu können. Trotzdem war sie zufrieden. Nicht mehr lange, dann begann das neue Schuljahr, und da war es besser, wenn sie es fern von ihrer Familie verbrachte. Wenn sie Glück hatte, kam sie sogar auf dieselbe Schule wie ihre Cousinen, denn mit diesen glaubte sie gut auskommen zu können.

6.

Malwine von Gentzsch setzte ihr Vorhaben bereits am nächsten Vormittag in die Tat um. Da sie keine Verwandten und Bekannten in Berlin hatte, besuchte sie Theresa und Friederike öfter, hatte Vicki bislang aber niemals mitgenommen. Doch diesmal forderte sie das Mädchen auf, sich ausgehfertig zu machen.

»Trödle nicht, denn der Wagen wird gleich vorgefahren!«, erklärte sie, während sie sich von ihrer Zofe ins Kleid helfen ließ.

Vicki war noch vor ihrer Stiefmutter fertig, und wenig später stiegen sie in den Wagen. Gustav von Gentzsch wohnte in einem der besseren Viertel Berlins, wenn auch nicht dort, wo die wirklich reichen Leute lebten. Die Straßen waren gepflastert und die Gaslaternen vor kurzem durch elektrische Lampen ersetzt worden. An jeder Ecke stand ein Schutzmann, um übles Gesindel aus dieser Gegend fernzuhalten. Trotzdem sehnten sich sowohl Vicki wie auch ihre Stiefmutter nach dem kleinen Landstädtchen in Westfalen, das bis vor wenigen Wochen ihre Heimat gewesen war.

»Ich werde mich nie in Berlin zurechtfinden«, seufzte Malwine während der Fahrt.

Vicki lächelte mit leichter Verachtung. Ihrer Meinung nach würde ihre Stiefmutter sich bereits verirren, wenn sie von der Wohnung nur einhundert Schritte in eine Richtung ging. Sie selbst hatte die Gegend bereits ein wenig erkunden können. Zu dem Zweck war sie einige Male ausgebüxt und hinterher ziemlich gescholten worden. Für ein Mädchen ihres Standes und ihres Alters zieme es sich nicht, allein herumzustreunen. Allerdings machte es ihr fast genauso viel Freude, von einem Dienstmädchen begleitet durch die Straßen und den kleinen Park in der Nähe zu schlendern. Bei diesen Spaziergängen hätte sie gerne in dem kleinen Café an der Ecke eine Tasse Schokolade getrunken, doch dazu fehlte ihr das Geld.

»Warum erhalten meine Brüder Taschengeld und ich nicht?«

»Was sagst du?«

»Ich war in Gedanken«, redete Vicki sich heraus, da es nichts brachte, ihre Stiefmutter auf dieses Thema anzusprechen.

»Du solltest besser achtgeben! Wenn ein Mädchen oder eine Frau Selbstgespräche führt, heißt es gleich, sie sei im Kopf nicht gesund.« Malwine klang verzweifelt, denn ihrer Meinung nach konnte ein Mädchen, das sich so benahm wie ihre Stieftochter, nicht normal sein. Wenn sich diese Annahme bewahrheitete, würden sie Victoria irgendwann unauffällig in ein Sanatorium geben müssen.

»Wir sind gleich da«, sagte Vicki und wies auf eine prachtvolle Villa, die Theodor von Hartungs Vater Friedrich wenige Jahre vor seinem Tod am Rand des Grunewalds hatte errichten lassen. Mit der von Zinnen gekrönten Umfassungsmauer und dem angebauten Erkerturm erinnerte das Gebäude an eine mittelalterliche Burg. Es war ein Stil, wie ihn derzeit viele reiche Leute bevorzugten. Weiter im Westen des Reiches hatte Vicki während einer Fahrt in die Sommerfrische hoch über Rhein und Mosel etliche burgähnliche Villen entdeckt.

Kurz darauf folgte Vicki ihrer Stiefmutter in das prächtige Haus. Ein Diener führte sie in einen Salon, in dem ihnen eine Bedienstete sofort Kekse, für Malwine einen süßen Wein und für Vicki ein Glas Limonade bereitstellte. Malwine nippte nur am Wein, während Vicki mit Genuss den Keksen zu Leibe rückte.

Sie mussten nicht lange warten, bis Friederike von Hartung eintrat. Diese wunderte sich, Malwine und ihre Tochter so schnell wiederzusehen, begrüßte sie aber freundlich und verwickelte Malwine in ein Gespräch, um deren spürbare Anspannung zu lockern. Trotzdem dauerte es eine Weile, bis Vickis Stiefmutter in der Lage war, ihre Bitte anzubringen.

»Ich bin ganz verzweifelt, liebe Frau von Hartung. Obwohl ich wirklich alles unternehme, um Victoria die Mutter zu ersetzen, entzieht sie sich meinen Ratschlägen und benimmt sich immer wieder unmöglich. In den letzten drei Jahren wurde sie aus drei Schulen für höhere Töchter verwiesen. Liebe Frau von Hartung, Sie wissen doch, wie wichtig es für ein besseres Fräulein ist, den Nachweis zu erbringen, eine solche Schule mit Auszeichnung absolviert zu haben. Es geht ja auch um Victorias Zukunft! Wie soll sich ein Herr von Stand um sie bewerben, wenn ihr der Nachweis des sittsamen und lehrreichen Besuchs eines solchen Instituts fehlt?«

Du bist ein Kamel, dachte Friederike und konnte gerade noch verhindern, es laut auszusprechen. Sie hatte eine solche Schule absolviert und befunden, dass es im Grunde verlorene Zeit gewesen war. Nicht ganz, schränkte sie ein. Man lernte dort tatsächlich, sich in der besseren Gesellschaft zu bewegen, aber letztlich wurden die Mädchen darauf dressiert, ihren Männern nicht auf die Nerven zu gehen und sie von den Sorgen des Haushalts zu verschonen.

Sie sah Victoria nachdenklich an, bemerkte den trotzigen Ausdruck auf ihrem Gesicht und schüttelte den Kopf. Gustav von Gentzsch hatte Victoria als Mörderin ihrer Mutter abgestempelt und sie dies fühlen lassen. Da war es kein Wunder, dass das Mädchen sich gegen jeden Zwang auflehnte. Da sie selbst lange Jahre darunter gelitten hatte, die ungeliebte Tochter ihres Vaters zu sein, empfand sie Mitleid mit Victoria. Für diese musste es noch schlimmer sein als damals bei ihr. Zwar traute sie Gustav von Gentzsch nicht zu, das Mädchen so zu schlagen, wie ihr Vater es bei ihr getan hatte. Der Vorwurf, am Tod der Mutter schuld zu sein, war jedoch grausamer als alle Rutenhiebe der Welt.

Da Friederike ihren Gedanken nachhing und Malwine auf Antwort wartete, versandete das Gespräch ein wenig. Schließlich wandte Friederike ihre Aufmerksamkeit wieder Malwine zu. »Wie wollen Sie ein Abschlussdiplom für Victoria erreichen?«

Malwine fasste verzweifelt nach Friederikes Händen. »Ich weiß mir keinen Rat mehr! Daher sind Sie meine letzte Hoffnung. Sie haben selbst drei Töchter, die alle ein Institut für höhere Töchter besuchen. Vielleicht könnten Sie ...«

Sie brach ab, doch Friederike begriff auch so, was ihre Besucherin von ihr wollte.

»Sie meinen, ich soll die Leiterin der Schule, die meine Töchter besuchen, bitten, Victoria für das letzte Schuljahr bei sich aufzunehmen? Ich sehe da wenig Hoffnung, da Frau Berends' Institut seit seinem Bestehen nur acht Schülerinnen jedes Jahrgangs aufnimmt.«

»Vielleicht macht die Frau doch eine Ausnahme.«

Malwine klang so flehend, dass Friederike zu überlegen begann. Wilde, ungebärdige Mädchen wurden auf solchen Schulen ungern gesehen. Der Tochter eines Herzogs oder eines Fürsten sah man es vielleicht nach, aber niemals der eines einfachen Landrats.

»Bevor ich irgendetwas verspreche, möchte ich wissen, wie du dazu stehst, Victoria?«, fragte sie das Mädchen.

»Es wäre mir sehr recht, das letzte Jahr auf einer solchen Schule verbringen zu können«, antwortete Vicki mit leiser Stimme.

»Wenn du dort bist, darfst du dich nicht mehr so störrisch zeigen oder gar mit einem anderen Mädchen handgreiflich werden«, mahnte Malwine sie.

»Ist es störrisch, wenn ich einer Lehrerin sage, dass sie unrecht hat, wenn sie die besten Noten an hochwohlgeborene junge Damen verteilt, obwohl einige von diesen so strohdumm sind, dass sie noch glauben, die Erde sei eine Scheibe und die Sonne drehe sich um diese?«

Friederike spürte in Victoria den gleichen Drang nach Gerechtigkeit, den auch sie empfand, und lächelte ihr zu. »Wenn eine Lehrerin das tut, hat sie ihren Beruf verfehlt.«

»Es war nicht nur eine Lehrerin. Auch den anderen Lehrerinnen wurde von der Schulleitung aufgetragen, diese Mädchen bevorzugt zu behandeln. Als mehrere von ihnen bessere Zensuren erhielten als ich, obwohl sie schlechter waren, habe ich mich beschwert«, erklärte Vicki.

»Aber auf eine Art und Weise, dass man dich sofort nach Hause geschickt hat. Und dann diese unsägliche Begebenheit, als du Franziska von Hollenberg ohne Grund geschlagen hast«, sagte Malwine seufzend.

Über Vickis Lippen huschte ein Lächeln. »Die Hollenberg hat es sich selbst zuzuschreiben. Dieses Biest hat eine jüngere Mitschülerin verächtlich behandelt und ihr mehr als nur eine Ohrfeige gegeben. Da wollte ich ihr eben zeigen, wie es sich anfühlt, selbst geschlagen zu werden.« Es klang fast ein wenig stolz.

Friederike begriff, dass es nicht einfach sein würde, dieses Mädchen dazu zu bringen, sich zu beherrschen. Der Name Hollenberg war für sie jedoch ein weiterer Grund, sich Victorias anzunehmen. In ihrer Jugend hatte sie ebenfalls eine Franziska von Hollenberg als Schulkameradin ertragen müssen und auch deren Bruder Franz Josef nicht gerade als angenehm in Erinnerung.

»Ich werde mein Bestes tun, um Frau Berends dazu zu bewegen, sich Victorias anzunehmen. Ein Schulgeld in doppelter Höhe könnte diese vielleicht überzeugen.«

»Ich danke Ihnen von Herzen!«, rief Malwine erleichtert.

Dabei war nach Vickis Meinung noch gar nichts entschieden, denn die Besitzerin des Instituts konnte immer noch ablehnen.

»Wir werden in den nächsten Tagen noch für drei Wochen nach Steben fahren, danach werde ich die Mädchen zum Institut bringen. Es wäre mir lieb, wenn Victoria uns begleiten könnte, um ihre Cousinen besser kennenzulernen. Sie wird deren Unterstützung brauchen, wenn sie als Neue in die Abschlussklasse kommt.«

»Ich brauche keine Unterstützung«, murmelte Vicki. Sie hatte sich bisher allein durchschlagen müssen und gedachte dies auch in Zukunft zu tun.

Malwine achtete nicht darauf, doch Friederike hatte es ebenfalls gehört und fragte sich, ob sie sich und ihren Töchtern nicht doch eine zu schwere Last aufbürdete. Sie hatte jedoch zugestimmt – und irgendwie mochte sie das Mädchen auch.

7.

Gustav von Gentzsch entnahm Malwines etwas wirrem Bericht, dass Friederike von Hartung seine Tochter in derselben Höhere-Töchter-Schule unterbringen würde wie die eigenen Mädchen. Daher erhob er keine Einwände, als es hieß, Friederike wünsche Victorias Anwesenheit auf Steben, damit diese von ihren Cousinen auf die Richtlinien vorbereitet werden konnte, die in Frau Berends' Institut zu befolgen waren.

Als es so weit war, wurde Vicki zum ersten Mal in ihrem Leben mit dem Neid ihrer Brüder konfrontiert. Um sich in seinen neuen Aufgabenbereich einzuarbeiten, hatte ihr Vater in diesem Jahr auf eine Fahrt in die Sommerfrische verzichtet und nur Ausflüge in die nähere Umgebung von Berlin unternommen. Da er körperliche Auseinandersetzungen unter den Geschwistern strengstens verboten hatte, blieb den beiden Älteren nur, die Schwester zu ignorieren, während Karl und Waldemar sich bei der Mutter bitter beschwerten.

»Warum darf das Schaf fahren, das schwarze, und nicht wir?«, protestierte das Nesthäkchen Waldemar erbost.

»Zum einen ist Victoria kein Schaf, sondern deine Schwester, und zum anderen ist es so beschlossen. Und damit Schluss!«, fuhr sein Vater ihn an, der soeben hinzugekommen war.

Er ärgerte sich über sich selbst, weil er den beiden jüngeren Söhnen viel hatte durchgehen lassen, um ihnen zu zeigen, dass sie ihm im Gegensatz zu seiner Tochter lieb und teuer waren. Doch mittlerweile waren sie so aufsässig, dass wohl nur noch der Lederriemen sie ein besseres Benehmen lehren konnte.

Vicki kümmerte das alles nicht, sie war einfach nur froh, der väterlichen Wohnung entrinnen zu können. Zwar bedauerte sie die Ohrfeigen nicht, die sie Komtess Franziska von Hollenberg versetzt hatte, ärgerte sich aber im Nachhinein darüber, deswegen von der Schule verwiesen worden zu sein. Die Versetzung ihres Vaters nach Berlin war zwar schon beschlossen gewesen, doch sie hatte den Weg zur Schule noch von Westfalen aus angetreten. In dem großen Haus in dem Landstädtchen hatte sie viel Raum für sich gehabt. Hier hingegen fühlte sie sich wie in einen Pferch gesperrt. Sie war daher Friederike von Hartung zutiefst dankbar, weil die Tante sie für drei Wochen aus diesem Gefängnis befreite, und hoffte, dass diese ihr tatsächlich einen Platz in Frau Berends' Institut verschaffen konnte.

Mit diesem Gedanken bestieg sie den Wagen, der Malwine und sie zur Villa Hartung bringen sollte, und nahm sich vor, alles zu tun, damit ihre Großmutter und ihre Tante mit ihr zufrieden waren.

8.

Durch die Fahrten zu den Schulen war Vicki das Reisen gewöhnt. Trotzdem verspürte sie einen leichten Stich, als sie im Zielbahnhof aus dem Zug stieg. Das kleine Landstädtchen glich jenem, in dem ihr Vater Landrat gewesen war, und das erschien ihr in der Erinnerung fast wie das Paradies.

»Ich hoffe, du fühlst dich wohl bei uns«, sagte Auguste von Hartung und lächelte sie an.

Sie war im gleichen Alter wie Victoria, aber ein wenig kleiner und schmäler, ohne jedoch kindhaft zu wirken, und hatte brünettes Haar und warme braune Augen. Mit ihrem zarten Gesicht würde sie einmal als sehr hübsch gelten. Bis zu diesem Zeitpunkt hatte sie nicht gewagt, Victoria anzusprechen. Da sie aber die nächsten drei Wochen und vielleicht das ganze Schuljahr zusammen verbringen würden, wollte sie das Eis brechen.

»Danke, das werde ich gewiss«, antwortete Vicki und sah zu, wie Knechte das Gepäck auf einen Wagen luden. Für die Familie standen zwei Landauer bereit. In dem einen nahmen Theodor, Friederike und ihre beiden jüngeren Söhne Platz. Für Fritz, ihren Ältesten, hatte man einen großrahmigen Hengst gebracht, da der schneidige Herr Leutnant hoch zu Ross auf Steben einreiten wollte. Der zweite Wagen war für die Töchter der Familie und Vicki bestimmt.

Zunächst gab es einen Kampf darum, wer in Fahrtrichtung sitzen durfte und wer nach hinten schauen musste. Auguste setzte ihre Autorität als die Älteste ein und erklärte Lieselotte und Silvia, dass es unhöflich sei, Victoria als ihren Gast auf den schlechteren Platz zu setzen.

»Ich bin es gewohnt, so zu sitzen«, erklärte Vicki, die bei Ausfahren selbst ihren jüngeren Halbbrüdern den Vortritt hatte lassen müssen.

»Gewohnheiten kann man ändern. Also mach Platz, Lieselotte, damit Vicki sich setzen kann!«, wies Auguste ihre nächstjüngere Schwester zurecht.

Da sie von ihrem Vater, der Stiefmutter und ihren Brüdern allezeit nur Victoria genannt wurde, hörte sich das Vicki aus Augustes Mund angenehm an, und sie schenkte der Cousine ein dankbares Lächeln.

Auf dem Weg zum Schloss gab es viel zu schauen. Die Natur stand in vollem Saft, das Gras war ebenso grün wie die Wälder, und auf den Feldern wiegte sich das Korn sanft im Wind. Vicki hätte ewig fahren können. Da stieß Auguste sie leicht an.

»Dort ist das Schloss.«

Vicki sah in die Richtung und sog die Luft ein. So groß und so prächtig hatte sie sich Schloss Steben nicht vorgestellt. Das stattliche Heim, das ihr Vater in der westfälischen Kreisstadt bewohnt hatte, hätte hier in einem Seitenflügel Platz gefunden. Als der vordere Wagen in die Einfahrt einbog und schließlich vor dem Hauptportal anhielt, wurde die Familienfahne der Hartungs gehisst. Sie sah edel aus, und Auguste berichtete stolz, dass sie von einem polnischen Adelsgeschlecht übernommen worden sei, mit dem ihre Großmutter verwandtschaftlich verbunden wäre.

Die Bediensteten des Schlosses hatten Aufstellung genommen, um ihre Herrschaft zu empfangen. Adrett gekleidete Dienstmädchen knicksten, und Lakaien in Livree verbeugten sich vor Friederike und Theodor sowie vor den drei teilweise schon erwachsenen Söhnen. Auch bei den vier Mädchen deuteten alle einen Knicks oder eine Verbeugung an.

»Das ist Victoria, die Tochter meiner Tante Gunda«, stellte Auguste Vicki einer jungen Frau vor, die den Auftrag hatte, sich um die vier zu kümmern.

»Willkommen auf Schloss Steben!«, sagte die Frau und musterte Vicki neugierig. »Sie sehen genauso aus wie Ihre Mutter auf dem Bild, das im Rosa Salon hängt.«

»Der Rosa Salon ist der Salon von Großmama. Sie ist schon gestern angereist, weil sie in der Stadt zuletzt von Atemnot gequält wurde. Unser Herr Doktor schlägt ihr vor, eine Kur an der Nordsee zu machen, aber sie meint, ein Aufenthalt auf Steben würde genügen«, berichtete Auguste.

Vicki hatte sich bereits gewundert, weshalb ihre Großmutter nicht mitgekommen war, aber nicht gewagt zu fragen. Was ist, wenn sie traurig wird und mir vorwirft, Mamas Tod verschuldet zu haben?, fuhr es ihr durch den Kopf. Sie erinnerte sich noch zu gut, wie ihr Vater sie sogar als Mörderin bezeichnet hatte. Damals war er betrunken gewesen, dennoch schmerzte sie dieses Wort noch immer.

»Komm, wir zeigen dir dein Zimmer! Du hast ebenso wie ich ein eigenes, während die beiden Kleinen sich eines teilen müssen«, forderte Auguste sie auf.

Lieselotte fauchte leise. »Was heißt hier die Kleinen? Ich bin immerhin fast eine Hand breit größer als du.«

»Aber ein Jahr jünger und daher die Kleine«, konterte Auguste gelassen und hakte sich bei ihrem Gast unter.

Ein solcher Körperkontakt war für Vicki ungewohnt. Zu Hause hatten die Eltern und die Brüder sie kaum berührt, und während ihrer Zeit auf den drei Mädchenschulen hatte ihre abweisende Haltung Freundschaften verhindert. Als sie neben Auguste herging, genoss sie daher das Gefühl, jemanden an der Seite zu haben, der sie anscheinend mochte.

»Gibt es in dem Schloss auch Gespenster?«, fragte sie neugierig.

Auguste lachte hell auf. »Als wir noch kleiner waren, wollten unsere Brüder uns das weismachen. Wir haben aber bald gemerkt, dass sie selbst es waren, die nächtens in Leintücher gehüllt durch das Schloss schlichen und mit Ketten rasselten.«

»Da es dunkel war und sie kein Licht hatten, haben sie ihr Spektakel vor der falschen Tür aufgeführt. In dem Zimmer hat nämlich Großpapa geschlafen, und der wurde sehr zornig«, setzte Lieselotte hinzu.

Silvia nickte. »Fritz, Egolf und Theo haben für den Rest der Ferien Reitverbot erhalten.«

»War unser Großvater so streng?«, fragte Vicki.

Auguste schüttelte den Kopf. »Ganz und gar nicht! Er konnte in dieser Nacht nach dem Lärm nicht mehr schlafen und war am Morgen ziemlich grimmig. Er hat das Reitverbot am zweiten Tag wieder aufgehoben. Apropos: Kannst du reiten?«

»Ja, das kann ich.«

Auch dieses Vergnügen vermisste Vicki in der Stadt. Auf dem Land hatte sie oft ausreiten können, aber in Berlin stand den Kindern nur ein Reitpferd zur Verfügung, weil sie das ihres Vaters nicht benutzen durften. Ihre Brüder stritten sich oft darum, wer das Tier als Nächster reiten durfte. Sie selbst brauchte nicht einmal zu fragen, da man ihr den Wallach ohnehin nicht überlassen würde.

»Wie gut?«, fragte Auguste weiter.

»Ich falle selten herab.« Vicki lächelte, denn als Kind hatte sie als Reiterin selbst ihre älteren Brüder übertroffen. Allerdings hatte sie fast ein Jahr nicht mehr im Sattel gesessen.

»Ich werde ein wenig üben müssen«, schränkte sie ihre Worte daher ein.

»Heute wird es nicht mehr gehen, aber morgen sollten wir ausreiten. Wohin wollen wir uns als Erstes wenden? Nach Schleinitz oder nach Trellnick?«, fragte Auguste ihre Schwestern.

»Trellnick!«, riefen beide wie aus einem Mund.

»Und warum nicht Schleinitz?«, wollte Auguste wissen.

»Graf Bernulf und sein Sohn sind zu hochnäsig! Dabei verkaufen sie das Korn auf dem Feld bereits, bevor es gesät ist, um an Geld zu kommen.«

Aus Lieselotte sprach die Tochter eines erfolgreichen Geschäftsmannes, die nicht verstehen konnte, weshalb sich ein Graf Schleinitz, dem das Dach über dem Kopf unter der Last der Hypotheken beinahe zusammenbrach, sich über ihren Vater und dessen Familie so hoch erhaben fühlte.

»Ist man auf Trellnick nicht hochnäsig?«, fragte Vicki.

Die drei Cousinen schüttelten wie auf Kommando den Kopf.

»Ganz und gar nicht«, antwortete Auguste. »Achim von Gerbrandt, der Herr auf Trellnick, ist sehr freundlich, und mit den Kindern haben wir, als wir noch kleiner waren, in den Ferien oft gespielt.«

»Wir könnten mit Arnold und Ulrike um die Wette reiten«, schlug Lieselotte mit leuchtenden Augen vor.

»Das können wir!« Auguste lächelte und brachte nun Vicki zu dem Zimmer, in dem diese drei Wochen lang schlafen würde.

»Hier ist dein Reich.«

Vicki trat ein und war beeindruckt. Das Zimmer enthielt ein großes Bett, einen Schrank, einen Tisch und zwei Stühle und bot dennoch Platz genug, sich zu bewegen. Es war mit einer hübschen, hellen Tapete ausgekleidet, und auf dem Fußboden lag ein weicher Teppich. Dazu war der Ausblick aus dem Fenster traumhaft schön.

Auguste trat neben sie. »Das Badezimmer liegt gleich nebenan, und eine Tür weiter gibt es ein Klosett mit Wasserspülung. Papa hat sie im vorletzten Jahr nebst einigen anderen Badezimmern und Klosetts einbauen lassen. Das hier müssen wir vier uns teilen. Die Jungen haben ihr eigenes Bad und Papa und Mama ebenso.«

»Das ist wirklich feudal«, entfuhr es Vicki.

Auguste musste lachen. »Wirklich feudal wäre ein Pot de Chambre unter dem Bett oder gar ein Leibstuhl, wie ihn die hohen Herrschaften des barocken Zeitalters verwendet haben.«

»Was machen wir jetzt? Bis zum Abendessen ist es noch ein bisschen hin«, fragte Lieselotte.

»Ich werde die Zeit mit Lesen verbringen«, antwortete Auguste lächelnd.

»Und ich mit Sticken«, meldete sich Silvia, die das Talent und die Freude der Mutter an dieser Betätigung geerbt hatte.

»Stickst du auch?«, fragte sie Vicki hoffnungsvoll.

Diese schüttelte mit verkniffener Miene den Kopf. »Ich hasse es! Meine Stiefmutter will, dass ich es lerne, aber sie hat wenig Freude an den Tüchern, die ich besticke. Letztens meinte sie, die Rose, die ich hätte sticken sollen, sähe aus wie ein schlecht gebackener Laib Brot.«

»Ich bin gerne bereit, dir zu zeigen, wie es geht«, bot Silvia an.

Vicki wollte schon ablehnen, doch da zupfte Auguste sie am Ärmel. »Wenn du mit uns zusammen Frau Berends' Institut besuchen willst, solltest du es lernen. Man achtet dort sehr auf die Fertigkeiten, die eine Dame von Stand können muss.«

»Also gut! Ich werde es versuchen«, sagte Vicki seufzend.

»Wie steht es mit deiner Schönschrift? Frau Berends' Lehrerinnen achten auch darauf – und besonders auf ein gutes Benehmen ihrer Schülerinnen.«

Da Vicki bereits dreimal von der Schule verwiesen worden war, befürchtete Auguste, ihre Cousine könnte auch in Frau Berends' Institut anecken.

Vicki nahm sich jedoch vor, das Schuljahr diesmal durchzustehen. Wenn sie dann nach Hause kam, war sie achtzehn und eine junge Dame. Vater wird mich trotzdem weiterhin als Mörderin meiner Mutter bezeichnen, fuhr es ihr durch den Kopf, und für einen Augenblick überkam sie der Drang, den nächstbesten Gegenstand zu packen und gegen die Wand zu schleudern. Sie beherrschte sich jedoch und ließ sich von Auguste und den jüngeren Mädchen deren Zimmer zeigen.

Als sie Augustes Zimmer betraten, packte ein Dienstmädchen gerade eine Kiste mit Büchern aus. Zuerst nahm Vicki an, es wären Romane, die ihre Cousine zu ihrem Vergnügen lesen würde. Doch als sie ein Buch in die Hand nahm und die Aufschrift »Mathematisches Lehrbuch« las, kniff sie verwundert die Augen zusammen. »Was machst du denn mit dem Zeug?«

»Es sind die abgelegten Schulbücher meiner Brüder. Da ich anders als diese nicht das Gymnasium besuchen durfte, bereite ich mich auf diese Weise auf mein Studium vor.«

»Du willst studieren?«, platzte Vicki heraus. »Ist das überhaupt gestattet?«

»Hier in Preußen ist es für ein Mädchen schwierig. Papa hat aber versprochen, dass ich in der Schweiz studieren darf. Dort ist es Frauen erlaubt, die Universität zu besuchen.« Augustes Augen leuchteten, denn der Abschluss eines Studiums war ihr größter Wunsch.

Vicki schüttelte innerlich den Kopf über ihre Cousine. Sie hatte die Verzweiflung ihrer Brüder erlebt, wenn die Zensuren nicht den Vorstellungen des Vaters entsprochen hatten. Solange sie noch jünger gewesen waren, hatte es Hiebe mit der Rute bedeutet, später die Kürzung oder gar den Entzug des Taschengelds. Ihr Vater hatte sein Studium mit Auszeichnung abgeschlossen und wollte, dass seine Söhne ihm in nichts nachstanden.

Dieser Gedanke erinnerte Vicki daran, dass sie im Vergleich zu ihren Brüdern weniger Schläge erhalten hatte. Allerdings wurde diesen nicht die Schuld am Tod der Mutter zugeschrieben und sie nicht als schwarze Schafe bezeichnet.

»Was ist mit dir? Du siehst auf einmal so traurig drein«, sagte Auguste mitfühlend.

Vicki rang sich ein Lächeln ab. »Mit mir ist nichts, danke! Ich finde es schön, dass du dir ein Ziel im Leben gesetzt hast und dein Vater dich darin bestärkt, es zu erreichen.«

9.

Die Tage auf Steben waren wundervoll. Die Mädchen durften herumtollen, wie sie wollten, ritten halbe Tage aus und verbrachten die Abende so, wie es ihnen gefiel. Auguste las in den Lehrbüchern ihrer Brüder und schrieb das, was sie für wichtig erachtete, in ein Heft. Lieselotte spielte mit der Großmutter Schach und freute sich jedes Mal, wenn sie gewann, und Silvia stickte mit Begeisterung.

Um in Frau Berends' Institut für Höhere Töchter nicht unangenehm aufzufallen, übte Vicki sich ebenfalls im Sticken. Zu ihrer eigenen Überraschung zeigte sie ein ausgesprochenes Talent dafür und schaffte es rasch, sich zu verbessern. Da sie die ersten drei Schuljahre jedes Mal vorzeitig hatte beenden müssen, galt es für sie, auch noch einiges zu lernen, um den Stand ihrer ältesten Cousine zu erreichen.

Theresa lächelte ein wenig über den Eifer, den ihre Enkelin an den Tag legte, und begab sich zu ihrer Schwiegertochter in deren Salon.

»Ich kann über Victorias Vater nur den Kopf schütteln. Wenn er lediglich einen Teil der Liebe, die er für Gunda empfunden hat, auf deren Tochter übertragen hätte, wäre Victoria gewiss nicht das schwarze Schaf der Familie«, sagte sie.

Friederike nickte. »Es erinnert mich an meine Jugend. Ich habe sicher mehr Schläge von meinem Vater erhalten als Victoria, aber mich hat niemand eine Mörderin geheißen. Es ist traurig, dass Gustav, der Gunda so vergöttert hat, ihrer Tochter die Schuld an deren Tod zuschreibt, anstatt in dem Kind das letzte, liebe Angebinde zu sehen, das Gunda ihm geschenkt hat.«

»Wenn ich könnte, würde ich Victoria zu mir holen. Ich glaube, wir beide könnten sie zu einem fröhlichen, jungen Mädchen erziehen.« Theresa seufzte, denn um das zu gestatten, war Gustav zu prinzipientreu. Er war der Herr der Familie, und nur er hatte zu bestimmen, was mit seinen Kindern geschah.

Es klopfte, und die Mädchen kamen herein. »Wo ist eigentlich Papa?«, fragte Lieselotte, da alle gewohnt waren, dass Theodor von Hartung sich am Abend zu ihnen setzte und sich erzählen ließ, was sie tagsüber unternommen hatten.

»Euer Vater ist nach Trellnick geritten, um mit Achim von Gerbrandt zu sprechen«, erklärte Friederike.

»Und was ist mit Fritz, Egolf und Theo?«, meldete sich Silvia.

»Die sind in der Kreisstadt. Dort hat heute Nachmittag irgendein Sportereignis stattgefunden, das Fußball heißt. Sie wollten danach im *Gasthof zur Post* zu Abend essen.«

»Und ein Bier trinken«, setzte Theresa den Worten ihrer Schwiegertochter hinzu.

»Hoffentlich sind sie danach nicht so betrunken, dass sie ihre Pferde unnötig antreiben, so dass sich eines davon ein Bein bricht.« Auguste klang tadelnd, denn genau das war Meinrad von Schleinitz vor einem Jahr passiert.

»Wenn sie das tun, wird ein Donnerwetter über sie hereinbrechen.« Friederikes Augen blitzten, da auch sie sich an den jungen Schleinitz erinnerte, dessen Pferd damals hatte getötet werden müssen.

»Es heißt, wie man ein Tier behandelt, behandelt man auch Menschen.« Theresas Stimme klang streng, denn in ihrem langen Leben hatte sie viel erlebt und wurde teilweise bis in ihre Träume von üblen Erinnerungen verfolgt. Sie zwang sich zu lächeln und lobte Vicki für das Taschentuch, das diese bestickt hatte. »Deine Mutter wäre stolz auf dich.«

In Vickis Augen traten Tränen. Sie kannte ihre Mutter nur von Bildern und hatte sich schon oft gesagt, es wäre besser gewesen, wenn sie anstelle ihrer Mutter die Geburt nicht überlebt hätte.

»Ich glaube, unsere Helden kommen!«, rief Lieselotte in dem Moment und eilte zur Tür, um nach ihren Brüdern zu sehen. Doch kaum hatte sie Fritz, Theo und Egolf entdeckt, schrie sie erschrocken auf.

»Wie seht ihr denn aus?«

Ihre Worte riefen die anderen herbei. Friederike blickte auf ihre Söhne und zog die Augenbrauen zusammen. »Bei Gott! Ihr seht aus, als hättet ihr euch im Schlamm gewälzt. Und was ist das?« Ihr Finger deutete auf ein Pflaster auf Theos Stirn.

»Weißt du, Mama, nachdem wir das Fußballspiel gesehen hatten, bekamen einige der Zuschauer Lust, es ebenfalls zu versuchen. Theo, Egolf und ich konnten uns da nicht ausschließen. Es hätte sonst geheißen, dass wir Hartung-Brüder feine Pinkel wären, die mit dem gemeinen Volk nichts mehr zu tun haben wollten«, erklärte Fritz grinsend, und Theo, der Jüngste, nickte eifrig dazu.

»Es war lustig, Mama! Du hättest es sehen sollen. Fritz hat vier Tore geschossen. Eine der Mannschaften, die das offizielle Spiel bestritten haben, fragte gleich an, ob er sich ihnen nicht anschließen wolle. Und was das Pflaster betrifft, so ist das nicht so schlimm. Der Herr Doktor hat Jod darauf getan und gemeint, dass Bewegung in frischer Luft die Lungen und Muskeln kräftigen würde.«

»Mich freut es, dass es euch gefallen hat«, sagte Theresa und fuhr damit ihrer Schwiegertochter in die Parade.

Diese hatte ihre Söhne zurechtweisen wollen, aber nun wies sie nur in die Richtung, in der deren Zimmer lagen. »Wascht euch und zieht euch um, damit ihr wieder wie zivilisierte Menschen ausseht.«

»Mit Freuden, Mama.« Fritz verbeugte sich feixend vor ihr und sah dann die Mädchen an. »Wenn ihr wollt, bringen wir euch das Fußballspielen bei.«

»Untersteh dich!«, fuhr Friederike auf.

»Mädchen können das eh nicht«, erklärte Theo von oben herab und entging ganz knapp dem Pflaumenkern, den Lieselotte nach ihm warf.

Friederike musterte ihre Tochter mit einem strengen Blick. »Mädchen spielen nicht Fußball, und sie werfen auch nicht mit Gegenständen.«

»Selbstverständlich, Mama«, antwortete Lieselotte beflissen und zählte unauffällig die Pflaumenkerne, die sie noch in ihrer Tasche hatte.

10.

Während Theresa gemütlich mit ihrer Schwiegertochter und den Enkelinnen zusammensaß, suchte Theodor von Hartung seinen Nachbarn Achim von Gerbrandt auf Schloss Trellnick auf. Der Cognac, der ihm serviert wurde, war ausgezeichnet, die Laune der beiden Herren allerdings weniger.

»Ich weiß nicht, was derzeit in Berlin gespielt wird«, erwiderte Gerbrandt, nachdem sein Gast einige bittere Worte verloren hatte. »Meine Fabrik liefert seit Jahrzehnten Stahl- und Eisenwaren an den Staat, und es gab nie Beschwerden. Vor zwei Monaten wurde plötzlich eine Lieferung bekrittelt und ein Viertel des vereinbarten Preises wegen angeblicher Qualitätsmängel zurückgehalten.«

»Mir ist es genauso ergangen«, gab Theodor zu. »Ich habe mich darüber beschwert, doch meine Beschwerde wurde zurückgewiesen.«

»Genau wie bei mir!«, rief Gerbrandt aufgebracht. »Ich frage mich, was man dagegen tun kann. Unsere Fabriken arbeiten doch nicht schlechter als vor einem Jahr oder vor fünf Jahren.«

»Das will ich meinen! Ich habe den Verdacht, dass sich einige Herren auf unsere Kosten die Taschen vollstopfen. Im Dunstkreis Seiner Majestät zu leben ist teuer, und nicht jeder ausgedehnte Gutsbesitz erwirtschaftet die Summen, die benötigt werden, um in Berlin eine Rolle spielen zu können.«

In Theodors Stimme schwang der Groll eines Mannes, der sich Besitz geschaffen hat und diesen nun von unbekannter Seite bedroht sieht.

»Wenn es so ist, müsste man diesen Männern die Masken vom Gesicht reißen und sie bloßstellen«, schlug Gerbrandt vor.

Theodor nickte zunächst, zuckte dann aber resigniert die Achseln. »Wer so etwas wagt, muss sich der Protektion höchster Kreise sicher sein.«

»Das heißt, er schmiert sie! Dafür braucht er aber sehr viel Geld.«

»So wird es sein. Und deshalb befürchte ich, dass sich solche Unverschämtheiten häufen werden«, sagte Theodor. »Wenn es zu schlimm wird, muss ich einen Teil meiner Fabriken schließen, Arbeiter entlassen und nur noch für den freien Markt Tuche fertigen.«

»Ein solcher Schritt würde mich in den Ruin treiben«, bekannte Gerbrandt.

»Mich im Grunde auch! Daher sollten wir den Kampf aufnehmen, auch wenn wir derzeit nicht wissen, wer unsere Gegner sind.« Theodor klang entschlossen, doch ebenso wie Gerbrandt wusste auch er, dass sie sehr viel Glück benötigten, um sich in einer solchen Situation behaupten zu können.

»Vertrauen wir auf Gott«, antwortete Gerbrandt und nippte an seinem Cognac, bevor er weitersprach. »Ihre Frau Mutter ist ebenfalls nach Steben gekommen, wie ich hörte. Ich muss ihr dringend meine Aufwartung machen. Mein verstorbener Vater hat sie sehr verehrt. Noch auf dem Sterbebett fasste er nach meiner Hand und forderte mich auf, eine ihrer Enkelinnen für meinen Sohn als Braut zu gewinnen! Wer weiß, vielleicht ergibt sich etwas.« Gerbrandt lächelte versonnen. Er kannte Theresas Enkelinnen von ihren Besuchen auf Steben her und konnte sich gut vorstellen, eines der Mädchen einmal als Schwiegertochter in seinem Haus willkommen zu heißen.

»Wer weiß, wie die jungen Leute dazu stehen! Ich will nichts gegen den Willen meiner Kinder erzwingen.« Theodor kannte genug arrangierte Ehen, in denen Mann und Frau mehr nebeneinander als miteinander lebten, dies wollte er seinen Söhnen und Töchtern ersparen.

»Natürlich werde ich keine offensichtliche Mesalliance dulden«, ergänzte er. »Ich würde es daher begrüßen, wenn Ihr Sohn die Liebe einer meiner Töchter erringen könnte. Aber Auguste ist erst siebzehn und will danach in die Schweiz, um zu studieren.«

»Oh, Gott, ein Blaustrumpf!«, rief Gerbrandt mit leichtem Schauder. »Aber Sie haben ja noch mehr Töchter«, setzte er munter hinzu und fragte seinen Gast, ob er ihm einen weiteren Cognac einschenken lassen dürfe.

»Lieber nicht. Ich will noch nach Hause reiten und dabei nicht vom Pferd fallen.«

»Mit zwei Cognacs? Mein lieber Herr von Hartung, ein Mann verträgt gewiss mehr.«

»Ich trinke nicht viel Alkohol, genauso, wie ich auch wenig rauche.« Theodor lächelte freundlich, aber ihm war anzusehen, wie ernst es ihm damit war.

»Ich muss heute nicht mehr in den Sattel steigen und kann mir daher einen weiteren Cognac leisten.« Gerbrandt läutete und wies den Diener an, ihm sein Glas zu füllen.

11.

Für den letzten Tag auf Steben schlug Fritz von Hartung einen Reitausflug in die Kreisstadt vor. Als seine Mutter das hörte, hob sie zweifelnd den Kopf. »Ist das nicht zu anstrengend? Wir werden am nächsten Tag nach Berlin zurückkehren.«

»Aber Mama, es sind doch nur sechs Kilometer beziehungsweise zwei preußische Meilen. Außerdem werden wir dort in der Konditorei einkehren, damit die Mädchen sich bei einer Tasse Tee und einem Windbeutel erholen können«, antwortete Fritz schlagfertig.

»Und was wollt ihr trinken?«, fragte Auguste.

»Kaffee! Mama würde es sicher nicht gerne sehen, wenn wir Bier oder gar Schnaps trinken.« Fritz lächelte, denn ein Gläschen Schnaps oder Bier, sagte er sich, würden sie sich trotzdem leisten können.

»Ich lasse euch reiten«, erklärte Friederike und amüsierte sich über die erleichterten Mienen ihrer Söhne. »Aber ihr werdet auf Ehre nichts anderes trinken als die Mädchen.«

»Sehr wohl, Mama.« Egolf klang ein wenig geknickt, während Fritz das Gesicht wegdrehte, damit man sein Grinsen nicht sah. Er kannte seine Schwestern und wusste, dass sie keine Spielverderberinnen waren.

Sein Blick fiel auf Vicki, und er wurde unsicher. Was war mit ihr? Er kam öfter mit ihren älteren Brüdern zusammen, und diese hatten kein gutes Haar an ihr gelassen. Wenn Gefahr bestand, dass sie petzte, mussten Egolf, Theo und er sich doch mit Tee und Fruchtsaft begnügen.

Friederike kannte ihre Pappenheimer gut genug, um die Gedanken ihres Ältesten nachvollziehen zu können. »Was haltet ihr davon, wenn ich euch im Wagen begleite?«

Diesmal schluckten die drei Söhne, während Lieselotte ihnen lachend die Zunge zeigte. Ihre Mutter sah es jedoch und hob mahnend den Finger.

»Sei vorsichtig, mein Fräulein! Man verspottet keine anderen Menschen, wenn man nicht will, dass man selbst verspottet wird.«

»Wegen mir können Fritz, Egolf und Theo über mich spotten, so viel sie wollen«, antwortete Lieselotte unverbesserlich.

»Welche von unseren Schwestern ist am schnellsten beleidigt?«, fragte Fritz grinsend.

»Lieselotte!«, antworteten seine Brüder wie aus einem Mund.

»Ihr seid ja so etwas von gemein!«, rief Lieselotte und schleuderte ihr Sitzkissen nach ihnen.

»Eine Dame erregt sich nicht über ein paar ungezogene Lümmel«, wies Friederike sowohl das Mädchen wie auch ihre Söhne zurecht. Dann sah sie ihre Schwiegermutter an.

»Wenn das Wetter morgen schön ist, sollten wir diesen kleinen Ausflug machen.«

»Das sollten wir«, stimmte Theresa ihr zu. »Wenn die drei«, ihre Hand zeigte auf Fritz, Theo und Egolf, »sich vorbildlich benehmen, sei ihnen ein Krug Bier in der Stadt vergönnt.«

»Du verwöhnst die Burschen zu sehr«, erklärte Friederike, musste sich aber anhand der zufriedenen Mienen ihrer Söhne das Lachen verbeißen. Sie wusste selbst, dass es wenig brachte, ihnen geistige Getränke zu verbieten. Doch wenn sie Alkohol tranken, sollte es in Maßen sein.

»Dann ist es bestimmt! Wir fahren morgen in die Stadt, es sei denn, es regnet.«

Theresa lächelte. Auch wenn sie ihr Alter spürte, so freute sie sich doch, die Stätten ihrer Kindheit wiederzusehen. Fünfzig Jahre war es nun her, dass sie bei Steben den Fabrikanten Arnold Gerbrandt kennengelernt und dieser um sie geworben hatte. Ihre damalige Herrin, Freifrau Rodegard, hatte sie, den Bastard ihres Mannes, gehasst wie die Pest und dafür gesorgt, dass sie nach Berlin verschleppt und in ein Bordell gesperrt worden war. Nur mit viel Glück und dank der Tatsache, dass Friedrich von Hartung sich bei der Revolution von 1848 vor den Soldaten des Königs in dieses Bordell geflüchtet hatte, war es ihr gelungen, dem Schicksal, das die Freifrau ihr zugedacht hatte, zu entkommen.

Theresa spürte, wie Tränen in ihr aufstiegen. So ein Unglück, dachte sie, wünschte sie keinem anderen Mädchen, auch wenn es ihr zuletzt zum Guten ausgeschlagen war. Ihr Blick suchte Victoria. Das war die Enkelin, die sie bisher am wenigsten kannte. Auch wenn das Mädchen immer noch sehr verschlossen war, so hoffte sie, dass Frau Berends es in ihre Schule aufnahm. Fern des Vaters, der Stiefmutter und ihrer Brüder würde Victoria vielleicht lernen, dass das Leben nicht nur aus sinnlosen Schuldzuweisungen bestand, sondern auch seine schönen Seiten besaß.

Dieser Gedanke bewegte Theresa auch am nächsten Tag, als sie im Landauer neben ihrer Schwiegertochter Platz nahm und die Kavalkade an Enkelinnen und Enkeln lustig dahintraben sah. Vicki ritt ausgezeichnet und zeigte keine Angst davor, ihre Stute querfeldein zu treiben und über Hecken und Zäune zu springen.

»Victoria, lass das!«, rief Friederike, als das Mädchen zu wild ritt.

Zu guter Letzt hatte sich auch Theodor von Hartung entschlossen, mit der Familie zu reiten. Er trabte neben dem Wagen her, sah jetzt aber dem galoppierenden Mädchen nach.

»Soll ich ihr folgen?«, fragte er seine Frau.

Friederike schüttelte den Kopf. »Überlass das Fritz! Ich will nicht, dass du dir das Genick brichst, wenn du hinter diesem Wildfang herjagst.«

Theodor verzog das Gesicht, denn er fühlte sich nicht so alt und mürbe, dass er keinen strammen Galopp mehr wagen konnte. Als er jedoch seine Frau ansah, spürte er ihre Liebe und die daraus entspringende Besorgnis und lächelte. »Du bist die beste Frau, die ich mir wünschen konnte!« Er beobachtete, wie Fritz Victoria einholte und nach deren Zügel griff. Das Mädchen wich ihm geschickt aus, hielt dann aber ihre Stute zurück und wartete, bis der Wagen mit ihrer Großmutter und ihrer Tante aufgeholt hatte.

»Verzeiht, aber nachdem ich ein ganzes Jahr lang nicht reiten konnte und es mir auch in den nächsten Monaten nicht möglich sein wird, wollte ich das Stutchen wenigstens einmal laufen lassen.«

Ihre Augen leuchteten und verhinderten die Strafpredigt, zu der Friederike ansetzen wollte. »Das verstehe ich. Du solltest aber nicht zu tollkühn sein. Wenn dir etwas zustößt, würde dein Vater uns sehr schelten.«

»Ach, dem liegt doch nichts an mir! Er wäre gewiss froh, wenn es mich nicht mehr gäbe.« Für einen Augenblick blickten Theresa und Friederike tief in die Seele des Mädchens und spürten, wie verletzt und verzweifelt Victoria war.

Theresa schüttelte den Kopf, als sie weiterfuhren. »Gustav soll – man verzeihe mir den Ausdruck – der Teufel holen! Dass er Gundas Tochter so schlecht behandelt hat, werde ich ihm nie verzeihen.«

»Ich auch nicht«, stieß Friederike empört hervor. »Gunda wird im Himmel bittere Tränen deswegen weinen.«

»Gustav ist doch sonst ein so vernünftiger Mensch«, warf Theodor ein.

Einige Zeit später erreichten sie die Kreisstadt, durchquerten das aus Ziegelsteinen gemauerte Tor und hielten auf dem Marktplatz an. Direkt vor ihnen lag die Kirche, neben ihr stand das repräsentative Heim des Landrats und auf der anderen Seite das Gebäude des Bankiers Hussmann. Ihr Ziel war die Konditorei links neben der Bank. Eine mit Schilfmatten gedeckte Stelle bot Schatten für ihre Pferde, und vor der Konditorei aufgestellte Tische und Stühle ermöglichten es ihnen, im Freien zu sitzen.

»Was meinst du, Papa? Wollen wir zum *Gasthaus zur Post* hinübergehen und uns ein Glas Bier genehmigen?«, fragte Fritz mit einem Blick auf das genannte Gebäude.

Theodor schüttelte lächelnd den Kopf. »Ihr solltet lernen, Kavaliere zu sein, meine Söhne. Man begleitet keine Damen in die Stadt und lässt sie dann ohne männlichen Schutz zurück.«

»Ich glaube, Mama und ich würden uns zu wehren wissen, wenn uns jemand zu nahe tritt«, spottete Friederike.

Sie wusste ebenso wie Theresa, dass es in dieser Stadt niemand wagen würde, sie zu behelligen. Dafür waren sie hier zu bekannt und zu beliebt.

»Setzt euch! Eine Tasse Kaffee wird euch guttun«, forderte Theodor seine Söhne auf.

Fritz sah seine Brüder an und zwinkerte ihnen zu. »Lasst mich nur machen«, sagte er leise und winkte die adrette Serviererin zu sich.

»Meine Brüder wünschen jeweils eine große Tasse Kaffee mit Sahne«, sagte er laut und zügelte dann seine Stimme. »Geben Sie, bevor Sie die Sahne darauf tun, in jede Tasse einen kräftigen Schuss Cognac.«

»Wie der Herr belieben«, antwortete die junge Frau und zückte ihren Block.

Wenig später hatten auch die anderen bestellt, und die Serviererin verschwand im Haus. Als sie zurückkehrte, schleppte sie ein so großes Tablett mit sich, dass Egolf aufsprang und zugriff, denn er befürchtete, es könnte sonst umkippen und die Gesellschaft mit Kaffee und Tee überschütten.

»Wolltest du deinen Tee mit Sahne?«, fragte Lieselotte verwundert.

»Ich glaube, Engländer trinken ihn so«, sagte Silvia.

»Was die Engländer können, können wir schon lange.« Vicki nahm ihre Tasse und führte sie zum Mund. Als sie die Tasse wieder absetzte, wirkte sie verwirrt.

»Der Tee schmeckt aber eigenartig.«

»Das macht wahrscheinlich die Sahne«, fand Auguste und probierte ebenfalls.

»Du hast recht. Der Tee schmeckt seltsam.«

»Vielleicht ist es eine neue Sorte, die ihr noch nicht kennt.« Friederike trank einen Schluck, schüttelte kurz den Kopf und musterte dann ihre Söhne mit einem durchdringenden Blick.

»Wenn das ein Streich von euch gewesen sein soll, so ist er gründlich misslungen.«

»Was ist los?«, fragte Theodor. Statt einer Antwort reichte Friederike ihm die Tasse. »Trink!«

Dies tat er und musste lachen. »Fritz, Theo, Egolf, was seid ihr nur für Pharisäer.«

»Sag bloß, die haben den Cognac auch in den Tee getan?«, platzte Fritz heraus. »Er sollte doch nur in unseren Kaffee.«

Theresa konnte sich ihr Lachen nicht mehr verkneifen. »Da habt ihr euch selbst hereingelegt! Aber lasst es gut sein. Ein bisschen Cognac im Tee wird den Mädchen nicht schaden, und was die drei jungen Herren betrifft, so soll es ihnen eine Lehre sein, auf solche Heimlichkeiten zu verzichten.«

Da die Großmutter sich gnädig zeigte, beschloss Friederike, es ebenfalls gut sein zu lassen.

»Ihr seid wirklich Pharisäer«, sagte sie mit mildem Spott.

»Das Getränk, das sie haben wollten, wird auch so genannt«, erklärte Theodor ihr. »Auf irgendeiner Feier soll ein Pastor, der allen alkoholischen Getränken abhold war, bemerkt haben, dass die anderen Gäste sich ihren Kaffee mit Rum oder Cognac auffüllen ließen, und die Leute Pharisäer genannt haben. Ich hoffe, dass dies das einzige Mal bleiben wird, dass ich unsere Söhne so bezeichnen muss.«

»Sie werden es noch lange zu hören bekommen«, prophezeite Lieselotte.

»Die nächsten Monate sicher nicht, denn da bist du im Internat, und danach hast du es sicher vergessen«, antwortete Fritz und brachte damit alle zum Lachen.

12.

Hinter den Fensterscheiben des *Gasthofs zur Post* verborgen, beobachteten zwei Männer die Gruppe um Vicki. Einer von ihnen, ein magerer, alter Mann um die siebzig mit mürrischer Miene, verzog das Gesicht voller Abscheu. »Das ist der reiche Theodor von Hartung mit seiner Mutter, der Magd und seiner ganzen Brut. Der Kerl besitzt genug Geld, um mich sanieren zu können. Aber den um Geld zu fragen oder den Wind, bleibt sich gleich. Der Teufel soll dieses neureiche Gesindel holen.«

»Da hätte er viel zu tun«, antwortete sein Gegenüber, ein schlanker Mann zwischen vierzig und fünfzig mit noch vollem, langsam grau werdendem Haarschopf und ebenmäßigen Gesichtszügen. Er zog sein Zigarrenetui aus der Brusttasche, wählte mit Bedacht eine Zigarre aus und reichte das Etui seinem Begleiter. »Nehmen Sie sich eine, Schleinitz. Es ist bestes kubanisches Kraut.«

»Tabak wäre mir lieber als Kraut«, versuchte Graf Schleinitz zu witzeln, nahm aber eine Zigarre und brannte sie an.

»Ihnen liegt Hartung wohl schwer im Magen?«, fragte sein Gegenüber.

»Was heißt im Magen?«, antwortete Schleinitz missgelaunt. »Hartung hat das Geld, das mir fehlt! Es ist eine Schande, dass ein Tuchweber den feudalen Sitz derer von Steben erwerben durfte und nun in diesem elenden Landkreis mehr gilt als ich, dessen Ahnen bereits vor Jahrhunderten hier ansässig waren.«

»Theodor von Hartung«, sagte der Jüngere leise, und es klang nicht gerade freundlich.

»Es gab einmal drei große Familien in dieser Gegend. Die meine, die Grafen Trellnick und die Freiherren auf Steben. Steben hat sich Hartung unter den Nagel gerissen, und Trellnick gehört nun einem Schmied. Selbst die Tatsache, dass dieser durch die Heirat seines Vaters mit meiner Schwester mein Neffe ist, macht keinen vornehmen Herrn aus ihm! Wagte der Kerl mir doch glatt ins Gesicht zu sagen, er könne mir ohne Sicherheiten kein Geld mehr leihen.«

Bernulf von Schleinitz quoll der Neid auf die besser gestellte Verwandtschaft aus allen Poren. Sein Besucher hingegen starrte zu Theodor von Hartung hinüber und fühlte sich dreißig Jahre in die Vergangenheit versetzt. Zu jener Zeit war er mit Theo, wie dieser damals genannt worden war, mehrfach aneinandergeraten und hatte stets den Kürzeren gezogen. Bislang hatte er seinen Ärger hinunterschlucken müssen, aber nun besaß er endlich die Macht, es diesem Kerl heimzuzahlen. Und was den Grafen Schleinitz betraf, so war das Geld, das er diesem lieh, gut angelegt. In einem Jahr oder spätestens in zweien war der Mann erledigt und würde sein Schloss verlieren. Es bedurfte dann nur noch einiger Winkelzüge, dann würde er Graf Tiedern auf Schleinitz sein.

Zweiter Teil

Die Schule

1.

Die Rückreise nach Berlin ging ohne Probleme vonstatten, doch Vicki konnte sie nicht genießen. Für sie war es wie ein Erwachen aus einem wunderschönen Traum. Sie war in den drei Wochen auf Steben so frei und unbeschwert gewesen wie niemals zuvor in ihrem Leben. Doch das änderte sich, als ihr Vater und ihre Stiefmutter am nächsten Tag in der Villa Hartung vorsprachen. Nachdem Vicki ihre Großmutter erlebt und deren Liebe gespürt hatte, obwohl deren Tochter bei ihrer Geburt ihr Leben hatte lassen müssen, haderte sie noch mehr mit ihrem Vater, der sie deren Mörderin geheißen hatte. Sie fuhr bereits bei der Begrüßung die Stacheln aus und funkelte ihn und ihre Stiefmutter trotzig an.

Als Theresa dies sah, wünschte sie sich, sie könnte das Mädchen für immer in ihre Obhut nehmen. In Gustavs Augen würde Vicki eine Rebellin bleiben und vielleicht sogar Dinge tun, die ihrem Ruf schaden konnten.

»Hat Victoria sich gut benommen?«, fragte Gustav von Gentzsch streng, nachdem er Theresa, Friederike und Theodor begrüßt hatte.

»Aber ja«, erklärte Friederike.

»Dann hoffe ich, dass sie sich im Internat ebenso gut benimmt«, fuhr Gustav fort.

Friederike ärgerte sich ebenfalls über ihn und antwortete daher recht harsch. »Noch ist es nicht gewiss, ob Frau Berends sie aufnimmt! Ich habe ihr einen Brief mit der entsprechenden Bitte geschrieben, aber bislang keine Antwort erhalten.«

»Tun Sie bitte alles, was möglich ist, liebste Frau von Hartung! Ich würde mir ewig vorwerfen, versagt zu haben, wenn Victoria nicht den Nachweis erhält, all das gelernt zu haben, was eine junge Dame ihres Standes wissen muss. Wir könnten sie dann höchstens unter Wert verheiraten. Dabei gehören die von Gentzschs zu den ältesten Geschlechtern Preußens«, erklärte Malwine flehend.

Im Hause einer erst vor knapp fünfzig Jahren geadelten Familie so aufzutreten, gehörte sich nicht, fand Vicki. Zudem war Theodor von Hartung viel reicher als ihr Vater und musste sich nicht von einem Vorgesetzten schikanieren lassen.

Auch Friederike hielt Malwines Auftreten für fehl am Platz. Immerhin entstammte diese einer Familie von Krautjunkern, die nicht mehr als zweihundert Morgen Land und das »von« im Namen ihr Eigen nannten.

»Ich werde Vicki morgen mit zum Institut nehmen und persönlich mit Frau Berends sprechen«, erklärte sie und wies einen Diener an, Erfrischungen für die Gäste zu bringen.

»Ich bete und hoffe, dass es gelingt.« Ihren Worten zum Trotz verriet Malwines Miene, dass sie an ein Scheitern glaubte. Doch gerade damit stachelte sie Friederikes Ehrgeiz an. Notfalls würde sie bis zum Äußersten gehen und Frau Berends drohen, ihre Töchter von der Schule zu nehmen und in ein anderes Internat zu geben, wenn diese Vickis Aufnahme verweigerte.

Zu Vickis Erleichterung blieben ihr Vater und ihre Stiefmutter nicht lange, sondern verabschiedeten sich mit der Aufforderung, ihren Lehrerinnen in allem zu gehorchen.

»Vicki wird tun, was nötig ist.« Theresa sah, wie es in ihrer Enkelin brodelte, und verhinderte mit einem mahnenden

Blick, dass das Mädchen etwas sagte, was den Vater verärgern musste.

Zu ihrer Erleichterung hielt Vicki sich im Zaum und knickste sogar, als Gustav von Gentzsch zusammen mit seiner zweiten Frau das Zimmer verließ. Danach wurde sie von Lieselotte am Arm gepackt und mitgezogen.

»Wir müssen alles heraussuchen, was für die Fahrt zur Schule gepackt werden muss. Im Institut ist man sehr streng, was das betrifft. Wir dürfen nur ganz bestimmte Unterwäsche und Schuhe tragen. Die Kleider bekommen wir dort. Sie sehen aus wie dunkelblaue Säcke.«

»So schlimm ist es nicht«, wandte Silvia ein. »Mama hat Unterwäsche und Schuhe für dich anfertigen lassen. Du kannst auch ein oder zwei Bücher mitnehmen. Es gibt dort zwar eine Bibliothek, doch die Bücher sind so staubtrocken, dass es rieselt, wenn man sie schüttelt.«

»Es sind Werke, wie sie ein junges, wohlerzogenes Mädchen lesen sollte, und keine Romane von irgendwelchen Frauen, die nur verderblich sein können«, dozierte Auguste und lachte.

Vicki begriff, dass ihre Cousinen sich zwar der Disziplin im Internat unterwarfen, aber nicht alles so ernst nahmen, wie sie es ihren Lehrerinnen zufolge tun sollten. Daran würde sie sich ein Beispiel nehmen und dieses letzte Schuljahr gut hinter sich bringen.

2.

Theodor von Hartung brachte Friederike und die Mädchen persönlich zum Bahnhof. Dort verabschiedete er sich und fuhr weiter zu seiner Fabrik. Friederike führte die Mädchen, die ihr wie Entlein der Mutter folgten, zum Bahnsteig und ließ sich von einem Kondukteur zum Waggon der ersten Klasse führen. Das Dienstmädchen Jule und der Diener Albert kamen mit ihnen und kümmerten sich um das Gepäck.

Sie würden einige Stunden fahren müssen, bis sie das Städtchen erreichten, in dem Frau Berends' Internat lag. Gewöhnlich verliefen diese Fahrten ruhig und angenehm. Aber an diesem Tag hielten sich mehrere junge Burschen in studentischer Tracht mit Schärpe und Mütze im Waggon der ersten Klasse auf, und die dachten gar nicht daran, Rücksicht auf die Mitreisenden zu nehmen.

Ein älterer Herr, den das lärmende Treiben der Studenten störte, rief schließlich nach dem Schaffner.

»Könnten Sie bitte für Ruhe sorgen?«, bat er zornig.

Der Bahnbeamte hob in einer verzweifelten Geste die Hände. »Es handelt sich um die Söhne hochgeborener und einflussreicher Herren! Ihr Anführer drohte bereits, dafür zu sorgen, dass ich entlassen werde, sollte ich sie noch einmal ermahnen, leiser zu sein.«

»Ich halte sie eher für elende Lümmel!«, fuhr der Herr auf, starrte dann aber resigniert in seine Zeitung.

Unterdessen sah Vicki ihre Cousinen auffordernd an. »Wollen wir es den hochgeborenen Söhnen mit gleicher Münze heimzahlen?«

»Du willst doch nicht etwa Lärm machen? Das gehört sich nicht!«, rief Silvia erschrocken.

»Ich will keinen Lärm machen«, antwortete Vicki mit entschlossener Miene, »sondern nur unsere Mitreisenden mit unserem Gesang erfreuen. Beginnen wir mit ›Es ist ein Ros entsprungen!‹«

Friederike überlegte, ob sie das Mädchen bremsen sollte, sagte sich dann aber, dass sie das Feld nicht ein paar unverschämten Lümmeln überlassen durfte, und fragte ihre Mitreisenden, ob sie bereit wären, mitzusingen.

»Aber gerne«, erklärte der alte Herr und legte seine Zeitung weg. »Zu meiner Zeit wären diese Kerle in Polizeiarrest gesteckt worden und hätten von ihren Vätern ausgelöst werden müssen.«

»Es ist ein Ros entsprungen«, begann Vicki mit glasklarer Stimme zu singen. Nach kurzem Zögern fielen ihre Cousinen darin ein. Auch Friederike und viele Mitreisende sangen mit.

Zunächst tat sich nichts. Die Gruppe um Vicki stimmte nun »Stille Nacht, heilige Nacht« an und danach einige andere Weihnachtslieder. Der Chor wurde immer größer, und zuletzt sangen fast alle im Waggon außer dem halben Dutzend Studenten. Diese versuchten zunächst noch, die Sänger an Lautstärke zu übertönen, doch dann winkte ihr Anführer ärgerlich einen seiner Begleiter zu sich.

»Reinhold, sorge dafür, dass dieses Gejaule sofort aufhört!«

»Ich kann nicht mehr tun, als hinausgehen und die Leute in den anderen Abteilen bitten, mit dem Singen innezuhalten«, antwortete Reinhold, dem das laute Treiben seiner Begleiter insgeheim peinlich war. Immerhin saßen sie hier im Kurswagen erster Klasse und nicht in einer Studentenpinte. Da sein Vetter Wolfgang jedoch eine befehlende Geste machte, verließ er ihr Abteil.

Die anderen Fahrgäste sangen immer noch, doch er erkannte rasch, wer die Anstifterin war, und trat auf Vicki zu.

»Was soll das?«, fragte er laut, um den Gesang zu übertönen.

Vicki musterte ihn mit einem spöttischen Blick. »Wir üben für das nächste Weihnachtsfest, und diese Herrschaften waren so nett, uns dabei zu unterstützen.«

Ein leichtes Lächeln erschien auf dem schmalen Gesicht des jungen Mannes. Bevor er jedoch etwas sagen konnte, klang die zornige Stimme des alten Herrn auf. »Was denkt ihr Studiosi euch, euch so zu verhalten? Zu meiner Zeit hätte man uns dafür von der Universität suspendiert!«

»Mein Vetter feiert heute Geburtstag, und es wurde bereits ein wenig getrunken«, sagte Reinhold entschuldigend.

»Ein wenig?«, fragte Vicki spitz. »Mir kommt es eher so vor, als hätten diese Söhne hochwohlgeborener Herren bereits sehr tief ins Glas geschaut.«

»Vicki, bitte!«, tadelte Friederike ihre Nichte.

»Ich bin kein Sohn eines hochwohlgeborenen Herrn, sondern ein schlichter Student und auf die Unterstützung meines Oheims angewiesen«, antwortete Reinhold.

»Also der Narr, der hüpfen muss, wenn der Vetter ›Spring!‹ sagt.«

Vickis bissige Bemerkung traf einen Nerv. Reinhold wurde weiß und presste die Kiefer zusammen, um nichts zu sagen, was er später bereuen würde. Als er sich wieder gefasst hatte, verbeugte er sich steif vor dem Mädchen.

»Ich bedauere, dass Sie es so sehen, mein Fräulein! Seien Sie versichert, dass ich alles tun werde, damit Sie und die anderen Herrschaften nicht mehr gestört werden.« Mit diesen Worten drehte er sich um und kehrte zu seinen Kameraden zurück.

»Na, Reinhold, hast du diesem Gequieke ein Ende bereitet?«, fragte sein Vetter.

»Ich habe mich im Gegenteil bei den Herrschaften für die Unannehmlichkeiten entschuldigt, die ihnen durch uns entstanden sind, und ihnen versichert, dass es nicht mehr vorkommen wird«, hörten Vicki und die anderen den jungen Mann antworten, der mit ihnen gesprochen hatte.

»Bist du von Sinnen, Reinhold? Heute ist mein Geburtstag, da wollen wir fröhlich sein!«, rief Wolfgang zornig.

»Reinhold hat recht! Wir sollten leiser sein. Wir haben uns wirklich ungehörig verhalten. Wenn das meinem alten Herrn zu Ohren kommt, streicht er mir den Zuschuss für die nächsten Monate, und ich werde Wasser statt Bier trinken müssen«, mischte sich ein Kommilitone ein.

»Was für eine Vorstellung! Wasser saufen nur Kühe und Pferde. Was ein richtiger Studiosus ist, der braucht sein Glas Bier und einen Schnaps«, rief ein Dritter.

Doch nach diesem Wortwechsel verstummten sie, und die Reisenden konnten aufatmen.

Die Studenten hockten nun missmutig beisammen, gewannen aber bald ihre gute Laune zurück, als ihr Anführer sich daran erinnerte, dass es beim nächsten Halt einen Gasthof gab, in dem man ihnen keine Schranken auferlegen würde. Um nicht den Anschein zu erwecken, vor den anderen Gästen zu kapitulieren, stimmten er und seine Begleiter bei ihrem Auszug aus dem Waggon ein freches Studentenlied an und schwenkten die Flaschen, mit deren Inhalt sie sich im Zug gestärkt hatten.

Reinhold ging als Letzter, sang aber nur halbherzig mit und maß Vicki mit einem seltsamen Blick.

Diese hob den Kopf und sah ihm in die Augen. »Du hast wenigstens Mut.«

Um Reinholds Lippen erschien ein Lächeln. Damit, so sagte er sich, hatte sie die beleidigende Äußerung von vorhin vergessen gemacht. Dabei hatte sie leider recht. Er musste tatsächlich hüpfen, wenn sein Vetter »Spring!« sagte.

Wolfgangs Vater und seine Mutter waren Geschwister. Während der Onkel im Lauf der Jahre zu Wohlstand gelangt war, lebten die Mutter und die Schwestern nach dem Tod des Vaters in sehr bescheidenen Verhältnissen. Er selbst hatte es dem Onkel zu verdanken, dass er überhaupt studieren konnte. Dafür diente er ihm als Sekretär und musste sich zudem den Launen seines Cousins beugen.

Vicki entging nicht, wie sich das Gesicht des jungen Mannes verfinsterte, und sie wünschte sich, sie könnte mehr über ihn erfahren. Doch da verließ er den Waggon, und der Ton der Dampfpfeife zeigte an, dass die Fahrt weiterging.

3.

Am Zielbahnhof begann wie jedes Jahr der Kampf um die wenigen Droschken. Da nicht nur die Schülerinnen des Internats ankamen, mussten einige Passagiere warten, bis eine der Droschken von ihrer Fahrt zurückkehrte. Friederike kannte die Situation und beeilte sich daher, eine der Droschken zu erreichen. Da darin nur Platz für sie, ihre drei Töchter und Vicki war, mussten Jule und Albert mit dem Gepäck zurückbleiben, bis ein Wagen auch sie zum Internat brachte. Die beiden nahmen das gelassen, denn Friederike hatte ihnen ein paar Pfennige gegeben, damit sie sich ein Glas Bier und eine Limonade an einem Verkaufsstand am Bahnhof kaufen konnten.

Unterdessen rollte die Droschke mit Friederike und den Mädchen von einem trabenden Pferd gezogen auf das große, mit Klinkern errichtete Schulgebäude zu. Es sah nicht viel anders aus als vor etwas mehr als dreißig Jahren, als Friederike hier zur Schule gegangen war. Selbst jetzt noch empfand sie das dunkle Haus als bedrückend. Wenigstens die Fensterläden waren im letzten Jahr neu gestrichen worden.

»Kommt, Kinder!«, sagte sie, als der Droschkenkutscher anhielt.

Sie reichte dem Mann eine kleine Summe über das Fahrgeld hinaus und hörte ihn zufrieden schnalzen. Während sie und die Mädchen auf das Gebäude zugingen, wendete der Kutscher seinen Wagen und fuhr zum Bahnhof zurück, um die nächste Fuhre zu holen.

Sie betraten das Haus und fanden sich in einem Vorraum wieder, in dem das Gepäck der Schülerinnen gestapelt wurde. Einen Raum weiter empfing die Betreiberin des Internats ihre Schützlinge und deren Begleitung. Da Friederike und die Mädchen zu den ersten Ankömmlingen gehörten, wandte Frau Berends sich ihnen zu. Friederike hatte die hochgewachsene, schlanke Frau mit den straff zu einem Dutt gedrehten Haaren von ihrem eigenen Aufenthalt in diesem Institut als streng, aber gerecht in Erinnerung.

»Guten Tag, Frau von Hartung! Seien Sie mir willkommen«, begrüßte Frau Berends sie ohne erkennbare Gemütserregung.

»Guten Tag, Frau Berends! Ich hoffe, Sie befinden sich wohl.« Friederike zeigte auf ihre Töchter. »Ich habe Auguste, Lieselotte und Silvia gebracht. Außerdem hatte ich Sie vor ein paar Wochen brieflich gebeten, sich meiner Nichte Victoria von Gentzsch anzunehmen.«

Die Internatsleiterin betrachtete die Mädchen mit einem scharfen Blick, der schließlich auf Victoria haften blieb. Deren Cousinen waren hübsch und versprachen, einmal Aufsehen zu erregen, aber dieses Mädchen übertraf alle drei. Ihr Gesicht wirkte lieblich, doch die blitzenden Augen warnten alle davor, sich davon täuschen zu lassen. Frau Berends erkannte, dass sie ein rebellisches Wesen vor sich hatte, das bereit schien, sich notfalls mit der ganzen Welt anzulegen. Aus diesem Grund zögerte sie ein wenig, bevor sie antwortete. »Im Allgemeinen belassen wir unsere Klassen so, wie sie von der ersten Stufe an eingeteilt wurden.«

Es war eine halbe Absage, und Friederike überlegte bereits, wie sie die Internatsleiterin umstimmen konnte.

Da sprach diese mit einer gewissen Betroffenheit weiter. »Zu meinem großen Leidwesen ist unsere Schülerin Isolde von Dewern während der Ferien verstorben.«

»Was? Isolde ist tot?«, rief Auguste erschüttert.

»Bedauerlicherweise ist es so«, erklärte Frau Berends. »Wir waren schon darauf vorbereitet, die vierte Jahrgangsstufe zum ersten Mal seit Bestehen der Schule mit sieben Schülerinnen weiterzuführen. Nun aber ergibt sich die Möglichkeit, die Zahl wieder auf acht zu erhöhen. Fräulein von Gentzsch wird sich jedoch an die Richtlinien der Schule halten müssen.«

Da die Internatsleiterin ahnte, dass Vicki von ihrer alten Schule verwiesen worden war, wollte sie sich mit ihr keine Laus in den Pelz setzen lassen. Eine Schülerin weniger bedeutete jedoch auch weniger Einnahmen, daher war sie bereit, es trotzdem mit der neuen Schülerin zu versuchen.

»Victoria wird sich selbstverständlich an die hier herrschenden Vorschriften halten«, erklärte Friederike mit einem mahnenden Blick auf das Mädchen.

Vicki knickste und nickte dann. »Ich werde dich nicht enttäuschen, Tante Friederike.«

Immer noch fand sie es eigenartig, den Vater und dessen zweite Frau mit Sie anzusprechen, während sie zu ihrer Großmutter und ihren beiden Tanten du sagen durfte. Doch im Augenblick war das nicht wichtig. Sie musste die Frau vor sich davon überzeugen, sie in ihrer Schule aufzunehmen.

Der rebellische Teil ihres Wesens meldete sich und fragte, wozu? Damit der Vater sie hinterher wie eine Kuh irgendeinem Mann zuführen konnte, der sie als Frau haben wollte?

Nicht deswegen, mahnte sie sich selbst, sondern um fast ein Jahr lang Ruhe vor dem Vater, der Stiefmutter und den Brüdern zu haben. Dagegen konnte auch die Rebellin in ihr nichts einwenden und blieb stumm.

Schließlich nickte Frau Berends, als müsse sie sich selbst bestätigen. »Wir nehmen Fräulein von Gentzsch unter unsere Schülerinnen auf. Sie sollte sich jedoch darüber im Klaren sein, dass ein Fehltritt ihrerseits mich dazu bringen kann, diese Entscheidung zu revidieren! Doch nun sehe ich, dass Gräfin Klingenheim mit ihrer Tochter vorgefahren ist, und muss Sie den Lehrerinnen Ihrer Töchter überlassen.«

Frau Berends nickte Friederike und den Mädchen noch einmal zu und eilte zur Tür, um die Gräfin zu empfangen.

Vicki sah drei Frauen in ähnlich strenger Kleidung wie die Schulleiterin auf sich zutreten. Zwei waren mittleren Alters und eine nur wenig über zwanzig. Alle drei deuteten vor Friederike einen Knicks an und musterten dann die Mädchen.

»Ihr werdet euch jetzt zu euren Klassenkameradinnen begeben! Auguste, du bist dafür verantwortlich, dass deine Cousine mit den Gepflogenheiten unserer Schule vertraut wird«, sagte die Älteste der drei.

Auguste nickte eifrig. »Das ist selbstverständlich, Fräulein Krügel! Wir haben Vicki während der letzten drei Wochen genau erklärt, wie wir uns hier zu verhalten haben.«

Ganz so war es nicht gewesen, doch hatten Auguste und ihre Schwestern immer wieder einmal von der Schule berichtet. Auch wusste Vicki von den Internaten, aus denen sie verwiesen worden war, worauf diese Wert legten, so dass sie nicht unvorbereitet ins kalte Wasser geworfen wurde.

4.

Im Schlafsaal standen acht Betten, und es gab acht Schränke, in denen die Mädchen ihre Besitztümer verstauen konnten. Die Schülerinnen der ersten Stufe brachten meistens zu viel mit, so dass die überflüssigen Habseligkeiten auf dem Dachboden gelagert werden mussten. In der vierten Jahrgangsstufe wussten Auguste und ihre Mitschülerinnen, was in ihre Schränke passte, und hatten diese rasch eingeräumt. Augustes Klassenkameradinnen blickten dabei immer wieder zu der Neuen hin.

»Kannst du mir sagen, weshalb die heuer zu uns kommt?«, fragte Dorothee von Malchow eine Mitschülerin.

»Ich habe keine Ahnung.«

»Sie ist der Ersatz für die arme Isolde, die vor vier Wochen zu den Engeln aufgestiegen ist«, antwortete Lukretia von Kallwitz leise.

»Oh, nein! Isolde ist wirklich tot?«

Die anderen Mädchen waren erschüttert, und manch eine nahm es Vicki übel, dass diese nun deren Stelle eingenommen hatte. Ein Blick auf Vicki warnte sie jedoch, sie dies fühlen zu lassen. Zudem mussten sie damit rechnen, dass Auguste sich auf Vickis Seite stellen würde. Diese zu verärgern wagte keine, da sie die beste Schülerin war und den anderen nach Kräften half, eine halbwegs gute Benotung zu erhalten.

Unterdessen kam Fräulein Krügel in den Raum und warf einen Blick in die Runde. »Ich sehe, ihr habt euer Gepäck bereits in die Schränke geräumt. Das ist lobenswert. Ihr werdet es trotzdem noch einmal herausnehmen, damit ich sehen kann, was ihr mitgebracht habt.«

»Das ist doch Unsinn«, murmelte Vicki und spürte sofort Augustes Finger an ihrem Arm.

»Tu es! Frau Krügel fordert es nicht umsonst. Sie will nur sehen, ob eine der Schülerinnen Dinge bei sich hat, die hier nicht erlaubt sind.«

»Es ist brav von dir, Auguste, dies deiner Cousine zu erklären.« Fräulein Krügel lächelte dem Mädchen kurz zu und wandte sich an Vicki. »Du bist also Viktoria von Gentzsch. Man schreibt deinen Namen doch nach deutscher Art?«

Vicki schüttelte den Kopf. »Er wird so geschrieben wie der Ihrer Majestät, der Königin von England.«

»Mit c also anstatt mit einem k.« Frau Krügel ließ sich nicht anmerken, ob sie das begrüßen sollte oder nicht. Da jedoch auch die Mutter Seiner Majestät, Kaiser Wilhelms II., Victoria mit c hieß, war es zu akzeptieren.

»Öffne nun deinen Schrank und räume ihn aus!«, forderte die Lehrerin Vicki auf.

Diese gehorchte, brachte aber außer Kleidung, Zeichenmappe, Federmäppchen und Schreibheften nur ein Buch zum Vorschein, das sie auf Steben zu lesen begonnen hatte.

Frau Krügel nahm es in die Hand, las den Titel und reichte es wieder zurück. »Es ist nicht unbedingt die Literatur, zu der wie unseren Schützlingen raten, aber noch im Rahmen. Und nun du, Auguste.«

Auguste hatte neben ihrer Kleidung und den Schulsachen fünf Bücher bei sich. Als Frau Krügel sie sah, erschien ein Hauch von Spott auf ihrem Gesicht.

»Mathematik? Physik? Chemie und dergleichen! Wozu braucht ein Mädchen das? Es ist schwer genug, wenn die Gymnasiasten sich damit abquälen müssen. Bei einer jungen Dame führt solcher Stoff nur zu Runzeln auf der Stirn, und die will wohl keine von euch haben.«

»Gewiss nicht, Fräulein Krügel«, stimmte Dorothee von Malchow ihr zu.

Auguste hingegen richtete sich kämpferisch auf. »Ich sehe nicht ein, weshalb nur Knaben der Verstand zugeschrieben wird, sich mit Mathematik, Chemie und den anderen Fächern beschäftigen zu können. Mir fällt es sehr leicht, diese Bücher zu lesen, und ich durfte zusammen mit meinen Brüdern bereits einige Experimente durchführen.«

»An dir ist vielleicht ein Knabe verloren gegangen! So etwas gibt es manchmal.«

Bei diesen Worten betrachtete Fräulein Krügel Auguste nachdenklich. Sie war die Zierlichste der Schwestern und von sanftem Wesen. Allerdings konnte sie, wie sie eben bewiesen hatte, auch Zähne zeigen.

Vicki hatte sich nie für die Schulfächer ihrer Brüder interessiert und Mathematik, Physik und Ähnliches für trockenes Zeug gehalten, mit dem sich diejenigen beschäftigen sollten, die sich dazu berufen fühlten. Nun aber begriff sie, dass ihre Cousine ebenso wie sie gegen die Einschränkungen kämpfte, denen das weibliche Geschlecht unterworfen war.

»Kannst du mir eines der Bücher leihen? Ich würde gerne wissen, was die Jungen auf dem Gymnasium lernen müssen«, raunte sie Auguste zu.

Diese zögerte einen Augenblick mit der Antwort, nickte dann aber. »Das mache ich! Ich werde es dir wohl erklären müssen, denn der Stoff ist nicht leicht.«

»Ich danke dir.« Vicki lächelte. Auch wenn sie sich nur wenig dafür interessierte, so wollte sie sich doch mit diesen Fächern beschäftigen.

Unterdessen ließ Frau Krügel sich das mitgebrachte Gepäck der anderen Schülerinnen zeigen und fand bei Dorothee von Malchow einen Roman, den sie nur mit zwei Fingern anfasste. »Ich will hoffen, dass dieses Buch nur versehentlich in dein Gepäck geraten ist! Ein solches Kolportageprodukt liest vielleicht ein Dienstmädchen des Nachts heimlich in ihrer Kammer. Für ein Fräulein von Stand ist es vollkommen ungeeignet. Ich werde es daher konfiszieren. Bis morgen zur ersten Schulstunde erwarte ich fünfzig Mal in schönster Schrift verfasst den Satz ›Ich werde fürderhin kein solches Buch mehr ansehen, geschweige denn lesen.‹.«

»Sehr wohl, Fräulein Krügel«, antwortete Dorothee von Malchow und konnte nur mit Mühe die Tränen zurückhalten.

»Du hättest wissen müssen, dass du dieses Buch nicht mitbringen darfst!«, schalt Lukretia sie.

»Ich wollte doch unbedingt wissen, ob Komtess Raimunde den Nachstellungen ihres bösartigen Vetters Kunibert entkommt und der edle Ritter Irmfried sie retten kann«, flüsterte Dorothee und brach nun doch in Tränen aus.

Auguste reichte ihr ein Taschentuch. »Trockne dir das Gesicht und nimm deine Schreibsachen zur Hand! Du solltest einen Teil deiner Strafarbeit noch vor dem Abendessen erledigen, sonst wirst du nicht fertig, bis das Licht ausgeschaltet wird.«

»Außerdem kannst du gewiss sein, dass dieser Irmfried Kunibert besiegt und Komtess Raimunde heimführen kann. Diese Bücher gehen doch alle gleich aus. Liest man eines, kennt man alle«, erklärte Lukretia in dozierendem Tonfall und bezahlte es mit einem Kneifen in den Arm durch eine der anderen Schülerinnen.

»Aua!«, rief sie empört.

»Du hast gegen Regel Nummer eins verstoßen, sich nie über eine der anderen zu erheben. Jede von uns hat etwas, was sie liebt, wie Auguste ihre Mathematik- und Chemiebücher und Dorothee ihre Romane. Ich fütterte gerne Vögel und andere Tiere, und so hat jede von uns eine Vorliebe. Dies zu kritisieren tut weh. Oder was würdest du tun, wenn wir deine Gedichte als dummes Zeug bezeichnen würden?«

»Lukretia schreibt gerne. Ihre Gedichte sind gut, und sie darf hoffen, einmal einen Verleger dafür zu finden«, klärte Auguste Vicki auf.

Sie rettete damit den Frieden im Raum, denn Lukretia hatte schon auffahren wollen, beherrschte sich aber, als Auguste ihre Gedichte als gut bezeichnete.

»Es tut mir leid, was ich zu dir gesagt habe, Dorothee«, sagte sie und umarmte ihre Klassenkameradin.

5.

Vicki begriff rasch, dass die Schülerinnen der vierten und letzten Jahrgangsstufe im Internat eine verschworene Gemeinschaft bildeten, die einander bei jeder Gelegenheit unterstützte. Sie profitierte davon, weil Lukretia zum Beispiel ihr die Gedichte zeigte, welche Frau Krügel gerne vortragen ließ, und konnte auch selbst einiges zurückgeben, denn sie war eine ausgezeichnete Klavierspielerin. Manchmal kam sogar Frau Berends in die Klasse, um ihr zuzuhören. Vicki lebte sich daher so rasch ein, dass sie sich fragte, weshalb sie auf den anderen Schulen dreimal gescheitert war. Allerdings gab es hier auch keine Franziska von Hollenberg, die ihre Mitschülerinnen quälte.

Ehe Vicki sichs versah, waren der Spätsommer und der Herbst vergangen, und die Weihnachtsferien standen bevor. Sie hätte sich gewünscht, diese mit Auguste und deren Schwestern zusammen bei ihrer Großmutter und den Hartungs verbringen zu können. Für ihren Vater gehörten Kinder Weihnachten jedoch zu ihren Eltern, auch wenn es sich um eines handelte, das man eigentlich nicht haben wollte. Wenigstens konnten sie die Fahrt nach Berlin noch gemeinsam antreten.

Friederike holte sie von der Schule ab, speiste mit ihnen im Gasthof *Schwan,* und danach bestiegen sie den Zug. Diesmal gab es keine lärmenden Studenten darin. Trotzdem erinnerte Vicki sich an den jungen Mann, den sie den Narren seines Vetters genannt hatte, und fragte sich unwillkürlich, was aus ihm geworden sein mochte. Dann aber zuckte sie mit den Achseln. Sie hatte genug eigene Sorgen, um sich auch noch über andere Leute Gedanken machen zu können.

»Frau Berends und auch deine Lehrerin, Fräulein Krügel, waren voll des Lobes über dich, Vicki. Das wird deine Großmutter freuen«, sagte Friederike, da ihr das Mädchen arg still schien.

»Ich will ihr keinen Kummer bereiten! Das will ich niemandem«, antwortete Vicki und wusste genau, dass es nicht stimmte. Ihr Vater und ihre Brüder hatten sie zu sehr verletzt, als dass sie dem Bibelwort folgen und auch noch die andere Wange hinhalten konnte.

»Nun habt ihr beide noch ein halbes Jahr vor euch, danach seid ihr junge Damen«, fuhr Friederike an Vicki und Auguste gewandt fort.

»Dann sind Lieselotte und ich allein im Internat«, erwiderte Silvia betroffen. Bisher hatte sie sich stets auf die Hilfe ihrer ältesten Schwester verlassen können, während Lieselotte sie doch manchmal fühlen ließ, dass sie die Jüngste war.

»Im Jahr drauf bist du ganz allein! Da habe auch ich die Schule beendet«, trumpfte Lieselotte auf.

»Mach dir keine Gedanken, Silvia! Bis es so weit ist, bist du in meinem Alter und zählst zum Abschlussjahrgang«, tröstete Auguste ihre Schwester.

Vicki erinnerte sich daran, wie ihre älteren Brüder sie behandelt hatten, und ihr Zorn stieg wieder an. Wenn der Vater sie nicht wollte, warum überließ er sie dann nicht der Großmutter? Doch ihm ging sein Ansehen über alles. Eine Tochter, und mochte sie auch noch so ungeliebt sein, wegzugeben, hätte sein Renommee angekratzt.

Mit diesen bitteren Gedanken starrte Vicki durchs Fenster, während der Zug in Berlin einfuhr und am Potsdamer Bahnhof hielt. Auf dem Bahnsteig entdeckte sie Theodor von Hartung und Egolf, die gekommen waren, um ihre Lieben abzuholen. Silvia winkte schon von weitem und war dann als Erste draußen.

»Ein wenig mehr Gelassenheit würde dir gut anstehen«, mahnte Friederike, als auch sie auf dem Bahnsteig stand, und begrüßte dann ihren Mann.

»Guten Tag, mein Lieber. Wie du siehst, sind wir gut nach Berlin gekommen.«

»Als wenn ich daran gezweifelt hätte«, sagte Theodor lächelnd und wandte sich Vicki zu. »Dein Vater wünscht, dass wir dich zu eurer Wohnung bringen. Er benötigt den Wagen heute selbst und wollte nicht, dass deine Stiefmutter eine Droschke nehmen muss.«

»Ich danke Ihnen«, erwiderte Vicki. Sie ärgerte sich über die Enttäuschung, die in ihr aufstieg. Irgendwie hatte sie gehofft, wenigstens für ein paar Stunden zu den Hartungs mitkommen zu dürfen. Dann aber straffte sie die Schultern und schritt den anderen voraus.

Draußen standen drei Wagen bereit. Einer sollte Friederike und ihre Töchter in die Villa Hartung bringen, der zweite Jule und Albert samt Gepäck transportieren, und mit dem dritten würde Theodor sie nach Hause schaffen. Bevor sie einstiegen, ging es ans Abschiednehmen. Auguste umarmte sie so fest, als würden sie für immer scheiden.

»Hoffentlich kannst du an den Feiertagen zu uns kommen«, sagte sie mit einem leisen Seufzer.

»Es wäre schön.« Vicki ließ Auguste los, schloss kurz ihre beiden anderen Cousinen in die Arme und knickste vor Friederike.

»Bis bald«, sagte diese und versuchte, ihr mit einem aufmunternden Lächeln Mut zu machen. Dann stieg sie in den Wagen. Winkend folgten ihr ihre Töchter, während Vicki den anderen Wagen erklomm. Als auch Theodor eingestiegen war, legte er eine Decke um sie und wies den Kutscher an, loszufahren.

»Ich will nicht, dass du frierst«, sagte er zu Vicki.

»Ich danke Ihnen, Herr von Hartung! Sie sind sehr aufmerksam.«

Vicki fragte sich, wie ihr Leben als seine Tochter verlaufen wäre. Würde er sie auch die Mörderin ihrer Mutter nennen? Sie beschloss, dass sie sich etwas zu viel mit »wenn« und »wäre« beschäftigte, und sah den Menschen zu, die die Gehsteige in dichten Trauben bevölkerten.

Weihnachten näherte sich, und wer es sich leisten konnte, kaufte ein. Wer kein Geld hatte, betrachtete wenigstens die ausgestellten Waren in den elektrisch erleuchteten Schaufenstern. Vicki wünschte sich plötzlich, sich auch so umschauen zu können, doch das würde Malwine gewiss nicht dulden. Warum soll ich sie fragen?, dachte sie. Sie besaß sogar ein wenig eigenes Geld, weil die Großmutter ihr, Auguste, Lieselotte und Silvia vor ihrer Fahrt zur Schule jeweils ein paar Markstücke in die Hand gedrückt hatte.

Um einiges zufriedener als noch eben, lehnte sie sich zurück und genoss die Fahrt in dem gut gepolsterten Wagen. Schließlich erreichten sie die Straße, in der ihr Vater wohnte. Der Kutscher hielt an, stieg ab und wickelte die Zügel um die Bremse. Danach klappte er die Trittstufe aus und öffnete den Schlag.

»Danke!« Vicki lächelte ihn an und sah zu ihrer Verwunderung, dass ein freudiger Ausdruck auf seinem Gesicht erschien. Da sie nie viel auf ihr Aussehen geachtet hatte, begriff sie nicht, dass sie mit nun fast achtzehn Jahren dabei war, eine äußerst schöne Frau zu werden.

Theodor führte sie ins Haus und begrüßte den Hausbesorger, der in seiner Kammer saß und darüber wachte, dass nur erwünschte Personen hereinkamen. Die Wohnung der Gentzschs lag ein Stockwerk höher und gehörte zu den größeren. Vicki wusste jedoch, wie sehr es ihren Vater kränkte, die Eingangstür, die Treppen und die Flure mit anderen teilen zu müssen. Doch so war die Hauptstadt. Für das Geld, mit dem man in der Provinz wie ein Fürst leben konnte, lebte man hier zwar nicht gerade wie ein Bettelmann, aber doch auf einem spürbar geringeren Niveau.

Auf Theodors Klopfen hin öffnete eines der Hausmädchen der Gentzschs und kniff die Augen zusammen, um zu erkennen, wer in dem dämmrigen Flur stand. »Kommen Sie doch herein«, forderte sie Theodor von Hartung auf, während sie Vicki ignorierte.

Bei ihm zu Hause, dachte Theodor, hätte seine Frau oder seine Mutter das freche Ding sofort zurechtgewiesen. Hier aber wurde den Bediensteten der Tochter des Hauses gegenüber ein Verhalten gestattet, dass es Gott erbarmte. Theodor hatte seinem Schwager schon mehrfach ins Gewissen geredet, doch Gunda war dessen Abgott gewesen, und Gustav hatte ihren Verlust nie verwunden.

Das Dienstmädchen ging voraus, um sie anzumelden. Nur Augenblicke später trat Malwine auf den Besucher zu.

»Guten Tag, Herr von Hartung! Seien Sie mir willkommen. Darf Gitta Ihnen eine Erfrischung reichen oder einen Cognac?«, fragte sie Theodor und missachtete ihre Stieftochter ebenso, wie es ihr Dienstmädchen eben getan hatte.

»Nein danke! Ich muss gleich weiter«, antwortete Theodor und fragte sich, ob Malwine so kühl zu ihrer Stieftochter war, weil ihr Mann deren Mutter nicht vergessen konnte und sie nur einen Ersatz für Gunda darstellte. Er lächelte Vicki noch aufmunternd zu und verabschiedete sich.

Malwine sah ihm nach, bis sich die Tür hinter ihm geschlossen hatte, und wandte sich dann erst an ihre Stieftochter. »Ich hoffe, du hast deinem Vater keine Schande gemacht.«

Sie sagte es in einem Ton, der Vicki wünschen ließ, den größten Skandal zu verursachen, nur um zu sehen, wie die Aufgeblasenheit auf den Gesichtern von Vater, Stiefmutter und den Brüdern dem Entsetzen wich.

»Meine Lehrerinnen waren zufrieden mit mir«, antwortete sie knapp und wollte in ihr Zimmer gehen. Da hielt Malwines Stimme sie auf.

»Wir haben hier einige Änderungen vorgenommen. Da du im Internat bist, haben wir dein Zimmer Waldemar überlassen, damit er und Karl je ein eigenes Zimmer haben.«

»Und wo soll ich schlafen? Auf dem Dachboden?«, fragte Vicki, die auch noch den letzten Zweig ihrer Freiheit beschnitten sah.

Malwine wurde blass, fasste sich aber und schüttelte den Kopf. »Wir haben das Zimmer der Dienstmädchen geteilt. Die Dinger können auch in einem Stockbett schlafen. Der andere Teil ist für dich. Es ist die Tür dort vorne.«

Vicki glaubte, sich verhört zu haben. Das Zimmer der Dienstmädchen war bereits für die drei Frauen zu klein gewesen. Daraus zwei Räume zu machen, erschien ihr fast unmöglich. Als sie jedoch die Tür öffnete und in ihr neues Zimmer schaute, sah sie die traurige Wahrheit. Die Kammer war gerade groß genug für ein schmales Bett, einen schwindsüchtigen

Schrank und einen Hocker. Das einzige Fenster ging auf den Innenhof hinaus und war zudem vergittert.

Damit zeigen sie mir, was ich ihnen wert bin, sagte sich Vicki, während sie begann, ihre Reisetasche auszuräumen und den Inhalt im Schrank unterzubringen.

6.

Gustav von Gentzsch war verärgert, denn sein Vorgesetzter Dravenstein hatte ihm an diesem Tag erklärt, dass er auf die für seinen Wechsel nach Berlin in Aussicht gestellte Beförderung noch länger würde warten müssen. In der Hinsicht beneidete er seinen Schwager Hartung. Dieser war sein eigener Herr und musste sich nicht mit hochgeborenen Sesselfurzern herumschlagen. Dravenstein hatte weder die Befähigung noch den Verstand für den Posten, den er bekleidete.

Erst als er vor dem Haus aus dem Wagen stieg, erinnerte Gustav sich daran, dass Vicki an diesem Tag von der Schule zurückgekehrt sein musste, was seine Laune zusätzlich verdüsterte. Sein Verstand sagte ihm zwar, dass seine Tochter nichts für den Tod der Mutter konnte, doch seine Gefühle für seine verlorene Frau ließen keine Entschuldigungsgründe gelten. Gunda war gestorben, weil sie Vicki zur Welt gebracht hatte, und daher war diese an ihrem Tod schuld.

Mit diesem Gefühl trat er ein. Seine Söhne und seine Frau erwarteten ihn bereits. Mit besorgter Miene fasste Malwine nach seiner Hand. »Haben Sie heute mit Herrn von Dravenstein gesprochen?«

»Das habe ich.« Bereits diese drei Worte ließen erahnen, dass sein Gespräch vergebens gewesen war.

»Aber sie hatten Ihnen Ihre Beförderung doch fest zugesagt!«, klagte Malwine.

Gustav schnaubte. »So fest sei die Zusage laut Herrn von Dravenstein nicht gewesen. Er hält mich wohl für einen Narren, der für ihn die Arbeit macht und ansonsten kuscht. Aber da hat er sich verrechnet.«

Es war ein verlockender Gedanke, seinen Vorgesetzten durch eine falsche Information zu einem schweren Fehler zu verleiten. Wenn er dies jedoch tat, würde Dravenstein ihm die Schuld aufhalsen und damit seiner Karriere ein Ende setzen.

»Victoria ist heute zurückgekommen«, berichtete Malwine, um ihren Mann auf andere Gedanken zu bringen.

»So?« Es klang nicht gerade erfreut.»Wo ist sie jetzt?«, fragte er scharf. »Hält sie es nicht für nötig, ihren Vater zu begrüßen?«

»Waldemar, hole deine Schwester!«, forderte Malwine ihren Jüngsten auf.

Dieser schlurfte zu Vickis Tür und pochte mit Wucht dagegen. »Du sollst rauskommen! Papa ist da!«

Im selben Moment wurde die Tür aufgerissen, und Vicki, die durch das laute Schlagen aus ihrem Buch aufgeschreckt worden war, schoss auf den Flur.

»Dich kleine Bestie soll der Teufel holen«, rief sie wütend und holte mit der Rechten aus, um dem Jungen eine Ohrfeige zu geben. Da sah sie ihren Vater und hielt gerade noch rechtzeitig inne.

»Wie nennst du deinen Bruder?«, fragte Gustav streng.

Vicki sah ihm trotzig in die Augen. »Ich nenne ihn das, was er ist, nämlich eine kleine Bestie.«

Nun zuckte Gustavs Hand hoch. Der von allen erwartete Schlag unterblieb jedoch. In einem hatte Vicki recht. So wie Waldemar es eben getan hatte, klopfte man an keine Tür. Da er den Sohn jedoch nicht ihretwegen tadeln wollte, drehte er sich um und ging in sein Zimmer, sich umzuziehen.

Als er zurückkam, stand das Essen auf dem Tisch. Ein Diener hatte ihm sogar einen Krug von seinem Lieblingsbier geholt. Doch an diesem Abend schmeckte es ihm nicht. Da war zum einen sein Ärger über seinen Vorgesetzten, und zum anderen störte es ihn, wie sich Waldemar Vicki gegenüber benommen hatte. Auch wenn diese mit dem Makel behaftet war, die Mutter das Leben gekostet zu haben, so hatten sich seine Söhne ihr gegenüber so zu benehmen, wie es sich gehörte. Dies, so sagte Gustav sich, würde er den vieren mit Nachdruck erklären.

Nach dem schweigsamen Mahl zog er sich in den kleinen Raum zurück, den er für sich reserviert hatte, um dort bei einer guten Zigarre und einem Glas Cognac seinen schlimmsten Ärger zu vergessen.

Otto und Heinrich verließen das Haus, um mit Freunden eine der Schenken in der Nähe der Friedrichstraße zu besuchen. Die jüngsten Söhne spielten mit ihren Zinnsoldaten, und Malwine nahm eine Stickerei zur Hand. Vicki überlegte sich, es ihr gleichzutun, holte dann aber ihr Buch aus der Kammer, aus dem Waldemar sie vorhin aufgeschreckt hatte, und las weiter.

»Was ist das für eine Lektüre, Victoria?«, fragte Malwine kritisch.

Ohne ein Wort reichte das Mädchen der Stiefmutter das Buch.

»Minna von Barnhelm oder das Soldatenglück, ein Stück über Liebe und Treue«, las Malwine und funkelte Vicki zornig an. »Das ist gewiss einer der Schundromane, die für ein junges Fräulein wie dich vollkommen ungeeignet sind.«

»Das müssen Sie Frau Berends sagen«, erklärte Vicki mit leichtem Spott. »Das ist die Internatsleiterin, und sie hat dieses lehrreiche Theaterstück ausgesucht, damit wir es am letzten Abend in ihrer Schule aufführen sollen. Meine Cousine Auguste wird die Minna von Barnhelm spielen, Dorothee von Malchow als die Größte in der Klasse den Major von Tellheim und Lukretia von Kallwitz Minna von Barnhelms Zofe.«

»Und wen spielst du?«, fragte Malwine.

»Friedrich den Großen.«

Malwine zuckte zusammen. Der Gedanke, ihre Stieftochter könnte in einem Schultheaterstück als der große Preußenkönig auftreten, erschien ihr wie ein Sakrileg. Sie musterte das Buch genauer, entdeckte den Stempel des Internats, der ihr bewies, dass Vicki die Wahrheit gesprochen hatte, und reichte es ihr zurück.

»Ich hoffe, du machst deinem Vater und dem hohen Hause Hohenzollern keine Schande.«

Vicki überlegte, ob sie Friedrich den Großen nicht wie eine Witzfigur spielen sollte, nur um ihren Vater und ihre Stiefmutter zu blamieren. Dann aber dachte sie an ihre Mitschülerinnen, die sich bei ihren Rollen alle Mühe geben würden, und wusste, dass sie ihnen das nicht antun konnte.

»Der Part des Königs ist einer der kleinsten und wird mir wenig Mühe bereiten«, antwortete sie.

»Deshalb hat man ihn dir wohl auch übertragen. Eine längere und anspruchsvollere Rolle hat man dir wohl nicht zugetraut.«

»Wie Sie meinen«, sagte Vicki lächelnd und vertiefte sich wieder in das Theaterstück.

7.

Vickis Raum maß nur vier Quadratmeter. Das ärgerte sie, denn die Zimmer ihrer Brüder waren mindestens viermal so groß wie das ihre. Dazu hatte man den winzigen Raum von der Unterkunft der drei Dienstmädchen abgetrennt, so dass nun zwei von ihnen übereinander schlafen mussten, während das Bett der dritten quer unter das Fenster gestellt worden war. Gewohnt, dass die Herrschaft nicht eingriff, wenn sie ihre Schnäbel an Vicki wetzten, machten sie ihrem Ärger Luft.

Vicki hörte sich ihren Sermon an, danach nahm sie ihr Lineal und hob es drohend in die Höhe. »Ihr solltet in Zukunft besser auf das achten, was ihr sagt. Als Kind musste ich es mir gefallen lassen. Mittlerweile bin ich in der Lage, euch Streiche damit zu versetzen.«

»Trau dich nur!«, rief Gitta.

Im nächsten Augenblick traf Vickis Lineal schmerzhaft ihren Oberarm.

»Bist du verrückt geworden!«, rief das Dienstmädchen empört und holte aus, um Vicki eine Ohrfeige zu versetzen.

Diese stellte sich kampfbereit vor sie hin. »Versuche es, und du wirst dein blaues Wunder erleben.«

Gitta sah aus, als wolle sie es darauf ankommen lassen. Da zerrte sie das zweite Dienstmädchen zurück. »Bist du verrückt geworden? Wenn du dich an der Tochter der Herrschaft vergreifst, kann Herr von Gentzsch nicht anders, als dich zu bestrafen. Vielleicht entlässt er dich sogar, und du musst im Akkord in einer Fabrik schuften.«

Gitta riss entsetzt die Augen auf. Wie die beiden anderen stammte sie aus dem Landstädtchen, in dem Vickis Vater früher gewirkt hatte, und fühlte sich hier in Berlin nicht wohl. Am meisten Angst hatte sie davor, hier zu stranden und auf sich selbst angewiesen zu sein. Solange sie bei dem ehemaligen Landrat und dessen Frau angestellt waren, fühlten sie sich zumindest sicher. Daher drehte sie sich um und ging.

Victoria sah ihr nach und sagte sich, dass sie kein Aufhebens von dem Zwischenfall machen sollte. Da ihr die Lust auf ihre Lektüre vergangen war, nahm sie ihren Zeichenblock zur Hand und skizzierte mit raschen Strichen die aufsässige Miene, die Gitta eben aufgesetzt hatte. Später hörte sie, wie ihre Brüder nacheinander das Haus verließen. Kurz darauf machte sich auch Malwine zum Ausgehen fertig, um die Ehefrau von Gustavs Vorgesetztem zu besuchen. Die Dame wünschte ihre regelmäßigen Visiten und bestritt das Gespräch zu neunzig Prozent selbst. Trotzdem kam Malwine brav zu ihr, denn sie hoffte, die Frau werde ihren Einfluss auf Dravenstein nutzen, damit dieser Gustav endlich die erhoffte Beförderung verschaffte.

Als auch noch das Dienstpersonal unterwegs war, um die anstehenden Besorgungen zu erledigen, wurde es still in der Wohnung. Victoria nahm die Gelegenheit wahr, sich umzusehen. Ihr Vater und Malwine verfügten je über ein großes und ein kleines Zimmer und ihre Brüder über je eines. Darüber hinaus gab es einen Salon für Malwine sowie ein Rauchzimmer und ein Studierzimmer für den Vater. Zwei Räume waren für Gäste reserviert, standen jedoch meist leer. Dazu gab es noch einen größeren Raum, der für Einladungen geeignet war. Und dennoch hatte man sie nun in einem Verschlag untergebracht, in dem sie sich kaum umdrehen konnte.

Das Gefühl der Vernachlässigung, das Vicki seit Jahren erahnte, traf sie nun mit voller Wucht. Gleichzeitig wuchs der Wunsch in ihr, etwas anderes zu sehen als diese bedrückenden Wände. Kurz entschlossen zog sie sich ausgehfertig an und verließ die Wohnung. Erst auf dem Flur erinnerte sie sich daran, dass sie keinen eigenen Schlüssel besaß. Sie würde daher klingeln müssen, wenn sie zurückkam.

Dann ist es eben so, dachte sie und stieg die Treppe hinab. Unten nickte sie kurz dem Hausbesorger zu, trat auf die Straße und reihte sich in den Strom der Passanten ein. Mit der Menge erreichte sie schließlich eine der Einkaufsstraßen von Berlin. Da sie das wenige Geld, das sie besaß, nicht unnütz ausgeben wollte, sah Vicki sich nur die Auslagen an. Ihr eigentliches Ziel war ein Café am Ende dieser Straße, das sie schon lange einmal hatte betreten wollen.

Der Schaufensterbummel erinnerte sie daran, dass ihr Vater und ihre Stiefmutter sie zwar mit allem versorgten, was an Kleidung und dergleichen nötig war, aber ihr noch nie eine echte Liebesgabe geschenkt hatten. Mit einem leisen Schnauben schob sie diesen Gedanken von sich und legte das letzte Stück Weges zum Café zurück. Sie trat forsch ein, fand ein stilles Plätzchen in der Ecke und setzte sich. Sofort eilte eine der adrett gekleideten Bedienungen auf sie zu.

»Guten Tag, gnädiges Fräulein. Was darf ich Ihnen bringen?«

Victoria warf einen Blick auf die Karte und erschauerte angesichts der hohen Preise. »Ich hätte gerne eine Tasse Schokolade und ein Stück Marmorkuchen«, sagte sie. Dafür reichte ihr Geld auf jeden Fall. Mit dem Rest, so sagte sie sich, wollte sie ein paar Kleinigkeiten für ihre Großmutter, für Tante Friederike und ihre Cousinen zu Weihnachten kaufen. Mit je einer kleinen, selbst gezeichneten Grußkarte war dies sicher ein hübsches Geschenk. Dafür verzichtete sie gerne auf ein Stück teure Torte.

Kurz darauf erhielt sie eine Tasse Trinkschokolade und das Stück Kuchen und beschloss, sich möglichst lange daran zu erfreuen.

Kurz nach ihr erschienen weitere Gäste. Es handelte sich um eine Frau, die Vicki auf etwa fünfzig Jahre schätzte, und einen schlanken, jungen Mann mit einem schmalen, harmonisch wirkenden Gesicht. Er kam Vicki bekannt vor, dennoch dauerte es eine Weile, bis sie in ihm den Studenten wiedererkannte, den sie während der Zugfahrt zum Internat den Narren seines Vetters genannt hatte.

Die beiden setzten sich in ihre Nähe und bestellten Kaffee und je ein Stück Marmorkuchen. Nach einer Weile begannen sie sich leise zu unterhalten. Vicki war neugierig und lauschte ungeniert.

»… darfst deinen Onkel nicht enttäuschen, Reinhold«, beschwor die Frau eben ihren Begleiter.

»Mama, ich muss gestehen, dass ich nicht mit allem einverstanden bin, was Onkel Markolf unternimmt. Ich …«

»Mein Bruder ist ein angesehener Herr und hat Freunde in den allerhöchsten Kreisen. Da gibt es gewiss Dinge, die du nicht verstehst«, unterbrach ihn seine Mutter.

Reinhold schüttelte den Kopf. »Bitte, Mama, ich weiß, was ich sage! Ich halte einige der von Onkel Markolf getroffenen Entscheidungen für falsch, denn sie widersprechen den guten Sitten. Weiter will ich mich darüber nicht auslassen.«

»Mein Bruder weiß, was er tut, und er weiß auch gewiss genau, was zu geschehen hat. Jemand wie du kann das nicht beurteilen.« Die Frau klang verzweifelt und fasste nach den Händen ihres Sohnes. »Denke doch auch an deine Schwestern und an mich! Nach dem Tod eures Vaters standen wir vor dem Nichts. Hätte mein Bruder sich unser nicht angenommen, könntest du nicht einmal dein Studium fortsetzen.«

»Das weiß ich doch«, antwortete Reinhold bedrückt. »Dennoch finde ich nicht gut, was mein Onkel macht. Es widerstrebt meinem Sinn für Sittlichkeit und Moral.«

»Ich flehe dich an, mein Sohn, deinem Onkel in allem zu gehorchen! Es wäre fatal, wenn er seine helfende Hand von uns zurückziehen würde, insbesondere jetzt, da ein höherer Beamter in Erfurt ein gewisses Interesse an Ottilie zeigt. Sie ist doch bald fünfundzwanzig und kurz davor, als ältliches Mädchen zu gelten. Wenn Herr Servatius um sie anhält, ist wenigstens sie versorgt. Doch das wird er nicht tun, wenn du den Onkel erzürnst.«

Vicki fragte sich, was das eine mit dem anderen zu tun hatte, begriff aber, dass die Mutter Reinhold damit in einen Zwiespalt stürzte, der ihm schwer zu schaffen machte. Da sie erlebt hatte, wie sein Vetter sich benahm, vermutete sie, dass der Apfel nicht weit vom Stamm gefallen war.

Reinhold gab es offenbar auf, seine Mutter überzeugen zu wollen, stattdessen berichtete diese von ihrem Leben und dem seiner Schwestern. Vicki widmete sich wieder ihrer Trinkschokolade und ihrem Kuchen. Sie bezahlte und machte sich auf den Weg zum Ausgang.

Da entdeckte Reinhold sie und rieb sich kurz über die Stirn. Als er sah, dass Vicki ohne Begleitung war, sprang er auf und eilte ihr nach. »Verzeihen Sie, mein Fräulein, halten Sie sich etwa allein hier auf?«

Vicki wandte sich zu ihm um und funkelte ihn herausfordernd an. »Ich wüsste nicht, was Sie das angeht.«

»Den Gesprächen im Zug entnahm ich, dass Sie zu den Zöglingen eines Internats gehören. Die Regeln dort sind sehr streng. Ein solcher Fauxpas könnte Ihre Deregulierung nach sich ziehen.«

Das wäre nur der Fall, wenn Frau Berends davon erfahren würde, dachte Vicki und wollte an ihm vorbei das Café verlassen.

»Mein Fräulein, Sie werden mir gestatten, Sie nach Hause zu begleiten«, erklärte Reinhold mit fester Stimme.

»Ich denke nicht daran! Sie sind weder mein Bruder noch ein anderer Verwandter, den mein Vater als meinen Begleiter akzeptieren würde. Und nun gehen Sie mir aus dem Weg!«

Vicki klang scharf, und Reinhold ließ sie daher ziehen, eilte aber zu seinem Tisch zurück und zog sogleich seine Börse.

»Bitte, Mama, ich will diesem unbesonnenen jungen Ding folgen! Könntest du rasch austrinken und den Rest deines Kuchens essen, damit wir aufbrechen können?«

Er reichte der Bedienung mehrere Münzen und verzichtete darauf, die zwanzig Pfennige Restgeld ausbezahlt zu bekommen.

Seine Mutter stand verwundert auf und ließ sich von ihm in den Mantel helfen. »Wer ist diese junge Dame?«, fragte sie neugierig, während sie Reinhold ins Freie folgte.

»Ihren Namen kenne ich nicht. Ich sah sie nur einmal in der Eisenbahn, als Vetter Wolfgang lautstark seinen Geburtstag feierte und damit bei den anderen Fahrgästen Anstoß erregte.«

»Und deshalb kümmerst du dich um sie?« Reinholds Mutter schüttelte verständnislos den Kopf, folgte ihm aber, als dieser in einem gewissen Abstand hinter Vicki herging. Unterwegs betrat diese einen Papierwarenladen, blieb eine Viertelstunde darin und kam dann mit einer Tüte zurück.

Nachdem sie die kleinen Geschenke für Hartungs gekauft hatte, hielt Vicki nichts mehr in der Stadt. Sie war es gewohnt, längere Strecken zu Fuß zu gehen, und ignorierte daher die fragenden Blicke der Droschkenkutscher. Plötzlich erklang ein infernalischer Lärm, und sie zuckte erschrocken zusammen. Ein seltsames Gefährt, das irgendwie einer Kutsche ähnelte, aber keine Pferde vorgespannt hatte, bog knatternd um die Ecke und fuhr an ihr vorbei. Vorne saß ein Mann mit einem seltsamen Rad in den Händen, während Vicki unter dem geschlossenen Verdeck einen besser gekleideten Herrn und eine Frau entdeckte, die sich auf diese seltsame Weise durch Berlin fahren ließen.

Ihr war zwar bewusst, dass es Automobile gab, aber sie hatte noch nie eines gesehen und fand, dass diese Dinger völlig überflüssig waren. Sie waren laut und stanken. Außerdem erschreckten sie Menschen und Pferde. Weiter vorne kämpfte ein Kutscher gerade mit seinem widerstrebenden Gespann und fluchte auf diese Klapperkästen, mit denen einige überspannte Reiche die Straßen unsicher machten.

Reinholds Mutter hatte ebenfalls noch kein Automobil zu Gesicht bekommen und starrte dem Gefährt fassungslos nach. »Aber wie kann diese Kutsche ohne Pferde fahren?«, fragte sie.

»Dieses Fahrzeug wird durch einen Motor angetrieben«, erklärte ihr Sohn.

»So kleine Dampfmaschinen gibt es?«

Reinhold öffnete den Mund, um ihr den Unterschied zwischen einer Dampfmaschine und einem Verbrennungsmotor zu erklären, ließ es dann aber sein, da sie es kaum begreifen würde.

Unterdessen hatte Vicki das Haus mit der elterlichen Wohnung erreicht und trat ein.

Reinhold blieb in der Nähe stehen und wartete eine Weile, bis er sicher sein konnte, dass Vicki nicht mehr herauskommen würde. Danach wandte er sich seiner Mutter zu, die durch den langen Spaziergang ganz außer Atem gekommen war. Zwar hatte sie sich mittlerweile ein wenig erholt, fror aber nun in der kalten Luft und schimpfte leise vor sich hin.

»Verzeih mir, dass ich dir dies zugemutet habe, Mama«, entschuldigte Reinhold sich und winkte einem Droschkenkutscher. Wenig später genoss seine Mutter in eine warme Decke gehüllt die Fahrt durch das winterliche Berlin und war, als sie vor dem Palais anhielten, welches Markolf von Tiedern sein Eigen nannte, mit ihrem Sohn wieder versöhnt.

8.

Vicki blieb einen Augenblick vor der Wohnungstür stehen, dann zog sie entschlossen den Klingelzug. Es dauerte nur kurz, bis die Tür aufgerissen wurde und Malwine herausschaute. Beim Anblick ihrer Stieftochter färbte sich ihr Gesicht dunkelrot.

»Wo bist du gewesen?«, fragte sie scharf.

»Ich habe ein paar Sachen für die Schule besorgt«, antwortete Vicki.

»Du weißt, dass ein Mädchen deines Alters und deines Standes nicht unbegleitet ausgehen darf!«, fuhr Malwine sie an. »Du tust deinem Vater und mir alles nur zum Trotz. Wenn ich könnte, wie ich wollte, würde ich die Rute nehmen und dich verprügeln, bis du uns alle um Verzeihung bittest und schwörst, uns von nun an in allem zu gehorchen! Wer weiß, vielleicht wird dein Vater es tun, wenn er nach Hause kommt.«

»Dann schlägt er mich eben.« Vicki war nicht bereit, auch nur einen Fingerbreit zurückzuweichen. Schließlich war bei ihrem Ausflug in die Stadt nicht mehr passiert, als dass ihr dieser lächerliche Reinhold seine Begleitung hatte aufdrängen wollen.

»Jedenfalls hast du ab sofort Zimmerarrest! Du wirst dort auch deine Mahlzeiten einnehmen«, erklärte Malwine aufgebracht.

Dann habe ich beim Essen meine Ruhe und muss mir nicht andauernd anhören, wie klug und brav meine Brüder sind, dachte Vicki zufrieden und verschwand in ihrer Kammer. Der Zimmerarrest kam ihr zudem nicht ungelegen, so hatte sie die Zeit, die kleinen Geschenke für ihre Verwandten anzufertigen.

Drinnen verstaute sie die Wintersachen und streifte ein bequemes Kleid über. Dann räumte sie so auf, dass sie sich auf den Hocker setzen und auf dem Bett arbeiten konnte. Als sie den Zeichenstift zur Hand nahm, vergaß sie die beengte Situation ebenso wie die Zeit.

Erst als die zornige Stimme ihres Vaters erklang, begriff sie, dass es bereits auf den Abend zugehen musste. Da es im Zimmer düster geworden war, schaltete sie die Glühbirne an und schloss die Vorhänge.

Im nächsten Moment wurde die Tür aufgerissen. »Was musste ich hören? Du bist heute allein durch die Stadt gezogen? Dieses Verhalten, mein Fräulein, werden wir dir austreiben! Du hast für den Rest deiner Ferien Zimmerarrest. Der Weihnachtsbesuch bei deiner Großmutter ist gestrichen! Ach ja, du wirst auch deine Notdurft im Zimmer verrichten. Eines der Dienstmädchen wird dir gleich einen Nachttopf bringen. Außerdem erhältst du keinen Nachtisch mehr.«

Die einzige Einschränkung, die Vicki schmerzte, war jene, ihre Großmutter und ihre Tante nicht besuchen zu dürfen. Der Rest kümmerte sie nicht. Sie bekam auch nicht mit, dass ihr Vater seine harte Entscheidung bereits am nächsten Tag bereute. Immerhin war Weihnachten das Fest der Liebe. Daher hätte er Vicki die Strafe erlassen, wenn sie Bedauern über ihr Fehlverhalten gezeigt hätte. Vicki war jedoch froh, ihre Ruhe vor ihren Brüdern und den strengen Blicken des Vaters zu haben, und blieb klaglos in ihrem Verschlag.

Weihnachten kam heran, und das große Wohnzimmer wurde für das Fest vorbereitet. Gustav von Gentzsch besorgte einen wunderschönen Baum, den seine Frau und die beiden älteren Söhne schmückten, während Karl und Waldemar in ihren Zimmern warten mussten, bis das Christkind die Bescherung vorgenommen hatte.

Vicki blieb in ihrem Zimmer eingesperrt, als sich wenig später der Rest der Familie um den Weihnachtsbaum versammelte. Malwine überlegte, ob sie ihren Mann nicht bitten sollte, den strengen Arrest wenigstens für eine Stunde auszusetzen. Daran gewöhnt, Gustavs Entscheidungen auch als die ihren anzusehen, schwieg sie jedoch und sah zufrieden zu, wie sich ihre Söhne und Stiefsöhne über die von ihr ausgesuchten Geschenke freuten. Auch die Hausmädchen, der Diener und der Kutscher waren mit ihren Gaben zufrieden und leerten ein Glas Bier oder Wein auf ihre Herrschaft.

Malwine hatte angenommen, sie hätte auch ein Geschenk für Vicki vorgesehen, doch als alles verteilt worden war, blieb nichts übrig. Da erst erinnerte sie sich daran, dass sie zwar geplant hatte, ein paar Hemden und ein wenig Leibwäsche zu besorgen, aber dies hatte sie über allen anderen Vorbereitungen vergessen. Da ihr Ehemann ein solches Verhalten getadelt hätte, schwieg sie und sang mit seelenvoller Stimme »Stille Nacht, heilige Nacht«.

Vicki hörte ihre Familie singen und dachte mit einem amüsierten Lächeln daran, wie sie vor einigen Monaten Weihnachtslieder gesungen hatte, um den ihr noch unbekannten Vetter von Reinhold in seine Schranken zu weisen. Jetzt im Familienkreis mitzusingen, hatte sie keine Lust. Sie legte sich aufs Bett, verschränkte die Hände hinter dem Kopf und überließ es ihren Gedanken, dorthin zu fliegen, wohin sie wollten. Seltsamerweise beschäftigten sie sich mit Reinhold. Obwohl sie sich zuerst geärgert hatte, fand sie sein Angebot, sie nach Hause begleiten zu wollen, im Nachhinein äußerst ritterlich.

»Auf jeden Fall hat er gezeigt, dass ihm etwas an mir liegt«, sagte sie leise und musste dann über sich selbst lachen.

Selbst wenn ihr ein junger Mann wirklich gefallen würde, bestand keine Hoffnung, ihn näher kennenzulernen. Sie würde irgendwann einmal den Mann heiraten müssen, den ihr Vater für sie aussuchte, und der würde gewiss ein unangenehmer und unmöglicher Mensch sein. So einer wie Reinholds Vetter. Eine Zeit lang erdachte sie sich einen möglichst unangenehmen Familiennamen für diesen, fand aber, dass selbst »Schwein von Hinten« und »Großkamel von Allen« ihm nicht gerecht wurde.

Als es im Wohnzimmer ruhiger wurde, schlief sie ein und träumte von Schweinehintern und Kamelen. Gegen neun Uhr abends wurde sie von ihrer Stiefmutter geweckt.

»Du solltest deinen Vater jetzt kniefällig um Verzeihung bitten. Vielleicht erlaubt er dir doch, morgen mit zu deiner Großmutter und deinen Cousinen mitzukommen«, forderte sie Vicki auf.

Das Mädchen schwankte. Zwar wäre es leicht gewesen, das Knie vor dem Vater zu beugen und Reue zu heucheln. Ihr Stolz jedoch und das Gefühl, von ihrem Vater jedes Mal benachteiligt zu werden, brachten sie dazu, liegen zu bleiben.

»Nun, dann eben nicht!«, fauchte Malwine, schlug die Tür zu und verriegelte sie wieder.

»Ich weiß nicht, was wir bei Victorias Erziehung falsch gemacht haben, doch sie ist so verstockt, dass es Christus erbarmen möge«, berichtete sie kurz darauf ihrem Mann.

Gustav wollte nicht zugeben, etwas falsch gemacht zu haben. Andererseits aber hatte er die Herablassung, mit der Herr von Dravenstein ihn behandelte, zur Genüge kennengelernt, und er fragte sich, ob er seine Tochter nicht doch etwas liebevoller behandeln sollte. Immerhin war sie Gundas Kind, und diese Frau hatte er geliebt wie keinen Menschen zuvor oder danach. Nur mühsam schüttelte er diesen Gedanken ab, befahl dem Diener, ihm ein Glas Punsch zu bringen, und fragte seine Söhne, ob sie daran gedacht hätten, auch ein Geschenk für ihre Schwester zu besorgen.

Die beiden jungen Männer und die Knaben sahen ihn an, als hätte er auf einmal botokudisch gesprochen. »Aber sie schenkt uns doch auch nichts«, platzte Waldemar heraus.

Seine Worte erinnerten Gustav daran, wie Vicki mit vier und fünf Jahren versucht hatte, ihn zu Weihnachten mit ein paar selbst gefertigten Basteleien zu beschenken, und er diese ungeachtet ihrer Tränen in den Abfall geworfen hatte. Mit einem Mal überkam ihn das Gefühl, als Vater versagt zu haben.

»Wir fahren morgen um zwei Uhr nachmittags zur Villa Hartung. Wenn Victoria sich bis dorthin besinnt, kann sie mitkommen.« Er sagte es laut genug, damit auch seine Tochter es hören konnte.

Für Vicki hörte es sich jedoch so an, als müsse sie ihn um Verzeihung bitten, um mitgenommen zu werden, und dazu war sie nicht bereit.

9.

Am nächsten Vormittag ließ Malwine die Tür von Vickis Zimmer unversperrt, damit das Mädchen herauskommen und mit dem Vater reden konnte. Ihre Stieftochter blieb jedoch in ihrem Zimmer und beschäftigte sich damit, ihre Großmutter aus dem Gedächtnis heraus zu malen.

Als dann auch noch Waldemar vor der Tür eine freche Bemerkung über sie machte, hätte schon ein Engel Gottes kommen und sie dazu auffordern müssen, ihre Familie zu den Hartungs zu begleiten. Vielleicht war es ganz gut, wenn sie fehlte, sagte sie sich. Dann sehen Großmama, Tante Friederike und die Mädchen wenigstens, wie ich hier behandelt werde.

Wären Gustav von Gentzsch die Gedanken seiner Tochter bewusst gewesen, hätte er ihr befohlen mitzukommen. So aber machten er, Malwine und die Söhne sich allein auf den Weg. Vicki hingegen blieb in ihrem Zimmer, doch je mehr Zeit verging, desto mehr haderte sie mit ihrem Starrsinn, der sie am Einlenken gehindert hatte.

Als Gustav mit Frau und Söhnen die Villa Hartung betrat, waren sie nicht die einzigen Gäste. Theodors Schwester Charlotte war mit ihren Zwillingen gekommen, ebenso der greise General Wilhelm von Steben mit Frau und Sohn. Wie die Verwandtschaftsverhältnisse zwischen Steben und den Hartungs lagen, hatte Gustav nie herausgefunden. Auf jeden Fall wurden Wilhelm von Steben, seine Frau Cordelia und Willi wie Familienmitglieder behandelt. Fritz von Hartung und Willi dienten sogar im selben Regiment als Sekondeleutnants.

Es war eine große Runde, zu der später noch Theodors Tante Gertrud von Reckwitz samt zwei Söhnen und vier Enkeln stieß.

»So viele waren wir schon lange nicht mehr«, sagte Gertrud nach einem kurzen Blick in die Runde.

»Eine fehlt«, antwortete Theresa leise.

Gustav begriff, dass damit Vicki gemeint war, und ärgerte sich über das verstockte Mädchen, das nicht einmal zu Weihnachten bereit war, Demut zu zeigen.

»Vicki hatte die Wahl, sich reuig zu zeigen oder im Zimmerarrest zu verbleiben«, sagte er und fand es abscheulich, seine Handlungsweise auch noch verteidigen zu müssen.

»Was hat sie denn ausgefressen?«, fragte Charlotte von Harlow neugierig.

»Sie hat es gewagt, allein und unbegleitet in der Stadt herumzulaufen und einzukaufen«, berichtete Malwine mit empörter Miene.

Als Friederike das hörte, musste sie lachen. »Wenn es weiter nichts ist.«

»Sie hat sich heimlich aus dem Haus geschlichen und sich wer weiß wo herumgetrieben. Wenn sie wenigstens ein Dienstmädchen mitgenommen hätte!«, trumpfte Malwine auf.

Friederike schüttelte den Kopf. »Eine gewisse Selbstständigkeit sollte jedes Mädchen lernen. Was ist denn dabei, wenn ein Mädchen sich eine Stunde in der Stadt aufhält und die Schaufenster betrachtet?«

»Das hätte sie ja alles tun können, aber in Begleitung!«, rief Malwine empört.

»Ich würde mich sehr wundern, wenn Auguste ein Dienstmädchen mitnähme, wenn sie sich Seide für ein Taschentuch oder ein Buch besorgen will.«

»Außerdem würde das Dienstmädchen in der Zeit bei der Arbeit fehlen«, sprang Auguste ihrer Mutter bei.

Es war deutlich zu erkennen, dass Malwines Moralvorstellungen sich nicht mit denen der Hartung-Familie deckten. Während Friederike ihren Töchtern vertraute, musste in ihren Augen ein junges Mädchen überwacht werden, damit es nichts Dummes anstellte. Der Besuch eines Putzmachergeschäfts oder eines Buchladens war an sich harmlos, doch konnte ein Mädchen dort auf einen jungen Mann treffen und von diesem verlockt werden, mit ihm ein öffentliches Lokal oder Café zu betreten, und dies wäre für den Ruf des betreffenden Mädchens verheerend.

Während die Frauen sich unterhielten, zogen Theodor und Gustav sich in den Rauchsalon zurück. Gustav widmete sich seiner Zigarre und bemerkte erst nach einiger Zeit, dass Theodor ihn fragend anschaute.

»Haben Sie die erwartete Beförderung erhalten, Schwager?«

Gustav schüttelte düster den Kopf. »Bedauerlicherweise nicht! Dabei war sie mir fest zugesagt worden. Herr von Dravenstein, den das Schicksal mir zum Tort zu meinem Vorgesetzten bestimmt hat, erklärte mir letztens, dass ich nicht damit rechnen könne, sie auf absehbare Zeit zu erhalten. Dabei habe ich meinen Dienst dem Vaterland gegenüber stets nach bestem Wissen und Gewissen geleistet. Dies ist nun der Dank!«

»Das ist überaus bedauerlich.« Theodor ahnte, dass Gustav und mit ihm auch Malwine besser gelaunt wären, wenn die Beförderung endlich erfolgen würde. So hatte Victoria neben der allgemeinen Ablehnung durch den Vater auch noch unter dessen Ärger mit seinem Vorgesetzten zu leiden.

»Und wie geht es Ihnen, Schwager?«, fragte Gustav. »Gab es noch einmal Beschwerden von staatlicher Seite?«

»Noch zweimal. Einmal konnte ich diese mithilfe eines befreundeten Offiziers abwenden, das andere Mal hat mich fünftausend Mark gekostet.«

»Das ist keine kleine Summe«, fand Gustav.

»Noch kann ich sie verschmerzen. Auf der nächsten Leipziger Messe werde ich jedoch zusehen, mehr private Kunden zu gewinnen.«

Theodor dachte an die Gespräche, die sein Vater Friedrich mit seinem Großvater geführt hatte. Beide hatten über Heinrich von Dobritz gespottet, dem Mann seiner Tante Luise. Dieser hatte seine Tuchfertigung fast ganz auf Uniformstoffe umgestellt und durch niedrige Preise die Konkurrenz ausgestochen. Letztlich hatte er jedoch nicht mehr genug verdient, um das Werk ertragreich zu gestalten, und war beinahe in Konkurs gegangen. Nur eine kräftige Finanzspritze des Schwiegervaters seines gleichnamigen Sohnes hatte das Werk schließlich gerettet. Mittlerweile hatte Heinrich von Dobritz junior die Tuchfabrikation aufgegeben und wirkte erfolgreich als Bankier.

»Noch kann ich es verschmerzen«, wiederholte Theodor und wechselte dann das Thema. Es war Weihnachten, und er wollte sich das Fest nicht durch so unangenehme Dinge verderben lassen.

10.

Etwa um dieselbe Zeit saß Theodors Vetter Heinrich von Dobritz in der Bibliothek des Herrn von Dravenstein und bemühte sich, seinen Ärger im Zaum zu halten.

»Ich habe auf Ihren Rat hin und auf der Grundlage der von Ihnen in Aussicht gestellten Sicherheiten dem Grafen Schleinitz einen hohen Kredit eingeräumt, mit dem dieser sein Gut wieder ertragreich hätte gestalten sollen«, erklärte er und wies dann auf einen Brief, den er auf den Tisch gelegt hatte.

»Jetzt wagt Graf Schleinitz es, die Höhe des Kredits anzuzweifeln, und erklärt, ich hätte ihm nur ein Drittel der Summe ausbezahlt. Er meint, er hätte Zeugen dafür und würde einem Prozess siegesgewiss entgegensehen.«

Dravenstein, ein gutaussehender Mittfünfziger mit immer noch vollem, wenn auch grau werdendem Haar, hob in einer bedauernden Geste die Hände. »Ich verstehe Ihren Groll, mein Freund. Doch Sie sehen in mir den falschen Adressaten, denn mit dem eigentlichen Kredit habe ich nichts zu tun.«

»Aber Sie sagten doch, Graf Schleinitz würde Hilfe von solventen Freunden erhalten und diese für meinen Kredit bürgen«, stieß Heinrich von Dobritz erregt hervor.

»Sollten Sie meine unbedachten Worte so aufgefasst haben, so bedauerte ich dies sehr. Ich sagte nur, Graf Schleinitz habe die Hoffnung, seine Freunde würden ihm beistehen und für ihn bürgen. Sie haben sich doch hoffentlich nicht darauf verlassen? Mir nämlich kamen Schleinitz' Worte wie der Griff nach dem letzten Strohhalm vor.« Dravenstein lächelte freundlich und reichte Heinrich von Dobritz den Brief wieder zurück. »Sie werden sich mit Schleinitz und dessen Freunden auseinandersetzen müssen! Ich kann leider nichts für Sie tun.«

Für Heinrich von Dobritz waren diese Worte ein Schlag ins Gesicht. Er hatte diesen Kredit im vollsten Vertrauen auf Dravensteins Erklärung gewährt und sah sich nun von diesem getäuscht. Ich hätte auf die Lehren meines Schwiegervaters hören und keinen Kredit ohne entsprechende Sicherungen vergeben dürfen, fuhr es ihm durch den Kopf. Stattdessen hatte er sich von Dravenstein einlullen lassen und hielt nun einen Kreditvertrag in der Hand, der nicht einmal das Geld für die Tinte wert war, mit der er ihn geschrieben hatte.

Was tun?, fragte er sich. Wenn er es auf einen Prozess ankommen ließ, würden sein Name und der seiner Bank durch die Presse geschleift. Er kannte die Journaille. Die würde es in ihrer Überspitzung so hinstellen, als stünde seine Bank durch diesen Verlust kurz vor der Zahlungsunfähigkeit. Damit aber konnte eine Spirale in Gang gesetzt werden, die zu seinem Untergang führte. Schleinitz rechnete wohl genau damit, sonst würde er nicht so auftrumpfen.

Eine gewisse Schuld an seinem Dilemma maß Heinrich von Dobritz Dravenstein zu, der sich sehr viel Mühe gegeben hatte, Schleinitz diesen Kredit zu beschaffen. Die Hauptschuld aber trug er selbst, weil er sich auf die Aussagen dieses windigen Beamten verlassen hatte.

»Wenn Sie mir nicht mehr zu sagen haben, ist es wohl besser, wenn ich gehe«, erklärte er und funkelte Dravenstein herausfordernd an. »Den Kredit, den ich Ihnen damals gewährt habe, fordere ich zum nächsten Ersten zurück. Sie erhalten die schriftliche Aufforderung morgen.«

Das war die einzige Revanche, die ihm blieb, denn dieser Kredit war gegen den, den er Schleinitz gewährt hatte, ein Zwerg.

»Ich an Ihrer Stelle wäre vorsichtiger, Dobritz! Mein Vetter nimmt eine hohe Stellung im Ministerium für Finanzwesen ein und ist durchaus in der Lage, eine umfassende Prüfung Ihrer Geschäfte anzuordnen.«

Es war eine Drohung, auf die Heinrich von Dobritz am liebsten mit einer Forderung zum Duell geantwortet hätte. Er traute Dravenstein jedoch zu, sich einem Zweikampf zu entziehen und ihm auf andere Weise zu schaden. Daher verabschiedete er sich kühl und verließ Dravensteins Haus.

Dieser sah durch das Fenster, wie sein Besucher den Wagen bestieg, und sein Lächeln verwandelte sich in ein höhnisches Lachen. Der Bankier war auch zu dumm. In seiner Gier, von der höchsten Gesellschaftsschicht anerkannt zu werden, hatte dieser sich verleiten lassen, ihm und einigen anderen Herren Kredite zu gewähren. Doch weder er noch seine Freunde hatten die Absicht, diese zurückzuzahlen.

Nach einer Weile verdrängte Dravenstein Dobritz aus seinen Gedanken und griff zum Klingelzug. Kurz darauf trat sein Kammerdiener ein und verbeugte sich.

»Der gnädige Herr befehlen?«

»Der Wagen soll in einer halben Stunde vorfahren.«

»Sehr wohl, gnädiger Herr!« Der Kammerdiener verbeugte sich erneut und ging. Er kam aber bald wieder zurück und fragte, was Dravenstein anzuziehen wünsche.

»Den grauen Gehrock, den dunklen Mantel sowie Zylinder Nummer vier«, erklärte ihm sein Herr und begab sich ins Ankleidezimmer. Der Kammerdiener folgte ihm, suchte die entsprechenden Kleidungsstücke heraus und half seinem Herrn hinein. Genau in der Minute, in der der Wagen vorfuhr, wurde Dravenstein fertig und begab sich nach draußen. Kaum saß er im Fond, klopfte er gegen den Bock und befahl dem Kutscher, ihn zum Chalet des Barons von Lobeswert zu bringen.

»Sehr wohl, gnädiger Herr«, antwortete der Kutscher und ließ die Peitsche über den Köpfen der Pferde kreisen.

Das Haus des Barons lag außerhalb von Berlin in einem dichten Wald und war von außen kaum einzusehen. Da hochrangige Herrschaften ihre Hand über Lobeswert hielten, kümmerte sich auch kein Gendarm um das im Stil eines barocken Jagdschlösschens errichtete Gebäude. Lobeswert selbst hatte seinen Titel erst vor wenigen Jahren in einem nachrangigen Fürstentum des Reiches durch Markolf von Tiederns Protektion erworben und spielte nun den Gastgeber für dessen Freundeskreis, der sich hier traf und seinen sexuellen Vorlieben frönte.

Dravenstein gehörte zu den regelmäßigen Besuchern und wurde sofort eingelassen. Bereits im Vorraum traf er auf die ersten Freunde, die ihn mit einem Glas Wein in der Hand begrüßten.

»Seien Sie uns willkommen!«, empfing ihn Jost von Predow, ein hochgewachsener, ungeschlacht wirkender Gutsherr, der sich lieber in Berlin aufhielt als auf seinem Gut in der Provinz.

»Ist Herr von Tiedern bereits erschienen?«, fragte Dravenstein.

»Er kam vorhin an, samt seinem Sohn, seinem Neffen und der schönsten Frau, die ich je zu Gesicht bekommen habe«, berichtete Predow.

»Ich muss mit ihm sprechen.«

Dravenstein eilte weiter und traf Tiedern auf einer Ottomane sitzend in einem Salon, der mit Bildern und Statuen nackter Frauen ausgestattet war. Tiederns Sohn Wolfgang saß neben seinem Vater, während sein Neffe Reinhold hinter der Ottomane stand. Eine hinreißende Frau mit dunkelblonden Locken und einem lieblichen Gesicht stand neben der Statue der Göttin Diana und musterte diese mit einem spöttischen Lächeln.

»Sie hätten dem Bildhauer sagen sollen, er solle mich als Vorbild nehmen«, meinte sie zu Tiedern.

Dieser zuckte lachend mit den Achseln. »Als ich die Statue anfertigen ließ, kannte ich Sie noch nicht, meine liebe Emma. Doch wenn Sie es wünschen, werde ich den Mann rufen lassen, damit er auch Sie in Marmor verewigt. Es wäre jammerschade, wenn Ihre Schönheit nicht auf diese Weise der Nachwelt erhalten bliebe. Kümmere dich darum, Reinhold!«

»Sehr wohl, Onkel.«

Reinholds Stimme klang kühl. Dabei reizten die Statuen und Bilder in diesem Raum auch seine Sinne. Einige Bilder und Figuren stießen ihn jedoch ab, denn sie stachelten die primitivsten Triebe eines Mannes an.

»Ich muss mit Ihnen sprechen«, erklärte Dravenstein drängend.

»Was gibt es?« Auf Tiederns befehlende Handbewegung verließen Emma von Herpich und Reinhold den Raum. Sein Sohn hingegen blieb und sah Dravenstein grinsend an.

»Der Bankier Dobritz war vorhin bei mir und beschwerte sich, weil Graf Schleinitz den ihm gewährten Kredit nicht bedienen will«, erklärte dieser.

»Und was haben Sie gesagt?«, fragte Tiedern amüsiert.

»Ich habe auf meinen Vetter hingewiesen und darauf, dass dieser eine Überprüfung der Bank veranlassen könne. Von diesen Bankiers hat doch jeder die eine oder andere Leiche im Keller. Dobritz wird es daher nicht wagen, etwas gegen mich zu unternehmen.«

»Eine Drohung? Wie plump!«, spottete Tiedern. »Aber vielleicht genügt es, Dobritz ruhigzuhalten.«

»Er will den mir gewährten Kredit zurückfordern«, fuhr Dravenstein fort.

»Wir werden etwas tun müssen, um auf Dauer gegen ihn gewappnet zu sein«, antwortete Tiedern, nun ernst geworden.

»Was kümmert mich dieser Geldfuchser, Vater?«, mischte sich sein Sohn ein. »Sie hatten mir versprochen, herauszufinden, wer dieses freche Luder ist, das mich an meinem Geburtstag vor meinen Freunden so blamiert hat.«

Tiedern verzog das Gesicht, dann holte er mit einer überlegenen Geste ein Blatt Papier aus der Innentasche seines Rocks.

»Deinem Bericht zufolge müssen die Mädchen unterwegs zu ihrem Internat gewesen sein. Es war nicht schwer für mich, herauszufinden, dass es sich dabei um die Höhere-Töchter-Schule einer Frau Berends handelte. Schwieriger war es, an die Liste der Schülerinnen zu gelangen, die dort eingeschrieben sind. Es hat den guten Lobeswert einige Mühe und etliche Mark gekostet, eine der dortigen Lehrerinnen dazu zu bringen, eine Abschrift dieser Listen anzufertigen.«

»Und wer war dieses Biest? Es soll für seine Frechheit bezahlen!«, rief Wolfgang, da ihm die Erklärungen seines Vaters zu weitschweifig wurden.

»Dies ist eine Sache, die ich nicht dir allein überlassen werde.« Tiedern lächelte auf eine Weise, dass es seinem Sohn die Nackenhaare aufstellte.

»Was ist damit?«, fragte Wolfgang.

»Zu der Gruppe der Schülerinnen, die im selben Eisenbahnzug gefahren sind wie du, gehören die drei Töchter von Theodor von Hartung, mit dem ich noch eine Rechnung offenhabe, sowie die Tochter dieses Narren Gustav von Gentzsch, der sich von Dravenstein wie ein Ochse am Nasenring führen lässt.«

Tiedern wandte sich an Dravenstein. »Es wäre mir lieb, wenn Sie alles über die Familie von Gentzsch in Erfahrung bringen und mir mitteilen könnten. War Gustav von Gentzsch nicht in erster Ehe mit einer Schwester von Theodor von Hartung verheiratet?«

»Ich glaube, das war er«, erwiderte Dravenstein, während Wolfgang das Gesicht verzog.

»Mein Gott, was soll das ganze Gerede? Mir geht es nur um diese freche Göre!«

»Mir geht es um sehr viel mehr«, antwortete sein Vater mit spöttischer Miene. »Theodor von Hartung war mir schon immer ein Dorn im Auge. Ich bin dabei, ihn so zurechtzustutzen, wie es mir gefällt. Doch das reicht mir noch nicht. Ich will ihn am Boden sehen und seine Töchter und Nichte auf dem großen Bett hier im Lustschlösschen. Sie werden als besondere Leckerbissen für Lobeswerts Gäste dienen.« Tiedern lächelte höhnisch. Auch wenn Hugo von Lobeswert für die Herren, die sich hier zu Orgien versammelten, als Gastgeber galt, so geschah dies doch nur, weil er selbst es so wollte.

Obwohl Dravenstein einiges gewohnt war, lief es ihm bei diesen Worten kalt den Rücken hinunter. Wolfgang hingegen applaudierte seinem Vater und rief lachend, dass er es kaum erwarten könne, jenes freche Biest unter sich zu spüren.

»Das wirst du auch, mein Sohn«, antwortete Tiedern in einem Tonfall, der für das Mädchen nichts Gutes verhieß. »Jetzt feiern wir erst einmal Weihnachten auf unsere Weise. Kommt mit! Mittlerweile dürfte Lobeswert alles vorbereitet haben.«

Tiedern ging in einen großen Saal, der ebenfalls mit erotischen Bildern und Statuen ausgestattet war, und traf dort neben Lobeswert ein gutes halbes Dutzend Herren mittleren und höheren Alters an. Zudem waren auch sein Neffe Reinhold und die hübsche Emma von Herpich anwesend, die unbedingt in Stein gemeißelt werden wollte. Weiter hinten an der Wand standen drei junge Mädchen, die nicht älter als zwanzig Jahre sein konnten und verwirrt und ängstlich wirkten. Eigenartig war es, dass sich kein Diener im Raum aufhielt. Stattdessen wies Tiedern seinen Neffen an, die Weinflaschen zu entkorken und die Gläser zu füllen.

Reinhold empfand das Treiben, das hier regelmäßig stattfand, als unmoralisch und äußerst widerwärtig. Da er jedoch seiner Mutter hatte versprechen müssen, dem Onkel in allem zu gehorchen, biss er die Zähne zusammen und erledigte das, was ihm aufgetragen wurde, auch wenn er sich innerlich vor Scham krümmte.

Zuerst zechten die Herren nur und gaben etliche Zoten zum Besten, die bei ihren Ehefrauen und Töchtern zu Ohnmachtsanfällen geführt hätten. Während Emma von Herpich darüber lachte, sahen die drei Mädchen so aus, als wünschten sie sich an jeden anderen Ort der Welt.

»Sollten wir nicht langsam anfangen?«, fragte ein älterer Herr.

»Wir sind sonst zu betrunken, um unseren Mann stehen zu können«, meinte ein anderer.

Tiedern winkte Lobeswert zu und lehnte sich dann gemütlich zurück.

Als ehemaliger Schauspieler genoss Hugo von Lobeswert es, im Zentrum zu stehen, und verbeugte sich vor den versammelten Herren.

»Seien Sie mir willkommen!«, rief er mit volltönender Stimme. »Heute findet in meinem Hause eine ganz besondere Auktion statt. Diese drei Jungfrauen«, er wies auf die Mädchen, »sind bereit, jeweils den ersten Stich zu versteigern.«

Eine der drei seufzte bei dieser rüden Bezeichnung, die Zweite weinte, und die Dritte schüttelte auf einmal den Kopf.

»Ich glaube, ich will das doch nicht.«

Sofort war Lobeswert bei ihr, fasste sie bei den Schultern und schüttelte sie. »Jetzt ist es zu spät, Nein zu sagen! Du hast einen Handel mit mir abgeschlossen, und ich fordere, dass du deinen Teil daran erfüllst.«

»Das fordern wir alle!«, rief Dravenstein und beschloss, dieses Mädchen zu ersteigern. Wenn sie sich zierte und womöglich noch Widerstand wagte, erhöhte dies den Reiz für ihn.

»Diese drei Jungfrauen sind bereit, das, was sie zu Jungfrauen macht, gegen eine noch auszuhandelnde Summe aufzugeben«, erklärte Lobeswert weiter.

»Mir wurde zugesagt, dass ich mindestens fünftausend Mark dafür erhalte! Es soll meine Mitgift sein, damit ich meinen Anton heiraten kann«, sagte das Mädchen, das eben geseufzt hatte.

»Fünftausend Mark sind sehr viel Geld«, protestierte einer der Männer. »In einem Bordell kann ich eine Jungfrau für einen Bruchteil dieser Summe bekommen.«

»Wenn sie denn eine ist«, spottete Lobeswert. »Diese hier sind echte Jungfrauen mit ärztlichem Attest. Wem dies keine fünftausend Mark wert ist, der ziehe sich aus dieser Versteigerung zurück.«

Drei Männer rückten ihre Stühle beiseite, doch die meisten blieben sitzen. Einer sah Lobeswert fragend an. »Es sind nur drei Mädchen, und wir sind ohne Sie, Herrn von Tiedern, dessen Sohn und Neffen acht Herren. Also käme gerade mal ein Drittel von uns zum Zuge.«

»Verzeihen Sie mir, ich vergaß noch etwas Wichtiges«, antwortete Lobeswert. »Für einhundert Mark kann jeder der Herren, der bei der Versteigerung leer ausgeht, den Spuren der glücklichen Gewinner folgen. Ihr tut den jungen Damen damit etwas Gutes, erhöht sich doch dadurch die Mitgift, mit der sie in der Provinz einen Ehemann finden, noch einmal um etliche Hundert Mark! Ich nehme nämlich an, dass die drei Herren, die nicht mitsteigern wollen, sich zumindest auf diese Weise beteiligen.«

»Wer dies nicht tut, muss damit rechnen, beim nächsten Mal keine Einladung mehr zu erhalten«, erklärte Dravenstein mit einem hässlichen Lachen.

Sofort rückten die drei Männer wieder ein Stück auf die anderen zu und nickten. »Dazu sind wir bereit«, erklärte der Erste, und die beiden anderen nickten.

»Ersteigern wir die Katze im Sack, sprich die Mädchen in ihren Kleidern?«, fragte einer.

Lobeswert blickte fragend zu Tiedern hin. Dieser berührte Emma von Herpich kurz am Arm.

»Zeige den dreien, was sie tun müssen, um einen möglichst hohen Preis zu erzielen.«

»Sehr gerne.« Die junge Frau stand geschmeidig auf und trat in das Rund. »Sammelt euch um mich!«, forderte sie die Mädchen auf und hob Aufmerksamkeit heischend die rechte Hand.

»Um es sofort zu klären: Ich bin nicht zu ersteigern! Wenigstens nicht zu dem Preis, den die Herren zu zahlen bereit wären. Sie dürfen nur schauen, naschen müssen Sie an den anderen Früchten.«

Die Männer lachten, während Reinhold nur noch Ekel empfand. Zwar behauptete sein Onkel, sie würden den drei Mädchen einen Gefallen erweisen, indem sie ihnen zu einer Mitgift verhalfen. Mit dem Geld könnten diese sich in der Provinz einen Gimpel einfangen, der bereit war, sie zu heiraten. Doch es widerte ihn an. Vielleicht hätte ich deutlicher werden und meiner Mutter sagen sollen, was mein Onkel wirklich treibt, anstatt es bei Andeutungen zu belassen, dachte er verzweifelt. Doch selbst wenn er es gewagt hätte, hätte es nichts an seiner Situation geändert. Um seiner Mutter und seiner Schwestern willen war er gezwungen, seinem Onkel zu dienen, so sehr es ihm auch widerstrebte.

Als Emma von Herpich den drei Mädchen erklärte, dass sie dasselbe tun sollten wie sie, und sich mit lasziven Bewegungen auszuziehen begann, spürte Reinhold, wie ihn der Ekel vor dieser Gesellschaft förmlich zu erdrosseln drohte, und er verließ fluchtartig den Raum.

Sein Onkel blickte ihm verächtlich nach, wandte seine Aufmerksamkeit dann aber wieder den Männern zu, die Emma mit ihren Augen verschlangen. Der eine oder andere überlegte sicher, ob er sie nicht doch dazu bewegen konnte, ihm eine angenehme Stunde zu schenken, fuhr es Tiedern durch den Kopf. Dravenstein und Lobeswert wussten jedoch, dass sie ihm das Bett wärmte, und sonst niemandem.

Nun richteten sich die Blicke der Anwesenden auf die drei Jungfrauen, die zögernd und mit steifen Bewegungen Emma von Herpichs Beispiel folgten. Erst fielen die Kleider, dann die Unterröcke, bis sie schließlich im Hemd vor den Männern standen. An dieser Stelle hielten die drei inne. Ihnen gegenüber hatte Lobeswert so getan, als müssten sie sich in einem Zimmer seines Schlosses einem Herrn hingeben, der die geforderte Summe zahlte. Sich hier vor so vielen Männern nackt ausziehen und anstarren lassen, wollten sie nicht. Auch dass hinterher die übrigen Männer von ihnen das Recht einfordern wollten, das Gott und dem preußischen Recht zufolge nur dem Ehemann zukam, hatten sie erst in dieser Stunde erfahren.

Inzwischen entledigte Emma von Herpich sich der letzten Hülle und stand so nackt, wie Gott sie geschaffen hatte, im Raum. Die Männer keuchten beim Anblick des blond gelockten Dreiecks über ihrer Scham und ihres nicht übermäßig großen, aber formvollendeten Busens.

»Was ist nun?«, fragte sie die drei scharf.

Zwei, die sich in ihr Schicksal ergeben hatten, zogen mit betretenen Mienen ihre Hemden aus. Es waren hübsche Dinger, und einige Herren überlegten schon, wie viel sie ihnen wert sein konnten. Die Dritte hingegen schüttelte verzweifelt den Kopf.

»Ich mache das nicht.«

»Zu spät!«, spottete Emma von Herpich. Mit zwei Schritten war sie bei dem Mädchen und zerriss dessen Hemd, so dass ein stattlicher Busen zum Vorschein kam.

»Die will ich haben!«, rief Dravenstein voller Gier.

»Dann fangen wir zu steigern an. Wer bietet fünftausend Mark für diese Jungfrau?«

Sofort reckten Dravenstein und drei andere die Hände in die Höhe.

»Ich vergaß zu erwähnen, dass jene, die bei der Versteigerung unterlegen sind, das Recht haben, in der entsprechenden Reihenfolge die Freuden der Venus mit dem entsprechenden Mädchen zu genießen«, erklärte Lobeswert lächelnd.

Sofort boten drei weitere Männer mit.

»Fünftausendeinhundert, fünftausendzweihundert, fünftausenddreihundert«, zählte Lobeswert mit und erteilte schließlich bei sechstausendfünfhundert den Zuschlag.

Der Gewinner war Dravenstein.

Lobeswert führte das Mädchen, das seinen Widerstand aufgegeben hatte, zu ihm. Als Dravenstein sich gleich ausziehen wollte, gebot Lobeswert ihm Einhalt.

»Sie können Ihren Gewinn erst genießen, wenn alle drei Mädchen versteigert sind. Wir machen mit dieser hier weiter.«

Tiedern sah zu, wie die Männer sich gegenseitig zu überbieten versuchten und, als auch bei dem dritten Mädchen der Zuschlag erteilt worden war, die Reihenfolge festlegten, in der sie sich ihrer bedienen wollten.

Hatten die drei jungen Frauen angenommen, die jeweiligen Herren würden sich mit ihnen diskret in einen abgeschlossenen Raum zurückziehen, sahen sie sich wiederum getäuscht. Hugo von Lobeswert zog nämlich einen Vorhang zurück, der einen Teil des Saales abgetrennt hatte. Dahinter kam ein Podest zum Vorschein, auf dem drei Betten standen. Glühbirnen sorgten für so helles Licht, dass jeder Teil ihrer Körper deutlich zu erkennen war. Um das Podest herum standen Stühle für die übrigen Herren, so dass den drei jungen Frauen kein Funken an Intimität mehr blieb.

Dravenstein zerrte sein Opfer zu einem der Diwane, stieß es darauf und begann, von Lobeswert assistiert, sich auszuziehen. Danach drehte er das Mädchen, welches die Tränen nicht mehr zurückhalten konnte, so zurecht, dass es vor ihm kniete und ihm den Hintern zuwandte. Sie stieß einen Schrei aus, als er ihr sein Glied ohne jede Vorbereitung in die Scheide rammte und sie mit harten Stößen bearbeitete.

Die beiden anderen Gewinner forderten die von ihnen ersteigerten Mädchen auf, sich für sie bereitzulegen, und schoben sich auf sie. Während die übrigen Gäste das Treiben mit gierigen Augen verfolgten, winkte Tiedern Emma von Herpich zu sich und wollte mit ihr den Saal verlassen.

Da packte ihn sein Sohn am Ärmel. »Herr Vater, Sie sind grausam, weil Sie mir das verweigern, was Sie Ihren Gästen gestatten.«

Tiedern spürte die Gier des jungen Mannes und zeigte auf die drei Mädchen, die eben unter Qualen ihre Unschuld verloren.

»Warte, bis du eine von ihnen besteigen kannst. Ich jedenfalls werde Frau von Herpich mit keinem anderen Mann teilen, auch nicht mit dir.«

Mit den Worten versetzte er seinem Sohn einen Stoß, der durchaus als Warnung verstanden werden konnte, und führte seine Geliebte hinaus. Während er ihr wenig später beiwohnte, legte er sich einen Plan zurecht, mit dem er Theodor von Hartung und dessen Verwandte am stärksten treffen konnte. Das Lustschlösschen und die Herren, die dort eben drei jungen Frauen das erste Mal zur Hölle machten, waren Teil dieses Plans.

Dritter Teil

Die Sorgen mehren sich

1.

Vicki saß wieder im Zug. Obwohl dieser noch stand, fühlte sie sich bereits frei von den Zwängen, die ihr zu Hause auferlegt wurden. Ihre Cousinen plapperten unbefangen vom Weihnachtsfest und den Geschenken, die sie erhalten hatten, und in gewisser Weise empfand Vicki Neid. Wie gerne hätte sie in einer Familie gelebt, in der man sie mochte und nicht für etwas verantwortlich machte, für das sie nicht das Geringste konnte.

»Und? Was hat das Christkind dir gebracht?«, fragte Lieselotte sie.

»Nichts!«, antwortete Vicki knapp.

»Das stimmt nicht ganz«, sagte Friederike mit einem mitfühlenden Lächeln. »Das hier lag bei uns für dich unter dem Christbaum.«

Mit diesen Worten reichte sie dem Mädchen ein kleines, in geschmackvolles Geschenkpapier gewickeltes Päckchen.

»Bitte mach es auf!«, flehte Silvia.

»Tu es erst in der Schule!«, riet Auguste.

»Das wird das Beste sein«, fand auch Friederike und forderte Vicki auf, das Päckchen in ihrer Reisetasche zu verstauen.

Vicki holte im Gegenzug den Umschlag mit den Grußkarten heraus, die sie für ihre Großmutter, für Friederike und ihre Cousinen gemalt und gebastelt hatte.

»Ich habe auch Kleinigkeiten für euch, aber ich weiß nicht, ob sie euch gefallen«, sagte sie leise und reichte den Mädchen die Karten. Die, die für ihre Großmutter bestimmt war, übergab sie Friederike.

Die drei Mädchen zogen ihre Karten aus den Kuverts. Silvia stieß einen leisen Jubelruf aus, während Lieselotte Vicki spontan umarmte.

»Das Bild ist wunderschön«, sagte sie ergriffen.

Friederike betrachtete das für sie gedachte Bild und sah sich dann das für ihre Schwiegermutter an. Dabei rann ihr eine Träne die Wange herab.

»Was hast du, Tante Friederike?«, fragte Vicki erschrocken.

»Nichts, was dich betrüben sollte! Du hast das Talent deiner Mutter geerbt. Sie konnte ausgezeichnet malen und wäre bei einem anderen Ehemann vielleicht sogar eine große Künstlerin geworden. Aber Gustav …«

Friederike brach ab, da sie vor den Mädchen nichts Schlechtes über Vickis Vater sagen wollte. Sie verstaute die beiden Karten in ihrer Handtasche und forderte ihre Töchter auf, es mit den ihren ebenfalls zu tun.

Der Zug fuhr los, und für einige Augenblicke erstarb das Gespräch. Bevor es wieder aufgenommen werden konnte, kam eine junge Frau den Gang entlang, blieb stehen und sprach Friederike an: »Verzeihen Sie, ist hier noch Platz für mich und meine Zofe? Durch die Ungeschicklichkeit des Kutschers hätten wir beinahe den Zug verpasst und konnten ihn erst im letzten Moment besteigen.«

»Bitte! Zwei Plätze sind noch frei«, antwortete Friederike.

Ihr wäre es lieber gewesen, wenn sie mit ihren Töchtern und Vicki allein geblieben wäre, aber sie wollte nicht unhöflich sein.

Die Fremde strahlte sie an. »Das ist sehr lieb von Ihnen! Wenn ich mir vorstelle, ich müsste mir jetzt noch zwei beieinanderliegende Plätze suchen. Der Zug ist sehr voll, und ich würde mich nur ungern an das eine Ende des Waggons setzen und meine Zofe ans andere.«

»Wo ist Ihre Zofe?«, fragte Lieselotte, da die Frau bislang allein vor ihnen stand.

»Die kümmert sich noch um das Gepäck«, antwortete die Frau und lächelte. »Ich bin Emma von Herpich und reise nach Erfurt.«

»So weit sind wir nicht unterwegs. Wir suchen die Höhere-Töchter-Schule der Frau Berends auf. Vielleich haben Sie bereits von dieser gehört«, sagte Lieselotte.

Emma von Herpich nickte eifrig. »Doch, natürlich! Selbst hatte ich zwar nicht die Ehre, dort unterrichtet zu werden, doch einige meiner engsten Freundinnen waren Schülerinnen dieses erstklassigen Instituts.«

Während sich zwischen Friederike, ihren Töchtern und der Fremden ein höfliches Gespräch entspann, hielt Vicki sich zurück und betrachtete die Dame. Emma von Herpich war die schönste Frau, der sie jemals begegnet war, ihr Gesicht mit den leuchtenden blauen Augen war wunderschön gezeichnet. Unter ihrem Hütchen lugten die Spitzen dunkelblonder Locken hervor. Vicki war von ihrer edlen Erscheinung beeindruckt und wünschte sich, sie malen zu dürfen. In der Eisenbahn war dies jedoch unmöglich, und sie würden irgendwann aussteigen, während Frau von Herpich weiterfuhr. Daher prägte sie sich jede Einzelheit des lieblichen Gesichts ein und beschloss, Emma aus der Erinnerung heraus zu zeichnen, auch wenn das Bild ihr dann gewiss nicht gerecht werden würde.

Wenig später kam die Zofe der Dame unter der Last mehrerer Reisetaschen keuchend herein.

»Warum hast du das Gepäck nicht aufgegeben, Bonita?«, fragte ihre Herrin.

»Der Kondukteur sagte, dass wir dafür zu spät gekommen wären. Der Gepäckwagen befände sich am Ende des Zuges, und er könne während der Fahrt nichts dorthin bringen.«

»Und das alles nur wegen des Kutschers, der die falsche Straße genommen hat.« Emma von Herpich seufzte und setzte danach ihre Unterhaltung mit Friederike und deren Töchtern fort.

Vicki starrte unterdessen die Zofe an. War deren Herrin schön wie eine Göttin, so wirkte Bonita mit ihrer verhutzelten, zwergenhaften Gestalt und den unproportionalen Gesichtszügen wie das Zerrbild eines Menschen. Als die Zofe endlich das Gepäck verstaut und ihrer Herrin gegenüber Platz genommen hatte, erschien die Dame im Vergleich zu ihr so schön wie eine Göttin. Vicki kam der Verdacht, dass Frau von Herpich ihre Dienerin gerade wegen dieses Eindrucks gewählt hatte. Allerdings, sagte sie sich, durfte eine so schöne Frau durchaus ein wenig eitel sein.

Emma von Herpich wusste gut zu erzählen, und so verging die Bahnfahrt wie im Flug. Obwohl Vicki kaum etwas zu dem Gespräch beigetragen hatte, bedauerte sie es am meisten, als der Schaffner erschien und sie darauf aufmerksam machte, dass sie am nächsten Bahnhof aussteigen mussten. Friederike forderte die Mädchen auf, sich bereit zu machen. Wenn sie zu sehr trödelten, würden alle Droschken besetzt sein und sie warten müssen.

Ein Pfiff aus der Dampfpfeife zeigte an, dass sich der Zug dem Bahnhof näherte. Wenig später hielt er an. Friederike forderte ihr Dienstmädchen Jule auf, ihren Koffer sowie die eigene Reisetasche und die von Albert zum *Schwan* zu bringen. Dort würden sie übernachten und am nächsten Morgen nach Berlin zurückfahren. Um das Gepäck der Mädchen und dessen Transport zum Internat würde Albert sich kümmern.

Bevor sie den Waggon verließ, wandte sie sich noch einmal Frau von Herpich zu.»Leben Sie wohl! Es war mir ein Vergnügen, mit Ihnen zu reisen.«

»Nicht: ›Leben Sie wohl!‹ Ich sage: ›Auf Wiedersehen‹!« Emma von Herpich lächelte und winkte, als Friederike mit den Mädchen den Zug verließ.

Während wie weiterfuhr, lachte sie leise vor sich hin. Der erste Teil des Planes, den Markolf von Tiedern entworfen hatte, war aufgegangen. Sie hatte Bekanntschaft mit Friederike von Hartung geschlossen und konnte damit bald den nächsten Zug in dem Spiel machen, das ihr Gönner in Gang gesetzt hatte.

2.

Der Bankier Heinrich von Dobritz musterte seine Monatsabrechnung wie einen erbitterten Feind. Neben dem Grafen Schleinitz waren ihm zwei weitere Herren die anstehenden Rückzahlungen schuldig geblieben. Darüber hinaus musste er am nächsten Tag mehrere hohe Einlagen auszahlen, ebenso einige Kredite, die er im Vertrauen auf einen besseren Abschluss gewährt hatte.

In diesen Minuten dachte er mit einem bitteren Gefühl an seinen Schwiegervater. Robert Schrentzl war kein Mitglied der besseren Gesellschaft gewesen, dafür aber reich genug, um einen halben Tisch mit Stapeln von Goldmünzen und den anderen halben mit Banknotenrollen zu belegen. Da er so ein Verhalten für schrullig und unzeitgemäß empfunden hatte, waren die Goldmünzen und die Geldscheine nach Schrentzls Tod in die Geldmasse der Bank gewandert. Nun aber wäre ihm eine solche Reserve höchst willkommen gewesen.

Heinrich von Dobritz rechnete noch einmal nach und kam zu dem Ergebnis, dass ihm, um alles bedienen zu können, zwanzigtausend Mark fehlten. Wenn er jedoch einen bereits zugesagten Kredit verweigerte, würden seine Konkurrenten dies weidlich ausnützen, um ihm geschäftliche Schwierigkeiten unterzuschieben.

»Bettina! Sie muss mir helfen!« Es klang nicht begeistert, denn mit seiner Schwester hatte er sich noch nie gut verstanden. Bettina hatte den Geschäftsmann Baruschke geheiratet, war nun verwitwet und verwaltete ein immenses Vermögen für ihren noch minderjährigen Sohn. Von ihrem Mann hatte sie gelernt, wie man Geld vermehren konnte, und besaß Anteile an etlichen Firmen, die im Lauf der Zeit gewaltig im Wert gestiegen waren.

Heinrich klappte das Geschäftsbuch zu, schloss es ein und verließ sein Bureau. In der Schalterhalle sah er, dass etliche Kunden Geld einzahlten. Doch auch auf diese Weise würden in zwei Tagen keine zwanzigtausend Mark zusammenkommen. Er winkte einen seiner Angestellten zu sich und forderte ihn auf, eine Droschke zu rufen.

»Aber eine der besseren!«, rief er dem Mann nach und ließ sich von einem anderen Angestellten in den Mantel helfen.

»So schnieke will icke es och mal ham«, murmelte ein Mann, der einhundert Mark auf sein Sparkonto einzahlte, um am Ende des Jahres ein paar Mark Zinsen einstreichen zu können.

Heinrich hörte es und dachte sich, dass der Kunde keine Ahnung hatte, welche Sorgen ihn quälten. Der Mann war zufrieden, wenn er jeden Monat seinen Lohn ausbezahlt bekam und im Lauf des Jahres ein paar Mark sparen konnte, um sich irgendwann einmal einen eigenen Laden oder eine Werkstatt einrichten zu können.

Die Droschke fuhr vor, Heinrich stieg ein und nannte dem Kutscher die Adresse. Dabei dachte er darüber nach, dass seine Villa und die von Bettina keine fünf Minuten zu Fuß auseinanderlagen und sie sich dennoch höchstens zwei- oder dreimal im Jahr auf Veranstaltungen begegneten.

Während der Fahrt fragte er sich, wie er sie davon überzeugen konnte, ihm das benötigte Geld zu leihen. Würde sie fünf Prozent Zinsen dafür verlangen, zehn vielleicht oder gar mehr? Zu seinem Leidwesen würde er auf jede ihrer Forderungen eingehen müssen.

Der Gedanke quälte ihn noch, als er vor der stattlichen Villa am Grunewald aus der Droschke stieg, den Kutscher bezahlte und auf das Eingangstor zuging. Auf sein Klingeln hin erschien ein Diener.

»Guten Tag, Herr von Dobritz«, grüßte dieser.

»Guten Tag! Ist meine Schwester zu sprechen?«, fragte Heinrich.

»Wenn Sie in diesem Salon warten wollen, werde ich Sie bei der gnädigen Frau anmelden. Wünschen Sie während dieser Zeit eine Erfrischung zu sich zu nehmen?«

»Nein, danke.« Heinrich betrat den Salon, setzte sich auf einen Stuhl und nahm eine Zeitschrift zur Hand. Nachdem er bereits zweimal auf seine Taschenuhr geschaut hatte, kehrte der Diener zurück.

»Die gnädige Frau lässt bitten.«

Mit einem gewissen Groll stand Heinrich auf. Seine Schwester sollte es nicht wagen, ihn wie einen Bittsteller zu behandeln. Auch wenn ihm in diesem Monat zwanzigtausend Mark fehlten, so stand seine Bank immer noch auf gesunden Füßen.

Wenig später wurde er in den Salon seiner Schwester geführt. Diese saß, in ein violettes Kleid gehüllt, vor einem zierlichen, mit kunstvollen Einlegearbeiten geschmückten Schreibschrank und sah ihm mit kaum verhohlener Neugier entgegen. Bettina Baruschke, geborene von Dobritz, war als junge Frau hübsch gewesen, wenn auch ein wenig stämmig. Das Stämmige war ihr geblieben, doch Heinrich musste ihr zugestehen, dass sie in ihrem Alter direkt zu einer Schönheit geworden war.

»Mein lieber Heini, was führt dich zu mir?«, fragte sie mit einem Lächeln, das nicht die Augen erreichte.

»Guten Tag, liebste Schwester«, grüßte Heinrich sie.

»Setz dich!« Sie wies auf einen kleinen Stuhl in der Ecke.

Da kein Diener kam, um den Stuhl zu holen, musste Heinrich es selbst tun und ärgerte sich darüber. Da er aber etwas wollte, schluckte er seinen Groll hinunter und sah sie mit einem gezwungenen Lächeln an.

»Du siehst fabelhaft aus, Bettina! Das muss man dir lassen.«

Wenn er geglaubt hatte, ihr schmeicheln zu können, so verpuffte diese Bemerkung. Bettina hatte längst gelernt, dass Geld weitaus mehr zählte als gutes Aussehen. Da ihr Witwentum ihr eine Freiheit verschaffte, von der eine verheiratete Frau nicht einmal träumen konnte, hatte sie nach dem Tod ihres Mannes keine zweite Ehe ins Auge gefasst, sondern beschäftigte sich mit der Verwaltung des Vermögens, welches sie und ihre beiden Kinder geerbt hatten.

»Du suchst mich gewiss nicht allein aus geschwisterlicher Zuneigung auf, Heini. Also sag, wo dich der Schuh drückt, damit wir zu einem Ende kommen.«

Heinrich fand, dass seine Schwester etwas verbindlicher hätte sein können. »Ich bitte dich um einen Gefallen«, begann er vorsichtig.

Bettina zog die Augenbrauen hoch. »Du mich? Das ist aber eine Überraschung.«

»Ich habe einige hohe Kredite zugesagt, dabei aber übersehen, dass ich Einlagen zurückzahlen muss. Jetzt fehlen mir für einige Tage zwanzigtausend Mark. Ich zahle dir einen guten

Zins, wenn du so freundlich wärst, mir aus dieser kleinen Verlegenheit zu helfen.«

Bettina lachte. »Du nennst zwanzigtausend Mark eine kleine Verlegenheit? Der größte Teil der Berliner hat noch nie ein Zehntel dieser Summe in Händen gehalten – und die meisten von ihnen nicht einmal hundert Mark.«

»Ich wollte damit nur sagen, dass diese Summe für eine so reiche Frau wie dich leicht zu erbringen ist«, antwortete Heinrich gequält.

Seine Schwester musterte ihn spöttisch. »Ich könnte dir auch einhunderttausend Mark leihen. Aber du bekommst von mir nicht einmal eine einzige! Dafür haben dein Weib und du mich zu sehr gequält.«

»Gequält?«, fuhr Heinrich auf. »Wir haben dich nach dem Tod der Eltern bei uns aufgenommen und gut behandelt.«

»Ich musste vor dieser Altwarenhändlerstochter knicksen wie vor einer Frau von Stand und schließlich Baruschke heiraten, weil du nicht bereit warst, mir auch nur die kleinste Mitgift auszuzahlen, die einen Herrn von Stand dazu gebracht hätte, sich um mich zu bewerben.«

Bettina wusste, dass keine andere Ehe ihr auch nur annähernd so viel Geld eingebracht hätte. Doch sie war als eine von Dobritz in diese Ehe gegangen und als eine schlichte Frau Baruschke wieder herausgekommen. Dies nahm sie ihrem Bruder immer noch übel, denn mit weniger Geld, aber einem adeligen Namen würde sie ihre Kinder weitaus besser verheiraten können. Mit Geld allein bekam sie für den Sohn nur dann ein adeliges Mädchen, wenn der Vater vor dem Ruin stand und auf diese Weise saniert werden wollte. Bei ihrer Luise war es ähnlich. Ein adeliger Bräutigam würde erst dann anbeißen, wenn ihre Mitgift ihn vor dem Schuldgefängnis bewahren würde. Ihr Bruder konnte jedoch als ein Herr von Dobritz für seine Kinder weitaus höher greifen als sie.

Heinrich wusste nicht, was er antworten sollte. Es wäre seinem Schwiegervater damals leichtgefallen, ein paar Tausend Taler als Mitgift für Bettina zu opfern, doch Schrentzl hatte sich geweigert und stattdessen seinen etwas zweifelhaften Freund Otto Baruschke dazu gebracht, sich um Bettina zu bewerben.

»Du willst mir also nicht helfen«, sagte er leise.

»Nein.« Bettina genoss es, die Oberhand über ihren Bruder zu behalten. »Wie heißt es so schön? Wie du mir, so ich dir.«

»Dann haben wir uns nichts mehr zu sagen.« Heinrich war aufgebracht genug, um jeden Kontakt zu seiner Schwester abzubrechen. Einen Trumpf würde er jedoch noch ausspielen.

»Minka und ich hatten uns überlegt, deine Luise in die bessere Gesellschaft einzuführen. Dies wird uns jetzt nicht mehr möglich sein.« Ein wenig hoffte er noch, seine Schwester würde dieses Angebot mit beiden Händen ergreifen.

Bettina traute ihm zu, ihre Tochter völlig unmöglichen Leuten vorzustellen oder solchen, die einen von ihm gewährten Kredit nur mit der Mitgift einer reichen Braut würden zurückzahlen können.

»Du weißt, wo die Tür ist«, sagte sie daher kalt.

»Ja, das weiß ich.« Heinrich von Dobritz stand auf, drehte sich um und ging.

Zunächst war Bettina mit ihrer Entscheidung zufrieden, dann aber überlegte sie, wie sehr es Heinrich demütigen würde, ihr Schuldner zu sein, und bedauerte es, so heftig reagiert zu haben.

Da ging die Tür auf, und ihre beiden Kinder kamen herein. »Guten Tag, Mama!«, rief ihr Sohn und küsste sie ebenso auf die Wange, wie es seine Schwester tat.

Bettina musterte beide mit Stolz. Ihr Mann war ein großer, etwas ungeschlachter Mensch gewesen, doch ihr Sohn sah mit seinen zwanzig Jahren schmuck aus, und die siebzehnjährige

Luise entwickelte sich zu einer brünetten Schönheit, die zu schade für einen vor dem Bankrott stehenden Gutsherrn war.

»Und? Habt ihr euch amüsiert?«, fragte sie, da beide beim Eislaufen gewesen waren.

»Und wie, Mama!«, antwortete ihr Sohn.

Luise lachte leise auf. »Ottokar hat ein junges, hübsches Mädchen umgerannt und sich dann verzweifelt bei ihr entschuldigt.«

»Ich musste einem Rüpel ausweichen und bin dabei gegen die junge Dame gestoßen, die ihm ebenfalls aus dem Weg gehen wollte. Als ich mich entschuldigte, sagte sie, dass sie lieber mit mir zusammengeprallt sei als mit diesem Kerl. Sie ist wirklich sehr hübsch.«

»Und du noch etwas sehr jung, um an eine dauerhafte Bindung zu denken.« Für einen Augenblick empfand Bettina Eifersucht, schalt sich dann aber selbst. In einem Jahr wurde Ottokar volljährig, und es gab nicht wenige Männer, die in diesem Alter vor den Traualtar traten.

»Hast du die Adresse der jungen Dame erfahren?«, fragte sie ihren Sohn.

Dieser schüttelte den Kopf. »Bedauerlicherweise nicht.«

»Aber ich!«, rief Luise lachend. »Meine Schulfreundin Anastasia war ebenfalls eislaufen und sagte zu mir, dass es sich um ein Fräulein von Predow handeln würde.«

»Sagtest du Predow? Ich kannte einmal eine Rodegard von Predow. Sie ging zu meiner Zeit ebenso wie ich auf die Höhere-Töchter-Schule der Schwestern Schmelling.«

Noch während Bettina es sagte, erinnerte sie sich, wie sie in ihrer Schulzeit den Kahn losgebunden hatte, auf dem ihre Cousine Gunda und deren spätere Schwägerin Friederike gesessen hatten. Damals hatte sie dies für einen lustigen Streich gehalten. Mittlerweile wusste sie, dass die beiden nur knapp den Stromschnellen entgangen waren und sie daher beinahe zur Mörderin geworden wäre. Nicht zuletzt deshalb quälten sie des Nachts manchmal Albträume, in denen sie entweder ertrank oder auf einem Boot ohne Ruder auf einem endlos langen Strom dahintrieb. Sie schüttelte diesen Gedanken ab und sah ihre Kinder lächelnd an.

»Ich freue mich, dass es euch gefallen hat.«

»Darf ich Fräulein von Predow einen Blumengruß als Zeichen meiner Entschuldigung überbringen?«, fragte Ottokar.

Bettina dachte daran, dass ein Baruschke mit Gewissheit nicht vorgelassen würde, und wollte schon bitter werden. Dann aber nickte sie.

»Lass sie überbringen, aber wähle keine verfänglichen Blumen wie Rosen und dergleichen, sondern ein unschuldiges Blümlein.«

»Die wird man um diese Zeit jedoch nicht bekommen«, wandte ihr Sohn unglücklich ein.

»So sende der jungen Dame einen Karton feinsten Konfekts und drücke auf einer Karte dein Bedauern über dein Missgeschick aus«, erklärte Bettina und bat ihn dann, sie in einer geschäftlichen Sache zu beraten. Wenn er das Erbe des Vaters übernahm, musste er Bescheid wissen, und so legte sie ihm eine Mischung aus Freude und Pflicht auf, die ihn reifen lassen sollte.

3.

Unterdessen ließ Heinrich von Dobritz sich zur Fabrik seines Vetters Theodor fahren und sich bei diesem anmelden. Kurz darauf betrat er dessen Bureau.

»Seien Sie mir willkommen, Vetter«, begrüßte ihn Theodor. Auch wenn zwischen den Familien nicht mehr wie zu Zeiten seiner Tante Luise bittere Feindschaft herrschte, so traf man sich doch nur selten und nahm wenig Anteil am Leben des jeweils anderen Teils der Verwandtschaft.

»Guten Tag«, antwortete Heinrich von Dobritz und nahm Platz. Gespannt musterte er seinen Vetter, der ihm an Größe nichts nachgab, aber mit seiner schlanken Gestalt und den ebenmäßigen Gesichtszügen jünger wirkte als die wenigen Jahre, die er ihm voraushatte.

»Wie geht es der Frau Gemahlin und Ihren Söhnen? Ich hoffe doch gut«, begann Theodor das Gespräch mit einer Floskel.

»Danke der Nachfrage! Wir können nicht klagen.« Heinrich kniff kurz die Lippen zusammen und kam dann auf den Grund seines Besuchs zu sprechen.

»Werter Vetter, ich hatte Ihnen einen Kredit von dreißigtausend Mark eingeräumt, der Mitte des Monats fällig wird. Aus gewissen Gründen muss ich Sie bitten, mir diese Summe spätestens morgen zukommen zu lassen.«

Theodor kniff überrascht die Augenbrauen zusammen. Die Forderung war ihm unangenehm, da seine Geschäfte in letzter Zeit unter den Qualitätsklagen seiner Kunden litten. Mittlerweile hatten sich auch private Abnehmer angewöhnt, zu kritisieren und Preisabschläge zu verlangen. Seine Finanzdecke reichte zwar noch aus, trotzdem war es auch für ihn nicht einfach, innerhalb eines Tages dreißigtausend Mark aufzubringen. Er überlegte schon, auf dem vertraglich vereinbarten Rückzahlungstermin zu beharren, besann sich dann jedoch eines Besseren. Irgendwie würde er die Summe aufbringen können, und damit war die Geschäftsbeziehung zu Dobritz erledigt. In Zukunft, so schwor er sich, würde er diese Familie wieder meiden und nur noch formalen Kontakt zu ihr halten.

»Sie werden die Summe morgen gegen fünfzehn Uhr erhalten«, antwortete er mit kühler Stimme und unterließ es, seinem Gast eine Erfrischung anzubieten. Stattdessen blickte er zur Tür. »Ich muss Sie bitten, mich zu verlassen, Herr von Dobritz, denn um Ihre Forderung erfüllen zu können, muss ich einige Maßnahmen in die Wege leiten.«

Es war ein etwas höflicherer Hinauswurf als der, mit dem sein Vater vor Jahren Heinrichs Vater zum Gehen aufgefordert hatte, doch auch er traf. Heinrich ärgerte sich, weil er gezwungen worden war, einen Kredit vor der Zeit zurückzuverlangen, und Theodor, weil er sich in schwieriger Zeit nicht auf die Zusagen seines Vetters verlassen konnte.

Kaum war Dobritz gegangen, überlegte Theodor, wie er die Summe aufbringen konnte, ohne Geld zu Wucherzinsen aufnehmen zu müssen. Er beschloss, seine Mutter um Hilfe zu bitten. Diese hatte von seinem Vater eine gewisse Summe geerbt, mit der sie sich ein angenehmes Leben schaffen sollte. Bisher hatte sie kaum etwas davon gebraucht, und ihm würde das Geld aus seiner momentanen Verlegenheit heraushelfen.

4.

Vicki, Auguste, Lieselotte und Silvia gliederten sich wieder in den Internatsbetrieb ein und erfreuten ihre Lehrerinnen durch fleißiges Lernen. Da sich für Vicki und Auguste das Ende der Schulzeit näherte, wurden sie durch Frau Berends persönlich in gewisse Dinge eingeweiht, die ein zur Ehe reifes Fräulein wissen sollte. Frau Berends ging dabei nicht ins Detail, sondern umschrieb die möglicherweise anstößigen Themen, so gut es ging.

»Wie ihr alle wisst, ist es Gottes Wille, dass das Weib die Gefährtin und Helferin des Mannes sein soll. Aus diesem Grund hat Gott die Institution der Ehe geschaffen, die zu trennen sich nur libertäre Kreise erdreisten«, dozierte sie an diesem Tag.

Zwei der Mädchen, die bereits etwas mehr wussten, kicherten leise, während ihre Mitschülerinnen an den Lippen der Lehrerin hingen. Diese kam nun zu dem Teil, der ihr am schwersten fiel.

»Mit einer Ehe sind gewisse Dinge verbunden, die dem Ehemann zu gewähren sind«, fuhr sie fort. »Ich kann den jungen Damen nur anraten, sich voll und ganz der Führung und dem Willen des jeweiligen Gatten zu überlassen und ihm zu gehorchen, auch wenn es nicht immer leicht sein sollte, dies zu tun.«

»Sie meint, wir sollen die Beine breit machen und für den Ehemann die Stute spielen«, wisperte Dorothee Vicki zu. Auf einem Gestüt aufgewachsen, hatte sie beobachtet, wie die Stuten zu den Hengsten geführt wurden.

Vicki ahnte ebenfalls, was im Ehebett geschah, doch es kümmerte sie noch kaum. Allerdings fragte sie sich, was sein würde, wenn ihr Vater sie wie angekündigt bald verheiraten wollte. Sich einem Fremden auszuliefern hatte etwas Erschreckendes an sich.

Unterdessen forderte die Lehrerin die acht Schülerinnen der Abschlussklasse auf, sie in einen anderen Raum zu begleiten. Dieser war kleiner, und es gab keine Stühle oder Bänke zum Sitzen, sondern nur einen festen Tisch in der Mitte.

»Stellt euch um den Tisch auf«, befahl Frau Berends und öffnete eine zweite Tür. »Du kannst hereinkommen.«

Eine junge, ängstlich wirkende Frau trat ein. Auf dem Arm trug sie einen Säugling, der etwas weniger als ein Jahr alt sein mochte. Ihrer ärmlichen Kleidung nach war sie Tagelöhnerin auf einem Landgut.

»Hier seht ihr, was geschieht, wenn eine Jungfrau nicht auf ihre Ehre achtet, sondern diese an einen Unwürdigen verschleudert«, erklärte Frau Berends, ohne darauf einzugehen, wie dieses Verschleudern vor sich gehen sollte. Stattdessen forderte sie die Frau auf, das Kind auf den Tisch zu legen.

»Stelle dich in die Ecke! Wenn wir fertig sind, bekommst du dein Geld«, setzte sie hinzu und deutete auf verschiedene Tücher, die auf dem Tisch lagen, und eine Puderdose mit großer Quaste.

»Im Allgemeinen ist es bei höheren Herrschaften die Pflicht einer Amme oder einer angestellten Kindsmagd, einen Säugling zu wickeln. Ich bin jedoch der Ansicht, dass eine Dame von Stand wissen muss, wie dies geschieht, um später die Amme oder Magd überwachen zu können. Ich zeige es euch jetzt, und danach werdet ihr eine nach der anderen meinem Beispiel folgen.«

Sie zog das Kind zu sich her, löste die Windel und rümpfte dann empört die Nase. »Du böswilliges Ding hast den Kleinen nicht frisch gewickelt, wie ich es von dir verlangt habe!«, fuhr sie die Mutter an.

Diese schüttelte abwehrend den Kopf. »Hab ich doch! Was kann ich dafür, wenn mein Mats danach in die Windel geschissen hat?«

Nun kicherten die Mädchen, während Frau Berends tapfer die volle Windel beiseiteschob, das Kind säuberte und dessen Hintern mit Puder bestäubte. Dann wickelte sie es langsam und wies auf Dorothee von Malchow. »Du beginnst!«

Das Mädchen zuckte zusammen, machte sich dann aber ans Werk und zeigte, als das Kind nackt vor ihr lag, auf dessen Pimmelchen. »Es ist ein Junge«, sagte sie zu ihren Mitschülerinnen. »An ihm könnt ihr sehen, was Männer von Frauen unterscheidet.«

»Keine Anzüglichkeiten bitte!«, mahnte die Lehrerin, obwohl sie für diese Demonstration nach Möglichkeit ein männliches Kind wählte, um ihre Abschlussschülerinnen auf das Leben mit einem Ehemann einzustimmen.

»Halt!«, rief sie, als Dorothee dem Kind wieder die Windel anlegen wollte. »Du musst so tun, als wäre sie voll. Also entferne sie, reinige das Kind an der bewussten Stelle mit jenem Tuch und pudere es. Danach kannst du eine neue Windel nehmen und es wickeln.«

Dorothee gehorchte und war schließlich froh, als sie den Platz ihrer Mitschülerin Valerie von Bornheim überlassen konnte, einem schlanken, knabenhaft gebauten Mädchen. Diese starrte, als das Kind nackt vor ihr lag, auf dessen Geschlechtsteil und schüttelte sich. »Wie kann Gott, der Allmächtige es zulassen, dass zwischen Mann und Frau das Gleiche geschehen soll wie zwischen einem Bullen und einer Kuh? Ich glaube nicht, dass ich das ertragen kann.«

»Man kann viel ertragen«, erklärte Frau Berends von oben herab und forderte sie auf, weiterzumachen.

Valeries Wickelversuch geriet zum Desaster. In ihrer Abscheu ging sie zu ungeschickt vor. Das Kind begann zu schreien, und zuletzt saß die Windel so schief, dass Frau Berends verzweifelt ausrief: »Gebe Gott, dass du nie ein Neugeborenes selbst versorgen musst!«

»Das wünsche ich mir von ganzem Herzen«, antwortete Valerie und setzte für sich hinzu, dass sie alles tun werde, um niemals ein Kind zu bekommen.

Die anderen Schülerinnen hatten weniger Probleme. Auguste wurde von Frau Berends sogar gelobt. Vicki hätte sich eigentlich noch leichter tun müssen, denn sie hatte jüngere

Brüder. Allerdings hatte Malwine mit ihrem übertriebenen Gefühl für Schicklichkeit streng darauf geachtet, dass ihre Stieftochter Karl und Waldemar weder beim Windelwechsel noch in der Badestube nackt hatte sehen können. Sie löste ihre Aufgabe jedoch zur Zufriedenheit ihrer Lehrerin und beobachtete dann, wie die restlichen Schülerinnen sich anstellten.

Kaum hatte die letzte Schülerin gewickelt, winkte Frau Berends die Mutter des Kindes zu sich. »Du wirst jetzt das Kind stillen, damit die jungen Damen sehen, wie das geht.«

Die Frau öffnete wortlos ihr Mieder. Darunter kam ein nicht ganz sauberes Hemd zum Vorschein, das vorne mit einer Knopfleiste versehen war, so dass sie ihre Brüste entblößen konnte. Als dies geschehen war, starrten alle Mädchen die Magd verblüfft an.

»Beim Militär würde man sagen, welch ein Kaliber!«, stieß Auguste hervor, die von ihrem Bruder Fritz etliche Bemerkungen aufgeschnappt hatte.

»Die hat wirklich große Brüste«, stimmte ihr Vicki zu, während Valerie voller Grausen zusah, wie die Frau das Kind anlegte und es hungrig zu saugen begann.

»Bei Gott, das ist ja wie bei einer Kuh und einem Kalb! Dabei sind wir Menschen doch die Krone der Schöpfung.«

»Ein Engländer – Charles Darwin heißt er – behauptet, dass wir Menschen von den Affen abstammen«, erklärte Auguste und fing sich einen scharfen Tadel von Frau Berends ein.

»Nenne den Namen dieses gottlosen Mannes niemals wieder, verstehst du!«

Auguste zog zwar den Kopf ein, doch ihre Miene machte wenig Hehl daraus, dass sie von ihrer Meinung um keinen Deut abrücken würde. Unterdessen stellte Vicki sich den Affen vor, den sie einmal in einem Zirkus gesehen hatte, und wollte schon den Kopf schütteln. Da fielen ihr einige Ähnlichkeiten zwischen jenem Tier und den Menschen auf, und sie beschloss, ihre Cousine nach Charles Darwin zu fragen.

Unterdessen hatte der Junge sich satt getrunken. Seine Mutter schloss Hemd und Mieder und sah Frau Berends auffordernd an. Diese winkte sie zu sich, reichte ihr ein paar Münzen und wies die Mädchen an, ihr wieder in den Klassenraum zu folgen.

5.

Die Lehrstunde mit dem Wickeln des Kindes blieb nicht der einzige, aber der tiefschürfendste Ausflug in den Dunstkreis des Zusammenlebens von Mann und Frau. Die acht Schülerinnen, von denen jede in den nächsten Monaten ihren achtzehnten Geburtstag vor sich hatte, unterhielten sich noch lange heimlich über den Kleinen und vor allem den Unterschied, den sie an ihm im Vergleich zu sich ausgemacht hatten. Einige wie Dorothee waren neugierig darauf, wie es sein würde, verheiratet zu sein. Valerie, die bereits beim Wickeln des Kindes Abscheu empfunden hatte, schauderte es allein bei dem Gedanken.

Auguste hingegen winkte ab. »Da ich in der Schweiz studieren will, kommt eine Ehe für mich frühestens nach dem Abschluss des Studiums in Frage, und dann auch nur mit einem Herrn, der meine Unterstützung im Beruf wünscht.«

»Du hast es gut«, seufzte Lukretia. »Mein Vater will mich so rasch wie möglich auf dem Heiratsmarkt anbieten. Da er in letzter Zeit Verluste erlitten hat, wünscht er sich einen Schwiegersohn, der ihn aus seiner Verlegenheit befreien kann.«

»Du Ärmste! Das ist übel«, rief Vicki mitleidig.

Lukretia zuckte mit den Achseln. »Ob es mit dem oder jenem verheiratet wird, kann ein Mädchen nicht bestimmen.

Der Vater entscheidet, und da ist mir ein reicher Bräutigam lieber als einer, der sich nach der Decke strecken muss und mich und die Kinder bei seinem Ableben in üblen Verhältnissen zurücklässt.«

»Das wünsche ich mir auch nicht!«, rief Dorothee. »Trotzdem hoffe ich, dass mein Papa bei der Wahl meines Bräutigams auch meine Wünsche berücksichtigt.«

»Wenn er das tut, bist du glücklich zu nennen.« Vicki seufzte.

Ihr Vater würde sich niemals von ihren Wünschen leiten lassen, sondern seinem eigenen Willen folgen. Sie traute ihm sogar zu, sie mit einem besonders unangenehmen Zeitgenossen zu verheiraten, um sie für den Tod der Mutter zu bestrafen.

»Ich finde es eine schreiende Ungerechtigkeit, dass Männern alles erlaubt ist und wir Frauen uns in Zwängen gefangen sehen, die zu überwinden derzeit unmöglich sind«, empörte sich Auguste.

»Blaustrumpf! Blaustrumpf!«, spottete Dorothee.

»Ich finde, Auguste hat recht«, mischte sich eine Mitschülerin ein. »Mein Bruder darf sogar in England studieren. Alles in allem geben meine Eltern mehr als zehnmal so viel Geld für ihn aus als für mich.«

»Neid ist von Übel«, wies Dorothee sie zurecht. »Außerdem lernt dein Bruder gewiss etwas Gescheites, das ihn im Leben weiterbringt.«

»Während wir hier nur lernen, die Sklavinnen unserer Männer zu sein.« Auguste ließ sich ihren Ärger über die in ihren Augen beschämenden Zwänge für das weibliche Geschlecht deutlich anmerken.

Insgeheim stimmte Vicki ihr zu. Doch während es für ihre Cousine durch das Studium in der Schweiz einen Ausweg gab, sah sie ihr Schicksal grau in grau vor sich.

6.

Bereits bei Frau Berends' Vorgängerinnen, den Schwestern Schmelling, war es üblich gewesen, dass die Schülerinnen neben gutem Benehmen auch das Tanzen lernten. Sie begannen im zweiten Jahrgang damit, und die Mädchen des Abschlussjahrgangs übernahmen dabei den männlichen Part. Vicki, Auguste und ihre Klassenkameradinnen wurden daher in Hosen und Jacken gesteckt und mussten sich der um zwei Jahre Jüngeren reihum annehmen.

Vicki amüsierte sich über Auguste, die ihre Schwester Silvia mit künstlich dunkler Stimme bat, ihr die Ehre zu erweisen, diesen Tanz mit ihr zu bestreiten, und wandte sich dann der ihr zugewiesenen Partnerin zu. Allerdings wurde ihr rasch klar, dass sie selbst im Tanzen nicht so geübt war, wie es sein sollte. In ihren früheren Schulen hatte man die Ausbildung zum Tanz den Familien der Schülerinnen überlassen.

Nachdem Vicki die erste Tanzstunde mit Ach und Krach hinter sich gebracht hatte, forderte sie Auguste vehement auf, ihr in der geringen Freizeit, die ihnen blieb, das Tanzen richtig beizubringen.

Auguste musterte sie und schüttelte den Kopf. »Das sollen besser Dorothee und Lukretia übernehmen. Erstere ist größer als du und kann den Herrn mimen, während du dies bei Lukretia tun kannst. Ich werde euch auf der Harfe begleiten, so Frau Berends nichts dagegen hat.«

»Gegen was sollte ich etwas haben?«, fragte die Schulleiterin, die eben ins Zimmer getreten war.

»Es geht um Vicki … Verzeihung, um Victoria. Sie hat bisher keinen Unterricht im Tanzen erhalten. Daher dachte ich, dass Lukretia und Dorothee es ihr beibringen sollen, während ich dafür die Musik mache«, erklärte Auguste.

Frau Berends nickte zufrieden. »Das ist ein guter Gedanke und soll so ausgeführt werden. Du wirst dabei auf dem Klavier spielen, um darin mehr Übung zu bekommen.«

Die Harfe spielte Auguste wunderbar, aber mit dem Klavier haperte es noch, und so wollte die Schulleiterin zwei Fliegen mit einer Klatsche treffen. Es war ein Arrangement zu aller Gunsten. Vicki lernte rasch die wichtigsten Tänze, ihre Partnerinnen gewannen an Übung, und Auguste söhnte sich mit dem Klavier aus. Bei der nächsten Tanzübung mit den jüngeren Schülerinnen glänzten alle.

Valerie, die eine Abneigung gegen Ehe und Mutterschaft hegte, genoss die Tänze mit den jüngeren Mädchen besonders. Kein Mann, der nach Zigarren- oder Zigarettenrauch stank, hielt sie im Arm, sondern ein hübsches Dingelchen mit einem weichen, anschmiegsamen Körper und herrlich langen blonden Locken. Sie zog die Kleine ein wenig enger an sich und fragte sich, wie erregend es sein mochte, die andere zu küssen und ihren Leib zu erkunden.

Erschrocken darüber, wohin ihre Gedanken sich verirrten, trat sie fehl und prallte mit Lukretia zusammen.

»Kannst du nicht achtgeben?«, fauchte diese sie an.

»Contenance! Das gilt für beide!«, wies Frau Berends sie zurecht.

»Ich bitte um Entschuldigung«, presste Valerie heraus und nahm sich zusammen. Der Reiz, den ein Mädchenkörper auf sie ausübte, blieb jedoch.

Als die Mädchen sich später gemeinsam in der Badestube wuschen, musste sie sich beherrschen, um nicht Lukretias Busen, der von allen am üppigsten war, zu berühren. Doch auch Augustes schlanke Formen begeisterten sie, ebenso die von Vicki, die von allen am schönsten zu werden versprach. Schließlich tat sie so, als trete sie fehl, und hielt sich an Lukretia fest. Für einen kurzen Augenblick berührten sich beider Brüste. Während Valerie diese Erfahrung genoss, schob Lukretia sie verwirrt von sich weg.

»Kannst du nicht achtgeben?«, sagte sie, aber es klang nicht böse.

»Verzeih!«, flüsterte Valerie und senkte den Kopf.

Lukretia betrachtete sie und verspürte eine gewisse Erregung, als sie an die flüchtige Berührung ihrer Brüste dachte.

»Schon gut.« Sie trat unter die Dusche.

Frau Berends hatte strenge Regeln für das Baden ausgegeben, und die Mädchen hielten sich auch daran. Da Lukretia jedoch länger brauchte, verließen die ersten Mädchen die Badestube. Lukretia machte nun Platz für Valerie, sah, dass sie beide allein waren, und griff kurz nach deren Hintern.

Valerie keuchte kurz auf, drehte sich dann zu Lukretia um und lächelte. »Du bist wunderschön.«

»Du auch«, antwortete Lukretia und strich der anderen mit der Hand übers Gesicht, den Hals und die Brust. Beide ahnten, dass dies zu den Dingen gehörte, die Frau Berends als anstößig bezeichnen würde. Der Reiz des Neuen, noch nie Erlebten war jedoch groß und beide durchaus bereit, ihm nicht zu widerstehen.

Vorerst aber beherrschten sie sich und begaben sich in den Aufenthaltsraum, in dem die Schülerinnen lasen, zeichneten oder Briefe schrieben. Sie setzten sich zu ihnen und bewunderten das Bild, das Vicki gerade malte. Diese hatte es sich zur Aufgabe gemacht, jede ihrer Mitschülerinnen zweimal zu Papier zu bringen. Ein Bild sollte ein kleines Geschenk für die jeweilige Mitschülerin sein, während das zweite Bild für sie selbst als Erinnerung an dieses Schuljahr dienen sollte.

Vicki hatte auch Fräulein Krügel gemalt, Frau Berends und ihre jüngeren Cousinen. Eine Wanderung zu den Stromschnellen hatte sie dazu benützt, diese zu skizzieren. Mittlerweile wusste sie, dass diese ihrer Mutter und ihrer Tante Friederike beinahe zum Verhängnis geworden waren, und wollte diese Szene als Geschenk für Friederike malen.

Nach einer gewissen Zeit erschien Frau Krügel und rief die Mädchen zum Abendessen. Sie nahmen es gemeinsam mit den Schülerinnen der unteren Jahrgänge ein. Da nicht mehr jene Schweigedisziplin herrschte wie noch zu Zeiten der Schwestern Schmelling, konnten Schwestern und Verwandte aus verschiedenen Klassen miteinander reden. Die Sitzordnung wurde jedoch durch den jeweiligen Jahrgang bestimmt, und die Mädchen, die auf der Schulbank nebeneinandersaßen, taten es auch hier.

Nach dem Abendessen kehrten sie in den Aufenthaltsraum zurück. Vicki nahm erneut Zeichenblock und die kleinen Pinsel zur Hand und malte weiter. Sie war eine gute Beobachterin und bemerkte nach einer Weile, dass Valerie und Lukretia immer wieder Blicke tauschten und gelegentlich ohne jeden Anlass zu kichern begannen. Noch achtete sie nicht darauf, doch als sie sich später für die Nacht zurechtmachte, flüsterten die beiden sich ein paar Bemerkungen zu, von denen Vicki trotz ihrer guten Ohren nur Bruchteile verstand. »Nacht« war dabei, und »schlafen«. Da sie sich keinen Reim daraus machen konnte, zuckte sie mit den Schultern und legte sich zu Bett.

Wenig später erschien Frau Krügel, stellte fest, dass Lukretia und Valerie trödelten, und wies mit strenger Miene auf deren Betten, die nebeneinanderstanden. Als Nächstes kam Vickis Bett und danach das von Auguste, während die vier anderen Mädchen gegenüber schliefen.

»Es ist Schlafenszeit«, erklärte die Lehrerin und griff zum Lichtschalter.

»Wir sind schon im Bett«, rief Lukretia und eilte so schnell hin, dass ihr das Nachthemd um die Beine flatterte. Valerie legte sich ebenfalls ins Bett, und so schaltete Fräulein Krügel das Licht aus.

»Gute Nacht«, wünschte sie noch, als sie ging.

»Gute Nacht! Schlaft gut«, erklärte Vicki und schloss die Augen.

Sie schlief rasch ein, wachte aber nach einiger Zeit durch ein leises Stöhnen auf. Besorgt, eine ihrer Freundinnen könnte krank geworden sein, hob sie den Kopf. Es war dunkel im Zimmer, und sie konnte die Umrisse der Betten nur schemenhaft erkennen. Eines aber wurde ihr klar: Lukretias Bett neben ihr war leer. Ihre Sorge stieg, als sie erneut ein Stöhnen vernahm. Es kam aus Valeries Bett. Als sie sich aufrichtete, um hinübersehen zu können, entdeckte sie zwei Schatten in enger Umarmung, die sich selbstvergessen liebkosten.

Frau Berends hatte die Schülerinnen aufgefordert, unziemliches Verhalten sofort zu melden. Das hier war den Ansichten der Schulleiterin nach mit Gewissheit ein solches, doch Vicki fragte sich, ob sie die beiden Mitschülerinnen, mit denen sie sonst gut auskam, wirklich an Frau Berends verraten sollte. Gleichzeitig stellte sie fest, dass der Gedanke an das, was die beiden Mädchen eben machten, nicht ohne Wirkung auf sie blieb. Auch sie sehnte sich danach, umarmt und gestreichelt zu werden.

Nur mühsam unterdrückte sie den Wunsch, sich selbst an einer gewissen Stelle zu berühren. In der letzten Schule, auf der sie gewesen war, hatte eines der Mädchen erklärt, wie man sich mit sich selbst vergnügen konnte, und war, als man sie dabei erwischt hatte, flugs der Schule verwiesen worden. Sie selbst war ihr nur wenige Wochen später wegen einer anderen Sache gefolgt.

Ihr Wille, sich zu beherrschen, war stärker. Wenig später verklang das leise Stöhnen, und sie bekam mit, dass Lukretia in ihr Bett zurückkehrte. Da es nun wieder still war, schlief sie bald ein und wachte am nächsten Morgen mit dem Gefühl auf, einen seltsamen Traum erlebt zu haben.

7.

In Berlin gerieten Theodor von Hartung und Heinrich von Dobritz immer mehr in Schwierigkeiten. Das Gerücht, die Hartung'sche Tuchfabrik liefere minderwertige Qualität, machte die Runde, und selbst Kunden, die bislang mit den Lieferungen zufrieden gewesen waren, versuchten nun, von vorneherein Preisabschläge zu erzielen. Theodor fiel es daher immer schwerer, die Einnahmen in einer Höhe zu halten, die den Ausgaben nicht zu sehr nachstanden.

Heinrich von Dobritz erging es noch schlechter. Ihm wurde die Rückzahlung von Krediten verweigert, gleichzeitig forderten Herren wie Dravenstein und andere immer neue Kredite zu günstigen Zinsen, boten dafür aber nur erbärmliche Sicherheiten. Diese Männer nützten ihre Nähe zum Hof aus und ließen ihn offen fühlen, dass sie bei einer Verweigerung der Kredite ihre Standesgenossen wissen lassen würden, dass die Bank Dobritz nicht mehr in der Lage sei, gehobene Herrschaften mit Krediten zu bedienen.

Im Hintergrund zog Markolf von Tiedern die Fäden. Er war in den letzten zwei Jahrzehnten reich und mächtig geworden und nützte seine Stellung aus, um noch reicher und mächtiger zu werden. Dabei tat er alles, um jenen zu schaden, die er hasste. Heinrich von Dobritz war in der Hinsicht nicht so wichtig, doch er war ein Bankier und zudem der Schwiegersohn eines Mannes, der sein Vermögen nicht auf redliche Weise verdient hatte. Dies machte ihn angreifbar und damit zu einem idealen Opfer für Tiedern.

An diesen Tag hatte Tiedern Dravenstein zu sich rufen lassen und schickte ihn mit einem Auftrag los. Das Haus, das dieser aufsuchen sollte, zählte zu den prächtigsten Villen am Grunewald, aber es wohnte nur eine schlichte Witwe Baruschke mit ihren Kindern darin.

In seinem eigenen Haus hätte Dravenstein weder die Witwe noch deren Sohn empfangen, und er hätte auch deren Heim normalerweise nicht aufgesucht. Nun aber trat er Bettina Baruschke mit freundlichster Miene entgegen und deutete sogar eine Verbeugung an.

»Ich danke Ihnen, dass ich zu so früher Stunde bei Ihnen vorsprechen darf«, sagte er schmeichlerisch.

Bettina verzog leicht die Lippen. Sie war schon mehrere Stunden wach und hatte sich ihren Geschäften gewidmet. Mittlerweile war sie reicher, als ihr Mann es je gewesen war, und konnte sich mit dem Vermögen einiger der höchsten Herren im Reich messen.

»Guten Tag!«, grüßte sie daher selbstbewusst und sah ihren Besucher auffordernd an. »Sie kommen gewiss nicht ohne Absicht.«

Mit ihrer Bemerkung brachte sie Dravenstein aus dem Konzept. Gewohnt, mit blumigen Reden zum Erfolg zu kommen, war er eine solche Zielstrebigkeit nicht gewohnt. Da er es aber nicht abstreiten konnte, zwang er sich ein Lächeln auf und wies auf das Briefpapier mit dem schlichten Wappen, das vor Bettina auf einem kleinen Schreibtisch lag.

»Ich könnte Ihnen behilflich sein, dieses Wappen aufzuwerten«, legte er seinen Köder aus.

Bettina hob kurz die Augenbrauen. »So? Könnten Sie das?«

»Es läge im Bereich des Möglichen«, erklärte Dravenstein lockend. »Sie müssten mir nur einen kleinen Gefallen erweisen.«

»Und stände hinterher mit nichts in den Händen da, während Sie mit vollen Taschen von dannen ziehen. Nein, mein Herr, so haben wir nicht gewettet.« Bettina klang so scharf, dass Dravenstein ihr am liebsten mit gleicher Münze herausgegeben hätte. Tiederns Auftrag war jedoch, auf jeden Fall zum Erfolg zu gelangen.

»Sie sehen das falsch, meine Liebe …«

»Ich bin nicht Ihre Liebe!«, antwortete Bettina schroff.

»Sie wurden als eine von Dobritz geboren und sind nun eine schlichte Frau Baruschke. Wenn Sie auf meinen Vorschlag eingehen, werden Sie und Ihre Kinder sich bald eines ›von‹ im Namen erfreuen können.«

»Wenn Sie mir die Unterschrift Seiner Majestät, Kaiser Wilhelms II. bringen, werde ich mir Ihren Vorschlag überlegen.«

Bettina hatte von ihrem Mann gelernt, jedes Geschäft genau auf Kosten und Ertrag zu überprüfen. Gleichzeitig dachte sie an jenes Fräulein von Predow, dem ihr Ottokar die Schachtel Konfekt geschickt hatte. Zwar hatte er von dieser ein freundliches Dankschreiben erhalten, aber keine Einladung, sie aufsuchen zu dürfen. Einen von Baruschke jedoch würden die Eltern der jungen Dame empfangen müssen. Auch für ihre Luise würden sich die Aussichten auf einen passenden Bräutigam mit einem Adelstitel verbessern. Daher wartete sie gespannt auf Dravensteins Antwort.

»Es würde kein Adelstitel in Preußen sein, sondern in einem der thüringischen Fürstentümer. Einer der dortigen Prinzen befindet sich derzeit in Berlin und steckt, wie ich zu meinem Bedauern bekennen muss, in gewissen pekuniären Schwierigkeiten. Ein Bankkredit könnte ihm hier Erleichterung verschaffen, doch bestehen die Herren Bankiers auf Sicherheiten, die er ihnen, da er fern der Heimat weilt, nicht gewähren kann.«

»Also sind Sie auf mich gekommen«, schloss Bettina aus diesen Worten.

Dravenstein hob beschwichtigend die Hand. »Es darf nach außen hin nicht so aussehen, als wäre der Prinz gezwungen, sich von einer bürgerlichen Frauensperson Geld zu borgen. Daher muss ein Bankier als offizielle Kreditgeber gelten. Wie ich in Erfahrung brachte, ist Ihr Bruder ein bedeutender Bankier.«

... und in argen Schwierigkeiten, dachte Bettina, die von mehreren Geschäftspartnern über Heinrichs Probleme informiert worden war.

»Wenn Sie Ihrem Herrn Bruder anbieten, sich mit einer gewissen Summe an seiner Bank zu beteiligen, wird er mit beiden Händen zugreifen. Sie müssen nur darauf dringen, dass unserem Prinzen eine Summe von sagen wir dreißigtausend Mark als Kredit eingeräumt wird«, schlug Dravenstein vor.

Bettina schätzte, dass sie der ganze Spaß wohl das Doppelte kosten würde, und schüttelte den Kopf. »Dieses Geschäft ist mir zu windig.«

»Sie werden im Gegenzug zu einer Frau von Baruschke erhoben«, trumpfte Dravenstein auf.

Bettina lachte leise. »Mir ist der Spatz in der Hand lieber als die Taube auf dem Kopf. Ohne die entsprechende Sicherheit erhält Ihr Prinz von mir nicht einmal einhundert Mark, geschweige denn dreißigtausend.«

Als Dravenstein begriff, dass er bei dieser Frau mit Versprechungen nicht weiterkommen würde, holte er eine fein gearbeitete Ledermappe unter seinem Rock hervor und reichte sie Bettina. Diese fand zu ihrem Erstaunen einen Adelsbrief darin, der auf sie und ihre Kinder ausgestellt war. Es juckte sie in den Fingern, zuzugreifen, doch sie war zu sehr Geschäftsfrau, um sich mit dem ersten gebotenen Preis zufriedenzugeben.

»Dies hier ist nicht mehr als die schlichte Erlaubnis, ein ›von‹ in den Namen einzufügen und im Gotha an hinterster Stelle gelistet zu sein. Wenn ich diesem Prinzen behilflich sein soll, will ich meine Kinder als Baron Ottokar und Baroness Luise sehen.«

Die Alte ist zäh, fuhr es Dravenstein durch den Kopf, obwohl Bettina im Gegensatz zu seiner eigenen, etwa gleichaltrigen Frau noch immer recht ansehnlich war. Da es Markolf von Tiedern jedoch gelungen war, aus einem verkrachten Schauspieler den geachteten Baron Lobeswert zu machen, nickte er mit verkniffener Miene.

»Das wird möglich sein! Nehmen Sie diese Urkunde als Zeichen guten Willens an. Damit sind Sie von dieser Stunde an Frau von Baruschke.«

Bettina ließ sich von der Urkunde nicht blenden, sondern untersuchte sie genau. »Ich werde sie prüfen lassen und mich danach bei Ihnen melden.« Und zwar nur, wenn der Adelsbrief echt ist, setzte sie für sich hinzu.

In der Hinsicht hatte Dravenstein keine Sorge. Tiederns Verbindungsmann hatte ungehindert Zugang zu seinem Fürsten, und dieser hatte sich bislang stets davon überzeugen lassen, sein Siegel und seine Unterschrift unter die ihm vorgelegten Nobilitierungsurkunden zu setzen. Da jede davon mit mehreren Tausend Mark bezahlt wurde, würde der fürstliche Herr dies auch weiterhin tun, um die mageren Einkünfte seines Ländchens aufzubessern. Mit dem Gefühl, am Ende doch Sieger geblieben zu sein, verabschiedete er sich und verließ die Villa.

Kaum war Dravenstein gegangen, entwickelte Bettina eine rastlose Aktivität. Als Erstes ließ sie einen Notar rufen, der die Urkunde überprüfen sollte. Der Herr kam noch am selben Tag und musterte das Schriftstück genau. Er hatte sogar das gezeichnete Wappen des Fürstentums bei sich und ein Schreiben mit der aufgedruckten Unterschrift des Herrschers. Er hätte diese jedoch nicht gebraucht, um die Echtheit der Urkunde zu erkennen.

»Meinen Glückwunsch, Frau von Baruschke«, sagte er höflich und dachte sich dabei, dass man nur reich sein musste, um sich in diesem Land Titel und Würden kaufen zu können.

»Ich danke Ihnen! Lassen Sie mir Ihre Rechnung überbringen«, sagte Bettina zufrieden, setzte sich an ihren Schreibtisch und verfasste einen Brief an ihren Bruder, in dem sie ihm anbot, sich mit einer gewissen Summe an seinem Bankhaus zu beteiligen, wenn er im Gegenzug einem von ihr genannten Herrn einen Kredit über dreißigtausend Mark einräumte.

Sie würde zwar einen stolzen Preis für ihre Standeserhöhung zahlen müssen. Aber das war es ihr wert, denn es würde die Aussichten ihrer Kinder auf vorteilhafte Ehen verbessern. Durch diesen Adelsbrief war sie bereits eine Frau von Baruschke. Bald würde sie eine Baronin Baruschke sein. Nein, sagte sie sich, Baruschke klang plebejisch. Sie würde darauf bestehen, dass sie und ihre Kinder den Titel Baronin, Baron und Baroness von Barusch erhielten. Notfalls ging auch noch Baruschke von Barusch. Damit, sagte Bettina sich, hatte sie ihren Bruder übertroffen, der nur ein einfacher von Dobritz war. Sie freute sich noch daran, als ihre Tochter hereinkam und sie umarmte.

»Liebste Mama, komme ich zu spät zum Abendessen?«

»Wo warst du so lange?«, fragte Bettina.

»Ich war noch einmal mit Helga Lell eislaufen.«

Helga Lell war die Tochter des Kaufmanns an der Ecke. Bettina fand, dass ein Umgang mit diesem Mädchen für eine Baroness Baruschke von Barusch unter ihrer Würde war, und hob mahnend den Finger.

»Ich habe heute den Adelsbrief für unsere Familie erhalten. Daher solltest du den Verkehr mit dieser Krämerstochter einstellen.«

»Helga ist meine beste Freundin!«, rief Luise empört. »Wenn ich sie nicht mehr sehen darf, will ich lieber nicht von Adel sein.«

Ihre Mutter wollte sie schelten, dachte dann aber daran, wie wenig ihr selbst die Bekanntschaft mit Mädchen von Stand gebracht hatte, und tippte ihrer Tochter auf die Nase.

»Du hast recht! Es wäre schändlich, die zu vergessen, mit denen man bisher gut ausgekommen ist. Helga ist ein braves Mädchen und wird immer deine Freundin bleiben. Von anderen darfst du das nicht erwarten.«

Es klang ebenso bedrückt wie auch leicht rachsüchtig. Bettina stellte sich vor, wie es sein würde, wieder in denselben Kreisen zu verkehren wie ihre einstigen Schulkameradinnen Rodegard von Predow und Franziska von Hollenberg, und freute sich schon auf die dummen Gesichter, wenn sie ihnen als Baronin Baruschke von Barusch vorgestellt wurde.

8.

Theodor von Hartung beendete seine Monatsabrechnung mit einem leisen Grollen. Erneut hatten die Ausgaben die Einnahmen überstiegen. Wenn diese negative Entwicklung weiter anhielt, ging es an seine Substanz. Noch standen die Hartung-Werke auf einem soliden Fundament, doch dieses drohte aufzuweichen. Sein Blick fiel auf den Brief, den ihm seine Tochter Auguste geschrieben hatte. In weniger als einem Monat war ihre Zeit auf der Höhere-Töchter-Schule zu Ende, und sie wollte anschließend in die Schweiz, um dort zu studieren. Im Augenblick wusste er nicht, wo er das Geld dafür hernehmen sollte, seine gesamten Reserven waren bereits in die Firma gewandert.

»Ich werde Mama fragen müssen, ob sie Auguste wenigstens das erste Jahr bezahlen kann. Bis dorthin werde ich das Ruder schon herumreißen«, murmelte er und rechnete noch einmal nach, ob nicht doch ein paar Mark übrig waren, die er für seine Tochter verwenden konnte. Die Zahlen auf dem Papier waren jedoch unbestechlich.

Mit einer müden Bewegung stand er auf und verstaute sein Geschäftsbuch im Schrank. Während er die Fabrik verließ, überlegte er, wo er in nächster Zeit Geld einsparen konnte, um weiterhin flüssig zu sein. Nun ärgerte er sich, dass sein Vater für viel Geld die große Villa am Grunewald hatte errichten lassen. Diese sah zwar prächtig aus und machte sich gut als Rahmen für Einladungen und Feste. Aber im Augenblick war ihm nicht nach Feiern zumute.

Sein Wagen fuhr vor, er stieg ein und ließ sich in die Polster sinken. Irgendjemand versuchte ihm mit aller Macht zu schaden, dessen war er sich vollkommen sicher. Es schwirrten bereits Gerüchte herum, der Konkurs seiner Firma stände kurz bevor.

Noch ist es nicht so weit, schwor er sich und überlegte, wie er neue Kunden gewinnen konnte, die an den in seiner Fabrik erzeugten Tuchen nichts zu bekritteln hatten.

»Ich werde Egolf zu den Messen nach England und in die Niederlande schicken«, sagte er zu sich selbst.

Das kostete zwar auch Geld, doch wenn er Kunden im Ausland fand, konnte er sich aus der Abhängigkeit der Staatsaufträge lösen und würde wieder schwarze Zahlen schreiben. Mit diesem Vorsatz erreichte er die Villa, trat ein und reichte einem Diener Hut und Mantel. Kurz darauf suchte er den Salon seiner Mutter auf und begrüßte sie mit einem Wangenkuss.

Theresa spürte, dass ihren Sohn etwas bedrückte, und wies auf einen leeren Stuhl. »Setz dich, Junge, und sprich dich aus!«

»Ich komme mir schlecht vor, Mama, weil ich dich erneut um Geld bitten muss«, sagte Theodor bedrückt.

»Steht es noch schlimmer als im Winter, als der junge Dobritz seinen Kredit vorzeitig von dir zurückgefordert hat?«

Theodor nickte mit verkniffener Miene. »Noch halte ich mich! Aber jetzt geht es mir um Auguste. Ich kann es mir derzeit nicht leisten, sie in die Schweiz zu schicken, zumal ich Egolf nach England und in andere Länder entsenden will, um neue Kunden zu gewinnen.«

»Auguste wäre sehr enttäuscht, wenn sie ihre Hoffnungen und Wünsche begraben müsste«, sagte Theresa nachdenklich.

»Wenn es nicht anders geht, muss sie sich damit abfinden.« Theodors Stimme klang hart, obwohl er am liebsten geweint hätte.

Seine Mutter sah ihn nachdenklich an. »Es ist zu viel Pech auf einmal, um natürlichen Ursprungs zu sein. Hast du einen Feind, der dir schaden will?«

»Das vermute ich auch, doch ich weiß nicht, wer es sein könnte.«

»Halte bitte Augen und Ohren offen! Einen Feind, den man erkannt hat, kann man bekämpfen. Solange man ihn jedoch nicht kennt, ist man seinen Attacken hilflos ausgeliefert.« Theresa seufzte und stand auf. »Ich werde sehen, was ich für Auguste tun kann! Doch nun schicke mir Friederike. Ich will mich mit ihr besprechen.«

»Danke, Mama!« Theodor fühlte eine gewisse Erleichterung, weil seine Mutter ihm helfen würde, war aber auch beschämt, ihre Hilfe in Anspruch nehmen zu müssen.

Er verließ den Salon, suchte seine Frau und fand sie in der Küche, wo sie zusammen mit Adele Klamt die Köchin instruierte.

»Guten Tag«, grüßte er und berührte Friederike an der Schulter. »Mama würde gerne mit dir sprechen.«

Friederike nickte kurz und wandte sich der alten Mamsell zu. »Machen Sie hier weiter, Frau Klamt. Ich komme zurück, sobald meine Schwiegermutter mich wieder entlässt.«

Kurz darauf trat sie in Theresas Salon. »Da bin ich, Mama.«

Theresa sah sie lächelnd an und wies auf einen freien Stuhl. »Setz dich, Rieke. Ich weiß nicht, ob du bereits mitbekommen hast, dass Theodor sich mit geschäftlichen Problemen herumschlägt?«

»Er sagt zwar nichts, doch ich kenne ihn und fand ihn in den letzten Monaten sehr verändert. Ein wenig ärgert es mich, da wir sonst über alles sprechen. Weshalb also hat er mir ein so schwerwiegendes Problem verschwiegen?«

»Das solltest du ihn fragen.« In Theresas Stimme lag eine gewisse Kritik an ihrem Sohn, der in dieser Situation seine Frau nicht mehr ins Vertrauen zog. Sie atmete tief durch und berichtete Friederike, was sie von ihrem Sohn erfahren hatte.

Friederike hörte ihr mit wachsender Bestürzung zu. »Aber wie kann das sein? Unsere Ware ist von bester Qualität! Das können wir uns nicht bieten lassen!«, rief sie, als ihre Schwiegermutter mit ihrem Bericht am Ende war.

»Er hat es versucht, ist aber gegen Wände gelaufen. Deshalb will er nun ausländische Kunden finden.«

»Was nicht leicht werden wird, wenn diese Kreise weiterhin versuchen, uns Steine in den Weg zu rollen. Wir müssen unbedingt herausfinden, wer hinter dem Ganzen steckt.«

»Theodor glaubt ebenfalls, dass jemand diese Gerüchte in die Welt setzt, die nun von anderen benützt werden, um die Preise zu drücken.«

»Könnte es Dobritz sein?« Friederike dachte an den vorzeitig zurückgeforderten Kredit, von dem sie dank einer unbedachten Bemerkung ihres Mannes erfahren hatte. Sie rieb sich über die Stirn. »Ich hörte letztens, dass Bettina Baruschke sich an der Bank ihres Bruders beteiligt haben soll. Sie ist ein elendes Biest und eine Kopie ihrer Mutter.«

Theresa dachte an Bettinas Mutter, ihre Schwägerin, die von ihrem eigenen Mann erwürgt worden war. Luise von Dobritz hatte sie und ihren Mann mit allen Mitteln bekämpft. Es schien daher möglich, dass deren Tochter den alten Streit weiterführen wollte.

»Wir Hartungs werden uns nicht unterkriegen lassen!«, rief sie kämpferisch. »Ich verkaufe notfalls meine abgelegten Kleider beim Altkleiderhändler, um meinem Sohn die letzte Mark geben zu können.«

»Ich habe mir durch sparsames Wirtschaften ein Kapital von mehreren Tausend Mark geschaffen. Es könnte ausreichen, um Egolf auf die ausländischen Messen zu schicken«, erklärte Friederike nicht minder entschlossen als ihre Schwiegermutter.

»Das ist gut«, fand Theresa und fasste nach Friederikes Hand. »In einem Monat beginnen für Lieselotte und Silvia die Ferien, und für Auguste fängt ein neuer Lebensabschnitt an. Sie wird in der Schweiz schlichter wohnen und leben müssen als geplant, und wir werden ihr nur Hilde als Betreuerin mitgeben können. Doch ich vertraue dem Mädchen genug, um es in die Fremde zu schicken.«

»Theos Ferien beginnen ebenfalls. Er soll Auguste und Hilde in die Schweiz begleiten und ihnen helfen, sich dort einzurichten«, erklärte Friederike und lächelte auf eine Weise, die einen Feind erschreckt hätte.

Sie entstammte einer alten Soldatenfamilie, und ihre Vorfahren waren nie vor einem Feind zurückgewichen. Auch sie würde es nicht tun. »Vor allem müssen wir den Anschein der Normalität bewahren, Mama. Deshalb werden wir alle zur Schulabschlussfeier fahren und die Mädchen abholen.«

»Das werden wir«, erklärte Theresa und dachte dann an Vicki. »Sage dem Kutscher, er soll den Wagen anspannen. Ich werde zu den Gentzschs fahren und ihnen klarmachen, dass auch sie bei Vickis Abschlussfeier dabei zu sein haben. Wie sähe es aus, wenn ausgerechnet der Herr Oberregierungsrat von Gentzsch und seine Gattin fehlen würden?«

9.

Das Ende ihrer Schulzeit kam für Vicki und Auguste mit Riesenschritten näher. Der Unterrichtsstoff, den Frau Berends für die Mädchen der Abschlussklasse als geeignet betrachtet hatte, war abgearbeitet, und die letzten Tage galten nur noch den Vorbereitungen für die Abschlussfeier und die dafür geplante Aufführung des Stückes »Minna von Barnhelm«.

Während ihre Mitschülerinnen sich darauf freuten, von nun an als junge Damen zu gelten, und sich bereits Gedanken über mögliche Brautwerber machten, empfand Valerie von Bornheim eine tiefe Traurigkeit. Zwar hatte sie Lukretia nur ein paarmal still und heimlich in der Nacht umarmt, dennoch glaubte sie, den Verlust der Freundin nicht überstehen zu können. Am meisten aber traf es sie, dass Lukretia ihre Zuneigung zwar gerne hingenommen hatte, sie aber nicht im selben Maße erwiderte. Eben besprach sie mit Dorothee die Eigenschaften und das Äußere einiger junger Herren aus beider Bekanntschaft und welchem von diesen sie als Ehemann den Vorzug geben würde.

In ihrer Enttäuschung wollte Valerie laut werden und Lukretia der Untreue bezichtigen. Doch da fasste Vicki sie am Arm. »Beherrsche dich! Sonst ist Frau Berends gezwungen, dich zwei Tage vor Schulende vom Institut zu weisen.«

Im Augenblick war dies Valerie egal, doch da wurde Vickis Griff fester. »Sei keine Närrin! Wir alle sind in diesem Jahr so gut miteinander ausgekommen. Warum willst du die Erinnerung daran zerstören?«

»Ich? Es ist gemein …« Valerie brach in Tränen aus.

»So ist es gut«, sagte Vicki sanft. »Sieh es als Verirrung deines Herzens an und danke im Geist den anderen in der Klasse. Jede von uns hat gemerkt, was Lukretia und du tun, doch keine hat es einer Lehrerin oder Frau Berends gemeldet. Willst du die, die dich beschützt haben, jetzt in Schwierigkeiten bringen?«

Vickis Worte blieben nicht ohne Wirkung. Langsam beruhigte Valerie sich wieder und lächelte unter Tränen. »Du bist so gut zu mir.« Dabei wünschte sie, sie hätte sich in Vicki verliebt.

Auguste bemerkte den kurzen Zwischenfall und klatschte ihrer Cousine in Gedanken Beifall. Die Vicki, die sie während des Schuljahrs kennengelernt hatte, hatte nicht die geringste Ähnlichkeit mit dem verstockten Biest, als das deren Vater und deren Stiefmutter sie immer hingestellt hatten.

Nun galt es, die letzten Tage zu überstehen. Die Mädchen packten bereits die ersten Habseligkeiten ein, und als der große Tag kam, fieberten alle der Ankunft ihrer Eltern und Verwandten entgegen.

Die ersten Besucher erschienen am frühen Nachmittag und durften ihre Schützlinge in das Waldcafé mitnehmen, das vor einigen Jahren eine halbe Stunde zu Fuß von der Schule entfernt eröffnet worden war.

Theresa, Friederike und Theodor erschienen gegen sechzehn Uhr. Dies war zu spät, um noch zum Café zu wandern, daher holten sie die Mädchen ab und fuhren mit zwei Droschken zum *Schwan*, um dort ein frühes Abendessen einzunehmen. Trotz aller Bemühungen war es ihnen nicht gelungen, Gustav und Malwine dazu zu bringen, mit ihnen zu kommen.

»Ich hätte mir nicht vorstellen können, dass Gustav ein solcher Pharisäer ist«, sagte Friederike zu Theodor, als sie am frühen Abend die für sie reservierten Plätze in der Schulaula einnahmen.

»Ich bedauere sein Fernbleiben ebenfalls, denn es wird Vicki enttäuschen. Zu seiner Entschuldigung will ich aber gelten lassen, dass er im Ministerium einen schweren Stand hat. Er ist ein fähiger Mann und daher anderen, weniger fähigen Herren verhasst.«

Theodor hatte noch mehrmals mit Vickis Vater gesprochen und wusste, welche Schwierigkeiten Dravenstein diesem bereitete. Aus diesem Grund hatte Gustav bereits überlegt, sich in den vorzeitigen Ruhestand versetzen zu lassen und von seinem Vermögen zu leben. Es war groß genug und würde sich, wenn er es geschickt anlegte, kaum verringern. Er war jedoch mit Leib und Seele Beamter, und daran zu denken, mit noch nicht fünfzig Jahren in dem Haus zu sitzen, das er von seiner Großtante in der Provinz geerbt hatte, besaß keinerlei Verlockung für ihn.

»Es hat jeder sein Kreuz zu tragen«, setzte Theodor hinzu und sah seine Mutter verständnisvoll nicken.

Sie zeigte nach vorne. »Das Spiel beginnt gleich.«

Kaum hatte sie es gesagt, da erschienen Frau Berends, Fräulein Krügel und ihre Kolleginnen auf der Bühne, um den Abend zu eröffnen.

»Sehr geehrte Herren, meine Damen! Ich freue mich, dass erneut ein Schuljahr in Harmonie vergangen ist und unsere Schülerinnen ihren Familien alle Ehren gemacht haben«, begann Frau Berends und setzte noch einige wohlgesetzte Formulierungen hinzu, um den Eltern und Verwandten der Schülerinnen zu schmeicheln. Schließlich zahlten diese ein teures Schuldgeld für ihre Töchter.

Sie fragte sich jedoch, wie es sein würde, wenn Gymnasien für Mädchen eingerichtet und diese zum Studium zugelassen wurden, wie man es von verschiedenen Seiten forderte. Würde dann die Art der Schule, wie sie sie führte, untergehen? Oder sollte sie den Schritt in die neue Zeit wagen und Lehrerinnen einstellen, die auch in den Gymnasialfächern unterrichten konnten?

Frau Berends ließ sich ihre Zweifel nicht anmerken, sondern lobte Lehrerinnen und Schülerinnen gleichermaßen und gab zuletzt die Bühne frei für das Stück, welches die Absolventinnen des letzten Jahrgangs eingeübt hatten.

Auguste spielte die Minna gut, wenn auch etwas zu intellektuell, wie Vicki fand. Dorothees Tellheim war annehmbar, und Lukretia brachte als Zofe genau die richtige Mischung aus Naivität und Witz, die gefordert wurde.

Auch Vicki füllte ihre Rolle als Friedrich der Große zur Zufriedenheit aller aus und wurde anschließend sehr gelobt. Sie nahm es hin, doch in ihrem Herzen haderte sie damit, dass ihr Vater und ihre Stiefmutter sie auch in dieser Situation im Stich gelassen hatten. Von allen anderen Schülerinnen war wenigstens ein Elternteil erschienen. Bei einigen hatten sich sogar Geschwister oder entferntere Verwandte eingefunden.

Vicki ließ sich jedoch nichts anmerken, sondern stieg, als sie später die einem Talar gleichende Tracht der Absolventinnen trug, lächelnd auf die Bühne, um ihr Abschlussdiplom von

Frau Berends entgegenzunehmen. Zu ihrer Verwunderung war sie die zweitbeste Schülerin nach Auguste.

Nachdem Frau Berends ihren Schülerinnen alles Gute für ihren Lebensweg gewünscht hatte, endete der Abend mit dem Absingen der Kaiserhymne »Heil dir im Siegerkranz«.

Danach kehrten die Gäste in den *Schwan* und die anderen Gasthäuser zurück, in denen sie übernachten würden, und die Abschlussschülerinnen schliefen noch ein letztes Mal in ihren Internatsbetten.

10.

Bereits nach dem Frühstück erschienen die ersten Eltern, um ihre Töchter abzuholen. Theresa, Friederike und Theodor wollten die Mädchen ebenfalls nicht warten lassen, und so war der Abschied von den Mitschülerinnen zwar herzlich, aber kurz. Man versprach, einander zu schreiben und sich bei erster Gelegenheit wiederzusehen. Dann galt es, die Droschken zu besteigen und zum Bahnhof zu fahren.

Wegen der vielen Reisenden war der Kurswagen der ersten Klasse bis auf den letzten Platz gefüllt. Nur in dem Abteil, in dem Theodor und die Seinen saßen, blieb ein Platz vorerst unbesetzt. Dies änderte sich jedoch bereits am nächsten Bahnhof, denn eine schöne Frau in einem hellgrünen Kleid kam herein und stieß einen überrascht klingenden Ruf aus.

»Welch ein Zufall! Frau von Hartung! Waren wir im Januar Reisegefährten nach hier, so sind wir es jetzt nach Berlin.«

Emma von Herpich trat auch diesmal gediegen auf und schenkte allen ein freundliches Lächeln.

»Sind Sie hier zugestiegen?«, fragte Friederike verwundert, da Frau von Herpich damals nach Erfurt gefahren war.

»O nein«, antwortete diese fröhlich. »Ich habe nur nach meiner Zofe gesehen. Ich musste sie zweiter Klasse unterbringen, da dieser Wagen zur Gänze reserviert worden war.«

»Er ist ziemlich voll«, gab Friederike zu.

Sie wusste nicht, ob sie erfreut sein sollte, Emma von Herpich wiederzusehen. Zwar hatte diese sich auf der Herreise als amüsante Gesprächspartnerin erwiesen, doch sie störte sich an der seltsamen Zufälligkeit der zweiten Begegnung.

Emma von Herpich hatte von ihrem Geliebten Tiedern den Auftrag erhalten, sich erneut den Hartungs anzuschließen, um möglichst viel über sie zu erfahren. So sollte sie mit deren ältester Tochter Freundschaft schließen, um sie besuchen und selbst deren Besuch fordern zu können. Auguste saß dafür jedoch ungünstig, und sie hätte über mehrere andere hinweg mit ihr reden müssen. Daher blieb ihr nichts anderes übrig, als sich mit der neben ihr sitzenden Vicki zu unterhalten.

»Haben Sie die Schule gut hinter sich gebracht, Fräulein Victoria?«, fragte sie.

»Das hat Vicki allerdings«, antwortete Lieselotte ein wenig vorlaut. »Sie war die Zweitbeste nach Auguste.«

»Dann darf ich den beiden jungen Damen gratulieren.« Emma von Herpich gönnte sowohl Vicki wie auch Auguste ein anerkennendes Lächeln.

»Ihr Herr Vater war wohl nicht bei der Abschlussfeier?«, fragte sie, da mit Theodor nur ein Mann bei der Gruppe war.

Vickis Augen blitzten rebellisch auf. »Mein Vater war bedauerlicherweise unabkömmlich.«

»Das ist sehr schade.«

Da Auguste sich wieder ihrer Großmutter zuwandte, musste Emma von Herpich sich weiter mit Vicki als Gesprächspartnerin begnügen. Obwohl sie geschickt vorging, um das Mädchen auszuhorchen, war Vicki auf der Hut und beantwortete ihre Fragen nur ausweichend, ohne unhöflich zu werden. Sie ließ sich nicht dazu verleiten, mehr über sich, ihre Familie und ihre Verwandtschaft zu erzählen.

Friederike bemerkte es und lobte insgeheim das Mädchen. Emma von Herpich war ihr mit jedem Kilometer, die der Eisenbahnzug zurücklegte, unsympathischer geworden. So penetrant fragte man fremde Leute nicht aus.

Als Emma von Herpich Friederikes scharfen Blick auf sich spürte, begriff sie, dass sie behutsamer vorgehen musste. Daher stellte sie ihre Fragen ein und begann, von ihrem angeblichen Leben zu erzählen.

»Kennen Sie Ostpreußen?«, fragte sie Vicki.

Diese schüttelte den Kopf. »Nein, dort war ich noch nie.«

»Es ist wunderschön!«, rief Emma von Herpich enthusiastisch. »Diese endlosen Wälder, die vielen kleinen Seen und mittendrin unser Gut. Mein Vater hat die besten Trakehner im ganzen Land gezüchtet. Es war ein wunderschönes Leben dort. Ich musste die Heimat nur ein Mal verlassen, um ein Internat bei Montreux zu besuchen.«

»Sie waren in der Schweiz?« Da Auguste in wenigen Wochen dorthin übersiedeln wollte, hoffte sie, mehr über dieses Land zu erfahren.

Emma von Herpich war nur wenige Wochen in der Schweiz gewesen und hatte außer Montreux nicht viel gesehen. Es reichte jedoch, um Augustes Wissensdurst zu stillen. Bevor Auguste verraten konnte, dass sie selbst in die Schweiz reisen wollte, griff Friederike ein.

»Wir sollten das Thema Schweiz beenden. Es langweilt mich, von einem Land zu hören, das niemand von uns so schnell sehen wird.«

Ihre Töchter und Vicki wunderten sich, da Auguste ja dorthin fahren würde. Doch sie begriffen schnell, dass man Fremden nicht alles erzählen durfte, was einem am Herzen lag. So erfuhr Emma von Herpich nicht, dass Theodors älteste Tochter Berlin schon bald verlassen würde. Stattdessen hoffte sie, die Bekanntschaft mit dem Mädchen in der nächsten Zeit vertiefen und Auguste ihrem Geliebten als Opfer für seine Orgien zuführen zu können.

Freiwillig würden die Mädchen gewiss nicht mitmachen, doch genau das gefiel ihr. Die feine Welt, zu der die Hartungs gehörten, hatte sie auf den Stand einer besseren Hure gedrückt, und so war es in ihren Augen nur eine ausgleichende Gerechtigkeit, wenn dies mit Auguste und deren Schwestern ebenfalls geschah.

Vierter Teil

Zu Hause

1.

Ein Blick auf seine Taschenuhr verriet Gottfried Servatius, dass für heute Feierabend war. Er klappte die Akte zu, die er gerade bearbeitete. Es ging um den Neubau einer Schule in einem Dorf seines Amtsbezirks, und er musste die Kostenaufstellung des Architekten nachrechnen, um den genehmigungsfähigen Zuschuss bestimmen zu können. Das hatte Zeit bis zum nächsten Tag. Nun würde er erst einmal in der *Goldenen Gans* in aller Ruhe zu Abend essen.

Seine Untergebenen hatten das Amtsgebäude bereits verlassen. Gottfried überlegte, ob er nicht ein wenig strenger werden und von ihnen verlangen solle, erst mit dem Stundenschlag von ihren Schreibtischen aufzustehen. So aber hatten sich einige angewöhnt, bereits fünf Minuten früher Feierabend zu machen. Er beschloss, das Verhalten seiner Mitarbeiter am nächsten Tag anzusprechen. Zu dieser Stunde wollte er von Arbeit nichts mehr wissen. Mit dem Gedanken verließ er das Amt, schloss hinter sich zu und marschierte strammen Schrittes zur *Goldenen Gans.*

Karla, die an diesem Abend bediente, sah ihn kommen, und so stand sein Krug bereits gefüllt an seinem Stammplatz, als er das Gastzimmer betrat.

»Einen schönen guten Abend, Herr Oberregierungsrat«, begrüßte sie ihn fröhlich. »Heute kann ich Ihnen Schweinebraten mit Weißkohl und Klößen anbieten, Kalbsleber nach Berliner Art oder Bratwürste vom Rost.«

»Die hatte ich gestern. Daher nehme ich heute den Schweinebraten. Aber mit viel Soße.«

Gottfried lächelte der jungen Frau zu und setzte sich. Der erste Schluck Bier schmeckte ausgezeichnet, ebenso die Markklößchensuppe, die er als Vortisch bestellt hatte. Auch der Schweinebraten, der folgte, war ein Gedicht.

Gottfried ließ es sich schmecken, und ihm kam der Gedanke, dass er in ein paar Monaten wahrscheinlich nur noch in die *Gans* kommen würde, um sein Bier zu trinken. Das Essen gab es dann zu Hause. Er lächelte, als er daran dachte, dass er, der ewige Junggeselle, mit bald fünfzig Jahren doch noch Feuer gefangen hatte. Ottilie war aber auch ein äußerst hübsches Mädchen, natürlich nicht mehr ganz jung, aber mit ihren fünfundzwanzig Jahren gerade im richtigen Alter für einen Mann wie ihn. Sie lebte in einer kleinen Stadt in der Nähe von Erfurt, und er würde sie, ihre Mutter und ihre jüngere Schwester in drei Tagen wieder aufsuchen. Gottfried freute sich bereits darauf, denn der Kuchen und der Kaffee, die ihm dort aufgetischt wurden, schmeckten hervorragend. Dabei befand sich die Witwe Schröter nach dem Tode ihres Mannes nicht gerade in guten finanziellen Verhältnissen und hatte zudem einen Sohn, der dieses Jahr in Berlin sein Studium abschließen würde.

Bei dem Gedanken fiel Gottfried ein, dass es ein Zeichen der Höflichkeit wäre, seinen zukünftigen Schwager aufzusuchen und mit ihm über seine Heirat mit Ottilie zu reden. Immerhin galt Reinhold Schröter als Haupt der Familie, und da gehörte sich das.

Gottfried rundete sein abendliches Mahl mit einer guten Zigarre ab. Auf dem Nachhauseweg überlegte Gottfried, dass er sich mehr Dienstpersonal als einen Knecht hätte leisten können. Ihm fehlte auf jeden Fall eine Köchin, die ihm ein ebenso gutes Essen vorzusetzen in der Lage war, wie er es in der *Goldenen Gans* erhielt. Nun, er hatte sich sein Leben so eingerichtet, wie es ihm am besten dünkte. Sobald er heiratete, würde sich das ändern. Ab da musste er nämlich auf eine Frau Rücksicht nehmen. Doch für Ottilie war er dazu bereit.

Er erreichte fröhlich pfeifend das Haus, in dem er eine geräumige Wohnung sein Eigen nannte. Wenigstens würde er, wenn er heiratete, nicht umziehen müssen, dachte er zufrieden. Sein Heim war groß genug für ihn, eine Frau, mehrere Dienstboten und ein paar Kinder.

Mit einem gewissen Spott über sich selbst, weil er bereits an solche Dinge dachte, öffnete er die Haustür und betrat den Vorraum. Wie gewohnt saß der Hausbesorger in seinem Kämmerchen. Gottfried grüßte freundlich und wollte weitergehen, da schoss der Mann heraus und wedelte mit einem Umschlag.

»Der Briefträger hat vorhin diesen Brief für Sie gebracht«, erklärte er und reichte dem Beamten das Schreiben.

Gottfried nahm es entgegen und las den Absender. Der Brief kam von seinem Onkel, der zuletzt als Haushofmeister bei dem Prinzen Johann Ferdinand von Hohenzollern gewirkt hatte. Er selbst hatte dem Onkel vieles zu verdanken, nachdem es diesem hinterhältigen Feigling Markolf von Tiedern durch seine Verbindungen gelungen war, ihn nach ein paar Jahren Dienst in der Mark Brandenburg ins hinterste Memelland versetzen zu lassen. Ohne die Hilfe des Onkels hätte er dort versauern müssen. Diesem aber war es über Prinz Johann Ferdinand gelungen, ihm eine Aufgabe in der Rheinprovinz zu verschaffen, und von dort war er als Amtsleiter in den Regierungsbezirk Erfurt gekommen.

Ob Markolf von Tiedern dies wusste?, fragte er sich, während er die Treppe hochstieg und schließlich seine Wohnung betrat. Sein Bediensteter war nicht zur Stelle, daher musste er sich den Rock und die Schuhe selbst ausziehen. Auch deswegen freute er sich auf seine Heirat. Seine Frau würde darauf achten, dass die Dienerschaft gut arbeitete, denn sein jetziger Knecht trieb sich die halbe Zeit irgendwo herum, und wenn er ihm etwas auftrug, erledigte der Kerl es nur langsam und oft auch noch fehlerhaft.

Gottfried setzte sich in sein Wohnzimmer, angelte sich den Brieföffner und schlitzte das Kuvert auf. Gespannt begann er zu lesen.

»Mein lieber Neffe«, stand da. »Du hast mir vor ein paar Jahren erzählt, es wäre für dich ein Genuss, Markolf von Tiedern, der unverdientermaßen eine bedeutende Persönlichkeit bei Hofe und ein Mann mit großem Einfluss geworden ist, stürzen zu sehen. Damals habe ich über dich gelächelt, da ich Tiedern für einen angenehmen Herrn hielt. Deinen Zwist mit ihm habe ich nicht ernst genommen, auch wenn ich dafür gesorgt habe, dass dieser Umstand dir nicht zum Schaden ausschlug.

Mittlerweile habe ich Tiedern von einer anderen Seite kennengelernt, die dich erschauern ließe, wüsstest du davon. Ich und leider auch mein einstiger Schüler und späterer Dienstherr, Prinz Johann Ferdinand, sind auf Markolf von Tiederns kameradschaftliche Art hereingefallen und stecken nun zu unserem Bedauern in Schwierigkeiten, denen zu entkommen unser ganzes Bestreben gelten muss. Mein lieber Gottfried, ich habe dir geholfen, als du meiner Unterstützung bedürftig warst. Nun bitte ich dich, mir beizustehen. Ich habe beschlossen, dich in nächster Zeit aufzusuchen und mit dir über diese äußerst unerfreuliche Angelegenheit zu sprechen. Dann erfährst du auch jene Dinge, die ich keinem Brief anzuvertrauen wage. Mit den besten Grüßen, dein Oheim Willibald.«

Gottfried saß eine Weile still da und starrte auf den Brief. Es war für ihn eine Selbstverständlichkeit, seinem Onkel zu helfen. Er hoffte nur, dass seine Werbung um Ottilie Schröter nicht darunter litt und er seinen Besuch bei ihrem Bruder nicht verschieben musste.

2.

Vicki war als Schulmädchen in Frau Berends' Institut eingetreten und kehrte als junge Dame nach Hause zurück. In diesem knappen Jahr hatte sie nicht nur den gesamten Lehrstoff aufgeholt, sondern auch an Selbstbewusstsein und Selbstvertrauen gewonnen. Dies bekam ihre Familie rasch zu spüren. Als Theodor sie zu den Gentzschs brachte, bemerkte Malwine erstaunt, dass das Mädchen im letzten Jahr aufgeblüht war. Ihre Mutter war eine Schönheit gewesen, und ihr Vater war jetzt noch ein Mann mit einem makellosen Aussehen. Beider Erbe hatte sich bei Vicki zur Vollendung vereinigt. Sie wird leichter an den Mann zu bringen sein, als wir uns das vorgestellt haben, dachte Malwine, während sie ihre Stieftochter musterte.

»Hier bin ich wieder«, erklärte Vicki und zog ihr Abschlussdiplom aus der Tasche.

Malwine nahm es mit einem gewissen Zögern entgegen. Die vorherigen Zeugnisse waren stets verheerend gewesen, da Vicki vor der Zeit von den Schulen hatte abgehen müssen und entsprechend benotet worden war. Als sie die Urkunde aufschlug, konnte sie kaum glauben, was sie da las. In fast allen Fächern hatte Vicki die Höchstnote erreicht, und am meisten verwunderte ihre Stiefmutter, dass ihr Betragen mit »ausgezeichnet« bewertet worden war.

»Die guten Noten hast du gewiss deiner Cousine Auguste zu verdanken«, sagte sie mit schief gezogenem Mund.

Sie selbst hatte eine weitaus einfachere Mädchenschule besuchen müssen als Frau Berends' Institut und auch nur mit mittelmäßigen Noten abgeschlossen. Der Gedanke, dass die verachtete Stieftochter es besser getroffen hatte als sie, schmerzte sie fast körperlich.

»Auguste hat mir gewiss geholfen«, gab Vicki zu.

Allerdings nicht so, wie die Stiefmutter denkt, dachte sie. Diese schien zu glauben, dass Auguste sie mit der jeweils richtigen Lösung versorgt hatte. Dies wäre jedoch unter den scharfen Augen von Fräulein Krügel und Frau Berends unmöglich gewesen.

»Welches Zimmer soll ich beziehen, wieder den Verschlag, den ihr den Dienstmädchen abgeknapst habt?«, fragte Vicki.

Malwine nickte unwillkürlich. »Wir dachten, es wäre das Beste.«

»Dorthin werde ich schwerlich meine Großmutter, Tante Friederike oder meine Cousinen einladen können. Sie haben nämlich erklärt, mich öfter besuchen zu wollen«, antwortete Vicki mit einem spöttischen Lächeln.

Sie wusste, dass Theresa und Friederike von Hartung entsetzt sein würden, wenn sie den winzigen Raum sahen, in dem nicht einmal ein kleiner Frisiertisch untergebracht werden konnte.

»Für diese Nacht wird es noch gehen. Morgen müssen wir überlegen, was wir tun können.« Malwine gab zähneknirschend nach, da sie den Besuch der Verwandten bei dem fast erwachsenen Mädchen nicht verhindern konnte, ohne sich und ihren Mann in ein äußerst schlechtes Licht zu rücken.

Vicki war für den Anfang zufrieden. Den nächsten Angriff unternahm sie während des Abendessens.

»Meine Großmutter hat mich aufgefordert, sie jeden Sonntag zu besuchen«, erklärte sie dem überraschten Vater. »Ich muss entweder mit unserem Wagen hingefahren und wieder abgeholt werden oder eine Droschke nehmen.«

Gustav von Gentzsch kannte Theresa gut genug, um zu wissen, dass diese empört sein würde, wenn er seiner Tochter diese Besuche verweigerte. Trotzdem stimmte er nicht sofort zu.

»Du kannst nicht allein fahren, weder mit unserem Wagen noch mit einer Droschke.«

»Dann soll einer meiner älteren Brüder mich begleiten. Immerhin sind sie ebenso Großmama Theresas Enkelkinder wie ich«, antwortete Vicki gelassen.

Otto und Heinrich zogen ablehnende Mienen, denn sie konnten sich für den Sonntag etwas Besseres vorstellen, als ihre Schwester zur Großmutter zu begleiten.

»Sollte nicht besser Mama Vicki begleiten?«, schlug Otto vor.

Gustav von Gentzsch hatte damit zu kämpfen, dass seine missachtete Tochter auf einmal Forderungen stellte. Hätte Theresa ihn gebeten, Vicki jeden Sonntag zu ihr zu schicken, wäre dies in seinem Sinne gewesen. Es jedoch von dem Mädchen selbst zu hören, ärgerte ihn. Auch gefiel es ihm nicht, wie seine beiden ältesten Söhne sich ihren Pflichten entziehen wollten.

»Ihr werdet Victoria abwechselnd begleiten«, fuhr er Otto und Heinrich an.

»Ich kann auch einmal mitkommen. Ich freue mich, Großmutter Theresa und Friederike besuchen und mit ihnen reden zu können«, wandte Malwine ein, die den Unmut ihrer Stiefsöhne bemerkte und ihnen die Möglichkeit geben wollte, mehr als nur jeden zweiten Sonntag ihren eigenen Vorlieben frönen zu können.

»Das ist eine ausgezeichnete Idee, Mama!«, lobte Heinrich sie auch sofort.

Gustav von Gentzsch konnte nichts dagegen sagen. Obwohl sie bereits seit über einem Jahr in Berlin lebten, war es seiner Frau nicht gelungen, sich einen Kreis an Bekannten zu schaffen. Sie traf sich noch immer einmal in der Woche mit der Frau seines Vorgesetzten Dravenstein, sprach gelegentlich mit einer Nachbarin und suchte hin und wieder die Hartungs auf.

»Es wird am besten sein, dass ihr drei euch ablöst«, erklärte er, um das letzte Wort zu haben. »Außerdem will ich zusehen, bald einen Ehemann für Victoria zu finden. Hier ist es doch ein wenig beengt für uns alle.«

Gustav bot damit seiner Frau die Gelegenheit, das Problem mit Vickis Zimmer aufzugreifen. »Frau von Hartung, ihre Schwiegertochter und ihre Enkelinnen werden nun, da sie Victoria näher kennengelernt haben, diese öfter besuchen wollen. Wir können ihnen aber nicht die kleine Kammer zumuten, die wir für Victoria bestimmt hatten.«

Otto und Heinrich wie auch Malwines eigene Söhne hoben erschrocken den Kopf. Wenn jemand weichen musste, so war es einer von ihnen. Die Augen der drei Älteren richteten sich daher auf Waldemar. Diesem passte es wenig, das schöne große Zimmer, das Vicki früher gehört hatte, wieder aufgeben zu müssen. Doch da nickte sein Vater bereits.

»Ich überlasse es Ihnen, meine Liebe, das Richtige zu tun«, erklärte Gustav von Gentzsch und wandte sich wieder seinem Teller zu.

Malwine sah zu Waldemar hin. »Du musst sagen, ob du wieder mit Karl ein Zimmer teilen …«

»Nein!«, rief Karl scharf dazwischen und wurde sofort von seinem Vater gerügt.

»Deine Mutter entscheidet, was zu geschehen hat, und nicht du! Wenn du willst, bekommst du die kleine Kammer und Waldemar dein Zimmer.«

Karl zog den Kopf ein und war schließlich froh, als sein jüngerer Bruder sich für Vickis jetzige Kammer entschied. Dort, so sagte Waldemar sich, war er allein und brauchte nicht zu fürchten, von seinem Bruder getriezt zu werden.

3.

Vickis Rückkehr verursachte mehr als nur diese eine Änderung. Auf einer teuren Schule erzogen, hatte das Mädchen gelernt, wie ein Haushalt besseren Standes auszusehen hatte. Schon bald erlebte Malwine, wie ihre Stieftochter sie korrigierte oder bei einigen unglücklichen Arrangements tadelnd den Kopf schüttelte. Ihr Selbstbewusstsein, das nie besonders stark ausgebildet gewesen war, litt darunter, und sie konnte sich immer schlechter beherrschen.

»Wir machen das so, wie ich es will, verstanden! Ich bin die Herrin im Haus und nicht du Unglückskind!«, brüllte sie an diesem Tag.

Vicki sah sie von oben herab an. »Ich dachte, das hier ist ein herrschaftliches Haus und keine Bauernkate.«

Für Malwine war es wie ein Schlag. Auch wenn sie auf dem Land aufgewachsen war, zählte ihr Vater als Gutsbesitzer zu den besseren Herren im Landkreis.

»Du impertinentes Biest!«, kreischte sie voller Wut. »Wenn du mich weiter reizt, bekommst du Schläge!«

Als sie mit der Hand ausholte, wurde ihr klar, dass ihre Stieftochter sie mittlerweile um einen halben Kopf überragte und kriegerisch genug aussah, um Gleiches mit Gleichem zu vergelten. Sie ließ die Hand daher sinken und wartete, bis ihr Mann nach Hause kam.

»Wir müssen miteinander reden«, sagte sie, noch ehe er den Mantel abgelegt hatte.

Gustav von Gentzsch hatte sich an diesem Tag wieder über seinen Vorgesetzten Dravenstein geärgert und war entsprechend gereizt. »Was ist denn jetzt schon wieder los?«

»Victoria muss aus dem Haus! Dieses Biest weiß alles besser als ich, kritisiert mich andauernd und nannte mich zuletzt sogar eine Bäuerin.«

Auch wenn Gustav seine Frau ebenfalls ein wenig ländlich empfand, wollte er seiner Tochter keine Kritik an ihr erlauben.

»Victoria, sofort zu mir!«, rief er mit lauter Stimme.

Vicki kam aus dem Zimmer, in dem sie sich mittlerweile wieder eingerichtet hatte, und blieb vor ihrem Vater stehen.

»Du hast deine Mutter kritisiert und beleidigt«, fuhr dieser sie an.

»Ich habe meiner Stiefmutter nur erklärt, dass ich es auf Frau Berends' Höhere-Töchter-Schule anders gelernt habe, als sie es macht, und erwähnt, dass wir ein herrschaftliches Haus führen und keine Bauernkate«, antwortete Vicki kühl.

»Du hast dich jeder Kritik an deiner Mutter zu enthalten und zu akzeptieren, was sie entscheidet«, erklärte Gustav schneidend.

»Auch wenn Gäste unseren Haushalt für provinziell halten?«, fragte Vicki mit einem gewissen Spott.

Es juckte Gustav in der Hand, dem Mädchen für seine Renitenz ein paar Ohrfeigen zu versetzen. Zu seinem Bedauern hatte sie jedoch recht. Auch wenn Malwine kein Landtrampel war, so war sie als Herrin eines gehobenen Berliner Haushalts überfordert. Daher konnte er es seiner Tochter, die immerhin gelernt hatte, wie es richtig gemacht wurde, nicht verdenken, wenn sie dies auch aussprach.

»Wenn unsere Gäste uns für provinziell halten, sind sie es nicht wert, weiterhin unsere Gäste zu sein. Du wirst deine Meinung nur dann äußern, wenn deine Mutter es wünscht, hast du verstanden?«

Gustav klang scharf, doch Victoria sah ihm an, dass Malwines Haushaltsführung auch ihm nicht zusagte. Da sie jedoch seine Ehefrau war, musste er sie gewähren lassen.

»Ich habe verstanden, Herr Vater«, antwortete Vicki, knickste und kehrte in ihr Zimmer zurück.

Malwine sah ihr giftig nach. »Wenn ich gewusst hätte, wie sie sich benimmt, wenn sie aus der Schule kommt, hätte ich nie zugestimmt, dass sie ihre Cousinen dorthin begleitet.«

Ihr Mann sah sie tadelnd an. »Das Internat war notwendig, um sie wenigstens halbwegs ordentlich verheiraten zu können.«

»Dann sollte die Heirat möglichst bald stattfinden. Leiten Sie sie in die Wege!«

Malwines Aufforderung brachte Gustav in die Klemme. Sein Bekanntenkreis im Berlin war ebenfalls noch gering, und es befand sich kein einziger Herr darunter, der als Schwiegersohn in Frage gekommen wäre.

»Ich werde mich umsehen«, versprach er dennoch und beschloss, sich an Theodor von Hartung zu wenden, der als ansässiger Fabrikant mit Sicherheit Männer kannte, denen Victoria als Ehefrau angedient werden konnte. Gustav überschlug, wie viel er dem Mädchen an Mitgift überlassen konnte. Wenn er den Frieden in seinem Haus erhalten wollte, durfte er nicht geizig sein.

Waldemar, ihr jüngster Halbbruder, war zunächst verärgert gewesen, das Zimmer wieder für sie räumen zu müssen. Dann aber entdeckte er ein Mathematikbuch bei ihr und fragte verwundert, ob sie dies im Internat benützt habe.

Vicki schüttelte lachend den Kopf. »Gott bewahre! Frau Berends wäre eher gestorben, als uns eine so schwere Materie zuzumuten. Das Buch hat mir Auguste geschenkt und mir auch erklärt, wie die meisten Aufgaben zu lösen sind.«

Nach kurzem Überlegen sah Waldemar zu ihr auf. »Vielleicht kannst du mir helfen? Wir haben für die Ferien Fleißaufgaben, die wir bis zum Schulbeginn erledigen sollen. Mit dieser Mathematikarbeit komme ich aber nicht zurecht. Karl und die beiden Großen wage ich nicht zu fragen, da diese mich als Versager verspotten würden.«

Vicki kannte die Ansprüche, die ihr Vater an ihre Brüder stellte. Da er sein Studium mit Auszeichnung abgeschlossen hatte, erwartete er von seinen Söhnen, es ihm gleichzutun. Sie hatte jedoch schon bald gelernt, dass nicht jeder Mensch ein Genie sein konnte, und bedauerte Waldemar deshalb.

»Also gut«, sagte sie. »Zeige mir deine Aufgaben, und ich sehe zu, ob ich dir helfen kann.«

»Danke.« Wohl zum ersten Mal hörte Victoria von einem Mitglied ihrer Familie dieses Wort und beschloss, alles zu tun, damit Waldemar zu einer Note kam, mit der er dem Zorn des Vaters entgehen konnte.

Waldemar verschwand kurz und kehrte mit seinem Schulheft zurück. Für einen Jungen in seinem Alter mochten die Aufgaben schwer sein, doch Vicki hatte von Auguste genug gelernt, um sie lösen zu können. Sie zeigte Waldemar, wie es ging, und sah zufrieden, dass er die weiteren Aufgaben selbst löste.

»Siehst du? Es ist ganz leicht, wenn man den richtigen Ansatz kennt«, machte sie ihm Mut.

»Das ist es wirklich«, antwortete Waldemar strahlend. »Aber dass du als Mädchen das kannst, ist ein Wunder.«

»Glaubst du, dass Frauen dümmer sind als Männer?«, fragte Vicki spöttisch.

»Unser Herr Lehrer Göbel sagt es. Man hätte die Gehirne von Männern und von Frauen gewogen, und Letztere seien um gut einhundert Gramm leichter gewesen. Daher müssen Frauen dümmer sein.«

Vicki schüttelte lachend den Kopf. »Auf was die Herren Wissenschaftler alles kommen! Das solltest du deiner Mutter aber nicht sagen.«

»Da würde ich mich hüten! Aber es freut mich, dass du nicht dumm bist. Immerhin bist du unsere Schwester, und es würde mich kränken, wenn du so dumm wärst wie die Schwester meines Klassenkameraden Gernot. Die ist etwa in deinem Alter, kann aber nicht einmal zwei und zwei zusammenzählen.«

Vicki fand das Urteil über dieses Mädchen ein wenig hart, freute sich aber, dass Waldemar nicht mehr die Spottverse über sie nachplapperte, die er von Otto und Heinrich gehört hatte. Es war eigenartig, dass sie mit ihren Vollbrüdern sehr viel weniger gut auskam als mit Malwines Söhnen. Auch Karl benahm sich nicht so bösartig, wie die beiden Älteren es häufig taten.

4.

Malwine wollte es nicht nur ihrem Mann überlassen, einen Bräutigam für Vicki zu suchen, sondern beschloss, auch mit Theresa von Hartung und deren Schwiegertochter darüber zu sprechen. Daher erklärte sie am Sonntag beim Frühstück, dass sie Vicki an diesem Vormittag zu deren Großmutter begleiten wolle.

Obwohl Otto und Heinrich die alte Dame mochten, atmeten sie auf, denn an diesem Tag fand ein Sportereignis statt, das sie ungern versäumt hätten.

»Das ist sehr lieb von dir, Mama«, erklärte Heinrich strahlend und zwinkerte Otto zu.

»Wir bringen dir eine Schachtel von dem Konfekt mit, das du so gerne isst.«

Mit dem Versprechen hoffte Otto, seine Stiefmutter so weit zu bringen, dass sie sich öfter für ihn und seinen Bruder opferte und Vicki zu den Hartungs brachte. Einmal so alle zwei Monate waren er und Heinrich bereit, ihre Schwester zu begleiten, doch mehr wäre ihnen doch lästig.

Da Vicki sich seit der Standpauke ihres Vaters zurückhielt und ihrer Stiefmutter keine Ratschläge mehr erteilte, war der Familienfriede fürs Erste gerettet. Die Spannungen bestanden jedoch weiter, und es bedurfte nur eines kleinen Anlasses, um sie erneut in Streit und Hader ausarten zu lassen.

Im Augenblick aber war dies nicht der Fall. Nach dem Frühstück ging die Familie in die Kirche. Diesmal war auch Vicki dabei und zog trotz ihres schlichten Kleides die Blicke auf sich. Zu den Gaffern zählte auch Dravenstein, der Gustav und Malwine freundlich begrüßt hatte und nun Vicki mit seinen Blicken beinahe auszog.

Was für eine Schönheit!, fuhr es ihm durch den Kopf. Mit einem passenden Kleid und gefällig frisierten Haaren würde sie selbst Tiederns Geliebte Emma von Herpich übertreffen. In all den Jahren, in denen er an den von Lobeswert in Tiederns Auftrag organisierten Ausschweifungen teilnahm, hatte er nie eine Frau unter sich gespürt, die sich mit diesem Mädchen auch nur annähernd hätte messen können. Während er neben seiner Ehefrau in der Kirchenbank saß, achtete Dravenstein kaum auf die Predigt des Pfarrers, sondern überlegte, wie er Gustav von Gentzsch dazu bewegen konnte, ihm die Tochter als Geliebte zu überlassen. Da er jedoch dessen Charakter kannte, wusste er, dass diesen selbst eine Ernennung zum Reichskanzler nicht dazu bringen würde, von seinen Prinzipien abzuweichen. Auf diese Weise ging es also nicht. Dravenstein nahm sich vor, mit Tiedern über diese noch unentdeckte Schönheit zu sprechen.

Nach der Kirche gesellte er sich zu Gustavs Familie und verwickelte diesen in ein Gespräch, in dem er andeutete, er habe dem Minister, der allein für Beförderungen in so hohen Rängen zuständig wäre, dringend ans Herz gelegt, dass Gustavs Fähigkeiten ihn für einen höheren Posten empfehlen würden. Da er dieses Spiel jedoch schon seit Monaten trieb, achtete Gustav nicht darauf. Dravenstein wandte sich an Malwine. »Meine Gattin freut sich immer sehr über Ihre Besuche, Frau von Gentzsch. Ich hoffe, Sie bereiten ihr die Freude, auch Ihre Tochter mitzubringen.«

»Victoria ist nicht meine Tochter, sondern stammt von der ersten, bedauerlicherweise verstorbenen Ehefrau meines Mannes«, antwortete Malwine.

»Sie sollten den Tod der Dame nicht bedauern! Würde sie jetzt noch leben, wäre Ihr Mann ein Bigamist.«

Dravensteins Humor kam bei den Gentzschs nicht gut an. Malwine fühlte sich verspottet, Gustav sah Gundas Andenken geschmäht, und Vicki empfand den Vorgesetzten ihres Vaters als liebedienerisch. Zudem störten sie die Blicke, mit denen er sie musterte. Das war kein Mann, mit dem sie auch nur einen Augenblick allein bleiben würde.

»Wir müssen nach Hause! Dort wird gewiss schon der Tisch gedeckt sein. Auf Wiedersehen, Herr von Dravenstein«, sagte Gustav und deutete eine knappe Verbeugung an.

Da ihre Wohnung nur wenige Hundert Meter von der Kirche entfernt lag, gingen sie zu Fuß. Dies mochte in den Augen der echten Berliner provinziell sein, doch auf dem Land hatten Gustav und die Seinen noch ganz andere Wege auf diese Weise zurückgelegt.

Sie kamen etwas zu früh zum Essen und begaben sich in die jeweiligen Zimmer, um sich umzuziehen. Eine halbe Stunde später versammelte Gustav die Familie um den Mittagstisch und sprach das Tischgebet. Erst nach dem Amen trugen die Dienstmädchen und der Diener die Suppe auf. Eines der Dienstmädchen hatte mittlerweile kochen gelernt und brachte recht gute, wenn auch nicht übermäßig raffinierte Speisen zustande. Es schmeckte allen, und nachdem die Vanillespeise mit eingelegten Kirschen verzehrt war, teilte sich die Familie auf. Gustav war von seinen Söhnen überredet worden, sie zu dem Sportereignis zu begleiten. Um Malwine und Vicki den Wagen zu lassen, beschlossen sie, eine Droschke zu nehmen.

»Du solltest dich zum Ausgehen umziehen. Ich werde den Wagen in einer halben Stunde vorfahren lassen«, sagte Malwine zu Vicki.

Diese knickste und senkte den Kopf, damit die Stiefmutter nicht ihr Lächeln bemerkte. Sie würde in dieser Zeit längst fertig sein, auch wenn sie sich allein ankleiden musste und nicht auf eines der Dienstmädchen zurückgreifen konnte wie ihre Stiefmutter. Diese aber würde sich schwertun, den Zeitrahmen einzuhalten, weil sie zu lange überlegte, welches ihrer Kleider sie anziehen, welchen Schal sie umlegen und welchen Hut sie aufsetzen sollte.

So war es auch diesmal. Der Wagen stand bereits vor dem Haus, als Malwine ihr Ankleidezimmer verließ. Sie musterte Vicki mit einem raschen Blick und kniff verwundert die Augen zusammen. Obwohl auch das Kleid, das sie jetzt trug, von schlichter Machart war, konnte sie erkennen, welch ausgesuchte Schönheit ihre Stieftochter darstellte. Obwohl Malwine nicht eitel war, kränkte es sie, von ihrer Stieftochter so in den Schatten gestellt zu werden. Sie hatte Dravensteins Blicke ebenfalls gesehen und glaubte, dass dieser, falls er ledig oder Witwer wäre, umgehend um Vicki anhalten würde. So eine Ehe wäre von Vorteil, dachte sie, denn Gustav könnte in dem Fall auf der längst fälligen Beförderung bestehen. Zu ihrem Bedauern war Dravenstein jedoch verheiratet und dessen Frau zwar nicht gerade eine Schönheit, aber noch recht gesund.

Während der Fahrt zur Villa Hartung hoffte Malwine, dass Theresa und Friederike ihr passende Herren nennen konnten. Zu jung, dachte sie, sollten diese nicht sein, weil Victoria die Führung einer festen Hand brauchte.

Als sie ankamen, wurden beide freudig begrüßt. Malwine ahnte, dass ihre Stieftochter in diesem Haus sehr beliebt war und sie im Grunde nur als deren Begleiterin angesehen wurde. Auch das ärgerte sie, denn ihrer Meinung nach war sie als erwachsene Frau doch bedeutender als dieses halbe Kind. Sie grüßte Theresa und Friederike trotzdem freundlich und nahm lächelnd das Glas leichten Weines entgegen, das ein Diener ihr reichte.

Auch Vicki erhielt eines und amüsierte sich über den pikierten Blick ihrer Stiefmutter. Theresa und Friederike waren jedoch der Ansicht, dass ein junges Mädchen die Gefahren kennen sollte, die der Genuss von Alkohol mit sich brachte.

»Ihr führt einen sehr libertären Haushalt«, tadelte Malwine schließlich, als auch Lieselotte und Silvia je ein kleines Glas Wein erhielten.

»Die Mädchen sollen wissen, wie verschiedene Weine und Liköre schmecken, damit sie nicht unabsichtlich zu viel davon trinken«, erklärte ihr Friederike. »Sie wissen ja, wie es der Komtess Hartenstein bei ihrer ersten Abendgesellschaft ergangen ist.«

»Das weiß ich nicht«, antwortete Malwine verärgert, weil diese wirklich interessanten Dinge nicht in der Zeitung standen, die ihr Mann abonniert hatte.

»Das arme Ding sollte einem jungen Herrn vorgestellt werden, den ihre Eltern als möglichen Schwiegersohn ins Auge gefasst hatten. Vor Aufregung trank sie zu viel Champagner, den sie für eine ihr unbekannte Limonade hielt, und war zuletzt so betrunken, dass sie einen fürchterlichen Schluckauf bekam und dadurch nicht mehr sprechen konnte, als der Ehekandidat auf sie zukam. Ihr Vater war danach gezwungen, sie erst einmal aufs Land zu schicken und sich später einen neuen potenziellen Schwiegersohn zu suchen.« Friederike lachte leise, denn die junge Dame hatte betrunken einen zu komischen Eindruck gemacht.

Da Malwines Sinn für Humor nicht allzu ausgeprägt war, schüttelte sie den Kopf. »Hier muss man die Mutter tadeln, denn sie hätte auf ihre Tochter achtgeben müssen.«

»Die Gräfin war im Gespräch mit Ihrer Majestät, Kaiserin Auguste, und konnte diese unmöglich dadurch düpieren, indem sie sie verließ, um nach ihrer Tochter zu sehen«, wandte Theresa mit einem nachsichtigen Lächeln ein.

»Das konnte sie freilich nicht«, gab Malwine zu.

»Aus diesem Grund lehren meine Schwiegermutter und ich meine Töchter, die Gefahren des Alkoholgenusses zu erkennen und ihnen aus dem Weg zu gehen.«

»Mama, darf ich noch ein Glas Wein haben?«, bettelte Lieselotte.

»Nein, eines reicht! Das musst du dir ins Gedächtnis schreiben! Oder willst du, dass deine Großmutter, dein Vater und ich uns deiner schämen müssen?« Diesmal klang Friederike streng, und so zog ihre Tochter den Kopf ein.

»Ihr Mädchen habt euch gewiss viel zu erzählen, nachdem ihr euch fast eine Woche lang nicht gesehen habt«, sagte Theresa mit einer auffordernden Geste zu ihnen, sich in eines der Zimmer zurückzuziehen.

»Ich lasse euch Limonade bringen«, versprach Friederike und betätigte die Klingel, um einen der Diener zu rufen.

Nachdem Vicki und ihre Cousinen gegangen waren, wandte Theresa sich an Malwine. »Ich sehe dir an der Nasenspitze an, dass dir etwas auf dem Herzen liegt.«

Malwine wusste nicht, wie sie ihre Frage am besten vorbringen sollte, und starrte auf ihre Hände. »Es geht um Victoria! Mein Ehemann und ich sind übereingekommen, sie rasch zu verheiraten. Dort, wo ich herkomme, wüsste ich auf Anhieb ein halbes Dutzend passender Herren, doch hier in Berlin ist unser Bekanntenkreis bedauerlicherweise zu klein. Daher würde es mich freuen, wenn ihr uns bei unserem Vorhaben unterstützen würdet.«

»Nein!« Theresas Stimme klang ungewohnt scharf, und sie funkelte Malwine zornig an. »Vicki ist noch zu jung zum Heiraten! Lasst sie doch endlich eine unbeschwerte Jugend erleben und seht euch in zwei, drei Jahren nach einem passenden Bräutigam für sie um.«

Das war deutlich, und Malwine hatte daran zu kauen. Der Gedanke, Victoria noch jahrelang erdulden zu müssen, erschreckte sie, und so beschloss sie, Frau von Dravenstein aufzusuchen und diese nach einem passenden Bräutigam für ihre Stieftochter zu fragen.

In dem Gefühl, von Theresa und Friederike nicht so unterstützt zu werden, wie es ihrer Meinung nach richtig gewesen wäre, beschloss Malwine, in Zukunft nicht mehr so oft hierherzukommen. Zu ihrem Ärger fiel ihr Unmut nicht auf, da Theresas ältester Enkel Fritz mit einem Kameraden erschien und die Aufmerksamkeit auf sich zog.

Die beiden jungen Männer waren hochgewachsen und sahen in ihren Uniformen phantastisch aus. Selbst Malwine konnte sich diesem Bild nicht entziehen und lächelte erfreut, als diese auch sie begrüßten.

»Liebste Tante, ich freue mich, Sie zu sehen«, sagte Fritz mit einer leichten Verbeugung und wies auf seinen Begleiter. »Darf ich Ihnen Willi vorstellen, oder, besser gesagt, Wilhelm von Steben, den Sohn des gleichnamigen Generals?«

»Fritz, bitte! Frau von Gentzsch kennt mich doch von einigen Festen hier in der Villa«, fiel Willi seinem Freund ins Wort.

Malwine nickte eifrig. »Sie kamen mir bereits bekannt vor, Herr Leutnant! Nur brauchte ich ein wenig, um mich an Ihren Namen zu erinnern.«

Eigentlich hatte Malwine die meisten Gäste, die sie hier angetroffen hatte, wieder vergessen, und das galt auch für Willi. Nun aber musterte sie ihn prüfend und überlegte, ob er sich als Ehemann für Vicki eignen würde. Er war zwar jünger, als sie es sich gewünscht hätte, doch der Wille, ihre Stieftochter an den Mann zu bringen, überwog.

»Sie sind der Sohn eines Generals? Wohl mit eigenem Gutsbesitz?«, fragte sie interessiert.

Willi schüttelte unbekümmert den Kopf. »Mein Vater hat vor einigen Jahren einen kleinen Landsitz erworben, doch ein Gut kann man diesen nicht nennen. Die kleine Meierei, die ein Pächter führt, reicht gerade aus, um frische Kartoffeln auf den Tisch zu bringen.«

»Und Eier, Käse, Schinken und was alles noch mit darauf gehört«, warf Fritz grinsend ein.

Malwine verwickelte Willi in ein intensives Gespräch, das er aus Höflichkeit nicht abbrechen konnte, und erwähnte dabei auch ihre Stieftochter.

Theresa und Friederike sahen sich kopfschüttelnd an. Die Absicht war unverkennbar. Dies begriff kurz darauf auch Willi, und er trat den Rückzug an.

»Es war sehr schön, Sie hier anzutreffen, gnädige Frau, aber der Dienst ruft. Fritz und ich müssen wieder in die Kaserne.«

»Gut, dass du es erwähnst! Ich hätte beinahe die Zeit vergessen. Der alte Bärenbeißer wird uns den Kopf abreißen, wenn wir zu spät kommen. Adieu, Mama! Adieu, Großmama! Wir kommen wieder, wenn man uns wieder aus der Kaserne lässt«, ergänzte Fritz, um seinem Freund beizuspringen, und salutierte übertrieben schwungvoll vor Malwine.

»Auf Wiedersehen, liebste Tante.«

»Auf Wiedersehen«, antwortete Malwine enttäuscht.

Der schmucke Leutnant hätte ihr als Schwiegersohn gefallen. Da sein Interesse an einer Heirat jedoch zu gering schien, musste sie nun auf Frau von Dravensteins Unterstützung hoffen.

Kaum hatten die beiden jungen Männer den Salon ihrer Großmutter verlassen, zwinkerte Fritz Willi zu. »Ich weiß nicht, was Malwine geritten hat, dir ihre Stieftochter andrehen zu wollen. Aber ich warne dich! Vicki ist ein Teufel, den so leicht kein Ehemann zähmen kann.«

»Ich kenne sie von mehreren Besuchen her, und im Gegensatz zu Frau von Gentzsch ist mein Gedächtnis ausgezeichnet. Vicki ist ein hübscher Wildfang, mir aber zu bereit, einem Frösche ins Bett zu legen.«

»Oder lebende Mäuse! Das hat sie bei ihrem ältesten Bruder getan. Ich weiß, Heinrich ist mein Vetter, aber er ist auch ein arger Sauertopf. Wenn ich bedenke, wie er und sein Bruder Otto das arme Mädchen behandelt haben, tut es mir heute noch um die Prügel leid, die ich den beiden nicht verpasst habe.« Fritz schüttelte den Kopf und hakte sich bei Willi unter. »Da unser Besuch bei meiner Mama und Großmutter so kurz geraten ist, haben wir noch Zeit, Unter den Linden zu flanieren und ein oder zwei Biere zu trinken.«

»Das ist ein ausgezeichneter Einfall!« Willi lachte und rief, als sie das Haus verlassen hatte, den nächsten Droschkenkutscher heran.

5.

Im Gegensatz zu ihrer Stiefmutter war Vicki mit ihrem Besuch bei den Verwandten hochzufrieden. Lieselotte hatte ein Modemagazin besorgt, und so konnten sie in der Phantasie in wallenden Roben schwelgen und überschlugen sich regelrecht vor Lachen, wenn sie sich vorstellten, wie sie darin aussehen würden. Auguste war die nüchternste der drei Schwestern, und es schüttelte sie bei dem Gedanken, so herumlaufen zu müssen wie die Damen auf den Zeichnungen, während Lieselotte sich wünschte, bald ein oder zwei solcher Kleider ihr Eigen nennen zu können.

»Leider muss ich noch ein Jahr auf Frau Berends' Schule. Auguste wird mir dort fehlen«, klagte sie.

»Mir auch«, gab Silvia zu.

»Jetzt habt euch nicht so! Lieselotte zählt jetzt zum Abschlussjahrgang, und du gehörst zum dritten. Da werdet ihr wohl allein zurechtkommen«, schalt Auguste die beiden.

Vicki zog sich aus dem Gespräch zurück und nahm ihren Block zur Hand, um ihre Cousinen in den Kleidern zu zeichnen, in denen sie ihr am besten gefallen würden. Sie war schon fast fertig, als es den Schwestern auffiel.

»Was machst du da?«, fragte Lieselotte und blickte ihr über die Schulter. Als sie das Bild sah, kreischte sie freudig auf.

»Wie schön! Ich sehe aus wie eine ganz hohe Dame – und Auguste erst.«

»Was ist mit mir?« Auguste trat ebenfalls hinzu. Auch wenn sie eine vornehme Schlichtheit vorzog, gefiel sie sich auf dem Bild.

»Du bist wirklich sehr begabt«, lobte sie Vicki. »Jedenfalls kannst du besser zeichnen als derjenige, der die Bilder für dieses Magazin gemacht hat.«

»Das stimmt«, rief Silvia, die nun ebenfalls das Bild bewunderte, das Vicki von ihr gemalt hatte.

»Jetzt zeichne auch dich selbst!«, forderte Lieselotte Vicki auf.

»Ich weiß nicht … Ich werde niemals so schöne Kleider tragen dürfen. Das lassen Papa und Mama nicht zu.«

»Du wirst aber auch einmal heiraten, und dein Ehemann wird dich in vornehmen Kleidern sehen wollen. Also mach!«, drängte Lieselotte.

Zögernd nahm Vicki erneut die Malstifte zur Hand und zog die ersten Striche. Silvia hielt ihr einen Spiegel vors Gesicht, damit sie sich nicht aus dem Gedächtnis heraus malen musste. Es ging dann ganz flott, und so starrte Vicki kurz darauf auf ein Bild, das ihr völlig irreal erschien. Sie konnte kaum glauben, dass dieses Bild sie selbst darstellen sollte. Es zeigte eine wunderschöne Dame in einem nachtblauen Kleid, welche selbst Emma von Herpich übertraf, und die hatte Vicki bislang für die schönste Frau gehalten, die ihr je begegnet war.

»Oh, ist das eine Erscheinung! Man könnte dich glatt für eine Gräfin halten«, kommentierte Auguste die Zeichnung.

»Nein, eine Fürstin!«, rief Lieselotte, und Silvia gab noch eines darauf: »Eine Herzogin!«

»Ich glaube, ich zerreiße das Bild lieber«, sagte Vicki. »Würde ich es mit nach Hause nehmen, gäbe es gewiss Krach. Vater und Malwine würden mich der Putzsucht und was weiß ich noch alles bezichtigen.«

»Dann schenke es uns!«, bat Silvia.

Vicki überlegte kurz und reichte dann ihren Cousinen alle Bilder, die sie an diesem Nachmittag gemalt hatte. »Versprecht mir aber eines«, bat sie. »Zeigt die Bilder niemand anderem!«

»Das tun wir«, rief Lieselotte, während Auguste sich sagte, dass Vicki gewiss nichts dagegen haben würde, wenn sie die Bilder ihrer Mutter und ihrer Großmutter zeigte. Beide würden sich darüber freuen, denn sie liebten Vicki und verziehen es deren Vater und Stiefmutter nicht, diese von klein auf so schlecht behandelt zu haben.

6.

Fritz von Hartung und sein Freund Willi von Steben genossen einen ausführlichen Bummel Unter den Linden und bogen zuletzt in die Friedrichstraße ein, in der sich etliche Bierschenken befanden. Die meisten kannten sie von früheren Besuchen her. Dabei trafen sie immer wieder auf Kameraden, sprachen kurz miteinander, trennten sich dann aber wieder von ihnen, da diese andere Pläne hatten. In der Nähe gab es nämlich einige Bordelle, doch weder Fritz noch Willi war danach, eines aufzusuchen.

Sie landeten schließlich in einer Kneipe, die vor allem von Studenten besucht wurde. Die meisten Tische waren voll besetzt, nur an einem saß ein einziger, junger Mann mit missmutiger Miene. Die beiden überlegten schon, wieder zu gehen, doch da kam der Schankknecht und wies auf jenen Tisch.

»Dort wäre noch Platz, meine Herren Offiziere.«

Die beiden jungen Männer sahen einander unentschlossen an, setzten sich aber dann doch und bestellten sich ein Bier. Als sie davon probierten, waren sie zufrieden, geblieben zu sein, denn es war köstlich. Sie unterhielten sich leise und kamen schließlich darauf zu sprechen, dass die letzte Lieferung Uniformstoffe, die Fritz' Vater hatte übergeben lassen, erneut als minderwertig bezeichnet und Preisabschläge durchgesetzt worden waren.

»Dabei waren die Tuche vollkommen in Ordnung. Mein Vater und Egolf haben sie vorher persönlich kontrolliert«, beschwerte sich Fritz.

Willi schüttelte ärgerlich den Kopf. »Mein Vater sagt, dass sich ein gewisser Mehltau über das Reich gelegt habe. Pflicht und Disziplin werden nur noch von den einfachen Leuten und den Soldaten gefordert, doch eine gewisse Schicht ganz oben schwimmt wie eine Made im Fett und erlaubt sich Dinge, für die geringere Leute im Zuchthaus landen würden! Nur darf man das nicht zu laut sagen, sonst sitzt man selbst darin.«

»Dann sollten wir auch besser davon schweigen«, meinte Fritz mit einem kurzen Seitenblick auf den jungen Mann in Zivil, der am anderen Ende des Tisches saß.

Bei diesem handelte es sich um Reinhold, den Neffen von Tiederns. Dieser hatte eine der kargen Stunden, die sein Onkel ihm als Freizeit ließ, genutzt, um hier ein Bier zu trinken und in aller Ruhe über sein weiteres Leben nachdenken zu können. Wegen seiner guten Ohren hatte er den größten Teil des Gesprächs mitgehört und den Rest kombiniert. Er bedauerte es, den beiden jungen Offizieren nicht sagen zu können, dass sein Onkel Markolf von Tiedern eine der größten im Fett schwimmenden Maden war. Dieser steckte auch hinter den Preisabschlägen für Theodor von Hartungs Lieferungen. Zwar wusste Reinhold nicht, weshalb sein Onkel den Hartungs Schaden zufügen wollte, hätte aber sein mageres Taschengeld für ein Jahr verwettet, dass die Schuld dafür nicht bei Theodor von Hartung lag.

Was seinen Onkel betraf, so konnten die willkürlichen Zahlungskürzungen nur als Unterschlagung und Betrug gelten. Doch weit mehr noch als diese waren ihm die Orgien zuwider, die Baron Lobeswert für Tiedern organisierte. Obwohl einzelne Mädchen aus besseren, aber verarmten Familien bereit waren, ihre Jungfräulichkeit für einen gewissen Preis zu verkaufen, um mit dieser Mitgift ausgestattet einen Ehemann zu finden, so missfiel ihm die Art, wie Lobeswerts Opfer betrogen wurden. Statt sich einem einzelnen Herrn diskret hingeben zu müssen, wurden die armen Dinger von einem guten Dutzend Männer benutzt.

Er verachtete sich selbst, weil er keine Möglichkeit sah, dies zu beenden. Es war ihm nicht einmal möglich, sich von seinem Onkel zu trennen. Solange er seine Mutter und seine Schwestern nicht aus eigener Kraft ernähren und versorgen konnte, waren diese auf die geringe Unterstützung angewiesen, die sein Onkel ihnen zukommen ließ. Selbst wenn Ottilie diesen Beamten heiratete, der sich für sie zu interessieren schien, war er noch nicht frei. Die Angst, es könnte seinem Onkel aus Rachsucht einfallen, seine jüngere Schwester Natalie seinen hochgeborenen Freunden zum Fraß vorzuwerfen, wenn er ihn verließ, war einfach zu groß. Damit aber, so sagte er sich, machte er sich an Tiederns Verbrechen mitschuldig.

Die beiden Offiziere hatten ihr Bier ausgetrunken, zahlten nun und verließen die Schenke. Reinhold blickte in seinen Krug, in dem der Rest Bier schal geworden war, und stand auf. Der Schankbursche kam heran, nahm die Münze entgegen, die Reinhold ihm für das Bier bezahlte, und sagte sich, dass er Gäste, die so wenig tranken, nur an Tagen hier sehen wollte, an denen nichts los war.

Reinhold winkte eine Droschke und ließ sich zum Palais seines Onkels fahren. Die Einrichtung war prachtvoll, und der

Hausherr wie auch sein Sohn nutzten jeweils mehrere Räume für sich persönlich. Reinhold hingegen musste sich mit einem Kämmerchen am Ende des Flures begnügen. Er hätte leichten Herzens noch schlichter gewohnt, wenn er dadurch der Bürde ledig geworden wäre, die hier auf ihm lastete.

Ein dreifacher Klingelton rief ihn zu seinem Onkel. Er prüfte den Sitz seiner Kleidung und machte sich auf den Weg. Kurz darauf klopfte er an die Tür von Tiederns Arbeitszimmer und betrat es nach einem herrischen »Herein!«.

»Ich sehe, du bist rechtzeitig zurückgekommen«, sagte sein Onkel zufrieden. »Ich werde dir gleich einen Brief an den Grafen Schleinitz diktieren. Er soll die Summe, die ich ihm letztens geliehen habe, bis zum nächsten Ersten zurückzahlen, da ich Zahlungen zu leisten habe, für die ich dieses Geld benötige.«

Das war eine Lüge, denn Tiederns Geldtruhe quoll förmlich über. Die Summe war auch nicht so bedeutend, dass er sie nicht hätte verschmerzen können, doch sie war der Haken, den er angebracht hatte, um sich Schloss und Gut Schleinitz aneignen zu können.

Reinhold setzte sich an den Schreibtisch, legte Papier und Füllfederhalter zurecht und schrieb den Brief so, wie sein Onkel ihn diktierte. Nachdem das Schreiben gefaltet und in ein Kuvert gesteckt worden war, klebte er noch die Briefmarke auf und fragte Tiedern, ob dieser ihn noch brauche.

»Jetzt schreibst du einen zweiten Brief, und zwar an den Bankier Dobritz, dass ich aus einer gewissen Geldverlegenheit heraus den Kredit, den er mir gewährt hat, nicht rechtzeitig zurückzahlen kann«, erklärte sein Onkel mit einem höhnischen Lachen.

Eigentlich ist Tiedern reich genug, der braucht diesen Kredit doch gar nicht, dachte Reinhold. Er hat ihn nur genommen, um Dobritz' Bankhaus schaden zu können. Er ahnte längst, was Tiedern vorhatte. Wenn auch dessen Freunde, die ebenfalls Kredite bei dem Bankier aufgenommen hatten, diese nicht zurückzahlten, würde Dobritz Konkurs anmelden müssen, und einer von Tiederns Freunden konnte das Bankhaus anschließend für ein Butterbrot erwerben.

Obwohl es Reinhold förmlich zerriss, schrieb er auch diesen Brief. Kaum war er damit fertig, legte ihm sein Onkel eigenhändig den nächsten Bogen Briefpapier vor.

»Dieser Brief geht an Frau von Baruschke. Als Absender nenne den Herrn von Dravenstein. Schreibe dieser Plebejerin, dass ihre Ernennung zur Baronin Baruschke von Barusch erfolgt ist und sie das entsprechende Diplom in Kürze erhalten wird.«

Tiedern fauchte dabei, denn Theodors Cousine Bettina hatte sich als eine harte Nuss erwiesen. Um an Schloss und Gut Schleinitz zu gelangen, brauchte er sie als diejenige, die die Versteigerung beantragte, und dafür hätte sie einen einfachen Adelsbrief eines nachrangigen Fürstentums erhalten sollen. Nicht zufrieden mit diesem Angebot hatte sie seinen Vertrauten Dravenstein erpresst, ihr den Titel einer Baronin zu verschaffen.

»Was soll ich ihr genau schreiben?«, fragte Reinhold, da sein Onkel schwieg.

»Schreibe ihr, dass Graf Schleinitz vor dem Ruin steht und einige seiner Geldgeber versuchen werden, ihre Einlagen heimlich zu sichern, so dass nur noch die hohle Hülle zur Versteigerung kommen wird. Da die Hypotheken, die ihr Bruder erhalten hat, nachrangig sind, müssen er und sie sich beeilen, um nicht übervorteilt zu werden. Sie sollte daher umgehend ihre Gelder zurückfordern und auf der sofortigen Versteigerung des Schlosses und des Gutes bestehen! Stelle es als freundschaftlichen Rat dar, den Dravenstein ihr erteilt.«

Tiedern lächelte boshaft. Wenn Bettina Baruschke den Stein ins Rollen brachte, durch den Graf Schleinitz seinen Besitz verlor, konnte er dessen Besitz unbedenklich ersteigern.

Reinhold begriff, dass sein Onkel wieder einmal einen hinterhältigen Plan verfolgte. Obwohl er die Opfer bedauerte, musste er schweigen, so schwer es ihm auch fiel. Er schrieb den Brief, ließ aber die Unterschrift offen, da er Dravensteins Signatur nicht fälschen wollte. Sein Onkel hatte weniger Hemmungen und setzte den schwungvollen Namenszug, den er oft genug gesehen hatte, so täuschend echt unter das Papier, dass Dravenstein selbst in Zweifel gewesen wäre, ob er diesen Brief unterzeichnet hatte oder nicht. Irgendwann, sagte Tiedern sich, würde er dies ausnützen, um Dravenstein durch Erpressung noch mehr an sich zu binden.

Zufrieden wandte er sich an seinen Neffen. »Du bringst die Briefe morgen früh zur Post. Die für Berlin sollen noch am selben Tag ausgeliefert werden, damit Dobritz und seine Schwester bereits das Messer wetzen können, mit dem ich Schleinitz schlachten will.«

Tiedern lachte darüber wie über einen guten Witz und beschloss, den Abend bei Emma von Herpich zu verbringen. Mit ihr würde er auch über die Rolle sprechen, die sie bei seinen weiteren Plänen für Theodor von Hartung zu spielen hatte.

Als Reinhold in seine Kammer zurückkehren wollte, traf er auf dem Flur seinen Vetter. Dieser sah ihn an und grinste. »Ich will heute Abend ins Bordell.«

»Viel Vergnügen«, antwortete Reinhold kühl.

Wolfgang legte ihm den rechten Arm um die Schulter. »Du kommst mit! Ich lade dich ein.«

»Ich weiß nicht, ob ich …«, begann Reinhold, wurde aber sofort unterbrochen.

»Wenn ich dich einlade, hast du mitzukommen!«

Reinhold wusste, welche Schwierigkeiten ihm Wolfgang bereiten konnte, und sagte zähneknirschend zu. Dabei erinnerte er sich an das junge Mädchen, das ihn einst den Frosch seines Vetters genannt hatte, der hüpfen musste, wenn dieser »Spring!« sagte, und fand nicht zum ersten Mal, dass sie seine Lage vollkommen richtig eingeschätzt hatte.

7.

Gustav von Gentzsch war zu sehr mit seiner Situation beschäftigt, um die Spannungen wahrzunehmen, die zwischen seiner zweiten Frau und seiner Tochter herrschten. Malwine war zu der Ansicht gelangt, dass Vicki sie für dumm und bäuerisch hielt, und sehnte den Tag herbei, an dem das Mädchen das Haus am Arm eines Bräutigams verlassen würde.

Schon einen Tag nach dem Besuch bei den Hartungs machte sie sich auf den Weg zu Dravensteins Haus. Es lag in einem vornehmen Viertel, in dem zu wohnen auch ihr Mann ein Anrecht gehabt hätte, und sah sehr gediegen aus. Kaum war sie aus dem Wagen gestiegen und hatte die Klingel betätigt, öffnete ihr ein Lakai in Livree und ließ sie ein.

»Ist die gnädige Frau zu sprechen?«, fragte Malwine aufgeregt.

»Wenn Sie sich einen Augenblick gedulden, melde ich Sie an.«

»Tu das!« Das Wort Danke wollte Malwine bei einem Domestiken nicht über die Lippen kommen. Sie wartete zwei, drei Minuten, dann kehrte der Lakai zurück.

»Wenn Sie mir bitte folgen wollen!«

Sofort wieselte Malwine hinter ihm her und betrat gleich darauf den üppig mit rosa Vorhängen und Wandbehängen ausgeschmückten Salon der Hausherrin.

Cosima von Dravenstein empfing sie in einem voluminösen, rosa überzogenen Sessel. Ihre kompakte Gestalt steckte in einem Kleid in derselben Farbe, so dass kaum zu erkennen war, wo der Sessel endete und die Frau begann. Das dünne, brünette Haar war zu einem Dutt gedreht, und dieser steckte in einem Netz aus Golddraht. An den dicklichen Fingern prangten Ringe mit rosa Halbedelsteinen, und um den kräftigen Hals spannte sich eine Kette mit den gleichen Steinen.

»Seien Sie mir willkommen, liebste Frau von Gentzsch«, flötete sie und wies auf einen schlichten Stuhl, der ihrem Sessel gegenüberstand.

Zwar ärgerte Malwine sich jedes Mal, so hart sitzen zu müssen, während ihre Gastgeberin auf weichen Polstern ruhte, dennoch hielt sie an ihren Besuchen fest, denn Frau von Dravenstein erzählte ihr immer den neuesten Klatsch aus der besseren Gesellschaft von Berlin.

Da Malwine diesmal außerhalb ihres normalen Besuchsrhythmus gekommen war, ahnte Cosima von Dravenstein, dass es einen wichtigen Grund dafür gab.

»Wie geht es dem werten Herrn Gemahl und Ihren Söhnen?«, fragte sie.

»Oh, ausgezeichnet! Heinrich steht kurz vor dem Ende seines Studiums, und Otto hat nur noch zwei Semester vor sich, dann kann auch er seinen Doktor machen. Mein Karl ist im ersten Jahr auf dem Gymnasium und laut seinen Lehrern eine Zierde seiner Klasse, und auch Waldemar ist auf dem besten Weg, das Gymnasium zu besuchen.« Malwine lächelte so stolz, als hätte sie selbst all diese guten Leistungen zu verantworten.

»Und Ihre Tochter?« Dravenstein hatte seine Frau gebeten, Malwine bei ihrem nächsten Besuch auf Vicki anzusprechen.

Malwine verzog für ein paar Augenblicke das Gesicht. Dann aber hatte sie sich wieder in der Gewalt.

»Meine Stieftochter hat die Höhere-Töchter-Schule der Frau Berends mit Auszeichnung abgeschlossen.«

Cosima von Dravenstein lächelte sanft. »Das ist alles sehr erfreulich.«

»Das ist es in der Tat«, antwortete Malwine und beschloss, nun zu ihrem eigentlichen Anliegen zu kommen. »Mein Gemahl und ich sind auf der Suche nach einem passenden Ehemann für Victoria.«

»Ist sie dafür nicht noch ein wenig zu jung?«, fragte Frau von Dravenstein, die bei ihrer Eheschließung den dreißigsten Geburtstag bereits gefeiert hatte. Sie wusste selbst, dass weder ihre Schönheit noch ihre Anmut Dravenstein bewogen hatte, sich um sie zu bewerben, sondern das kurz vorher durch einen unerwarteten Erbfall an sie gelangte Vermögen. Sie hatte sich jedoch in dieser Ehe eingerichtet, pflichtgemäß zwei Söhne geboren und war nun froh, dass ihr Mann seine körperliche Entspannung außerhalb des Hauses suchte.

In ihren Augen war Malwine dumm und provinziell und ein leichtes Opfer für die boshaften kleinen Nadelstiche, die sie ihr versetzte. Malwines Gatten hielt sie für einen eitlen Tropf, der zu stolz auf seine Fähigkeiten war und mit seinem Ehrgeiz eine Gefahr für ihren Mann darstellte. Da Cosima von Dravenstein der Lebensstandard zusagte, den sie und ihr Mann sich leisten konnten, wollte sie das Ihre dazu beitragen, ihn auch zu erhalten. Daher heuchelte sie Malwine Freundschaft vor und horchte sie geschickt über die Pläne und Handlungen ihres Ehemanns aus.

An diesem Tag waren Malwines Gedanken jedoch ganz auf ihre Stieftochter gerichtet, und sie erklärte, dass Vicki mit ihren achtzehn Jahren im besten Heiratsalter sei. »In Westfalen, wo wir früher gelebt haben, hätten wir längst einen Bräutigam für sie gefunden, doch hier in Berlin ist es schwieriger für uns, da wir zu wenige Leute kennen«, setzte sie mit einem hoffnungsvollen Lächeln hinzu.

Auch Cosima von Dravenstein lächelte, aber mehr, weil es den Gentzschs nicht gelungen war, sich hier einen größeren Bekanntenkreis aufzubauen. Für die höheren Herren im Ministerium war Gustav von Gentzsch ein Eindringling aus der Provinz und zudem jemand, der ihnen einen der begehrten Posten weggenommen hatte. Ihr Mann brauchte Gentzsch jedoch, wie er offen zugab, als jemanden, der ihm zuverlässig zuarbeitete, was bei anderen Untergebenen nicht immer der Fall war. Auf Gentzsch konnte er sich verlassen und dadurch seine eigene Stellung sichern. Eigentlich hätte Gentzsch dafür Achtung und vielleicht sogar Freundschaft verdient, doch an die Intrigen und Eifersüchteleien in Berlin gewöhnt, hütete Dravenstein sich, ihn zu fördern.

Für Cosima war es daher undenkbar, Victoria zu einer Heirat zu verhelfen, die für ihre Familie hier in Berlin vorteilhaft wäre. Das aber konnte sie ihrer Besucherin nicht sagen.

»Nun, es gibt einige junge Herren, die vielleicht in Frage kämen«, antwortete sie zögernd.

»Es kann auch ein passender Herr höheren Alters sein«, versuchte Malwine den Kreis zu erweitern.

Cosima von Dravenstein nickte nachdenklich. »Liebste Frau von Gentzsch, lassen Sie mich dies mit meinem Gatten besprechen. Er kennt viele aufstrebende Herren, die in die Auswahl genommen werden können. Ich werde es Ihnen bei Ihrem nächsten Besuch mitteilen.«

»Haben Sie tausend Dank.« Malwine ergriff aufatmend die Hände ihrer Gastgeberin und hätte diese am liebsten auch umarmt. Wenn ihr jemand helfen konnte, Victoria loszuwerden, so waren dies Dravenstein und dessen Frau.

8.

Vicki ahnte nichts von den Bemühungen ihrer Stiefmutter, ihr einen Ehemann zu verschaffen, sondern lebte sich immer besser in Berlin ein. Durch den Kontakt mit anderen Mädchen ihres Ranges war sie weitaus selbstsicherer geworden als ihre Stiefmutter und zeigte auch ihren Brüdern die Zähne. Als Otto sie mehrere Tage später wegen einer Kleinigkeit wüst beschimpfte, hob sie die rechte Augenbraue und musterte ihn verächtlich. »Ich dachte, du wärst mein Bruder. Doch so rüpelhaft, wie du dich benimmst, musst du ein Wechselbalg sein.«

Diese Frechheit verschlug Otto die Sprache. Bis er sich wieder gefangen hatte, war Vicki in ihrem Zimmer verschwunden. Zuerst wollte er ihr folgen und sie scharf zurechtweisen. Da wurde ihm klar, dass er sich damit genauso verhalten würde, wie sie es ihm vorgeworfen hatte, und machte kehrt. Ihm entging Waldemars Grinsen, der die Szene beobachtet hatte und sich freute, dass seinem großen Halbbruder, der ihn und Karl stets ein wenig herablassend behandelte, endlich einmal die Grenzen aufgezeigt worden waren.

Vicki nahm unterdessen ihren Zeichenblock zur Hand und kopierte aus dem Gedächtnis heraus einige der Skizzen aus dem Modejournal, das Auguste, Lieselotte, Silvia und sie am Sonntag betrachtet hatten. Mittlerweile hatte sie begriffen, dass sie ohne eigenes Geld in Berlin jene schönen Dinge, nach denen sie sich sehnte, nur aus der Ferne bewundern konnte. Da sie von ihrem Vater kein Taschengeld erhielt und ihre Großmutter nicht anbetteln wollte, hatte sie beschlossen, ihre Fähigkeiten auszunützen und sich als Modezeichnerin bei diesem Modejournal zu bewerben.

Während sie zeichnete, überlegte sie, dass sie nicht nur das skizzieren durfte, was sie darin bereits gesehen hatte, sondern eigene Ideen zu Papier bringen musste. Daher bemühte sie ihre Phantasie und brachte eine junge, schöne Dame in einem dunkelblauen Kleid zu Papier, die, wie sie erst danach bemerkte, Emma von Herpich glich. Zunächst zögerte sie, dieses Blatt zu den anderen Vorschlägen zu legen, tat es dann aber doch.

Als Nächstes kam es darauf an, wie sie mit dem Herausgeber des Journals Kontakt aufnehmen konnte. Die Zeichnungen mit der Post zu schicken, war unmöglich, da der Antwortbrief unweigerlich Malwine in die Hände fallen würde. Die Adresse ihrer Großmutter konnte sie auch nicht nehmen, weil es sonst so aussah, als hätte sie vor ihren Eltern Geheimnisse.

Sie sah daher nur die Möglichkeit, die Skizzen persönlich bei dem Journal vorbeizubringen. Aus diesem Grund sehnte sie den nächsten Besuch bei ihrer Großmutter herbei, da sie bei der Gelegenheit auch die Adresse des Herausgebers erfahren konnte.

Um diesen Mann von ihrem Können zu überzeugen, zeichnete Vicki noch mehrere Bilder von Damen in modischen Kleidern. Daher hielt sie sich die meiste Zeit in ihrem Zimmer auf und nahm nur bei den Mahlzeiten am Familienleben teil. Otto sah sie zwar verärgert an, hielt aber still, während Waldemar sich höflich an sie wandte, wenn er die Butterdose oder den Salzstreuer haben wollte. Diese Veränderung fiel seinem Vater auf. Längst ärgerte Gustav sich über sich selbst, dass er solche Zustände hatte einreißen lassen, doch er war nicht flexibel genug, um so schnell von seinen eigenen Standpunkten abrücken zu können. Daher behandelte er Vicki immer noch kühl. Die Vorwürfe, die ihr als

Kind das Leben so zur Qual gemacht hatten, unterblieben jedoch.

Am Freitag nach dem Abendessen schloss Waldemar sich Vicki an, als diese in ihr Zimmer zurückkehrte. »Kannst du mir noch einmal helfen? Ich muss bis Montag mehrere Mathematikaufgaben lösen, verstehe sie aber nicht«, fragte er hoffnungsvoll.

»Komm mit!«, forderte Vicki ihn auf. Im Zimmer räumte sie ihre Zeichenutensilien beiseite und holte ihr Mathematikbuch hervor. Mit dessen Hilfe und mit intensivem Nachdenken gelang es ihnen, die Nüsse, die Waldemar so schwer im Magen lagen, zu knacken. Als sie fertig waren, war es zu spät, um noch zeichnen zu können. Daher machte Vicki sich zum Schlafengehen zurecht und beschloss, dafür am Samstag und Sonntagvormittag mehrere Zeichnungen anzufertigen, die sie sich bereits im Kopf zurechtgelegt hatte.

9.

Nachdem Malwine beim letzten Besuch von Theresa und Friederike nicht die erhoffte Unterstützung erhalten hatte, sträubte sie sich zunächst, Vicki zu den Hartungs zu begleiten.

»Es war ausgemacht, dass Otto und Heinrich sich abwechseln sollten«, erklärte sie, als ihr Mann sie am Sonntag beim Mittagessen fragte, wann er den Wagen für sie und Vicki vorfahren lassen solle.

»Liebste Mama, ich sagte doch bereits vor ein paar Tagen, dass meine Kommilitonen und ich mit unserem Professor zusammen eine Exkursion in die Schorfheide unternehmen wollen«, sagte Heinrich sofort abwehrend.

»Mitten in den Semesterferien?«, fragte Malwine.

Heinrich hob lächelnd die Hände. »Jetzt haben wir die Zeit dafür, und es machen alle mit. Da darf ich nicht fehlen!«

»Dann muss Otto mit Vicki zur Großmutter fahren«, forderte Malwine.

Doch auch dieser schüttelte den Kopf. »Ich habe meinem Freund Norbert versprochen, ihn zu seinem Onkel zu begleiten. Der alte Herr ist sein Erbonkel, und er muss ihn sich gewogen halten.«

Dies war zwar kein Grund für Otto, mitzugehen, doch Malwine nahm es so hin und nickte. »Du kannst Norbert schwerlich im Stich lassen! So werde eben ich mich opfern und Karl mitnehmen.«

Ihr Ältester konnte sich nichts Dümmeres vorstellen, als brav bei alten Damen zu sitzen und den Mund halten zu müssen, und schüttelte den Kopf. »Ich muss noch für die Schule lernen, denn wir haben morgen eine Klausur.«

»Dann eben Waldemar«, erklärte Malwine.

Zu aller Überraschung wehrte sich ihr Jüngster nicht gegen ihr Ansinnen. Auch wenn Theresa nicht seine leibliche Großmutter war, so mochte er sie. Auch erhielt er von ihr immer wieder einmal das eine oder andere Markstück geschenkt, und es gab dort vorzüglichen Kuchen.

»Dann ist es abgemacht! Wir fahren in einer Stunde.« Malwine war zufrieden, während Vicki überlegte, wie sie verhindern konnte, dass ihr Bruder sich ihr und den Hartung-Mädchen anschloss. Auch wenn mittlerweile Frieden zwischen ihnen herrschte, wollte sie nicht, dass Waldemar etwas von ihren Plänen erfuhr.

Sie wartete, bis der Vater die Tafel aufhob, und kehrte in ihr Zimmer zurück, um sich umzuziehen. Danach nahm sie ihre Zeichenmappe, schlug diese in ein Tuch ein, damit nichts schmutzig wurde, und wartete im Vorraum darauf, dass der

Kutscher den Wagen vorfuhr. Malwine brauchte wie immer länger. Dafür gesellte Waldemar sich zu ihr, einen Beutel unter den Arm geklemmt.

»Du hast doch berichtet, dass Cousine Auguste in der Schweiz studieren will. Vielleicht kann sie mir bei ein paar Sachen helfen.«

Es war der Augenblick, in dem Vicki sich wünschte, die Macht zu besitzen, ihn am Mitfahren zu hindern. Wenn es unglücklich lief, kam sie heute gar nicht dazu, mit ihren Cousinen über das Modemagazin zu sprechen.

Vicki hatte jedoch Glück. Als sie bei den Hartungs eintrafen, hielt sich Theo, Friederike von Hartungs jüngster Sohn, bei Mutter und Großmutter auf und nahm sich gutmütig des Knaben an.

»Ihr Mädchen könnt in Augustes Zimmer gehen«, sagte Theresa, die spürte, dass Vicki etwas auf dem Herzen hatte.

»Danke, Großmama!«, rief das Mädchen und küsste der alten Dame die Wange. Sie folgte ihren Cousinen in das Zimmer und schlug erwartungsfroh die Zeichenmappe auf.

Auguste, Lieselotte und Silvia sahen die von ihr gefertigten Modebilder voller Staunen an.

»Hast du die alle selbst gezeichnet?«, fragte Lieselotte.

Vicki nickte. »Und zwar in der Hoffnung, sie dem Herausgeber des Modejournals, das wir uns letztens angesehen haben, als Probe meines Könnens vorlegen zu können. Vielleicht gefallen sie ihm, und ich kann für ihn zeichnen. Dann könnte ich wenigstens ein wenig Geld verdienen. Mein Vater gibt mir doch kein Taschengeld.«

»Das ist gemein von ihm«, fand Silvia, und Auguste erklärte, dass Vicki mit ihrer Unterstützung rechnen könne.

»Wie willst du mit dem Herausgeber dieses Journals in Kontakt treten?«, fragte sie.

»Das ist die Schwierigkeit«, bekannte Vicki. »Allein kann ich ihn nicht aufsuchen, selbst wenn ich es wollte, denn ich kann mir keine Droschke leisten. Außerdem lässt meine Stiefmutter mich nicht ohne die Begleitung eines Dienstmädchens aus dem Haus, und dieses würde ihr sofort berichten, wo ich gewesen bin.«

»Das machen wir anders«, erklärte Auguste entschlossen. »Ich werde Papa bitten, Lieselotte, Silvia und mir den Wagen zu überlassen, da wir bei dem schönen Wetter eine Ausfahrt machen wollen. Dann holen wir dich damit ab. Der Kutscher soll dich und mich bei dem Modejournal aussteigen lassen. Während wir beide das Redaktionsgebäude betreten, werden Lilo und Silvi im Wagen bleiben und den Kutscher anweisen, uns später wieder abzuholen. Glaubst, dass eine Stunde reicht?«

Vicki war im Zweifel, wie viel Zeit das Gespräch mit dem Herausgeber des Journals in Anspruch nehmen würde, sagte sich aber, dass eine Stunde genug Zeit war, und nickte.

»Länger sollten wir wirklich nicht bleiben.«

»Dann ist es abgemacht!« Auguste umarmte Vicki begeistert, während diese bereits das nächste Haar in der Suppe fand.

»Wenn ich tatsächlich Geld für meine Zeichnungen bekomme, kann ich es nicht bei mir aufbewahren. Sobald Malwine es entdeckt, gibt es ein Drama sondergleichen! Ich hätte es gerne dir zur Aufbewahrung übergeben, doch du reist in wenigen Wochen in die Schweiz.«

»Gib es Silvi! Sie wird es treulich für dich hüten.«

»Aber die ist doch noch zwei Jahre im Internat«, wandte Lieselotte ein. »Gib es lieber mir, denn ich verlasse das Institut früher als sie.«

»Bei dir hätte ich Angst, dass du es aus Versehen ausgibst und es Vicki, wenn sie es braucht, nicht geben kannst«, erklärte Auguste.

»Aber ich …« Lieselotte verstummte. Sie hatte einmal für Auguste zwanzig Mark aufbewahrt, dann aber nicht mehr daran gedacht, dass es der Schwester gehörte, und sich modische Handschuhe dafür gekauft. Die lagen jetzt in einer Schublade, da sie in den Augen ihrer Mutter noch zu jung war, um sie zu tragen.

»Also gut, gib es Silvi. Und damit du auch während der Schulzeit ein wenig Geld zur Verfügung hast, solltest du der Oma ein paar Taler anvertrauen. Sage ihr, du hättest es dir gespart, würdest es aber aus Angst vor Malwine nicht wagen, es bei dir zu Hause aufzubewahren«, schlug Lieselotte vor.

»Das ist ein guter Ratschlag, den ich befolgen werde!« Vicki wollte noch etwas hinzufügen, doch da zupfte Silvia sie am Ärmel.

»Willst du die Zeichnungen, die du letzten Sonntag von uns gemacht hast, auch mitnehmen?«

Vicki schüttelte den Kopf. »Die gehören euch! Auch will ich keine Bilder von Menschen, die ich kenne und die mir nahestehen, anderen zeigen.«

»Dann darfst du aber auch das Bild von Frau von Herpich nicht mitnehmen. Das wäre aber schade, denn es ist das beste von allen«, rief Lieselotte aus.

Nach kurzem Überlegen winkte Vicki ab. »Die Dame steht mir nicht so nahe, als dass ich darauf Rücksicht nehmen müsste. Auch kann ich sie mit ein paar Strichen verfremden, damit ihr das Bild nicht mehr ganz so ähnlich sieht.«

»Damit würde es an Schönheit verlieren«, wandte Auguste ein.

»Das will ich nicht!« Kurz entschlossen legte Vicki dieses Bild auf den Packen, den sie mitnehmen wollte.

Unterdessen sah Silvia zum Fenster hinaus. »Hoffentlich regnet es morgen nicht«, sagte sie, obwohl draußen strahlendes Sommerwetter herrschte.

»Jetzt benötigen wir nur noch die Adresse des Herausgebers.« Noch während Vicki es sagte, nahm sie das Magazin zur Hand und blätterte es durch, bis sie die entsprechende Stelle fand. Auguste notierte sich die Anschrift und umarmte Vicki erneut.

»Ich wünsche mir so sehr, dass es gelingt.«

»Das tue ich auch«, antwortete Vicki, kämpfte aber nun, da sie die Bilder im Modemagazin vor Augen hatte, mit dem Gefühl, doch nicht gut genug zu sein.

10.

Der nächste Tag brachte zu Silvias Erleichterung Sonnenschein. Der Vormittag wurde Friederikes und Theodors Töchtern lang, und als das Mittagessen serviert wurde, sah Auguste ihre Mutter bittend an.

»Lilo, Silvi und ich haben Vicki gestern versprochen, sie heute zu einer Ausfahrt abzuholen. Ich hoffe, es ist dir recht?«

»Aber natürlich! Dann sieht das arme Ding endlich etwas von der Stadt. Wenn es nach ihrem Vater und ihrer Stiefmutter ginge, bliebe sie den ganzen Tag in ihrem Zimmer eingesperrt.«

»Ist zwei Uhr genehm?«, fragte Auguste.

»Aber ja! Ich werde mit euch kommen. Bei euch könnte Malwine sich weigern, Vicki mitfahren zu lassen. Bei mir wird sie das nicht wagen.«

Dies war ein Problem, das Vicki und ihre Cousinen nicht bedacht hatten. Wenn ihre Mutter mitkäme, würden sie niemals die Moderedaktion aufsuchen können.

»Ich werde allerdings nur bis zu Tante Gertruds Haus mitkommen, denn ich habe ihr schon lange versprochen, sie zu besuchen. Ihr könnt mich dort gegen sechs Uhr abends wieder abholen«, sagte Friederike zur Erleichterung ihrer Töchter.

»Richte Tante Gertrud liebe Grüße von uns aus!«, antwortete Auguste, die froh war, dass sie nicht aufgefordert wurden, die alte Dame ebenfalls zu besuchen. Gertrud von Reckwitz war die Schwester ihres Großvaters und hatte anders als ihre Schwester Luise immer zur Familie gehalten.

»Das werde ich«, sagte Friederike lächelnd. »Beim nächsten Mal solltet ihr drei mich begleiten – und Vicki ebenfalls! Tante Gertrud freut sich gewiss, euch zu sehen.«

»Das sollten wir tun, bevor ich in die Schweiz reise«, erklärte Auguste.

»Vicki wird froh sein, Tante Gertrud besuchen zu können. Ich glaube nicht, dass sie diese bisher öfter als zweimal gesehen hat«, setzte Lieselotte hinzu.

Theresa blickte ihre Schwiegertochter und ihre Enkelinnen sinnend an, während ihr Geist in die Vergangenheit reiste. Gertrud hatte sie mit offenen Armen empfangen, während ihre zweite Schwägerin einen Krieg gegen sie und ihren Mann begonnen hatte. Noch heute war das Verhältnis zu Luises Sohn Heinrich von Dobritz sehr kühl, und zu dessen Schwester Bettina Baruschke hatte es nie eine verwandtschaftliche Beziehung gegeben.

Friederike dachte daran, wie sie Bettina im Verdacht gehabt hatte, vor vielen Jahren die Leine des Kahns gelöst zu haben, mit dem sie und ihre Freundin Gunda, Vickis Mutter, beinahe in den Tod gefahren wären. Bettina war damals boshaft gewesen, und sie glaubte nicht daran, dass diese sich geändert hatte. Nicht zuletzt deshalb vermutete sie, dass Bettina Baruschke hinter den üblen Gerüchten steckte, die Hartung-Werke würden nur noch qualitativ schlechte Ware fertigen. Wahrscheinlich hatte sie sogar ihren Bruder mit hineingezogen, denn es hieß, sie habe sich an seinem Bankhaus beteiligt. Friederike war daher froh, dass ihr Mann keine weiteren Kredite bei Heinrich von Dobritz aufgenommen hatte, sie traute diesem zu, die Summen ebenfalls zu Zeiten zurückzufordern, in denen es Theodor schwerfallen würde, sie zu bedienen.

»Wir sollten Großtante Gertrud zumindest Guten Tag sagen«, schlug Silvia vor.

»Vicki hat gewiss nichts dagegen, denn sie ist ja mit ihr ebenso verwandt wie wir«, meldete sich Lieselotte zu Wort.

»Dann ist es beschlossen. Nach einer Viertelstunde aber werdet ihr wieder aufbrechen und spazieren fahren. Es ist ein schöner Tag und wie geschaffen dazu.« Friederike traute dem Kutscher zu, die übermütige Bande im Zaum zu halten, und schickte die Mädchen nun los, sich umzuziehen.

»Wenn du nichts dagegen hast, werde ich zu Gertrud mitkommen«, sagte Theresa.

»Warum sollte ich etwas dagegen haben? Gertrud wird sich freuen, dich zu sehen.«

»Dann sollten auch wir uns umziehen, sonst sind die Mädchen schneller fertig als wir«, antwortete Theresa lächelnd und stand auf.

Auch Friederike ging in ihr Zimmer. Nicht lange danach trafen sich alle in der Eingangshalle und verließen die Villa. Auguste hatte überlegt, die Zeichenmappe in den Wagen zu schmuggeln, sich dann aber entschlossen, sie offen in der Hand zu tragen.

»Die hat Vicki gestern bei uns vergessen. Ich will sie ihr mitbringen«, sagte sie zu ihrer Mutter.

Friederike nickte nur und ging der Gruppe voraus zum Wagen. Für zwei erwachsene Frauen und drei fast erwachsene Mädchen war er gerade groß genug. Wenn Vicki hinzukam, würden sie zusammenrücken müssen. Daher teilte Friederike die Plätze so auf, dass Silvia als die Kleinste und Schmalste zu ihr und Theresa kam und Lieselotte und Auguste zunächst allein die gegenüberliegende Bank besetzten.

Dies änderte sich, als sie das Haus erreichten, in dem Gustav von Gentzsch mit seiner Familie wohnte. Vicki sah durch das Fenster, wie der Wagen herankam, und verließ die Wohnung mit einem raschen Gruß. Erst als sie draußen auf der Straße stand, bemerkte sie, dass ihre Großmutter und ihre Tante mitgekommen waren, und wurde unsicher.

Da hob Auguste die Zeichenmappe. »Die hattest du gestern vergessen. Ich habe sie dir mitgebracht. Du kannst sie später mitnehmen, wenn wir wieder hierher zurückkommen. Jetzt wollen wir Großmama und Mama zu Großtante Gertrud bringen. Anschließend lassen wir uns durch Berlin kutschieren.«

Vicki atmete auf. Sie hatte bereits Herzklopfen genug, wenn sie daran dachte, mit dem Redakteur der Modezeitschrift sprechen zu müssen. Daher wollte sie diesen Gang nicht mehr verschieben. Sie setzte sich neben Auguste und Gertrud, während Silvia, die sonst immer gegen die Fahrbahn sitzen musste, es genoss, diesmal nach vorne blicken zu können.

Als der Kutscher die Pferde antreiben wollte, knatterte ein Automobil um die Ecke und streifte beinahe das Gespann. »So ein Lumpenhund!«, schimpfte der Kutscher und hob die Peitsche, um dem Automobillenker eins überzuziehen. Doch dieser war bereits außer Reichweite.

»Dieses Krachzeug sollte man verbieten! Erschreckt nur Pferde und Menschen«, rief er aufgebracht und ließ die Pferde antraben.

Zunächst ging es an langen Häuserreihen vorbei, die so hoch waren, dass den Mädchen die Straße wie eine tiefe Schlucht vorkam. Danach rollte der Wagen über einen großen, gepflasterten Platz und durch einen kleinen Park bis zu der Straße, in der Gertrud von Reckwitz seit dem Tod ihres Ehemanns eine hübsche, kleine Wohnung besaß. Sie hätte auch bei einem ihrer Söhne leben können, wollte sich aber ihre Unabhängigkeit bewahren.

Zwei Dienstmädchen versorgten sie, und gelegentlich lieh sie sich von ihrem in der Nähe wohnenden Sohn den Wagen aus, um Besorgungen zu machen oder Freundinnen zu besuchen.

Sie war überglücklich, Theresa, Friederike und die Mädchen zu sehen, und hätte die vier Cousinen am liebsten ebenfalls bei sich behalten. Vicki durchlebte tausend Ängste, bis es Friederike und Auguste mit sehr viel Takt gelang, der Großtante zu erklären, dass die Mädchen wieder einmal etwas anderes sehen mussten, nachdem sie so lange im Internat gewesen waren.

»Aber ihr kommt mich wieder besuchen!«, sagte Gertrud zum Abschied.

Auguste nickte sofort. »Gewiss, Großtante! Das werden wir, und zwar noch vor meiner Abreise in die Schweiz.«

»Von dort aus wäre es auch ein wenig umständlich«, antwortete Gertrud lachend und umarmte die vier zum Abschied.

Als die Mädchen wieder im Wagen saßen, war es fast sechzehn Uhr, und Vicki wurde unruhig, weil sie befürchtete, dass sie es in dieser Zeit nicht mehr schaffen würden. Zu ihrem Glück brauchte der Kutscher weniger als eine halbe Stunde zu ihrem Ziel. Dort hieß Auguste ihn, anzuhalten und sie und Vicki aussteigen zu lassen.

»Hole uns in einer Stunde hier wieder ab. Und ihr beide seid brav!« Das Letzte galt Lieselotte und Silvia, die jedoch nur grinsten.

11.

Allein das Gebäude, in dem das Modejournal seinen Sitz hatte, wirkte auf Vicki Furcht einflößend. Ohne Auguste an ihrer Seite hätte sie es niemals gewagt, einzutreten. Im Haus stellte sie jedoch fest, dass es sich mehrere Parteien teilten. Die Redaktion des Modejournals befand sich der Auskunft des Hausbesorgers nach im dritten Obergeschoss.

Die beiden Mädchen stiegen die Treppen hoch und klopften an die entsprechende Tür. Es dauerte einen Augenblick, dann öffnete ihnen ein junger, schlaksiger Mann in einem erstaunlich schlecht sitzenden Anzug.

»Was wollen Sie?«, fragte er nicht gerade freundlich.

Während Auguste unsicher wurde, stellte Vicki die Stacheln auf. »Wir wünschen den Herrn Herausgeber dieses Magazins zu sprechen.«

Der junge Mann zuckte bei dem arroganten Tonfall leicht zusammen. Nun erst begriff er, dass zwei junge Damen der besseren Gesellschaftsschicht vor ihm standen, und ließ sie ein.

»Werde sehen, ob der Chef Zeit für Sie hat«, brummelte er und verschwand durch eine der vielen Türen, die von dem langen Flur ausgingen.

Unterdessen sahen Vicki und Auguste sich um. Auf einem Tisch am Anfang des Flures lagen mehrere Ausgaben des Modemagazins, und an den Wänden hingen kolorierte Stiche von Modezeichnungen. Sonst wirkte der Flur nüchtern, und die Türen waren teilweise bereits verkratzt.

Um sich die Wartezeit zu vertreiben, blätterte Vicki in einem der Magazine und schöpfte wieder Hoffnung, denn etliche Zeichnungen darin waren deutlich schlechter als ihre eigenen. Da kam der junge Mann zurück und deutete auf die Tür.

»Der Herr Chefredakteur ist bereit, die Damen zu empfangen.«

»Danke.« Vicki schenkte ihm ein Lächeln und trat von Auguste gefolgt ein.

Der Chefredakteur entpuppte sich als kleiner, dicklicher Mann um die fünfzig mit fortgeschrittener Stirnglatze und einer Nickelbrille. Sein Anzug passte besser und sah nicht so aus, als hätte er ihn von einem älteren Bruder geerbt.

»Guten Tag! Was kann ich für die Damen tun?«, grüßte er freundlich.

Vicki nahm allen Mut zusammen, legte ihre Zeichenmappe auf den Schreibtisch und öffnete sie. »Ich wollte fragen, ob ich für Sie zeichnen kann.«

Der Mann betrachtete sie scharf. Ihr Kleid war zwar schlicht, aber aus bestem Tuch und sehr gut verarbeitet. Nun passten bei vielen adeligen Familien Anspruch und Wirklichkeit nicht mehr zusammen, so dass die Frauen heimlich für Schneiderinnen und Putzmacherinnen nähten und stickten. Auch an ihn waren bereits Anfragen von besseren Damen gekommen, ob man für ihn nicht zeichnen könne. Es war jedoch etwas anderes, ein paar hübsche Bildchen zu malen oder nach Auftrag genau vorgegebene Zeichnungen zu erstellen.

Aus diesem Grund war er zunächst skeptisch. Doch als er die Bilder sah, die Vicki aus seinem Magazin abgezeichnet hatte, erwachte ein gewisses Interesse in ihm. Dennoch schüttelte er den Kopf.

»Diese Modelle haben wir bereits gebracht und können Kopien dieser Zeichnungen nicht brauchen.«

Dies verstand Vicki und zeigte ihm die Bilder, die sie aus ihrer Phantasie heraus gezeichnet hatte. Er hatte schon drei davon ausgesucht, da entdeckte er als Letztes die Zeichnung, die Frau von Herpich nachempfunden war, und sah zu Vicki auf.

»Sie sind eine ganz passable Zeichnerin«, lobte er sie. »Ich muss jedoch wissen, ob Sie auch Zeichnungen nach Beschreibungen anfertigen können. Sehen Sie sich dieses Bild an. Ich hätte die Dame gerne im Pelzmantel mit Pelzstola und Muff sowie einer Pelzmütze dieser Art! Können Sie das?«

Vicki schluckte, nahm dann aber ein leeres Blatt und ihre Stifte zur Hand und begann zu zeichnen. Zuerst verunsicherte sie der skeptische Blick des Mannes. Dann aber vergaß sie ihn und konzentrierte sich auf das Bild. Innerhalb kurzer Zeit erschien auf dem Blatt eine schöne Frau im Pelz, etwas kühl und hochmütig blickend, aber wunderschön. Um dem Mantel ein wenig mehr Schick zu verleihen, zeichnete Vicki ihn mit rundem Saum und einem schmalen Kragen, für den Muff wählte sie eine andere Pelzart. Sie hatte bereits bei den Musterbildern die Kleidung der Frauen nach ihrem eigenen Geschmack umgeändert, und hier hatte sie nun etwas gänzlich Neues geschaffen.

»Das ist …«, setzte der Redakteur an, bremste sich dann aber. Zu enthusiastisch durfte er sich nicht zeigen, sonst schlug sich dies in den Honorarforderungen der Zeichnerin nieder.

»Das ist ganz nett«, fuhr er also fort und sah Vicki aufmerksam an. »Ich gebe Ihnen für die Frau im Pelz, für dieses«, er deutete auf das Emma von Herpich nachempfundene Bild, »sowie für die drei anderen fünf Mark.«

Das war eine Mark für eine Zeichnung. Der Preis kam Vicki etwas gering vor. Da sie jedoch keine Ahnung hatte, was sonst dafür bezahlt wurde, wollte sie schon darauf eingehen. Da schüttelte Auguste protestierend den Kopf.

»Das ist zu wenig! Nimm deine Zeichnungen, Base. Ich habe die Adressen von zwei weiteren Journalen, denen du sie anbieten kannst.«

Der Redakteur starrte sie an, dann die Zeichnungen und sagte sich, dass die Konkurrenten das Zeichentalent der jungen Dame ebenso wie er erkennen und sie mit Kusshand nehmen würden.

»Ich sehe, Sie haben sich informiert«, sagte er mit einem schiefen Blick zu Auguste und verbog die Lippen zu einem Lächeln, als er sich Vicki zuwandte.

»Sind Sie mit vier Mark pro Bild einverstanden? Für diese fünf Zeichnungen wären es dann zwanzig Mark.«

So viel Geld hatte Vicki noch nie besessen. Sie sah fragend zu Auguste hin und stimmte zu, als diese nickte.

»Sehr gut«, sagte der Redakteur. »Wären Sie in der Lage, mir jeden Monat zehn Vorschläge vorzulegen, aus denen ich fünf passende auswählen kann?«

»Aber ja«, antwortete Vicki, da sie für diese zehn Bilder nicht mehr als zwei oder drei Tage benötigte.

»Wenn Sie einen Augenblick warten könnten! Ich hole das Geld und schreibe Ihnen die Anforderungen auf, denen diese zehn Zeichnungen entsprechen sollen.« Der Redakteur nickte den beiden Mädchen kurz zu und verließ sein Bureau.

Vicki wandte sich ihrer Cousine zu. »Zahlt er mir wirklich zwanzig Mark für diese fünf Zeichnungen? Bei Gott, das wären, wenn ich jeden Monat fünf anbringe, zweihundertvierzig Mark im Jahr! Das ist eine gewaltige Summe.«

Gewohnt, dass zu Hause über weit größere Summen gesprochen wurde, lächelte Auguste nachsichtig. Doch sie begriff, dass dieses Geld für Vicki ein Stück Freiheit bedeutete. Auch wenn sie zu Hause ihrem Stand gemäß eingekleidet und versorgt wurde, versagte ihr der Vater das Taschengeld und nahm ihr damit jede Möglichkeit, sich auch nur eine Tasse Schokolade und ein Stück Kuchen im Café zu leisten. Das war etwas, das sie und ihre Schwestern jederzeit tun konnten.

Sie kam nicht dazu, diesem Gedanken nachzuhängen, denn der Redakteur kehrte zurück. Mit einer feierlichen Geste überreichte er Vicki zwei Zehnmarkstücke und danach zwei Blatt Papier, auf denen er die Art der Kleider notiert hatte, die er in Zeichnungen umgesetzt sehen wollte. Von mehreren Kleidern hatte er Skizzen hinzugefügt, um Vicki einen Anhaltspunkt zu geben.

»Meine Damen, es freut mich, Sie kennengelernt zu haben«, sagte er noch und verabschiedete sie noch weitaus freundlicher, als er sie begrüßt hatte.

Auch der junge Schlaks im Großer-Bruder-Anzug war wie ausgewechselt und öffnete den beiden Mädchen mit einer leichten Verbeugung die Tür.

Als Vicki die Treppe hinabstieg, sah sie Auguste erschrocken an. »Hoffentlich haben wir nicht zu lange gebraucht.«

»Ich glaube nicht«, antwortete ihre Cousine und hatte recht, denn als sie auf die Straße traten, kam eben der Wagen mit Lieselotte und Silvia um die Ecke.

Fünfter Teil

Ein fehlgeschlagener Plan

1.

Bettina von Baruschke befahl dem Kutscher des Wagens, den sie sich im *Gasthof zur Post* gemietet hatte, anzuhalten und blickte zu Schloss Steben hinüber. Es war der Landsitz ihrer Verwandten, der Hartungs, und gleichzeitig Theodor von Hartungs finanzielle Reserve, um Schwierigkeiten im Tuchgeschäft auszugleichen. In der Hinsicht war ihr Vetter Theodor besser dran als ihr Bruder. Heinrich hatte sich ganz auf seine Bank verlassen und kämpfte nun mit faulen Krediten von Herren, die nicht gewillt waren, die geliehenen Summen zurückzuzahlen. Diese vor Gericht zu bringen, zögerte er jedoch, um deren Freunde nicht zu verärgern. Bei dem Gedanken schnaubte Bettina verächtlich.

Jemand, der sich nicht wehrt, macht sich angreifbar, hatte ihr Gatte stets erklärt. Auch wenn es einem am Anfang selbst zu schaden scheine, müsse man es zu Ende bringen. Der Gewinn sei danach umso größer. Sie hatte Ottos Worte noch im Ohr. Er war zwar nur ein einfacher Mann gewesen, doch er hatte ihr etwas gegeben, was sie weder von ihrem Vater noch von ihrem Bruder erhalten hatte. Und damit meinte sie nicht das Gold, mit dem Otto Baruschke sie hatte überschütten wollen, sondern Liebe, Vertrauen und die Lehre, wie sie aus viel Geld noch mehr Geld machen konnte.

»Ist das Schloss nicht schön, Mama?«, hörte sie Luise fragen.

»Allerdings«, sagte sie. »Es gehört übrigens Verwandten von uns, nämlich meinem Vetter Theodor von Hartung.«

»Du meinst den Tuchfabrikanten? Ich würde dessen Familie gerne einmal kennenlernen.«

»Ich stehe nicht besonders gut mit ihnen.« Bettina klang ablehnend. Als sie jedoch die Enttäuschung auf dem Gesicht des Mädchens sah, tätschelte sie Luises Hand. »Vielleicht treffen wir sie einmal, und dann werde ich sehen, ob meine Gefühle es zulassen, mit ihnen zu verkehren.«

»Ich will nichts tun, was deinen Wünschen und deinem Gefühl widerspricht, Mama«, beteuerte Luise.

»Das weiß ich, meine Kleine.«

Bettina lächelte und fand, dass ihre Kinder besser geraten waren als die ihres Bruders. Die waren es gewohnt, Geld zu besitzen und es auch ausgeben zu können. Die Devise ihres Mannes und auch die ihre war, dort zu sparen, wo Ausgeben keinen Gewinn brachte, und das Geld dort auszugeben, wo es irgendeine Form von Gewinn versprach.

»Fahr weiter!«, befahl sie dem Kutscher. »Sonst kommen wir noch zu spät nach Schleinitz.«

Während das Gespann wieder antrabte, lehnte Bettina sich ins Sitzpolster zurück und dachte an den Grund, der sie nach Schleinitz führte. Sie hatte dem Grafen über die Bank ihres Bruders und andere Banken, an denen sie beteiligt war, einiges an Geld geliehen und nachrangige Sicherungen erhalten. Seit einiger Zeit aber kam ihr zu Ohren, dass jemand daranging, alle Kredite mit höherrangigen Sicherungen für möglichst billiges Geld an sich zu raffen. Für sie ergab dies nur einen Sinn: Derjenige wollte Schloss und Gut Schleinitz erwerben – und das möglichst für ein Butterbrot. Da in diesem Fall ihre eigenen Kredite an den Grafen Schleinitz höchstens zu einem Zehntel bedient werden würden, hatte sie beschlossen, Schleinitz für sich selbst zu sichern.

An diesem Tag würde die Versteigerung stattfinden, und laut Ausschreibung durften Schloss und Gut nur von jemandem erworben werden, der von Adel war. Nun kam ihr das Geschäft mit Dravenstein zugute, denn es hatte aus der bürgerlichen Bettina Baruschke eine Baronin Baruschke von Barusch gemacht. Damit konnte sie um Schleinitz mitbieten, und ihre Geldbörse war gefüllt genug, um jeden potenziellen Mitbewerber ausstechen zu können.

Mit diesem Gedanken fuhr sie in Schleinitz vor. Sie erreichte das Schloss offenbar als eine der Ersten, nur zwei andere Wagen standen auf dem Vorplatz. Einer davon musste dem Auktionator gehören, dachte sie, und der andere dem Landrat, der die Versteigerung überwachen würde. Da nur Leute von Stand bieten durften, würde die Anzahl an Interessenten überschaubar bleiben.

Eben fuhr ein Automobil mit infernalischem Lärm die Auffahrt zum Schloss herauf. Es war ein großer Wagen mit einem Chauffeur und einer geschlossenen Kabine für die Passagiere. Einen Augenblick befürchtete Bettina, es könnte doch ein finanzkräftiger Interessent gekommen sein, atmete aber auf, als sie den Herrn im Wagen erkannte. Es handelte sich um einen Baron aus der Altmark, der letztens sein eigenes Gut bei einer Bank, an der sie beteiligt war, mit einhunderttausend Mark belastet hatte. Anscheinend hoffte er, mit dieser Summe Schleinitz zu erwerben.

Das würde sie ihm verderben, dachte Bettina, als sie aus dem Wagen stieg und den Kutscher anwies, auf sie zu warten.

»Komm, mein Kind!«, forderte sie Luise auf und ging schnurstracks auf das Schlossportal zu.

Es stand offen, und als sie eintraten, kam ein Diener in Livree auf sie zu. Anscheinend wollte Graf Schleinitz selbst beim Scheitern noch den Glanz der alten Zeit wahren.

»Sie sind Frau Baruschke?«, fragte er.

»Von Baruschke«, korrigierte Bettina ihn.

»Seine Erlaucht bitten die Damen in den Roten Salon«, erklärte der Diener, ohne darauf einzugehen.

Während Luise sich verwundert fragte, was der Graf von ihnen wollte, zuckte es um Bettinas Mundwinkel.

»Komm, mein Kind«, forderte sie ihre Tochter auf und folgte dem Lakaien.

Der Rote Salon mochte einmal rot gewesen sein, doch mittlerweile war die Farbe seiner Tapeten und Sesselbezüge verblasst. Einige Stellen an den Wänden, die intensiver leuchteten, wiesen noch darauf hin, dass dort Möbel gestanden hatten, die erst in letzter Zeit fortgeschafft worden waren. Wie es aussah, hatte Schleinitz auch sie zu Geld gemacht.

Im Salon befanden sich zwei Herren, ein älterer, verlebt aussehender Mann über siebzig, der ihnen hoffnungsvoll entgegensah. Der andere war etwa dreißig Jahre alt und mit Reithosen, Schaftstiefeln und einem roten Rock bekleidet. In der Hand hielt er eine Reitpeitsche, an deren Spitze Bettina Spuren von Blut entdeckte.

Der junge Schleinitz hatte an diesem Morgen noch einmal seinen Hengst durch das Land getrieben und dabei die Peitsche nicht geschont. Jetzt schlug er damit ein paarmal durch die Luft und beäugte Luise. Mit ihren fast achtzehn Jahren, der schlanken Gestalt und dem hübschen Gesicht bot sie einen angenehmen Anblick, und ihre noch immer gutaussehende Mutter versprach, dass die Tochter in deren Alter ebenfalls noch eine attraktive Frau sein würde.

»Seien Sie mir auf Schloss Schleinitz willkommen, Frau von Baruschke«, grüßte Graf Bernulf und winkte den Diener zu sich.

»Bringe Erfrischungen für die Damen!«

»Danke, wir haben eben sehr ausgiebig gefrühstückt«, lehnte Bettina das Angebot ab.

»Ein Glas Wein vielleicht?«, fragte der Graf.

Bettina schüttelte den Kopf. »Nicht zu dieser frühen Tageszeit! Doch nun sagen Sie, was Ihnen auf der Seele liegt. Ich will die Versteigerung nicht verpassen.«

»Wenn wir uns einigen, wird diese Versteigerung unnötig sein«, erklärte Graf Schleinitz und tat diesen Einwand mit einer wegwerfenden Handbewegung ab. »Sie sind eine reiche Frau, haben eine schöne Tochter im heiratsfähigen Alter sowie einen sehr frischen Adelstitel. Wenn mein Sohn Ihre Tochter ehelicht, wird diese Gräfin, Sie Gräfinmutter, und niemand wird Sie mehr wegen Ihres erkauften Adels schief ansehen.«

Damit war die Katze aus dem Sack. Luise starrte den jungen Grafen an und betete zu Gott, dass die Mutter nicht auf dieses Angebot einging. Obwohl Meinrad von Schleinitz groß und stattlich aussah und unzweifelhaft der Oberklasse angehörte, missfiel ihr der abschätzige Blick, mit dem er sie musterte.

Bettina nahm sich Zeit für die Antwort. Ihre Mutter, das wusste sie, hätte keinen Augenblick gezögert, sondern sofort zugegriffen. Vor vielen Jahren hatte diese versucht, sie dem österreichischen Grafen Franz Josef von Hollenberg als Braut anzudienen. Ihr hallte noch immer dessen Antwort im Ohr. »Mit einer großen Mitgift sehr gerne, gnädige Frau, doch mit einer geringen Mitgift muss ich zu meinem Bedauern passen.«

Damals hatte sie sich geärgert, weil die Ehe mit diesem Mann und der damit verbundene Aufstieg in den Grafenstand nicht zustande gekommen waren. Nun fragte sie sich, ob sie mit dem arroganten Hollenberg auch nur halb so glücklich geworden wäre wie mit ihrem Otto Baruschke. Sollte sie ihre Tochter und dazu sehr viel Geld an einen Mann verschwenden, der womöglich noch schlechter war als der Österreicher?, fragte sie sich.

Sie hatte in der Kreisstadt einiges über Meinrad von Schleinitz gehört, und nichts davon war geeignet, ihn als Luises Ehemann zu empfehlen.

»Nun, was sagen Sie dazu? Ich brauche nur dreihunderttausend Mark, um meine Gläubiger abzufinden, und noch einmal die gleiche Summe, damit das Gut wieder in die Höhe kommt. Eine Heirat böte daher für uns alle einen Vorteil«, drängte der alte Graf.

Nun erst schüttelte Bettina den Kopf. »Ich ersteigere das Gut lieber und verheirate meine Tochter mit einem Mann, der mehr bietet als einen Haufen Schulden. Außerdem macht ein Mann, der ein Pferd schindet, auch vor der eigenen Frau nicht halt. Damit adieu, meine Herren! Komm, mein Kind, ich höre ein weiteres Automobil. Dies wird wohl der dritte Mitbewerber sein, von dem ich erfahren habe.«

Sie griff nach der Hand ihrer Tochter und verließ mit ihr den Roten Salon. Zurück blieben die beiden Herren, die es nicht fassen konnten, dass eine Bettina Baruschke den Titel einer Gräfin für ihre Tochter und den von Grafen für deren Nachkommen so einfach abgelehnt hatte.

2.

Der große Saal von Schleinitz hatte in seinen besten Zeiten mehrere Hundert Gäste gesehen. An diesem Tag aber war die Zahl der Menschen, die sich darin einfanden, weitaus geringer. Außer Bettina, deren Tochter und zwei Mitbietern waren nur der Auktionator, der Landrat sowie ein halbes Dutzend weiterer Herren erschienen.

Der Auktionator überprüfte gerade die Papiere des zuletzt erschienenen Herrn, der, wie Bettina einigen Bemerkungen entnahm, Schloss und Gut nicht für sich ersteigern wollte, sondern für seinen Auftraggeber. Der Auktionator schien mit der vorgelegten Vollmacht zufrieden zu sein, denn er forderte den Mann auf, sich zu dem zweiten Mitbieter zu setzen.

Beide Herren blickten immer wieder zu Bettina herüber. In einer Zeit, in der Frauen den Haushalt führten oder überwachten und den Männern die Geschäfte überlassen mussten, war jemand wie sie in diesem Land seltener als ein exotischer Vogel.

»Ich begrüße die Herren und Damen zur heutigen Versteigerung«, begann der Auktionator. »Heute wird Schloss und Gut Schleinitz einen neuen Besitzer finden. Schloss und Gut können nur gemeinsam erworben werden. Auch ist der Verkauf auf Mitglieder des Adels beschränkt. Alle drei Parteien, die an der Versteigerung Interesse zeigen, haben den entsprechenden Nachweis erbracht.«

Erneut trafen Bettina und Luise einige Blicke. Da der Auktionator sie jedoch akzeptiert hatte, unterblieben Fragen. Der zuletzt erschienene Bieter hob jetzt die Hand.

»Ich stehe hier im Auftrag eines Herrn, dem sehr daran gelegen ist, Schloss und Gut Schleinitz zu erwerben. In dessen Hand befinden sich vierzig Prozent der erstrangigen Hypotheken, die auf Schleinitz lasten. Mein Klient zeigt sich bereit, die restlichen Hypotheken ersten Ranges zu fünfzig Prozent abzulösen.«

»Und was ist mit den nachrangigen Hypotheken?«, fragte Bettina scharf.

»Diese müssen bedauerlicherweise als verfallen betrachtet werden«, antwortete der Mann, in dem Bettina mittlerweile einen Anwalt aus Berlin erkannt hatte.

»Damit bin ich nicht einverstanden«, erklärte sie. »In meinem Besitz befinden sich etwa zehn Prozent der erstrangigen Hypotheken und weitere vierzig Prozent der nachrangigen. Ich fordere eine Deckung von einhundert Prozent.«

»Das ist unmöglich!«, rief der Anwalt aus.

»Dann muss es möglich gemacht werden!« Bettina ließ sich nicht beirren, sondern sah den Auktionator auffordernd an. »Äußern Sie sich dazu!«

Der Mann rieb sich über die Stirn. Die Forderung des Anwalts hätte zu einem billigeren Kaufpreis geführt und war, wie der zweite Mitbewerber erklärte, auch in dessen Sinn. Das Ziel einer Versteigerung war jedoch, den höchstmöglichen Preis zu erzielen. Ob dabei für die nachrangigen Hypotheken etwas übrig blieb, war zwar fraglich, dennoch durfte er die Möglichkeit nicht von vorneherein ausschließen. Es würde sonst aussehen, als wolle er einem der Bieter einen Vorteil verschaffen. Dies konnte gerichtlich angefochten werden und würde seinem Ruf als Auktionator schaden.

»Ich habe Briefe mehrerer Gläubiger mit Hypotheken unterschiedlichen Ranges vorliegen, die ebenfalls nicht bereit sind, auf ihre Ansprüche zu verzichten. Ich werde die Versteigerung in dieser Weise führen, in der Hoffnung, dass auch die Hypotheken zweiter und dritter Ordnung mit einem gewissen Abschlag bedient werden können«, erklärte er und zählte nun auf, was alles zum Schloss und zum Gut gehörte und in die Auktion mit einfließen würde. Schließlich forderte er die drei Kontrahenten um das Gut auf, ihr erstes Gebot zu nennen.

»Ich biete einhundertfünfzigtausend Mark«, rief der Herr, der kurz nach Bettina gekommen war.

»Damit würden Sie das Gut für ein Butterbrot bekommen«, spottete der Berliner Anwalt und hob mehrere Papiere in die Höhe. »Ich biete die Summe der Hypotheken meines Mandanten zu einhundert Prozent und eine Abschlagszahlung von fünfzig Prozent für die anderen Hypotheken ersten Ranges.«

»Das wäre eine Summe von zweihundertachtzigtausend Mark«, erklärte der Auktionator.

»Das geht nicht!«, rief der erste Bieter. »Dieser Mann kann nicht die eigenen Hypotheken als Bezahlung einsetzen.«

»Doch, das ist möglich«, erwiderte Bettina. »Allerdings nur, wenn ein Interessent sich bereits im Vorfeld mit den anderen

Gläubigern geeinigt hat und es keinen Mitbieter gibt. Beide Voraussetzungen treffen hier jedoch nicht zu.«

Der Anwalt bedachte sie mit einem abschätzigen Blick. »Selbstverständlich kann mein Mandant dies tun! Wie will eine Frau schon wissen, was Recht ist und was nicht.«

»In diesem Fall hat Frau von Baruschke recht. Sie können Schleinitz nicht nur mit dem Hypothekenpaket Ihres Mandanten ersteigern, wenn die anderen Mitbieter nicht damit einverstanden sind«, rief ihn der Auktionator zur Ordnung. »Sie müssen daher die zweihundertachtzigtausend Mark in Geld bieten und nicht durch die Summe Ihrer Hypotheken, zumal noch nicht festgelegt wurde, zu welchem Prozentsatz diese bedient werden können.«

»Wohl doch zu hundert Prozent!«, rief der Anwalt erregt.

»Sie müssen zum selben Prozentsatz abgegolten werden wie die übrigen Hypotheken erster Ordnung, für die Sie nur fünfzig Prozent geboten haben«, erwiderte Bettina lächelnd.

Der eine ihrer Mitbewerber besaß nicht genug Geld, um ihr gefährlich werden zu können, und der zweite schien zu erwarten, dass sein gesammeltes Hypothekenpaket ausreichen würde, um alle Konkurrenz aus dem Feld zu schlagen.

»Ich biete einhundertsechzigtausend Mark in Geld«, bot nun der Anwalt, um seinen Konkurrenten um zehntausend Mark zu übertreffen.

»Das ist nicht möglich, denn Sie haben vorhin bereits fast das Doppelte geboten. Ein Rückschritt ist nicht gestattet«, erklärte der Auktionator streng.

»Mein Mandant ist ein Herr in sehr hoher Position!« Es klang wie eine Drohung, die den Auktionator jedoch mehr empörte als erschreckte.

»Auch Ihr Mandant hat sich an geltendes Recht zu halten«, erklärte er kühl und hob den Hammer.

»Zweihundertachtzigtausend Mark zum Ersten, zum Zweiten …«

Da hob Bettina die Rechte. »Ich biete vierhunderttausend Mark.«

Den Anwalt riss es förmlich. »Das können Sie nicht tun!«

»Ich habe es eben getan.« Bettina lächelte freundlich, doch ihre Augen blickten kalt. Ihr Otto hatte ihr beigebracht, wie sie mit solchen Leuten fertigwerden konnte. Der Mandant des Anwalts hatte versucht, sich Schleinitz über seine Hypotheken für einen Bettel zu sichern. Diesem Ansinnen hatte sie jetzt erst einmal einen Riegel vorgeschoben. Nun kam es darauf an, welche Vollmachten der Anwalt besaß. War er in der Lage, die von ihr genannte Summe zu überbieten, oder nicht?

Der Anwalt ruckte auf seinem Stuhl hin und her und stand dann auf. »Ich beantrage eine Unterbrechung der Versteigerung, damit ich mit meinem Mandanten Rücksprache halten kann.«

»Das ist nicht möglich«, antwortete der Auktionator. »Entweder Sie bieten hier und jetzt, oder ich werde Frau von Baruschke den Zuschlag geben.«

Bettina sah, wie der Anwalt sich innerlich wand. Wie es aussah, reichten seine Befugnisse nicht aus, eine so hohe Summe einzusetzen, zumal sie in bar oder in Kreditbriefen auf den Tisch des Auktionators gelegt werden musste.

»Vierhunderttausend zum Ersten! Wer bietet mehr?«, rief der Auktionator. Lähmende Stille antwortete ihm. Eine Minute später fiel der Hammer zum dritten und letzten Mal, und Bettina von Baruschke befand sich im Besitz von Schloss und Gut Schleinitz.

Der Anwalt gab sich jedoch nicht zufrieden. »Ich will sehen, ob die Dame auch bezahlen kann«, bellte er.

»Da machen Sie sich mal keine Sorge!« Bettina zog eine Mappe aus ihrer voluminösen Handtasche, entnahm ihr vier mit vielfachen Ornamenten und Verzierungen versehene Blätter und reichte diese dem Auktionator.

»Das sind Kreditbriefe der vier bedeutendsten Banken Berlins über je einhunderttausend Mark«, erklärte sie dabei. »Der Herr Auktionator wird ihre Echtheit bestätigen können.«

Dieser sah sich jeden Kreditbrief genau an und nickte. »Ich halte sie für echt. Zu einer genaueren Prüfung werde ich sie im Anschluss an diese Versteigerung dem Bankhaus Hussmann in der Kreisstadt vorlegen. Sobald sie bestätigt werden, gehört Schleinitz Ihnen, gnädige Frau.«

Bettina merkte zufrieden, dass sie für den Mann von einer Frau von Baruschke zu einer gnädigen Frau aufgerückt war, und lächelte ihrer Tochter zu.

»Nun sind wir Schlossbesitzer, Luise. Dein Vater wäre stolz auf uns.«

3.

Zwei Wochen nachdem Bettina von Baruschke Schleinitz ersteigert hatte, saß Markolf von Tiedern mit seinem Vertrauten Dravenstein, seinem Sohn und Emma von Herpich in seinem Palais in Berlin und wirkte auf Reinhold wie ein Fass Pulver, das jeden Augenblick explodieren konnte. Wie es aussah, hatte sein Onkel eine größere Schlappe hinnehmen müssen, und das war er nicht gewohnt.

»Dieser Anwalt ist dumm wie Bohnenstroh! Lässt sich von dieser verdammten Baruschke die Butter vom Brot nehmen«, rief Tiedern höchst verärgert aus.

»Dabei war alles so gut vorbereitet«, warf Dravenstein ein.

»Dieser Kretin hätte die Baruschke überbieten sollen. Stattdessen hat er gekniffen. Eigentlich ist es Ihre Schuld!« Tiederns Zeigefinger stach auf Dravenstein zu.

»Wieso soll ich schuld sein?«, antwortete dieser verwirrt.

»Weil Sie diesem verdammten Biest den Adelsbrief überreicht haben, mit dem sie sich bei der Versteigerung hat beteiligen können. Hätten Sie ihn zurückbehalten, wäre sie außen vor gewesen!«

Damit hatte Tiedern zwar recht, doch Dravenstein war nicht bereit, dies auf sich sitzen zu lassen. »Wir brauchten die Hilfe dieser Frau, um Schleinitz endgültig zu Fall zu bringen, und das hätte sie ohne dieses Adelsprädikat nicht getan.«

»Meine Herren, was erregen Sie sich so? Es ist doch nicht mehr zu ändern«, versuchte Emma von Herpich zu schlichten.

»Ich werde es ändern«, sagte Tiedern und knurrte wie ein Kettenhund. Dabei wusste er, dass dies kein Kinderspiel werden würde. Er hatte sich ein Netz aus Zuträgern, Helfern und Verbündeten in höheren Rängen geschaffen, dabei aber das schlichte Bürgertum nicht beachtet. Wie hätte er auch ahnen können, dass der unehelich geborene Sohn einer Kuhmagd in der Lage sein würde, sich ein Vermögen von mehreren Millionen Mark zu schaffen? Bettina Baruschke war nicht einmal erpressbar, denn es hieß, sie sei ebenso rasch wie ihr Mann bereit, eine Sache vor Gericht auszufechten. Selbst der geneigteste Richter war gezwungen, sich an das Gesetz zu halten, wenn er seine Karriere nicht gefährden wollte. Außerdem würde ein Rechtsstreit so viel Aufsehen erregen, dass es Tiederns weitere Pläne gefährden würde.

»Vorerst muss ich ihr Schleinitz lassen. Es ist nur dumm, dass ich jetzt mit dem alten Grafen und dessen Sohn belastet bin. Sie haben mich gebeten, ihnen vorerst Obdach zu gewähren. Zu meinem Bedauern muss ich es tun, da ich vor mehreren Jahren ihre Freundschaft gesucht hatte.«

Tiedern klang bitter, doch sein Ansehen bei seinen Standesgenossen würde leiden, wenn er vermeintlich so guten Freunden die Unterstützung verweigerte. Dabei hatte er Bernulf von Schleinitz und dessen Sohn Meinrad seine Freundschaft nur vorgeheuchelt, um an den Besitz der beiden zu gelangen.

»Wann findet wieder ein Fest im Lustschlösschen statt?«, fragte Dravenstein, den dies weitaus mehr interessierte als Tiederns Niederlage mit Schleinitz.

»Dies kann erst geschehen, wenn Lobeswert mindestens zwei Jungfrauen findet, die diesen Stand für Geld aufgeben wollen«, antwortete Tiedern.

»Er sollte sich vielleicht einmal bei den niedrigeren Ständen umsehen. Die kämen auch billiger. Mir wäre allerdings lieber, wir könnten Gentzschs Tochter dazu bringen, uns zu Willen zu sein. Seit dieses Mädchen die Schule verlassen hat, ist es eine Schönheit geworden, die sogar unsere liebe Frau von Herpich übertrifft.«

Die Genannte kommentierte dies mit einem leisen Fauchen. Immerhin hatte sie Vicki zweimal in der Eisenbahn gesehen und für recht hübsch gehalten. Aber nun zu hören, dass das Mädchen mit ihr konkurrieren könne, empörte sie.

Tiedern wandte sich ihr zu. »Hast du wie gewünscht die Familie Hartung besucht?«

»Das habe ich! Allerdings traf ich nur Friederike von Hartung an, da die Mädchen ausgefahren waren«, antwortete Emma von Herpich.

»Vielleicht sollte man sie entführen«, schlug Dravenstein vor, wobei er eher an Vicki dachte als an deren Cousinen.

»Das wäre zu auffällig! Du«, Tiedern sah seine Geliebte an, »wirst weiterhin Besuche bei Hartungs machen und deren Freundschaft erringen.«

Er rieb sich kurz über die Stirn und grinste plötzlich. Nach der Niederlage bei der Versteigerung von Schleinitz brauchte er ein Opfer, und dazu eignete sich Victoria von Gentzsch am besten.

»Wir haben doch vor einigen Tagen darüber gesprochen, dass Malwine von Gentzsch einen Ehemann für ihre Tochter sucht«, sagte er zu Dravenstein.

Dieser nickte. »So ist es. Meine Gattin hat auch bereits – wie von Ihnen gewünscht – mit Frau von Gentzsch gesprochen und ihr Hilfe zugesichert.«

»Ausgezeichnet!« Tiedern rieb sich die Hände und wandte sich Emma zu. »Du wirst Malwine von Gentzschs Bekanntschaft suchen. Deute an, du könntest für das Mädchen vielleicht sogar eine Ehe mit meinem Sohn stiften.«

»Ich will aber nicht heiraten!«, fiel Wolfgang seinem Vater ins Wort.

»Wer sagt, dass du das tun sollst?«, fragte Tiedern spöttisch. »Es ist nur der Köder, den wir in die Falle legen, um das Wild zu fangen. Es sei dir sogar gestattet, das Mädchen als Erster zu besteigen, sobald wir es in unserer Gewalt haben. Dann werden ihr auch bald ihre Cousinen folgen.«

Dravenstein gefiel diese Wendung nicht, denn er hätte Vicki gerne selbst entjungfert. Die kleinlichen Bedenken, die ihm dabei kamen, tat er mit einer kurzen Handbewegung ab. Er und seine Freunde waren wichtig und wertvoll für das Land und hatten es verdient, über den Gesetzen zu stehen, die für die kleinen Leute geschaffen worden waren.

Unterdessen klopfte es an die Tür.

»Herein!«, rief Tiedern.

Sein Handlanger Lobeswert trat mit einer Modezeitschrift in der Hand ein. »Haben Sie das schon gesehen, Herr von Tiedern?«

»Da ich diese Zeitschrift im Allgemeinen nicht lese, muss ich das verneinen«, antwortete Tiedern. »Außerdem interessiert es mich weitaus mehr, ob Sie ein paar passende Mädchen gefunden haben?«

Lobeswert nickte, zeigte dabei aber eine bedenkliche Miene. »Drei Stück, wie gewünscht, aber ich musste bis nach Bayern reisen, um sie zu bekommen! Doch ich wollte …«

»Sind sie von Stand? Nur damit können wir unseren Freunden den gewünschten Genuss bereiten. Eine Bauernmagd können sie in fast jedem Bordell deflorieren.«

Reinhold stand wie meist im Hintergrund und überlegte verzweifelt, was er tun sollte. Es war wie ein Sumpf aus Unmoral und Verbrechen, in den sein Onkel ihn immer tiefer hineinzog. Irgendwann würde dieser von ihm noch fordern, bei diesem entsetzlichen Treiben mitzumachen, um ihn endgültig an ihn zu binden. Am liebsten wäre er auf der Stelle gegangen und hätte die Untaten seines Onkels den Behörden gemeldet. Dieser aber würde ihn als undankbaren Neffen und – schlimmer noch – als Neider und Verleumder hinstellen, und dabei würden ihn all seine Freunde unterstützen. Und dann hätte er nichts erreicht, aber seine Mutter und Schwestern in große Gefahr gebracht.

Dann dachte er an Vicki. Sie war ein kratzbürstiges Biest, doch das, was sein Onkel mit ihr vorhatte, war hinterhältig, gemein und ein Verbrechen gegen die Gesetze Gottes und des Reichs. Er überlegte, ob er ihre Eltern vor Tiedern warnen sollte. Doch auch hier war die Gefahr groß, ins Leere zu laufen. Wenn Herr und Frau von Gentzsch darauf aus waren, ihre Tochter rasch zu verheiraten, würde die Aussicht auf eine Ehe mit Wolfgang von Tiedern womöglich alle Bedenken überwiegen.

Während Reinhold seine Hilflosigkeit verfluchte, gelang es Lobeswert endlich, sich Gehör zu verschaffen. »Sehen Sie sich das doch bitte mal an!«, rief er und hielt Tiedern eine Seite des Modejournals vor die Nase.

Tiedern blickte darauf und musste schallend lachen. »Das solltest du sehen!«, sagte er zu Emma von Herpich, als er sich wieder etwas beruhigt hatte, und reichte ihr die Zeitschrift.

Die junge Frau nahm sie neugierig entgegen, erblickte das Bild und stieß einen spitzen Schrei aus. »Das bin doch ich! Wie kann das sein?«

»Entweder führst du noch ein geheimes Leben, von dem ich nichts weiß, oder es handelt sich um einen unwahrscheinlichen Zufall«, erklärte Tiedern nun bei weitem nicht mehr so amüsiert wie noch eben.

»Ich führe gewiss kein geheimes Leben«, protestierte Emma von Herpich.

»An einen Zufall glaube ich nicht«, sagte Tiedern und musterte sie durchdringend.

Unterdessen hatte sich auch Wolfgang das Bild angesehen und verzog spöttisch die Lippen. »Die Hure als Vorbild für die feinen Damen. Das ist ein Spaß!«

Er erntete für diese Bemerkung einen bitterbösen Blick von Emma. Auch wenn sie Tiederns Geliebte war, sah sie sich nicht als käufliche Hure an.

4.

Ohne zu ahnen, welches Aufsehen ihr Bild bei Tiedern erregte, hatte Vicki weitere Skizzen nach den Vorgaben des Moderadakteurs gezeichnet. Als Modelle für die Gesichter wählte sie junge Frauen, die sie unterwegs sah und in ihren Zeichnungen ein wenig verfremdete. Nicht immer folgte sie den Anweisungen buchstabengetreu. Wenn sie das Gefühl hatte, es würde nicht alles zusammenpassen, änderte sie die Zeichnungen eigenmächtig ab.

Um ihre Arbeiten abliefern zu können, verabredete sie sich wieder mit Auguste, die sie abholte und mit ihr zum Gebäude der Modezeitschrift fuhr. Als sie dort vorsprach, hatte sie ein wenig Bammel davor, was der Redakteur dazu sagen würde.

Dieser betrachtete die zehn Zeichnungen und schüttelte ein ums andere Mal den Kopf. »Haben Sie die wirklich alle allein gezeichnet?«, fragte er Vicki verwundert.

»Das habe ich.«

»Das ist …« Der Mann brach ab, nahm die Zeichnungen und verließ das Zimmer.

Für etliche quälende Augenblicke blieben die Mädchen allein. Auguste räusperte sich unbehaglich und zupfte Vicki am Ärmel. »Was hast du gemacht?«

»Ich habe nur gezeichnet«, antwortete diese nicht weniger verwirrt als ihre Cousine. Vicki fragte sich, ob es nicht zu kess von ihr gewesen war, die Vorgaben umzuändern. Die Mitarbeiter des Modejournals hatten sich gewiss etwas dabei gedacht, als sie diese erstellten. Die Besorgnis, den bereits sicher geglaubten Verdienst aus eigenem Verschulden wieder zu verlieren, packte sie wie ein wildes Tier und zerfleischte sie innerlich.

Da kehrte der Redakteur mit einem etwas älteren Mann zurück. Dieser trug enge Hosen, ein hüftlanges graues Jackett mit Biesen, darunter ein Hemd mit Stehkragen und einer roten Fliege sowie enge Hosen in der Farbe des Jacketts. Im Gegensatz zu den Mitgliedern der Redaktion, die sie bisher kennengelernt hatte, passte ihm die Kleidung wie angegossen. Hatte Vicki bis jetzt den Mann, dem sie ihre Zeichnungen verkauft hatte, für den Besitzer der Zeitschrift gehalten, sah sie sich nun eines Besseren belehrt. Der Mann betrachtete sie scharf und wies dann auf die Zeichnung, bei der sie am meisten von der Vorlage abgewichen war.

»Haben Sie das wirklich selbst gezeichnet?« Er klang so zweifelnd, dass Vicki trotzig ihren Zeichenblock aufschlug, die Stifte zur Hand nahm und in wenigen Minuten ein Bild von ihm zu Papier brachte.

»Reicht dies als Probe meines Könnens?«, fragte sie provokativ.

»Erstaunlich!«, rief der Mann und rieb sich über die glatt rasierten Wangen. Dann zeigte er auf ein leeres Blatt. »Zeichnen Sie mir nun eine Dame in Reitkleidung, Zylinder mit kleinem, durchsichtigem Schleier, eng anliegendem kurzem Mantel, einer Weste und einem langen Rock mit Schleppe!«

Mit einem leisen Seufzer machte Vicki sich ans Werk. Das Bild entstand wie von selbst in ihren Gedanken, und ihre Finger führten es aus. Keiner wagte ein Wort, als eine Frau mit stolzem Blick und einem äußerst eleganten Reitkostüm Gestalt annahm.

Als Vicki fertig war, nickte der Herr zufrieden. »Ausgezeichnet! Ich nehme die zehn Zeichnungen, die Sie uns mitgebracht haben, und diese hier und zahle Ihnen dafür fünfzig Mark! Sind Sie damit einverstanden?«

Vicki wollte schon nicken, als Augustes Stimme aufklang. »Geben Sie meiner Cousine sechsundsechzig Mark. Das wären für jedes Bild sechs.«

Der Mann überlegte nicht lange, sondern entnahm seinem Portemonnaie das Geld und reichte es Vicki. »Das haben Sie sich redlich verdient«, sagte er lächelnd. »Ich würde mich freuen, wenn Sie mir in einem Monat erneut mehrere Zeichnungen bringen könnten. Vorgaben will ich Ihnen keine machen. Entwerfen Sie die Kostüme nach Ihrem Gefühl. Ich glaube, das können Sie.«

»Ich werde es versuchen«, antwortete Vicki zweifelnd.

»Keine Sorge, das kriegen Sie hin. Bis zum nächsten Monat!«

»Bis zum nächsten Monat. Auf Wiedersehen.« Vicki sah das Geld in ihrer Hand an und konnte es kaum glauben. Wenn sie Monat für Monat auch nur halb so viel verdiente, konnte sie ganz angenehm davon leben. Der Gedanke, sich von ihrer Familie zu trennen und auf eigenen Beinen zu stehen, stand für sie verlockend am Horizont. Dann aber erlosch ihre Freude. Noch war sie nicht volljährig und würde es auch die nächsten drei Jahre nicht sein. Bis dahin konnten ihr Vater und ihre Stiefmutter über sie bestimmen, wie es ihnen passte, und sie mit einem ganz unmöglichen Menschen verheiraten.

Niemals!, schoss es ihr durch den Kopf. Eher reiße ich aus. Damit aber war es von entscheidender Bedeutung, dass sie so viel Geld sparte, wie es ihr nur möglich war.

Der Herausgeber der Zeitschrift verabschiedete sie und begleitete sie bis zur Tür. Als er zurückkehrte, klopfte der seinem Redakteur leutselig auf die Schulter. »Sie haben einen wahren Diamanten entdeckt, mein lieber Kopitzke. Dieses Mädchen ist ein Wunder! Sie zeichnet nicht nur hervorragend, sondern zeigt ein natürliches Gespür für elegante Mode. Mit ihren Zeichnungen wird unser Journal den feinen Damen vorgeben, wie sie sich zu kleiden haben.«

Der Redakteur überlegte, ob er seinen Chef um eine Erhöhung seines Gehalts bitten sollte, wagte es jedoch nicht. Eine kleine Prämie aber, so dachte er, würde es wohl wert sein und deutete dies in vorsichtigen Worten an.

»Aber natürlich haben Sie eine Belohnung verdient, Kopitzke«, antwortete der Herausgeber gut gelaunt und steckte ihm ein Zehnmarkstück zu.

5.

Als die Mädchen in die Villa Hartung zurückkehrten, wurden sie von Adele Klamt noch auf dem Flur abgefangen. Die alte Frau wirkte besorgt und stellte sich vor die Tür, als Vicki, Auguste und ihre Schwestern in die Zimmerflucht ihrer Großmutter treten wollten.

»Ihr könnt jetzt nicht herein! Die gnädige Frau ist krank geworden. Der Arzt ist bei ihr, und laut seinen Worten besteht Ansteckungsgefahr. Daher werdet ihr, bis eure Großmutter genesen ist, in euren Zimmern bleiben. Das Essen wird euch im kleinen Salon serviert.«

»Großmama ist krank? Aber das ist schrecklich!«, stieß Silvia aus.

»Dann werde ich wohl am Sonntag nicht kommen dürfen«, sagte Vicki traurig und hob dann mit blitzenden Augen den Kopf. »Vielleicht sollte ich doch zu ihr gehen. Ich könnte hierbleiben, denn bei Ansteckungsgefahr lässt Malwine mich gewiss nicht in die Wohnung zurückkehren.«

»Aber dann dürfen wir auch nicht mehr zu dir«, wandte Auguste ein.

»Sie werden nichts Unbesonnenes tun, mein Fräulein«, wies Adele Klamt Vicki zurecht. »Es geht der Herrin sehr schlecht, und sie würde sich zusätzlich Sorgen machen, wenn sie wüsste, dass Sie oder eines der Mädchen ebenfalls krank würden.«

»Ich will Großmama um Himmels willen keinen Kummer bereiten!«, rief Vicki erschrocken.

»Sie sind ein liebes Kind, gleichgültig, was Ihr Vater und seine Angeheiratete auch sagen mögen«, erklärte Adele Klamt und bat die vier, ihr in den kleinen Salon zu folgen.

»Das Haus und das Personal halten sich jetzt strikt voneinander getrennt. Daher werdet ihr außer mir nur noch Hilde sehen, die euch das Essen servieren und eure Betten machen wird. Die anderen kümmern sich um die Herrschaften.«

Der Tonfall, in dem Adele es sagte, ließ vermuten, dass die Pest ausgebrochen sei und die drei Mädchen unbedingt vor dieser bewahrt werden mussten. Nun aber sorgte sie erst einmal für einen Imbiss, damit der erste Hunger gestillt wurde.

»Danach kannst du nach Hause fahren«, sagte sie zu Vicki. »Was deine Besuche betrifft, so sage deinem Vater und deiner Stiefmutter, dass sie erwünscht wären, damit deine Cousinen nicht der Trübsal verfallen.«

»So wie ich Malwine kenne, wird sie mich nicht aus dem Haus lassen, aus Angst, ich könnte krank werden und ihre Söhne anstecken«, antwortete Vicki traurig.

Auguste lächelte. »Es gibt eine ganz einfache Lösung. Frau Klamt soll deiner Stiefmutter einen Brief schreiben, dass hier eine Krankheit ausgebrochen sei und sie es nicht verantworten könne, dich nach Hause zu schicken, da die Gefahr besteht, du könntest deine Brüder anstecken.«

Vicki sah Adele zweifelnd an, denn sie wusste nicht, ob diese sich darauf einlassen würde. Nach kurzem Überlegen zog ein Grinsen über deren Gesicht. »Du bist ein ganz durchtriebenes Ding, Auguste. Aber so machen wir es.«

»Darf ich eine Bitte an Sie äußern, Frau Klamt?«, fragte Vicki.

Die Mamsell sah sie lächelnd an. »Aber jederzeit.«

»Sie sagen zu Auguste, Lieselotte und Silvia du, zu mir aber Sie. Mir wäre es lieb, wenn Sie mich genauso ansprechen würden wie meine Cousinen.«

»Da würde die Angeheiratete Ihres Vaters aber ein arg schiefes Maul ziehen.«

Adele Klamt hatte Vickis Mutter geliebt und für die Frau, die ihr als Gustav von Gentzschs Gattin gefolgt war, nur Verachtung übrig. Nun zauste sie Vickis Schopf und forderte die Mädchen auf, sich hinzusetzen und zu essen.

»Sonst werdet ihr zu schwach, um der Krankheit widerstehen zu können«, erklärte sie resolut.

Die Sorge um die Großmutter hemmte jedoch den Appetit der vier. Silvia stand kurz davor, in Tränen auszubrechen, während Lieselotte nicht einmal die köstliche Eiscreme schmeckte, die sie sonst voller Begeisterung aß. Mit äußerster Mühe verzehrten sie so viel, dass Adele Klamt halbwegs zufrieden war, und saßen dann noch lange zusammen. In ihrem Gespräch ging es zumeist um ihre Großmutter, die jede von ihnen heiß und innig liebte. Da sie vor mehreren Jahren ihren Großvater Friedrich von Hartung verloren hatten, packte sie nun die Angst, auch ihre Großmutter könnte sterben.

Um sich zu beschäftigen, nahm Vicki ihren Block zur Hand und begann zu zeichnen. Als Lieselotte ihr über die Schulter schaute, war es jedoch kein Bild für das Modejournal, sondern ihre Großmutter im schwarzen Kleid, ein Häubchen auf dem grauen Haar und mit einem Buch in der Hand, in dem sie nicht las, weil sie nachdenklich in die Ferne schaute.

»Das ist wunderschön!«, rief Lieselotte bewundernd. »Schenkst du es mir?«

»Natürlich.«

»Ich hätte auch gerne so ein Bild«, bat Silvia.

»Du wirst es bekommen, und ebenso Auguste«, versprach Vicki und zeichnete weiter.

Einige Zeit später kam Adele Klamt wieder zu ihnen, sah das Bild und schlug die Hände zusammen. »Wie gut du das kannst!«

In dem Augenblick beschloss Vicki, auch die alte Mamsell zu zeichnen.

Diese zwinkerte ihr verschwörerisch zu. »Die Botschaft an deinen Vater und seine Malwine ist unterwegs.«

»Ich bin gespannt, was sie antworten«, meinte Vicki und wünschte sich, heimlich zusehen zu können, wie ihr Vater und ihre Stiefmutter auf diese Nachricht reagierten.

Vicki wusste nicht, wie froh sie sein konnte, dass Auguste die Idee gekommen war, auf welche Weise sie bei ihren Cousinen bleiben konnte, denn im Hause Gentzsch herrschte an diesem Abend eine äußerst gereizte Stimmung. Zwar hatten sich Waldemars schulische Leistungen dank der Nachhilfe, die Vicki und Auguste ihm zukommen ließen, verbessert. Dafür aber hatte Karl bei einer Prüfungsaufgabe eine so üble Note nach Hause gebracht, dass sein Vater zum ersten Mal seit langem den Rohrstock hervorholte und ihm damit den Hosenboden strammzog.

Malwine stand jammernd daneben und flehte Gustav an, nicht ganz so streng zu sein.

Da wandte dieser ihr verärgert das Gesicht zu. »Meine beiden ältesten Söhne, die Gunda mir geboren hat, sind klug und strebsam, während die Ihren dumm und faul sind. Das werde ich ihnen austreiben, und wenn ich jeden Tag den Rohrstock schwingen muss!«

»Es sind doch noch Kinder!«, flehte Malwine.

In dem Augenblick sah Gustav ein anderes Kind vor sich, mit um nach Zuneigung bettelnden Augen, und er hörte sich förmlich selbst reden, als er seine Tochter beschuldigte, die Mörderin ihrer Mutter zu sein. Mittlerweile reute ihn seine damalige Härte, doch Vicki hatte sich ihm so weit entfremdet, dass es nicht mehr möglich schien, doch noch ihre Liebe oder wenigstens ihr Verständnis zu erringen.

Mit einer leisen Verwünschung ließ er Karl los. »Sieh zu, dass du das nächste Mal bessere Zensuren erreichst! Ich stecke dich sonst in die Militärakademie, denn zu etwas anderem als zu einem Soldaten taugst du nicht.«

Gustav hegte zwar nicht die tiefe Abneigung seines vor langer Zeit verstorbenen Großonkels Leopold von Stavenhagen gegen das Militär, doch ihm missfiel die unverfrorene Art, mit der die Herren Offiziere vom Leutnant aufwärts auftraten und selbst von einem altgedienten Beamten wie ihm den Vortritt forderten.

Malwine hingegen war schlichteren Gemüts und sah die Militärakademie als Gelegenheit für ihren Ältesten an, dem strengen Regiment des Vaters zu entkommen. Bevor sie jedoch etwas sagen konnte, kam ihr Diener herein.

»Dieses Schreiben wurde eben abgegeben«, sagte er und reichte Gustav Adele Klamts Brief.

Dieser öffnete den Umschlag, zog das Blatt heraus und las es durch. Seine Miene wurde dabei immer düsterer. »Meine Schwiegermutter ist schwer erkrankt.«

Obwohl Gunda tot war, während Malwines Mutter noch lebte und das Recht besaß, als seine Schwiegermutter angesehen zu werden, sah er nur Theresa von Hartung als solche an.

»Frau Klamt schreibt, man habe die Mädchen in einem Teil der Villa abgesondert, um die Ansteckungsgefahr gering zu halten. Da man aber nicht wisse, ob Victoria und ihre Cousinen sich nicht doch bereits angesteckt hätten, wollen sie unsere Tochter dortbehalten, bis Klarheit besteht. Aber das lasse ich nicht zu! Sie ist meine Tochter, und wenn sie krank werden sollte, wird sie in meinem Haus gepflegt.«

»Sie wollen Ihre Tochter, die den Keim einer tödlichen Krankheit in sich tragen könnte, hierher zurückholen, damit sie ihre Brüder und auch uns damit anstecken kann? Das lasse ich nicht zu!«, rief Malwine.

»Bei Gott! Es ist unsere Pflicht, uns um Victoria zu kümmern!«, rief ihr Mann zornig.

»Unsere Plicht ist es, unsere Söhne zu schützen!«, schrie Malwine ihn an. »Wenn dieses Mädchen stirbt, kümmert es Sie und mich wenig. Doch wenn unsere Söhne dieser Krankheit erliegen sollten, wäre für mich der Schmerz zu groß, um ihn überleben zu können.«

Es war der Augenblick, in dem Gustav von Gentzsch begriff, dass er mit seinem Hass auf Vicki auch seine Frau vergiftet hatte. Für Malwine war das Mädchen etwas, das sie am liebsten eher heute als morgen los sein würde, sei es durch den Tod oder durch eine Heirat. Wenn er seine Tochter zurückholte, war Malwine wohl kaum bereit, sie zu pflegen, falls sie wirklich krank werden sollte.

»Es ist wohl besser, wenn Victoria im Haushalt der Hartungs bleibt«, erklärte er und widerstand nur mit Mühe dem Wunsch, seinen Rohrstock auch an seiner plötzlich so renitent gewordenen Ehefrau zu erproben.

Als Malwine am nächsten Morgen erklärte, Frau von Dravenstein aufsuchen zu wollen, klopfte Gustav von Gentzsch ärgerlich auf den Tisch. »Das werden Sie nicht tun!«

»Warum nicht?«, fragte seine Frau verdattert.

»Weil sie das Weib des intrigantesten Menschen ist, den ich kenne, und zum anderen werden Sie keine Besuche machen, solange Victoria mit dem Tod ringt.«

Zuerst wollte Malwine auffahren und protestieren. Der Gedanke aber, dass das Mädchen sterben könnte, gab den Ausschlag. Solange nicht dessen Überleben gesichert war, erschien es ihr sinnlos, über eine mögliche Ehe zu sprechen.

»Ich werde Frau von Dravenstein ein Billett senden und mich wegen Victorias Erkrankung entschuldigen«, antwortete sie daher und wusste nicht, was ihr lieber wäre, das Mädchen an den Friedhof oder an einen Bräutigam zu verlieren.

6.

Vicki hatte nicht die geringste Ahnung, dass man sie im Hause ihres Vaters für todkrank hielt. Das Gegenteil war der Fall, denn ihr ging es besser als jemals zuvor. Wäre nicht die Sorge um die kranke Großmutter gewesen, hätte sie sogar glücklich sein können. So aber bangte sie zusammen mit Auguste, Lieselotte, Silvia und den anderen Mitgliedern der Familie und des Haushalts um das Leben der alten Dame. Theresa lag tagelang schwerkrank darnieder und schwebte mehrmals im Delirium. Immer wieder jammerte sie mit kindlich klingender Stimme über den Tod der Mutter und schrie in den Nächten mehrfach so laut auf, wie man es von der geschwächten Kranken niemals erwartet hätte.

Manchmal begann sie auch unvermittelt zu reden. Friederike schickte dann die Bedienstete, die ihr bei der Pflege der Kranken half, hinaus. Diese sollte nicht hören, was die tief in ihrer Vergangenheit versunkene Theresa berichtete. Diese hatte in ihrer Jugend ein schweres Schicksal meistern müssen und war dabei mehrmals nur knapp dem Verderben entkommen.

Friederike bewunderte die Kraft, die Theresa damals aufgebracht hatte, und wich kaum von ihrer Seite, um jederzeit eingreifen zu können, wenn es nötig werden sollte. Sie ließ sich sogar einen Lehnstuhl in Theresas Krankenzimmer stellen und schlief darin in der Nacht immer wieder für kurze Zeit.

Der Haushalt war in drei Teile zerfallen. Auf der einen Seite lebten neben der Kranken und Friederike noch zwei Dienstmädchen. Im Hauptteil der Villa wurden Theodor, Egolf und Theo vom Großteil der Bediensteten versorgt, und im anderen Flügel befanden sich die vier Mädchen unter Adele Klamts und Hildes Obhut. Kontakt zwischen den drei Gruppen gab es kaum. Gelegentlich wechselte man ein paar Worte durch eine geschlossene Tür. Selbst in der Küche wurde nur noch für die Kranke und ihre Betreuerinnen gekocht. Das Essen für den Rest des Haushalts holte der Kutscher aus einer mehrere Hundert Meter entfernten Gaststätte, die einen ausgezeichneten Ruf genoss.

Auguste nutzte die Zeit, um ihre Bücher zu studieren, während Silvia stickte und Lieselotte sich mit Vicki zusammen prachtvolle Kleider ausdachte, die Letztere mit großem Geschick zu Papier brachte. Zwar glaubte Vicki nicht, dass der Herausgeber des Modejournals an diesen Zeichnungen Interesse zeigen würde. Ihr gefielen sie jedoch, und so gab sie sich dabei nicht weniger Mühe als bei den zehn Zeichnungen, die sie für die Zeitschrift anfertigen sollte.

Vickis freiwilliges Exil währte nun bereits zwei Wochen. Friederike war neben Theresas Bett eingeschlafen, als diese aus ihrem tiefen Schlaf erwachte und sich erstaunt umsah.

»Was ist geschehen?«, fragte sie verwundert.

Obwohl sie von der Pflege ihrer Schwiegermutter todmüde war, wurde Friederike sofort wach.

»Gelobt sei Gott! Du bist wieder bei dir. Wie schön.«

»Ich fühle mich so matt«, flüstere Theresa.

»Das glaube ich dir unbesehen. Du warst fast zwei Wochen krank und hast in der Zeit kaum etwas zu dir genommen. Der Arzt sagt, wenn du aufwachst, darfst du eine Hühnerbrühe essen. Ich lasse sofort eine zubereiten.« Friederike stand auf und rief eines der Dienstmädchen, das sogleich in die Küche eilte.

Theresa betrachtete unterdessen ihre Schwiegertochter und fand sie arg schmal und abgespannt. »Du solltest auch etwas essen und dich dann hinlegen. Du siehst müde aus.«

»Das vergeht schon wieder«, antwortete Friederike leichthin. »Die Hauptsache ist, dass du wieder gesund wirst. Wie werden Theodor, die Jungen und die Mädchen sich darüber freuen. Fritz und sein Freund Willi von Steben waren fast jeden Tag da, um zu fragen, wie es dir geht, und Theo und Egolf musste ich zwingen, deinem Zimmer fernzubleiben. Bei den Mädchen war es fast noch schlimmer, denn jede der vier wollte mich bei deiner Pflege ablösen.«

»Jede der vier?«, fragte Theresa erstaunt.

»Vicki ist bei uns! Malwine hat sich geweigert, sie nach Hause zu lassen, nachdem ich die Befürchtung äußerte, das Mädchen könnte sie und ihre Söhne anstecken.«

»Was für eine dumme Kuh!«, sagte Theresa kopfschüttelnd und spürte dann ein heftiges Knurren im Magen. »Was ist nun mit der Hühnerbrühe? Muss erst jemand zum Markt laufen, um ein Huhn zu kaufen?«

Friederike entfuhr ein Lachen. »Das zum Glück nicht! Aber du willst doch sicher auch ein wenig Fleisch in deiner Brühe haben, und das muss erst durch sein.«

»Ich werde bis dorthin hoffentlich nicht verhungern!« Die noch nicht ganz überstandene Krankheit hatte Theresa reizbar werden lassen. Aber ihre Schwiegertochter war viel zu froh, dass es ihr wieder besser ging, um ihre Worte auf die Goldwaage zu legen. Sie holte Tee, prüfte, ob dieser weit genug abgekühlt war, damit die Kranke ihn trinken konnte, und wollte die Tasse Theresa an den Mund halten.

»Das kann ich schon selbst«, meinte diese mürrisch, musste die Tasse dann aber mit beiden Händen halten, weil die Rechte vor Schwäche zitterte.

»Das tut gut«, sagte sie, als die Tasse leer war. Sie reichte diese Friederike zurück und sah sie fragend an. »Woran bin ich eigentlich erkrankt?«

»Der Arzt sagt, es wäre Pneumonie, also eine Lungenentzündung«, antwortete Friederike und war froh, als das Dienstmädchen endlich eine Schüssel Brühe brachte.

»Jetzt werden wir dich ein wenig aufrichten, damit du essen kannst«, sagte sie zu ihrer Schwiegermutter, »und dich anschließend auf den Lehnstuhl setzen, damit wir das Bett neu überziehen können! Es riecht ziemlich verschwitzt.«

»Ich hätte nichts dagegen.« Theresa vermochte schon wieder zu lächeln. Allerdings benötigte sie beim Essen Friederikes Hilfe, da ihre Rechte zu sehr zitterte.

Die Brühe war gut, das Fleisch zart und sehr klein geschnitten, und als es danach noch ein Glas mit Wasser vermischten Weines gab, fühlte sich Theresa fast schon wieder gesund.

Die Nachricht, dass es ihr besser ging, eilte wie ein Lauffeuer durch die Villa. Theodor ließ es sich nicht nehmen, seine Mutter wenigstens von der Tür aus zu sprechen. Weiter ließ Friederike ihn nicht herein, da sie nicht wusste, ob die Kranke noch ansteckend war.

Als der Arzt erschien und erklärte, dass dies nicht mehr der Fall sein konnte, waren die Mädchen nicht mehr zurückzuhalten. Theresa betrachtete die vier Blondschöpfe gerührt. Sie liebte sie alle, doch ihrem Herzen stand Vicki am nächsten, vermutlich, weil diese am meisten von allen Liebe benötigte.

»Jetzt lasst mal! Ihr erdrückt die gnädige Frau noch«, schalt Adele, als es die Mädchen ihrer Meinung nach zu toll trieben.

»Ihr müsst jetzt das Zimmer verlassen! Aber ihr könnt morgen wiederkommen«, rief sie und scheuchte die vier wie aufmüpfige Hühner aus dem Raum.

Als Nächstes erschienen Egolf und Theo, um die Großmutter zu besuchen. Ihnen folgte ihr Vater. Theodor weinte vor Erleichterung, als er seine Mutter umarmte. »Wir alle waren so in Sorge um dich, Mama.«

»Wie du siehst, war es unnötig. Ich bin ja wieder gesund.«

»Ganz noch nicht! Der Arzt sagt, du musst dich noch sehr schonen«, wandte Friederike ein.

»Jetzt aber freue ich mich, euch alle zu sehen. Kommt Fritz auch?«, fragte Theresa.

»Der hat heute Dienst, wird aber heute Abend gewiss noch hereinschauen«, versprach Friederike und strich der Kranken über die Wange. »Noch jemand wird heute kommen, nämlich Charlotte! Sie ist sofort nach Berlin geeilt, als wir ihr telegrafiert haben, wie schlecht es um dich bestellt ist.«

»Charlottchen!« Theresas Augen leuchteten auf, als sie den Namen ihrer jüngsten Tochter aussprach.

Sie war mit deren Wahl des Ehemanns nicht einverstanden gewesen, da dieser um so viel älter gewesen war als ihre Tochter. Für eine gewisse Zeit war es deshalb zu einer Entfremdung zwischen ihnen gekommen. Mittlerweile aber hatte sie begriffen, dass Charlotte mit ihrem Eicke von Harlow sehr glücklich gewesen war, und freute sich, sie und ihre Zwillinge wiederzusehen.

»Tante Gertrud will auch kommen«, erklärte Friederike.

»Aber sie ist doch schon arg hinfällig?«, rief Theresa aus.

»Sie sagt, sie sei fast vier Jahre jünger als du und noch gut genug in Schuss, um dich zu besuchen. Du hättest es im letzten Jahr, als sie so krank war, ja auch getan.« Friederike schmunzelte, denn die Tante ihres Mannes konnte manchmal recht eigensinnig werden. Ihr Besuch würde ihrer Schwiegermutter jedoch guttun, denn die beiden sprachen gerne von alten Zeiten, als Theresas Schwiegervater noch gelebt hatte und sie beide noch junge Frauen gewesen waren. Dies lag jetzt fünfzig Jahre zurück. Sie selbst und auch ihr Ehemann Theodor waren zu jener Zeit noch nicht auf der Welt gewesen.

Das Erscheinen der beiden Leutnants Fritz von Hartung und Willi von Steben beendete Friederikes Ausflug in die Vergangenheit. Fritz umarmte die wieder genesende Großmutter voller Freude, und Willi überreichte ihr einen Strauß mit Moosröschen.

»Erlauben Sie mir, gnädige Frau, Ihnen die aufrichtigsten Wünsche meines Vaters zu übermitteln. Er war sehr erschrocken, als er von Ihrer Erkrankung hörte«, erklärte er.

»Oh, diese wunderschönen Blumen! Rieke, sag den Dienstmädchen, sie sollen sofort eine Vase bringen. Es wäre schade um die Moosröschen. Lieber Willi, teilen Sie Ihrem Vater mit, dass ich mich sehr darüber gefreut habe.«

»Das werde ich«, versprach Willi lächelnd.

Er mochte die alte Dame, um deren Vergangenheit es ein Geheimnis gab, das nur sehr wenige kannten. Sein Vater hatte ihn letztens eingeweiht, dass Theresa von Hartung dessen Halbschwester sei und Gut Steben ihr mit Fug und Recht gehörte. Zur Familie von Predow, in die seine Tante Liebgard eingeheiratet hatte, gab es hingegen keinen Kontakt, während er mit den Hartungs ausgezeichnet zurechtkam und in Fritz einen treuen Freund und Kameraden gefunden hatte.

7.

In der nächsten Nacht schlief Theresa durch und wachte am nächsten Morgen erfrischt auf. Sie trank ihren Tee und warf den Haferschleim, der als ihr Frühstück gebracht wurde, nur deshalb nicht gegen die Wand, wie sie sagte, weil sie die Tapete nicht beschmutzen wollte. Dafür freute sie sich über die Kekse, die Vicki und die anderen Mädchen ihr heimlich brachten. Vicki präsentierte ihr auch die Zeichnung, die sie von ihr gemacht hatte, und rührte sie damit zu Tränen.

»Du bist ein so liebes Kind! Wieso will dein Vater das nicht begreifen? Er ist ein Narr.«

Vicki wischte sich über die Wange, über die jetzt ebenfalls nasse Perlen rollten. »Er gibt mir die Schuld am Tod meiner

Mutter und machte mir weis, du würdest mich deshalb ebenfalls nicht mögen.«

Theresa zog sie an sich und hielt sie lange in den Armen. »Du bist das liebste Vermächtnis meiner Tochter Gunda. Wie hätte ich dich hassen können? Möge Gott deinem Vater verzeihen, was er dir angetan hat. Ich kann es nicht.«

»Was können Sie nicht?«, fragte da der Arzt, der eben ins Zimmer gekommen war.

»Ach nichts«, antwortete Theresa und sah ihn kämpferisch an. »Wenn Sie mich nicht sofort auf bessere Kost als Haferschleim und Hühnerbrühe setzen, werde ich einen anderen Mediziner kommen lassen.«

Der Arzt lachte. »So gefällt es mir! Die Lebensgeister sind wiedererwacht. Jetzt müssen Sie nur noch gefüttert werden. Ich glaube, heute Mittag könnten Sie ein Hühnerbrüstchen vertragen und zum Tee ein Stück Napfkuchen, aber mit Butter und nicht mit Schweinefett gebacken. Sonst würde es zu schwer im Magen liegen.«

»Und was ist mit dem Abendessen?«, fragte Theresa.

Der Arzt verdrehte in komischer Verzweiflung die Augen. »Jetzt sind Sie dem schwarzen Herrn gerade einmal von der Schippe gesprungen und denken nur noch ans Essen. Eigentlich sollte ich Sie am Abend fasten lassen, glaube aber, dass ein Schälchen Hühnerbrühe …« Theresas Hand griff nach einem Kissen, um es dem Arzt an den Kopf zu werfen, als er weitersprach. »… und eine Scheibe Weißbrot mit etwas Schinken angebracht wären.«

»Der Schinken hat Sie gerettet«, erklärte Theresa und legte das Kissen beiseite.

»Das freut mich«, sagte der Arzt. »Doch nun muss ich ganz ernsthaft mit Ihnen reden – und auch mit Ihrem Sohn. Ich habe Ihnen bereits im letzten Jahr erklärt, dass Ihre Lunge kräftiger werden muss, wenn Sie noch länger leben wollen. Jetzt haben Sie hoffentlich eingesehen, wie recht ich hatte. Daher rate ich Ihnen dringend, für zwei bis drei Monate an die See zu reisen, dort spazieren zu gehen und bei gutem Wetter auch zu baden.«

Im Vorjahr hatte Theresa diesen Vorschlag abgelehnt, da sie bei ihrer Familie hatte bleiben wollen. Nun aber spürte sie, wie schwach ihre Lunge geworden war, und nickte. »Ich werde mich nach Warnemünde oder Heiligendamm begeben.«

Der Arzt schüttelte den Kopf. »Ich meinte nicht die Ostsee, obwohl es dort wunderschön ist. Ihre Lunge benötigt jedoch salzhaltigere Luft. Sie sollten an die Nordsee reisen. Es gibt dort schöne Badeorte, auch wenn sie von Berlin aus nicht so leicht zu erreichen sind. Ihre Schwiegertochter soll Sie begleiten und mindestens drei bis vier Wochen bei Ihnen bleiben, damit auch sie sich erholt. Sie hat sich bei Ihrer Pflege völlig verausgabt.«

»Aber ich kann doch nicht …«, begann Friederike.

»Ihr werdet beide fahren!« Theodor war hinzugetreten. Als seine Frau erneut ablehnen wollte, hob er begütigend die Hand. »Ich will, dass ihr beide wieder zu Kräften kommt. Hab keine Sorge, wir können uns diesen Aufenthalt leisten. Auch werden Theo, Egolf und ich während eurer Abwesenheit schon nicht verhungern.«

»Ihr esst wohl notfalls in einer Gastwirtschaft«, spottete Friederike.

»Das bleibt uns dank unserer Köchin wohl erspart«, antwortete Theodor lachend. »Ihr solltet die Mädchen mitnehmen. Sie sind in den zwei Wochen doch etwas blass geworden und haben den Aufenthalt an frischer Luft ebenso nötig wie ihr beide.«

»Aber Auguste muss doch in Kürze in die Schweiz reisen«, wandte Friederike ein.

»Sie kann die Reise dorthin auch von der Nordsee aus antreten. Theo wird sie dort abholen und sie begleiten.« Damit war für Theodor von Hartung alles gesagt.

Einen Punkt hatte er nach Ansicht seiner Frau jedoch übersehen. »Gustav wird nicht zulassen, dass Vicki uns begleitet.«

»Ich werde ihm schreiben, dass der Arzt bei allen vier Mädchen aufgrund ihrer angegriffenen Konstitution einen Aufenthalt an der Nordsee als unabdingbar erachtet.«

Im Gegensatz zu seiner Frau und seiner Mutter, die Gustav von Gentzsch die schlechte Behandlung seiner Tochter zum Vorwurf machten, kam er mit seinem einstigen Schwager gut zurecht. Allerdings kannte er dessen Eigenarten und wusste, wie er diesen begegnen musste.

Friederike musterte ihn anerkennend. »So könnte es gelingen.«

»Ich würde mich freuen, wenn die Mädchen mitkommen könnten«, sagte Theresa leise. »Ich muss mich schon bald von Auguste trennen und werde sie nur noch selten sehen.«

»Wenn dir so viel daran liegt, bleibe ich zu Hause.« Wie ihre Schwestern und ihre Cousine war auch Auguste gekommen, um zu hören, was der Arzt sagte. Ihrer Großmutter zuliebe war sie bereit, den Traum ihres Lebens zu opfern.

Doch da schüttelte die alte Dame resolut den Kopf. »Das wäre ja noch schöner! Du fährst in die Schweiz und wirst dort studieren. Ich will noch erleben, dass eine meiner Enkelinnen den Doktortitel erringt.«

»Da hat die junge Dame ja einiges vor!«, meinte der Arzt amüsiert, da er nicht daran glaubte, dass eine junge Frau die Kraft und die Fähigkeit aufbringen würde, ein Studium durchzustehen.

8.

Am nächsten Morgen erschien Charlotte mit den Zwillingen. Ihr Verhältnis zur Mutter und das ihrer Kinder zur Großmutter war nicht ganz so eng wie das von Theodor. Trotzdem liebte sie die alte Dame und umarmte sie glücklich.

»Ich freue mich, dass es dir wieder gut geht, Mama.«

»Darüber freue ich mich wohl am meisten.« Theresa lachte leise und zog die Zwillinge an sich.

»Seit ich euch das letzte Mal gesehen habe, seid ihr ganz schön in die Höhe geschossen«, sagte sie verwundert.

Eicke grinste. »Bei mir sind es fast zehn Zentimeter, während Daggi nur um drei gewachsen ist.«

»Fünf!«, warf seine Schwester Dagmar protestierend ein.

Theresa betrachtete die beiden lächelnd. Bis vor einem Jahr waren die beiden fast immer gleich groß gewesen. Nun aber überragte Eicke seine Schwester um mehr als eine Handbreit.

»Ich freue mich, euch zu sehen! Wie gut seid ihr in der Schule?«, fragte Theresa.

Eicke zog eine leicht schiefe Miene. »Das Lernen ist nicht gerade meine Stärke. Aber ich will ja kein Professor werden, sondern unser Gut bewirtschaften, wenn ich alt genug dafür bin.«

»Auch dafür brauchst du eine fundierte Bildung«, wies ihn seine Mutter zurecht. »Also strenge dich an! Du willst doch, dass dein Vater stolz auf dich wäre.«

Eicke hatte ebenso wie Dagmar keine Erinnerung an seinen Vater, hörte aber von seiner Mutter immer wieder, was für ein guter und auch erfolgreicher Mann er gewesen sei.

»Ich gebe mir Mühe«, versprach er.

»Und was ist mit Daggi? Gehst du noch auf dieses Internat in der Schweiz?«, wollte Theresa nun wissen.

Ihre Enkelin nickte. »Das tue ich, und ich bin im Gegensatz zu meinem Bruderherz die Beste in der Klasse.«

»Streberin!«, rief Eicke grinsend.

Unterdessen hatte Charlotte sich mit Friederike unterhalten und klatschte in die Hände, als sie erfuhr, dass diese mit Theresa und den Mädchen an die Nordsee reisen wollte.

»Das ist ja herrlich! Da wollte ich heuer ebenfalls hin. Wisst ihr was? Eicke, Daggi und ich kommen mit euch.«

»Mama wird sich darüber freuen! Sie war doch ein wenig traurig, weil ihr so selten kommt«, sagte Friederike erfreut.

Charlotte umarmte sie lachend. »Dann machen wir es so! Unser Arzt rät, dass Daggi mindestens alle zwei Jahre an die See fahren soll, um dort ihre Lunge zu kräftigen. Sie war bei ihrer Geburt arg klein und ist anfällig für allerlei Übel.«

»Sie sieht doch sehr gesund aus«, fand Friederike.

»Im Allgemeinen ist sie das auch. Aber sie erkältet sich leicht, und wie schlimm eine Pneumonie werden kann, weiß man zur Genüge«, erklärte Charlotte. »Wenn du nichts dagegen hast, werde ich mich um diese Reise kümmern. Ich war mit Daggi schon mehrmals an der Nordsee und kenne mich dort aus.«

»Ich wäre dir dafür dankbar.« Friederike fühlte sich zu erschöpft, um Freude daran zu finden, nach einem Ort zu suchen, an den sie reisen konnten. Charlotte war das Reisen gewohnt und würde mit Gewissheit das Richtige für sie finden.

9.

Malwine von Gentzsch fand das Leben ohne ihre Stieftochter herrlich. Solange Victoria bei den Hartungs lebte, konnte diese sie nicht kritisieren. Allerdings war sie der Krankheit, die bei den Hartungs ausgebrochen war, nicht erlegen, und so überlegte Malwine verzweifelt, wie sie die Rückkehr der Schlange an ihrem Busen, wie sie Vicki insgeheim nannte, verhindern oder zumindest hinauszögern konnte.

Daher kam ihr Theodor von Hartungs Vorschlag gerade recht, Vicki solle mit ihren Cousinen zusammen die Großmutter ans Meer begleiten und sich dort von ihrer Krankheit erholen. Auch Gustav stimmte, wenn auch widerwillig, zu.

»Es ist besser, wenn Victoria ganz gesund wird. Käme es zu einem Rückschlag, müssten Sie sie pflegen«, sagte er zu seiner Frau.

»Ich würde Victoria gegenüber meine Pflicht erfüllen«, antwortete diese mit einer Miene, die deutlich zeigte, dass sie die Pflege der Stieftochter einem der Dienstmädchen überlassen würde.

Gustav ärgerte sich darüber. Er hatte Malwine geheiratet, weil sie ihm als brav und fügsam geschildert worden war und er eine Mutter für seine Söhne und das verhasste Töchterchen gebraucht hatte. In den fast achtzehn Jahren ihrer Ehe hatte sie diesem Bild auch meist entsprochen. Seit Vicki von der Höhere-Töchter-Schule zurückgekehrt war, legte Malwine jedoch eine unerklärliche Eifersucht auf das Mädchen an den Tag. Er hätte sich gewünscht, dass die beiden zum Vorteil aller zusammenarbeiten würden. Doch dazu war Malwine noch weniger bereit als Vicki.

Gustav hatte mehrmals Streit zwischen den beiden miterlebt und dabei festgestellt, dass seine Tochter richtig und seine Frau falsch handelte. Doch anstatt sich Vickis Wissen zu eigen zu machen, tat seine Frau alles, um seine Tochter durch eine Heirat so rasch wie möglich aus dem Haus zu schaffen.

»Auf jeden Fall wird meine Schwiegermutter drei Monate an der Nordsee bleiben. Da Vicki keine Schule mehr besucht, wäre es grausam von mir, sie von ihrer Seite wegzuholen. Auguste wird kaum mehr als zwei Wochen bleiben können und dann in die Schweiz reisen«, begann er, wurde aber sofort von Malwine unterbrochen.

»Sie will dort studieren! Wenn ich das schon höre! Dieses Kind sollte sich mit der Stellung zufriedengeben, die Gott, unser Herr, uns Frauen zugedacht hat.«

Gustav ging nicht darauf ein, sondern erklärte, dass Liesellotte und Silvia vor Ablauf dieser drei Monate in ihr Internat zurückkehren mussten und daher nur Vicki bei ihrer Großmutter bleiben würde.

»Soviel ich hörte, soll Charlotte von Harlow mit ihren Kindern Frau von Hartung ebenfalls begleiten. Was für eine impertinente Person! Zieht allein durch die Weltgeschichte und gibt das Geld aus, das sie von ihrem verstorbenen Gatten geerbt hat. Dieser arme Mann wusste gewiss nicht, welche Schlange er an seinen Busen gelegt hat.« Malwine mochte Charlotte und deren freien Lebensstil ganz und gar nicht und giftete noch eine Weile gegen sie.

Zwar hatte Gustav Charlotte höchstens einmal im Jahr gesehen, hielt sie aber für eine kluge Frau, die das ererbte Vermögen während ihrer Witwenschaft noch vergrößert hatte. Die Tatsache, dass man ihr Liebschaften mit verschiedenen Männern nachsagte, passte ihm zwar nicht, dennoch stand es ihm nicht zu, sie deswegen zu verdammen. Immerhin war sie ihrem um so viel älteren Ehemann bis zu dessen Tod eine treusorgende Gattin gewesen und hatte ihm den erwünschten Erben geboren.

Gustav fragte sich, wie sein Leben verlaufen wäre, wenn er sich nach Gundas Tod um deren jüngere Schwester beworben hätte anstatt um Malwine. Er hatte es damals erwogen, doch war ihm das Mädchen zu jung erschienen, um die Verantwortung für eine Familie übernehmen zu können. Dies war ein Trugschluss gewesen, denn in ihrer kurz darauf geschlossenen Ehe hatte Charlotte bewiesen, dass sie dazu durchaus in der Lage gewesen wäre.

Es half nichts, verschütteter Milch nachzutrauern. Malwine war seine Frau, und er musste zusehen, wie er den Familienfrieden wiederherstellte. Am besten war es wohl, wenn er einen Mann für Victoria suchte, dem er sie mit gutem Gewissen überlassen konnte. Zu diesem Zweck würde er sich jedoch auf Theodor und Friederike von Hartungs Ratschläge verlassen und nicht auf die Ehefrau seines Vorgesetzten.

Malwine hingegen hoffte auf Cosima von Dravensteins Unterstützung. Zwar hatte ihr Mann ihr untersagt, diese zu besuchen, doch das galt ihrer Meinung nach nur bis zu Victorias Genesung. Sie wartete daher am nächsten Tag, bis Gustav das Haus verlassen hatte, und machte sich auf den Weg.

Da sie ihr Kommen nicht angekündigt hatte, ließ Cosima von Dravenstein sie lange warten.

Als sie endlich in deren Salon eintreten durfte, sah sie sich missbilligenden Blicken ausgesetzt. »Sie haben sich in letzter Zeit arg rar gemacht.«

Malwine schrumpfte ein wenig. »Aber ich habe Ihnen doch Nachricht geschickt, dass … meine Stieftochter krank war und ich sie pflegen musste.«

Eine andere Ausrede fiel ihr auf die Schnelle nicht ein.

»Das ist ein guter Grund«, antwortete Frau von Dravenstein halbwegs versöhnt. »Geht es dem Kind wieder besser?«

»Selbstverständlich, liebste Frau von Dravenstein, sonst wäre ich doch nicht gekommen.«

»Das freut mich!« Cosima von Dravenstein lächelte, doch jeden anderen als Malwine hätte sie dabei an eine Katze erinnert, die mit einer Maus spielt. Zwar war Frau von Dravenstein nicht in das ganze Ausmaß der Intrige eingeweiht, da ihr Ehemann ihr die pikanteren Details verschwiegen hatte. Der Gedanke, Malwine Tiederns Sohn Wolfgang als möglichen Schwiegersohn zu empfehlen, der das Mädchen daraufhin als unpassend ablehnen würde, machte ihr jedoch Spaß. Sie beugte sich vor und ergriff Malwine am Arm. »Ich weiß von einem jungen Herrn, der eine passende Ehefrau sucht. Bedauerlicherweise bin ich mit seiner Familie nicht so bekannt, um für Sie tätig sein zu können, doch ich weiß von einer Dame, die in deren Haus ein und aus geht. Vielleicht könnte ich diese als Vermittlerin für Sie gewinnen.«

Es war für sie amüsant zu sehen, wie Malwine nach diesem Köder schnappte. »Wirklich? Oh, wie schön! Wer ist es?«

»Den Namen darf ich Ihnen noch nicht verraten. Es handelt sich um den Sohn eines höchst angesehenen Mannes im Staat, der jederzeit Zutritt zu Seiner Majestät besitzt. Er könnte auch dafür sorgen, dass Ihr Ehemann die längst verdiente Beförderung erhält. Mein Mann gibt sich so viel Mühe, diese zu erreichen, doch ein paar übergeordnete Chargen sind dagegen. Wenn Ihre Stieftochter jedoch die Schwiegertochter des von mir genannten Herrn wird, müssen auch sie sich beugen.«

Es war der zweite Köder, den Cosima von Dravenstein auslegte, und Malwine schluckte ihn gierig. Sie fragte sich auch nicht, weshalb ihre Gastgeberin, die angeblich mit der Familie des jungen Mannes nur entfernt bekannt war, so vieles über diesen zu erzählen wusste, sondern klatschte begeistert in die Hände. »Das wäre herrlich! Wissen Sie, liebste Frau von Dravenstein. Wir hatten ein so schönes Leben auf dem Land, während wir hier in Berlin todunglücklich sind.«

Cosima von Dravenstein schauderte es bei dem Gedanken, auf dem Land leben zu müssen, und sagte sich, dass die

Dummheit, wenn sie einen zweiten Namen besaß, gewiss Malwine hieß. Sie beherrschte sich jedoch und stellte Wolfgang von Tiedern der Besucherin als eleganten und liebenswerten jungen Mann dar. Nach einer Weile hob sie leicht die Hand.

»Er ist natürlich wie andere Herren seines Alters unbeschwert und gönnt sich die eine oder andere Lebensfreude. Sein Vater ist sich jedoch absolut gewiss, dass sich dies nach seiner Heirat legen wird.«

Malwine schloss aus diesen Worten, dass sich der junge Mann die eine oder andere Liebschaft geleistet hatte und er gelegentlich jene unsäglichen Häuser aufsuchte, wie Männer es nun einmal taten. Dies war jedoch deren Recht, und so sah sie darin kein Hindernis, das gegen Vickis Ehe mit diesem jungen Mann sprach.

»Bei gewissen Dingen haben Damen ein Auge zuzudrücken und zu schweigen«, sagte sie und sah Cosima von Dravenstein nicken. Diese war froh, der ehelichen Pflichten mittlerweile ledig zu sein, und gönnte ihrem Mann die Entspannung, die er sich anderweitig holte.

»Wenn Sie damit einverstanden sind, werde ich Sie einer Dame empfehlen, die mit dem jungen Herrn und seinem Vater besser bekannt ist als ich«, bot Cosima von Dravenstein an.

»Das wäre mir eine Ehre!« Malwines Augen leuchteten auf. Wie Theodor von Hartung geschrieben hatte, würde ihre Stieftochter ein Vierteljahr mit der Großmutter an der See bleiben. In dieser Zeit konnte sie diese Ehe in die Wege leiten, so dass Victoria, wenn sie nach Berlin zurückkam, nur noch dem erwählten Bräutigam vorgestellt und der Termin der Hochzeit festgelegt werden musste.

10.

Vicki ahnte nichts von den Plänen ihrer Stiefmutter, sondern schlug sich mit ganz anderen Sorgen herum. Wenn sie Berlin ein volles Vierteljahr fernblieb, konnte sie nicht mehr zum Modejournal fahren, um ihre Zeichnungen abzuliefern. Es mochte sogar sein, dass man hinterher keine Bilder mehr von ihr nahm, weil man sie als unzuverlässig einstufte.

Während in der Villa alles für die Reise an die See vorbereitet wurde, überlegte Vicki fieberhaft, was sie tun sollte. Drei Tage vor dem Abreisetermin zog sie schließlich Auguste zur Seite.

»Ich muss dringend in die Redaktion, um dort mitzuteilen, dass ich in den nächsten Wochen fern von Berlin sein werde. Außerdem will ich ihnen einige der Zeichnungen anbieten, die ich während unserer Quarantäne angefertigt habe.«

»Gut, dass du daran gedacht hast! Ich habe es ganz vergessen, da ich ja nicht nur die Sachen mitnehmen muss, die ich an der See benötige, sondern auch mehrere große Koffer für die Übersiedlung in die Schweiz. Aus dem Grund würde ich das Haus ungern verlassen. Weißt du was? Nimm Lilo mit! Sie wird das Haus, in dem ihr Lieblingsjournal hergestellt wird, gewiss gerne sehen wollen.«

Vicki nickte, obwohl ihr Auguste als Begleiterin lieber gewesen wäre. Doch es war alles besser, als die Redaktion nur mit einem Brief von ihrer Reise zu informieren oder sie gar im Unklaren zu lassen. Daher suchte sie nach Lieselotte und fand diese dabei, wie sie vor einem großen Stapel von Kleidern stand und sich nicht entscheiden konnte, welche sie mitnehmen sollte.

»Das kannst du auch später tun. Mir wäre es lieb, wenn du mich begleiten könntest«, sagte Vicki.

»Ich habe noch so viel zu tun …«, jammerte ihre Cousine.

Vicki fasste sie bei den Schultern und zog sie näher zu sich heran. »Ich muss dringend zu dem Modejournal! Allein aber wird mich der Kutscher nicht fahren. Da Auguste ihre Reise in die Schweiz vorbereiten muss, bleibt mir sonst nur noch, Silvia um diesen Gefallen zu bitten.«

Das brachte die Entscheidung. Lieselotte hatte die Cousine und Auguste bereits glühend beneidet, weil diese die heiligen Hallen des Journals hatten betreten dürfen. Es jetzt ihrer jüngeren Schwester zu überlassen, war undenkbar. Sie warf dem Stapel Kleider noch einen kurzen Blick zu und drehte sich zu Vicki um.

»Du musst mir dann aber helfen, die richtigen Sachen herauszusuchen. Du hast hier ein besseres Gespür als zum Beispiel Auguste und Silvia. Da fällt mir ein, besitzt du überhaupt ein Badekostüm? Für mich hat Mama zwei anfertigen lassen. Sie sehen ulkig aus. Das eine ist gelb-grün gestreift und das zweite mittelblau mit weißen Säumen. Die Oberteile gehen gerade bis zu den Oberarmen hinab und die Hosen nur bis zu den Waden. Wenn ich mich so in Berlin zeigen müsste, würde ich vor Scham vergehen.«

»Ich habe ebenfalls zwei Badekleider erhalten«, antwortete Vicki und beschloss, während ihres Aufenthalts an der See Damen in Badeanzügen zu skizzieren. Vielleicht war die Redaktion bereit, auch diese zu drucken. Bisher war der Redakteur mit ihren Zeichnungen sehr zufrieden gewesen. Schon bald würde sie die ersten gedruckt sehen. Sosehr sie sich darüber auch freute, so blieb doch ein Stachel. Sie würde die Zeitschriften niemals zu Hause aufbewahren können, da es sofort Fragen und wohl auch Streit nach sich ziehen würde.

Nun galt es, von Friederike die Erlaubnis zu erhalten, in die Stadt fahren zu dürfen. Dies musste mit dem eigenen Wagen geschehen, denn weder Lieselottes Mutter noch die Großmutter erlaubten, dass die Mädchen ohne männliche Begleitung eine Droschke benutzten. Lieselotte erklärte, sich noch einen Sonnenhut kaufen zu wollen, und atmete auf, als die Mutter es ihr erlaubte. Weder sie noch Vicki ahnten, dass sowohl Friederike wie auch Theresa vom Kutscher in Erfahrung gebracht hatten, wohin dieser die Mädchen brachte. Die beiden hatten danach Auguste ins Gebet genommen. Diese hatte ihnen berichtet, dass Vicki Zeichnungen an die Zeitschrift verkaufte. Sie hatte aber auch händeringend gebeten, sie nicht an Malwine zu verraten. Nun blickte Friederike hinter den Mädchen her und fragte sich, ob es richtig war, zu schweigen. Da ihre Schwiegermutter jedoch auf Vickis Seite stand, wollte sie sich dem nicht entgegensetzen.

Vicki und Lieselotte bestiegen den Wagen in dem Glauben, dass ihr Geheimnis noch immer unentdeckt war, und befanden sich eine knappe Stunde später in der Redaktion des Journals, umringt von dem Herausgeber, seinem Chefredakteur und mehreren Mitarbeitern. Vicki schluckte, um sich die trocken gewordene Kehle zu befeuchten, und sagte sich dann, dass sie nicht zögern durfte.

»Ich werde in den nächsten Monaten bedauerlicherweise nicht in Berlin sein. Meine Großmutter reist an die See und wünscht meine Begleitung. Daher habe ich ein paar Zeichnungen auf Vorrat angefertigt. Wenn Sie sich diese bitte ansehen wollen.«

Hatte der Herausgeber sich zuerst einen Hauch Ärger anmerken lassen, so wandelte sich das angesichts der vielen Skizzen, die Vicki ihm vorlegte, um hundertachtzig Grad. Das Mädchen hatte die Zeit, in der die Großmutter krank gewesen war, genutzt und dabei Kleider entworfen, die ebenso elegant wie gut zu tragen waren.

»Erstaunlich!«, murmelte der Herausgeber und sah sich ein Blatt nach dem anderen an.

Vicki erinnerte sich an die Zeichnungen der Badekleidung, die sie an der See erstellen wollte, und nützte die Zeit, die die Herren brauchten, um ihre Bilder anzusehen, um eine junge Dame in einem hübschen Badekostüm zu skizzieren.

»Darf ich die Zeichnung sehen?«, rief der Herausgeber, als Vicki damit fertig war, und reichte es seinem Chefredakteur.

»Was sagen Sie dazu, Kopitzke?«

»Das ist einfach phänomenal!«, rief dieser. »In dieser Kategorie war uns die Konkurrenz bisher immer voraus. Doch mit dieser jungen Dame werden wir sie auch hier übertreffen.«

»Ich nehme alle Ihre Zeichnungen«, sagte der Herausgeber zu Vicki, zählte sie durch und reichte ihr schließlich zweihundert Mark in Scheinen.

Es war eine Summe, wie sie die meisten Arbeiter nicht im Jahr verdienten, und diese mussten von ihrem Lohn auch noch ihre Familien ernähren. Reiche Leute hätten über die Summe vielleicht die Nase gerümpft, doch Vicki war von dieser Masse an Geld wie erschlagen. Selbst der Gedanke, dass Auguste vielleicht zehn oder zwanzig Mark mehr hätte herausschlagen können, tat ihrer Freude keinen Abbruch.

Sie bedankte sich, steckte das Geld ein und sah dann auf die Standuhr an der Wand. »Es wird Zeit, zurückzufahren«, sagte sie zu Lieselotte.

Diese nickte beeindruckt. Während Vicki mit dem Herausgeber sprach, hatte sie in mehreren ausliegenden Modejournalen geblättert und dabei Kreationen entdeckt, die sie wünschen ließen, ein Jahr älter zu sein, um nicht mehr als Schulmädchen zu gelten.

»Komm jetzt!« Vicki klang schärfer.

Lieselotte zuckte zusammen und folgte ihr nach draußen. Der Kutscher hatte gewartet und sich währenddessen von einem Straßenjungen einen Krug Bier aus der nahe gelegenen Gastwirtschaft holen lassen. Nachdem die beiden Mädchen eingestiegen waren, wollte er den Weg nach Hause einschlagen.

Da rief Vicki: »Halt! Wir müssen noch den Strohhut für dich besorgen!«

Der Kutscher nahm nur das erste Wort für sich, da der Rest für Lieselotte gedacht war, und bog in die Straße ab, in der das junge Fräulein öfter einzukaufen pflegte. Zwar wurden die größeren Anschaffungen wie Kleider und dergleichen unter Aufsicht der Mutter getätigt, doch sowohl Friederike wie auch Theodor wollten, dass ihre Töchter den Umgang mit Geld erlernten, und überließen ihnen eine kleine Summe als Taschengeld, welches die Mädchen nach ihrem Willen verwenden konnten.

Vor dem Hutladen hielt der Kutscher an, sagte sich, dass die beiden gewiss länger brauchen würden, und winkte einen Jungen zu sich.

»Kannste mir 'n Bier holen? Kriegst auch 'n paar Pfennige für.«

»Mach icke.« Der Junge nahm die Münze entgegen und lief los.

Unterdessen betraten Vicki und Lieselotte den Laden und sahen sich um.

»Wie findest du diesen Hut?«, fragte Lieselotte und wies auf eine Kreation, die von den daran befestigten Kunstblumen fast erdrückt wurde.

»Ich würde ihn nicht nehmen. Du weißt, was deine Mutter von solch überladenen Dingen hält«, mahnte Vicki sie.

Lieselotte nahm seufzend Abstand davon und entschied sich auf Vickis Rat hin für einen hübschen Strohhut mit blauem Hutband, das wunderbar zu ihren blonden Locken passte.

»So ist es richtig«, erklärte Vicki ihr. »Nichts an einem Kleid sollte von dir selbst ablenken. Du wärst sonst nur noch eine wandelnde Kleiderpuppe und nicht mehr du selbst.«

»Das Fräulein hat einen guten Geschmack. Ein junges Gesicht darf nicht durch übertriebene Posamentiererei verdeckt werden«, erklärte die Verkäuferin, die oft genug erlebte, dass ihre Kundinnen unbedingt jene Hüte kauften, die ihnen zwar gefielen, aber nicht im Geringsten standen.

Als Lieselotte bezahlen wollte, zog Vicki einen der vorhin erhaltenen Geldscheine heraus. »Lass es!«, sagte sie dabei. »Es ist die Belohnung dafür, dass du mir so lieb geholfen hast.«

SECHSTER TEIL

Des Meeres sanftes Rauschen

1.

Die Reisegruppe bestand insgesamt aus zwölf Personen: Theresa und Friederike, den vier Cousinen Vicki, Auguste, Lieselotte und Silvia, Theresas Tochter Charlotte mit ihren Zwillingen Eicke und Dagmar und den Dienstmädchen Hilde und Jule. Dazu kam Theo, der zum Reisemarschall bestimmt worden war und zwei Wochen später Auguste und Hilde in die Schweiz bringen sollte.

Theodor hätte die Gruppe gerne begleitet, doch in Berlin standen wichtige Kundengespräche an, die über das Wohl und Wehe der Hartung'schen Tuchfabrik entscheiden konnten. Es war ihm noch immer nicht gelungen, herauszufinden, wer diese Intrigen gegen ihn spann. Friederike mutmaßte, es könnte Heinrich von Dobritz oder dessen Schwester Bettina Baruschke dahinterstecken. Beweise hatten sie jedoch keine. Wenigstens war es ihnen gelungen, die Firma zu stabilisieren. Wenn die Gespräche, die ihm bevorstanden, erfolgreich verliefen, konnte es wieder aufwärts gehen.

Nun verabschiedete er die kleine Reisegesellschaft am Bahnhof. Seine Schwester Charlotte hatte das Ziel ausgewählt, nämlich das Seebad Büsum im Landstrich Dithmarschen, das einen ausgezeichneten Ruf genoss. Auf eine der Inseln wie Nordstrand, Pellworm, Föhr oder Sylt wollte man nicht übersetzen, um Theresa nicht zu sehr anzustrengen. Die alte Dame war immer noch sehr erschöpft, und so legte man in Hamburg einen Rasttag ein, damit sie sich erholen konnte.

Zwar hatten die Hartungs und auch die Gentzschs bereits früher Reisen unternommen, dennoch war es für die Mädchen etwas ganz Besonderes, gemeinsam unterwegs zu sein. Da Dagmar nur ein Jahr jünger war als Silvia, schloss sie sich den vieren an. Lange würde sie jedoch nicht bei der Gruppe bleiben, denn sie würde mit der Mutter und ihrem Bruder denselben Zug in die Schweiz nehmen, mit dem auch Auguste, Hilde und Theo reisten. Dort würde ihre Mutter sie zu dem Internat bringen, in dem sie unterrichtet wurde.

Da Lieselotte und Silvia wenige Tage später wieder in Frau Berends' Institut erwartet wurden, würde nur noch Vicki bei der Großmutter bleiben. Noch aber überwog der Reiz des Neuen das Gefühl, sich bald trennen zu müssen, und die Mädchen freuten sich an der Fahrt durch das weite, flache Land.

»Wie wird es in Hamburg sein?«, fragte Lieselotte, als sie sich der Freien und Hansestadt näherten.

»Wohl nicht viel anders als in Berlin«, mutmaßte Silvia.

Da hob Auguste belehrend den Finger. »Berlin ist eine Stadt im Binnenland und nur durch die Havel und die Kanäle mit den großen Strömen verbunden. Hamburg hingegen liegt an der Elbe und zählt zu den größten Hafenstädten im Deutschen Reich. Du wirst dort Menschen aller Völker versammelt finden und Sprachen hören, von denen du nicht einmal wusstest, dass sie existieren.«

»Gibt es dort auch Menschen aus unseren Kolonien?«, fragte Silvia weiter.

»Selbstverständlich«, erklärte Auguste und sah ihre jüngste Schwester fragend an. »Weißt du überhaupt, welche Kolonien zum Reich gehören?«

»Ich glaube Togo, Kamerun, Deutsch-Südwestafrika …« Silvia stockte.

»Deutsch-Ostafrika gehört auch dazu«, rief Dagmar.

»Dort befindet sich auch der höchste Berg des Deutschen Reiches, nämlich der Kilimandscharo. Er soll fast doppelt so hoch sein wie die Zugspitze im Königreich Bayern«, mischte sich Dagmars Bruder Eicke ein. Die sechs Jahre, die ihn von Theo trennten, wogen für ihn mehr als der Unterschied der Geschlechter zu seinen vier Cousinen, und so hielt er sich an diese.

Auguste sah die anderen mit einer gewissen Überheblichkeit an. »Das sind aber noch nicht alle Kolonien! Wer kennt die anderen?«

»Deutsch-Neuguinea und Samoa!«, rief Eicke, in dessen Schule mehr über das Reich und seine Kolonien gelehrt wurde als in denen der Mädchen.

»Sehr gut«, lobte Auguste ihn ganz im Stil einer erfahrenen Lehrerin.

Theresa, Friederike und Charlotte sahen den Kindern zu, wie sie sich die Zeit vertrieben, und hatten selbst ihren Spaß daran. Schon bald aber forderte Hamburg ihre Aufmerksamkeit. Der Zug fuhr langsam in die Stadt ein und erreichte kurz darauf die prächtige Bahnhofshalle, die demonstrierte, dass sich die Hafenstadt ihres Rangs als bedeutendste Metropole des Reiches nach Berlin bewusst war.

Auf dem Bahnsteig herrschte ein Chaos, dem sich Theresa und die Ihren zunächst hilflos ausgeliefert sahen. Da gelang es Theo, einen Dienstmann zu holen, der mit einem blauen Kittel und einer gleichfarbigen Schürze bekleidet war und einen Handwagen hinter sich herzog.

»Unsere Koffer müssen zu diesem Hotel«, erklärte Theo und reichte dem Mann den Gepäckschein.

»Machen wir«, brummte der und rief zwei weitere Dienstmänner zu sich. Was er zu ihnen sagte, verstand keiner der Reisegruppe, denn sein Dialekt hörte sich für sie wie eine fremde Sprache an.

»War das nicht ein wenig leichtsinnig, den Mann ohne Aufsicht loszuschicken?«, fragte Friederike ihren Sohn.

»Was ist, wenn er und seine Kumpane mit unseren ganzen Habseligkeiten verschwinden?« Lieselotte wurde bleich, denn sie hatte einige ihrer schönsten Kleider eingepackt. Auch ihr neuer Strohhut steckte in einer der Hutschachteln, die sie mitgenommen hatten.

Theo schwankte, ob er den Dienstmännern sicherheitshalber folgen sollte. Andererseits durfte er seine Großmutter und die anderen nicht allein auf dem Bahnsteig zurücklassen.

Da ergriff Charlotte die Initiative und trat auf einen Mann zu, dessen Mützenschild ihn als Bediensteten des Hotels auswies, in dem sie telegrafisch mehrere Zimmer bestellt hatte.

»Guten Tag, ich bin Charlotte von Harlow. Besorgen Sie für mich und meine Begleitung mehrere Droschken, die uns zum Hotel bringen, und kümmern sich dann um unser Gepäck. Diese Dienstmänner«, sie wies auf die drei, die eben vor dem Gepäckwagen ankamen, »haben den Gepäckschein bereits erhalten.«

Der Hotelbedienstete verbeugte sich. »Sehr wohl, gnädige Frau! Wenn Sie mir bitte folgen wollen. Die Droschken warten dort an der Ecke.«

Auf Charlottes Wink setzte sich die Gruppe in Bewegung. Vicki und ihre Cousinen kamen aus dem Schauen nicht heraus. Berlin war eine große, prächtige Stadt, doch Hamburg wirkte aufregender und bunter. Menschen in unterschiedlichsten Trachten waren zu sehen, dazu Matrosen in Ringelhemden oder weißen und blauen Uniformen. Dienstmänner schoben ihre Sackkarren durch das Gewimmel, und wer nicht auswich, wurde unweigerlich gerammt. Selbst Herren von Stand waren davor nicht gefeit und erhielten, wenn sie sich beschwerten, unflätige Beschimpfungen an den Kopf geworfen.

»Wir sollten dieses Gewimmel meiden«, erklärte Friederike und half ihrer Schwiegermutter, die Droschke zu besteigen. Sie und Charlotte folgten, während die Mädchen und Eicke vor einer zweiten Droschke standen.

»Nun entert mal den Wagen, min Deerns«, rief ihnen der Kutscher lachend zu.

»Ich bin ja bei euch«, sagte Eicke, als die Mädchen noch immer zögerten.

Unterdessen stieg Theo in den Wagen seiner Mutter und forderte den Rest der Reisegesellschaft auf, sich zu beeilen.

Es war für Vicki und die anderen sehr unbequem, sich zu sechst in die Droschke zu quetschen, doch den dritten Wagen benötigten sie für Hilde, Jule und das Gepäck, das nicht mehr in den Wagen des Hotels gepasst hatte.

2.

Das Hotel war recht modern und bot einen idyllischen Ausblick auf die Binnenalster mit ihren kleinen Segel- und Ruderbooten und auf die Grünanlagen am Ufer, in denen gut gekleidete Damen und Herren flanierten. Sie wunderten sich, wie wenige Uniformen zu sehen waren. Auch wichen die in Zivil gekleideten Herren nicht zur Seite, wenn doch einmal ein Major oder Oberst des Weges kam.

»Wir sollten uns frisch machen, umziehen und uns dann auf die Terrasse setzen«, schlug Charlotte vor.

Theresa und Friederike waren einverstanden, während Eicke und die Mädchen ein wenig das Gesicht verzogen.

»Ich bin nicht nach Hamburg gekommen, um nur auf der Hotelterrasse herumzuhocken. Ich will den Hafen sehen«, murmelte der Junge.

»Ich auch«, stimmte Vicki ihm zu.

Auguste schüttelte den Kopf. »Wir können in einer fremden Stadt nicht einfach losziehen und Mama und die anderen zurücklassen! Wir kennen uns hier gar nicht aus.«

»Ich kann einen Hotelpagen fragen, wie wir zum Hafen kommen«, schlug Eike vor.

»Das halte ich für eine gute Idee.« Auch Silvia war von dem Gedanken begeistert, Hamburg zu erkunden. Lieselotte hingegen entschied sich, dem Beispiel ihrer älteren Schwester zu folgen und bei der Mutter zu bleiben. Verraten wollten beide das Vorhaben ihrer Cousins und Cousinen aber nicht.

Unterdessen hatte Theo die Gruppe im Hotel angemeldet und kam mit zwei Hotelpagen zurück. »Das Gepäck wird eben auf die Zimmer gebracht. Wir können hochgehen.«

Theresa sah die prachtvolle Treppe, die zweifach geschwungen nach oben führte, und seufzte. Nach ihrer Krankheit fiel ihr das Treppensteigen schwer. Doch da hob einer der Hotelpagen die Hand.

»Verzeihen Sie, unser Hotel verfügt über einen Aufzug, so dass Sie sich nicht die Treppe hochmühen müssen.«

»Ein Aufzug? Was ist denn das?«, fragte Lieselotte.

»Man nennt es auch Elevator oder Lift. Es ist gelungen, die Kraft der Elektrizität in eine Auf- und Abwärtsbewegung umzusetzen und damit das Ersteigen von Treppen unnötig zu machen«, dozierte Eicke aus einer Beschreibung, die er einmal gelesen hatte.

»Da bin ich ja gespannt«, meinte Theresa und betrat etwas zögerlich die seltsame Kabine, die mit einem eisernen Gitter verschlossen werden konnte.

»Da passen wir nicht alle hinein«, erklärte Vicki mit einem schiefen Blick hinein.

»Deshalb sind auch zwei Hotelpagen bei uns. Einer bringt die erste Gruppe nach oben, der andere die zweite.« Theo hatte seinen Fehler am Bahnhof, den Dienstleuten ohne Aufsicht den Gepäckschein zu überlassen, längst vergessen und spielte den erfahrenen Reisemarschall.

»Wie teilen wir uns auf?«, fragte Auguste.

»Du, du und du, ihr kommt mit Großmama und mir!« Theos Finger deutete auf Auguste, Lieselotte und Dagmar. »Der Rest folgt uns.«

»Das machen wir.« Eicke grinste.

Auch wenn er jünger war als Silvia und Vicki ihm noch mehr Jahre vorausthatte, so fühlte er sich als Angehöriger des männlichen Geschlechts doch wie ein Anführer. Während der erste Hotelpage die Gittertür der Kabine verschloss und diese nach oben entschwand, wandte er sich an ihren Pagen und fragte ihn nach dem Hafen.

»Der ist gleich auf der anderen Seite. Es ist nicht weit zu gehen«, antwortete dieser und beschrieb ihm den Weg genau.

Vicki spitzte ebenfalls die Ohren, denn sie dachte das Gleiche wie ihr junger Cousin. Wenn sie schon einmal hier in Hamburg war, wollte sie Schiffe sehen.

3.

Es war wie eine stille Verabredung. Kaum hatten Vicki, Silvia und Dagmar sich ein wenig erfrischt und umgezogen, fanden sie sich in der Hotelhalle ein und sahen dort Eicke eifrig mit einem Angestellten reden.

»Ich habe eine Droschke bestellt, die uns zum Hafen bringt. Der Page hat mir dazu geraten, weil wir, wenn wir zu Fuß unterwegs sind, auf allerlei übles Volk treffen könnten, sogar auf Kannibalen.«

»Da übertreibst du aber«, sagte Vicki kopfschüttelnd.

»Na ja, sie können es ja früher einmal gewesen sein. Jetzt sind sie wie viele andere Matrosen, und die sollen an Land nicht sehr nüchtern sein und könnten euch belästigen.« Eicke fühlte sich als Beschützer der drei Mädchen und sah das Ganze als großes Abenteuer an.

Vicki hingegen waren längst Zweifel gekommen, ob sie das Hotel wirklich verlassen sollte. Allerdings konnte sie die drei jüngsten Mitglieder der Reisegruppe kaum auf eigene Faust losziehen lassen und gab ihrem Herzen einen Ruck.

Die vier traten vor das Hotel und saßen kurz darauf in einer Droschke, die sie die wenigen Hundert Meter zum Hafengelände brachte. Ihr Kutscher dachte jedoch nicht daran, sich mit den paar Groschen für diese kurze Fahrt zufriedenzugeben, sondern überredete Eicke mit ein paar geschickten Worten dazu, die Gruppe noch eine Zeit lang durch das Hafengelände zu kutschieren, um ihnen einige Sehenswürdigkeiten und die Schiffe zu beschreiben, die an den Kais festgemacht hatten.

Nach Vickis Meinung hätten sie es dabei belassen können, denn von der Droschke aus konnten sie große Teile des Hafens überblicken. Schlanke Segelschiffe mit hohen Masten wechselten sich mit großen Dampfern ab, dazwischen fuhren Dampfbarkassen und Schlepper hin und her, und weiter die Elbe hinauf lagen plumpe Flussprähme vertäut, von denen etliche nur Segel aufwiesen, manche aber auch einen Kamin für ihre Dampfmaschine. Nahe der Speicherstadt legte gerade ein wuchtiges Frachtschiff an. Mehrere Minuten später sahen sie einen Dampfer mit rauchendem Kamin Kurs Elbe abwärts nehmen.

»Das ist die *Pennsylvania!*«, erklärte der Kutscher stolz. »Die ist jetzt auf dem Weg nach Amerika und wird nicht viel länger als eine gute Woche bis nach New York brauchen.«

»Mit so einem Schiff würde ich gerne einmal fahren!«, rief Silvia sehnsüchtig.

Vicki sah dem Hochseedampfer sinnend nach. Ein seltsames Gefühl überkam sie, und sie schüttelte sich. »Wir sollten zum Hotel zurückkehren«, forderte sie Eicke, Silvia und Dagmar auf.

»Ich will mich erst einmal umsehen«, widersprach Eicke und fragte den Kutscher, ob es nicht eine Möglichkeit gäbe, mit einem Schiff mitzufahren.

Der Mann lachte auf. »Mit einem Schiff wie der *Pennsylvania* geht das nicht. Die legt frühestens in Southampton oder Amsterdam wieder an. Das wäre ein weiter Heimweg. Aber es gibt Barkassen, die nur von einer Anlegestelle zur anderen fahren.«

»Wo ist so eine Anlegestelle?«, fragte Eicke elektrisiert.

»Dort!« Der Kutscher wies auf eine kleine, an der Uferpromenade vertäute Plattform.

Nun war Eicke nicht mehr zu bremsen. Er bezahlte den Kutscher und wies die Mädchen an, ihm zu folgen.

»Ich weiß nicht, ob wir das tun sollen«, wandte Vicki ein. »Gewiss werden wir bereits vermisst.«

»Es dauert doch nur ein paar Minuten«, antwortete Eicke, und seine Schwester und Silvia stimmten ihm zu.

Gegen ihren Willen gab Vicki nach und folgte den dreien zur Anlegestelle. Eicke erstand vier Billetts und stieg auf die erste Barkasse, die anlegte. Die drei anderen folgten ihm und fanden Platz auf einer der Bänke, die an Deck des Schiffchens angebracht waren.

»Bei der nächsten Anlegestelle sollten wir aussteigen und uns von einer Droschke zum Hotel fahren lassen«, erklärte Vicki.

»Jetzt sei doch keine Spielverderberin!«, beschwerte sich Eicke. »Ich habe den Preis für die gesamte Hin- und Rückfahrt bezahlt. Da können wir das Schiff nicht gleich am nächsten Anleger wieder verlassen.«

Da Silvia und Dagmar bettelten, länger mitfahren zu dürfen, wollte Vicki die drei nicht enttäuschen. Es wurde eine schöne Fahrt die Elbe entlang bis nach Ovelgönne und Altona. Wäre nicht die unterschwellige Sorge gewesen, was die Großmutter, Silvias Mutter und die Mutter der Zwillinge sagen würden, wenn sie erfuhren, dass sie sich einfach aus dem Staub gemacht hatten, hätte auch Vicki die Fahrt genossen. So aber war sie froh, als das Schiff seinen Endpunkt erreichte und sich nach einer kurzen Pause wieder auf den Rückweg machte.

Bisher hatte Silvia und Dagmar die Fahrt gefallen, doch nun bekamen sie es doch mit der Angst zu tun. Die Minuten reihten sich aneinander, eine Stunde verging, dann eine zweite, und noch immer hatten sie ihre Ausgangsstelle nicht erreicht.

»Ich glaube, wir werden etwas zu hören bekommen, wenn wir ins Hotel zurückkommen«, sagte Silvia ängstlich. Ihre Mutter war im Allgemeinen nicht streng. Eine so lange Abwesenheit, ohne sich abgemeldet zu haben, würde jedoch Ärger nach sich ziehen.

Selbst Eicke wurde es langsam mulmig zumute.

»Ich will vom Schiff herunter«, quengelte seine Schwester.

»Wir sind gleich an der Anlagestelle«, versuchte Eicke sie zu beruhigen. »Dort ist es schon!« Er wartete gerade noch ab, bis die Barkasse angelegt hatte, dann eilte er mit Silvia und Dagmar im Schlepptau von Bord.

»He, halt, das ist die falsche Anlegestelle!«, rief Vicki ihnen nach, doch die drei liefen einfach weiter.

Da die Schiffer Anstalten machten, wieder abzulegen, hastete sie zu dem Steg, der eben wieder eingezogen wurde, und sprang mit einem Satz an Land. Kurz darauf hatte sie die drei eingeholt und hielt sie zurück. »Ihr seid zu früh ausgestiegen! Seht ihr den Kirchturm dort? Der war, als wir losgefahren sind, weitaus näher.«

Nun bemerkte auch Eicke, dass er sich geirrt hatte, und ließ den Kopf hängen. »Das wollte ich nicht.«

Vicki kehrte zur Anlegestelle zurück und fragte, wann das nächste Boot käme.

»Wird schon 'ne Stunde dauern, min Deern«, meinte der Mann, der die Fahrkarten verkaufte.

»Eine ganze Stunde?« Vicki erschrak. So würden sie nicht einmal rechtzeitig zum Abendessen zurück im Hotel sein.

Unterdessen straffte Eicke die Schultern. »Es hat keinen Sinn, hier auf die nächste Barkasse zu warten. Wir sollten Vickis Vorschlag folgen und uns eine Droschke suchen, die uns zum Hotel bringt.«

»Und wenn wir uns verirren?«, jammerte seine Schwester.

»Der Droschkenkutscher weiß gewiss, wo das Hotel liegt«, antwortete Eicke und stiefelte los.

Den Mädchen blieb nichts anderes übrig, als ihm zu folgen. Zwar gehörte die Anlegestelle, an der sie die Barkasse verlassen hatten, bereits zum Hafengelände, aber die vier begriffen rasch, dass diese Gegend nicht mit der zu vergleichen war, in der sie eingestiegen waren. Dort hatte es einen Promenadenweg gegeben, stattliche Häuser und gut gekleidete Leute, die den schönen Nachmittag an der Elbe genießen wollten. Die Häuser hier wirkten klein und schmuddelig, und das galt auch für die Passanten, die ihnen begegneten.

Als Eicke einen Mann nach einer Droschke fragte, schüttelte dieser verständnislos den Kopf und ging weiter.

»Er hätte wenigstens sagen können, in welche Richtung wir uns wenden müssen, um einen Wagen zu bekommen«, schimpfte der Junge.

Seine Schwester brach in Tränen aus. »Wir hätten uns niemals von dir überreden lassen sollen, zum Hafen zu fahren. Jetzt siehst du, was daraus geworden ist!«

»Seid doch ruhig!«, ermahnte Vicki sie. »Mit Jammern und Schelten kommen wir nicht weiter. Meiner Meinung nach müssen wir in diese Richtung.«

Eicke nickte und ging voraus. Mehrere Hundert Schritte ging es gut, da kamen ihnen drei Matrosen mit schief sitzenden Mützen entgegen. Einer deutete auf die Gruppe und sagte etwas in einer fremden Sprache, die Vickis Meinung nach Anklänge ans Englische hatte.

»Kümmert euch nicht um die Kerle«, sagte sie und wollte an den Matrosen vorbeigehen.

Da packte sie einer von ihnen, zog sie an die Brust und drückte seine Lippen auf ihren Mund. Wütend stieß sie nach ihm, brachte ihn aber damit nur zum Lachen.

»Very good girl!«, verstand sie, während die Kameraden des Kerls auf Dagmar und Silvia zugingen und sie mit den Armen umfingen.

»He! Lass meine Schwester los!«, schrie Eicke den Mann an, der Dagmar gepackt hatte, und versuchte, ihn von ihr wegzudrücken. Ehe er sichs versah, sauste dessen Faust heran, und er saß auf dem Hosenboden.

Vicki sah sich um, ob ihnen jemand zu Hilfe eilen würde, doch da war niemand. Ihre Gedanken überschlugen sich, während der Kerl sie auf ein Haus zuzog, das aussah, als würde es bereits im nächsten Augenblick zusammenbrechen. Der Lärm, der herausdrang, verriet ihr, dass es sich um eine Kaschemme handelte.

Die drei Matrosen unterhielten sich in einem Englisch, dem Vicki kaum folgen konnte. Soviel sie verstand, wollten die Kerle mit ihnen ins Hinterzimmer, dort weitertrinken und üble Dinge mit ihnen anstellen. Während Silvia und Dagmar vor Verzweiflung weinten und Eicke noch immer halb betäubt und mit aufgeplatzter Augenbraue auf der Straße saß, packte Vicki die Wut. Während der Matrose sie eng an sich gedrückt weiterschleifte, spürte sie einen harten Gegenstand an seiner Seite und tastete mit der linken Hand nach dem Ding. Sie hoffte auf ein Messer, hielt aber plötzlich einen Revolvergriff zwischen den Fingern und zog ihm ohne nachzudenken die Waffe aus dem Gürtel. Da der Mann betrunken war, bemerkte er es erst, als sie ihm den Lauf der Waffe gegen den Leib presste.

»Lass mich sofort los, du Pavian, sonst schieße ich!«, schrie sie ihn auf Englisch an und hoffte, dass die Drohung ausreichen würde, um ihn und seine Kumpane zur Räson zu bringen.

Er lachte jedoch nur und rief seinen Freunden etwas zu. Gleichzeitig griff er nach ihrem Arm, um ihr die Waffe zu entwinden. Vicki hielt die Pistole verzweifelt fest und spürte dann, wie der Stecher unter ihrem Finger nachgab.

Ein Schuss hallte misstönend durch die Straße. Der Kerl ließ sie los und taumelte zurück. In seiner Hose klaffte in Höhe des Oberschenkels ein Loch, dessen Umgebung sich rasch rot färbte. Es war nur ein Streifschuss, doch er reichte aus, den Mann zu zähmen.

Seine Begleiter starrten Vicki verdattert an, gaben aber Dagmar und Silvia frei, als sie mit dem Revolver auf sie zielte.

»He, Miss! Das war jetzt wirklich nicht nett, auf den armen Donald zu schießen, nur weil er ein wenig Spaß haben wollte«, rief einer von ihnen mit schwerer Stimme.

Der andere war nicht weniger betrunken als sein Kamerad, brachte aber nun ein halbwegs sauberes Taschentuch zum Vorschein und band es um das Bein des Verletzten. Einen Augenblick lang schien er zu überlegen, Vicki den Schuss heimzuzahlen. Diese hielt jedoch noch immer die Waffe in der Hand, und in deren Trommel steckten fünf Patronen.

»Komm, Steve! Stütz Donald! Wir gehen zurück zum Schiff! Dort können wir ihn verbinden.«

»So ein Mist!«, fluchte Donald, stützte sich auf seinen Kumpel und humpelte davon. Der dritte Matrose folgte ihnen nach einem letzten Blick auf den Revolver, den das Mädchen noch immer in seine Richtung hielt.

Vicki konnte kaum glauben, dass es ihr gelungen war, drei große, kräftige Männer zu vertreiben. Ihre beiden Cousinen und Eicke standen da wie vom Donner gerührt.

»Du hättest ihn umbringen können!«, rief Silvia erschrocken.

»Wenn, hätte er sich selbst umgebracht. Ich wollte doch gar nicht schießen«, antwortete Vicki und dankte Gott, dass es dazu nicht gekommen war.

Der Schuss war nicht unbeachtet geblieben, doch kaum jemand schien dies zu kümmern. Eine Frau, die nicht mehr jung und auffällig geschminkt war, kam jedoch näher.

»Habt euch wohl verlaufen, was? Ist keine gute Gegend für euresgleichen. Hier treiben sich nur Matrosen herum, die saufen und huren wollen. Gerauft wird hier mindestens zehnmal am Tag. Selbst die Schutzmänner trauen sich nur im Rudel hierher.«

»Wir sind an der falschen Anlegestelle ausgestiegen und suchen eine Droschke«, antwortete Vicki.

»Eine Droschke sucht ihr hier vergebens. Da müsst ihr diese Straße ein ganzes Stück entlanggehen. Dort warten meistens welche, weil auch bessere Herren hier ihr Abenteuer suchen.« Die Frau bewegte dabei das Becken leicht hin und her.

Vicki begriff, was sie meinte, und auch, wie viel Glück sie und ihre Cousinen gehabt hatten, den Matrosen entkommen zu sein. Angetrunken, wie diese waren, hätten die Kerle sich auch durch Gegenwehr kaum abhalten lassen, zum Ziel zu gelangen.

»Ich danke Ihnen«, sagte sie und steckte der Fremden ein paar Groschen zu.

Die Frau starrte verwirrt auf die Münzen und dann auf Vicki. »Ich sage auch Danke schön und gebe euch den Rat, solche Straßen in Zukunft zu meiden.«

»Das werden wir! Auf Wiedersehen.« Vicki steckte die Pistole, die sie noch immer in der Hand hielt, in den bestickten Beutel, den sie anstelle einer Handtasche trug, und wandte sich dann Eicke zu.

»Wie geht es dir?«, fragte sie besorgt.

»Ich habe Kopfschmerzen«, stöhnte der Junge und kämpfte sich wieder auf die Beine.

»Komm, Silvia, wir beide stützen ihn.« Vicki trat auf Eicke zu und forderte ihn auf, ihr einen Arm um die Schulter zu legen.

»Es geht auch so«, maulte er, doch als er ein paar Schritte zu gehen versuchte, schwankte er wie ein Betrunkener.

»Los jetzt!«, fuhr Vicki ihn ärgerlich an.

Da ließ der Junge es endlich zu, dass sie ihm halfen.

Dagmar sah ihn kopfschüttelnd an. »Du kannst froh sein, dass der Kerl dir nur eine Platzwunde an der Augenbraue beigebracht hat. Hätte er dich am Mund getroffen, hättest du jetzt einige Zähne weniger.«

»Scheusal!«, murmelte Eicke in Richtung seiner Schwester und bemühte sich dann, den Takt einzuhalten, den Vicki und Silvia mit ihren Schritten vorgaben.

4.

Die Frau hatte ihnen gut geraten, tatsächlich wurden nach einigen Hundert Metern die Häuser wieder ansehnlicher, und kurz darauf erreichten sie einen Platz, auf dem mehrere Droschken standen. Vicki ging auf eine zu und nannte ihr Ziel.

»Wart wohl auf Abenteuer aus, was?«, fragte der Kutscher grinsend, als er die blaue Blume entdeckte, die um Eickes linkes Auge zu erblühen begann. Die vier antworteten nicht darauf, sondern setzten sich in den Wagen und waren froh, als dieser losfuhr und sie einige Zeit später das Hotel erreichten.

Da die Mädchen mit ihren derangierten Kleidern und Eicke mit seinem blauen Auge und der blutverkrusteten Augenbraue nicht auffallen wollten, suchten sie den Hintereingang und wollten sich in ihre Zimmer schleichen. Doch schon im Flur liefen sie Auguste in die Hände. Diese blickte Eicke entsetzt an und stieß einen Schrei aus. »Bei Gott, was ist passiert?« Sie machte auf dem Absatz kehrt, stürmte zu dem Zimmer, das sie mit ihrer Mutter teilte, riss die Tür auf und rief: »Sie sind wieder da!«

Es war laut genug, um noch drei Zimmer weiter gehört zu werden. Friederike, Charlotte, aber auch Theresa und Lieselotte verließen ihre Zimmer und starrten die vier erleichtert, wenn auch mit kaum verborgenem Zorn an.

»Wo seid ihr gewesen?«, fragte Charlotte streng.

Eicke musterte Vicki und die beiden Mädchen, die schuldbewusst dastanden, und straffte dann die Schultern. »Daran bin ich schuld, Mama! Ich wollte unbedingt den Hafen sehen und habe Daggi, Silvi und Vicki überredet mitzukommen.«

»Von dir hätte ich etwas mehr Verstand erwartet«, fuhr Friederike Vicki an.

Diese senkte betroffen den Kopf. »Ich wollte die drei nicht alleine losziehen lassen«, antwortete sie stockend.

»Das stimmt!«, rief Silvia. »Vicki wollte es uns ausreden und hat mehrfach darauf gedrängt, dass wir zurückkehren sollen.«

»Ich wollte unbedingt mit einer der Dampfbarkassen auf der Elbe mitfahren und bin dann an der falschen Anlegestelle ausgestiegen. Unterwegs kam es zu einer Auseinandersetzung mit ein paar ausländischen Matrosen, und ich bekam einen heftigen Schlag. Vicki hat aber einem der Kerle den Revolver abgenommen und sie damit verjagt.«

Es fiel Eicke schwer, dies zuzugeben, denn er hätte sich liebend gerne selbst als Held gesehen.

Aller Augen richteten sich auf Vicki. »Wie hast du das gemacht?«, fragte Theresa mit hörbarer Anerkennung.

»Der Griff ragte aus seinem Gürtel, und er dachte wohl nicht, dass ich als Mädchen die Waffe auch nur anfassen würde«, antwortete Vicki.

»Auf jeden Fall sind wir jetzt wieder hier«, erklärte Dagmar burschikos.

»Das seid ihr! Aber glaubt ja nicht, dass ihr ohne Strafe davonkommt«, erklärte Charlotte mit zornigem Blick. »Du und Eicke habt für morgen Zimmerarrest – und wehe, ihr wagt es, dagegen zu verstoßen. Dann würden wir drei gewaltig zusammenrücken.«

Die Drohung saß, denn die Zwillinge kannten ihre Mutter. Charlotte war liebevoll und recht großzügig. Wenn sie es jedoch zu arg trieben, wurde sie streng.

»Du hast ebenfalls Stubenarrest«, beschied Friederike Silvia und wandte sich dann Vicki zu. »Du magst aus guten Gründen mitgegangen sein und auch dafür gesorgt haben, dass ihr heil zurückgekommen seid. Da du uns jedoch von der Absicht der drei hättest in Kenntnis setzen müssen, damit wir sie von vorneherein hätten unterbinden können, erhältst auch du für morgen Stubenarrest.«

Vicki hatte erst einmal die Nase voll von Hamburg und nickte. »Jawohl, Tante Friederike.«

»Jetzt geht auf eure Zimmer und macht euch frisch. Zu den Mahlzeiten dürft ihr euch zu uns setzen. Danach seid ihr wieder oben. Und was dich betrifft«, Charlottes Blick streifte ihren Sohn, »werde ich einen Arzt rufen lassen, der dich untersucht. Da die Gefahr einer Gehirnerschütterung besteht, wirst du heute Abend nur eine Hühnerbrühe und etwas Zwieback erhalten.«

»Bei Eicke ist nicht viel Gehirn zu erschüttern«, fauchte Dagmar, die ihrem Bruder den erlittenen Schrecken zum Vorwurf machte. Der Junge war jedoch viel zu angeschlagen, um darauf zu reagieren.

5.

Wenn Markolf von Tiedern etwas hasste, so waren es Schnorrer, die auf seine Kosten lebten. Sein Blick hatte daher nichts Freundliches an sich, als er Vater und Sohn Schleinitz beim Frühstück beobachtete. Die beiden hatten sich nach dem Verlust ihres Schlosses bei ihm eingenistet, tranken seinen besten Cognac und die teuersten Weine, speisten wie Fürsten und plünderten seine Zigarrenkisten. Wenn er sie jedoch auf die Straße setzte, würde dies seinem Ruf bei etlichen hohen Herren schaden, die den Verlust von Schleinitz an die Plebejerin Baruschke wortreich bedauerten, ohne etwas für die beiden Standesgenossen zu tun.

Das überlassen diese Schurken mir, dachte Tiedern ergrimmt, während Meinrad von Schleinitz sich eben eine dicke

Scheibe Schinken vorlegen ließ. Bevor er jedoch aß, wandte er sich seinem Gastgeber zu. »Bin derzeit ein wenig auf dem Trockenen. Wäre freundlich von Ihnen, wenn Sie mir aus der Verlegenheit helfen könnten.«

»Der Inhalt meines Portemonnaies ist ebenfalls arg geschrumpft und könnte eine Auffrischung brauchen«, rief sein Vater, um schnell in die gleiche Kerbe zu hauen.

Tiedern um Geld anzupumpen kam einer Todsünde gleich, und seine Miene wurde noch abweisender. »Meine Herren, ich war großzügig genug, Ihnen Asyl zu gewähren. Für alles andere müssen Sie Ihre übrigen Freunde bemühen.«

»Verflucht noch einmal, wie soll man wie ein Edelmann leben, wenn man kein Geld hat?«, fuhr Meinrad von Schleinitz auf. »Dabei wäre diese ganze Versteigerung unnötig gewesen, wenn diese Tuchweberstochter auf unseren Vorschlag eingegangen wäre und ich deren Tochter hätte heiraten können.«

Tiedern hob interessiert die Augenbrauen. So war das also, dachte er. Die Schleinitz hatten versucht, dem Verhängnis noch im letzten Augenblick zu entgehen. Da er selbst jede Gelegenheit genutzt hatte, um gesellschaftlich aufzusteigen, wunderte er sich, dass Bettina von Baruschke es nicht getan hatte. Sie hätte ihren gekauften Baronsrang mit der Gräfinnenkrone ihrer Tochter vergolden können. Da er es liebte, die Fäden in der Hand zu halten, verunsicherte ihn dies, zumal auch sonst nicht alles so lief, wie er es geplant hatte. So war es Theodor von Hartung gelungen, neue Abnehmer für seine Tuche zu finden und sich auf die Weise aus der Abhängigkeit der Staatsaufträge zu lösen. Dafür hatte er nun selbst Probleme, da die staatlichen Aufkäufer sich schwertaten, genug Uniformstoffe und ausreichend Fahnentuch in der guten, von Hartung gewohnten Qualität zu besorgen.

Während Tiedern seinen Gedanken nachhing, schimpfte Meinrad von Schleinitz weiter auf Bettina von Baruschke. »In besseren Zeiten hätte man so einem Weib die Reitpeitsche übergezogen und es in den Straßengraben gestoßen«, stieß er zuletzt hervor.

»Es hatte geheißen, es dürften nur Herrschaften von Adel bieten. Der Ehemann dieser Hyäne war jedoch der uneheliche Sohn einer Magd! Dessen Nachkommen laufen nun auf meinem Hab und Gut herum, auf dem sechshundert Jahre lang immer ein Schleinitz der Herr war, während uns nun der Zutritt verwehrt ist.« Bernulf von Schleinitz beklagte den Verlust der Heimat nicht weniger als sein Sohn und schimpfte über die Frau, die diese erworben hatte. »Ich habe alles nachprüfen lassen, ob es nicht doch einen Weg gibt, die Baruschke auszuschließen. Im Ministerium hieß es, es wäre ein Affront gegen einen herrschenden Fürsten, die von ihm verliehenen Adelstitel nicht anzuerkennen. Man werde ihn jedoch in aller Vorsicht und Höflichkeit bitten, in Zukunft strenger auszuwählen.«

Tiederns Miene verdüsterte sich, denn damit wurde es für ihn schwerer, Leuten, die ihm nützten und in den Adelsstand erhoben werden wollten, die erhoffte Nobilitierung zu verschaffen.

»Oh, ich würde meine Hände mit Genuss um den Hals dieser Baruschke legen und zudrücken, bis sie das Atmen für immer vergisst!«, rief Meinrad von Schleinitz erbittert.

»Verdammt noch mal! Sind wir denn gar nichts mehr wert in Preußen?«, stieß sein Vater hervor. »Zu Hause konnte ich wenigstens noch eines der Stubenmädchen in mein Schlafzimmer rufen, wenn mir danach war. Hier müsste ich ein Bordell aufsuchen, und ohne ein gefülltes Portemonnaie geht da nichts. Herr von Tiedern, Sie müssen einsehen, dass es so nicht geht. Mein Sohn und ich brauchen Geld, um so leben zu können, wie es sich gehört.«

Tiedern stand kurz davor, den beiden Schleinitz den Abschied zu empfehlen. Doch dann blieb sein Blick auf dem Sohn haften. Unbeherrscht, wie dieser war, konnte er ihn vielleicht noch gebrauchen. Daher zog er mit verkniffener Miene seine Geldbörse und reichte jedem der beiden hundert Mark.

»Dies mag fürs Erste genügen, meine Herren. Machen Sie sich damit vertraut, dass Sie nicht mehr die Grafen auf Schleinitz sind und es weder Einkünfte noch Dotationen für Sie gibt. Um es ganz offen zu sagen, sind Sie wegen dieser Baruschke zu Bettlern geworden! Zwar tragen Sie noch edlen Zwirn, aber wer weiß, wie es in einem Jahr aussehen wird.«

In Tiederns Stimme schwang die Drohung mit, er könne die Geduld mit ihnen verlieren und ihnen empfehlen, bei einem anderen Freund Zuflucht zu suchen. Dies begriffen Vater und Sohn Schleinitz und verfluchten weiterhin Bettina Baruschke, die die angebotene Heirat ihrer Tochter mit Meinrad so schnöde abgelehnt hatte.

Tiedern verabschiedete sich nun von ihnen, da er, wie er sagte, noch einiges zu tun habe. Es galt, einige Rückschläge auszubügeln und andere Aktionen vorzubereiten.

6.

Tiederns erster Weg führte ihn zu der Wohnung, die er Emma von Herpich zur Verfügung gestellt hatte. Zu dieser war er billig gekommen, weil der Verkäufer dringend Geld gebraucht und er die anderen Kaufinteressen durch einige Intrigen abgeschreckt hatte. Damals hatte er die Einrichtung belassen und erwartet, dass seine Geliebte sich besorgte, was sie darüber hinaus benötigte. Nun musterte er die Möbel mit kritischem Blick.

Emma von Herpichs Zofe Bonita meldete ihn ihrer Herrin, und diese kam eilends herbei, um ihn zu begrüßen. Tiedern küsste sie, schob sie dann aber zurück und wies auf mehrere Kommoden, die für einen Frauenhaushalt zu wuchtig wirkten.

»Du wirst dir in dieser Woche mehrere Möbel anfertigen lassen, wie Frauen sie im Allgemeinen lieben«, erklärte er.

»Weshalb? Mir gefällt es so.«

»Aber mir nicht«, antwortete er kühl. »Du musst in der Lage sein, Damen zu empfangen. Daher darf die Wohnung nicht wie das Heim eines alten Säufers und Hurenbocks aussehen.«

Tiedern wies auf ein Bild, das eine Frau in schlüpfriger Pose zeigte, sowie auf die Zigarrenkisten, die noch auf einer Anrichte standen.

»Sie haben wieder etwas vor«, schloss Emma von Herpich aus seinen Worten und setzte insgeheim hinzu, dass es diesmal hoffentlich gelingen würde. Nach seiner Niederlage bei der Ersteigerung von Schleinitz war er tagelang unausstehlich gewesen.

»So ist es«, bestätigte Tiedern. »Und dabei wirst du keine unbedeutende Rolle spielen. Als Erstes wirst du die Bekanntschaft mit den Hartungs vertiefen. Außerdem wird bei dir bald die Ehefrau eines höheren Beamten im Ministerium vorsprechen, die einen Ehemann für ihre Stieftochter sucht.«

»Das sagten Sie letztens schon, doch habe ich nie eine Anweisung von Ihnen erhalten«, sagte Emma von Herpich.

»Ich war zu beschäftigt«, sagte Tiedern. »Außerdem war das Mädchen krank. Jetzt befindet es sich an der See, um wieder zu Kräften zu kommen. Ich schätze, dass ihre Stiefmutter noch vor ihrer Rückkehr zu dir kommen wird.«

»Diese Frau ist sicher nicht der Grund, weshalb hier neue Möbel aufgestellt werden sollen. Sonst hätten Sie es damals schon erwähnt.«

Emma von Herpich war gespannt, welches Spiel Tiedern diesmal trieb. Solange es ihr einen Vorteil brachte, war sie bereit, dabei mitzumachen.

»Mir geht es um Theodor von Hartungs Ehefrau und seine Töchter. Du wirst diese aufsuchen und zu dir einladen. Daher muss dein Heim wie das einer adeligen Witwe mit einem brauchbaren, wenn auch nicht überragenden Vermögen aussehen.«

»Das wird einiges kosten«, wandte Emma von Herpich ein, die keinen Groschen ihres eigenen Geldes dafür ausgeben wollte.

»Ich stelle dir eine Summe zur Verfügung, mit der du auskommen musst. Lass dir nicht einfallen, mir dennoch Rechnungen zuzuschicken!« In Tiederns Worten schwang eine unverhohlene Warnung mit, denn seine Geliebte hatte schon mehrfach mehr Geld ausgegeben, als er ihr zugebilligt hatte.

»Ich werde mich morgen um einen Tischler und einen Tapezierer kümmern«, versprach Emma von Herpich eilfertig.

Tiedern nickte nur und ließ seine Gedanken wandern. »Wenn es dir gelingt, Hartungs Töchter zu dir zu locken, kredenzt du ihnen den Betäubungstrank, den deine Zofe so meisterlich zu brauen versteht. Danach werden die Mädchen ihre Unschuld und ihren Ruf verlieren – und Hartung gesellschaftlich erledigt sein!«

»Ich werde mein Bestes geben«, versprach Emma von Herpich mit einem feinen Lächeln.

»Davon bin ich überzeugt.« Tiedern entspannte sich und forderte seine Geliebte auf, ihn in ihr Schlafzimmer zu begleiten.

»Sie sticht der Hafer, mein Herr«, neckte sie ihn und begann, sich auszuziehen.

Obwohl ihr Mund verführerisch lächelte, lag ein berechnender Ausdruck auf ihrem Gesicht. Als Tochter eines verarmten Handwerkers aufgewachsen, war sie Tiedern vor vier Jahren aufgefallen und von diesem nach Berlin geholt worden. Sie hatte es nicht bereut, auch wenn sie nicht gerade das Leben führte, das der Pastor ihrer Heimatstadt als das einzige predigte, das einem weiblichen Wesen anstand. Mittlerweile war sie sogar von Adel, denn ein Herr, der Tiedern verpflichtet war, hatte sie geehelicht, ohne die entsprechenden Pflichten einzufordern. Zu ihrer Zufriedenheit war er sogar verstorben, bevor er – wie von Tiedern verlangt – die Scheidung hatte einreichen können. So galt sie als anständige Witwe und musste nicht den anstößigen Ruf einer geschiedenen Frau mit sich herumtragen.

Natürlich wusste sie, dass sie dieses Leben nicht ewig führen konnte, und sorgte von Tiedern unbemerkt bereits für die Zeit vor, in der dieser sie nicht mehr benötigte. In der Zwischenzeit spielte sie ihm die leidenschaftliche Geliebte vor und verwöhnte ihn, bis er vor Lust beinahe den Verstand verlor.

Als er eine gute Stunde später die Wohnung verlassen hatte, machte sie eine Bestandsaufnahme ihrer Einrichtung und begab sich anschließend zu einem Altmöbelhändler. Bei diesem wurde so manches Möbelstück aus einem besseren Haus versetzt oder verkauft, wenn Not am Manne war. In seinem Geschäft hoffte sie, die Einrichtung zu erstehen, die sie für Tiederns Pläne benötigte.

Der Händler, ein älterer Mann mit Nickelbrille und ergrautem Haar, verkaufte gerade einem Kunden, der seiner Kleidung nach dem Bürgerstand angehörte, ein Biedermeierschränkchen zu einem Preis, den auch sie dafür bezahlt hätte.

Danach wandte der Alte sich ihr zu. »Gnädigste wünschen?«

»Ich benötige die Einrichtung für mehrere Zimmer, und zwar in einem möglichst einheitlichen Stil«, erklärte Emma von Herpich.

Sie wollte nicht alle Zimmer umgestalten lassen, sondern mindestens eines davon im männlichen Stil belassen. Es sollte so aussehen, als sei es als Andenken an ihren verstorbenen Ehemann erhalten.

»Dat wird nicht einfach werden«, meinte der Händler. »Icke krieje zwar immer wieder schöne Einzelstücke, aber selten die jesamte Einrichtung eines Zimmers.«

»Wenn es nur um die Farbe und die Sitzbezüge geht, so können die leicht geändert werden«, erwiderte Emma von Herpich lächelnd.

»Dann sieht es schon besser aus. Kommen Sie, Gnädigste!«

Der Händler führte Emma von Herpich in eine Lagerhalle, in der sich Chaiselongues, Stühle, Tische verschiedenster Art, Anrichten und sogar ein paar Schreibkommoden türmten. Fast alle davon wiesen die eine oder andere Macke auf. Bei dem einen war der Lack zerkratzt und bei anderen der Bezug durchgewetzt oder gar zerrissen.

»Die hab icke von Wohnungsauflösungen und von Leuten, die den alten Kram auf ihren Speichern loswerden wollten. Wenn Gnädigste sich hier was aussuchen wollen, können Sie die Sachen billig bekommen.«

Emma von Herpich hatte bereits einige wunderschöne Stücke entdeckt, die leicht zu reparieren waren, und lächelte zufrieden. »Ich glaube, wir werden ins Geschäft kommen. Wenn Sie von dieser Art Sessel sechs Stück haben, würden diese ausgezeichnet zu jenem Schränkchen passen.« Emma von Herpich wies auf die entsprechenden Möbel. Jetzt hatten sie noch unterschiedliche Farben und Bezüge, doch in ihren Gedanken sah sie sie schon so vor sich, wie sie sie haben wollte.

»Wie wollen Gnädigste die Sachen jeliefert haben? Gleich zu der Wohnung? Oder soll nicht besser icke sie reparieren lassen?«

»Ich wünsche die Sachen in meiner Wohnung!« Emma von Herpich ahnte, dass der Mann bei der Reparatur den Preis noch einmal kräftig erhöhen würde. Wenn sie die Handwerker ins Haus holte, kam sie die Arbeit nicht nur billiger, sondern sie konnte zudem die Wirkung der neuen Farben und Bezüge ausprobieren, bevor die Möbel fertig waren.

»Außerdem«, setzte sie lächelnd hinzu, »können Sie dann auch gleich einige meiner alten Möbel schätzen. Ich will sie nämlich verkaufen.«

»Icke werde sie mir ansehen«, antwortete der Händler, der sich auch dieses Geschäft nicht entgehen lassen wollte. So, wie die Frau gekleidet war, wohnte sie gewiss nicht schlecht, und Bürgerliche, die ein wenig feudalen Glanz in ihren Häusern haben wollten, waren auf Möbel aus besseren Häusern scharf.

7.

Eine Woche später war Emma von Herpich mit ihren Vorbereitungen fertig. Ihre Wohnung war tapeziert, die Möbel glänzten wie neu, und an der Wand hing das aufgefrischte Bild eines Herrn, der ihrem verstorbenen Mann ähnlich genug sah, um für diesen gehalten zu werden. Sie hatte es bei dem Altmöbelhändler entdeckt und ebenfalls gekauft. Die anstößigen Bilder, die Tiedern ihr einst besorgt hatte, waren verschwunden, stattdessen hing in ihrem Wohnzimmer das Bild eines Engels, der seine Hände schützend über zwei Kinder hielt, und ein ähnliches in ihrem Salon.

Das Gedenkzimmer an ihren Ehemann hatte sie im Gegensatz dazu maskulin ausgestattet. In ihm stand nun ein Waffenschrank mit mehreren Pistolen und zwei Flinten. Dazu gab es ein Fernrohr, eine Weltkarte und einen Druck mit dem Bild Seiner Majestät, Kaiser Wilhelms, in der Paradeuniform eines Husaren. Emma von Herpich war mit ihrer neuen Einrichtung hochzufrieden, zumal sie mehr als ein Drittel der Summe, die Tiedern ihr zur Verfügung gestellt hatte, für spätere Zeiten hatte beiseitelegen können.

Nun galt es, den Auftrag ihres Gönners zu erfüllen. Sie kleidete sich so, wie es einer Witwe aus besseren Kreisen zukam, die nicht mehr strenge Trauer tragen musste, und ließ sich zur Villa Hartung kutschieren. Als sie jedoch den Diener, der ihr öffnete, aufforderte, sie bei den Damen des Hauses anzumelden, schüttelte dieser bedauernd den Kopf.

»Ich bedauere sehr, doch die Damen befinden sich auf Reisen.«

»Dann melden Sie mich bei Fräulein Auguste«, sagte Emma von Herpich und erntete erneut ein Kopfschütteln.

»Das gnädige Fräulein begleitet die gnädigen Damen.«

»Aber …« Im ersten Augenblick wusste Emma von Herpich nicht, was sie sagen sollte. Sie überlegte schon, sich bei Theodor von Hartung melden zu lassen, doch das war unüblich und würde Verwunderung erregen. Daher wählte sie eine andere Taktik.

»Ist es möglich, zu erfahren, wohin die Damen sich gewandt haben? Ich habe sie in der Eisenbahn kennengelernt und den Eindruck gewonnen, als würden sie meinen Besuch wünschen.«

Der Diener sah keinen Grund, ihr dies zu verschweigen. »Frau Theresa von Hartung befindet sich auf dem Weg nach

Büsum, da ihr der Arzt einen Aufenthalt an diesem Ort wegen ihrer Gesundheit dringend ans Herz gelegt hat.«

»Ich danke Ihnen.« Emma von Herpich zog mehrere Markstücke aus ihrem Retikül und reichte sie dem Mann mit einem Lächeln.

Dann kehrte sie zu dem Wagen zurück und befahl dem Kutscher, sie nach Hause zu fahren. Unterwegs wurden sie zweimal von Automobilen überholt, und der Kutscher hatte Mühe, seine scheuenden Pferde ruhig zu halten.

Emma von Herpich überlegte, ob sie Tiedern nicht auffordern sollte, ihr so ein Automobil zur Verfügung zu stellen, da sie es sich phantastisch vorstellte, damit gefahren zu werden. Dann aber winkte sie ab. Vorerst benötigte sie einiges an Geld für eine andere Sache. Kaum war sie wieder in ihrer Wohnung, setzte sie sich an ihren Sekretär und schrieb ihrem Geliebten, dass er ihr die Summe für eine Fahrt nach Büsum und einen mehrwöchigen Aufenthalt in dem Ort zur Verfügung stellen solle, und bat ihn, in Erfahrung zu bringen, wo sich dieses Büsum überhaupt befand.

8.

Nach einer Nacht in Hamburg fühlte Theresa sich erholt genug, um sich die Stadt von den Polstern einer Droschke aus anzuschauen. Theo sorgte für zwei Wagen, einen für seine Großmutter, seine Mutter und seine Tante und den anderen für Auguste, Lieselotte und sich.

Die Sünder des Vortags hingegen mussten in ihren Zimmern bleiben. Der Einzige, der sich wirklich darüber ärgerte, war Eicke, obwohl ihn ein dickes blaues Auge zierte und er ein Pflaster auf der Augenbraue trug. Silvia steckte der Schrecken noch zu sehr in den Knochen, um noch einmal in die Stadt gehen zu wollen, und auch Dagmar las lieber in einem Buch.

Vicki nahm die Gelegenheit wahr, einige Skizzen anzufertigen. Nachdem sie einen großen Ozeanriesen zu Papier gebracht hatte, erschien er ihr ein wenig langweilig, daher zeichnete sie davor eine Dame in einem eleganten Reisekleid. Ihr gefiel es zuletzt so gut, dass sie überlegte, ob sie nicht weitere Zeichnungen dieser Art anfertigen und dem Modejournal anbieten sollte. Die bisherigen Skizzen von Frauen waren zwar sehr hübsch, doch fand sie, dass die Kleider besser zur Geltung kamen, wenn sie vor einem passenden Hintergrund platziert wurden.

Das Mittagessen nahmen die vier in einem kleinen, privaten Salon ein, da Eicke sich schämte, mit seinen Blessuren das Restaurant aufzusuchen. Seine Schwester spottete darüber, weshalb er sich hier verbarg, wo er doch so gerne mit den anderen mitgefahren wäre.

»Du bist ein Biest!«, schimpfte der Junge, der Dagmars spitzer Zunge kaum etwas entgegenzusetzen hatte.

»Wärst du nicht gestern darauf aus gewesen, Hamburg zu erkunden, hätten wir es heute gemütlich mit Mama, Großmama und Tante Friederike tun können. Dabei hätten wir gewiss mehr gesehen als gestern«, erklärte Dagmar von oben herab.

»Du bist ein Biest!«

»Das sagtest du eben schon. Allmählich könnte dir ein neuer Ausdruck einfallen, Ungeheuer zum Beispiel, Harpyie, Giftschlange, Natter …«

»Schluss jetzt!«, befahl Vicki, da Eicke aussah, als wolle er seiner Schwester den Kloß, den er eben auf die Gabel gespießt hatte, an den Kopf werfen.

Dagmar senkte den Kopf. »Es tut mir leid! Ich wollte nicht mit Eicke streiten.«

»Sondern ihn nur verspotten«, wandte Silvia ein. »Aber das ist gemein! Sieh ihn dir nur an. Er hat gestern am meisten gelitten.«

»Ich habe versagt!«, rief der Junge stöhnend aus. »Wenn ich daran denke, wie es hätte enden können, wäre Vicki nicht so beherzt gewesen, schaudert es mich …«

»Dabei trägt sie die wenigste Schuld daran, dass wir im Hotel bleiben mussten. Hättest du auf sie gehört, wäre das alles nicht passiert.« Seine Schwester hatte ihren Vorsatz, nicht mit ihm zu streiten, innerhalb von Sekunden wieder vergessen.

Daher schlug Vicki mit der flachen Hand auf den Tisch. »Ab sofort ist Ruhe! Sonst essen alle auf ihren Zimmern. Jeder von uns trägt einen Teil der Schuld. Ich, weil ich euch nicht daran gehindert habe, heimlich aufzubrechen, Eicke, weil er kein Ende finden konnte, und du und Silvia, weil ihr euch jedes Mal auf seine Seite geschlagen habt, wenn ich darauf drang, zum Hotel zurückzukehren.«

»So hättest du gestern zu uns reden müssen! Dann wären wir dir gefolgt«, sagte Silvia kleinlaut.

Das glaubte Vicki nicht, denn dafür waren die beiden Mädchen zu sehr von Abenteuerlust gepackt gewesen. Einen Erfolg konnte sie jedoch verbuchen. Der Rest des Mittagessens verlief friedlich, und am Schluss konnte Eicke sogar über eine Bemerkung seiner Schwester lachen.

Die Ausflügler kehrten kurz vor dem Abendessen zurück und berichteten mit leuchtenden Augen, was sie alles gesehen hatten. Vor allem Theo legte es darauf an, die vier mit seinen Beschreibungen neidisch zu machen. Vicki dachte bei sich, dass ihre Großmutter und ihre Tanten gewiss ein paar stattliche Gebäude mehr hatten betrachten können als sie selbst, allerdings waren sie weder mit einem Dampfschiff gefahren noch in ein verrufenes Viertel geraten. Vicki hatte am Nachmittag weiter gezeichnet, und es waren Bilder von den Matrosen entstanden, und auch von der Hure, die ihnen den Weg gewiesen hatte. Diese Zeichnungen konnte sie zwar nicht an das Modejournal verkaufen, doch sie blieben eine Erinnerung an ein gefährliches Abenteuer.

Nach dem Abendessen hob Theresa den Zimmerarrest der vier auf, so dass sie ihr und den anderen in einem der Salons Gesellschaft leisten konnten. Zur Sicherheit ließ Charlotte noch einmal den Arzt zu Eicke kommen. Dieser überprüfte die genähte Platzwunde auf der Augenbraue, besah sich das blaue Auge und verschrieb eine Salbe. Er klopfte dem Jungen auf die Schulter. »Beim nächsten Mal solltest du Matrosenfäusten besser aus dem Weg gehen, mein Junge. Diese Kerle sind ein raues Volk, besonders die aus den Vereinigten Staaten. Es vergeht kein Tag, an dem die Schutzmänner nicht den einen oder anderen von ihnen arretieren müssen.«

»Jawohl, Herr Doktor«, antwortete Eicke und nahm sich vor, Boxen zu lernen, um beim nächsten Mal selbst einen solchen Schlag anbringen zu können wie den, der ihn gefällt hatte.

Theresa war erleichtert, weil ihrem Enkel nichts Ernsthaftes zugestoßen war, und musterte die drei Mädchen. Vicki wirkte zwar so unbewegt wie immer, doch Silvias und Dagmars Mienen entnahm sie, dass der Zwischenfall ziemlich schlimm gewesen sein musste. Mit einem Gefühl der Dankbarkeit ergriff sie Vickis Arm.

»Danke, dass du die drei nicht allein hast gehen lassen.«

»Ich hätte sie aufhalten müssen«, antwortete Vicki seufzend.

»Junger Wein will aus den Flaschen schäumen und junge Menschen etwas erleben. Beide sind nur schwer zurückzuhalten. Da ist es gut, wenn jemand dabei ist, der sich zu helfen weiß.« Theresa drückte Vicki an sich und flüsterte ihr ins Ohr. »Das wird den dreien eine Lehre sein.«

»Das hoffe ich auch.« Vicki klammerte sich an ihre Großmutter und dachte zufrieden daran, dass sie ein volles Vierteljahr mit ihr verbringen durfte. Danach aber musste sie wieder in die Wohnung ihres Vaters zurück und sich dem Drachen Malwine stellen.

9.

Am nächsten Morgen reiste die Gruppe weiter. Der Eisenbahnzug fuhr nordwärts durch eine flache, pittoresk anmutende Landschaft. Hier herrschten weite Grasflächen vor, auf denen rot und weiß gescheckte Kühe weideten. Nur gelegentlich war ein Wäldchen zu sehen, hier und da auch einmal ein Dorf, und manchmal galoppierte ein Reiter ein Stück neben der Eisenbahn her.

In Heide hieß es, den Zug zu wechseln. Von der Stadt sahen sie jedoch nicht viel, da ihnen nicht die Zeit blieb, umherzuwandern. Dabei sollte dieser Ort, wie Auguste dozierte, einen der größten und schönsten Marktplätze des Reiches aufweisen.

»Woher weißt du das alles?«, fragte ihre Tante Charlotte amüsiert. »Ich war mit Eike und Dagmar schon mehrmals in dieser Gegend, ohne dass mir dies aufgefallen wäre.«

»Ich habe vor unserer Abfahrt eine Beschreibung über die Gegend gelesen, in die wir fahren wollen«, antwortete Auguste ernsthaft.

»Auch über Büsum?«, wollte Silvia wissen.

»Ja, aber darüber habe ich nur wenig gefunden. Es soll früher eine Insel gewesen sein, die auf eine mir unbekannte Weise mit dem Land verbunden wurde. Es handelt sich um ein bedeutendes Seebad und wurde im letzten Jahr von dreihundert Gästen besucht.«

»Das ist ja eine gewaltige Zahl«, spottete Friederike.

»Nicht, wenn mit Gast die gesamte Familie sowie die dazugehörigen Domestiken gemeint sind. Da hättest du, wenn unsere Zahl üblich wäre, gleich die zwölffache Zahl«, erklärte Auguste ihren Mitreisenden.

Auch das machte auf Friederike keinen besonderen Eindruck, und sie sah Charlotte fragend an. »Glaubst du, dass Mama in dieser Einöde die Aufmerksamkeit erhält, die nötig ist?«

»Ich will doch auf keine Bälle oder dergleichen gehen, sondern in aller Ruhe meine Lunge kräftigen«, antwortete Theresa, um ihre Schwiegertochter zu beruhigen.

»Trotzdem soll dir nicht langweilig werden, wenn die Mädchen bis auf Vicki wieder abgereist sind. Auch ich werde fahren müssen, und Charlotte und die Zwillinge bleiben ebenfalls nicht länger. Dann seid ihr beide ganz allein«, erklärte Friederike besorgt.

»Deine Bedenken ehren dich, doch solange ich mich mit Vicki unterhalten kann, wird mir gewiss nicht langweilig werden. Außerdem habe ich mehrere Bücher bei mir, die ich schon lange lesen wollte.« Theresa lächelte, denn nach ihrer schweren Erkrankung freute sie sich auf die ruhigen Tage an der See.

»Wir sollten jetzt den Zug besteigen«, drängte Theo, da die Fahrgäste bereits den Bahnsteig entlanghasteten, um sich die besten Plätze zu sichern.

Er eilte mit Eicke zusammen voraus, um die reservierten Plätze in Beschlag zu nehmen, während der Rest der Reisegesellschaft ihnen langsamer folgte. Theos Angst war jedoch unbegründet, denn der Waggon der ersten Klasse war nur zur

Hälfte gefüllt. Die meisten ballten sich in der dritten Klasse. Viele von ihnen waren nach Heide zum Markt gefahren, um dort etwas zu verkaufen oder zu erstehen.

Das Land, durch das der Zug kurz darauf rollte, war so eben, als hätte Gott es mit einem riesigen Brett glatt gestrichen. Gelegentlich fuhr die Eisenbahn durch eine Art Wall, der teilweise sogar über die Dächer der Waggons hinausragte.

»Man nennt diese Erhebungen Deiche …«, begann Auguste zu erklären, wurde aber sofort von Lieselotte unterbrochen.

»Die sehen gar nicht wie Teiche aus.«

»Sie heißen Deiche, mit weichem D«, wies ihre ältere Schwester sie zurecht. »Sie wurden errichtet, um das Wasser der Nordsee vom Land fernzuhalten.«

»Jetzt fabulierst du aber!«, rief Dagmar aus. »Wir sind schon zweimal an so einem Deich vorbeigekommen und sehen noch immer kein Wasser, sondern Wiesen und Kühe.«

Auguste musterte sie mit einem vernichtenden Blick. »Hättest du dich für unseren Aufenthaltsort interessiert, wüsstest du, dass man der See immer mehr Land abgerungen hat und die ersten Deiche daher bereits tief im Landesinnern zu finden sind. Die Deiche, die jetzt das Wasser abhalten, liegen an der Küste, die wir im Übrigen bald erreichen werden.«

Vicki liebte ihre Cousine, seit aber feststand, an welchem Datum Auguste in die Schweiz übersiedeln würde, ließ diese ihre Gelehrsamkeit arg heraushängen.

Ein großer Bauernhof mit einem einzigen, riesigen Dach zog nun ihre Aufmerksamkeit auf sich. Die Mauern bestanden aus Klinkersteinen, doch statt mit Ziegeln war das Dach mit Schilf gedeckt.

»Diese Gebäude nennt man Haubarg. Selbst der Hof zwischen den Gebäuden ist gedeckt. Man baut hier so wegen der Stürme, die über das Meer brausen«, gab Auguste zum Besten.

»Mit Stürmen bleib mir vom Leib! Ich freue mich mehr auf das sanfte Rauschen des Meeres«, sagte Theresa lächelnd.

Sie verstand ihre Enkelin, die sich gut auf diese Reise vorbereitet hatte, aber sie hätte ihr etwas mehr Erfahrung mit Menschen gewünscht, damit das Mädchen erkannte, wann es ihr Wissen anbringen konnte und wann es besser war, zu schweigen.

Der Hof blieb hinter ihnen zurück, und schon bald kamen etliche Häuser in Sicht, die zu einer größeren Ortschaft gehören mussten.

»Das dürfte Büsum sein«, erklärte Charlotte. »Meines Erachtens gibt es hier keinen weiteren Ort dieser Größe.«

»Meer, wir kommen!«, rief Lieselotte fröhlich.

»Das hier nennt man Wattenmeer. Die Hälfte des Tages spült es sein Wasser an die Küste, die andere Hälfte hingegen verschwindet es, und man sieht nur seinen Boden.« Auguste grinste bei diesen Worten. Sie hatte durchaus gemerkt, dass die anderen etwas gereizt auf ihre Belehrungen reagierten. Aber ihrer Meinung nach hätten ihre Schwestern sich ebenfalls über ihr Ziel informieren können.

Der Zug fuhr in den kleinen Bahnhof ein, und sie sahen etliche Menschen am Bahnsteig stehen. Einige hatten kleine Wagen oder Schubkarren bei sich und wollten Waren abholen, die mit der Eisenbahn transportiert wurden. Es waren kräftige, von Wind und Wetter gegerbte Gestalten in weiten Hosen, blauen Kitteln mit dunklen Mützen auf dem Kopf. Die meisten trugen Kinnbärte, während ihre Wangen und teilweise sogar ihre Oberlippen rasiert waren.

Es waren auch einige Frauen darunter, die weite Röcke und feste Schultertücher trugen und dazu Hauben, die unter dem Kinn festgebunden waren, damit der Wind, wie Lieselotte spottete, sie ihnen nicht vom Kopf reißen konnte.

Viel Zeit zum Scherzen blieb ihnen nicht, denn der Zug hielt an, und die Passagiere stiegen aus. Etliche trugen Hühner in Käfigen bei sich, und ein Mann trieb sogar ein junges Schwein vor sich her. Andere schleppten leere Körbe mit sich, die intensiv nach Fisch rochen. Vicki vermutete, dass sie damit Fische nach Heide gebracht und dort verkauft hatten.

Die Gruppe stieg aus, und während Theo, Eicke und die beiden Dienstmädchen sich um das Gepäck kümmerten, blickte Charlotte sich suchend um. Eine Falte erschien auf ihrer Stirn, als niemand auf sie zutrat.

»Es hieß, wir würden erwartet und zu unserem Quartier gebracht«, sagte sie mit einem scharfen Unterton.

Da tauchte ein Mann in einem langen, dunkelblauen Rock mit Biberhut am Bahnhof auf und eilte auf sie zu. »Guten Tag, sehe ich die Damen von Harlow und von Hartung vor mir?«, fragte er.

»Sie irren sich nicht!«, antwortete Charlotte kurz angebunden.

»Ketelsen mein Name! Sie haben mich wegen eines Hauses angeschrieben, in dem Sie und Ihre Begleitung für drei Monate bleiben wollen.« Der Mann wirkte erfreut, denn damit konnte er das Haus bis Ende Oktober vermieten.

»Ist alles bereit?«, fragte Charlotte noch immer leicht vergrätzt, weil er sie hatte warten lassen.

»Das will ich doch meinen!«, sagte der Mann und winkte zu zwei Knechten hinüber, die in der Nähe standen. »Fietje! Hein! Kommt her und nehmt euch des Gepäcks der Herrschaften an.«

Die Antwort verstanden Vicki und ihre Begleitung nicht, denn sie klang so fremd, dass sie sich genauso gut in Afrika hätten befinden können.

Die beiden Knechte erschienen mit einem Leiterwagen, der groß genug war, alle Koffer und Reisekisten aufzunehmen, und luden diese so rasch auf, dass sie zu fliegen schienen.

»Gebt auf die Hutschachteln acht! Nicht, dass unsere Hüte beschädigt werden«, mahnte Lieselotte aus Angst um ihren neuen Strohhut.

»Wir werden mehr Hutnadeln verwenden müssen als zu Hause«, erklärte Silvia, da der Wind so beharrlich an ihrem Hütchen zerrte, dass sie es festhalten musste.

»Gelegentlich bläst der Wind ein wenig«, meinte Ketelsen. »Wir Einheimischen merken das gar nicht mehr. Nur denen aus dem Binnenland fällt das noch auf, weil sie es nicht gewöhnt sind. Man muss sich halt ein wenig vorsehen. Doch nun kommen Sie!«

»Sollen wir etwa zu Fuß gehen?«, fragte Charlotte pikiert.

»Mein Wagen steht dort vorne.« Ketelsen wies auf einen Bauernkarren, auf dem zwei Bankreihen angebracht worden waren.

Als sie näher kamen, merkten Vicki und die anderen, dass diese leicht entfernt werden konnten, und, wie es aussah, war letztens Heu mit dem Wagen transportiert worden.

Charlotte schnupperte hörbar. »Ich hoffe doch, dass Sie damit nicht auch das ausfahren, was Kühe im Allgemeinen fallen lassen.«

»Da haben Sie mal keine Sorge! Dafür haben wir den Mistkarren«, gab Ketelsen gut gelaunt zurück.

»Kommen wir auf einen Bauernhof mit Kühen, Hühnern und Schafen?«, fragte Silvia in einem Ton, als wisse sie nicht, ob sie das gutheißen sollte oder nicht.

»Gott bewahre!«, beruhigte Ketelsen sie. »Mein Hof befindet sich eine halbe Meile vom Dorf entfernt. Ich habe außerhalb vom Ort das Haus für Gäste errichten lassen, um dem

Badebetrieb Auftrieb zu geben. Mit Butter, Eiern, Fleisch und dergleichen werden Sie von meinem Hof versorgt.«

»Solange ich mich nicht an den Herd stellen muss, soll es mir recht sein«, antwortete Charlotte. »Es gibt jedoch hoffentlich auch ein Restaurant in dem Ort oder wenigstens ein Café?«

»Unser Krug führt eine gute Küche, und der Kaffee dort ist ausgezeichnet. Selbst die vornehmsten Gäste, die hier in Büsum waren, haben alles sehr gelobt.«

»Haben Sie hier auch einen Hafen mit Schiffen?« Dies interessierte Eicke mehr als Kaffee und Essen.

»Das will ich meinen!«, antwortete Ketelsen. »Hier gibt es etliche Fischer, und die meisten davon nehmen Kurgäste für ein kleines Salär gerne mit aufs Meer.«

»Mama, da will ich mitfahren!«, rief Eicke aufgeregt.

»Ich weiß nicht so recht … Das Meer soll sehr gefährlich sein«, sagte Charlotte abwehrend.

»Wenn es stürmt, mag dies stimmen. Doch derzeit ist das Meer glatt wie ein Kinderpopo, wenn Sie mir diesen Ausdruck verzeihen.« Ketelsen lachte kurz und half Theresa, Friederike und Charlotte auf den Wagen, während die Mädchen selbst hinaufkletterten. Theo war beim Gepäck geblieben, kam nun aber auch heran, um den Weg nicht zu Fuß zurücklegen zu müssen.

10.

Das Haus lag einige Steinwürfe vom Dorf und vom Hafen entfernt, aber nahe am Deich. Seine Mauern bestanden aus dunkel gebrannten Klinkern, das Dach aus einer dicken Schicht Schilf.

»Regnet es da nicht durch?«, fragte Vicki verwundert.

Ketelsen schüttelte den Kopf. »Natürlich nicht! Ich habe die besten Leute geholt, um das Dach decken zu lassen. Da kann nichts passieren.«

»Auch nicht durch einen Sturm?«, fragte Vicki weiter.

»Das Haus wird selbst den Winterstürmen widerstehen, die in früheren Zeiten viel Land mit sich gerissen und ganze Inseln verschlungen haben«, erklärte Ketelsen stolz.

»Ganze Inseln?«, rief Silvia entsetzt und sah aus, als wolle sie diese gefahrvolle Küste am liebsten gleich wieder verlassen.

»So wird es berichtet. Vor vielen Hundert Jahren ging Rungholt unter, danach die große Insel Strand und noch einiges mehr. Doch mittlerweile holt sich der Mensch das Land wieder zurück. Ein Koog nach dem anderen wird eingedeicht und entwässert. Wenn das so weitergeht, werden wir unsere Küste noch bis nach England vorschieben.«

Zumindest Letzteres war geflunkert, dessen war Vicki sich sicher. Immerhin lag die Nordsee in ihrer ganzen Breite zwischen dem Reich der Königin, die den gleichen Namen trug wie sie, und Deutschland. Auf jeden Fall fand sie es aufregend, an diesem Ort zu sein. Mit den anderen zusammen würde es ihr schon gelingen, die Erlaubnis für eine Mitfahrt auf einem der Fischerboote zu erlangen. Dazu bot sich das flache Land für lange Spaziergänge an und das Meer zum Baden.

»Wo sind die Badekarren?«, fragte sie Ketelsen.

Der wies ein Stück nach Süden. »Dort drüben, kaum mehr als hundert Schritt vom Haus entfernt. Man darf aber nur bei auflandigem Wasser ins Meer, bei ablaufendem Wasser ist es zu gefährlich. Ein Herr, der es auf eigene Faust versuchte, wurde vom Ebbstrom mitgezogen. Hätte ihn nicht ein Stück weiter draußen ein Fischer aufgelesen, wäre er elend ertrunken! Dabei konnte er schwimmen, und das ist eine Kunst, welche die Damen wohl kaum beherrschen.«

Friederike hatte bei ihren Töchtern darauf geachtet, dass sie schwimmen lernten. Vicki und Dagmar vermochten es ihrer Einschätzung nach jedoch nicht. Daher beschloss sie, Auguste, Lieselotte und Silvia zu ermahnen, dass sie ihre Cousinen nicht durch ihr Beispiel verführten und damit ungewollt in Gefahr brachten.

Ketelsen hielt den Wagen vor dem Haus an und half den Damen, abzusteigen. Danach öffnete er die Tür und ließ alle eintreten. Das Haus war groß genug für zwölf Personen, und sogar das Wohnzimmer bot genug Platz für alle. Essen würden sie in einem der Salons, da der Tisch in der Küche zu klein war. Dafür gab es dort sämtliche notwendigen Küchengeräte und einen gut gefüllten Vorratsraum, so dass Hilde und Jule gut darin werken konnten. Der Abort war etwas gewöhnungsbedürftig, bot aber Platz für zwei Personen, auch wenn es keine Abtrennung zwischen den Sitzen gab.

Die Morgen- und Abendtoilette mussten sie in ihren Zimmern erledigen, wenn sie sich nicht die Waschküche teilen wollten, die jedoch mehr für die Wäsche gedacht war als für die Gäste. Die Schlafzimmer des Personals lagen hinter der Küche, die der Herrschaften im oberen Stockwerk. Durch die kleinen Fenster drang kaum Licht, und daher mussten sie selbst am Tag Petroleumlampen anzünden, um sich in den Räumen unterm Dach zurechtzufinden.

Theo und Eicke erhielten das kleinste Schlafzimmer zugewiesen. Theresa und Charlotte das nächste, während Friederike das ihre mit Auguste und Lieselotte teilen musste. Das letzte Schlafzimmer, das kaum größer war als das von Theo und Eicke, fiel an Vicki, Silvia und Dagmar.

Nachdem sich alle umgesehen hatten, wandte Friederike sich an Ketelsen. »Wie es aussieht, benötigen wir noch eine oder zwei Frauen, die Hilde und Jule zur Hand gehen. Wissen Sie jemanden, der dafür geeignet ist?«

»Aber selbstverständlich«, erklärte Ketelsen lächelnd. »Hier leben einige Frauen, deren Männer auf hoher See geblieben sind und die froh sind, etwas Geld zu verdienen, um sich und ihre Rangen durchzubringen. Ich habe schon mit zweien von ihnen gesprochen. Wenn es Ihnen recht ist, werde ich sie Ihnen schicken.«

»Und ob es uns recht ist!« Obwohl Friederike an ihrer Unterkunft nichts konkret auszusetzen hatte, erschien sie ihr doch recht exotisch. Daher hielt sie es für besser, wenn Hilde und Jule von zwei einheimischen Frauen unterstützt wurden.

Unterdessen waren Ketelsens Knechte mit dem Gepäckwagen angekommen und schleppten die Kisten und Koffer in die jeweiligen Zimmer. Als Charlotte ihnen hinterher ein paar Groschen als Trinkgeld zusteckte, grinsten beide zufrieden.

Vicki musterte Ketelsen, dann seine Knechte und zuletzt die beiden Frauen, die auf das Haus zukamen und sich in einem kaum verständlichen Deutsch als Merry und Elka vorstellten. Merry war schon älter und bereits seit etlichen Jahren Witwe, wie sie erzählte, während Elkas Mann im letzten Jahr von einer Walfangfahrt nicht zurückgekehrt war.

Die einheimischen Frauen waren anstellig und hatten auch schon früher Badegäste bedient. Da das Mittagessen wegen der Bahnfahrt ausgefallen war, sorgten sie zusammen mit Hilde und Jule dafür, dass ein kräftigender Imbiss auf den Tisch kam. Elka holte Bier vom Krug, da im Haus außer Kaffee und Tee nur Limonaden vorrätig waren, so dass auch Theo zu seinem Recht kam.

Als er genüsslich trank, trafen ihn Eickes neidische Blicke. Dieser fühlte sich schon ganz als Mann und hätte ebenfalls gerne Bier getrunken. Doch seine Mutter blieb hart, und so gab es für ihn die gleiche Limonade, die auch die Mädchen tranken.

Beim Zubettgehen wurde Vicki noch einmal an den Zwischenfall in Hamburg erinnert. Sie hatte den erbeuteten Revolver nach der Rückkehr ins Hotel in ihre Reisetasche gesteckt und sich nicht weiter darum gekümmert. Als sie jetzt ihr Nachthemd auspackte, entdeckte sie das Ding und nahm es mit heimlichem Grauen in die Hand. In ihren Gedanken sah sie das Loch in Donalds Hüfte und fragte sich, ob er diese Verletzung überstehen würde. Am liebsten hätte sie die Waffe gepackt, über den Deich getragen und in die Nordsee geworfen. Als sie jedoch hörte, wie Silvia und Dagmar fröhlich plaudernd die Treppe hochkamen, steckte sie den Revolver rasch wieder in ihre Reisetasche und verstaute diese ganz oben im Schrank.

»Ich bin sehr müde«, erklärte Silvia, als sie ins Zimmer kam.

»Ich auch.« Vicki streifte das Nachthemd über und betrachtete die Betten.

»Wie wollen wir sie aufteilen?«, fragte Dagmar.

Vicki wies auf das breite Bett auf der rechten Seite. »Das teilt ihr euch. Ich nehme das drüben.«

Dieses Bett war schmäler, doch sie würde allein darin liegen und nicht von einer neben ihr schlafenden Cousine gestört werden.

Die beiden nahmen ihre Entscheidung klaglos hin, und wenig später waren sie zwischen die Laken geschlüpft. Vicki schlief bald ein, geriet jedoch in einen heftigen Albtraum, in dem sie sich und ihre Cousinen gegen ganze Horden wild gewordener Matrosen verteidigen musste. Sie schoss und schoss, bis unzählige Leichen um sie herum lagen.

Sie schrak hoch, begriff, dass sie in einem Haus in Büsum lag, und vernahm Silvias und Dagmars leise Atemgeräusche. Diesmal dauerte es ein wenig, bis sie sich so weit beruhigt hatte, dass sie erneut einschlief. Was sie danach träumte, hätte sie am nächsten Morgen nicht zu sagen vermocht.

Sie wachte erst auf, als Silvia sich bereits wusch. Die Sonne schien durch das kleine Fenster und schenkte dem sonst so düsteren Raum ein wenig Licht. Im anderen Bett rekelte Dagmar sich und sprang dann rasch genug auf, um als Nächste an die Waschschüssel zu kommen.

»Du bist heute aber ein Murmeltier«, spottete Silvia. »Dabei wirst du dich beeilen müssen. Es gibt gleich Frühstück.«

»Ich habe Hunger!«, rief Dagmar und beschloss, es mit dem Waschen gut sein zu lassen.

Während ihre Cousinen sich anzogen, schüttete Vicki das gebrauchte Wasser in einen in der Ecke stehenden Eimer, goss aus einem Steingutkrug frisches Wasser in die Schüssel und begann ihre Morgentoilette.

Die beiden Mädchen verließen kurz darauf das Zimmer mit dem Ratschlag, sie solle sich beeilen, sonst sei alles weggegessen. Diese Sorge teilte Vicki nicht, denn sie hatte am Vorabend Unmengen an Lebensmitteln im Vorratsraum gestapelt gesehen.

11.

Eigentlich hatten Theresa, Friederike und Charlotte sich am ersten Tag von der Anreise erholen wollen. Die Mädchen drängten jedoch so sehr, den Badekarren zu benutzen, dass sie seufzend nachgaben. Daher marschierten alle am späten Vormittag zum Badestrand und sahen, als sie den Deich überschritten, ein Dutzend seltsamer Wagen vor sich, die Vicki an etwas größere Schäferkarren erinnerten. Allerdings hatten sie vier Räder und eine abklappbare Treppe mit einigen Stufen. Mehrere Männer mit Pferden standen in der Nähe, und einer trat auf sie zu.

»Moin! Ist gerade die richtige Zeit zum Baden.«

Dies hatte Merry ihnen bereits gesagt. Während Charlotte mit dem Mann sprach und die einzelnen Badekarren verteilte, blickte Vicki hinaus auf die See. Es beruhigte sie, den Wellen zuzusehen, die auf das Land zurollten und sich auf dem flachen Ufer verliefen.

Da es nur wenige Badekarren gab und noch weitere Badegäste erwartet wurden, mussten die Mädchen jeweils zu zweit in einen der Karren steigen. Auguste sollte der Großmutter helfen, während Theo und Eicke weiter zum Herrenstrand geschickt wurden, da an dieser Stelle nur Frauen das Baden erlaubt war.

Vicki stieg in den Wagen, wartete, bis Dagmar ihr gefolgt war, und schloss die Tür. Wie man sie angewiesen hatte, schob sie den Riegel vor und sah sich dann um. Es gab einen Stuhl, eine Art offenen Schrank mit Kleiderbügeln, in den sie ihre Kleider hängen konnten, sowie eine fest angebrachte Petroleumlampe, die das Innere des fensterlosen Wagenkastens erhellte.

»Achtgeben! Wir fahren los«, rief ein Mann.

Der Wagen begann leicht zu schaukeln, und so ließ Dagmar sich erschrocken auf den Stuhl fallen. Dann blickte sie zu Vicki auf.

»Ich wollte dir nicht den Platz wegnehmen.«

»Bleib sitzen!«, befahl Vicki, da ihre Cousine Anstalten machte, wieder aufzustehen. Sie selbst hielt sich an der Wand fest und kämpfte gegen ihre Phantasie an, die ihr vorgaukeln wollte, der Karren würde bis nach England gefahren.

Nach einer Weile hielt der Wagen an. Sie hörten, wie jemand das Zugseil löste, und dann das Stapfen des Pferdes im Wasser, das sich schließlich hinter ihnen verlor.

Vicki öffnete die Tür und sah, dass der Badekarren mehr als hundert Meter vom Ufer entfernt bis zu den Achsen im Wasser stand. Ein Mann, der eben mit einem Pferd vorbeikam, wies in die andere Richtung.

»Wenn Sie sich umgezogen haben, können Sie die Treppe hinabsteigen und baden.«

»Besten Dank.« Vicki zog die Tür wieder zu und funkelte Dagmar auffordernd an. »Dann sollten wir uns ans Werk machen.« Wohlweislich hatten sie Kleider angezogen, die leicht abgelegt werden konnten. Trotzdem dauerte es eine Weile, bis beide in ihren Badekostümen steckten. Vicki fragte sich, ob sie sich wirklich so zeigen sollte. Füße und Unterschenkel waren bis zu den Waden nackt, und auch die Ärmel endeten bereits hinter den Ellbogen.

Dagmar kannte solche Bedenken nicht. Sie setzte das Häubchen auf, das für eine Badende Pflicht war, und ging zur Tür. »Bist du so weit?«

Nach einem tiefen Durchatmen bejahte Vicki. »Du kannst öffnen.«

Augenblicke später schwang die Tür auf, und Dagmar huschte so schnell die Treppe hinab, dass sie dort, wo die Stufen durch das Salzwasser schlüpfrig geworden waren, ausglitt und platschend im Wasser landete. Sie quiekte erschrocken, stand aber schnell wieder auf und rieb sich dabei das Hinterteil, das heftig mit einer Treppenstufe kollidiert war.

Gewarnt durch das Missgeschick ihrer Cousine stieg Vicki vorsichtiger ins Wasser. Es war ein eigenartiges Gefühl, mit den Füßen und dann mit den Beinen in das kühle Nass einzutauchen. Vicki beugte sich etwas nach vorne und streckte eine Hand ins Wasser. Es war ganz weich und fühlte sich, als sie die Finger leicht gegeneinanderrieb, leicht seifig an.

In dem Moment spritzte Silvia sie an. Da Vicki nicht darauf vorbereitet war, geriet ihr Wasser in die Augen. Es brannte wie Feuer, und sie schrie auf.

»Bist du verrückt geworden? Das tut doch weh!«

»Aber …«, rief Silvia verblüfft, da gab Vicki Gleiches mit Gleichem zurück, und ihre Cousine quiekte wie ein Ferkel.

»Oh, brennt das!«

»Nicht mit den Händen reiben! Die sind vom salzigen Wasser nass«, warnte Vicki sie. Sie hatte sich kurz mit der Zunge über die Lippen gewischt und spürte nun das Salz im Mund.

»Das ist ein ganz komisches Wasser!«, fand Lieselotte. »Ich weiß nicht, ob ich hier wirklich baden will.«

»Es soll sehr gesund sein, und der Arzt meint, Großmama sollte, solange es warm ist, täglich ein solches Bad nehmen. Wo ist sie eigentlich?« Vicki blickte sich um und entdeckte ihre Großmutter bei deren Badekarren. Auguste war bei ihr, und jetzt kamen auch Friederike und Charlotte hinzu.

Auch Vicki strebte nun in die Richtung, gefolgt von Silvia und Lieselotte, die ihre Abneigung gegen das Salzwasser bereits wieder vergessen hatte und unterwegs mehrmals bis zu den Schultern eintauchte.

Alle versammelten sich um Theresa, die in ihrem dunkelblauen Badekostüm das erfrischende Bad genoss.

»Wenn man sich erst einmal daran gewöhnt hat, ist es sehr angenehm«, meinte sie, während sie mit den Händen Wasser schöpfte und über ihren Körper laufen ließ.

»Bringe es bitte nicht in die Augen, Großmama! Das Wasser ist sehr salzig und brennt wie Feuer«, warnte Vicki und machte es dann Dagmar nach, die erneut bis zum Hals im Wasser steckte.

Lieselotte leckte ein wenig an ihren Fingerspitzen, die sie ins Wasser getaucht hatte. »Wie kann das so salzig sein? Wasser ist doch Wasser.«

»Kennst du nicht das Märchen mit der Salzmühle, die mit einem Schiff unterging und immer weiter Salz mahlt?«, fragte Charlotte amüsiert.

»Aber dann müsste das Salz doch irgendwann einmal mehr als das Wasser werden und dieses verdrängen«, wandte Silvia ein.

Auguste schüttelte den Kopf. »Es ist, wie Tante Charlotte bereits sagte, ein Märchen. In Wirklichkeit hat es damit zu tun, dass das Wasser auf dem Weg zum Meer an einigen Stellen Salz auflöst und mit sich nimmt.«

»Wir sollten uns nicht in wissenschaftlichen Theorien verlieren, sondern unser Bad genießen«, erklärte Friederike und tauchte nun ebenfalls bis zu den Schultern ins kühle Nass.

Sogar Theresa ging nun in die Hocke und ließ die Schultern vom Wasser umspülen.

»Wie lange dürfen wir baden?«, fragte Silvia, die nach zögerlichem Beginn das Wasser am liebsten gar nicht mehr verlassen hätte.

»Noch ein paar Minuten, dann sollten wir es gut sein lassen«, antwortete ihre Mutter. »Wir werden gemeinsam in die Karren steigen, uns dort umziehen und dann das Zeichen setzen, dass man uns wieder an Land bringt.«

»Welches Zeichen?«, fragte Vicki.

»In jedem Wagen befindet sich eine Fahne, die man hochklappen kann. Dies zeigt den Badeknechten an, dass sie kommen und die Karren an Land bringen können.«

Vicki sah Charlotte verwundert an. »Ist das nicht alles sehr umständlich? Weshalb errichtet man keine Hütten am Strand, in denen man sich umziehen kann, um danach ins Wasser zu gehen?«

»Das wäre nicht sehr schicklich, weil Männer vorbeigehen und uns sehen könnten«, antwortete Charlotte und wies auf Vickis Badekostüm, in dem sich trotz einer gewissen Stofffülle Brüste und Hintern deutlich abzeichneten.

»Man könnte doch einen Zaun ziehen«, wandte Vicki ein.

Da wies Friederike auf die Karren. »Husch, husch hinein! Ich will nicht, dass es Großmama zu kalt wird.«

»Ein wenig kühl wird es schon«, gab Theresa zu.

Daraufhin eilten alle zu ihren Karren. Kaum hatte Vicki die Türe hinter sich und Dagmar geschlossen, wandte ihre Cousine sich zu ihr um.

»Das war schön.«

»Wir sollten zusehen, dass wir die nassen Sachen vom Leib kriegen, sonst erkälten wir uns noch«, mahnte Vicki und streifte ihre Mütze und danach das Oberteil ihres Kostüms ab. Wenig später stand sie nackt im Karren und frottierte sich ab.

Dagmar fand, dass Vicki wunderschön war, und wünschte sich, einmal ebenso gut auszusehen. Noch während sie sich abtrocknete und Vicki bereits ihre Unterwäsche anzog, hörten sie die ersten Pferde kommen und beeilten sich, um nicht als Letzte an Land gebracht zu werden.

Siebter Teil

Stille Tage an der See

1.

Malwine von Gentzsch musterte die gediegene Einrichtung ihrer Gastgeberin und war schwer beeindruckt. Zwar schien Frau von Herpichs Wohnung nicht besonders groß zu sein, doch es gab einen schönen Salon mit herrlichen Möbeln, deren Farben und Sitzpolster glänzten wie neu. Eine hübsche chinesische Vase fehlte ebenso wenig wie ein kleiner Tischaufsatz aus Porzellan, der ein dunkelhäutiges Paar mit einem Elefanten zeigte. Etwas anstößig fand Malwine, dass der Oberkörper der Frau bloß war.

Als hätte sie den Blick ihrer Besucherin bemerkt, wies Emma von Herpich auf die Figurengruppe. »Ein liebes Andenken an meinen bedauerlicherweise verstorbenen Ehemann«, behauptete sie.

In Wirklichkeit hatte sie dieses Ding ebenfalls bei dem Altmöbelhändler entdeckt und mitgenommen. Zwar hatte sie alle schlüpfrigen Bilder versteckt, wollte aber ihr Heim, wie sie es für sich nannte, nicht in ein Nonnenkloster verwandeln. Da war ihr diese nackte Wilde gerade recht gekommen.

»Der Tod Ihres Gemahls war gewiss ein schwerer Verlust für Sie«, sagte Malwine mitfühlend.

»Oh ja.« Emma von Herpich musste sich zwingen, nicht spöttisch zu lächeln. Ihr Ehemann war von Tiedern ausgesucht worden, und sie hatte ihn nur bei der Hochzeit gesehen. Wenn alles stimmte, was sie über ihn erfahren hatte, war er in seiner Jugend ein Säufer und Hurenbock gewesen und hatte ständig in Geldschwierigkeiten gesteckt. Das Geld, das er von Tiedern für diese Ehe erhalten hatte, war ebenfalls in Cognac umgesetzt worden und hatte wohl für seinen rechtzeitigen Tod gesorgt.

Emma von Herpich fand es angenehm, als Witwe auftreten zu können. Zu einer geschiedenen Frau hätte Malwine von Gentzsch vermutlich nicht so rasch Vertrauen gefasst. Sie spürte, dass es ihre Besucherin drängte, ihr Anliegen anzubringen, und beschloss, ihr ein wenig entgegenzukommen.

»Meine Freundin Cosima von Dravenstein schrieb mir, ob ich bereit wäre, Ihnen bei einer delikaten Angelegenheit zu helfen.«

Insgeheim spottete sie über diese Worte. Frau von Dravenstein kannte gerade einmal ihren Namen und hätte sie niemals in ihr Haus gelassen. All das hatte Markolf von Tiedern eingeleitet, um Malwine von Gentzsch dazu zu bewegen, sich ihr anzuvertrauen.

Diese war nur zu gerne dazu bereit. »Ich danke Ihnen«, stieß sie erleichtert hervor. »Frau von Dravenstein gab mir den Rat, mich an Sie zu wenden.«

»Wie ich hörte, suchen Sie einen passenden Ehemann für Ihre Tochter.«

»Stieftochter!«, unterbrach Malwine ihre Gastgeberin. »Das Mädchen ist achtzehn Jahre alt, gut gewachsen und – wie ich mit Fug und Recht behaupten kann – sehr hübsch.«

»Da sollte es nicht schwer sein, einen geeigneten Bewerber für sie zu finden«, sagte Emma von Herpich lächelnd.

Malwine seufzte. »Es gibt gewiss ein paar Verehrer, doch keiner von ihnen ist wirklich passend. Wir Gentzschs haben schließlich einen Ruf zu wahren, denn wir zählen zu den ältesten Adelsgeschlechtern der Mark Brandenburg.«

Mit überheblichem Spott dachte Emma von Herpich daran, dass es Malwine in den fast anderthalb Jahren, die sie mit ihrem Mann in Berlin lebte, nicht gelungen war, sich einen entsprechenden Bekanntenkreis zu schaffen. Sie hielt die Frau für einen argen Provinztrampel, und über deren Mann hatte Tiedern berichtet, er sei ein übergenauer und strenger Vorgesetzter für seine Untergebenen, so dass diese ihn nach Kräften mieden.

Um die Frau jedoch wie geplant in ihrem Netz zu fangen, fragte Emma nach Vicki, ohne zu erwähnen, dass sie diese bereits in der Eisenbahn kennengelernt hatte.

Malwine berichtete ausführlich über das Mädchen, verschwieg aber wohlweislich, dass Vicki aus drei Internaten verbannt worden war, und legte ihr nur das Abschlusszeugnis der Höhere-Töchter-Schule von Frau Berends hin.

Das Gespräch entwickelte sich so, als wäre sie zu einer Heiratsvermittlerin gekommen. Emma von Herpich hörte ihr zu, machte gelegentlich eine Bemerkung und tat so, als dächte sie darüber nach, wer von ihren männlichen Bekannten als möglicher Brautwerber in Frage kommen könnte.

»Ist die junge Dame mehr still oder lebhaft?«, fragte sie. »Das ist durchaus wichtig zu wissen. So mancher Mann wünscht eine Frau, die sich lieber mit einer Stickerei in der Hand zu ihm setzt und ihn nicht beim Lesen der Zeitungen und Journale stört, andere wiederum wünschen zu plaudern. In diesem Fall sollte eine Jungfrau nicht zu schüchtern sein.«

»Das verstehe ich voll und ganz«, pflichtete Malwine ihr bei und bekannte, dass Victoria gelegentlich durchaus ihren eigenen Kopf hätte.

»Das schränkt die Auswahl natürlich ein«, erklärte Emma von Herpich mit einem nachsichtigen Lächeln. »Man darf für sie keinen Herrn auswählen, der bereits nach dem ersten Widerwort zur Rute greift.«

Malwine hätte es Vicki gewünscht, einen strengen Ehemann zu erhalten, der ihr auf diese Weise Gehorsam beibrachte. Um jedoch nicht als böse Stiefmutter wie aus dem Märchen zu gelten, stimmte sie ihrer Gastgeberin eilfertig zu.

Diese nahm einen Schluck aus der Tasse, die ihr ihre zwergenhafte Dienerin hingestellt hatte, und blickte scheinbar nachdenklich zum Fenster hinaus. »Wie ich das so sehe, kommt hier am besten der Sohn von Baron Lobeswert in Frage.«

»Von diesem Herrn habe ich noch nie etwas gehört«, wandte Malwine ein.

Emma von Herpich hob beschwichtigend die Hand. »Uralter thüringischer Adel, reich an Landbesitz und sehr einflussreich. Wie ich weiß, sucht er eine Braut für seinen Sohn, um diesen an die Pflicht zu erinnern, dem Stammbaum seiner Familie ein neues Reis aufzupflanzen.«

Da Tiedern seinen Namen nicht mit dieser Sache in Verbindung gebracht sehen wollte, hatte Emma von Herpich vorgeschlagen, Lobeswert zu nennen. Etliche Herren kannten diesen als Veranstalter ausschweifender Orgien, und daher würde sich das Gerücht, die Hartung-Töchter und Victoria von Gentzsch hätten an solchen teilgenommen, rasch verbreiten. Das aber ging Malwine nichts an, und so beschrieb Emma von Herpich ihr Wolfgang von Tiedern, der als Lobeswerts Sohn auftreten sollte, in den glühendsten Farben.

2.

Da Theresa das tägliche Bad zusagte und es ihr auch gut bekam, ließen sie und ihre Begleiterinnen sich immer wieder mit den Badekarren ins Wasser fahren. Gelegentlich versuchte Silvia sogar, ein wenig zu schwimmen, doch war das Wasser an der Stelle gerade einmal so tief, dass es bis zu den Hüften reichte.

»Es ist zu ärgerlich«, rief sie enttäuscht, als es ihr wieder einmal misslang.

»Was ist ärgerlich?«, fragte ihre Mutter.

»Man kann hier nicht schwimmen. Dafür müsste man tiefer ins Wasser hinein«, antwortete das Mädchen.

»Untersteh dich! Du hast Herrn Ketelsen gehört. Es ist viel zu gefährlich wegen der Strömungen in den Prielen.« Friederike klang scharf, denn sie kannte ihre jüngste Tochter. Im Gegensatz zu der umsichtigen Auguste und auch zu Lieselotte, die nie auf einen so verrückten Gedanken kommen würde, traute sie es Silvia zu, in der Abenddämmerung ans Meer zu gehen, um zu schwimmen.

Silvia nickte unglücklich, während Vicki nachdenklich auf das Meer schaute. »Morgen fahren wir doch mit dem Fischer hinaus.«

»So haben wir es geplant«, erklärte Theresa.

»Wir könnten vielleicht versuchen, weiter draußen ins Wasser zu gehen und zu baden«, schlug Vicki vor.

»Das werdet ihr nicht tun!«, antwortete Friederike scharf.

Da hob Theresa die Hand. »Sei nicht so rasch mit deinem Urteil zur Hand. Du kennst die Mädchen genauso gut wie ich. Wenn sie im Meer schwimmen wollen, sollen sie es an einer Stelle tun, die der Fischer für ungefährlich hält.«

»Mama hat recht!«, mischte sich Charlotte ein. »Die Mädchen sollten schwimmen, damit sie zufrieden sind. Ich werde mit ins Wasser steigen und auf sie achtgeben.«

»Aber es gehört sich nicht! Es sind Männer an Bord, und die würden sie anstarren.« Friederike gefiel der Gedanke nicht, doch Auguste wies sie darauf hin, dass man eine Art Zelt errichten könne, um sich umzuziehen.

»Das Badekostüm können wir beim Aufbruch ja unter der Kleidung tragen«, setzte sie hinzu. »Danach können wir uns nacheinander in dem Zelt umziehen. Es wird niemand etwas sehen.«

Da sich nun auch noch ihre vernünftigste Tochter auf die Seite der Rebellen schlug, gab Friederike nach.

»Also gut! Aber ihr werdet eine Leine um den Leib tragen, an der wir euch an Bord zurückholen können.«

»Aber Mama, das behindert uns doch nur«, wandte Silvia ein.

Da schüttelte Auguste den Kopf. »Wer alles will, erhält oft am Ende nichts. Was ist gegen eine Leine einzuwenden, wenn sie uns ein wenig Raum gibt, um Schwimmübungen zu machen? Es ist für uns sogar eine Sicherheit, da uns keine Welle davontragen kann. Außerdem wird Mama dadurch beruhigter sein.«

»Ohne Leine werdet ihr gar nicht ins Wasser steigen!«, drohte Friederike.

»Ich halte es für eine ausgezeichnete Idee«, rief Lieselotte, die zwar als kleines Kind schwimmen gelernt hatte, aber seit Jahren keine Übung mehr darin besaß. Am liebsten würde sie ohnehin an Bord bleiben. Damit aber würde sie sich vor den anderen blamieren, und das wollte sie nicht.

»Dann ist es beschlossen!«, erklärte Theresa und wies auf die Badekarren. »Mir wird nun ein wenig kalt, und ich will mich wieder umziehen. Hilfst du mir die Treppe hoch, Auguste?«

»Selbstverständlich, Großmama«, erklärte das Mädchen und trat neben die Großmutter.

Für die anderen war es das Signal zum Aufbruch. Eine nach der anderen verschwand in ihrem Badekarren und schloss die Tür hinter sich zu. Da um diese Zeit kaum andere Frauen badeten, hatte diesmal jede von ihnen einen Karren für sich.

Vicki bedauerte es ein wenig, weil Dagmar und sie sich gegenseitig den Rücken abgetrocknet hatten. Während sie mit dem großen Leintuch hantierte und sich anschließend anzog, dachte sie mit Vorfreude an den nächsten Tag, wenn sie die Planken eines Schiffes unter ihren Füßen spüren würde, auch wenn es nur ein winziger Kutter mit ein paar Mann Besatzung war.

3.

Der nächste Tag zog sonnig und nahezu wolkenlos herauf. Dabei hatte Friederike sich stürmisches Wetter gewünscht, um die Badenixen von ihrem Vorhaben abhalten zu können. Mit einem leisen Schnauben zog nun auch sie das Badekostüm unter dem Kleid an. Sie war in ihrer Jugend eine gute Schwimmerin gewesen und wollte zur Stelle sein, wenn Hilfe nötig sein würde.

Der Fischer, ein kleiner, drahtiger Mann mit wettergegerbtem Gesicht und einem fast schneeweißen Kinnbart begrüßte sie mit der Pfeife im Mund. Zwei Männer begleiteten ihn, einer ein Hüne, der, wie er sagte, einen Walfisch am Schwanz packen und aus dem Wasser ziehen könne, der andere schien der Enkel des Fischers zu sein.

Die Mädchen schnatterten wie aufgeregte Enten, als sie über eine schmale Planke an Bord stiegen. Hilde und Jule hatten ihnen mithilfe der beiden einheimischen Mägde einen großen Korb mit Leckerbissen vorbereitet. Der Korb war Auguste und Lieselotte anvertraut worden. Letztere machte sich auch gleich über ein Stück Hähnchen her und trank Limonade dazu.

Unterdessen lösten die Fischer die Leinen und setzten das Segel. Sofort legte sich der Kutter schräg, so dass Vicki zugreifen musste, damit die offene Limonadenflasche nicht umkippte und auslief.

»Danke«, sagte Lieselotte mit vollem Mund und verstöpselte die Flasche.

Vicki ging unterdessen nach vorne und sah zu, wie der plumpe Bug des Kutters durch die Wellen pflügte. Wasser spritzte hoch und nässte ihre Haut. Doch sie genoss es, während Auguste ein Stück zurücktrat, um trocken zu bleiben.

»Wenn wir Glück haben, sehen Sie ein paar Seehunde«, erklärte der Fischer, der das Steuer mit einer Hand hielt.

»Seehunde?«, fragte Lieselotte verwundert. »Ich wusste gar nicht, dass es Hunde gibt, die im Wasser leben.«

»Es sind keine richtigen Hunde. Man nennt sie nur so«, belehrte Auguste sie.

»Meerkatzen sind auch keine Katzen«, warf Dagmar ein, die letztens in Brehms Tierleben geblättert hatte.

So ging es ruhig dahin. Irgendwann warfen die Fischer einen Treibanker aus und holten das Segel ein. Der Schiffer trat auf seine Passagiere zu. »Ihr sollt vorne bleiben, damit wir das Netz auswerfen können.«

»Husch, husch!«, rief Lieselotte und tat so, als wolle sie Federvieh scheuchen.

»Dir husche ich auch gleich was«, spottete Theo, begab sich aber mit den anderen Richtung Bug.

Silvia beäugte die Fischer misstrauisch, während diese ihr Netz auswarfen. »So können wir gewiss nicht ins Wasser steigen«, sagte sie verärgert.

»Ich glaube doch«, antwortete Vicki. »Das Netz hängt zur rechten Hand aus dem Schiff. Damit könnten wir links ins Wasser steigen.«

»Hier ragt die Bordwand höher aus dem Wasser als drüben! Ohne Treppe kommen wir da nicht hinab.«

»Siehst du dort die Strickleiter? Die müsste auch gehen«, antwortete Vicki.

»Ich wollte, wir hätten das nicht angefangen«, seufzte Friederike. Doch sie trat auf den Schiffer zu und wies auf das Wasser. »Wir wollen hier ein wenig baden.«

»Äh? Was wollt ihr?« Der Mann stierte sie aus halb zusammengekniffenen Augen an. Er fand es schon seltsam, dass Frauen und auch Männer nahe am Ufer in das salzige Wasser stiegen. Es aber hier, mehrere Kilometer vom Strand entfernt zu tun, hielt er für widersinnig. Da die Gruppe ihn jedoch gut bezahlte, zuckte er mit den Achseln.

»Macht, was ihr wollt!«

Dies ließen sich Theo und die Mädchen nicht zweimal sagen. Sie schnappten sich die Strickleiter und wollten sie über Bord lassen. Da klang das zornige Schreien des Schiffers auf.

»Ihr verdammten Landratten müsst die Strickleiter erst mal an der Bordwand befestigen. Wenn sie abtreibt, lasse ich euch hinterherschwimmen, um sie zurückzuholen.«

Vicki hielt mitten in der Bewegung inne und brachte Silvia, die bereits zum Werfen ausholte, dazu, das Ding Theo zu geben. Der nahm eines der Seilenden und wand es um einen vorstehenden Zapfen. Als Vicki das zweite Seilende festbinden wollte, nahm der Schiffer es ihr aus der Hand.

»Das mache ich man lieber selbst! Ihr Weiber schürzt die Knoten so schwach, dass sie aufgehen.«

Zwar glaubte Vicki, das Seil fest genug binden zu können, überließ es aber bereitwillig dem Fischer und wandte sich ihren Cousinen zu. »Wie machen wir es jetzt?«

»Als Erste steige ich ins Wasser«, erklärte Friederike. »Wenn ich es für ungefährlich halte, dürft ihr mir einzeln folgen, aber jede mit einer Leine, damit sie gesichert ist.«

»Das ist ja fast wie beim Bergsteigen. Da sind auch alle mit einem Seil verbunden«, spöttelte Theo und fing sich einen Rüffel von seiner Mutter ein.

»Mit so etwas spaßt man nicht! Außerdem erhält jede ihre eigene Leine. Seht aber zu, dass ihr sie nicht verwirrt.«

»Ja, Mama«, versprach Silvia und wollte ihr Kleid ausziehen.

Auf ein mahnendes Hüsteln ihrer Mutter hin wartete sie, bis Dagmar, Auguste und Vicki die Zeltleinwand aufspannten und sie den Blicken der Fischer und auch denen von Theo und Eicke entzogen waren. Als sie im Badekostüm wieder herauskam und die Strickleiter hinabsteigen wollte, hielt Friederike sie auf.

»Ich sagte, ich verlasse als Erste das Schiff.«

In ihrer Begeisterung, endlich in tieferes Wasser steigen zu können, hatte Silvia nicht mehr daran gedacht und senkte den Kopf.

»Jetzt zieh kein solches Gesicht. Auf die paar Minuten kommt es wirklich nicht an«, tröstete Theresa sie lächelnd.

»Das meine ich auch«, stimmte ihr Friederike zu und begab sich als Nächste in das Umkleidezelt. Als sie wieder herauskam, nahm sie eine der vorbereiteten Leinen, band sie sich um den Leib und stieg die Strickleiter hinab. Es ging nicht so leicht, und eine weniger bewegliche Frau als sie hätte Probleme bekommen. Kaum war sie im Wasser, stieß sie sich von der Bordwand ab und schwamm neben dem langsam dümpelnden Kutter her.

»Mama, darf ich jetzt kommen?«, fragte Silvia aufgeregt.

Friederike hob zwischen zwei Schwimmzügen den Kopf. »Du kannst ins Wasser, und noch eines der Mädchen. Nicht mehr.«

Vicki, Auguste, Lieselotte und Dagmar sahen einander an. Da versetzte Charlotte ihrer Tochter einen leichten Klaps auf die Schulter.

»Du kommst mit mir! Wenn wir das Wasser wieder verlassen, sollen die drei anderen baden. Dann sind immer vier von uns im Meer. Oder willst du auch schwimmen, Mama?«

Theresa schüttelte amüsiert den Kopf. »Für solche Dinge bin ich wohl doch ein wenig zu alt. Mir reicht es, wenn ich aus dem Badekarren steigen und ins Wasser eintauchen kann.«

»Und was ist mit Theo und mir?«, meldete sich Eicke.

Seine Mutter drehte sich mit einem tadelnden Blick zu ihm um. »Ihr werdet warten können, bis wir anderen das Wasser wieder verlassen haben. Wo hätte man je gehört, dass männliche und weibliche Personen gemeinsam baden würden?«

Mit den Worten ging sie zur Strickleiter, fasste diese und stieg über Bord. Dagmar folgte ihr, kaum dass sie das Wasser berührt hatte.

Obwohl sogar Lieselotte nun ihre Angst vor dem Wasser überwunden hatte, hielten Vicki, Auguste und sie sich zurück und sahen zu, wie die anderen so weit vom Schiff wegschwammen, wie ihre Leinen reichten.

»Da haben wir ja ein paar prächtige Fische an der Angel«, spottete der Schiffer und wandte sich wieder seinem Netz an der anderen Seite zu. Selbst wenn er an diesem Tag weniger fing als sonst, machte sich diese Fahrt bezahlt, dachte er. Allerdings kam er nicht darüber hinweg, dass erwachsene Frauen wie Friederike und Charlotte ebenfalls hier schwammen. Bei dem Grüngemüse, wie er die fünf Cousinen für sich nannte, hätte er es noch verstanden, und noch mehr bei den beiden Jünglingen. Aber wenn sie es so wollten, war er der Letzte, sie daran zu hindern. Die Hauptsache war, sie drückten ihm und seinen beiden Leuten hinterher noch ein saftiges Trinkgeld in die Hand.

Schließlich wies Friederike Silvia und Dagmar an, wieder an Bord zu steigen. Beide waren recht gute Schwimmerinnen und hatten ihr Vertrauen in sie gerechtfertigt. Bei Auguste erwartete sie dies ebenfalls, war aber nicht sicher, ob Lieselotte mit den leicht aufschaukelnden Wellen zurechtkommen würde. Noch mehr Sorge machte ihr Vicki, denn sie nahm nicht an, dass diese jemals schwimmen gelernt hatte.

»Bleib beim Schiff und halt dich an der Strickleiter fest«, wies sie das Mädchen an, als es ins Wasser stieg.

Vicki gehorchte, war aber weitaus weniger besorgt als ihre Tante. Immerhin hatte sie auf dem Land heimlich mit den Dorfjungen zusammen im Fluss gebadet und dabei zumindest ein wenig schwimmen gelernt. Hier musste sie allerdings achtgeben, immer mit den Wellen zu schwimmen. Als sie es einmal nicht tat, geriet Salzwasser in ihre Augen. Diese brannten, und für eine kurze Zeit konnte sie ihre Umgebung nur verschwommen sehen.

»Achtung, das Schiff!«

Friederikes Warnruf zeigte Vicki, dass sie sich dem Kutter zu weit genähert hatte. Rasch schwamm sie davon weg und achtete nun darauf, mehr auf den Wellen zu bleiben, als sich von ihnen taufen zu lassen. Selbst die Menge an Stoff, in die sie sich der Schicklichkeit wegen hatte hüllen müssen, behinderte sie kaum. Dies tat mehr die Leine, die die Angewohnheit besaß, sich um eines ihrer Beine zu wickeln. Vicki wäre sie gerne losgeworden, wollte aber ihre Tante nicht erzürnen.

Viel zu schnell kam der Befehl, wieder an Bord zu steigen. Vicki gehorchte seufzend, schlüpfte in das Zelt, das ihre Cousinen hielten, und zog sich um. Es war schwieriger als im Badekarren, da der Kutter in den Wellen schwankte. Mit Mühe und Not hielt sie sich auf den Beinen und streifte rasch ihr Kleid über.

Wenig später stieg Friederike an Bord und benützte nun selbst das Zelt. Unterdessen entledigten sich Theo und Eicke im Freien ihrer Oberbekleidung. Auch sie hatten ihre Badekostüme darunter angezogen. Wie bei den Frauen reichten diese bis zu den Waden und gerade bis zu den Ellbogen, besaßen jedoch keine Rüschen als Schmuck und sahen in den Augen der Mädchen einfach lächerlich aus. Vor allem die weißen und blauen Querstreifen amüsierten die Mädchen.

»Ihr seht ja aus wie Sträflinge«, spottete Auguste und erntete einen bitterbösen Blick ihres Bruders.

Bisher hatten er und Eicke am Herrenstrand von Büsum gebadet und waren den Frauen nicht unter die Augen bekommen. Nun sah er an sich herab und fand, dass sein Badeanzug gut aussah.

»Du kannst meinetwegen sagen, was du willst«, sagte er zu Auguste und kletterte über Bord.

»He, was ist mit der Leine?«, rief Lieselotte ihm nach.

Theo hielt kurz inne. »Die ist nur für euch Mädchen. Männer brauchen das nicht.« Damit stieg er ins Wasser und schwamm ein Stück vom Kutter fort.

Eicke, der ihm folgte, hatte sich auch nicht mit einer Leine gesichert. Seine Mutter zog kurz die Augenbrauen hoch, sagte aber nichts, während Friederike besorgt zur Bordwand ging.

»Seid vorsichtig!«, rief sie Theo und Eicke zu. »Auch wenn es nicht so aussieht, so bewegt sich das Schiff zwischendurch schneller, als ihr ihm hinterherschwimmen könnt.«

»Aber Mama, du tust direkt, als wenn ich noch ein kleiner Junge wäre«, antwortete Theo lachend und bezahlte es mit einem kräftigen Schluck Salzwasser, das ihm in den Mund schwappte. Er spuckte es angewidert aus, hustete mehrmals und sah dann zu seinem Erstaunen, dass er mehr als die Länge des Kutters hinter diesem zurückgeblieben war. Er schwamm ihm nach, begriff aber bald, dass er kaum aufholte.

»Können wir den Kahn nicht anhalten?«, fragte Friederike den Schiffer und verärgerte diesen, weil er seinen fast acht Meter langen Kutter als Kahn geschmäht sah.

»'ne Bremse hat das Schiff nicht«, antwortete er ungehalten und ging nach hinten. Dort griff er nach einer Leine, nahm kurz Maß und schnellte das eine Ende Theo zu.

»Hier, fang!«, rief er und nickte zufrieden, als er sah, wie der junge Mann die Leine packte und sich daran auf das Schiff zuzog.

Wenig später stand Theo kleinlaut an Bord und war froh, dass seine Mutter ihn nur mit Blicken und nicht auch noch mit Worten tadelte.

»So viel zur Leine, die nur Mädchen brauchen«, spottete Lieselotte grinsend.

Theo beschloss, nicht darauf zu antworten. Da die anderen begriffen, wie sehr der Zwischenfall an seinem Selbstwertgefühl nagte, hielten sie den Mund und fielen über den Picknickkorb her. Da Schwimmen hungrig machte, blieb nicht viel übrig.

Unterdessen kam auch Eicke wieder an Bord und sah den Fischern zu, die damit begannen, ihr Netz einzuholen. Für drei Mann war es eine harte Arbeit, und so drehte der Schiffer sich zu ihm und Theo um.

»Ich würde mich freuen, wenn die jungen Herren mithelfen könnten. Da ich die Herrschaften mitgenommen habe, mussten zwei Leute an Land bleiben. Die fehlen mir jetzt beim Netz.«

Theo und Eicke sahen einander kurz an und traten dann zu den Fischern. Das Netz einzuholen war kein Honigschlecken, und es dauerte geraume Zeit, bis es geschafft war. Als die Fischer ihren Fang dann auf dem Mittelteil des Schiffes abluden, nickten sie zufrieden. Sie hatten nicht weniger gefangen als sonst und zusätzlich gut an den Feriengästen verdient.

4.

Die Aufregungen des Tages waren noch nicht verdaut, als die Gruppe in Büsum den Kutter verließ und das kurze Stück Weges zum Haus einschlug. Dort wartete die nächste Überraschung auf sie. Egolf, Friederikes und Theodors mittlerer Sohn, wartete auf der Bank neben der Tür.

Friederike eilte auf ihn zu. »Du bist aus England zurück?«

»Und aus Amsterdam«, erklärte Egolf lächelnd und umarmte seine Mutter. Anschließend winkte er den anderen zu. »Ich hoffe, ihr amüsiert euch hier in dieser öden Gegend.«

»Was soll hier öde sein?«, fragte Auguste mit einer gewissen Schärfe.

»Nun ja, es gibt hier nur flache Wiesen, Schafe, Kühe und sonst nicht viel.«

»Uns reicht es!«, erklärte Lieselotte beleidigt.

»Ich will ja nichts gegen die Gegend sagen. Immerhin hat der Arzt sie Großmama empfohlen. Wie geht es dir?« Egolf trat auf Theresa zu und schloss sie vorsichtig in die Arme.

»Mir geht es sehr gut«, antwortete die alte Dame. »Ich kann wieder richtig atmen und fühle mich gekräftigt. Wenn unser Herrgott im Himmel es zulässt, will ich im nächsten Sommer erneut hierherkommen.«

Eine gewisse Sorge schwang in Theresas Worten mit, denn sie wusste nicht, wie sich die Geschäfte ihres Sohnes entwickeln würden. Gingen sie weiter bergab, würden sie sich den Aufenthalt hier nicht mehr leisten können.

Auch Friederike befürchtete dies und stupste ihren Sohn an. »Sag, was hast du in London erreicht?«

»Das erzähle ich euch lieber beim Essen. Ich habe nämlich Hunger, denn ich habe heute Vormittag in Hamburg nur ein

Brötchen gegessen«, antwortete Egolf so fröhlich, dass ein Teil der Besorgnis von Friederike und Theresa wich.

»Kommt herein!«

Hilde begrüßte sie und zeigte auf Egolf. »Nicht, dass Sie denken, wir wären so ungefällig gewesen, dem jungen Herrn einen Imbiss zu verwehren, doch er wollte mit dem Essen warten, bis die ganze Familie zu Hause ist.«

»Wir machen dir doch keinen Vorwurf, Hilde«, beruhigte Friederike die Frau und wandte sich ihren Töchtern und Nichten zu. »Husch, in eure Kammern! Ich erwarte euch in einer halben Stunde im Esszimmer. Wer zu spät kommt, erhält keinen Nachtisch.«

Lachen antwortete ihr, dann sausten die Mädchen die Treppe hinauf.

Charlotte sah ihnen kopfschüttelnd nach und wandte sich an ihre Mutter. »Waren wir in unserer Jugend auch so?«

»Ich glaube, du warst noch schlimmer«, antwortete Theresa mit einem nachsichtigen Lächeln. »Aber du warst unser Nesthäkchen, und Großmama Charlotte und dein Vater haben dich fürchterlich verzogen! Ich musste da so manches Mal eingreifen, um dich kleinen Trotzkopf zu bändigen.«

Charlotte nahm es mit einem Lachen hin. »Ich war damals manchmal fürchterlich böse auf dich. Heute weiß ich, dass du recht hattest. Ich sehe es ja an meinen beiden. Bei denen muss ich auch des Öfteren die Zügel anziehen.« Sie beugte sich zu ihrer Mutter hin und küsste sie. »Ich liebe dich heute mehr als jemals zuvor, Mama.«

»Ich habe dich immer geliebt«, antwortete Theresa und lachte vergnügt. »Doch nun sollten wir uns mit dem Umziehen beeilen, sonst versagt Friederike uns den Nachtisch.«

Charlotte brach ebenfalls in Gelächter aus und half dann ihrer Mutter nach oben.

Friederikes Drohung schien gewirkt zu haben, denn alle fanden sich rechtzeitig am Abendbrottisch ein. Ohne Ausnahme waren sie neugierig auf das, was Egolf zu erzählen hatte. Er war zwar nur ein gutes Jahr älter als Theo, wirkte aber weitaus reifer. Trotz seines Studiums unterstützte er seinen Vater bereits nach Kräften in der Fabrik. Daher hatte er die Reisen zu den Messen nach London und Amsterdam unternommen und wusste vieles zu berichten.

Die Mädchen hingen ihm förmlich an den Lippen, als er ihnen die Wunder der beiden Städte beschrieb, von denen die eine die Hauptstadt des größten Imperiums war, das die Welt je gesehen hatte, und die andere förmlich dem Meer entrungen worden war.

»Ihr müsstet Amsterdam einmal sehen und euch mit einem Kahn durch die Grachten fahren lassen. Es lohnt sich, die Patrizierhäuser in der Prinzengracht anzuschauen oder das Stadthaus. Es sind prachtvolle Bauten«, erklärte Egolf, der sich geschmeichelt fühlte von dem Interesse, das die Mädchen für seine Erzählungen zeigten. Das Wichtigste für die gesamte Familie hob er sich für zuletzt auf, als Hilde mit ihren Helferinnen bereits den Tisch abgeräumt und Getränke serviert hatte.

Egolf hatte sich ein Glas Wein gewünscht und hob es nun mit einer triumphierenden Geste hoch. »Unsere Tuche haben in London eine Goldmedaille gewonnen und ebenso in Amsterdam! Das wird es unseren Verleumdern schwer machen, sie weiterhin als schlechte Qualität hinzustellen.«

Auf diese Worte hin herrschte etliche Sekunden Stille. Dann reckte Friederike beide Arme nach oben. »Dem Himmel sei gedankt! Da fällt eine große Sorge von mir ab.«

»Es wird noch besser.« Egolf strahlte übers ganze Gesicht. »Ich konnte sowohl in London wie auch in Amsterdam neue

Abnehmer für unsere Tuche finden, ironischerweise sogar etliche aus Deutschland. Durch die Kritik an unseren Tuchen hatten sie sich bisher zurückgehalten, doch nachdem wir die Preise gewonnen haben, sind sie auf mich zugekommen. Damit haben wir die schlimmsten Klippen umschifft und können hoffnungsvoll in die Zukunft blicken.«

Seine Worte, aber auch die Reaktion der Mutter verrieten Auguste und ihren Schwestern, wie schlimm die Lage der väterlichen Fabrik gewesen sein musste. Die drei Mädchen umarmten jetzt die Mutter, die Großmutter und ihre beiden Brüder, während ihre Tante Charlotte zufrieden nickte.

»So soll es sein! Du hast deinem Vater und deinem Großvater Ehre gemacht, Egolf, und wirst einmal ein großer Fabrikant werden.«

Egolf lächelte geschmeichelt. Ursprünglich war er für den Militärdienst vorgesehen gewesen, doch die Begeisterung seines ältesten Bruders Fritz für die Offizierslaufbahn hatte ihn in die Rolle des Fabriknachfolgers rutschen lassen.

»Ich habe Vater telegrafiert«, sagte er. »Da wir auch in der Schweiz Kunden gewinnen wollen, werde ich Auguste dorthin begleiten, während Theo Mama, Lieselotte und Silvia zuerst nach Berlin und die beiden Mädchen später ins Internat bringen wird.«

Als Theo das hörte, zog er eine saure Miene. Er hatte sich auf die Schweiz gefreut – nicht zuletzt, um einmal den strengen Augen der Mutter entkommen zu können. Dem Beschluss des Vaters konnte er sich jedoch nicht widersetzen.

»Dann sei es so«, sagte er.

»Dafür wirst du mich auf meiner nächsten Reise nach London begleiten«, fuhr sein Bruder fort. »Vater und ich sind zu der Ansicht gelangt, dass die Fabrik zu groß geworden ist, um nur von einem einzigen Mann geleitet werden zu können. Wir wollen eine zweite Fabrik in der Rheinprovinz errichten. Für diese benötigen wir einen Direktor. Der sollst du sein, wenn Vater zu der Überzeugung gelangt, dass du dafür geeignet bist. Oder willst du unbedingt Pfarrer werden?«

Theo schüttelte den Kopf, aber ehe er antworten konnte, äußerte Friederike einen Einwand.

»Eine neue Fabrik kostet doch sehr viel Geld! Woher soll das kommen, da wir in den letzten Jahren so zu kämpfen hatten?«

»Sie soll ja auch nicht heuer gebaut werden und voraussichtlich auch nicht im nächsten Jahr. Doch wir müssen nach vorne schauen, wenn wir über unsere Gegner triumphieren wollen.«

Die letzten Worte klangen hart und zeigten an, dass Egolf trotz seiner Jugend energisch genug war, diesen Kampf auszufechten.

Friederike wunderte sich, wie verschieden ihre Söhne waren. Ihr Ältester, Fritz, war mit Leib und Leben Soldat. Alles andere interessierte ihn wenig, während Theo jungem Wein glich, der erst noch gären musste. Dagegen war Egolf bereits jetzt ihrem Mann eine vollwertige Stütze und würde ihn, wenn die Zeit gekommen war, an der Spitze des Werkes ersetzen können.

5.

Egolfs Erscheinen brachte Veränderungen mit sich. Da er mit der Reise in die Schweiz nicht warten konnte, neigte sich die unbeschwerte Zeit an der See für Auguste dem Ende zu. Bereits am Vorabend ihrer Abreise flossen reichlich Tränen. Lieselotte und Silvia begriffen erst jetzt so richtig, dass sie die

Schwester viele Monate lang nicht mehr sehen würden, und auch Vicki war traurig, denn sie hatte sich an die Gesellschaft ihrer ruhigen und stets besonnenen Cousine gewöhnt. Seit sie mit ihr zusammen Frau Berends' Institut besucht hatte, waren sie nur selten länger als ein paar Tage getrennt gewesen, und so weinte sie ebenso wie die anderen.

Um ihren Töchtern den Abschied zu erleichtern, beschloss Friederike, mit Theo, Lieselotte und Silvia denselben Eisenbahnzug wie Egolf und Auguste nach Hamburg zu nehmen und dort in den Kurswagen nach Berlin umzusteigen. Auch Charlotte wollte mit den Zwillingen abreisen und Dagmar später in ihr Internat in der Schweiz bringen. Vicki hingegen würde in Büsum bei ihrer Großmutter bleiben und einige Wochen später mit dieser zusammen heimkehren.

Es gab daher viel zu packen, und sie brauchten zuletzt nicht nur die Hilfe der beiden Dienstmädchen, sondern auch die von Merry und Elka, bis alles verstaut war. Ketelsens Knechte übernahmen den Transport des Gepäcks zum Bahnhof, und er selbst brachte die Gruppe dorthin.

Als Theresa auf dem Bahnsteig stand und daran dachte, dass sie mit Vicki und Jule hier zurückbleiben würde, während alle anderen abreisten, winkte sie Egolf zu sich.

»Sieh zu, ob du noch Billetts für Vicki und mich bis Heide und zurück bekommst. Es ist gewiss vergnüglicher, wenn wir bis dorthin gemeinsam reisen und uns erst dann trennen.«

»Wie du wünschst, Großmama«, antwortete der junge Mann und eilte los. Er hatte Glück, denn der Zug war nicht voll besetzt, und so konnte die Reise für alle beginnen.

Vicki und ihre Cousinen hatten während der Fahrt noch einiges zu bereden und schworen einander, sich oft zu schreiben. Diesmal achtete niemand auf das flache, grüne Land mit seinen Kühen und Schafen und den wuchtigen Haubargs dazwischen, denn ihre Herzen waren in Aufruhr. Zum ersten Mal, seit Vicki mit Auguste, Lieselotte und Silvia in die Höhere-Töchter-Schule von Frau Berends gefahren war, würden sie für längere Zeit getrennt sein.

Vicki sah ihre Tanten und Cousinen ungern scheiden, war aber froh, sie nicht nach Berlin begleiten zu müssen. So hatte sie noch einige Wochen Ruhe vor ihrem griesgrämigen Vater, dessen zweiter Frau und ihren überheblichen Brüdern.

Viel zu früh für alle erreichten sie den Bahnhof in Heide. Hier mussten diejenigen, die nach Hamburg wollten, umsteigen. Da ihnen nicht viel Zeit blieb, wurde es ein kurzer, aber inniger Abschied, und keines der Mädchen konnte die Tränen zurückhalten.

Um die Mädchen zu trösten, umarmte Charlotte jede einzelne ihrer Nichten.

»Kopf hoch!«, sagte sie. »Es gibt für uns alle ein Wiedersehen.«

»Hoffentlich!«, entfuhr es Vicki, und sie fühlte eine seltsame Beklemmung in sich hochsteigen. Sie ließ sich jedoch nichts anmerken, sondern winkte ihren Cousins und Cousinen zu, als diese eingestiegen waren und durch die Waggonfenster herausschauten.

Auch Theresa winkte und legte dann die Hand auf Vickis Schulter. »Da unser Zug erst in drei Stunden zurückfährt, werden wir jetzt gemütlich in einem Gasthof zu Mittag essen.«

»Ja, Großmama«, antwortete Vicki, obwohl sie nicht den geringsten Hunger verspürte.

Ketelsen hatte ihnen einen Gasthof etwas abseits des großen Marktplatzes empfohlen. Theresa aß mit gutem Appetit und sah zufrieden, dass auch Vicki nach einem gewissen Zögern eifrig zulangte.

»Der Abschied gehört zum Leben wie so vieles andere. Solange es nicht für immer ist, ist es gut«, sagte sie leise und dachte an ihren Friedrich, mit dem sie so viele Jahre lang glücklich gewesen war.

Vicki nickte. »Ja, Großmama! Wir werden Auguste und die anderen in den Ferien wiedersehen.«

»Das werden wir.« Theresa lächelte ihrer Enkelin zu und ertappte sich bei dem Wunsch, Vicki für immer bei sich behalten zu können. Im Haushalt ihres Vaters war das Mädchen völlig fehl am Platz. Doch in seiner preußisch-korrekten Art fühlte Gustav von Gentzsch sich verpflichtet, seine Tochter aufzuziehen, auch wenn er ihr den Tod der Mutter niemals verzeihen konnte. Eine Träne stahl sich aus Theresas Augen, als sie an Gunda dachte, die diese Welt viel zu früh hatte verlassen müssen.

Vielleicht wäre es anders gekommen, wenn ich früher eingegriffen hätte?, fragte sie sich. Doch um wirklich zu begreifen, was in Gustav von Gentzsch vorging, war die Entfernung zwischen Berlin und der westfälischen Provinz zu groß gewesen.

Theresa seufzte und wünschte sich, die Zeit zurückdrehen zu können. So aber hatte sie bis vor kurzem in erster Linie Malwine für das verschlossene Wesen ihrer Enkelin verantwortlich gemacht und nicht deren Vater.

»Magst du noch Backpflaumen?«, fragte sie, um nicht in Trübsinn zu versinken.

»Nein, danke. Ich bin satt.« Vicki rang sich ein Lächeln ab. »Heute Abend wird Jule nicht viel kochen müssen. Ich glaube, mir wird eine Stulle mit Käse oder Wurst reichen.«

»Etwas mehr wird es schon werden«, meinte Theresa und winkte den Gastwirt zu sich. »Ich wünsche die Rechnung.«

»Sehr wohl, gnädige Frau!« Der Mann eilte zum Schanktisch, griff nach einem Zettel und begann zu rechnen. Die

Summe, die er dann nannte, hätte in Berlin nicht einmal ausgereicht, um auch nur eine Person satt zu bekommen. Theresa gab daher ein hübsches Trinkgeld und hakte sich dann bei ihrer Enkelin ein.

»Es wird Zeit, zum Bahnhof zu gehen.«

6.

Der Zug nach Büsum stand bereit. Da der Herbst bereits heraufzog, fuhren nur noch wenige Feriengäste mit, und so war die erste Klasse kaum besetzt. Bei den wenigen Mitreisenden handelte es sich zumeist um ältere Herrschaften, denen der Arzt eine Kur an der salzigen Seeluft angeraten hatte. Einzig eine junge Frau saß etwas im Schatten, so dass Vicki sie erst erkannte, als sie deren Begleiterin wahrnahm. Es handelte sich um Emma von Herpich, die ihr nun ein weiteres Mal über den Weg lief.

Obwohl Frau von Herpich immer freundlich und zuvorkommend gewesen war, gab es etwas an ihr, das Vicki abstieß. Sie überlegte bereits, ob sie die Frau nicht beachten sollte. Da entdeckte diese Theresa und kam freudestrahlend auf sie zu.

»Was für eine Überraschung! Ich grüße Sie, liebste Frau von Hartung, und auch Sie, mein Fräulein.« Emma von Herpich umarmte beide und winkte dann ihrer hässlichen Zofe.

»Bring das Schmuckköfferchen her, Bonita! Wenn Sie erlauben, würde ich mich gerne zu Ihnen setzen.«

Das Zweite galt Theresa, die zustimmte, weil sie nicht unhöflich sein wollte. Emma von Herpich hatte die Villa Hartung zu Beginn der Ferien mehrmals aufgesucht, doch eine Freundschaft war daraus nicht erwachsen. Andererseits war sie von Adel, und so bequemte Theresa sich, ihr zuzuhören und gelegentlich das eine oder andere Wort einzuwerfen.

Vicki hingegen sagte überhaupt nichts, sondern beobachtete Emma von Herpich nur. Diese erschien ihr seltsam angespannt, denn sie machte kurze, unbewusste Bewegungen mit der linken Hand, und um die Augen lag ein scharfer Zug, der dem lieblichen Gesicht einen harten Ausdruck verlieh. Sie sieht aus, als wenn sie Sorgen hätte, dachte Vicki und fragte sich, was die Frau bedrücken mochte. An finanzielle Probleme glaubte sie nicht, denn die Frau trug Schmuck im Wert von mehreren Tausend Mark, und ihr Kleid war neu.

Vicki ahnte nicht, dass der Schmuck, den Emma von Herpich trug, deren Sicherheit darstellte, wenn Markolf von Tiedern das Interesse an ihr verlor und sie auf eigenen Beinen stehen musste. Daher überlegte das Mädchen, ob die schöne Frau auf eine zweite Heirat gehofft und dabei eine Enttäuschung erlebt hatte.

War Emma von Herpich zunächst froh gewesen, so rasch auf Theresa und Vicki gestoßen zu sein, hörte sie nun zu ihrer Enttäuschung, dass mit Theodor von Hartungs Töchtern diejenigen, auf die Tiedern es in erster Linie abgesehen hatte, Büsum bereits wieder verlassen hatten. Da es hieß, Theresa von Hartung werde drei Monate an der See verbringen, hatte Tiedern erwartet, ihre Enkelinnen würden die gesamte Zeit über bei ihr bleiben, und nicht daran gedacht, dass die jüngeren Mädchen wieder ins Internat zurückkehren mussten.

Nun blieb ihr nur, Tiedern rasch einen Brief mit den neuen Entwicklungen zu schreiben und sich bis zu dessen Antwort mit dessen zweitem, wenn auch weniger wichtigen Opfer anzufreunden. Markolf von Tiedern hatte seinem Sohn Vicki als Beute versprochen. Wenigstens diesen Auftrag hoffte Emma von Herpich noch während ihres Aufenthalts an der See ausführen zu können.

7.

Markolf von Tiedern starrte verärgert auf den Brief in seiner Hand. Er stammte von einem seiner Handlanger in den Beschaffungsämtern, die Theodor von Hartung wegen angeblicher Qualitätsmängel die Zahlungen gekürzt hatten. Nun schrieb der Mann, er habe Angst, seine Manipulationen könnten aufgedeckt werden.

Die Verleihung der Goldmedaillen an Hartung in London und Amsterdam war in allen Berliner Zeitungen verkündet worden, und es hieß, Seine Majestät, der Kaiser, habe Theodor von Hartung in Privataudienz empfangen und ausdrücklich zu diesem Erfolg beglückwünscht.

»Der Teufel soll Hartung holen, den Kaiser und die verdammten Engländer und Holländer dazu«, fluchte Tiedern.

Wenn er nicht achtgab, konnte diese Sache für ihn selbst zur Falle werden. Da die Tuche der Hartung-Werke als mangelhaft galten, hatten die staatlichen Aufkäufer auf die Erzeugnisse anderer Fabrikanten zurückgegriffen. Deren Qualität konnte jedoch nicht mit Hartungs Tuchen mithalten, und so gab es bereits erregte Eingaben verschiedener Stellen, die vehement forderten, wieder zu dem früheren Anbieter zurückzukehren.

»Wenn Theodor erneut Lieferverträge mit dem Staat abschließt, wird er das zurückgehaltene Geld zur Sprache bringen«, setzte Markolf von Tiedern sein Selbstgespräch fort. Wenn es deswegen zu einer Untersuchung kam, schwebte er in höchster Gefahr, denn Dravenstein und seine Helfer würden ihn eiskalt opfern, um sich selbst retten zu können.

Mit einer hastigen Bewegung ergriff Tiedern die Klingel und läutete. Nur Augenblicke später schoss sein Neffe Reinhold herein.

»Sie wünschen, Herr Onkel?«

»Wolfgang soll kommen! Wir müssen Nägel mit Köpfen machen.«

»Sehr wohl.« Reinhold schauderte, denn er fragte sich, welch verbrecherische Pläne die beiden nun schon wieder ausheckten, und verfluchte seine eigene Schwäche. Da er nichts dagegen unternahm und sogar als Handlanger seines Onkels fungierte, machte er sich mitschuldig an allem, was dieser tat.

Der letzte flehende Brief seiner Mutter kam ihm in den Sinn. Sie hatte berichtet, dass die Werbung des Beamten aus Erfurt um seine älteste Schwester in die entscheidende Phase getreten sei. Der Mann war doppelt so alt wie Ottilie, aber gut situiert, und diese Verbindung würde nicht nur ihr, sondern auch der Mutter und der jüngeren Schwester ein gutes Auskommen bescheren. Daher dürfe er unter keinen Umständen den Zorn des Onkels erregen, da dieser sonst die Karriere von Ottilies Verehrer und damit auch die Aussicht auf eine Heirat beenden könne.

Was bin ich nur für ein Feigling, dachte Reinhold, als er sich auf die Suche nach seinem Vetter machte. Er fand Wolfgang in der Wäschekammer, wo dieser gerade das jüngste Dienstmädchen von hinten begattete. Von Reinholds Auftauchen ließ er sich nicht stören, bis er mit einem triumphierenden Laut zur Erfüllung kam.

»Was gibt es«, fragte er Reinhold, während er sein Glied wieder in der Hose verstaute.

»Ihr Herr Vater will Sie sprechen.«

»Dann mache ich mich besser auf den Weg«, antwortete Wolfgang grinsend.

Früher hatten Reinhold und er einander geduzt. Mittlerweile aber fand er, dass sein Vetter als Sohn eines schlichten, bürgerlichen Lehrers es ihm schuldig war, ihn wie einen hohen Herrn anzusprechen.

»Wenn du willst, kannst du bei Trude weitermachen, wo ich aufgehört habe«, sagte er grinsend.

»Ich heiße Luzie«, antwortete die Kleine, die nun die Tränen nicht mehr zurückhalten konnte.

»Namen sind Schall und Rauch! Nur das, was du zwischen den Beinen hast, zählt«, sagte Wolfgang und ging.

Reinhold sah auf das Mädchen und verspürte nicht das geringste Begehren. »Du brauchst keine Angst zu haben. Ich tue dir nichts.«

»Danke!« Die Kleine knickste und sah ihn aus matten Augen an. »Warum hat er das getan? Ich wollte das nicht. Unser Pastor sagt, ich …« Sie brach ab, schnupfte die Tränen und setzte ihre Arbeit fort, bei der Wolfgang von Tiedern sie gestört hatte.

Reinhold sah sie traurig an. Ebenso wenig, wie er die Mädchen schützen konnte, die Lobeswert für die Orgien von Tiederns Freunden anlockte, konnte er Luzie vor dieser Gewalt bewahren. Er verachtete sich dafür, nicht zu wissen, wie er gegen seinen Onkel jemals ankommen sollte.

Als er die Kammer verließ, überlegte er, ob er an der Tür lauschen sollte, während sein Onkel mit Wolfgang sprach. Die Gefahr, von einem Domestiken gesehen und verraten zu werden, erschien ihm jedoch zu groß.

Während Reinhold sein Zimmer aufsuchte, um einen Antwortbrief an seine Mutter aufzusetzen, betrat Wolfgang von Tiedern die Bibliothek, in der sein Vater auf ihn wartete.

»Du hast lange gebraucht!«, empfing ihn dieser grollend.

Wolfgang grinste. »Ich war noch mit Trude zugange – oder heißt sie Luzie?«

»Deine Vorliebe für das weibliche Dienstpersonal wird uns noch eine Reihe von Bastarden einbringen!«

»Lobeswert kennt eine Hebamme, die das verhindern kann«, antwortete Wolfgang leichthin und wechselte das Thema. »Weshalb hast du mich rufen lassen?«

»Wir müssen Theodor von Hartung so rasch wie möglich einen vernichtenden Schlag versetzen.«

»Das tust du doch schon die ganze Zeit«, antwortete Wolfgang lachend.

»Du verstehst das nicht! Der Schurke hat für seine Tuche Goldmedaillen in London und Amsterdam gewonnen. Jetzt fragen sich einige, weshalb ausgerechnet die Lieferungen an das Heer von schlechter Qualität gewesen sein sollen. Wird nun nachgeforscht, besteht die Gefahr, dass alles, was ich in zwei Jahrzehnten mühsam aufgebaut habe, wie ein Kartenhaus zusammenbricht.«

Tiederns Stimme klang eindringlich, dennoch vermochte er seinem Sohn den Ernst der Lage nicht klarzumachen.

»Was kann uns schon passieren? Wir haben doch unsere Freunde.«

»Die uns mit Begeisterung ans Messer liefern werden, um ihre eigene Haut zu retten.« Für einen Augenblick bedauerte Tiedern es, den Kampf mit Theodor von Hartung begonnen zu haben, straffte dann aber die Schultern. »Da es mir nicht gelungen ist, seine Fabrik zu ruinieren, müssen wir ihn gesellschaftlich vernichten. Aus diesem Grund wirst du umgehend nach Büsum reisen und dafür sorgen, dass seine Töchter und Nichten in Verruf kommen. Emma ist bereits dort und wird dir helfen, an die Mädchen heranzukommen. Reinhold und Lobeswert werden dich begleiten. Letzterer hat eine Fotokamera, die uns von großem Nutzen sein wird. Sobald in gewissen Kreisen Fotografien der nackten Mädchen von Hand zu Hand gereicht werden, ist Hartungs Ansehen am Boden, und ich werde endlich über ihn triumphieren.«

Aus Tiedern sprach der reine Hass. Bereits in der Schule hatte er den Sohn des reichen Fabrikanten glühend beneidet und ihn auszunutzen versucht. Er war damit jedoch gescheitert und in den Ruf eines Schnorrers geraten. Aus Rache hatte er Theodor noch in ihren Studienzeiten als Feigling hinstellen wollen. Doch auch dies war ihm misslungen. Stattdessen hatten die Kommilitonen ihn als Feigling angesehen und verhindert, dass er in ihre einflussreiche Korporation hatte eintreten können. Nur mit Mühe war es ihm gelungen, die Karriereleiter aufzusteigen, und er hatte dafür Methoden anwenden müssen, die niemals ans Tageslicht gelangen durften.

»Hartung muss die Verachtung aller spüren. Nur dann sind wir sicher!«, schärfte er seinem Sohn ein.

»Ich werde dafür sorgen, dass es so kommt.« Insgeheim setzte Wolfgang hinzu, dass es ihm sehr viel Freude bereiten würde, die hübschen Mädchen und allen voran Victoria von Gentzsch zu entjungfern. Einen Einwand aber brachte er.

»Soll Reinhold wirklich mitkommen? Ich halte ihn für einen argen Tugendbold. Er besteigt ja nicht einmal die Dienstmädchen hier im Haus, obwohl er genug Gelegenheit dafür hätte.«

»Lobeswert und du, ihr braucht jemanden, der euch zuarbeitet. Das soll Reinhold tun. Sei ohne Sorge, er wird sich niemals gegen mich stellen. Dafür sorgt schon meine Schwester. Diese schärft ihrem Sohn jedes Mal ein, mich niemals zu enttäuschen.«

»Sollte Reinhold es wagen, würden es seine Schwestern bezahlen«, meinte Wolfgang lachend.

»Du Narr!«, fuhr ihn sein Vater an. »Es sind deine Cousinen und meine Nichten. Wenn wir mit ihnen das tun, was wir mit Hartungs Töchtern planen, würde es unserer eigenen Reputation schaden! Meine Schwester soll sie brav an nachrangige Beamte oder Lehrer verheiraten.«

»Und mit wem willst du Reinhold verheiraten? Vielleicht mit Emma von Herpich?« Wolfgang glaubte, einen guten Scherz gemacht zu haben, doch da packte ihn sein Vater an der Hemdbrust.

»Noch bin ich Emmas nicht müde, und ich glaube auch nicht, dass ich das so schnell werde. Wenn dies der Fall sein sollte, werde ich sie nicht mit jemandem verheiraten, der so nahe mit mir verwandt ist wie Reinhold. Zu viele Männer wissen, dass sie im Grunde eine Hure ist. Ihr schlechter Ruf würde daher auch uns beschmutzen. Doch gerade jetzt dürfen wir nicht den geringsten Fehler begehen.«

Wolfgang löste die Finger seines Vaters von seinem Hemd und trat einen Schritt zurück. »Jetzt werde nicht gleich so zornig, Vater. Ich kann diesen Sauertopf Reinhold einfach nicht als Verwandten ansehen.«

»Seine Freunde kann man sich aussuchen, seine Verwandten bedauerlicherweise nicht.« Tiedern schüttelte kurz den Kopf und richtete seine Gedanken auf ein weiteres Problem. »Wie weit sind die beiden Schleinitz bei der Suche nach einem anderen Aufenthaltsort gekommen?«

»Der alte Graf bemüht sich nach Kräften und Meinrad ebenfalls«, antwortete Wolfgang, obwohl er genau wusste, dass die beiden nicht im Traum daran dachten, das Haus seines Vaters so schnell zu verlassen. Er selbst hatte sich mit dem jungen Schleinitz angefreundet und ließ sich von ihm in all die Lasterhöhlen einführen, die jener kannte.

»Ich wollte, Meinrad von Schleinitz würde seinen Worten Taten folgen lassen und die Baruschke entweder erschießen oder mit seiner Peitsche totschlagen«, brach es aus Tiedern heraus.

»Als wir gestern zu Lobeswerts Schloss gefahren sind, haben wir die beiden Baruschke-Weiber in der Leipziger Straße gesehen«, berichtete Wolfgang.

»Wahrscheinlich haben sie dort eingekauft«, gab Tiedern kopfschüttelnd zurück.

Wolfgangs Gedanken gingen derweil weiter. Ihn ärgerte der Verlust von Schleinitz nicht weniger als seinen Vater, und er wünschte sich, es Bettina Baruschke heimzahlen zu können. Doch das, sagte er sich, würde bis zu seiner Rückkehr aus Büsum warten müssen. Auf jeden Fall würde Meinrad von Schleinitz eine gewichtige Rolle dabei spielen.

8.

Nach der Abreise von Vickis Tanten und Cousinen aus Büsum wurde es in dem Haus still. Langeweile kam jedoch keine auf. Theresa liebte die Bäder im Meer, deren Zeitpunkt von Ebbe und Flut beeinflusst wurden, und Vicki fertigte Skizzen für das Modejournal an. Obwohl Jule behauptete, sie auch allein versorgen zu können, behielt Theresa Merry und Elka in ihren Diensten, auch weil die beiden Witwen ihre Kinder ohne jegliche Unterstützung aufziehen mussten.

Die beiden Frauen waren stets freundlich und erledigten ihre Arbeit gut und ohne Widerworte. Daher ließ Theresa ihnen die Zeit, ein wenig für sich selbst zu arbeiten. Meistens strickten sie, denn ihre Kinder brauchten stets größere Socken und Pullover. Theresa hatte sich vorgenommen, sowohl Merry wie auch Elka am Ende ihres Aufenthalts eine gewisse Summe in die Hand zu drücken, von denen andere nichts zu wissen brauchten.

An diesem Nachmittag sah sie ihrer Enkelin zu, die mit dem Zeichenblock in der Hand in der Ecke saß und selbstvergessen ihre Striche zog.

»Du bist wie deine Mutter! Sie liebte es auch, zu zeichnen und zu malen.«

Vicki sah kurz auf, und ein schmerzvoller Ausdruck zog über ihr Gesicht. »Sie starb meinetwegen.«

»So darfst du nicht denken, auch wenn dein Vater es dir seit Jahren gepredigt hat. Deine Mutter hat ihr Leben geopfert, damit du leben konntest. Daher solltest du sie in einem ehrenden Gedächtnis behalten, dir aber keine Schuld zumessen.« Theresa ging zu dem Mädchen hin und schloss es in die Arme. »Ich habe dich doch lieb.«

Vicki kämpfte gegen die Tränen an. »Ich habe dich auch lieb, Großmama.«

»Friederike liebt dich, ebenso Theodor, Charlotte und all deine Cousinen und Cousins. Mögen wir dir die Wärme im Herzen geben, die dir dein Vater und deine Brüder verweigern.« Theresa seufzte und wollte noch etwas hinzufügen, als Jule meldete, dass Frau von Herpich gekommen sei.

»Ich lasse bitten. Immerhin weiß sie amüsant zu plaudern.« Nach der Abreise der restlichen Familie fühlte Theresa sich trotz Vickis Gesellschaft ein wenig allein und war daher froh um eine entfernte Bekannte, die hier wohl ebenfalls von Einsamkeit geplagt wurde.

»Wenn Sie es wünschen, gnädige Frau!« Jule hätte nicht zu sagen vermocht, warum, aber ihr gefielen weder Emma von Herpich noch deren Zofe. Zwar konnte Letztere nichts für ihre Hässlichkeit, doch sie gab gerne boshafte Bemerkungen von sich, die teilweise sogar ihrer eigenen Herrin galten. Was Emma von Herpich betraf, so hielt Jule sie für ein Landmädchen, dem es gelungen war, das Interesse eines alternden, adeligen Herrn zu erringen. Auch wenn es ihrer Herrin nicht auffiel, so bewies Jule die eine oder andere Bemerkung, die Emma von Herpich von sich gab, dass diese ihre prägenden Jahre nicht in einem gehobenen Haushalt, sondern unter Dorfrangen verbracht hatte.

Diese Tatsache hätte Theresa wenig gestört. Immerhin hatte die alte Dame ihr Leben als Tochter einer Magd begonnen und erst viel später erfahren, dass sie die Frucht eines Fehltritts des Freiherrn Gundolf von Steben mit ihrer Mutter war. Theresa genoss vielmehr die leichten Spitzen, die Emma von Herpich gegen einzelne Mitglieder des Adels und der Bürokratie verteilte. Viele dieser Herrschaften gaben sich vornehm, ohne es jedoch zu sein. Ihre leichte Abneigung gegen Emma von Herpich war zwar nicht ganz geschwunden, doch sie amüsierte sich bei den Gesprächen mit ihr.

Als die Besucherin eintrat, begrüßte Theresa sie daher freundlich und forderte Jule auf, für Tee und Trinkschokolade zu sorgen. »Tische auch einen Kuchen auf. Mittag liegt schon ein wenig zurück, und bis zum Abendessen wird es noch dauern.« Dann wandte sie sich Emma von Herpich zu. »Seien Sie mir willkommen, meine Liebe!«

»Ich danke Ihnen.« Emma von Herpich lächelte angespannt. Am Vortag war Wolfgang Tiedern mit zwei Begleitern bei ihr eingetroffen und drängte darauf, dass sie ihm Vicki zuführte. Außerdem war er höchst verärgert, weil Theodor von Hartungs Töchter Büsum bereits verlassen hatten. Obwohl ihn Vicki mehr reizte als Auguste oder deren Schwestern, wäre es für seinen Vater wichtiger gewesen, diese in Verruf zu bringen. Nun musste er zusehen, dass ihm dies zumindest mit Vicki gelang. Doch damit würde er Theodor von Hartungs Ruf höchstens ankratzen.

Emma von Herpich begriff nicht so recht, weshalb ihr Geliebter diese Pläne hegte. Irgendwelche Landpomeranzen, die ihre Jungfernschaft für Geld loswerden wollten, nach Berlin zu locken, war das eine. Ganz anders sah es jedoch bei Mädchen wie Vicki und ihren Cousinen aus. Wahrscheinlich würde sie Vicki entführen müssen, um sie Wolfgang von Tiedern ausliefern zu können. Zwar empfand sie kein Mitleid mit dem Mädchen, doch sie machte sich damit mitschuldig an einem Verbrechen, das ihr eigenes Verderben verursachen konnte.

Bei dem Gedanken überlegte sie, wie viel Geld sie bereits in Münzen und in Schmuckstücken besaß. Noch reichte es nicht aus, um ein angenehmes Leben in der Provinz führen zu können. Es erschien ihr auch zu gefährlich, sich bereits jetzt von Tiedern loszusagen. Dieser Mann verfügte über genug Macht, um sie von den Behörden festnehmen und als Hure ins Gefängnis schaffen zu lassen.

Aus dieser Angst heraus tat sie alles, um Theresa und Vicki für sich einzunehmen. Sie lobte das Gebäck und den leichten Wein, den Theresa ihr vorsetzen ließ, ebenso wie die geschmackvolle Tischdecke, die diese aus Berlin mitgebracht hatte. Als Vicki ihr auf Theresas Wunsch einige ihrer Skizzen zeigte, zeigte Emma von Herpich große Begeisterung.

»Oh, wie wunderschön! Ich wollte, Sie würden mich auch einmal zeichnen, mein Fräulein.«

Vicki senkte den Kopf, denn sie hatte es bereits einmal getan.

Auch wenn sie ein paar Ähnlichkeiten bemerkte, lag Emma von Herpich jedoch der Verdacht fern, das Bild im Modejournal könnte von Vicki stammen. Stattdessen glaubte sie, diese würde sich den dort gebräuchlichen Zeichenstil zum Vorbild nehmen. Im Grunde interessierten die Bilder sie ohnehin wenig, sie wollte Theresa und Vicki lediglich schmeicheln. Nach einem Schluck Wein kam sie schließlich auf den Punkt zu sprechen, der sie in dieses Haus geführt hatte.

»Finden Sie den Aufenthalt hier nicht auch ein wenig eintönig, Frau von Hartung?«

Theresa schüttelte den Kopf. »Ganz im Gegenteil! Ich fühle mich hier wohl. Die Bäder im Meer kräftigen mich, die Spaziergänge am Strand sind erholsam, und ich habe meine liebe Victoria zur Unterhaltung.«

»Nun, einer älteren Dame mag dies vielleicht genügen. Ein junger Mensch wünscht sich aber mehr als Spaziergänge am Strand und das Mühlespiel als Unterhaltung«, wandte Emma von Herpich ein. Sie seufzte kurz. »Ich habe erfahren, wo man sich hier einen leichten Wagen für Ausfahrten bei schönem Wetter borgen kann. Nur schickt es sich nicht für eine Frau, auch wenn sie Witwe ist, allein auszufahren. Daher bitte ich Ihre Enkelin, mir dabei Gesellschaft zu leisten.«

»Wir könnten doch zu dritt fahren, Großmutter«, schlug Vicki vor.

Das war nicht in Emma von Herpichs Sinn. Noch während sie überlegte, wie sie die alte Dame davon abhalten konnte, antwortete diese lächelnd. »Das eine oder andere Mal würde ich mich freuen, wenn Frau von Herpich mich ebenfalls zu einer Ausfahrt mitnimmt. Sonst aber solltet ihr alleine fahren.«

Obwohl sie genug Lebenserfahrung hatte, war Theresa in diesem Fall ohne Arg. Sie hielt Emma von Herpich für eine aus bescheidenen Verhältnissen aufgestiegene Frau, die nun versuchte, ihren Platz in der besseren Gesellschaft zu finden.

Emma von Herpich war erleichtert, dass ihr Plan aufzugehen schien, doch sie war zu vorsichtig, um ihn auf der Stelle umzusetzen. »Oh, das wäre wunderschön! Darf ich die Damen morgen nach dem Frühstück zu einer kleinen Landpartie abholen? Es soll weiter im Land einen Krug geben, in dem gute, bäuerliche Kost aufgetischt wird. Dort könnten wir zu Mittag essen und danach wieder zurückfahren.«

An diesem Programm hatte Theresa nichts auszusetzen und nickte zustimmend. Auch Vicki freute sich über den Ausflug, erhoffte sie sich doch von der Fahrt die Inspiration für weitere Bilder.

9.

Luise von Baruschke stickte gerade das neue Familienwappen auf ein Taschentuch. Mit einem Mal hob sie den Kopf und sah ihre Mutter an. »Ich habe gestern den jungen Grafen Schleinitz an unserem Haus vorbeifahren sehen. Es war nicht das erste Mal!«

»Er denkt wohl immer noch, er könnte über dich wieder in den Besitz seines väterlichen Schlosses gelangen. Ich habe jedoch zu viel über ihn erfahren, als dass ich meine Einwilligung zu einer solchen Verbindung gäbe.«

Bettina von Baruschke wollte vor ihrer Tochter nicht aussprechen, dass Meinrad von Schleinitz im Ruf eines Wüstlings stand, der vor keinem Dienstmädchen in seinem nun verloren gegangenen Familienschloss haltgemacht hatte. Hier in Berlin galt er als Gast in den übelsten Kaschemmen und Bordellen und hatte so verschwenderisch gelebt, dass er selbst die höchste Mitgift innerhalb weniger Jahre durchbringen würde.

»Er ist kein Mann, den ich gerne heiraten würde! Ich danke dir, Mama, dass du mich vor einer solchen Ehe bewahrst.« Luise schüttelte es bei dem Gedanken, jemandem wie dem jungen Schleinitz mit Seele und Leib anzugehören.

Bettina räusperte sich gerührt. »Dich mit Meinrad von Schleinitz zu verheiraten, wäre ein sehr schlechtes Geschäft für mich. Dein Vater hat mich gelehrt, nur gute Geschäfte zu machen.« Sie kniff Luise leicht in die Wange und umarmte sie. »Ich liebe dich mein Kind, dich und Ottokar.«

»Dafür danke ich dir noch mehr, Mama.« Luise küsste ihre Mutter auf die Wange und wollte mit ihrer Stickerei fortfahren, als sie eine unerwartete Frage traf.

»Gibt es einen jungen Mann, für den sich dein Herz erwärmen könnte?«

Luise schüttelte lachend den Kopf. »Wo denkst du hin, Mama? Ich kenne doch nur unsere Nachbarn und die Söhne einiger deiner Geschäftspartner. Bei keinem von ihnen könnte ich mir vorstellen, ihn zu heiraten. Aber wenn du denkst …«

»Du solltest nicht denken, dass ich an so etwas denke. Außerdem bist du noch zu jung zum Heiraten.«

Noch während sie es sagte, dachte Bettina daran, dass sie in Luises Alter verzweifelt gehofft hatte, Graf Franz Josef von Hollenberg würde um sie anhalten. Heute war sie froh, dass er es nicht getan hatte. Er war nur noch ein alternder Militär in österreichischen Diensten und hatte es allein der Mitgift seiner Ehefrau zu verdanken, dass er in einer Villa bei Wien und nicht in einer kleinen Etagenwohnung leben musste. Da hatte sie es mit ihrem Otto weitaus besser getroffen.

»Woran denkst du, Mama?«, fragte Luise, der die Geistesabwesenheit ihrer Mutter auffiel.

Bettina schüttelte sich kurz. »An meine Jugend, mein Kind.«

»Es war gewiss schlimm, als Großmutter starb und Großvater sich erschossen hat«, sagte Luise mitleidig.

»Ich habe die Hartungs damals gehasst, weil ich ihnen die Schuld daran gab. Mittlerweile weiß ich, dass sowohl mein Großvater wie auch mein Onkel Friedrich meinem Vater mehr Geld haben zukommen lassen, als sie verpflichtet gewesen wären. In seiner Gier forderte mein Vater jedoch immer noch weitere Summen, und in seinem Tagebuch habe ich gelesen, dass er damals hoffte, die Dobritz- und die Hartung-Werke zu vereinen und als Direktor führen zu können. Er war jedoch ein schlechter Geschäftsmann, und das hat mein Großvater erkannt. Jetzt aber sollten wir die Vergangenheit ruhen lassen und uns dem Hier und Heute zuwenden. Wann wollte Ottokar zurückkehren?«

Bettina hatte es kaum gesagt, da schob sich wieder der Kahn mit den beiden Mädchen in ihre Gedanken, die ihretwegen beinahe ums Leben gekommen wären. Diese Rechnung mit den Hartungs galt es noch zu begleichen, und diesmal war sie selbst die Schuldnerin.

Es weiß niemand davon, und es soll auch niemand davon wissen, dachte sie, war aber froh, als die Tür geöffnet wurde und ihr Sohn hereinkam. Ottokars Gesicht war weiß vor Zorn, dennoch beherrschte er sich und reichte seinen Gehstock und seinen Hut einem Dienstmädchen, obwohl er beides augenscheinlich am liebsten in die nächste Ecke gefeuert hätte.

»Was ist geschehen?«, fragte seine Mutter verwundert.

»Nachdem ich den Sommer über dreimal die Freude hatte, Fräulein von Predow zu begegnen und sogar kurz mit ihr sprechen zu können, habe ich heute bei ihrem Vater vorgesprochen und wollte ihn bitten, mich um seine Tochter bewerben zu dürfen«, erklärte Ottokar mit mühsam beherrschter Stimme.

Bettina hob kurz die rechte Augenbraue. »Wie es aussieht, warst du nicht erfolgreich.«

»Freiherr von Predow fragte mich, wie ich es als Enkel einer Kuhmagd, die meinen Vater in Sünde empfangen habe, wagen könne, meine Augen zu seiner Tochter zu erheben. Sollte ich versuchen, ihr noch einmal in den Weg zu treten, so würde er mit der Peitsche dafür sorgen, dass ich den Standesunterschied zwischen mir und dem freiherrlichen Haus von Predow begreife.«

Luise bemerkte entsetzt, wie tief diese Worte ihren Bruder verletzt hatten, und schüttelte den Kopf. »Bei Gott, wie kann dieser Mann sich so über uns erheben? Wir sind doch alle Kinder Adams und Evas und sollten nicht weniger gelten als andere.«

»Wer die Macht in Händen hält – oder wenigstens glaubt, es zu tun –, wird immer auf die anderen herabschauen! Doch sollte man, wenn man das tut, sich vergewissern, dass die eigene Stellung unangreifbar ist.« In Bettinas Stimme lag ein Ton, der für Predow nichts Gutes versprach.

»Was willst du tun, Mama?«, fragte ihr Sohn.

»Predow hat bei meinem Bruder und zwei anderen Banken, an denen ich beteiligt bin, hohe Summen aufgenommen. Diese waren bereits fällig, doch ist es ihm gelungen, eine Fristverlängerung zu erreichen. In zwei Monaten ist die nächste Hypothek fällig. Ob er diese bedienen kann, bezweifle ich.«

Bettina hatte von ihrem Mann gelernt, in Geschäften sowohl hart wie auch gerecht zu sein. Bei einem Mann jedoch, der ihren Sohn so beleidigt hatte, war sie bereit, bis zum Äußersten zu gehen.

»Mama, tu es bitte nicht! Ich könnte nicht ertragen, wenn Fräulein von Predow ihre Heimat verliert«, bat ihr Sohn.

»Du musst härter werden, wenn du dich im Leben durchsetzen willst«, erklärte seine Mutter. »Predow hat es gewagt, dich in den Staub zu treten. Nun soll er selbst erkennen, wie sich dies anfühlt.«

»Aber …«, setzte Ottokar an, doch da hob Bettina die Hand.

»Kein Aber! Erinnere dich an Schleinitz! Er wollte den letzten Strohhalm ergreifen und bot an, sein Sohn könne Luise heiraten. Was glaubst du, was Predow lieber sein wird, sein Schloss oder seine Tochter?«

»Auf eine solche Weise will ich Fräulein Bibiane nicht zur Frau gewinnen«, protestierte Ottokar, verstummte aber unter dem gestrengen Blick seiner Mutter.

»Ist das Fräulein von Predow so, wie du sie beschreibst, wird sie dir die Hand aus Zuneigung reichen und nicht nur, um ihre Familie zu retten.«

»Erlaubst du mir, etwas für sie zu tun, wenn ihr Vater sich weiterhin weigert?«, bat Ottokar.

Seufzend nickte Bettina. »Also gut! Doch hoffe ich, dass diese Angelegenheit in meinem Sinne beendet wird.«

»Danke, Mama.« Ottokar umarmte die Mutter kurz und fragte dann, wie sie und Luise den Tag verbracht hätten.

10.

Nach Egolfs Erfolgen in London und Amsterdam herrschte in der Villa Hartung wieder eine fröhlichere Stimmung. Theodor von Hartung hatte seinen Plan, ein Zweigwerk im Rheinland zu errichten, nicht aus den Augen verloren. Dafür aber musste er kräftig investieren und suchte daher nach einer Möglichkeit, den Bau zu finanzieren. Zwar arbeitete seine Berliner Fabrik wieder mit Gewinn, doch galt es zunächst, die Verluste der beiden letzten Jahre auszugleichen. Die Summe, die übrig blieb, reichte gerade einmal aus, um ein Grundstück zu erwerben, auf dem einmal seine zweite Fabrik stehen sollte.

»Wir werden einige Jahre dafür brauchen«, meinte er in einem Anflug von Mutlosigkeit zu Egolf.

»Wir könnten eine Aktiengesellschaft gründen und dadurch frisches Geld erhalten«, schlug dieser vor.

»Damit würden wir uns in die Hände anderer begeben. Außerdem besteht die Gefahr, dass jene, die uns schaden wollen, sich einmischen und dafür sorgen, dass die Aktiengesellschaft zusammenbricht, bevor sie überhaupt zustande gekommen ist.«

Sein Sohn nickte. »Damit hast du recht! Wir könnten Steben verkaufen. Gut und Schloss würden uns eine hübsche Summe einbringen.«

»Willst du deine Großmutter betrüben? Sie hängt sehr an Steben«, erklärte Theodor.

»Das ist mir bewusst. Daher denke ich auch mehr daran, Steben mit einer Hypothek zu belasten, die uns genug Geld bringt, um unsere Pläne durchführen zu können.«

»Das wollte ich bereits tun, als wir in den größten Schwierigkeiten steckten, habe es dann aber doch vermieden. Jetzt erweist sich dies als Vorteil, denn ich nehme lieber einen Kredit auf, um etwas Neues zu schaffen, als damit alte Schulden zu begleichen.« Theodor stand auf und klopfte seinem Sohn auf die Schulter. »So machen wir es! Du solltest aber über unseren Geschäften dein Studium nicht vergessen. Wenn ich mich nicht täusche, hast du in den letzten Wochen kaum eine Vorlesung besucht.«

»Ich werde es wieder tun, sobald unsere größten Schwierigkeiten überwunden sind«, versprach Egolf.

»Wenn ich die Zahlen des letzten Monats betrachte, kannst du nächste Woche wieder einsteigen.« Auch wenn Theodor selbst kein begeisterter Student gewesen war, so wollte er, dass Egolf ebenso wie er seinen Abschluss machte.

Sein Sohn nickte. »Das werde ich, Vater! Ich muss auch für Theo ein Vorbild sein.«

»Das bist du auch!«, sagte Theodor lächelnd und dachte, dass er Egolf in den letzten Monaten vieles zugemutet hatte. Dieser hatte sich jedoch als Fels in der Brandung erwiesen und Gelegenheiten erkannt, an die er selbst nicht mehr gedacht hatte.

»Ich bin stolz auf dich, mein Sohn! Du solltest jedoch nicht vergessen, dass du noch ein junger Mann bist, der gerne einmal ein Bier mit seinen Freunden trinken möchte«, setzte er nachdenklich hinzu.

»Ich werde in der nächsten Zeit genug Gelegenheit bekommen, Bier zu trinken. Fritz hat Urlaub erhalten und will zusammen mit Willi von Steben herkommen. Sie werden nicht eher Ruhe geben, bis ich mit ihnen ausgehe«, antwortete Egolf schicksalsergeben.

Er mochte seinen älteren Bruder. Allerdings ließ dieser für sein Gefühl zu oft heraushängen, dass er der Ältere war. Und doch wäre es eine schöne Abwechslung, mit Fritz und Willi zusammen in der Stadt zu schwofen. Auf seiner Reise nach England und in die Niederlande war er immer unter Fremden gewesen. Daher kam ihm der Besuch des Bruders gerade recht.

»Wenn du mit Fritz und Willi von Steben zusammen ausgehst, werdet ihr auch Theo mitnehmen müssen. Er ist mittlerweile alt genug«, erklärte Theodor.

Es war eine neue Erfahrung für Egolf. Bislang war sein jüngerer Bruder der »Kleine« gewesen. Mittlerweile war dieser größer als er und zudem volljährig. Also war die Zeit der Kopfnüsse wohl endgültig vorbei.

11.

In einem Landstädtchen unweit von Erfurt saß um diese Zeit Gottfried Servatius in dem kleinen Wohnzimmer der Witwe Schröter. Er trank Kaffee, aß ein Stück Gugelhupf und beobachtete Ottilie, die älteste Tochter der Witwe, wohlgefällig. Da die junge Frau keine Mitgift zu erwarten hatte, waren die Freier bisher ausgeblieben, und mittlerweile hatte sie bereits das fünfundzwanzigste Jahr vollendet. Gottfried Servatius war doppelt so alt, sah aber bis auf eine auffällige Narbe auf der Wange, die wie ein Kreuz wirkte, noch gut aus.

»Den Kuchen hat meine Ottilie gebacken«, erklärte die Witwe stolz.

»Schmeckt ausgezeichnet! Ebenso der Kaffee! Haben gewiss echte Bohnen dafür genommen«, antwortete Gottfried, dessen dunkelblaue Uniform ihn als hohen preußischen Beamten auswies.

»Als wenn wir Ihnen Muckefuck anbieten würden!«, rief die Witwe aus.

Sie hatte bereits Sorge gehabt, ihre Ottilie würde als spätes Mädchen enden. Zwar war diese ein nettes Ding, aber keine Schönheit, die einen Mann dazu verlocken konnte, auch ohne Mitgift um sie zu freien. Bei ihrer jüngeren Tochter war die Witwe hoffnungsvoller, denn Natalie zeigte bereits mit ihren fünfzehn Jahren, dass sie einmal ein hübsches Fräulein sein würde.

»Ihnen schmeckt also mein Kuchen?«, fragte Ottilie schüchtern.

»Aber kolossal!«, antwortete Gottfried und strich sich über den stattlichen Schnurrbart. »Kann nicht sagen, dass ich schon besseren gegessen hätte.«

»Das freut mich.« Ottilie lächelte auf eine Weise, die ihm ausnehmend gefiel. Ihm gefiel auch sonst einiges an ihr. Sie hatte ein liebliches Gesicht mit einer Stupsnase und dunkelblondes Haar, das sie zu einem züchtigen Knoten im Nacken gedreht hatte. Sie war nicht ganz so schlank wie ihre jüngere Schwester, konnte aber auch nicht direkt untersetzt genannt werden. Auf jeden Fall war sie eine Frau, wie er sie sich sowohl im ehelichen Schlafzimmer wie auch als Herrin in der Küche nur wünschen konnte.

»Hoffe, noch öfter solchen Kuchen essen zu können«, erklärte er und reichte der Witwe den Teller, damit sie ihm ein weiteres Stück aufladen konnte.

»Daran soll es nicht scheitern. Ottilie ist ein wohlerzogenes Mädchen und gewissenhaft in allen Dingen, die den Haushalt betreffen. Da mein Mann sie bis zu seinem Tod unterrichtet hat, kann sie sowohl rechnen wie auch lesen und schreiben und weiß Afrika von Amerika zu unterscheiden.«

»Bitte, Mama!«, bat Ottilie, die nicht wusste, ob ihr Verehrer sie dann nicht für einen Blaustrumpf halten würde.

Der Gast nickte jedoch zufrieden. »Mag keine Frauen, die nur Stroh im Kopf haben! Will mich mit ihr ja auch unterhalten können.«

»Oh, das können Sie gewiss. Jetzt ist Ottilie noch ein wenig schüchtern, aber …«

»Solange sie nicht zu einem Plapperschnabel wird, soll es mir recht sein«, meinte Gottfried aufgeräumt. »Sieht aus, als müsste ich bald zu Ihrem Sohn nach Berlin fahren. Ist ja, da volljährig, das Haupt der Familie und wird mich examinieren wollen.«

»Reinhold hat gewiss nichts dagegen, wenn Sie meine Ottilie heiraten. Er wünscht seinen Schwestern nur das Beste«, erklärte die Witwe.

»Wäre ja auch kein richtiger Bruder, wenn er das nicht wollte.« Gottfried Servatius lächelte und sah dann seine Gastgeberin fragend an. »Wären Sie so gütig, mir die Adresse Ihres Sohnes zu nennen?«

»Aber selbstverständlich!«, rief die Witwe. »Reinhold wohnt bei meinem Bruder Markolf von Tiedern, der sich dankenswerterweise seiner angenommen hat.«

Die Hand, mit der der Beamte die Kaffeetasse zum Mund hatte führen wollen, stockte, und er stellte die Tasse wieder zurück, ohne daraus zu trinken.

»Sagten Sie Markolf von Tiedern?«, fragte er in einem seltsamen Tonfall.

Die Witwe sah ihn erstaunt an. »Ja, kennen Sie ihn?«

»Nicht persönlich! Habe nur von ihm gehört. Ein sehr einflussreicher Mann.«

Ottilies Brautwerber hatte sich wieder in der Gewalt und fragte sich, welches Schicksal ihn ausgerechnet in dieses Haus geführt hatte. Er musterte die schlichte Einrichtung des Wohnzimmers, dessen einziger Schmuck die gerahmten Fotografien der Witwe und ihres Ehemanns waren. Auch die Kleider der Witwe und ihrer Töchter verrieten ihm, dass hier gespart werden musste. Tiedern hingegen war ein reicher und mächtiger Mann, der weitaus mehr für seine Schwester und deren Kinder hätte tun können, ohne es auch nur zu merken.

»Werde nach Berlin fahren«, sagte er mit einem bekräftigenden Nicken.

Für sich sagte er jedoch, dass er dies in ziviler Kleidung tun würde. Seine Narbe konnte er zwar schlecht verbergen, aber wenn er wartete, bis Markolf von Tiedern seine Behausung verließ, konnte er mit Reinhold Schröter sprechen, ohne dass ihn jemand erkannte. Dies war nun, da er Ottilie heiraten wollte, doppelt wichtig für ihn.

Achter Teil

Ein übles Spiel

1.

Vicki stieg mit leichtem Widerwillen in den Wagen. Dieser war zwar geputzt worden, roch aber muffig und, wie sie fand, auch ein wenig nach Fisch. Nicht zuletzt deshalb hielt sie die Begeisterung für übertrieben, die Emma von Herpich für Ausfahrten mit diesem Gefährt aufbrachte. Dazu kam, dass der Kutscher nicht gerade ein Meister seines Fachs war. Schon am Vortag bei der Ausfahrt, die sie zusammen mit ihrer Großmutter unternommen hatten, war es ihm einmal nur mit Mühe gelungen, die Tiere zu bändigen. Dabei waren diese so zahm wie Frettchen, die einem aus der Hand fraßen.

Der von Vicki in Gedanken gescholtene Mann war Tiederns Handlanger Hugo von Lobeswert. Als langjähriger Komödiant wusste er ebenso gut als Baron aufzutreten wie als Kutscher. Allerdings übertrafen seine schauspielerischen Fähigkeiten seine Erfahrung als Pferdelenker bei weitem.

Emma von Herpich hatte keine Lust, sich bei einem von Lobeswert verschuldeten Unfall zu verletzen, und wollte die Angelegenheit deshalb so rasch wie möglich hinter sich bringen.

»Sie sind so still heute«, sagte sie zu Vicki.

»Ich weiß nicht, ob wir heute wirklich ausfahren sollen. Es sieht so aus, als würde es bald regnen.«

Emma von Herpich blickte zum Himmel hoch, der von grauen, tief hängenden Wolken bedeckt war, und kam zu demselben Schluss. Trotzdem winkte sie ab.

»Bis zum Ende unserer Fahrt wird das Wetter gewiss halten. Sollte es wirklich zu regnen beginnen, kehren wir eben ein und trinken unterwegs einen Kaffee oder eine Schokolade und naschen Kuchen! Fahr los, Hugo, sonst ist der Regen schneller als wir.«

Emma von Herpich lächelte boshaft. Ihr Ziel war ein Krug einige Kilometer weiter im Norden, den Wolfgang von Tiedern zur Gänze gemietet hatte, um dort ungestört zu sein.

Lobeswert schwang theatralisch die Peitsche und ließ das Gespann antraben. Er freute sich auf diesen Tag, denn der junge Tiedern hatte ihm versprochen, dass er ihr Opfer als Zweiter besitzen könne. Victoria von Gentzsch war ein Leckerbissen, gerade in dem Alter, in dem sie die Lust eines Mannes so richtig entfachen konnte, und zudem schön wie ein Engel. Er hatte sich bereits überlegt, wie er ihren Ruf und den ihrer Verwandten am besten ruinieren konnte. Tiedern wird mit mir zufrieden sein, dachte er und freute sich diebisch, es mit Theodor von Hartung einem dieser hochnäsigen, reichen Herrschaften, die ihn früher nicht einmal eines einzigen Blickes gewürdigt hatten, heimzahlen zu können.

Ohne zu ahnen, dass ihr Kutscher sie in Gedanken bereits auszog und sich auf Dinge freute, die sie sich nicht einmal vorstellen konnte, sah Vicki sich verwundert um. Solange ihre Cousinen und Cousins noch mit in Büsum gewesen waren, hatte sie mit diesen längere Spaziergänge unternommen. Doch hier war sie noch nie gewesen. Über ihnen wurden die Wolken immer düsterer, und es fielen bereits die ersten Tropfen.

»Wir sollten anhalten und den Kutscher das Verdeck schließen lassen«, schlug Vicki vor.

Obwohl noch ein Weg von mehreren Kilometern vor ihnen lag, schüttelte Emma von Herpich den Kopf. »Es dauert nicht mehr lange.«

Ein weiterer dicker Tropfen traf Vickis Wange. »Das hoffe ich, sonst sind wir nass bis auf die Knochen, wenn wir dort ankommen.«

Emma von Herpich winkte lachend ab. »In dem Krug gibt es gewiss die Möglichkeit, uns in eine Stube zurückzuziehen, bis unsere Kleider wieder getrocknet sind.«

»Mir wäre es lieber, wenn wir trocken ankämen«, sagte Vicki, die sich zunehmend darüber ärgerte, dass sie sich zum Mitkommen hatte überreden lassen.

Für eine gewisse Zeit schien es, als würde der Himmel Vicki erhören. Sie sah bereits das reetgedeckte Dach des Kruges vor sich, da öffneten sich sämtliche Schleusen, und sie war ebenso wie ihre Begleiterin innerhalb von Sekunden nass bis auf die Knochen.

Emma von Herpich stieß ein Schimpfwort aus, das sie nicht in den Salons der besseren Gesellschaft gelernt haben konnte, während Vicki nur den Kopf schüttelte. »Ich habe Sie ja gewarnt.«

Zwar hatte Emma von Herpich gehofft, es würde ein wenig regnen, damit Vicki in einem Zimmer des Kruges den größten Teil ihrer Kleidung ablegen musste, doch dieser Wolkenbruch war für sie zu viel des Guten. Sie forderte Lobeswert auf, schneller zu fahren, und stieg sofort aus, als der Wagen vor dem Gebäude anhielt.

»Kommt rasch, meine Liebe! Wir müssen zusehen, dass wir ins Warme kommen«, forderte sie Vicki auf.

Diese folgte ihr mit dem festen Vorsatz, auf keinen Fall mehr mit ihr auszufahren. Als sie in die Wirtsstube trat, war es darin so dunkel, dass nichts zu erkennen war.

»Kann man hier kein Licht machen?«, fragte Vicki verärgert.

Kaum hatte sie es gesagt, kam zu ihrer Verwunderung Frau von Herpichs Zofe Bonita mit einer Petroleumlampe in der Hand durch eine andere Tür herein.

Mit einem Kopfschütteln betrachtete sie Vicki und ihre Herrin. »Sie hätten das Verdeck des Wagens schließen lassen sollen, gnädige Frau!«

»Spar dir deine dummen Bemerkungen, sondern hilf uns, uns auszuziehen, damit wir aus den nassen Kleidern herauskommen«, fuhr ihre Herrin sie an.

»Aber nicht hier in der Wirtsstube, wo jederzeit jemand hereinkommen kann«, protestierte Vicki und sah sich suchend um. »Wo sind eigentlich der Wirt oder die Wirtin?«

»Die wollten etwas besorgen und haben sich bei dem Regen gewiss irgendwo untergestellt«, antwortete Bonita.

In Wahrheit hatte Wolfgang von Tiedern das Wirtspaar und deren Bedienstete mit einer gewissen Summe dazu gebracht, ihnen das Haus ganz zu überlassen und andernorts Unterschlupf zu suchen. Um jedoch den Anschein zu erwecken, es wäre alles in Ordnung, erklärte sie, es gäbe oben ein Zimmer, in dem ihre Herrin und Vicki ungestört wären.

»Es geht die Treppe hoch und dann die erste Tür links. Ich komme gleich nach und bringe Ihnen einen heißen Trunk, damit Sie sich aufwärmen können«, sagte sie noch und leuchtete ihrer Herrin und Vicki den Weg in die Kammer. Auch nun wunderte Vicki sich, denn drinnen brannte bereits eine Petroleumlampe und tauchte den Raum in ein gelbliches Licht.

2.

Eine halbe Stunde später saßen Emma von Herpich und Vicki in Decken gehüllt in dem dusteren Zimmer, denn ihre Kleidung hatte die Zofe nach unten gebracht, um sie nahe am Herd in der Küche zu trocknen. Vickis Laune war schlecht, und sie antwortete nur einsilbig auf die Bemerkungen ihrer Begleiterin. Selbst unter Cousinen wie Dagmar, Silvia, Lieselotte und Auguste gab es eine gewisse Scheu, sich voreinander nackt zu zeigen, wenn sie sich gemeinsam im Badekarren umziehen mussten. Emma von Herpich zeigte ihre weiblichen Reize hingegen offen und sah Vicki dabei auf eine Weise an, die sie abstieß. Daher wollte das Mädchen nur noch warten, bis ihr Kleid trocken genug war, um es anzuziehen und wieder nach Hause fahren zu können. Zwar regnete es noch immer, doch wenn das Verdeck zugezogen war, hoffte sie, nicht allzu nass zu werden.

Während Emma von Herpich sich bemühte, einen munteren Plauderton beizubehalten, verspürte sie Neid. Obwohl sie Vicki nur wenige Jahre voraushatte, musste sie zugeben, dass dieses Mädchen sie an Schönheit übertraf. Ebenso wie Hugo von Lobeswert, der unten in einem Hinterzimmer saß und darauf wartete, bis er an die Reihe kam, hasste sie Menschen, die in besseren Verhältnissen lebten als sie, und sah es als gerechten Ausgleich an, mit Vicki eine Jungfrau aus diesen Kreisen dem Verderben preiszugeben.

»Ich finde, Bonita sollte uns noch etwas zu trinken bringen«, sagte sie nach einer Weile und ergriff eine Klingel, die nach Vickis Meinung in einer so schlichten Kammer fehl am Platz war.

Gleich darauf trat Bonita ein, ohne anzuklopfen, und stellte ein Tablett mit zwei dampfenden Pokalen auf die Anrichte. Die Tür ließ sie offen stehen.

Zornig schlang Vicki die Decke enger um sich. »Du solltest die Tür schließen!«, schalt sie.

Bonita drehte sich mit einem spöttischen Grinsen zu ihr um. »Sehr wohl«, sagte sie, blieb aber stehen und hob die Hand, als Vicki nach einem der Pokale griff.

»Halt, das ist der Lieblingsbecher meiner Herrin! Sie sollten den anderen nehmen.«

»Meinetwegen.« Vicki ließ den Pokal los.

Emma von Herpich streckte die Hand nach ihrem Lieblingsbecher aus und hob ihn hoch. »Auf Ihr Wohl, meine Liebe!«

»Auf das Ihre!«, antwortete Vicki, obwohl sie der Frau nach dieser unnötigen Regenfahrt einen heftigen Schnupfen wünschte.

Sie trank einen Schluck und krauste die Nase. Das Getränk schmeckte anders als das, das Bonita ihnen zuvor gebracht hatte. Es war süßer, hatte aber eine leicht stechende Note.

»Was ist das?«, fragte sie.

»Ein Rezept aus Bonitas Heimat. Es soll einer Erkältung vorbeugen«, antwortete Emma von Herpich und forderte sie auf, das Gefäß zu leeren.

Kaum hatte Vicki ausgetrunken, musste sie heftig aufstoßen. »Ich bitte um Verzeihung«, sagte sie und wunderte sich, dass Emma von Herpich dieses Getränk offensichtlich besser vertrug als sie.

»Aber ich bitte Sie! Wir sind doch unter uns«, sagte ihre Begleiterin mit süßlichem Unterton und musterte ihr Opfer lauernd.

Zunächst war Vicki nichts anzumerken. Nach einigen Minuten kniff sie jedoch mehrfach die Augenlider zusammen und rieb sich schließlich über die Augen.

»Was war das für ein Zeug?«, fragte sie mit bereits schwerer Zunge. »Ich sehe nur noch verschwommen und werde müde.«

»Oh, das gibt sich bald wieder«, spottete Emma von Herpich und fasste nach der Decke, in die Vicki sich eingehüllt hatte.

»Die benötigen Sie jetzt nicht mehr.« Mit diesen Worten zerrte sie an dem Tuch.

Vicki wollte die Decke festhalten, aber ihre Finger wurden zunehmend kraftlos. Ihr wurde schwindelig, und sie knickte ein. Mit einem raschen Griff schob Emma von Herpich sie zum Bett und sorgte dafür, dass sie darauf fiel.

»Was ist …«, kam es noch aus Vickis Mund, dann verstummte sie.

»Endlich!«, rief Emma von Herpich und kniff Vicki triumphierend in die linke Brust.

Es war weniger der Schmerz als vielmehr die Scham, die Vicki so weit wach hielt, dass sie zwar wie gelähmt dalag, aber mitbekam, was nun geschah. Ein junger, gutaussehender Mann mit gelockten, blonden Haaren trat in den Raum. Er war nur mit einem Morgenmantel bekleidet und musterte sie mit einem Blick, der sie anwiderte.

»Ist alles gut gegangen?«, fragte er Emma von Herpich grinsend.

»Und ob! Der Regenguss kam wie gerufen, so dass es mir keine Mühe bereitet hat, das Fräulein dazu zu bringen, sich auszuziehen und das Betäubungsmittel zu trinken. Jetzt liegt sie da, ohne zu wissen, was mit ihr geschieht, und wenn sie in ein, zwei Stunden erwacht, wird sie sich an nichts mehr erinnern können.«

Täusche dich nur nicht, dachte Vicki verzweifelt. Zwar konnte sie sehen, aber es fiel ihr schwer, auch nur einen Finger zu rühren. Mit erschreckender Deutlichkeit wurde ihr klar, dass ihre Begleiterin sie in eine üble Falle gelockt hatte. Doch was konnte sie tun? Die Antwort gab sie sich selbst: Nichts!

Sie sah, wie der junge Mann seinen Morgenmantel ablegte und nackt neben Emma von Herpich stand. Jetzt berührte er mit seinen Händen deren Busen und knetete ihn sanft.

»Wenn ich mit ihr fertig bin, würde ich gerne mit dir weitermachen«, sagte er mit lockender Stimme.

Emma von Herpich schob ihn ein Stück zurück. »Ich schlafe nicht mit Ihnen! Ihr Vater würde sonst zornig werden.«

»Der ist doch weit weg in Berlin«, antwortete Wolfgang von Tiedern leichthin.

»Lobeswert würde es bemerken und es mit Genuss Ihrem Vater erzählen! Schon lange hat er die Absicht, mich als Sensation bei seinen Orgien anzubieten, aber ich habe nicht die Absicht, mich von einem Dutzend betrunkener Kerle zuschandenstoßen zu lassen.«

Emma von Herpich klang scharf, denn sie wusste, dass Tiedern ihr dieses Schicksal bereiten würde, wenn sie ihn erzürnte. Aus diesem Grund musste sie genug Geld an sich raffen, um verschwinden zu können, wenn es so weit war.

Wolfgang von Tiedern wandte sich Vicki zu, die regungslos auf dem Bett lag. Da ihre Augen geöffnet waren, fuchtelte er mit der Hand vor ihrem Gesicht herum, doch ihre Augen blieben starr.

»Was haben Sie?«, fragte Emma von Herpich verwundert.

»Ihre Augen!«, antwortete er.

»Das sollte Sie nicht hindern, das zu tun, was Sie wollen. Sie sieht und hört nichts.«

»Wirklich schade, dass sie bewusstlos ist. Ich hätte mir gewünscht, sie würde es spüren, wenn ich sie entjungfere.«

»Seien Sie froh, dass sie ohne Besinnung ist. Sie würde Sie sonst erkennen, und das könnte Konsequenzen nach sich ziehen.«

»Welche?«, fragte der junge Tiedern spöttisch.

»Ein Duell mit ihren Brüdern zum Beispiel, wenn Fräulein Victoria behauptet, Sie hätten sie geschändet.« Emma von Herpichs Stimme klang nicht weniger spöttisch als die des jungen Mannes, denn sie wusste, dass dieser alles andere als ein Held war.

Wolfgang von Tiedern winkte lachend ab. »Mit denen würde ich auch noch fertig.«

Nur mit dem Mund, dachte Emma von Herpich und trat zur Tür.

»Ich wünsche Ihnen viel Vergnügen«, sagte sie noch, dann stieg sie nach unten. Es störte sie nicht, dass Hugo von Lobeswert sie nackt sah, denn dieser wusste genau, dass Markolf von Tiedern ihn vernichten würde, wenn er ihr auch nur einmal zu nahetrat.

Oben in der Kammer betrachtete Tiederns Sohn die gelähmte Vicki mit einem höhnischen Blick. »Hast du wirklich geglaubt, du könntest mich ohne Konsequenzen zum Gespött meiner Freunde machen?«, fragte er, ohne eine Antwort zu erwarten. »Jetzt erhältst du die Strafe! Wenn du wieder aufwachst, bist du defloriert und weißt nicht einmal, wer dir zwischen die Beine gestiegen ist.« Wolfgang von Tiedern lachte und kniff Vicki in die Wange.

Sie spürte erneut den Schmerz, ohne darauf reagieren zu können. Tiederns Hand wanderte nun über ihren Mund, ihr Kinn und den Hals zu ihren Brüsten. Die Berührung ekelte sie an, und für kurze Zeit glaubte sie, erbrechen zu müssen. Dann würde sich das Erbrochene in ihrem Schlund ansammeln, ohne dass sie es ausspucken konnte, und sie ersticken. Vielleicht wäre es besser so, fuhr es ihr durch den Kopf, denn dann würde dieser Mann als Mörder gelten und seinen Kopf auf das Schafott legen müssen. Doch würde man ihn überhaupt verdächtigen? Emma von Herpich und er würden es gewiss so hinstellen, als wäre sie ohne äußeren Einfluss erstickt.

Wolfgang von Tiedern griff ihr zwischen die Beine und zupfte an ihren Schamlippen. Plötzlich konnte sie ein paar Finger der linken Hand bewegen. Wenn er noch ein wenig länger wartete, konnte sie sich vielleicht doch zur Wehr setzen. Ihre Hoffnung zerstob rasch, denn er zog ihr die Beine auseinander und wälzte sich auf sie. Etwas presste sich gegen ihre empfindlichsten Teile und bahnte sich seinen Weg.

Nein, nicht!, durchfuhr es sie.

Ein Mädchen, das nicht als Jungfrau in eine Ehe ging, galt als Verworfene. Was hatte sie diesem Burschen nur getan, weil er sich so grausam an ihr rächen wollte? Sie hörte sein Keuchen und fühlte, dass er sich in ihr bewegte. Ihr Hass wuchs und ebenso der Wunsch nach Vergeltung. Ich hätte den Revolver mitnehmen und die Herpich und diesen Kerl erschießen sollen, dachte sie, obwohl sie selbst wusste, dass sie, betäubt, wie sie war, die Waffe nicht hätte führen können.

Nach einer gefühlten Ewigkeit ließ Tiedern von ihr ab und stieg vom Bett. Als er den feinen Blutfaden bemerkte, der von Vickis Scheide ihren Oberschenkel herabrann, grinste er zufrieden. Sie war tatsächlich noch Jungfrau gewesen, und er hatte sie als Erster besessen.

Mit diesem Gedanken nahm er die Decke, in die Victoria sich nach dem Ablegen der Kleider gehüllt hatte, und wischte die leichte Blutspur von seinem Glied. Er warf noch einen letzten Blick auf Vicki, zog sich seinen Morgenmantel über und verließ die Kammer.

Als er wenig später in die Gaststube trat, saß Emma von Herpich in einen weiten Morgenmantel gehüllt mit einem

Glas Wein in der Hand auf einem Stuhl und sah ihm neugierig entgegen.

»Und? Wie war es, die erste Jungfrau Ihres Lebens unter sich gehabt zu haben?«

»Es war nicht die erste«, antwortete Wolfgang, obwohl er nicht wusste, ob er je ein Mädchen vor allen anderen Männern besessen hatte.

Er runzelte die Stirn. »Wo ist Reinhold mit der Fotokamera?«, fragte er Lobeswert.

»Ich habe ihn angewiesen, damit um fünfzehn Uhr hier zu sein«, antwortete der Schauspieler.

»Es geht schon auf sechzehn Uhr zu. Er soll sich gefälligst sputen! Es wird heute rasch dunkel, und mein Vater will einige gestochen scharfe Fotografien von den sonst verborgenen Teilen der schönen Jungfrau haben.« Wolfgang von Tiedern lachte kurz, verstummte aber, als Lobeswert sich erhob und nach oben gehen wollte.

»Halt! Hiergeblieben!«, rief ihm der junge Tiedern zu.

»Weshalb? Es war abgemacht, dass ich die Kleine als Zweiter besteigen kann.«

»Du wirst warten können, bis ich sie mir noch einmal zu Gemüte geführt habe.«

»Junge Hengste wollen so oft wie möglich aufsteigen. Da er das bei mir nicht kann, muss er mit dem Mädchen vorliebnehmen«, spottete Emma von Tiedern.

Lobeswert schüttelte ärgerlich den Kopf. »Das passt mir nicht! Ich habe ein Recht …«

»Sie haben das Recht, jetzt sofort den Mund zu halten! Sonst muss ich meinem Vater sagen, dass Sie nicht mehr zuverlässig genug sind.«

Auf diese Drohung hin nahm Lobeswert wieder Platz. Wolfgang von Tiedern verzog spöttisch die Lippen und freute sich darauf, in Kürze wieder nach oben gehen und sich seinem Genuss hingeben zu können. Gleichzeitig trieb er in Gedanken Reinhold an, möglichst bald mit der Fotokamera zu kommen, denn nur dann, wenn Fotografien seiner nackten Nichte im Umlauf waren, konnten sie Theodor von Hartung ernsthaft schaden.

3.

Aus Sorge um die empfindliche Kameraausrüstung hatte Reinhold Schröter den stärksten Regen abgewartet. Nun fuhr er auf einem Wägelchen, vor das ein einziges Pferd gespannt war, zu dem Krug, zu dem ihn sein Vetter befohlen hatte. Kutschieren gehörte nicht gerade zu den Künsten, die an der Universität gelehrt wurden, und so war er froh um die temperamentlose Stute, die nur wenig Zügelhilfe brauchte.

Während der Fahrt überlegte er, wofür Wolfgang von Tiedern eine Kamera und etliche Bildplatten brauchen mochte. Gewiss steckte wieder ein übler Plan seines Onkels dahinter. Reinhold fand Markolf von Tiedern immer widerlicher und wünschte sich die Kraft, sich von ihm lossagen zu können. Am liebsten hätte er Deutschland verlassen, um irgendwo anders ein neues Leben zu beginnen. Um seine Mutter und seine jüngere Schwester jedoch nachholen zu können, fehlte ihm das Geld.

Tief in Gedanken verstrickt, erreichte Reinhold den Krug, stieg vom Wagen und band die Zügel der Stute an einen Balken. Es hatte zu regnen aufgehört. Der scharfe Wind ließ jedoch die Fensterläden klappern, und so wurde niemand auf ihn aufmerksam, als er das Gebäude betrat. Da vernahm er Wolfgangs Stimme.

»Halt! Hiergeblieben!«

»Weshalb? Es war abgemacht, dass ich die Kleine als Zweiter besteigen kann«, kam es verärgert zurück.

Reinhold zuckte zusammen. Hatten die beiden etwa ein junges Mädchen dazu überredet, sich ihnen hinzugeben? Das arme Ding, dachte er, erinnerte sich dann an die Fotoausrüstung und schüttelte den Kopf. Die Schande, auch auf Fotografien abgebildet zu werden, wollte er dem Mädchen nicht antun. Er wollte das Haus rasch verlassen, da ließ ihn der höhnisch triumphierende Tonfall seines Vetters innehalten. Das klang nicht so, als wäre ihm das Mädchen freiwillig gefolgt.

Reinhold packte die Wut, und er streckte bereits die Hand nach dem Türgriff aus, um seinen Vetter zur Rede zu stellen. Da fiel ihm ein, dass er besser der Unbekannten helfen sollte, die sein Vetter hatte hierherbringen lassen. Doch wo war sie? Sein Blick schweifte suchend umher und blieb auf der Treppe haften. Als er vorsichtig hochstieg, sah er, dass eine der Türen im Oberstock nur angelehnt war. Er öffnete sie und prallte zurück.

Es war Vicki! Sie lag leicht verdreht auf dem Bett, war nackt und von ihrer Scheide zog sich ein Blutfaden den Oberschenkel hinab.

In dem Augenblick hätte Reinhold seinen Vetter erwürgen können. Gleichzeitig fühlte er sich so hilflos wie niemals zuvor in seinem Leben.

»Mein Gott, warum hast du das zugelassen?«, klagte er, nahm ein Tuch und versuchte, das Blut von Vickis Schenkel abzuwischen.

Für eine gewisse Zeit war Vicki dem Betäubungsmittel erlegen. Die Berührung an ihren empfindlichsten Teilen weckte sie wieder. Jetzt fühlte sie sich nicht mehr ganz so gelähmt wie vorher und vermochte den Kopf leicht zu drehen. Vor ihr stand Reinhold Schröter mit einer Miene, als wäre ihm ein Geist erschienen. Zuerst glaubte sie, er wollte dort weitermachen, wo sein Verwandter aufgehört hatte. Doch da legte er das Tuch weg, nahm die Decke, mit der Wolfgang von Tiedern vorhin seinen Penis sauber gerieben hatte, und wollte sie darin einhüllen.

»Nicht die! Eine andere!«, brachte sie mühsam heraus.

Reinhold ließ die Decke fallen, als wäre sie glühend geworden.

»Was ist geschehen?«, fragte er, fand dann aber selbst, dass er keine Zeit mit Reden verlieren durfte.

»Ich bringe Sie von hier fort«, erklärte er hastig und fragte Vicki, ob sie aufstehen könne.

Sie wiegte kraftlos den Kopf. »Emma von Herpichs Zofe hat mir einen Betäubungstrunk verabreicht. Ich kann gerade einmal die Finger bewegen.«

Reinhold wickelte sie in ein frisches Laken, nahm sie auf die Arme und trug sie nach unten. Als die Treppe knarzte, fürchtete er, die Schurken könnten ihn gehört haben. Die Tür der Gaststube blieb jedoch geschlossen, und so brachte er Vicki ungesehen nach draußen. Da sie nicht sitzen konnte, schob er die Koffer mit der Kamera und den Fotoplatten beiseite und bettete das Mädchen auf den Wagenkasten. Er spürte ihre Finger auf seinem Arm.

»Mein Kleid! Es hängt in der Küche zum Trocknen.«

Erst jetzt wurde Reinhold bewusst, dass er Vicki nackt, wie sie jetzt war, nirgendwohin bringen konnte. Er fragte sich, wie sie nach Büsum gekommen war. Offensichtlich hatte sein Onkel dies erfahren und auf verbrecherische Weise ausgenutzt.

»Der Teufel soll ihn holen«, murmelte er, während er erneut in das Haus eindrang, an der Tür der Gaststube vorbeischlich und vorsichtig die Tür zur Küche öffnete. Zu seinem Glück war sie verwaist.

Die Kleider lagen über einigen Stühlen. Da Reinhold wusste, wie Emma von Herpich sich kleidete, war ihm sofort klar, welche Sachen Vicki gehören mussten, und raffte diese an sich. Nun aber nichts wie fort, dachte er, eilte aus dem Krug, band die Stute los und stieg auf den Bock. Er fuhr los, wählte bald aber einen anderen Weg, um seinen Vetter bei einer möglichen Verfolgung zu täuschen. Währenddessen rasten seine Gedanken. Er konnte nicht mit Pferd und Wägelchen bis nach Berlin fahren, und das Geld, zusammen mit Vicki die Bahn zu benützen, besaß er nicht. Wenn nicht jemand aus Vickis Verwandtschaft hier war, dem er sie anvertrauen konnte, war er hilflos.

Er vernahm ein Geräusch hinter sich und drehte sich um. Obwohl Vicki die Herrschaft über ihren Körper noch nicht völlig wiedererlangt hatte, versuchte sie vergeblich, ihr Kleid anzuziehen. Reinhold hielt die Stute an und stieg nach hinten.

»Weg! Weg!«, kreischte Vicki.

»Ich will Ihnen doch nur helfen«, antwortete Reinhold traurig und hielt einen widerstrebenden Ärmel fest, damit sie hineinschlüpfen konnte.

»Ihr Vetter ist eine Ratte, und Sie sind nicht besser«, stieß Vicki hasserfüllt hervor.

»Ich schwöre Ihnen, dass ich nicht wusste, was Wolfgang geplant hatte!«, rief Reinhold verzweifelt. »Wäre es mir bewusst gewesen, hätte ich ihn eher niedergeschlagen, als zuzulassen, dass er Ihnen etwas antut.«

»Mit schönen Worten sind Sie immer rasch bei der Hand«, schrie Vicki und schlug mit beiden Händen auf ihn ein.

Reinhold versuchte sie zu bändigen, merkte aber, dass sie dadurch nur noch wütender wurde, und nahm die Hiebe mit dem Gefühl hin, noch viel mehr davon verdient zu haben. Da er sich nicht mehr wehrte, beruhigte Vicki sich wieder, funkelte ihn jedoch feindselig an.

»Sie sind der elende Knecht eines noch elenderen Schurken!«

Dagegen wusste Reinhold nichts zu sagen. Auch wenn er nicht selbst an den Untaten seines Onkels beteiligt war, so machte er sich daran mitschuldig, weil er aus Feigheit die Augen davor verschloss.

Unterdessen hatte Vicki sich hinter der Kutsche vollständig angezogen. Nur ihr Hut lag immer noch in einer Ecke der Küche des Kruges. Sie fühlte sich elend und beschmutzt und war gleichzeitig von einer heißen Wut erfüllt. Sie fragte sich, was Reinhold bezweckte. Brachte er sie im Auftrag seines Vetters fort, damit die Sache nicht ans Licht kam? Da hatte er sich jedoch getäuscht. Noch während Vicki überlegte, wie sie Wolfgang von Tiedern für seine gemeine Tat bestrafen konnte, fiel ihr ein, dass sie damit nur sich selbst schaden würde. Gegen sie standen mit Wolfgang von Tiedern, Emma von Herpich und deren Zofe Bonita drei Zeugen, die mit Sicherheit das Blaue vom Himmel lügen würden. Danach würde die bessere Gesellschaft es bei dem jungen Tiedern mit einem verständnisvollen Augenzwinkern belassen, während sie selbst gesellschaftlich ruiniert war.

Der Gedanke, stillhalten zu müssen, wenn sie als Opfer dieser Untat nicht erneut zum Opfer werden wollte, brachte sie zum Weinen, und sie wünschte sich nur noch, das Haus zu erreichen, in dem ihre Großmutter auf sie wartete.

4.

Reinhold schmerzte es, Vicki so verzweifelt zu sehen, und er schämte sich, weil es ihm nicht gelungen war, sie vor seinem schurkischen Vetter zu beschützen.

»Ich bitte Sie, Fräulein von Gentzsch! Auch wenn ich in Ihren Augen ein Molch und noch Schlimmeres bin, so will ich Ihnen doch nur helfen!«

Vicki sah ihn voller Verachtung an. »Der Ausdruck Molch ist noch viel zu schade für Sie!«

»Wenn Sie es wünschen, werde ich meinen Vetter erschießen.«

Als er es aussprach, meinte Reinhold es zutiefst ehrlich, und ihm waren die Folgen egal. Er wollte nur, dass Victoria von Gentzsch ihn nicht weiter verachtete.

»Wenn, dann erschieße ich ihn schon selbst!« Vicki klang so entschlossen, dass Reinhold erschrocken hochfuhr.

»Das dürfen Sie nicht! Sein Vater würde dafür sorgen, dass Sie aufs Schafott kommen.«

»Und Sie würden es tun, trotz des Schafotts?«, fragte Vicki mit bitterem Spott.

»Ich würde Wolfgang erschießen und dann zu fliehen versuchen. Vielleicht kann ich auf einem Handelsschiff anheuern, das in die Vereinigten Staaten fährt.«

Reinhold klang nicht sehr optimistisch, denn er wusste von seinem Onkel, wie gut der Polizeiapparat des Reiches funktionierte. Er hatte Vicki diese Rache jedoch angeboten und war bereit, zu seinem Wort zu stehen.

Sie schwankte noch immer, ob sie seinem Vorschlag folgen sollte oder nicht. Doch was brachte es, wenn Wolfgang von Tiedern tot war? Danach spürte er nichts mehr. Er sollte jedoch leiden, so wie sie leiden musste.

Plötzlich krampfte sich ihr Magen zusammen und presste seinen Inhalt mit aller Vehemenz nach oben. Vicki fiel auf die Knie, beugte sich vor. Sie stützte sich mit einer Hand ab, während sie in heftigen Schüben erbrach. Zum Glück ist es nicht passiert, als ich von dem Gift noch ganz betäubt war, fuhr es ihr durch den Kopf, und sie begriff, dass sie trotz der Schande, die Wolfgang von Tiedern über sie gebracht hatte, doch zu gerne lebte. Daher fiel auch ein theatralisch ausgeführter Mord, der sie unter das Fallbeil bringen würde, vorerst flach.

Reinhold hielt sie besorgt fest, damit sie nicht vom Wagen fiel. Im ersten Moment wollte sie sich gegen die Berührung sträuben, doch sie fühlte sich zu elend und schwach. Obwohl ihr Magen bereits leer war, klangen die Würgkrämpfe nicht ab, und sie erbrach heiße Luft und gelbe Galle.

»Im Augenblick würde ich eher Bonita erschießen als ihren Vetter«, sagte sie keuchend, als es ihr endlich ein wenig besser ging.

»Wolfgang, Emma von Herpich, deren Zofe, Dravenstein und Lobeswert sind nur Figuren, die von meinem Oheim wie Marionetten gelenkt werden«, sagte Reinhold düster.

Als er sah, dass Vicki ihr Kinn beschmutzt hatte, zog er sein Taschentuch und wischte es sauber.

Vicki wollte ihn daran hindern, ließ es aber dann doch zu. »Was haben Sie für eine Rolle in diesem üblen Spiel gespielt?«

»Ich sollte Lobeswerts Kameraausrüstung zu dem Krug bringen, habe aber gewartet, weil es geregnet hat und ich die teure Kamera nicht gefährden wollte.«

Noch während er es sagte, fand Reinhold, dass er sich damit als Kumpan seines schurkischen Verwandten darstellte, und schüttelte verzweifelt den Kopf. »Ich schwöre Ihnen bei meinem Leben, dass ich nicht wusste, welche gemeinen Pläne

Wolfgang hegte. Ich wäre sonst dazwischengefahren wie ein Engel mit dem Flammenschwert.«

»Das schwören Sie mir wohl auch?«, fragte Vicki bitter.

»Ich schwöre, dass ich alles getan hätte, um Sie zu retten, auch auf die Gefahr hin, dass Markolf von Tiedern sich an meiner Mutter und meinen Schwestern gerächt hätte. Wenn ich doch nur nicht wegen des Regens gewartet hätte! Ich wäre sonst rechtzeitig gekommen, um Ihnen das Unerträgliche zu ersparen«, schloss er mit verzweifelter Miene.

Vicki musterte ihn mit einem verächtlichen Blick. »Wenn Sie stets ›wenn ich‹ und ›hätte ich‹ zu Ihrer Devise machen, werden Sie es in Ihrem Leben nicht sehr weit bringen.«

»Sie haben recht! Was geschehen ist, kann nicht mehr rückgängig gemacht werden. Wir müssen zusehen, dass Sie alles möglichst ohne großen Schaden überstehen«, gab Reinhold zu.

»Wissen Sie, weshalb Ihr Vetter das getan hat? Nur, weil ich ihn einmal in der Eisenbahn in seine Schranken gewiesen habe? Das kann ich mir nicht vorstellen.«

Reinhold senkte den Kopf. »Ich kann es Ihnen leider nicht sagen! Allerdings glaube ich, dass in Wahrheit mein Onkel dahintersteckt. Dieser betreibt üble Dinge, die allen Gesetzen und der Moral Hohn sprechen. Ich mag es einer Dame gegenüber nicht beschreiben. Außerdem nützt er seine Position und seine Beziehungen aus, um anderen zu schaden. Er lässt zum Beispiel Heereslieferungen als schlechte Qualität hinstellen und behält Teile des vereinbarten Kaufpreises ein, um dadurch immer reicher zu werden.«

Bis zu diesem Tag hätte Reinhold sich lieber die Zunge abgebissen, als mit einem Dritten über die Verbrechen seines Onkels zu sprechen. Mit Wolfgang von Tiederns Übergriff auf Vicki war jedoch der letzte Funken Loyalität ebenso erloschen wie auch die Angst um seine Mutter und seine Schwestern. Wenn es nötig war, hatte eben der Beamte, der sich um Ottilie bewarb, für diese zu sorgen. Andernfalls musste seine Mutter ihre letzten Groschen zusammenkratzen, um in die Vereinigten Staaten auszuwandern. Da diese stets sparsam gelebt hatte, hoffte er, dass ihr Geld wenigstens für eine Überfahrt in der dritten Klasse ausreichte. Jenseits des Meeres würden sie zwar arbeiten müssen, doch das war in seinen Augen keine Schande.

Vicki hörte ihm zu und fand, dass Markolf von Tiedern ein noch größerer Schurke sein musste als sein Sohn. Es war für Reinhold gewiss nicht leicht, auf die beiden angewiesen zu sein und Zeuge ihrer Verbrechen zu werden. Zu viel Mitleid verdiente er in ihren Augen jedoch nicht. Dafür hatte er seinen Verwandten zu lange die Treue gehalten. Doch das war im Augenblick nicht von Belang. Sie blickte nach oben, wo dunkle Wolken den nächsten Regenguss ankündigten, und ging mit steifen Schritten auf den Wagen zu.

»Ich werde Ihre Hilfe in Anspruch nehmen müssen, denn ich bin zu erschöpft, um den Weg nach Hause zu schaffen. Zudem weiß ich nicht, wohin ich mich wenden muss, um nach Büsum zu gelangen«, sagte sie, während Reinhold ihr auf den Bock half. Er nahm neben ihr Platz und trieb die Stute an.

»Um nach Büsum zu kommen, müssen wir uns bei der nächsten Wegkreuzung links halten. Doch gibt es dort jemanden, bei dem Sie Unterschlupf finden?«

Wenn er kein ausgemachter Lügner war, wusste er tatsächlich nicht, dass sie mit ihrer Großmutter hier auf Sommerfrische war, dachte Vicki und bedauerte für einen Augenblick, dass Theo nach Berlin zurückgekehrt war. Ihm hätte sie es zugetraut, Wolfgang von Tiedern in die Schranken zu weisen.

Auf ihre eigenen Brüder hingegen brauchte sie nicht zu hoffen. Dann aber dachte sie sich, dass Wolfgang von Tiedern kein ehrliches Duell verdiente. Eines schwor sie sich: Für das, was er ihr angetan hatte, würde er bezahlen.

Da er keine Antwort erhalten hatte, fragte Reinhold erneut, ob es in Büsum jemanden gäbe, bei dem sie Schutz finden könne.

»Ich wohne bei meiner Großmutter«, antwortete Vicki und fragte sich, was die alte Dame sagen würde, wenn sie geschändet zurückkam.

5.

Theresa war bereits in Sorge, weil Vicki so lange ausgeblieben war. Als sie jetzt sah, in welchem Zustand diese zurückkehrte, erschrak sie bis ins Mark.

»Kind, sag, was ist geschehen?«

»Darüber will ich erst sprechen, wenn wir beide ganz allein sind«, antwortete das Mädchen herb.

»Und wer ist dieser Herr?«, fragte Theresa weiter und wies auf Reinhold, der unschlüssig neben dem Pferd stehen geblieben war.

»Ein Gnom an Mut, aber nicht so schlecht wie der, dem er dient.«

Theresa fiel auf, wie schmutzig Vickis Kleid war, und fasste sie am Ärmel. »Dein Kleid, was ist mit ihm?«

»Ich bin zweimal in einen Regenguss geraten. Beim ersten Mal war Emma von Herpich schuld, beim zweiten der Himmel, der meinetwegen Tränen vergossen hat«, antwortete Vicki und ging ins Haus. Als Jule auf sie zutrat, um ihr zu helfen, scheuchte sie sie mit einer knappen Handbewegung zurück.

»Sorge dafür, dass ich etwas Warmes zu trinken bekomme. Mir ist kalt bis in die Knochen. Ach ja, schau auch, dass dieser Unglückswurm ebenfalls einen warmen Trank erhält. Er hat es zwar nicht verdient, aber ich will nicht, dass er krank wird.«

Noch während sie es sagte, begriff Vicki, dass sie auf Reinhold angewiesen war. Nur er konnte bezeugen, dass sie das Opfer eines infamen Planes geworden war und nicht nur als verführte Maid zurückkam, die sich jetzt schämte, schwach geworden zu sein.

Sie ging nach oben in ihre Kammer, riss sich das Kleid vom Leib und versetzte ihm einen Tritt. Als Jule eintrat – in der einen Hand eine Tasse mit Tee, in der anderen einen Krug mit warmem Wasser –, kehrte Vicki ihr den Rücken zu. Noch immer klebte etwas Blut an ihrer Scheide, und sie wollte nicht, dass irgendjemand dies sah.

»Stelle alles hin, dann kannst du gehen«, sagte sie herrisch.

Jule kniff irritiert die Lider zusammen, denn so harsch kannte sie das Mädchen nicht. Sie gehorchte jedoch und gab Vicki damit die Gelegenheit, sich von oben bis unten zu waschen und sich frisch einzukleiden. Für die Knöpfe auf dem Rücken brauchte sie dann doch Jules Hilfe. Anschließend betrat sie die Küche, in die Theresa Reinhold geführt hatte. Dieser hatte sein Jackett ausgezogen und eine Decke um die Schultern geschlungen.

»Ich will nicht hoffen, dass Sie krank werden«, sagte Theresa gerade, da seine Kleidung noch immer feucht war.

»Ich habe es nicht weit, nur ein oder zwei Kilometer.« Reinhold wollte nicht sagen, dass Wolfgang von Tiedern, Lobeswert und er im selben Haus untergebracht waren wie Emma von Herpich. Doch wollte er überhaupt noch dorthin?, fragte er sich. Er wusste nicht, was er tun sollte.

»Dann mag es angehen.« Theresa wandte sich besorgt ihrer Enkelin zu. »Geht es dir jetzt besser?«

»Es wird mir niemals mehr besser gehen können.«

Vickis Stimme klirrte vor Hass. Einen Augenblick lang überlegte sie, ob sie die Begebenheit vor ihrer Großmutter verbergen sollte, sagte sich dann aber, dass es besser war, die Wahrheit auszusprechen. Was Reinhold betraf, so konnte dieser bezeugen, dass sie unschuldig zum Opfer seines Vetters geworden war.

»Als ich heute in Frau von Herpichs Wagen stieg, war ich noch rein. Nun stehe ich beschmutzt und verachtet vor dir, doch ich schwöre dir, dass es nicht meine Schuld ist.«

Es dauerte einen Moment, bis Theresa die Worte begriff. »Was sagst du?«

»Frau von Herpich hat mich zu einem einsamen Haus gebracht, dort mit einem Getränk betäubt und dann einem üblen Schurken überlassen.« Kaum brachte sie diese Worte heraus, doch wenn sie es nicht wenigstens ein Mal aussprechen konnte, würde sie daran ersticken.

»Das ist ja ungeheuerlich!«, rief Theresa entsetzt. »Aber ich muss mich über dich wundern, weil du solche Dinge in Gegenwart dieses Herrn berichtest.«

»Dieser Unglückswurm ist mein einziger Zeuge, der bestätigen kann, dass ich die Wahrheit spreche. Frau von Herpich würde gewiss berichten, ich wäre dem Charme des jungen Mannes erlegen und hätte ihm verbotene Dinge erlaubt.«

»Ich muss Fräulein Victoria zustimmen«, erklärte Reinhold mit belegter Stimme. »Bedauerlicherweise wusste ich nichts von den Plänen meines Vetters, sonst hätte ich Himmel und Hölle in Bewegung gesetzt, um sie zu verhindern.«

»Das haben Sie mindestens bereits ein halbes Dutzend Mal erwähnt. Ein Trost ist es nicht«, giftete Vicki in seine Richtung.

Theresa erinnerte sich an jene düsteren Tage in ihrer Jugend. Damals war sie ebenfalls in die Hände wüster Schurken gefallen. Zu erleben, dass dies nun auch ihrer Enkelin zugestoßen war, schmerzte sie zutiefst. Nur mit Mühe zwang sie sich zur Ruhe und hob die Hand. »Ereifere dich nicht, sondern sage mir endlich, welche Rolle dieser Herr spielt, der seinen Worten zufolge der Vetter jenes Mannes ist, den du dieses abscheulichen Verbrechens bezichtigst.«

»Er hat mich – betäubt, wie ich war – in eine Decke gehüllt und zu dem Wagen getragen, mit dem er, wie er so oft betont, zu spät gekommen ist.«

Theresa schluckte. »Du bist dir gewiss, dass es aus lauteren Motiven geschah?«

Vicki nickte. »Ein wenig bei Besinnung war ich noch, auch wenn ich meine Glieder nicht regen konnte. Herr Schröter kam herein, sah mich entsetzt an und begann zu stammeln, wie leid ihm alles tue und dass er seinen Vetter am liebsten dafür erwürgen würde.«

»Nun, ich will es glauben.« Theresa wandte sich mit strengem Blick Reinhold zu. »Erzählen Sie mir die ganze Geschichte, so, wie Sie diese erlebt haben, von Anfang an.«

Reinhold starrte auf seine Hände und wünschte sich, sie um Wolfgang von Tiederns Hals legen zu können. Stockend begann er zu berichten und beteuerte mehrmals, dass er nicht die geringste Ahnung von dem verbrecherischen Plan seines Vetters gehabt habe.

»Allmählich wird das Dutzend voll, mit dem Sie das behaupten«, spottete Vicki.

»Sei still!«, wies ihre Großmutter sie zurecht und ließ Reinhold nicht aus den Augen. »Ich habe das Gefühl, dass mehr hinter dieser Angelegenheit steckt, als ich jetzt schon zu erkennen vermag. Auch wenn Ihr Vetter der Sohn eines einflussreichen Mannes ist, muss er wissen, dass ein solches Verbrechen geahndet wird.«

»Das wird es bedauerlicherweise nicht!«, warf Vicki ein. »Dieser Schurke braucht mich nur als verführte Jungfrau hinzustellen. Seine Entourage wird dies mit Freuden bezeugen, und ich stehe als loses Weibsstück da. Einem Mann wird verziehen, wenn er ein Mädchen verführt, einem Mädchen, das verführt worden ist, jedoch nicht.«

»Ganz so ist es nicht«, erklärte Reinhold. »Der Vater oder ein Bruder des Mädchens können den Verführer zum Duell fordern.«

»Und würden damit noch mehr Aufsehen erregen!«, stieß Vicki erregt hervor. »Außerdem glaube ich nicht, dass mein Vater, Otto oder Heinrich meinetwillen zu einem Duell bereit wären.«

»Fritz wäre es! Er ist ein ausgezeichneter Schütze«, erklärte Theresa.

Erneut dachte sie an ihre Jugend. Damals war sie entführt und in ein Bordell verschleppt worden. Als es ihr endlich gelungen war, von dort zu entkommen, hatte einer dieser Männer sie als Hure bloßstellen wollen. Ihrem Halbbruder Wilhelm von Steben war es schließlich gelungen, ihren Verleumder unter dem Vorwand des Falschspiels zum Duell zu fordern und dabei zu erschießen. Sollte sich das bei Vicki wiederholen? Sie schüttelte unbewusst den Kopf. Wenn es zu einem Duell kam, würde Vickis Namen damit in Verbindung gebracht und in den Schmutz gezogen werden.

Obwohl es ihr in der Seele wehtat, beschloss Theresa, die Angelegenheit vorerst auf sich beruhen zu lassen. Da sie jedoch mehr über Wolfgang von Tiedern und dessen Vater wissen wollte, forderte sie Reinhold auf, ihr zu berichten, was er über diese Männer wusste.

Reinhold zögerte einen Augenblick, sagte sich dann aber, dass Vicki und die alte Dame ein Recht darauf hatten, dies zu erfahren, und begann zu erzählen. Er sprach auch über die Orgien, die Lobeswert für Markolf von Tiedern ausrichtete, ohne zu sehr ins Detail zu gehen. Dafür ließ er sich ausführlich darüber aus, dass sein Onkel sein Vermögen zum größten Teil Erpressungen, Unterschleif und dem Einbehalten von Teilen des vereinbarten Preises wegen angeblicher Qualitätsmängel verdankte.

Als Theresa das hörte, ruckte ihr Kopf hoch. Sie wusste von Theodor, welche Schwierigkeiten diesem in den letzten zwei Jahren gemacht worden waren, und begriff, dass die Angelegenheit noch weitaus komplizierter war, als ihre Enkelin annahm. Der Ärger in der Eisenbahn mochte für Wolfgang von Tiedern ein Grund gewesen sein, sich Vickis zu bemächtigen. Sein Hauptziel oder vielmehr das Hauptziel seines Vaters mussten demnach Theodors Töchter sein.

Nun erinnerte Theresa sich auch an Emma von Herpichs Enttäuschung, als diese erfahren hatte, dass Auguste, Lieselotte und Silvia Büsum bereits verlassen hatten. Die drei waren dadurch einem gemeinen Anschlag entgangen. Stattdessen hatte es Vicki getroffen. Sie umarmte das Mädchen liebevoll und sah dann Reinhold an.

»Wenn es einen gerechten Gott gibt, werden Ihr Onkel und Ihr Neffe dafür bezahlen. Da ich Vickis Namen nicht damit verquickt sehen will, muss es auf eine unverfängliche Weise geschehen.«

»Aber wie?«, brach es aus Vicki heraus. »Ich will nicht mit dem Gedanken leben, dass der Schuft, der mir das angetan hat, weitermachen kann, als wäre nichts geschehen.«

»Gemach! Du weißt, Gottes Mühlen mahlen langsam«, sagte Theresa. »Man kann aber auch ein wenig nachhelfen, und das werden Sie tun.« Ihr Zeigefinger wies auf Reinhold.

»Aber wie?«, fragte dieser verdattert.

»Besorgen Sie mir Beweise gegen Ihren Onkel, damit wir ihn als Verbrecher entlarven können. Wenn Sie das tun, haben Sie die Schuld, die Sie Vicki gegenüber empfinden, getilgt.«

Vicki schnaubte, während Reinhold überlegte, wie er den Auftrag der alten Dame erfüllen konnte. Leicht würde es nicht werden, denn Markolf von Tiedern hütete seine Geheimnisse streng.

Als Theresa mit Vicki allein war, winkte sie dieser, ganz nahe zu kommen. »Es schmerzt mich sehr, dass du wegen mir das Opfer eines solchen Lumpen geworden bist«, sagte sie leise.

Vicki blickte sie erstaunt an. »Aber dich trifft doch keine Schuld!«

»Die Reise hierher wurde meinetwegen unternommen, und du bist bei mir geblieben, da du mich nicht allein lassen wolltest. Verstehst du, dass ich mir hier Vorwürfe mache?«

»Das darfst du nicht!« Vicki schlang die Arme um die alte Frau und kämpfte gegen die Tränen an.

Theresa atmete tief durch und strich dann sanft über die Wange des Mädchens. »Es könnte sein, dass du durch diese Schurkerei schwanger geworden bist. Wenn, werde ich alles tun, um dafür zu sorgen, dass keiner davon erfährt, und wenn ich mein letztes Geld für einen Aufenthalt von uns beiden im Ausland ausgeben muss.«

Konnte sie wirklich schwanger sein? Bislang hatte Vicki sich keine Gedanken darüber gemacht. Nun aber betete sie zu Gott, es nicht zuzulassen.

»Kannst du mir berichten, wann du das letzte Mal deine monatlichen Beschwerden hattest?«, fragte Theresa nun und atmete auf, als Vicki es ihr sagte.

»Wie es aussieht, bleibt uns wenigstens das erspart!«

»Meinst du, Oma?« Vickis Stimme klang fast wie die eines kleinen Kindes, dem gesagt worden war, dass die Schramme am Knie bald wieder heilen würde. Danach bat sie Theresa, sie zu entschuldigen, und stieg in ihre Kammer hoch. Dort öffnete sie den Schrank und wühlte so lange, bis sie den Revolver in Händen hielt, den sie dem amerikanischen Matrosen abgenommen hatte. Es steckten noch mehrere Patronen in der Trommel, und für einige Augenblicke stellte Vicki sich vor, mit der Waffe in der Hand vor Wolfgang von Tiedern zu stehen und sein Gesicht zu sehen, wenn sie abdrückte.

Sie wusste jedoch selbst, dass sie die Sache damit nur noch schlimmer machen würde, und legte den Revolver zurück.

6.

Wolfgang von Tiedern blieb noch etwas bei Emma von Herpich und Lobeswert sitzen. Als er nach oben gehen wollte, erklang aus der Küche ein überraschter Ruf. Gleich darauf schoss Bonita, die für ihre Herrin Kaffee hätte kochen sollen, wieder in die Gaststube.

»Das Kleid des Mädchens ist fort!«

»Was sagst du?«, fragte Emma von Herpich verwirrt.

»Das Kleid des Mädchens ist verschwunden!«, wiederholte ihre Zofe. »Ich hatte es wie Ihr Kleid zum Trocknen über einen Stuhl gehängt. Aber da ist es nicht mehr.«

»Vielleicht ist es zu Boden gefallen?«, meinte Lobeswert.

»Ich habe genau nachgesehen. Es ist nur noch das Kleid meiner Herrin in der Küche. Es ist übrigens trocken. Sie können es anziehen.«

»Das ist doch alles Unsinn!«, rief Wolfgang von Tiedern, stieg aber eilig die Treppe hoch. Als er die Kammer betrat, in der er Vicki zurückgelassen hatte, war diese leer.

»Gottverdammt! Wie konnte das geschehen?« Er durchsuchte die anderen Kammern, riss Schränke und Kästen auf und warf den Inhalt auf den Boden, um nachzusehen, ob Vicki sich irgendwo versteckt hatte. Als er nichts fand, eilte er wieder nach unten.

»Das kleine Biest ist tatsächlich verschwunden!«

»Aber sie war doch betäubt!«, wandte Bonita ein. »Ich habe das Mittel eigenhändig in ihren Becher eingerührt.«

»Wahrscheinlich war die Dosis zu schwach, und sie ist vor der Zeit erwacht«, mutmaßte Lobeswert.

Emma von Herpich packte die Angst. »Mein Gott, was machen wir nun? Wenn das bekannt wird …«

»Es soll ja bekannt werden«, antwortete Lobeswert mit einem verzerrten Grinsen.

»Aber nicht, wie es geschah!«, schrie Wolfgang von Tiedern ihn an.

Lobeswert hob beschwichtigend die rechte Hand. »Wir sollten uns keine Sorgen machen! Sollte es hart auf hart kommen, können wir zu dritt schwören, dass dem Fräulein von Gentzsch von unserer Seite aus nichts geschehen ist.«

»Was durch eine Untersuchung durch einen Arzt leicht zu widerlegen ist«, fauchte Emma von Herpich.

Lobeswert sah sie von oben herab an. »Dafür können wir doch nichts, meine Liebe! Fräulein Victoria hat nach einem Streit mit Ihnen den Wagen verlassen und sich allein auf den Heimweg gemacht. Dabei muss sie einem Mädchenschänder begegnet sein.«

»Aber wir sollen sie doch in Verruf kommen lassen!«, erklärte Wolfgang rot vor Wut.

»Da werden wir gewiss eine Möglichkeit finden.« Lobeswert lächelte freundlich, doch in seinen Augen lag ein Ausdruck, der Emma von Herpich schaudern ließ. Diesen Mann, dachte sie, sollte auch sie besser nicht unterschätzen.

»Was machen wir jetzt?«, fragte Wolfgang.

»Da wir hier nichts mehr erreichen können, sollten wir zu unserer Unterkunft zurückfahren und von dort unsere Heimreise nach Berlin vorbereiten«, schlug Emma von Herpich vor, die es nicht riskieren wollte, Vicki und deren Großmutter noch einmal zu begegnen.

»Wenn nur Reinhold rechtzeitig gekommen wäre!« Wolfgang ballte wütend die Fäuste und bedachte seinen Vetter mit etlichen Schimpfworten.

»Vielleicht hat er den Weg nicht gefunden, oder der Gaul wollte nicht so wie er.« Lobeswert sah sich darin bestätigt, dass er diese Sache weitaus besser hätte vorbereiten können als der junge von Tiedern.

Emma von Herpich ging in die Küche, um ihr Kleid anzuziehen. Alles in ihr strebte danach, diese Gegend so rasch wie möglich zu verlassen, denn sie traute es Vicki zu, in ihrer Wut mit der Reitgerte auf sie loszugehen. Eine Narbe, die ihre Schönheit zerstörte, war das Letzte, was sie sich leisten konnte.

Auch Wolfgang von Tiedern zog sich an, während Lobeswert nach draußen ging und den Wagen für die Rückfahrt anspannte. Wenig später brachen sie auf. Als die Wirtsleute ein paar Stunden später zurückkehrten, fanden sie ihr Haus unverschlossen und unbewacht vor. Im Obergeschoss waren die Kisten und Schränke durchwühlt worden, und viele ihrer Besitztümer lagen auf dem Boden. Die Belohnung, die ihnen zusätzlich versprochen worden war, fehlte jedoch und brachte sie dazu, sich in drastischen Worten über diese elenden, betrügerischen Berliner auszulassen.

Ihre Beschimpfungen schadeten Wolfgang von Tiedern und seinen Begleitern jedoch nicht. Die vier erreichten Emma von Herpichs Quartier ohne Probleme und fanden dort Reinhold vor, der erst wenige Minuten vor ihnen angekommen war.

»Wo bist du gewesen? Wir haben vergebens auf dich gewartet!«, fuhr Wolfgang von Tiedern ihn an.

Reinhold rang nur mühsam den Wunsch nieder, ihm ins Gesicht zu schlagen. Wenn er jedoch den Auftrag von Vickis Großmutter befolgen und Beweise für die Untaten seines Onkels finden wollte, musste er so tun, als wäre nichts geschehen.

»Es tut mir leid, ich bin bei der Fahrt in einen fürchterlichen Regenguss gekommen und aus Angst, die Kamera könnte Schaden nehmen, umgekehrt. Es war jedoch vergebens, denn die Kamera ist trotzdem nicht mehr zu gebrauchen! Wenn Sie weitere Fotografien machen wollen, müssen Sie nach Heide fahren und dort eine neue Kamera erwerben.«

Bisher hatte Reinhold sich über Wolfgangs Anweisung, ihn mit Sie anzusprechen, stets ein wenig geärgert. Jetzt war er froh darum, denn es verschaffte ihm den nötigen Abstand zu seinen Verwandten.

7.

Wolfgang von Tiedern hätte es niemals zugegeben, doch ihn trieb die Angst zur Abreise, Vicki könnte einem ihrer Brüder oder Vettern telegrafieren, um ihn noch hier zur Rechenschaft zu ziehen. In einer großen Stadt wie Berlin fühlte er sich weitaus sicherer. Emma von Herpich war ebenfalls zufrieden, als sie am nächsten Morgen in den Eisenbahnwaggon stiegen und darauf warteten, nach Heide gebracht zu werden. Bis zuletzt hatte sie befürchtet, von Vicki abgefangen zu werden.

Als sie in Heide in den Zug nach Hamburg umstiegen, verlor sich die Anspannung ein wenig, und die vier, die an dem Komplott gegen Vicki beteiligt gewesen waren, konnten schon wieder lachen. Reinhold hingegen hatte Mühe, seine unverfängliche Miene beizubehalten. Immer wieder sah er in Gedanken Vicki vor sich, nackt und durch Bonitas Hexentrank unfähig, sich gegen einen Schurken wie seinen Vetter zu wehren. Wolfgang ist ein jämmerlicher Wicht, dachte er und wünschte sich, er könnte ihn zusammenschlagen, bis dieser wie ein Häuflein Elend zu seinen Füßen läge. Aber das durfte er nicht, denn er hatte ein höheres Ziel.

Mittlerweile wusste er, dass Vicki eine Nichte des Tuchfabrikanten Theodor von Hartung war, dem sein Onkel bereits in der Vergangenheit große Schwierigkeiten bereitet hatte. Bislang hatte er die Zähne zusammengebissen und geschwiegen, doch durch den Verrat an Vicki hatte Markolf von Tiedern in seinen Augen den letzten Funken an Treue und Gehorsam, die er ihm schuldig war, verspielt.

Da Reinhold nie viel sagte, fiel es nicht auf, dass er noch schweigsamer war als sonst. Für Wolfgang von Tiedern und dessen Mitverschworene war es erst einmal wichtig, eine gewisse Zeit nicht in Erscheinung zu treten. Auch wenn Wolfgang von Tiedern und Lobeswert nicht glaubten, dass Victoria von Gentzsch ihre Namen kannte, wollten sie ihr nicht aus Zufall vor die Füße laufen.

Dies erklärte Wolfgang auch seinem Vater, nachdem sie dessen Palais in Berlin erreicht und ihm Bericht erstattet hatten. Da Reinhold nicht in ihre Umtriebe eingeweiht war, hatten sie ihn in sein Zimmer geschickt, um ungestört reden zu können.

Tiedern sah seinen Sohn und seine Komplizen an. »Ihr habt also versagt!«

Es klang wie der fallende Hammer eines Richters. Sein Sohn zog den Kopf ein, während Bonita verzweifelt erklärte, sie wisse nicht, weshalb ihr Opfer den Betäubungstrank so rasch hatte überwinden können.

»Lass mich mit Dingen zufrieden, die nicht mehr zu ändern sind!«, fuhr Tiedern sie an. »Ich wollte das Mädchen als Hebel gegen Hartung verwenden, aber das …«

»… ist immer noch möglich«, fiel Lobeswert ihm lächelnd ins Wort.

Tiedern sah ihn verwirrt an. »Wie soll das möglich sein?«

»Eine Schneeflocke kann zur Lawine werden und ein Wassertropfen zu einer alles verschlingenden Flut«, dozierte Lobeswert. »Nichts ist vernichtender als ein Gerücht, von dem niemand weiß, woher es stammt. Man mag abstreiten, so viel man will, doch es bleibt immer ein Teil des Schmutzes haften, mit dem man beworfen wird. Sorgen wir also dafür, dass aus fünf oder sechs Quellen verlautet, Fräulein Victoria von Gentzsch habe sich, nachdem ihre Cousinen und Cousins abgereist waren, hinter dem Rücken ihrer bedauernswerten und von Krankheit geschwächten Großmutter eines unmoralischen Lebenswandels befleißigt. Wer kann das Gegenteil beweisen?«

»Niemand!«, antwortete Tiedern lachend. »Lobeswert, Sie sind Ihr Geld wert. Wolfgang, schau mal auf dem Kaminsims nach, ob dort nicht eine Einladungskarte zur Verlobung von Fräulein Dorothee von Malchow mit dem jungen Hönig liegt? Eigentlich wollte ich nicht hingehen, habe aber meine Meinung geändert. Es könnte sehr amüsant werden.«

Tiedern überlegte, wie er Giselberga von Hönig, in deren Palais das Fest stattfinden sollte, dazu bewegen könnte, auch Gustav von Gentzsch sowie dessen Frau und Tochter einzuladen. Vielleicht würde er Cosima von Dravenstein dafür bemühen müssen. Er hob die Hand.

»Die Gerüchte über Fräulein Victorias Liebschaften sollen erst am Tag dieser Verlobung unters Volk gestreut werden! Habt ihr verstanden?«

Sein Sohn, Lobeswert, Emma von Herpich und Bonita sahen ihn verwirrt an, wagten aber nichts einzuwenden. Dafür waren sie zu erleichtert, ihn mit einem Mal in so guter Laune zu sehen.

8.

Reinhold Schröter überlegte gerade, ob er versuchen sollte, das Gespräch seines Onkels mit seinen Mitreisenden zu belauschen, da klopfte es an seine Tür.

»Herein«, rief er in der Annahme, sein Onkel würde ihn rufen lassen.

Ein Diener öffnete die Tür, blieb aber im Flur stehen. »Vorgestern hat ein Mann nach Ihnen gefragt. Er sagte, er würde noch zwei Tage im *Roten Mond* bleiben. Sollten Sie früh genug zurückkehren, möchten Sie ihn doch bitte dort aufsuchen. Sonst könne er erst in zwei Monaten wiederkommen.«

»Wer war das?«, fragte Reinhold verwundert.

Der Diener zuckte mit den Schultern. »Das weiß ich nicht. Er war nicht mehr ganz jung und hatte etwas Militärisches an sich.«

Das verwirrte Reinhold noch mehr. Zwar hatte er mit achtzehn Jahren seinen einjährigen Freiwilligendienst angetreten, war aber schon seit vier Jahren in die Reserve entlassen worden und konnte sich nicht erinnern, eine engere Bekanntschaft mit einem Mann des genannten Alters geschlossen zu haben.

»Ich danke Ihnen«, sagte er und überlegte. Wenn er erst am nächsten Tag in das Gasthaus ging, konnte der Unbekannte schon fort sein. Er war jedoch neugierig, wer ihn sprechen wollte, und machte sich daher zum Ausgehen bereit. Den

Dienern gegenüber gab er vor, eine Besorgung machen zu wollen.

Während er die Straße entlangging, grübelte er weiter. So wunderte er sich, dass der Besucher im *Roten Mond* abgestiegen war, obwohl es etliche Gasthöfe gab, die näher am Palais seines Onkels lagen. Dieses Etablissement genoss auch keinen guten Ruf. Früher einmal war es viel von Studenten besucht worden. Vielleicht kannte der Mann es noch aus jener Zeit.

Reinhold wäre schneller an sein Ziel gelangt, wenn er eine Droschke genommen hätte. Er ging jedoch zu Fuß, denn er war froh um die Zeit, die ihm zum Nachdenken blieb. Als er den Gasthof erreichte, wurde er unsicher. Der Diener hatte ihm keinen Namen genannt. Nach wem also sollte er fragen?

Er trat ein und beschloss, sich erst einmal in die Gaststube zu setzen und einen Krug Bier zu trinken. Vielleicht entdeckte er jemanden, auf den die Beschreibung passte. Der Schankknecht nahm seine Bestellung entgegen und brachte das Bier. Während Reinhold einen Schluck trank, musterte er die Gäste. Einige waren offenkundig Arbeiter und kamen nicht in Frage, auch wenn zwei davon älter waren. Schließlich blieb sein Blick auf einem Mann haften, der allein an einem Tisch saß und Zeitung las. Ein halb volles Glas Wein stand vor ihm auf dem Tisch. Obwohl er zivil gekleidet war, konnte Reinhold ihn sich gut in einer Uniform vorstellen.

Kurz entschlossen nahm er seinen Krug und trat zu ihm.

»Verzeihen Sie bitte die Störung, aber sind Sie der Herr, der vorgestern im Palais Tiedern nach mir gefragt hat? Mein Name ist Reinhold Schröter.«

Der Mann blickte auf. »Aber ja! Freue mich, Ihre Bekanntschaft zu machen. Wenn Sie nichts dagegen haben, werde ich den Kellner auffordern, uns zwei frische Krüge Bier auf mein

Zimmer zu bringen. Können dort reden. Tisch und zwei Stühle sind vorhanden.«

Die Antwort bewies Reinhold zweierlei: Zum einen war es der Mann, den er suchte, und zum anderen konnte dieser nicht arm sein, da selbst in diesem Gasthaus Zimmer von einer Größe, in die Tisch und Stühle hineinpassten, nicht nur für ein paar Groschen zu haben waren.

»Es wäre mir eine Ehre«, antwortete er und trat zurück, damit der Mann aufstehen konnte. Dabei sah er ihn durchdringend an. Er war tatsächlich nicht mehr jung, hatte sich aber für die knapp fünfzig Jahre, die er alt sein mochte, gut gehalten. Auffällig war eine kreuzförmige Narbe auf der rechten Wange, die nur von einer Mensur stammen konnte. Sie entstellte den Mann jedoch nicht.

»Nun, genug gemustert?«

»Verzeihen Sie, ich wollte Sie nicht anstarren«, entschuldigte Reinhold sich.

Der Mann lachte. »Mache Ihnen keinen Vorwurf, Herr Schröter. Immerhin will ich etwas von Ihnen. Kommen Sie, in meiner Kammer spricht es sich besser als hier in der Schankstube.«

Zwar begriff Reinhold nicht, was der Mann wollte, folgte ihm aber nach oben und nahm auf dem ihm angebotenen Stuhl Platz.

»Wissen Sie, Herr Schröter. Bin es gewohnt, freiheraus zu reden. Wünsche Ihre Erlaubnis, Ihrer Schwester Ottilie den Hof machen zu dürfen. Ist ein famoses Frauenzimmer. Würde sie gerne heiraten! Hoffe, Sie meinen nicht, dass ich zu alt dafür wäre, noch Familienvater zu werden.«

Über dieser Nachricht vergaß Reinhold für einen Augenblick sogar Vicki. Der Mann war etwa doppelt so alt wie seine Schwester, doch er erinnerte sich daran, wie sehr es seine Mutter geschmerzt hatte, keinen passenden Bräutigam für Ottilie finden zu können. Dabei wäre es für Onkel Markolf ein Leichtes gewesen, ihr zu helfen, denn es gab genug junge Beamte, die eine Ehe mit seiner Nichte in Erwägung gezogen hätten. Markolf von Tiedern hatte sie jedoch behandelt wie eine ferne, unliebsame Verwandte, der man ein paar Brosamen hinwarf. Auch er selbst musste sich Kost und Logis bei seinem Onkel als dessen Sekretär – und Laufbursche – verdienen.

Der Ältere beobachtete Reinholds Mienenspiel und zog daraus seine Schlüsse. Schon bei der Witwe Schröter hatte er bemerkt, dass sich die Unterstützung durch deren Bruder in engen Grenzen hielt. Das Gesicht des jungen Mannes besagte dasselbe. Mit einem Mal nickte er, wartete aber ab, bis der Schankknecht zwei frische Krüge auf den Tisch gestellt und den Raum wieder verlassen hatte. Dann nahm er seinen Krug und trank Reinhold zu.

»Auf Ihr Wohl!«

»Auf das Ihre!« Reinhold trank einen Schluck, stellte den Krug wieder hin und atmete kurz durch. »Wenn ich Sie richtig verstanden habe, wollen Sie meine Schwester heiraten.«

Sein Gegenüber nickte. »Haben richtig verstanden! Ist, wie ich schon sagte, ein famoses Frauenzimmer, kann gut kochen und backen, weiß das Haus in Schuss zu halten und ist zudem ein sehr angenehmer Anblick. Könnte es nicht besser treffen.«

»Und wie ist es mit meiner Schwester? Wie gut kann sie es treffen?«, fragte Reinhold.

»Glaube nicht, dass es ihr missfällt. War sehr mit dem Gedanken einverstanden, von mir geheiratet zu werden. Die Frau Mama übrigens auch.«

»Wie heißen Sie eigentlich?«

»Habe ich das noch nicht gesagt?« Der Mann lachte kurz und deutete im Sitzen eine Verbeugung an. »Gottfried Servatius zu Ihren Diensten!« Dabei musterte er Reinhold angestrengt. Dieser gab jedoch kein Anzeichen von sich, dass er den Namen bereits gehört hatte.

»Ich freue mich, Sie kennenzulernen, Herr Servatius. Wenn meine Mutter und Ottilie eine Heirat für gut befinden, sehe ich keinen Grund, weshalb ich dagegen sein soll.«

»Hätte ja sein können«, meinte Servatius. »Will nicht verhehlen, dass Ihr Onkel nicht zu meinen Freunden zählt. Bin mit ihm vor Jahren aneinandergeraten. Das hier gehört dazu.«

Er legte den rechten Zeigefinger auf die Quernarbe des Kreuzes auf seiner Wange.

Reinhold wunderte sich darüber, denn alles, was er über seinen Onkel erfahren hatte, deutete nicht darauf hin, dass dieser in seiner Studentenzeit oft auf dem Paukboden gesehen worden war.

»Die Narbe stammt nicht von Ihrem Onkel, aber er ist daran schuld. Bin auf jeden Fall froh, dass Sie das nicht stört. Werde Ottilie bald heiraten, wenn Sie damit einverstanden sind. Will vom Ehestand auch etwas haben! Bitte Sie aber, meinen Namen Ihrem Onkel gegenüber nicht zu erwähnen. Der mag mich nicht und hat mir bereits etliche Prügel in den Weg geworfen. Hat ihm am Ende aber nichts genützt.« Servatius lachte leise, doch es hörte sich nicht freundlich an.

Der Zwist zwischen seinem Onkel und Herrn Servatius musste ziemlich heftig gewesen sein. Reinhold wusste auch, dass Markolf von Tiedern nachtragend war wie ein Elefant und seine Revanche noch nach Jahrzehnten suchte. Daher überlegte er, ob er Servatius von den Schurkenstücken seines Onkels berichten sollte. Um jedoch nicht den gemeinen Anschlag auf Vicki erwähnen zu müssen, ließ er es sein. Seine Miene verhärtete sich, als er daran dachte, dass ihr, wo doch die jungfräuliche Unversehrtheit als höchstes Gut eines Mädchens von Stand galt, so Schlimmes zugestoßen war. Sein Onkel war ein Verbrecher und hatte den eigenen Sohn zu einem solchen erzogen.

Servatius bemerkte die Veränderung von Reinholds Mienenspiel und hätte gerne nachgefragt, ob diesen irgendetwas quälte. Zu offen wollte er jedoch nicht sein, da er nicht wusste, wie loyal der junge Mann seinem Onkel gegenüber war. Daher blieb das Gespräch unverbindlich.

9.

Obwohl Reinhold leise Zweifel blieben, ob eine Heirat mit einem um so viel älteren Mann für seine Schwester erstrebenswert war, verabschiedete er sich freundlich von Servatius und kehrte in das Palais seines Onkels zurück.

Servatius sah vom Fenster seines Zimmers aus zu, wie sein zukünftiger Schwager die Straße entlangging. Dann drehte er sich um, zog sein Jackett an, setzte den Hut auf und nahm den Gehstock an sich. Wenig später verließ er den *Roten Mond*, winkte eine Droschke zu sich und erklärte dem Kutscher, er solle ihn zur Villa des Fabrikanten von Hartung bringen.

Dort bezahlte er die Droschke und betätigte die Klingel. Ein Diener öffnete und betrachtete den altmodisch gekleideten Mann misstrauisch.

»Sie wünschen?«

»Will Herrn von Hartung sprechen. Ist wichtig«, antwortete Servatius lächelnd.

»Der gnädige Herr weilt derzeit noch in der Fabrik. Vielleicht wäre es besser, wenn Sie Ihre Visitenkarte hierlassen und

Herr von Hartung Ihnen Botschaft gibt, wann er Sie empfangen kann«, schlug der Diener vor.

»Werde auf ihn warten«, antwortete Servatius und schob sich an dem Diener vorbei ins Haus.

»Es kann aber bis zum Abend dauern, bis der gnädige Herr erscheint«, erklärte der Diener, konnte Servatius jedoch nicht umstimmen.

»Sagte, werde auf ihn warten! Sache ist zu dringend, um sie zu verschieben.«

»Wie Sie wünschen«, antwortete der Diener und führte Servatius in einen Vorraum. »Sie können hier warten. Ich werde dem gnädigen Herrn von Ihrer Anwesenheit berichten, sobald er eingetroffen ist.«

»Will ich auch hoffen!« Servatius setzte sich, schlug die Beine übereinander und angelte sich eines der Journale, die auslagen.

Er musste bei weitem nicht so lange warten wie angekündigt, denn Theodor von Hartung betrat keine halbe Stunde später das Haus und reichte dem Diener Mantel, Hut und Stock.

Der Diener hüstelte. »Verzeihen Sie, gnädiger Herr! Doch im blauen Vorzimmer sitzt ein Mann, der Sie unbedingt sprechen will. Er ließ sich nicht abweisen.«

»Dann werde ich zu ihm gehen.«

Theodor fragte sich, wer das wohl sein konnte. Geschäftspartner erschienen selten ohne Vorankündigung oder Einladung, und andere Besucher ließen in der Regel nur ihre Visitenkarten zurück und warteten auf seine Nachricht, wann er bereit wäre, sie zu empfangen.

Als er dem Fremden gegenübertrat, sah er einen Mann etwa in seinem Alter vor sich, der mittelgroß war, noch volles, dunkelblondes Haar hatte und einen prachtvollen Schnauzbart, um den ihn selbst Kaiser Wilhelm beneidet hätte.

»Guten Tag«, grüßte er ihn.

Der Unbekannte legte die Zeitschrift weg, in der er geblättert hatte, stand auf und streckte ihm die Hand entgegen. »Freue mich, Sie wiederzusehen, Herr von Hartung.«

Theodor versuchte, sich zu erinnern, wo ihm dieser Mann schon einmal begegnet sein könnte, kam aber zu keinem Ergebnis. »Verzeihen Sie, Sie müssen meinem Gedächtnis ein wenig auf die Sprünge helfen. Zu welcher Begebenheit haben wir uns kennengelernt?«

Die Miene des Besuchers nahm kurz einen schmerzhaften Ausdruck an, dann hatte er sich wieder in der Gewalt und deutete auf die Narbe auf seiner Wange. »Vielleicht hilft dies Ihrem Gedächtnis auf die Sprünge! Meine Kommilitonen und ich haben in einer Kneipe gefeiert, und wir waren zugegebenermaßen betrunken. Sie saßen still in der Ecke und hatten ein Bier vor sich. Irgendein Dreckskerl kam auf uns zu, verspottete Sie und nannte Sie einen elenden Feigling. Fiel zu meinem Bedauern darauf herein und benahm mich Ihnen gegenüber wie ein Rüpel. Haben mir aber die richtige Antwort darauf gegeben.«

»Jetzt erinnere ich mich«, antwortete Theodor nachdenklich. »Es war einer von Markolf von Tiederns gemeinen Streichen. Ich hätte lieber ihm diese Narbe beigebracht als Ihnen.«

»Glaube ich gerne! War und ist ein übler Kerl. Wollte später in unsere Studentenkooperation. Habe es ihm aber verhagelt. Sagte, Feiglinge nehmen wir nicht. War stocksauer wegen der Ablehnung und setzte alles im Gang, um mir zu schaden. Bin, als ich in den Staatsdienst eintrat, bis ins hinterste Memelland versetzt worden, wo die Leute kaum Deutsch gesprochen haben. Dachte wohl, ich würde auf ewig dort versauern. Hatte aber einen Onkel in Köln, und der brachte es zustande, dass ich nach einigen Jahren ins Rheinland versetzt wurde. Bin jetzt in Erfurt und seit einigen Jahren dabei, mehr über Tiederns Umtriebe in Erfahrung zu bringen. Weiß, dass er Ihnen arg an den Karren gefahren ist.«

»Tiedern?« Im ersten Augenblick wunderte Theodor sich, dann aber fügten sich die einzelnen Bausteine zusammen. Hinter all den versagten Zahlungen konnte durchaus Markolf von Tiedern stecken. Dieser war ebenso geldgierig wie rachsüchtig und würde, wenn er die Macht dazu besaß, diese auch mit Freude ausnützen.

»Ich glaube, wir sollten länger miteinander sprechen, Herr ...«

»Servatius, Gottfried Servatius«, stellte der Besucher sich vor und lächelte.

Seine Karriere hätte anders verlaufen können, wäre Markolf von Tiedern nicht gewesen. Doch er wollte nicht klagen. Er hatte trotz allem eine Position erreicht, die ihm Sicherheit versprach, ein junges Weib, zu dem er sich hingezogen fühlte, und mit Theodor von Hartung einen Verbündeten, der ihm helfen konnte, Tiederns Verbrechen aufzudecken. Anders als vorhin bei Reinhold hatte er diesmal keine Scheu, das zu berichten, was er bislang in Erfahrung gebracht hatte.

»Sie sagen, Tiedern hätte auch meinen Vetter Dobritz erpresst?«, fragte Theodor fassungslos.

Servatius nickte. »Das hat er – und ihn zusammen mit seinen Kumpanen um eine stattliche Summe erleichtert.«

»Wie sind Sie auf all diese Dinge gestoßen?«, fragte Theodor weiter.

»Wissen Sie, Herr von Hartung, es gibt in unserem Lande immer noch Männer von preußischer Pflichterfüllung, die korrupten und verbrecherischen Männern wie Markolf von Tiedern das Handwerk legen wollen. Da dieser jedoch Freundschaften bis in die höchsten Kreise pflegt, müssen die Beweise für seine Untaten absolut stichhaltig sein. Würden sonst selbst wegen Verleumdung von wichtigen Staatsbeamten vor Gericht kommen.«

Das sah Theodor ein. Über eines war er froh: Nun kannte er den Feind, der ihm schaden wollte, und in Servatius und dessen Auftraggebern hatte er Verbündete, die ihm helfen konnten, Tiedern zu Fall zu bringen.

10.

Ohne zu ahnen, dass seine Gegner dabei waren, sich gegen ihn zusammenzuschließen, plante Markolf von Tiedern seine nächsten Schritte. Da ihm Schloss und Gut Schleinitz entgangen waren, richtete er sein Augenmerk auf die nicht weniger feudale Herrschaft Predow. Diese war seit sechshundert Jahren im Besitz der Familie, doch nun drohte dem jetzigen Freiherrn auf Predow das väterliche Erbe zu entgleiten.

Da er nicht persönlich als möglicher Käufer auftreten wollte, sandte er seinen Vertrauten Dravenstein erneut zu Bettina von Baruschke. Inzwischen war deren Ernennung zur Baronin erfolgt, und so war sie ihm seiner Ansicht nach etwas schuldig.

Dravenstein ließ sich bei Bettina melden, saß dann einige Minuten allein in deren Salon und sah etliche Stapel Papier herumliegen. Da noch niemand kam, stand er auf und trat neugierig an das Schreibschränkchen. Immer wieder zur Tür schauend, blätterte er die Papiere durch. Es war eine Auflistung der Banken, Firmen und Gesellschaften, an denen Bettina von Baruschke beteiligt war. Angesichts der Summen, die er las, schluckte Dravenstein. Gegen die Witwe war er ein armer Mann, und er glaubte auch nicht, dass Tiederns Vermögen an das ihre heranreichte.

Er wusste nicht, dass Bettina ihn durch eine geheime Klappe beobachtete. Sie hatte dieses Spiel schon mehrmals gespielt und ihre Geschäftspartner damit überrascht und eingeschüchtert. Eigentlich hatte sie nur sehen wollen, ob Dravenstein ehrlich war. Wie es aussah, war er das nicht. Bettina verließ ihren Beobachtungsposten, ging zur Tür des Salons und blieb dort kurz stehen.

»Luise, melde in der Küche, sie sollen ein Glas Jerezwein für Herrn von Dravenstein bringen.«

Ihre Stimme war für den Gast das Signal, sein Stöbern zu beenden. Als Bettina eintrat, hatte Dravenstein wieder auf seinem Stuhl Platz genommen und sah ihr freundlich lächelnd entgegen.

»Ich habe Sie hoffentlich nicht zu lange warten lassen«, sagte Bettina anstelle eines Grußes.

»Aber selbstverständlich nicht, gnädige Frau«, antwortete Dravenstein.

»Dann ist es gut! Was führt Sie zu mir?« Bettina nahm ebenfalls Platz und sah ihren Besucher auffordernd an.

Dravenstein fand diese Direktheit etwas befremdlich, antwortete aber höflich. »Einen schönen guten Tag, Frau Baronin. Ich hoffe, Ihre Angelegenheiten gedeihen.«

»Das tun sie«, sagte Bettina mit einem lauernden Blick.

Sie hatte Dravenstein schon einmal überlistet und statt eines schnöden »von« den Titel einer Baronin erlangt. Nun wollte sie vorsichtig sein, um ihm keine Möglichkeit zu geben, sich zu ihren Ungunsten zu revanchieren.

»Ich will Ihnen ein Geschäft vorschlagen, das Ihnen ohne eigenen Einsatz fünfzigtausend Mark einbringen wird«, sagte Dravenstein lockend.

»Fünfzigtausend für nichts? Mein Herr, Sie wollen mich foppen.«

Dravenstein wehrte mit beiden Händen ab. »Gewiss nicht, Frau Baronin! Es geht um ein Gut, das kurz vor dem Ruin steht. Ein Bekannter von mir, der nicht genannt werden will, würde diesen Besitz gerne erstehen, kann jedoch nicht selbst als Interessent auftreten. Er bietet Ihnen fünfzigtausend Mark als Prämie, wenn Sie dieses Gut mit seinem Geld kaufen und es ihm überlassen.«

Zwar war Bettina reich, doch die Aussicht, fünfzigtausend Mark nebenbei verdienen zu können, lockte sie doch. »Sagen wir, ich wäre daran interessiert. Um welches Gut handelt es sich?«

»Um Gut und Schloss Predow.«

Es war gut, dass Otto Baruschke seiner Frau beigebracht hatte, sich bei Verhandlungen weder Freude noch Ärger oder – wie in diesem Fall – Überraschung anmerken zu lassen.

»Predow? Wo liegt das?«, fragte sie, obwohl sie dies sehr genau wusste.

Dravenstein erklärte es ihr und fügte hinzu, seinem Auftraggeber sei bekannt, dass sie etliche Schuldscheine des Freiherrn von Predow aufgekauft habe.

»Ich glaube ja nicht, dass Sie es für sich kaufen wollen«, sagte er mit einem nervösen Lachen.

Zwar war Tiedern der Meinung, dass Bettina sich nach dem Erwerb von Schleinitz kein zweites Schloss samt Gutshof mehr leisten könne. Nach dem Überfliegen ihrer finanziellen Beteiligungen war Dravenstein anderer Ansicht. Die Baruschke war um vieles reicher, als Tiedern und er gedacht hatten, und es gab kaum eine Möglichkeit, ihr wenigstens einen Teil davon abzunehmen.

»Ich habe zwei Kinder zu versorgen«, antwortete Bettina herb.

Ihr Plan war es nicht gewesen, den Freiherrn von Predow um Schloss und Gut zu bringen, sondern ihn zu zwingen, ihren Sohn als Bewerber für seine Tochter zu akzeptieren. Nun fragte sie sich, weshalb Dravensteins Bekannter ausgerechnet darauf kam, sie könne ihm helfen, Jost von Predow um seinen Besitz zu bringen.

Sie erinnerte sich an die Auktion auf Schleinitz. Damals hatte auch jemand einen anderen Mann vorgeschickt, um den Besitz für ihn zu erwerben, doch dieser war an ihr gescheitert. Sollte etwa derselbe Auftraggeber dahinterstecken?

»Nun, ich könnte mich für Ihren Vorschlag durchaus erwärmen«, sagte sie gedehnt. »Dafür aber müsste ich wissen, für wen ich Schloss Predow erwerben soll und welche Garantien er mir dafür gibt, dass ich bei dieser Angelegenheit einen Gewinn von fünfzigtausend Mark einstreichen kann?«

»Ich darf die Identität meines Auftraggebers nicht preisgeben«, erklärte Dravenstein.

»Dann will ich das Geld, mit dem ich Predow kaufen soll, im Voraus haben, zusammen mit der Summe, die meine eigenen Schuldscheine ausmachen«, beschied Bettina ihn kühl.

Nun begann Dravenstein zu schwitzen. »Ich weiß nicht, ob mein Bekannter darauf eingehen wird.«

»Ich kaufe kein Schloss und kein Gut für einen Fremden, ohne mich abzusichern.« Bettina stand auf. »Sie werden erlauben, dass ich Sie jetzt verabschiede. Wenn Ihr Bekannter bereit ist, auf meine Vorschläge einzugehen, sind Sie mir wieder willkommen.«

Das kam einem Hinauswurf gleich. Dravenstein kochte vor Wut, während er die Villa verließ und in seinen Wagen stieg. Als sich der Kutscher zu ihm umwandte und fragte, wohin der gnädige Herr gebracht werden wolle, wies Dravenstein in die Richtung, in der Tiederns Palais lag.

»Zu Herrn von Tiedern!«, befahl er und ließ sich in die Polster zurückfallen.

Für ihn ergab sich aus Bettinas Haltung nur ein Schluss: Die Frau wollte nach Schleinitz auch Predow in ihren Besitz bringen.

Dies sagte er auch Tiedern, als er diesem nach einer guten halben Stunde gegenüberstand.

Markolf von Tiedern dachte nach. »Sie sagen, dieses Weib wäre an allen bedeutenden Firmen des Reiches beteiligt?«

»So ist es, Herr von Tiedern. Ich war erschüttert, als ich die Listen las.«

Tiedern hieb wütend gegen die Wand. »Wie konnte mir die Anhäufung dieses Vermögens entgehen?«

»Die Baruschke hat ihr Geld sehr gut verteilt. Man begreift zwar, dass sie reich ist, unterschätzt aber ihren Besitz. Auf jeden Fall kann sie genug Geld aufbringen, um sich auch Predow anzueignen.«

Insgeheim freute es Dravenstein, dies Tiedern sagen zu können. Obwohl er dessen Vertrauter war, wurde er nicht so belohnt, wie er es gerne gesehen hätte. Er verfügte nicht über die Summe, um einen Besitz wie Predow erstehen zu können. Tiedern hingegen war dazu in der Lage, und was die Witwe Baruschke betraf, würde sie danach immer noch mehrfache Millionärin sein.

Tiedern überlegte lange, bis er zu einem Entschluss kam. »Wenn dieses Weib glaubt, mich an der Nase herumführen zu können, werde ich sie eines Besseren belehren. Mein Sohn soll zu mir kommen, sofort!«

Das Letzte galt einem Diener, der auf Tiederns Läuten hin erschienen war. Danach wandte er sich wieder Dravenstein zu.

»Ich danke Ihnen für die Auskunft, die Sie mir gegeben haben. Sorgen Sie jetzt dafür, dass die Familie von Gentzsch die Einladung zu Dorothee von Malchows Verlobungsfeier erhält!«

»Das ist bereits in die Wege geleitet worden. Wenn ich mich nun verabschieden darf?«

Dravenstein kannte Tiedern gut genug, um zu wissen, dass dieser mit seinem Sohn unter vier Augen sprechen wollte.

»Auf Wiedersehen.« Tiedern reichte Dravenstein kurz die Hand, sah zu, wie dieser den Raum verließ, und wartete dann mit den Fingern auf die Tischplatte trommelnd auf seinen Sohn.

Wolfgang erschien wenige Minuten später und schloss die Tür hinter sich zu. »Hier bin ich!«

Sein Vater nickte. »Das sehe ich! Wie ich hörte, warst du gestern mit dem jungen Schleinitz unterwegs.«

»Er sagte, die Pferde müssten bewegt werden, sonst würden sie übermütig und könnten nicht mehr im Zaum gehalten werden«, antwortete Wolfgang.

»Fährt er immer noch vierspännig?«

Wolfgang nickte. »Er sagt, mit zwei Pferden zu fahren wäre für einen Könner wie ihn eine Beleidigung.«

»Wenn er meint!« Markolf von Tiedern hielt es für absoluten Unsinn, in und bei Berlin mehr als zwei Pferde vor ein Gefährt zu spannen. Der junge Schleinitz fuhr allerdings keinen der leichten Wagen, die in Mode waren, sondern ein robustes Fahrzeug, das mehr für Forstwege und Landstraßen geeignet war als für die gepflasterten Straßen Berlins. Da es jedoch in seine Pläne passte, nickte er erneut.

»Er ist gewiss ein guter Kutscher.«

»Das mag sein«, meinte sein Sohn. »Ich bin jedoch der Ansicht, ein Herr von Stand sollte die Zügel nicht selbst in die Hand nehmen. Dafür gibt es Domestiken.«

»Meinrad von Schleinitz sieht die Sache wohl anders. Ist er immer noch so zornig auf Bettina Baruschke?«

Wolfgang von Tiedern lachte. »Und wie! Er sagt, wenn er sie auf der Straße antreffen würde, würde er sie mit seinem

Gespann niederfahren und ihren Kopf mit den Rädern seines Wagens wie einen Kürbis zerquetschen.«

»Vielleicht sollte man ihm die Gelegenheit dazu bieten! Pferde gehen leicht durch, und so kann es durchaus zu einem bedauerlichen Unfall kommen.«

Markolf von Tiedern nickte ein weiteres Mal und erteilte seinem Sohn noch einige Anweisungen. Bettina von Baruschke war ihm einmal in die Quere gekommen. Ein zweites Mal, sagte er sich, würde er dies nicht mehr zulassen.

Neunter Teil

Das Netz des Bösen

1.

Sie war wieder zu Hause. Dieser Gedanke löste in Vicki keine Freude aus. Die erste Wut und Verzweiflung über Wolfgang von Tiederns Schandtat hatte sie zwar halbwegs überwunden, aber das Leid hatte sie noch verschlossener gemacht. Wenigstens hatte Theresa ihr nahebringen können, dass die Schande, die sie empfand, ihr nicht anzusehen war. Die Großmutter hatte ihr auch erklärt, dass sie trotzdem noch die Aussicht auf eine gute Heirat habe. Dabei wusste Vicki nicht, ob sie überhaupt eine Ehe anstreben sollte. Das, was der junge Tiedern mit ihr gemacht hatte, war so widerlich gewesen, dass sie es nicht noch einmal erleben wollte.

Im Haushalt hatte sich in den drei Monaten, die Vicki an der See verbracht hatte, nichts verändert. Ihre älteren Brüder Otto und Heinrich ignorierten sie, Karl zeigte deutlich seinen Neid, dass sie ans Meer hatte fahren dürfen, und Waldemar wagte wegen seiner älteren Brüder nicht, sie zu fragen, was sie dort erlebt hatte, obwohl er neugierig darauf war.

Malwine hingegen war über die Rückkehr ihrer Stieftochter erleichtert und sagte sich, dass sie das Mädchen endlich Frau von Herpich vorstellen konnte. Immerhin hatte diese ihr versprochen, einen passenden Bräutigam für Victoria zu finden.

Der Einzige, dem eine gewisse Veränderung an Vicki auffiel, war ihr Vater. Schon früher hatte sie sich am liebsten zurückgezogen, um allein zu sein. Nun aber hielt sie sich vollkommen zurück, und er bemerkte gelegentlich einen schmerzlichen Zug auf ihrem Gesicht. Etwas musste geschehen sein, doch das würde sie weder ihm noch seiner Ehefrau anvertrauen. Daran bin ich selbst schuld, dachte er bedrückt. Das Kind hätte Liebe gebraucht, und nicht die Kälte, mit der ich es behandelt habe. Doch was geschehen war, war geschehen, und niemand konnte es aus der Welt schaffen.

Ganz hatte Vicki ihren Lebensmut nicht verloren, denn noch immer liebte sie es, zu zeichnen und zu malen. An der See hatte sie Dutzende von Skizzen angefertigt. Vor ihrer Rückkehr hatte sie diese geordnet und jene herausgesucht, die sie dem Besitzer des Modejournals als Nächstes vorlegen wollte. Da sie nicht mehr mit der Hilfe ihrer Cousinen rechnen konnte, hatte sie sich ihrer Großmutter anvertraut und diese gebeten, mit ihr in die Redaktion des Modeblatts zu fahren.

Schon am zweiten Tag erschien Theresa mit dem Wagen und forderte Vicki auf, mit ihr auszufahren.

»Ich war die letzten Wochen gewöhnt, das Kind täglich an meiner Seite zu haben, so dass ich es wohl noch öfter abholen werde«, sagte sie lächelnd zu Malwine und dachte insgeheim, wie verzweifelt Gustav nach Gundas Tod gewesen sein musste, um ausgerechnet eine Frau zu heiraten, die weder über Vermögen noch über Schönheit und schon gar nicht über Verstand verfügte.

Obwohl Malwine nicht besonders klug war, wusste sie doch, dass Theresa von Hartung ihr wenig Zuneigung entgegenbrachte. Auch ärgerte sie sich, weil die Hartungs sie nicht so protegierten, wie sie es gerne gesehen hätte. Zwar wurden ihr Mann und sie gelegentlich in die Villa Hartung eingeladen, doch von deren Bekannten interessierte sich im Grunde niemand für sie. Da sie es sich trotzdem nicht mit Theresa verderben durfte, wies sie ein Hausmädchen an, Victoria zu sagen, dass ihre Großmutter mit ihr auszufahren wünsche.

»Danke schön.« Die Erfrischung, die Malwine ihr anbot, lehnte Theresa jedoch ab.

»In meinem Alter sollte man vor einer Ausfahrt davon Abstand nehmen, zu viel zu trinken. Es könnte sonst unangenehm werden«, erklärte sie und sah lächelnd Vicki entgegen, die sich in bewundernswerter Eile fertig gemacht hatte.

»Bis zur Rückkehr kann es ein wenig dauern, da wir gewiss in einem Café einkehren werden«, erklärte Theresa noch, dann verließ sie mit ihrer Enkelin die Wohnung. Wenig später half Vicki ihr in den Wagen und nahm neben ihr Platz.

»Ich danke dir, Großmama, dass du mich nicht im Stich lässt«, sagte sie aufatmend. »Meine Stiefmutter hätte mich gewiss nicht ohne die Begleitung eines Dienstmädchens in die Stadt gelassen und mir hinterher vorgeworfen, dass dieses bei der Arbeit gefehlt hätte.«

»Ich wünschte, Malwine wäre etwas weniger steif«, sagte Theresa seufzend.

»Sie ist verbohrt.« Vicki fauchte leise und nahm die Mappe mit ihren Zeichnungen zur Hand, die die Großmutter mitgebracht hatte.

»Ich hoffe, sie gefallen dem Herausgeber.«

»Es würde mich wundern, wenn nicht«, antwortete Theresa nicht nur, um sie zu beruhigen. »Du hast eine ganz besondere Begabung, mein Kind. Leider wird dein Vater es kaum zulassen, dass du ein Modegeschäft eröffnest. Ich bin sicher, dass du damit Erfolg hättest.«

Vicki stellte sich einen Augenblick lang vor, wie es sein würde, tatsächlich ein Modegeschäft zu führen. Der Gedanke an den Vater vertrieb diese Illusion jedoch sofort wieder. Für diesen waren Geschäftsleute mit eigenem Laden weit unter seinem Niveau.

»So in Gedanken?«, fragte Theresa.

Vicki schüttelte kurz den Kopf. »Es kommen nun einmal die Erinnerungen, und nur sehr wenige davon sind schön.«

»Das heißt, du denkst über die weniger schönen nach. Das solltest du nicht, damit schadest du dir nur selbst. Versuche, deine Gedanken auf etwas zu richten, das dir am Herzen liegt, und du wirst sehen, es tut dir gut.«

Großmama hat gut reden, dachte Vicki. Diese musste sich nicht mit Malwine und den stieseligen Brüdern herumärgern, von ihrem Vater ganz schweigen. Zwar behandelte dieser sie seit ihrer Rückkehr aus Frau Berends' Internat freundlicher als früher, aber sicher nur, weil er hoffte, sie bald verheiraten zu können.

Sie musste wieder an Wolfgang von Tiedern denken und glaubte nicht, es ertragen zu können, wenn ein Mann dasselbe mit ihr tun wollte wie dieser. Damals war sie wenigstens betäubt gewesen. Einen Ehemann würde sie bei vollem Bewusstsein gewähren lassen müssen.

Wegen des wechselnden Mienenspiels ihrer Enkelin war Theresa froh, als sie das Redaktionsgebäude des Modejournals erreichten. Dort würde Vicki ihre Sorgen wenigstens für den Augenblick vergessen. Die Schlichtheit der Räume überraschte sie, und sie fand die an der Wand hängenden Zeichnungen mit verschiedenen Modevorschlägen etwas eigenartig. Vickis Skizzen gefielen ihr weitaus besser, denn diese vereinten Eleganz und Geschmack.

Dies dachte auch der Herausgeber, als er sich die Zeichnungen ansah. Das Mädchen war ein Geschenk des Himmels für sein Magazin, das vor ein paar Monaten noch im Schatten der Konkurrenz dahingedümpelt hatte.

»Sehr gut«, lobte er und zückte ohne Zögern seine Brieftasche.

Theresa wunderte sich, wie viel er ihrer Enkelin für das Dutzend Zeichnungen gab, und ärgerte sich noch mehr, weil sie ihr nicht helfen konnte, sich als Modeschneiderin selbstständig zu machen. Es schien auch nicht sinnvoll, mit Vickis Vater darüber zu sprechen. Gustav von Gentzsch würde es niemals erlauben. Er sah die Erfüllung seiner Tochter in der Heirat mit einem Beamten möglichst hohen Ranges, wobei er sich bei der Auswahl des Bräutigams mehr von seinen Vorlieben als von Vickis Geschmack leiten lassen würde. Ausbrechen konnte Vicki nicht, dafür war sie noch zu jung. Bis zu ihrer Volljährigkeit würde sie unter der Vormundschaft ihres Vaters stehen.

Unterdessen hatte Vicki erfahren, welche Art von Zeichnungen der Herausgeber beim nächsten Mal haben wollte, und verabschiedete sich. Als sie draußen in den Wagen stiegen, fasste sie nach der Hand ihrer Großmutter. »Du erlaubst, dass ich dich ins Café einlade, Großmama? Als ich so viel Geld erhalten habe, konnte ich Lieselotte letztens eine Kleinigkeit kaufen, die ihr Freude gemacht hat.«

»Du sollst dein Geld behalten – oder, besser gesagt, gib es mir! Ich werde es für dich verwahren, bis du es brauchst.« Theresa strich dem Mädchen gerührt über die Wange. Sie liebte alle ihre Enkelinnen, doch diese stand ihrem Herzen am nächsten.

2.

Wolfgang von Tiedern fühlte sich nicht wohl in seiner Haut. Es galt weniger dem Auftrag, den er für seinen Vater ausführen sollte, als vielmehr der Art und Weise, in der dies geplant war. Unruhig drehte er sich zu seinem Begleiter um. Meinrad von Schleinitz hielt die Zügel in der rechten Hand, setzte mit der linken eine Schnapsflasche an und grinste. »Dieses Miststück wird dafür bezahlen, dass es mich um mein väterliches Erbe gebracht hat.«

»Das sollten Sie nicht offen sagen! Es muss wie ein Unfall aussehen, und Sie müssen behaupten können, die Pferde seien Ihnen durchgegangen«, mahnte Wolfgang von Tiedern ihn.

»Mir und die Pferde durchgehen? Ist mir noch nie passiert.« Schleinitz sah seine Kutscherkünste geschmäht und nahm erneut einen Schluck.

»Sie sollten sich beim Trinken etwas mehr zurückhalten!«, tadelte Wolfgang von Tiedern ihn. »Wenn Sie zu betrunken sind, wird unser Plan misslingen.«

»Keine Sorge.« Schleinitz verzog das Gesicht und starrte angestrengt nach vorne. »Hoffentlich kommen die beiden Weiber bald aus dem Laden heraus. Lasse meine Pferde ungern so lange im kühlen Wind stehen.« Er knurrte beinahe wie ein Hund.

Wolfgang von Tiedern blickte auf seine Taschenuhr. Bettina von Baruschke und ihre Tochter befanden sich bereits über eine Dreiviertelstunde in dem Modegeschäft, das sollte eigentlich reichen, um ein paar Kleider anzuprobieren. Er hatte fast eine Woche gebraucht, um in Erfahrung zu bringen, dass Bettina und Luise derzeit fast täglich diese Schneiderin aufsuchten. Das letzte Mal hatten diese kaum mehr als eine halbe Stunde gebraucht. Doch jetzt ging es langsam auf eine ganze Stunde zu.

»Gibt es noch einen Ausgang aus diesem Laden?«, fragte Meinrad von Schleinitz, der ebenfalls ungeduldig wurde.

»Vielleicht eine Hintertür in den Innenhof, aber den werden die Baruschkes wohl kaum benützen.«

Wolfgang von Tiedern wollte noch etwas hinzufügen, aber da in dem Augenblick einige junge Offiziere an ihrem Wagen vorbeigingen, hielt er den Mund, damit diese nicht durch Zufall etwas aufschnappten, was ihre Absicht, alles als unglücklichen Unfall hinzustellen, ad absurdum führen konnte.

Zu diesen Offizieren zählten Theresas Enkel Fritz und dessen Freund Willi von Steben. Den vierspännigen Wagen, auf dem ein scheinbar gelangweilter Kutscher und sein Helfer saßen, beachteten sie nicht. Als jedoch weiter hinten das Knattern eines Automobils aufklang, stöhnte Fritz auf.

»Kann man diese Krachmacher nicht verbieten? Die erschrecken doch Pferde und Menschen.«

»Das verstehst du nicht«, antwortete Willi von Steben gut gelaunt. »Motoren sind das Zeichen einer neuen Zeit. Wer hätte vor ein paar Jahren, als der erste Daimler-Reitwagen durch Berlin gefahren ist, gedacht, dass ihm innerhalb so kurzer Zeit so viele andere Automobile folgen würden?«

»Schätze, irgendwann werden auch wir mit solchen Kästen in den Krieg fahren«, meinte ein Kamerad. »Selbst Seine Majestät schätzt dieses Fortbewegungsmittel mittlerweile ungemein.«

»Seine Majestät schätzt alles, mit dem er eine bessere Figur macht als beim Aufsteigen auf ein Pferd.«

Der vierte Offizier war bereits betrunken und amüsierte sich über ihren Herrscher, der wegen eines schwachen linken Arms eine Trittstufe brauchte, um in den Sattel zu gelangen. Bei einem von Pferden gezogenen Wagen oder einem Automobil hingegen konnte Wilhelm II. sich beim Aussteigen mit der rechten Hand festhalten.

Dies wussten seine Kameraden ebenso, doch ihnen war auch bewusst, wie schnell solche Reden einer Karriere ein Ende bereiten konnten. Noch während Fritz seinen Kameraden ermahnte, vorsichtiger zu sein, traten Bettina von Baruschke und ihre Tochter nur wenige Schritte vor ihnen aus der Tür des Modegeschäfts.

Die jungen Herren blieben stehen, um den Damen Platz zu machen. Obwohl es keinen verwandtschaftlichen Verkehr zwischen Theodors Familie und der von Bettina gab, erkannte Fritz die Cousine seines Vaters und trat hinter seine Kameraden zurück, um nicht von ihr gesehen zu werden.

Willi von Steben hingegen starrte Bettinas Tochter verblüfft an, denn Luise erschien ihm so lieblich wie die Erfüllung eines Traumes. Unwillkürlich ging er auf sie und ihre Mutter zu, um sie anzusprechen.

In dem Augenblick drehte Fritz sich um und sah, wie der Wagen, den sie weiter hinten an der Straßenecke passiert hatten, Fahrt aufnahm. Der Kutscher stand mehr auf dem Bock, als dass er saß, und ließ die Peitsche knallen. Zuerst dachte Fritz sich nichts dabei, doch als das Gefährt immer schneller wurde und genau auf Bettina und ihre Tochter zuhielt, rief er: »Vorsicht!«

Statt zur Seite zu treten, blieb Bettina stehen und sah sich um. Das Vierergespann raste auf sie und ihre Tochter zu und drohte, sie niederzutrampeln. Als Willi das begriff, schnellte er auf Luise zu und versetzte ihr einen Stoß, der sie bis zur gegenüberliegenden Straßenseite stolpern ließ. Er selbst wurde von einem Huf getroffen und konnte sich gerade noch vor den schweren, eisenbereiften Rädern retten.

Nur einen Herzschlag später als Willi hechtete Fritz auf Bettina zu und riss sie aus dem Weg des wild galoppierenden Gespanns.

Ein wütender Schrei kam vom Bock, eine Peitsche zuckte heran und traf Fritz an der Schulter, dann jagte das Gespann ohne anzuhalten davon.

Bettina von Baruschke war zunächst vor Schreck wie erstarrt. Dann rappelte sie sich hoch und eilte zu ihrer Tochter, die eben mithilfe zweier Passanten wieder auf die Beine kam.

»Ist dir etwas geschehen?«, fragte sie besorgt.

»Mir nicht, aber meinem Retter«, antwortete das Mädchen mit bleichen Lippen und wies auf Willi, der unweit von ihr mit schmerzverzerrtem Gesicht auf dem Gehsteig hockte.

»Brauchen Sie einen Arzt?«, fragte Bettina ihn.

Willi schüttelte den Kopf. »Nein, es geht schon.«

»Das zu entscheiden überlassen Sie mir!«, erklärte Bettina und wandte sich an die Besitzerin des Modegeschäftes, die eben aufgeregt aus ihrer Tür heraustrat. »Rufen Sie sofort einen Arzt!«

»Sehr wohl, gnädige Frau!« Die Frau eilte davon, während Bettina verärgert in die Richtung blickte, in der der Wagen verschwunden war. »Man sollte Kutschern verbieten, vor und während einer Fahrt zu trinken. Der Mann war mit Sicherheit betrunken.«

Unterdessen war Fritz zu Willi getreten und schüttelte den Kopf. »Du musstest dich unbedingt als Held beweisen! Hoffentlich haben dir die Gäule nicht das Bein zerschmettert, so dass du den Abschied nehmen musst, so wie es anno 1864 Major Maruhn passiert ist.«

»Das hoffe ich nicht«, stöhnte Willi und sah dabei Luise an. Anders als Fritz kannte er sie und ihre Mutter nicht und betete zu Gott, dass der Tag, an dem er dieses Mädchen kennengelernt hatte, nicht auch der war, an dem er seine Träume vom Glück auf immer vergessen musste.

»Der Herr Leutnant ist so tapfer«, sagte Luise zu ihrer Mutter. »Er hat mich gerettet, ohne Rücksicht auf sein eigenes Leben zu nehmen.«

»Ich bin diesem Wagen auch nicht allein entkommen«, antwortete ihre Mutter und drehte sich zu Fritz um. Als sie ihn genauer betrachtete, kniff sie überrascht die Augenlider zusammen. »Sie kenne ich doch! Sind Sie nicht der älteste Sohn des Tuchfabrikanten Hartung?«

Fritz nahm Haltung an. »Gestatten, Fritz von Hartung. War mir eine Ehre, Ihnen behilflich sein zu können.«

»Behilflich zu sein ist gut gesagt«, antwortete Bettina schaudernd. »Meine Tochter und ich wären schwer verletzt oder gar tot, wenn Sie und Ihr Kamerad nicht eingegriffen hätten.«

»Du kennst die Damen? Willst du mich ihnen nicht vorstellen?« Willi kämpfte sich auf die Beine, um Luise nicht das Bild eines schwächlichen Verletzten zu bieten.

»Das ist Frau Baruschke, eine Cousine meines Vaters, und dies ihre Tochter Luise. Dieser Nichtsnutz hier ist mein liebster Freund Wilhelm von Steben, genannt Willi, da sein Vater den gleichen Namen trägt!«

Fritz verbeugte sich vor Bettina und ihrer Tochter. Auch Willi tat es, wobei er der Schmerzen wegen die Zähne zusammenbeißen musste. Anderen gegenüber hätte Bettina darauf gepocht, dass sie keine schlichte Frau Baruschke mehr war, sondern eine Baronin Baruschke von Barusch, doch in diesem Augenblick lächelte sie nur dankbar und fragte dann verärgert, ob denn noch kein Arzt gekommen sei.

»Wenn die Herren mitkommen wollen? Der Herr Doktor wartet in meinem Wohnzimmer«, erklärte die Schneiderin.

»Sehr gut«, lobte Bettina sie und winkte ihre Tochter zu sich. »Wir beide werden warten, bis der Arzt sie untersucht hat und wir Klarheit besitzen, wie schwer sie verletzt sind.«

»Sehr wohl, Mama!«, antwortete Luise und musterte Willi von Steben heimlich.

Sie fand ihn äußerst gutaussehend. Seine Haarfarbe konnte sowohl als dunkelblond wie auch als helles Brünett durchgehen, und er war unzweifelhaft ein ritterlicher Held, der sein Leben aufs Spiel gesetzt hatte, um das ihre zu retten.

»Darf ich Ihnen eine kleine Erfrischung anbieten?« Die Worte der Schneiderin galten sowohl Bettina und ihrer Tochter wie auch Fritz und Willi.

»Danke! Ein Glas Limonade wäre mir recht«, erklärte Bettina, die auf einmal ein trockenes Gefühl im Mund hatte und sich verzweifelt räusperte, um es zu vertreiben.

»Ich hätte ebenfalls gerne ein Glas Limonade«, bat Luise, während Fritz meinte, Cognac würde ihm und seinem Freund guttun.

Ihre Kameraden verabschiedeten sich. »Wir geben dem Herrn Major Bescheid, dass ihr beide bei der Rettung zweier Damen blessiert worden seid«, meinte einer noch munter, dann zogen sie weiter zum nächsten Lokal.

Unterdessen trat Fritz neben Willi. »Das war kein Unfall«, sagte er leise. »Ich habe gesehen, wie der Kutscher die Pferde angetrieben hat.«

3.

Zumindest für Fritz war die Auskunft des Arztes positiv. Der Peitschenhieb hatte ihn am linken Oberarm getroffen und dort einen blauen Fleck verursacht. Willi hingegen hatte zwei angebrochene Rippen zu beklagen, aber den Worten des Arztes nach dabei noch Glück gehabt, denn der Huftritt hätte ihm auch das Schulterblatt zerschmettern können.

»Glaube nicht, dass dann noch viel zu retten gewesen wäre«, meinte er. »Sie sollten nach Möglichkeit nicht auf dem Rücken schlafen, sondern sich auf die rechte Seite oder noch besser auf den Bauch legen. Hüten Sie sich auch vor hastigen Bewegungen. Diese rächen sich sofort, und was Ihren Dienst betrifft, so sollten Sie für die nächsten zwei Monate um Urlaub einreichen. Verzichten Sie nach Möglichkeit auf Laudanum und ähnliche Mittel, die den Schmerz lindern sollen. Wenn Sie diesen nicht mehr spüren, werden Sie unvorsichtig und brechen sich die Rippen noch ganz. Wenn sich die Stücke dann in die Lunge bohren, werden Sie bald darauf nicht mehr die Armee des Deutschen Reiches, sondern die himmlischen Heerscharen verstärken!«

Der Arzt grinste auf eine Weise, dass Willi froh war, als der Mann ging.

»Der ist auch bei Doktor Eisenbart in die Lehre gegangen«, sagte er mit einem schmerzhaften Stöhnen und bat Fritz, ihm ins Hemd und anschließend in die Uniformjacke zu helfen.

»Will ja nicht halb nackt nach draußen gehen«, setzte er mit einem misslungenen Lächeln hinzu.

»Tut mir leid, dass du eine solche Verletzung davongetragen hast«, sagte Fritz.

»Angebrochene Rippen sind immer noch besser als ganz gebrochene Rippen oder ein zerschmettertes Schulterblatt«, antwortete Willi und stellte sich so, dass sein Freund ihm das Hemd anziehen konnte. Als er wieder in seinem Uniformrock steckte, trat er vor den großen Spiegel, bürstete die Haare mit den Fingern der rechten Hand, die er besser bewegen konnte als die linke, und zwirbelte seinen Schnurrbart.

»So wie du dich benimmst, könnte man meinen, du bewegst dich auf Freiersfüßen«, spottete Fritz.

»Vielleicht tue ich das.« Willis Gedanken galten dem Mädchen, das er vor den galoppierenden Pferden gerettet hatte. Zwar wusste er nicht das Geringste von ihr, fühlte sich aber durch seine Tat so eng mit ihr verbunden, als wären sie von Kindheit an zusammen aufgewachsen.

»Das Mädchen stellt zugegebenermaßen einen sehr erfreulichen Anblick dar, mein Freund. Doch als Spross eines uralten Adelsgeschlechts kannst du kein bürgerliches Mädchen heimführen. Es würde deine Karriere ein für alle Mal beenden, und du könntest froh sein, als Major im hintersten Winkel der Provinz Posen zu enden.«

»Wenn ich dabei glücklich bin, würde mich dies nicht betrüben.« Willi lachte leise, bereute es aber sofort, da seine Rippen umgehend protestierten. Seine Miene glättete sich wieder, als sie in das Nebenzimmer traten und feststellten, dass dort außer der Schneiderin auch Bettina und deren Tochter auf sie warteten.

Während Luises Gedanken ihrem Retter galten, durchlebte ihre Mutter die schlimmste halbe Stunde ihres Lebens. Als Jugendliche hatte sie einst die Leine des Kahns gelöst, auf dem die jetzige Friederike von Hartung und deren spätere Schwägerin Gunda gesessen hatten, und hatte damit deren Tod in den Stromschnellen in Kauf genommen. Die Mädchen waren zum Glück gerettet worden. Die Erkenntnis, dass sie ihr eigenes Leben ausgerechnet Friederikes Sohn zu verdanken hatte, brannte wie Säure in ihr. Wäre Friederike damals ums Leben gekommen, hätte es Fritz von Hartung niemals gegeben, und sie wäre damit unweigerlich unter die Hufe der durchgehenden Pferde geraten.

»Sie sind hoffentlich nicht zu schwer verletzt?«, fragte Luise Willi mit einem anbetenden Lächeln.

Der schüttelte den Kopf. »Nur ein paar angebrochene Rippen! Nicht der Rede wert.«

»Oh, Gott, das ist schlimmer, als ich dachte!«, rief Luise entsetzt.

Auch ihre Mutter wirkte bedrückt. »Erlauben Sie mir, dass ich Ihnen meinen zutiefst empfundenen Dank ausspreche. Sollte ich irgendetwas tun können, damit Sie diese Verletzung weniger schwer ankommt, so nennen Sie es. Ich werde alles tun, um es zu erfüllen.«

»Es wäre mir eine große Ehre, wenn Sie mir erlauben, Sie zu Hause aufzusuchen und mich nach dem Wohlergehen Ihres Fräulein Tochter zu erkundigen«, erklärte Willi mit einer vorsichtigen Verbeugung, um seine Rippen zu schonen.

»Bitte, Mama! Das könntest du Herrn Leutnant von Steben doch erlauben. Ich habe mich bei ihm noch nicht richtig bedankt«, flehte Luise.

Bettina musterte erst sie und dann Willi und fragte sich, ob das Schicksal sich einen Scherz mit ihr erlaubte. Auch wenn General von Steben kein besonderes Vermögen nachgesagt wurde, so zählte seine Familie zu den ältesten Adelsgeschlechtern der Mark Brandenburg. Die ablehnende und beleidigende Haltung des Freiherrn von Predow vor Augen, fragte sie sich, ob der junge Steben tatsächlich ernste Absichten hegte oder nur einem Gefühl nachgab, das bald vergehen würde. Um ihrer Tochter eine mögliche Enttäuschung zu ersparen, hätte sie den Besuch am liebsten untersagt. Andererseits war sie dem Mann zu höchstem Dank verpflichtet und durfte daher nicht unhöflich oder gar schroff zu ihm sein.

»Sie sind mir willkommen!«, sagte sie und nahm sich vor, achtzugeben, damit ihrer Tochter eine Verirrung des Herzens erspart blieb. Danach wanderte ihr Blick weiter zu Fritz. »Auch Sie sind mir herzlich willkommen! Darf ich jetzt eine Bitte äußern?«

»Aber selbstverständlich, gnädige Frau!«

»Empfehlen Sie mich Ihrer Frau Mutter und richten Sie ihr aus, dass ich, so es ihr recht ist, sie bald aufsuchen werde.«

Fritz wunderte sich, da Bettina Baruschke bisher nie Kontakt zu seiner Familie gesucht hatte. »Ich werde es meiner Mutter mitteilen«, antwortete er und wollte sich verabschieden. Doch dann gab er sich einen Ruck. »Verzeihen Sie, Madame, aber haben Sie Feinde?«, fragte er so leise, dass Luise, deren ganze Aufmerksamkeit Willi galt, es nicht hörte.

»Feinde? Nicht, dass ich wüsste. Weshalb fragen Sie?«

»Weil ich den Verdacht hege, dass vorhin nicht die Pferde durchgegangen sind, sondern diese zielgerichtet auf Sie gelenkt wurden.«

Für Bettina war es wie ein Guss mit eiskaltem Wasser. Wenn es stimmte, was ihr Cousin sagte, waren Luise und sie nur knapp einem Mordanschlag entronnen. Und diese Mörder könnten jederzeit erneut zuschlagen.

»Ich danke Ihnen, Herr von Hartung, für Ihre Warnung. Meine Kinder und ich werden uns von nun an vorsehen müssen.«

Noch während sie es sagte, überlegte sie, wer hinter einem solchen Anschlag stecken konnte, und fand die Liste erschreckend lang. Sie reichte vom Grafen Schleinitz über den Freiherrn von Predow bis hin zu einigen Herren, die in geschäftlichen Angelegenheiten gegen sie den Kürzeren gezogen hatten.

»Erlauben Sie, dass mein Freund und ich Sie und Ihre Tochter nach Hause begleiten?«, fragte Fritz, der Bettina nicht gerettet haben wollte, damit sie doch noch umkam.

»Ich bitte darum.« Ihr wurde klar, dass sie in der nächsten Zeit wohl nicht mehr gut würde schlafen können. Eines aber fiel ihr nun ein. Hieß es nicht, Theodor von Hartung hätte etliche Staatsaufträge wegen angeblich schlechter Qualität seiner Tuche verloren? Dagegen standen die Auszeichnungen in London und Amsterdam, von denen sie in der Zeitung gelesen hatte.

Auch ihr Bruder Heinrich hatte über Probleme mit säumigen Kreditnehmern geklagt, die weder die geliehenen Summen zurückzahlen noch die Zinsen begleichen wollten. Sollte es da Zusammenhänge geben?, fragte sie sich und beschloss, möglichst bald mit ihrem Vetter Theodor darüber zu sprechen. Bei dem Gedanken krampfte sich ihr Magen zusammen. Wenn sie Theodor aufsuchte, würde sie auch dessen Frau treffen. Doch da gab es noch jene Sache, die es zu klären galt.

4.

Während Vicki sich langsam wieder an ihr altes Leben gewöhnte und dabei Trost in ihren Zeichnungen fand, schwebte ihre Stiefmutter zwischen Ärger und Verzweiflung. Ihre Versuche, brieflich Kontakt zu Emma von Herpich aufzunehmen, waren seit deren Abreise aus Berlin ebenso vergeblich gewesen wie ihre Besuche in dem Haus, in dem diese wohnte. Schließlich überwand sie sich und sprach den Hausbesorger an, an dem sie sonst hoheitsvoll vorbeigeschwebt war.

»Können Sie mir sagen, wann Frau von Herpich wieder nach Berlin kommt?«

Der Mann musterte sie neugierig. »Frau von Herpich befindet sich in Berlin, hat aber vorläufig ein anderes Quartier bezogen.«

»Frau von Herpich ist in Berlin?« Malwine wollte es nicht glauben. Immerhin hatte Emma von Herpich ihr versprochen, sich sofort zu melden, wenn sie zurück war.

»Schon seit ein paar Tagen«, erklärte der Hauswart. »Sie kam, holte ein paar Sachen aus ihrer Wohnung und fuhr wieder fort.«

»Dann könnte sie noch auf Reisen sein«, sagte Malwine.

Der Mann schüttelte den Kopf. »Hörte, wie sie zur Zofe sagte, sie wolle sich einige Zeit abgeschieden im Haus von Bekannten aufhalten.«

»Abgeschieden?« Für Malwine hieß dies, dass Frau von Herpich mit ihrem Vorhaben, einen Bräutigam für Victoria zu besorgen, gescheitert war und ihr aus Scham nicht unter die Augen kommen wollte.

Verärgert befahl sie dem Kutscher, nach Hause zu fahren. Unterwegs kam ihr jedoch ein Gedanke, und sie klopfte gegen den Wagenkasten.

»Fahr mich zu Herrn von Dravensteins Haus!«

»Sehr wohl, gnädige Frau!« Der Kutscher dachte, dass es seiner Herrin auch eher hätte einfallen können, da er jetzt den halben Weg zurückfahren musste. Er gehorchte jedoch, und so saß Malwine einige Zeit später in Cosima von Dravensteins Vorzimmer und wartete händeringend darauf, empfangen zu werden.

Frau von Dravenstein erledigte erst ihre tägliche Korrespondenz und ließ ihre Besucherin schmoren, bevor sie ihr Schreibzimmer verließ und den kleinen Salon betrat. Ein Blick galt dem kleinen leeren Tischchen, das neben der Ottomane stand, und sie schüttelte scheinbar missbilligend den Kopf.

»Guten Tag, Frau von Gentzsch! Haben unsere Dienstmädchen etwa vergessen, Ihnen eine Erfrischung anzubieten? Ich werde mit diesen faulen Dingern ein ernstes Wort sprechen müssen.«

»Oh, das ist nicht so schlimm«, antwortete Malwine und hoffte im Stillen, ihre Gastgeberin würde dafür sorgen, dass sie eine Kleinigkeit zu essen und zu trinken erhielt.

Cosima von Dravenstein setzte sich jedoch ächzend in ihren Sessel, legte die Arme auf die Lehne und musterte sie. »Was führt Sie heute zu mir?«

»Es ist … Ich brauche Ihren Rat, liebste Frau von Dravenstein«, begann Malwine und berichtete dann, dass Frau von Herpich für sie nicht mehr zu erreichen sei. »Dabei hatte sie fest zugesagt, einen passenden Freier für meine Stieftochter zu besorgen.«

Das Letzte klang so beleidigt, dass Cosima von Dravenstein sich beherrschen musste, um nicht loszulachen. Sie liebte die kleinen Skandälchen, die sich hier in Berlin immer wieder ereigneten, und laut ihrem Ehemann sollte Victoria von Gentzsch in einen höchst delikaten Skandal verwickelt sein.

Dies aber durfte sie ihrem Gast nicht berichten, daher hob sie bedauernd die Hände. »Zu meinem Leidwesen kann ich Ihnen hier wohl kaum helfen! Ich kenne Frau von Herpich flüchtig und habe sie Ihnen nur genannt, weil eine Freundin sie mir als ausgezeichnete Heiratsvermittlerin empfohlen hat.«

»Aber weshalb meldet sie sich nicht bei mir?«, rief Malwine verzweifelt.

»Das entzieht sich meiner Kenntnis. Doch seien Sie versichert, Frau von Herpich wird sich gewiss mit Ihnen in Verbindung setzen. Meine Freundin nannte sie sehr hartnäckig in der Verfolgung ihrer Pläne. Wenn sie Ihnen versprochen hat, einen passenden Ehemann für Ihre Stieftochter zu besorgen, so wird sie das auch tun.«

Als Malwine das hörte, atmete sie auf. »Sie meinen, Frau von Herpich ist noch damit beschäftigt, einen jungen Herrn auszusuchen, mit dem Victoria verheiratet werden kann?«

»Davon bin ich überzeugt«, sagte Cosima von Dravenstein lächelnd und schüttelte insgeheim den Kopf über diese dumme Person, die nicht merkte, wie sie an der Nase herumgeführt wurde. Da sie jedoch wenig Lust hatte, sich Malwines Geschwätz noch länger anzuhören, wies sie zur Tür. »Es tut mir sehr leid, dass ich Sie nun bitten muss, mich zu verlassen. Doch ich habe den Kutscher angewiesen, in einer Viertelstunde vorzufahren. Er wird jetzt ein wenig warten müssen, bis ich mich umgekleidet habe.«

Malwine schoss hoch. »Aber selbstverständlich, liebste Frau von Dravenstein! Ich danke Ihnen sehr für Ihre Auskunft.«

Sie deutete einen Knicks an und verließ das Haus. Erst als sie in den Wagen stieg, fiel ihr auf, dass Cosima von Dravenstein ihr keine Erfrischungen hatte reichen lassen. Da sie die Frau jedoch unangemeldet aufgesucht hatte, nahm sie es ihr nicht übel. Für sie war die Auskunft, dass Emma von Herpich sich weiter darum kümmerte, einen passenden Bräutigam für Victoria zu suchen, weitaus wichtiger als ein Glas nicht erhaltenen Weins.

Zu Hause angekommen, nahm sich Malwine die Post vor. Die meisten Schreiben galten ihrem Ehemann. In dem Landkreis, in dem er gewirkt hatte, wurde Gustav von Gentzsch wegen seiner höflichen Art und seiner Bereitschaft, sich für die Menschen einzusetzen, mittlerweile schmerzlich vermisst, und nicht wenige Honoratioren baten ihn händeringend, als Landrat dorthin zurückzukehren. Malwine beschloss, mit ihrem Mann zu sprechen. Auch wenn die Berufung zum Landrat für ihn eine Rückstufung bedeutete, so wollte sie doch lieber auf dem Land leben und nicht in der Hauptstadt, deren Oberschicht so von sich eingenommen war, dass jemand wie sie nichts galt.

Plötzlich zuckte Malwine zusammen, denn einer der Briefe war an ihre Stieftochter adressiert. Er steckte in einem eleganten Kuvert und war gewiss aus einem besseren Haus losgeschickt worden. Von Neugier getrieben, nahm sie einen Brieföffner und schlitzte den Umschlag auf. Innen befand sich eine in Schönschrift gestaltete Einladung zum Verlobungsball von Fräulein Dorothee von Malchow mit Leander von Hönig sowie ein schwärmerischer Brief von Dorothee an Vicki, in dem diese beschworen wurde, unbedingt zu dem Fest zu kommen, das wegen Umbaumaßnahmen in ihrem Elternhaus im Palais Hönig stattfinden müsse.

Malwine saß mit dem Brief in der Hand einige Augenblicke still in ihrem Salon. Bis zum heutigen Tag hatte sie auf solche Einladungen warten müssen, doch jetzt schien sich dank der Bekanntschaften, die ihre Stieftochter geschlossen hatte, alles zum Besseren zu wenden. Bei einer Einladung, sagte sie sich, würde es nicht bleiben. Da Victoria zu jung war, um solche

Gesellschaften ohne Begleitung besuchen zu dürfen, würde sie mit ihr gehen und endlich Aufnahme in die Berliner Gesellschaft finden.

»Victoria!«, rief sie mit ungewohnt sanfter Stimme.

Vicki kam aus ihrer Kammer. »Sie wünschen, Stiefmutter?«

Mit großer Geste reichte Malwine ihr den Brief. »Deiner Schulfreundin Dorothee von Malchow beliebt es, dich zu ihrem Verlobungsball einzuladen. Wir haben nur wenig Zeit, um für uns beide passende Kleider anfertigen zu lassen. Ich hoffe, die Schneiderin, die Friederike von Hartung mir empfohlen hat, ist in der Lage, schnell genug zu arbeiten, sonst müssen wir uns nach einer neuen umsehen. Zieh dich um! Wir werden gleich aufbrechen.«

Während Vicki in ihr Zimmer zurückkehrte und eines ihrer Ausgehkleider überstreifte, dachte sie an Dorothee von Malchow. Während ihrer Zeit in Frau Berends' Schule für Höhere Töchter waren sie, Auguste, Dorothee, Lukretia von Kallwitz, Valerie von Bornheim und die drei anderen aus ihrer Klasse eine verschworene Gemeinschaft gewesen. Obwohl das Ende der Schulzeit noch kein halbes Jahr zurücklag, schien ihr diese Zeit jetzt so fern, als wäre es in einem früheren Leben geschehen. Sie würde dieser Einladung jedoch Folge leisten und fragte sich, ob sich ein Hauch der alten Vertrautheit mit Dorothee und den anderen Klassenkameradinnen einstellen würde. Eine von ihnen würde allerdings fehlen, denn Auguste hatte in der Schweiz ihr Studium begonnen, und Vicki konnte sich nicht vorstellen, dass diese sich in den Eisenbahnzug setzte, um die lange Anreise zu bewältigen.

5.

Markolf von Tiedern kochte vor Wut. Zuerst war der Anschlag auf die Töchter der Familie von Hartung und deren Verwandten nur zum kleinsten Teil gelungen, weil Victoria von Gentzsch seinem Sohn entkommen war, bevor dieser Fotografien als Beweis für ihre sittliche Verkommenheit hatte machen können. Nun hatte Wolfgang auch noch dabei versagt, Bettina von Baruschke aus dem Weg zu räumen. Doch war es wirklich die Schuld seines Sohnes?, fragte er sich. Immerhin hatte nicht dieser, sondern Meinrad von Schleinitz die Zügel geführt. Entweder war dieser zu betrunken gewesen, um das Gespann über die beiden Frauen lenken zu können, oder er hatte diese absichtlich am Leben gelassen, um vielleicht doch noch die Tochter heiraten zu können.

Daher, sagte Tiedern sich, musste sein nächster Schlag das anvisierte Ziel punktgenau treffen. Gerüchte hatten auch ohne Beweise die Macht, Menschen zu vernichten, und darauf baute er. Zwar würde der Skandal nicht so hochkochen wie erhofft, dennoch würde es Theodor von Hartungs Ansehen erschüttern, wenn dessen Nichte als sittenloses Ding bloßgestellt wurde.

Die Vorarbeiten dazu waren geleistet. Um zu verhindern, dass die Familie von Gentzsch gewarnt wurde und sein erkorenes Opfer dem Verlobungsball fernblieb, hatte Tiedern darauf verzichtet, die Intrige vorzeitig in Gang zu setzen. Seiner Ansicht nach reichte es, wenn die Mutter des Bräutigams das Gerücht am Vormittag des Ballabends erfuhr. Diesen Part musste Lobeswert übernehmen. Als ehemaliger Schauspieler war er in der Lage, viele Rollen zu übernehmen. Er würde die Dame dazu bringen, so zu handeln, wie es Victoria von Gentzsch und deren Verwandtschaft am meisten schmerzte.

Mit einem spöttischen Lächeln dachte Tiedern daran, dass der Vater des Bräutigams bis zu seinem Tod vor etwas mehr als einem Jahr zu den regelmäßigen Teilnehmern der von Lobeswert veranstalteten Orgien gezählt und nicht nur ein Mal das Recht des ersten Stichs ersteigert hatte. Insgesamt standen mehrere Dutzend Herren in besseren Positionen auf seiner Liste, und jeder von ihnen musste damit rechnen, als Sittenstrolch entlarvt zu werden, wenn er auch nur versuchte, ihm zu schaden. Selbst jene, die sich von den frivolen Festen in Lobeswerts Lustschlösschen zurückgezogen hatten, würden dies nicht wagen, denn er besaß von jedem der Teilnehmer Fotografien in äußerst verfänglichen Situationen. Wenn auch nur eine davon öffentlich wurde, war der betreffende Herr gesellschaftlich ruiniert.

6.

Gottfried Servatius trat auf die Tür eines Erfurter Hauses zu und schlug den Türklopfer an, der wie ein Löwenkopf geformt war. Sofort erschien ein Diener, öffnete ihm die Tür und bat ihn, in der Bibliothek zu warten.

Es dauerte nicht lange, dann trat ein Herr ein, der die siebzig bereits vor ein paar Jahren überschritten haben musste.

»Sie haben mich diesmal lange warten lassen, Neffe«, begrüßte er Servatius.

Dieser stand auf und deutete eine Verbeugung an. »Ich bitte um Verzeihung, Oheim. Ich weile derzeit auf Freiersfüßen und musste mich um meine Braut und deren Verwandte kümmern.«

Der alte Herr setzte sich ächzend und verzog das Gesicht. »Ich verstehe, dass Sie Ihre eigenen Verhältnisse regeln wollen,

Neffe. Nur hätte ich mir gewünscht, dass Sie meine Bitte mit etwas mehr Nachdruck erfüllen würden.«

»Zu viel Nachdruck könnte den Wolf aufscheuchen, dem Sie die Beute aus dem Maul reißen wollen, Oheim. Daher muss ich Vorsicht walten lassen. Vielleicht aber gibt uns mein Wunsch, mich zu verheiraten, sogar eine Waffe in die Hand.« Servatius lächelte bei dem Gedanken an Ottilie, die seinen Vorstellungen von einer Ehefrau voll und ganz entsprach.

»Wer ist Ihre Braut, Neffe? Kenne ich sie?«

Gottfried Servatius schüttelte den Kopf. »Gewiss nicht, Oheim. Ihre Mutter ist die Witwe eines Gymnasiallehrers in beengten Verhältnissen. Wie ich erst später erfahren habe, ist diese die Schwester des Wolfes.«

»Tiederns Schwester?« Der alte Herr fuhr auf, doch da machte Gottfried Servatius eine beschwichtigende Handbewegung.

»Markolf von Tiedern unterstützt seine Schwester nur mäßig. Dazu lässt er ihren Sohn bei sich wohnen und verköstigt ihn. Reinhold Schröter dient seinem Oheim als Sekretär, dürfte über dessen Untaten aber nur sehr begrenzt informiert sein. Etwas scheint er zu ahnen, denn seine Mutter beklagte sich, dass er den Wohltaten ihres Bruders nicht den Wert zumessen würde, auf die dieser ein Anrecht habe. Ich war in Berlin und habe Reinhold Schröter auf den Zahn gefühlt. Seine Auskünfte über seinen Oheim waren sehr vage. Ich hoffe doch, dass er sich gegen ihn stellt, sowie er den Lebensunterhalt seiner Mutter und seiner Schwestern gesichert sieht.«

»Sie wollen den Neffen des Wolfes als Spion gewinnen?« Der alte Herr ließ sich seine Zweifel deutlich anmerken.

Gottfried Servatius nickte jedoch lächelnd. »Das, was Sie dem Wolf entreißen wollen, Oheim, liegt in dessen Höhle verborgen. Weder Sie noch ich haben die Macht, dort einzudringen und es zu suchen. Reinhold Schröter besitzt diese Möglichkeit.«

»Es muss rasch geschehen!«, drängte der alte Herr. »Sobald Seine Majestät Prinz Johann Ferdinand mit dem versprochenen Hofamt betraut hat, wird Tiedern Forderungen stellen. Schon jetzt drängt er den Prinzen, dafür zu sorgen, dass er sobald wie möglich den Grafentitel erhält. Auch wünscht er, der Stellvertreter des Prinzen und damit dessen rechte Hand zu werden. Tiederns Einfluss und Macht wären danach grenzenlos. Er könnte sogar nach dem Amt des Reichskanzlers greifen! Um das zu verhindern, müssen gewisse Dinge den Besitzer wechseln.«

Gottfried Servatius nickte, zog aber trotzdem eine zweifelnde Miene. »Ich habe in Ihrem Auftrag genug Beweise gesammelt, um ein polizeiliches Verfahren gegen Markolf von Tiedern in Gang setzen zu können. Infolge einer solchen Untersuchung könnten die bewussten Papiere beschlagnahmt werden.«

»Um Gottes willen!«, rief der alte Herr entsetzt. »Es geht nicht nur um Papiere, sondern auch um Fotografien von hohen Herren in sehr delikaten Situationen. Würden diese öffentlich, gäbe es einen Skandal, der das Reich in seinen Grundfesten erschüttern würde. Selbst der Thron der Hohenzollern und der anderer Fürsten des Reiches wären danach nicht mehr sicher.«

Der Ausbruch verriet Gottfried, dass sich viele Männer aus hohen Kreisen und Positionen in Tiederns Netzen verfangen hatten. Für Augenblicke erfasste ihn eine gewisse Mutlosigkeit, dann aber straffte er die Schultern.

»Ich werde für Sie tun, was ich kann, Oheim. Dafür werde ich jedoch um Urlaub eingeben müssen. Ich kann nicht meinen Posten ausfüllen und gleichzeitig für Sie und den Prinzen tätig sein.«

»Das ist mir bewusst! Aus diesem Grund habe ich Ihre Beurlaubung bereits erwirken lassen. Sie werden befördert und erhalten gleichzeitig drei Monate Zeit, um Ihre angeschlagene Gesundheit wiederherzustellen. Außerdem hat Seine Königliche Hoheit, Prinz Johann Ferdinand, diesen Erlass hier besorgt. Er verleiht Ihnen das Recht, von allen Stellen im Reich Unterstützung zu fordern und hoheitsrechtliche Maßnahmen zu treffen.«

Der alte Herr reichte Gottfried ein mehrfach gesiegeltes Schreiben, das dieser mit wachsendem Erstaunen durchlas. Mit der Urkunde hätte er jedem Gendarmen im Reich befehlen können, den größten Teil der Bevölkerung hinter Gitter zu bringen. Nur der ganz hohe Adel und die Angehörigen der souveränen Fürstenhäuser waren davon ausgenommen.

»Sie geben mir eine fürchterliche Waffe in die Hand, Oheim. Ich bete darum, dass ich sie nicht missbrauche«, erklärte Gottfried leise.

»Ich kenne Sie gut genug, Neffe, um zu wissen, dass Sie das nicht tun werden. Auf Ihren Schultern ruht das Schicksal des Reiches. Tun Sie, was Sie tun müssen, um das Verhängnis aufzuhalten. Es geht auch um mich und meinen Ruf. Zu meiner Schande muss ich zugeben, dass ich mit Tiederns Vater gut bekannt, ja sogar befreundet war und dessen Sohn lange Zeit für einen angenehmen und strebsamen jungen Mann gehalten habe. Auch waren Herrenabende bei Wein und Zigarre mit interessanten Gesprächen, deren Abschluss aus … äh, dem Verkehr mit Prostituierten bestand, für mich in jener Zeit noch akzeptabel. Heute bedauere ich zutiefst, daran teilgenommen zu haben, und noch mehr, Prinz Johann Ferdinand mit Tiedern bekannt gemacht zu haben. Damit gab ich ihm Seine Königliche Hoheit in die Hand.«

Der alte Herr stand auf und fasste nach den Händen seines Neffen. »Retten Sie meinen Ruf! Ich will nicht, dass es einmal heißt, Professor Willibald Servatius trüge Schuld am größten Skandal der Reichsgeschichte. Würde das einfache Volk erfahren, was unter Tiederns Einfluss geschehen ist, würde es den Adel stürzen und die Republik ausrufen. Damit aber würde das feste, stolze Deutsche Reich im Chaos streitender Parteien untergehen.«

»Sind Ihre Befürchtungen nicht ein wenig übertrieben?«, fragte Gottfried.

Sein Onkel schüttelte heftig den Kopf. »Ich kenne Tiedern! Er wird nicht eher aufgeben, bis er die absolute Macht in Händen hält. Er wird selbst Seine Majestät, den Kaiser, so korrumpieren, dass dieser ihn gewähren lassen muss.«

Es ging seinem Onkel nicht nur um das, was bereits geschehen war, sondern auch um das, was noch geschehen konnte, durchfuhr es Gottfried. Doch wenn er gegen Markolf von Tiedern vorgehen wollte, musste er jene verfänglichen Akten und Fotografien an sich bringen. Dazu musste ihm Reinhold Schröter verhelfen. Bei seinem Besuch in Berlin hatte er den Eindruck gewonnen, dieser könnte seinem Onkel weniger positiv gegenüberstehen, als es auf den ersten Blick schien.

»Ich werde meinen Unterstützern Belohnungen versprechen müssen«, meinte er nachdenklich.

»Das ist zu erwarten, und diese werden auch erfüllt«, versprach sein Onkel.

Gottfried stand auf. »Sie erlauben, dass ich Sie jetzt verlasse, Oheim. Da ich meinen Posten hier in Erfurt ruhen lassen kann, werde ich nach Berlin fahren und mich dort auf die Lauer legen. Wünschen Sie mir Glück!«

»Von ganzem Herzen«, antwortete der alte Herr und schloss ihn zum Abschied in die Arme.

7.

Während ihre Stiefmutter vor Aufregung, endlich eine der erhofften Einladungen erhalten zu haben, eine Frage nach der anderen bezüglich Dorothee von Malchows stellte, blieb Vicki von der Aufregung weitgehend unberührt. Sie wusste nicht so recht, ob sie sich freuen sollte, weil ihre Schulfreundin sie eingeladen hatte, oder es bedauern, weil sie sich Fremden stellen musste, obwohl sie sich lieber in ihr Zimmer zurückgezogen hätte, um zu zeichnen.

Zwei Lakaien in Livree öffneten ihnen die Tür, als sie die Freitreppe zum Palais der Hönigs hochstiegen. In der Eingangshalle standen bereits etliche Gäste und warteten darauf, vom Haushofmeister angemeldet zu werden.

Vicki betrachtete die Roben der Damen, und ihre Stimmung sank weiter. Alle waren elegant und modisch gekleidet, während sie und noch mehr ihre Stiefmutter wie Provinzlerinnen aussahen. Sie hatte versucht, Malwine davon zu überzeugen, sich den hauptstädtischen Gepflogenheiten anzupassen, war aber an deren Sturheit gescheitert. Vielleicht wäre es anders gekommen, wenn sich die Schneiderin auf ihre Seite gestellt hätte. Diese hatte sich jedoch nur die Vorstellungen Malwines angehört und zwei Kleider genäht, die vielleicht noch im hintersten Ostwestfalen angebracht waren, nicht aber in der Hauptstadt des Deutschen Reiches.

Ein Lakai bat um ihre Einladungskarten und zeigte dann lächelnd auf eine Tür. »Wenn Sie einen Augenblick hier warten würden. Ich werde Sie anmelden.«

»Ich danke Ihnen.« Malwine lächelte zufrieden, während Vicki sich fragte, was das sollte. Immerhin warteten die übrigen Gäste in der Empfangshalle, bis sie aufgerufen wurden. Sie folgte jedoch dem Lakaien und Malwine in einen schlichten

Raum. Er wirkte seltsam kahl, und es gab auch keinen Stuhl darin, auf den sie sich hätten setzen können. Der Lakai verließ sie und zog die Tür hinter sich zu.

Die Zeit verging. Vicki bedauerte es, dass sie im Gegensatz zu ihren älteren Brüdern keine Taschenuhr besaß, doch sie war sicher, dass Malwine und sie bereits über eine halbe Stunde gewartet hatten. In der Zeit mussten doch die übrigen Gäste längst den Gastgebern vorgestellt worden sein.

Auch Malwine wurde unruhig. »Ob man uns vergessen hat?«

Vicki trat zur Tür, öffnete sie und blickte hinaus. Die Empfangshalle war leer. »Es sieht tatsächlich so aus«, meinte sie kopfschüttelnd.

»Was sollen wir tun? Wir können doch nicht ohne Anmeldung durch den Haushofmeister in den Festsaal treten.« Malwines Freude über die Einladung hatte einen gewaltigen Dämpfer erhalten.

Noch während sie überlegte, einen Domestiken zu suchen und darauf anzusprechen, weshalb man sie und ihre Stieftochter nicht geholt hatte, erschien der in einer prachtvollen Uniform steckende Haushofmeister und verbeugte sich vor ihr.

»Darf ich die Damen bitten, mir zu folgen!«

»Es wurde auch Zeit«, murmelte Vicki, während Malwine aufatmend hinter dem Mann hereilte. Dieser wartete an der Tür des Saales, bis Vicki zu ihnen aufgeschlossen hatte, öffnete dann und trat ein.

»Frau von Gentzsch und Tochter!«, rief er laut genug, damit jeder es hören konnte.

Dorothee von Malchow hatte sich eben mit Lukretia von Kallwitz unterhalten. Als sie jetzt Vicki erblickte, wollte sie voller Freude zu ihr hineilen. Da trat ihr ihre zukünftige Schwiegermutter in den Weg.

»Halt! Das ist keine Person, die du zu kennen hast!«

»Ich verstehe nicht, was Sie damit meinen!«, rief Dorothee verwirrt.

»Du wirst gleich verstehen.« Giselberga von Hönig kehrte ihr den Rücken zu und sah Malwine und Vicki verächtlich an. »Ich bedauere, dass Sie die Frechheit besessen haben, hier zu erscheinen! Hätte ich gewisse Dinge vorher gewusst, wäre die Einladung nie erfolgt!«

Malwine sah so aus, als hätte der Blitz sie getroffen, während Vicki sich fragte, in welche Schmierenkomödie sie hier geraten war.

Unterdessen waren alle Gäste auf die Szene aufmerksam geworden. Markolf von Tiedern hatte Dravenstein geschickt. Lobeswert hingegen fehlte, obwohl dieser der Gastgeberin das Gift ins Ohr geträufelt hatte. Tiedern wollte so verhindern, dass er und der ehemalige Schauspieler mit dem sich hier anbahnenden Skandal in Verbindung gebracht werden konnten.

Als Frau von Hönig feststellte, dass ihr die Aufmerksamkeit aller Anwesenden gewiss war, wies sie mit einer Geste des Abscheus auf Vicki. »Diese Person«, rief sie laut, »ist ein verworfenes und sittenloses Ding, das während eines Aufenthalts an der See verschiedenen Herren Freiheiten erlaubte, die auszusprechen sich mein Mund weigert. Gehen Sie und seien Sie versichert, dass kein ehrbares Haus in Berlin Ihnen jemals noch die Tür öffnen wird.«

Malwine begriff überhaupt nichts, während Vicki mit erschreckender Klarheit erkannte, dass es Wolfgang von Tiedern nicht nur darum gegangen war, sie zu schänden. Er wollte auch ihren Ruf und damit den ihrer Familie vernichten. Voller Wut wollte sie der Hausherrin ins Gesicht schreien, für welchen Schurken sie Partei ergriff. Da erschienen mehrere Lakaien, fassten Malwine und sie an den Armen und zerrten sie aus dem Saal. Vor der Tür stand eine Droschke bereit. Die Männer setzten sie kurzerhand hinein, schlossen den Schlag und nannten dem Kutscher die Adresse, zu der er die Frauen bringen sollte.

Während der Fahrt saß Malwine erstarrt auf ihrem Platz. Vickis Gedanken hingegen rasten. Weshalb?, fragte sie sich. Weshalb wollte Wolfgang von Tiedern sie vernichten? Nur er konnte hinter dieser üblen Sache stecken. Ich hätte Reinhold fragen müssen, wo der Kerl in Büsum logierte, dann meinen Revolver holen und den Schuft erschießen. Da sie diese Gelegenheit hatte verstreichen lassen, musste sie nun mit den Folgen leben.

Nach Giselberga von Hönigs Auftritt war eines sonnenklar: Eine passende Heirat musste sie nun nicht mehr befürchten. Doch was würde sonst werden? Der Gedanke an ihre Zeichnungen und das Geld, das sie dafür erhielt, beruhigte sie etwas. So wie es aussah, würde sie ihren Lebensunterhalt selbst bestreiten können. Doch noch war sie nicht volljährig und stand unter der Vormundschaft des Vaters. Was würde er zu dieser üblen Angelegenheit sagen? Würde er ihr Glauben schenken, wenn sie beteuerte, unschuldig zu sein?

Die Ankunft beendete Vickis Grübeln. Sie stieg aus, wartete, bis Malwine ihr gefolgt war, und wandte sich dann dem Kutscher zu.

»Wurde schon bezahlt!«, erklärte dieser, ließ seine Peitsche knallen und fuhr weiter.

Malwine hielt sich zurück, bis die Wohnungstür hinter ihr geschlossen wurde, dann schlug sie ansatzlos zu und traf Vicki mit voller Wucht ins Gesicht. Deren Nase begann sofort zu bluten, und der Schmerz trieb ihr die Tränen in die Augen.

»Du bist schuld!«, kreischte Malwine wie von Sinnen. »Wir hätten dich niemals mit deiner Großmutter ans Meer fahren lassen sollen. Was hast du elende Metze dort getrieben?«

Ein weiterer Schlag folgte, doch als sie erneut zuschlagen wollte, war Vicki auf der Hut und wich aus.

»Hören Sie auf!«, schrie sie ihre Stiefmutter an. »Das ist ein übles Spiel, das mit uns getrieben wird!«

Es war sinnlos, mit Malwine zu reden. Diese steigerte sich in eine Raserei hinein und stieß mit sich überschlagender Stimme Flüche und Verwünschungen aus. Schließlich wusste Vicki sich nicht anders zu helfen, als sich zur Wehr zu setzen. Selbst zuzuschlagen wagte sie zwar nicht, stieß aber ihre Stiefmutter mehrmals zurück. Zuletzt packte diese einen Stiefelknecht und riss ihn hoch.

»Ich schlage dir den Schädel ein, du Miststück! Dein Vater hätte dich gleich bei der Geburt ersäufen sollen! Du hast deine Mutter das Leben gekostet, und nun werden ich und meine Söhne durch deine Schuld Parias in der besseren Gesellschaft sein.«

Es gelang Vicki, Malwines mit voller Wucht geführtem Hieb mit dem Stiefelknecht auszuweichen. Doch dann stürmte Malwine in die Küche, riss ein langes Messer aus einer Schublade und schrie, sie würde ihre missratene Stieftochter abstechen.

Vicki sah sich nach den Bediensteten um. Vielleicht gelang es ihr mit deren Hilfe, die Rasende zu bändigen. Doch weder die Dienstmädchen noch der Diener ließen sich sehen. In dem Wissen, dass ihre Stiefmutter nicht eher aufhören würde, bis sie blutend zu deren Füßen lag, eilte Vicki in ihr Zimmer, nahm ihre Zeichenmappe und die Handtasche an sich, holte den Revolver aus der Reisetasche und lief zur Wohnungstür. Malwine folgte ihr mit dem Messer in der Hand.

»Bleib stehen, du elendes Ding, damit ich dich erwischen kann!«, kreischte sie voller Wut.

Da hatte Vicki die Tür erreicht, riss sie auf und floh die Treppe hinab. Ihre Stiefmutter folgte ihr bis auf den Hausflur, blieb dort stehen und brüllte in einer Art und Weise ihren Hass heraus, dass dem Mädchen die Haare zu Berge standen.

Der Hausbesorger kam aus seinem Kämmerchen. Seine Blicke wanderten unschlüssig von der Frau oben auf der Treppe zu dem Mädchen, das eben einen Gegenstand in seine Handtasche steckte, hastig die Haustür aufriss und auf die Straße rannte.

Obwohl Vickis Nerven bis zum Äußersten angespannt waren, zwang sie sich zur Ruhe. Eine Ecke weiter entdeckte sie eine Droschke, winkte dem Kutscher und stieg ein. »Bringen Sie mich zur Villa des Tuchfabrikanten von Hartung«, sagte sie und nannte ihm die Adresse.

Dort angekommen, kratzte sie ihre letzten Groschen zusammen, um den Kutscher bezahlen zu können, und trat mit klopfendem Herzen auf die Tür der Villa zu. Sie betätigte die Klingel und wartete.

»Ich möchte zu meiner Großmutter. Sie ist doch hoffentlich da?«, rief sie besorgt.

Albert, der ihr geöffnet hatte, nickte. Er diente bereits seit über dreißig Jahren im Haushalt der Hartungs und kannte Vicki, seit sie das erste Mal als Säugling in die damalige Hartung-Villa am Tiergarten gebracht worden war. Da das Mädchen ohne Hut und Mantel gekommen war und Blutspuren unter der Nase klebten, begriff er, dass etwas Schreckliches geschehen sein musste.

»Wenn das gnädige Fräulein mir folgen will«, sagte er und ging voraus.

Theresas Zimmer lagen im ruhigsten Teil der Villa. Dort trafen sie zuerst auf Jule. Auch sie kannte Vicki gut genug, um zu erkennen, wie verzweifelt und verletzt diese war.

»Wenn das gnädige Fräulein im Salon Platz nehmen wollen. Die gnädige Frau hat sich ein wenig hingelegt. Ich werde sie wecken.«

»Nein, bitte nicht«, wandte Vicki ein, doch Jule befand, dass es nötig war.

8.

Es fiel Theresa schwer, dem hastig vorgetragenen Bericht ihrer Enkelin zu folgen. Als Vicki alles gesagt hatte, was ihr auf dem Herzen lag, saß die alte Dame etliche Minuten starr auf ihrem Stuhl.

»Du wirst erlauben, dass ich Friederike hinzuhole?«, sagte sie schließlich.

Vicki zuckte zusammen. Was war, wenn Tante Friederike nicht ihr, sondern den Verleumdungen glaubte? »Muss das sein?«, fragte sie bedrückt.

»Es muss sein!« Theresa griff zur Glocke und läutete. Sofort kam Jule herein.

»Gnädige Frau wünschen?«

»Geh zu meiner Schwiegertochter und bitte sie, umgehend zu mir zu kommen«, befahl Theresa und winkte Vicki näher zu sich.

»Mein armes Kind!«, sagte sie mitleidig und streichelte ihr übers Haar.

Die Liebe der alten Frau tat Vicki gut, und sie sah gefasst dem Erscheinen der Tante entgegen, die nur wenige Minuten später erschien.

»Danke, dass du meiner Bitte gefolgt bist«, begrüßte Theresa ihre Schwiegertochter.

»Aber das war doch selbstverständlich«, erklärte Friederike und betrachtete Vicki, die blass, mit Tränenspuren und feinen Resten von Blut im Gesicht neben der alten Dame kniete.

»Ist etwas geschehen?«, fragte sie ängstlich.

Theresa nickte. »Ihr werdet gestatten, dass ich spreche, denn Vicki ist zu erregt, um das, was geschehen ist, noch ein zweites Mal vortragen zu können.«

»Ich kann es!«, behauptete das Mädchen.

»Trotzdem ist es besser, wenn ich das übernehme«, erklärte Theresa und blickte ernst zu Friederike auf. »Ich glaube, ich weiß jetzt, wer unser Feind ist.«

»Feind?«, fragte Vicki verständnislos, während es Friederike förmlich riss.

»Was sagst du?«

»Ich werde es dir später erklären. Jetzt will ich von dem berichten, was nach eurer Abreise bei Büsum geschehen ist. Dort wurde Vicki zum armen, unschuldigen Opfer dieses Schurken. Falls ich mich nicht irre, war er jedoch weniger hinter ihr her, sondern hinter deinen Töchtern. Diese entgingen ihm nur, weil sie Büsum rechtzeitig verlassen hatten.«

Therese erzählte Friederike, wie Vicki durch Emma von Herpich in eine Falle gelockt und zu Wolfgang von Tiederns hilflosem Opfer gemacht worden war.

»Wenn das der Wahrheit entspricht, ist es ein ungeheuerliches Verbrechen!« Friederike zog Vicki an sich und kämpfte mit den Tränen, die jedoch weniger dem Schmerz als ihrer Wut geschuldet waren. »Du armes Kind! Wenn ich daran denke, dass außer dir auch Auguste, Lieselotte und Silvia Opfer dieses Schurken hätten werden können, zweifle ich direkt an Gottes Gerechtigkeit.«

»Das ist noch nicht alles«, wandte Theresa ein und berichtete, wie Frau von Hönig Vicki an diesem Tag behandelt hatte.

»Dieses Weib hat weder Anstand noch Manieren!«, kommentierte Friederike eisig. »Es ist bedauerlich, dass ihr mir die Sache nicht früher mitgeteilt habt. Mir wäre gewiss etwas eingefallen, um diesem üblen Treiben ein Ende zu setzen!«

Theresa lächelte bitter. »Ich weiß deinen Einsatz zu schätzen, doch steht uns ein Feind gegenüber, so infam, wie du es dir nicht einmal vorstellen kannst! Und das ist nicht allein das

Problem. Malwine war vor Wut außer sich und ist mit dem Stiefelknecht und einem Messer auf Vicki losgegangen.«

Voller Verachtung schüttelte Friederike den Kopf. »Ich habe nie begriffen, weshalb Gustav von Gentzsch, der doch ein ebenso kluger wie bedachtsamer Mensch ist, nach einer wunderbaren Frau wie Gunda so ein absolutes Nichts heiraten konnte. Bei Gott, die Frau gehört in eine geschlossene Anstalt!«

»Ich will nicht ganz so hart mit meinem Urteil sein, doch beklage ich ebenfalls die Tatsache, dass Gustav diese Frau zur Nachfolgerin meiner Gunda gemacht hat. Auf jeden Fall bleibt Vicki vorerst bei mir. Sollte ihr Vater etwas dagegen sagen, bin ich bereit, es auszufechten.« Theresa klang entschlossen.

Sie rief nach Adele Klamt, die nach über fünfzig Jahren in ihren Diensten noch immer die Aufsicht über den Haushalt führte.

»Sorge dafür, dass das Zimmer neben dem meinen für meine Enkelin vorbereitet wird, und lass dann etwas zu trinken und zu essen bringen. Vicki hat gewiss Appetit, und auch ich will etwas zu mir nehmen«, befahl sie ihr.

»Sehr wohl, gnädige Frau.« Adele Klamt betrachtete das Mädchen, dem das Elend ins Gesicht geschrieben stand, und nahm sich vor, Vicki den Aufenthalt in diesem Haus so angenehm wie möglich zu gestalten.

9.

Gustav von Gentzsch erschien am nächsten Morgen. Er wollte zuerst Theodor sprechen, doch dieser hatte das Haus bereits verlassen, um in die Fabrik zu fahren.

»Dann melden Sie mich bei meiner Schwiegermutter«, befahl Gustav dem Diener, der ihn empfangen hatte.

Als er kurz danach in Theresas Salon eintrat, wirkte er seltsam unsicher.

»Einen schönen guten Morgen, Schwiegermama«, begann er.

»Guten Morgen, Gustav«, antwortete Theresa und ließ dabei eine gewisse Distanz erkennen.

»Ich bedauere, Sie so früh stören zu müssen, Schwiegermama. Verzeihen Sie auch meine Frage: Ist Victoria gestern Abend zu Ihnen gekommen?«

Theresa spürte die Angst, die den Mann in den Klauen hielt, und nickte. »Das ist sie.«

»Dem Herrn im Himmel sei Dank! Mein Weib schrie die ganze Zeit, sie hoffe, Victoria habe sich in der Spree oder einem der Kanäle ertränkt, damit die Schande von unserer Familie getilgt sei.«

»Malwine hegt sehr fromme Wünsche.« Es lag kein Spott in Theresas Stimme, nur Zorn und Verachtung.

Gustav, der fast die gesamte Nacht gebraucht hatte, um seine hysterisch gewordene Frau zu beruhigen und herauszufinden, was eigentlich geschehen war, senkte betroffen den Kopf. Er hob ihn jedoch wieder und sah Theresa traurig an.

»Hat Victoria berichtet, weshalb Frau von Hönig sie so übel behandelt hat?«

»Das hat sie! Ich mag dir jedoch nur so viel dazu sagen: Gleichgültig, was geschehen ist: Vicki trifft keinerlei Schuld daran. Sie war nur das arme Opfer. Doch lass mich nun ein anderes Thema ansprechen. Du befindest dich nunmehr seit fast anderthalb Jahren in der Hauptstadt.«

Gustav nickte verwirrt. »Ja, so ist es.«

»Man hat dich damals mit der Aussicht auf eine Beförderung hierhergelockt. Hast du diese mittlerweile erhalten?«

Diesmal schüttelte Gustav den Kopf. »Bedauerlicherweise nein! Mein Vorgesetzter, Herr von Dravenstein, hält mich seither hin.«

»Dann würde ich mir an deiner Stelle Gedanken machen, weshalb er das tut! Wir vermuten bereits seit längerem, dass es jemand auf uns abgesehen hat. Hätte Theodor nicht Egolf auf die Messen in London und Amsterdam geschickt und dieser dort für unsere Tuche Preise gewonnen, wären die Hartung-Werke vor dem Ruin gestanden. Du und Vicki, ihr mögt wegen eurer Verwandtschaft zu uns ins Visier dieses Feindes geraten sein.«

»Dann müssen wir diesen bekämpfen!«, fuhr Gustav auf.

»Um das tun zu können, müssen wir seine Schwächen erkunden. Dies wird auch geschehen. Du wirst alles erfahren, wenn es so weit ist.«

»Aber ...!«, rief Gustav, doch Theresa hob die Hand.

»Kein Aber! Es wird so geschehen, wie ich es will. Gib du auf deine Söhne acht. Über Vicki wache ich!«

Gustav begriff, dass er von der alten Dame nicht mehr erfahren würde, und verzog säuerlich die Lippen.

»Liebste Schwiegermutter, ich flehe dich an, mir zu sagen, wer uns bedroht«, bat er Theresa.

»Es ist ein Feind, der keinerlei Gesetze und Konventionen achtet, den wir selbst aber innerhalb dieser Regeln bekämpfen müssen, um uns nach außen hin nicht selbst ins Unrecht zu setzen«, erklärte ihm die alte Dame. »Auch deshalb verschweige ich dir einige Dinge, um dich von Reaktionen abzuhalten, die für uns alle verderblich sein können.«

»So schlimm ist es?«, fragte Gustav entsetzt.

»Es ist noch schlimmer«, erklärte Theresa, und in ihren Augen lag ein Funkeln, das deutlich zeigte, dass sie in diesem Kampf zu allem bereit war.

10.

Der Eklat auf Dorothee von Malchows Verlobungsball war am nächsten Tag Tagesgespräch in vielen Berliner Salons. Die Nachricht drang auch bis zu Bettina von Baruschke. Beim Mittagessen des nächsten Tages berichtete sie ihren Kindern davon.

»Das arme Mädchen! Wie kann jemand nur so böse sein, einen Gast vor allen bloßzustellen«, stieß Luise erregt hervor.

»Frau von Hönig soll eine entfernte Verwandte des Freiherrn von Predow sein, und wie dieser Menschen behandelt, die er unter seiner Würde hält, habe ich am eigenen Leib erfahren«, sagte ihr Bruder mit düsterer Miene.

»Die Rechnung ist noch nicht bezahlt.« Bettina lächelte – allerdings auf eine Weise, bei der ihre Kinder froh waren, sie nicht zum Feind zu haben.

»Willst du Herrn von Predow wirklich um seinen Besitz bringen?«, fragte Ottokar.

»Wer meinen Sohn so beleidigt, wie er es getan hat, sollte reich und mächtig genug sein, um mich den Wunsch nach Vergeltung vergessen zu lassen. Herr von Predow ist jedoch weder reich noch mächtig«, antwortete Bettina düster.

»Es heißt, er habe sich ins Ausland begeben! Dafür ist seine Mutter in Berlin erschienen. Sie soll ein entsetzlicher Drache sein.«

Einer der Diener des Herrn von Predow hatte Ottokar auf der Straße angesprochen und ihm angeboten, ihn für eine gewisse Summe über alles zu informieren, was im Hause Predow geschah. Der Mann schmuggelte sogar heimlich Briefe zwischen Bibiane von Predow und ihm hin und her.

»Die Dame soll wohl auf das Fräulein einwirken, damit es seine Vorliebe für den Enkel einer märkischen Kuhmagd vergisst«, sagte Bettina bissig.

Da trat einer der Diener ein und verneigte sich. »Pardon, gnädige Frau! Eben ist ein Bote erschienen, der auf Antwort wartet.«

»Das wird wohl wegen einer geschäftlichen Angelegenheit sein.« Bettina erhob sich.

»Esst weiter! Ich werde gleich wiederkommen«, sagte sie zu ihren Kindern und folgte dem Diener nach draußen.

Im Vorraum stand ein Mann in einem schlichten Anzug. Als er Bettina sah, verbeugte er sich und hielt ihr einen Umschlag entgegen.

Bettina öffnete ihn und blickte mit einer gewissen Überraschung auf die mit einer Freiherrenkrone verzierte Karte. In zwei kurzen Zeilen fragte Freifrau Liebgard von Predow an, ob ihr Besuch an diesem Nachmittag willkommen sei.

»Richten Sie Ihrer Herrin aus, dass ich sie um sechzehn Uhr erwarte«, erklärte Bettina und fragte sich, was die Dame wohl im Schilde führte. Nach dem Auftritt des Freiherrn ihrem Sohn gegenüber hielt sie es für unwahrscheinlich, dass die Predows nun einknicken und einer Ehe zwischen Bibiane und Ottokar zustimmen würden. Andererseits mussten sie den Verlust ihres Besitzes befürchten, und da mochte es sein, dass sie bereit waren, das Mädchen für dessen Erhalt zu opfern.

»Könnten Sie mir eine kurze Notiz mitgeben?«, bat Liebgard von Predows Bote.

Bettina ahnte, dass er Angst hatte, eine mündliche Botschaft auszurichten, die sich hinterher als falsch erweisen konnte.

Bettina forderte ihren Diener auf, Papier und einen Füllfederhalter zu bringen, und schrieb eine kurze Nachricht, dass sie den Besuch der Freifrau von Predow zu der genannten Zeit erwarte.

»Ich danke Ihnen«, erklärte der Bote erleichtert und verabschiedete sich.

Bettina kehrte in das Speisezimmer zurück, setzte sich an ihren Platz und aß weiter. Dabei missachtete sie die fragenden Blicke ihrer Kinder, denn sie wollte keine Hoffnungen wecken, die womöglich nicht in Erfüllung gehen würden.

»Ich erwarte um sechzehn Uhr Besuch. Ihr solltet um die Zeit in euren Zimmer bleiben. Es mag sein, dass ich euch rufen lasse, aber das ist noch nicht fix.«

Ihr Jargon war ein wenig von ihrem Mann gefärbt, doch in gewisser Weise war Bettina sogar stolz darauf. Ihr Otto hatte diesen Grafen und Freiherren gezeigt, was ein Mann aus eigener Kraft erreichen konnte. Jetzt zitterten die Schleinitz, Predows und Konsorten vor der Macht des Geldes, das sie selbst längst vergeudet hatten.

Den ganzen Nachmittag über war eine gewisse Anspannung im Haus zu spüren. Bettina überlegte, was sie der Freifrau antworten sollte, wenn diese ähnlich unverschämt sein würde wie ihr Sohn, als dieser Ottokar seines Hauses verwiesen hatte. Damals war Jost von Predow der Hausherr gewesen. Dies aber war ihr Heim, und sie war nicht bereit, hier Beleidigungen zu dulden.

Kurz vor sechzehn Uhr zogen sich Luise und Ottokar in ihre Zimmer zurück, während Bettina sich in den Salon setzte und dabei die große Standuhr im Auge behielt. Der Zeiger rückte auf die volle Stunde zu und schritt darüber hinaus, ohne dass Liebgard von Predow angemeldet wurde. Mit fortschreitender Zeit wuchs Bettinas Ärger. Wenn die Freifrau von Predow glaubte, ein Spiel mit ihr treiben zu können, sollte sie dies bereuen.

Punkt halb fünf trat ein Diener ein. »Der Wagen der Freifrau von Predow ist vorgefahren, gnädige Frau!«

Bettina hieb mit der Hand kurz durch die Luft, rang aber ihren Unmut nieder. »Führe die Dame herein und sorge dafür, dass eine Erfrischung für sie gebracht wird!«

»Sehr wohl, gnädige Frau!« Der Mann verbeugte sich und verschwand.

Wenig später öffnete er erneut die Tür und ließ die Besucherin ein. Bettina sah eine schwerfällig wirkende Frau vor sich, die sie auf gut siebzig Jahre schätzte. Das Gesicht wirkte ein wenig bulldoggenhaft und machte wenig Hehl daraus, dass die Dame sich lieber sämtliche restlichen Zähne hätte ziehen lassen, als hier zu erscheinen.

»Seien Sie mir willkommen!«, grüßte Bettina sie distanziert. »Nehmen Sie doch Platz.«

Liebgard von Predow setzte sich ächzend in einen Sessel und betrachtete die hübsche Einrichtung des Salons mit schlecht verhohlenem Neid. Hier war alles neu und kein einziger Sitzbezug so durchgescheuert, dass die Füllung darunter hervorschaute.

»Wie es aussieht, sind die Berichte über den Reichtum, über den Sie verfügen sollen, nicht falsch«, sagte sie anstatt einer Begrüßung.

»Ich besitze genug Geld, um mir und meinen Kindern ein angenehmes Leben zu ermöglichen«, antwortete Bettina kühl.

»Sie haben mehrere Kinder? Wie viele?«

Der Tonfall der Freifrau war unverschämt, trotzdem begann Bettina sich mehr darüber zu amüsieren, als zu ärgern. »Ich habe einen Sohn und eine Tochter.«

»Nur einen Sohn? Er wird gewiss der Haupterbe sein«, fuhr die Besucherin fort.

»Ottokar wird gewiss nicht am Hungertuch nagen«, antwortete Bettina spöttisch.

Liebgard von Predow ruckte auf ihrem Stuhl angespannt hin und her, bevor sie weitersprach. »Mein Sohn lehnt eine Verbindung mit Ihrer Familie strikt ab, steht aber zu seiner Verpflichtung, unseren Besitz als Majorat für meinen ältesten

Enkel zu erhalten. Er hat sich daher ins Ausland begeben und wird erst zurückkehren, wenn diese leidige Angelegenheit abgeschlossen ist.«

»Welchen Abschluss sehen Sie in dieser Angelegenheit?«, fragte Bettina mit einem Lächeln, das bei einer Katze eine Maus dazu bringen würde, dieser in weitem Bogen aus dem Weg zu gehen.

»Die Heirat meiner Enkelin mit Ihrem Sohn. Sie werden uns dafür sämtliche Schuldscheine übergeben, die Sie auf Predow erworben haben! Wenn nicht, wird diese Ehe nicht zustande kommen.«

Liebgard von Predow wollte standhaft klingen, doch Bettina spürte ihre Angst, die Heimat zu verlieren und trotz des stolzen Adelstitels in relativer Armut leben zu müssen. Bettina fragte sich, ob sie auf diese Forderung eingehen sollte. Am liebsten hätte sie der hochmütigen alten Frau erklärt, dass, wenn sie ihre Hypotheken zurückforderte, sie in wenigen Wochen die Herrin auf Predow sein würde und die andere froh sein musste, wenn einer ihrer Verwandten sie aus Gnade und Barmherzigkeit bei sich aufnahm.

Geld allein war jedoch nicht alles, dachte sie. Es ging auch um den gesellschaftlichen Aufstieg. Eine Heirat von Ottokar mit Bibiane von Predow würde dem Baronstitel, den sie sich erkauft hatte, Glanz verleihen und die Aussichten Luises auf einen Ehemann aus besseren Kreisen erhöhen. Bei dem Gedanken erinnerte sie sich an ihre Zeit auf dem Internat der Schwestern Schmelling, und sie musste an sich halten, um nicht zu lachen.

»Liebe Frau von Predow! Ich darf doch so sagen? Ich habe die Höhere-Töchter-Schule in derselben Klasse wie Ihre Tochter Rodegard absolviert.«

Während die alte Dame verwirrt die Augenlider zusammenkniff, dachte Bettina an Rodegard, die mittlerweile mit einem

Gutsherrn in Ostpreußen verheiratet war. Damals, als die Geschäfte ihres Vaters immer mehr ins Ungleichgewicht geraten waren, hatte Rodegard von Predow als Erste ihrer Schulfreundinnen vergessen, dass es sie gab. Was wird sie sagen, wenn mein Sohn ihre Nichte heiratet?, fragte sie sich und wusste, dass sie sich entschieden hatte.

»Ich werde meinen Anwalt zu dem Ihren schicken, damit er die Bedingungen für den Ehevertrag festlegt«, erklärte sie Liebgard von Predow.

Wenn diese aufatmete, so zeigte sie es nicht. Sie nahm das Weinglas, das ein Diener neben sie auf den Tisch gestellt hatte, und trank einen Schluck.

»Ich werde dem Anwalt meines Sohnes die entsprechenden Anweisungen geben«, erklärte sie und stand auf. »Auf Wiedersehen.«

»Auf Wiedersehen«, antwortete Bettina und wusste nicht, ob sie weinen oder lachen sollte.

Dann aber dachte sie, dass der Stolz der Predows nicht groß genug war, um den Verlust der Heimat hinzunehmen. Stattdessen waren sie bereit, das Mädchen an sie oder besser gesagt an ihren Sohn zu verkaufen. Der Preis dafür war stattlich. Allerdings war er es Bettinas Ansicht nach auch wert. Mit diesem Gedanken sah sie zu, wie Liebgard von Predow den Salon verließ, und forderte danach den Diener auf, Ottokar und Luise zu holen.

»Ist die Freifrau wirklich gekommen? Was hat sie gesagt?«, fragte ihr Sohn angespannt.

»Als euer Vater um mich warb, versprach er, mich mit Gold zu überschütten. Für deine Braut muss ich die Predows mit Gold überschütten«, erklärte seine Mutter mit Spott in der Stimme.

»Mama … ich … wenn …«, stotterte Ottokar.

Bevor er mehr sagen konnte, schloss seine Mutter ihn in die Arme. »Mein Junge, dieses Geld ist gut angelegt, denn es eröffnet uns Möglichkeiten, die uns sonst verschlossen geblieben wären. Wenn du Bibiane von Predow freist, werden nur noch übelwollende Zeitgenossen unseren Rang als Barone von Barusch als erkauft bezeichnen.«

»Ich danke dir, Mama.« Ottokar hielt seine Mutter fest umschlungen, während Luise diese an der Schulter zupfte.

»Was meinst du, Mama? Wird Herr Leutnant von Steben sein Versprechen wahr machen und uns aufsuchen?«

»Woher soll ich das wissen?«, antwortete Bettina, sah dann, dass ihrer Tochter die Tränen kamen, und versetzte ihr einen leichten Nasenstüber.

»Wenn er der Mann ist, für den ich ihn halte, wird er kommen. Wenn nicht, ist er keine einzige Träne wert.«

In ihrem Herzen hoffte sie, dass Willi von Steben erscheinen würde. Wenn ihr Sohn glücklich wurde, so sollte es auch ihre Tochter sein. Doch um endgültig Frieden zu finden, hatte sie noch einen Weg vor sich, vor dem sie sich mehr fürchtete als vor irgendetwas anderem im Leben.

Zehnter Teil

Allianzen

1.

Gottfried Servatius presste sich tief in das Dunkel der Nacht und wagte kaum zu atmen, als die beiden bewaffneten Wachleute an ihm vorbeigingen. Normale Wanderer, die zufällig zu diesem Schlösschen im Wald kamen, wären ohne Zweifel entdeckt worden. Er hingegen hatte sich heimlich angeschlichen, als die Wachen durch eintreffende Gäste abgelenkt worden waren. Ob diese wussten, was die hohen Herrschaften in dem Gebäude trieben?, fragte er sich. Wahrscheinlich war es ihnen gleichgültig, solange der Lohn stimmte, den sie erhielten. Ihrer Kutscher und Chauffeure waren die Herren sich offenbar nicht so sicher, denn diese waren in das nächstgelegene Dorf geschickt worden. Gottfried hatte den Gesprächen entnommen, dass sie zu einer späteren Stunde wiederkommen sollten. Ihm war dies recht, denn so hatte er es nur mit den drei Wachen zu tun, von denen zwei regelmäßig das Schlösschen umkreisten.

Kaum hatten sie ihre Runde vollendet und sich in den kleinen Pavillon neben dem Anfahrtsweg verzogen, richtete Gottfried sich wieder auf und blickte durch den schmalen Spalt, der die Vorhänge trennte. Dabei dankte er dem Mann, der diese nicht sorgfältig geschlossen hatte, ebenso wie Theodor von Hartungs altem Freund Dirk von Maruhn, von dem er die Information über diese Lasterhöhle erhalten hatte. Der Mann war fast siebzig Jahre alt und konnte kaum noch gehen, hatte aber in den gut dreißig Jahren, die er als Detektiv arbeitete, schon so manch schwierigen Fall gelöst. Der hier wäre auch für Dirk von Maruhn zu hart, dachte Gottfried und richtete seine Aufmerksamkeit auf das, was im Inneren geschah.

Auf mehr als einem Dutzend Stühlen saßen Männer, die man an einem solchen Ort niemals vermutet hätte. Sie waren nur mit Morgenmänteln bekleidet und warteten darauf, die nackte junge Frau beschlafen zu können, die auf dem Bett lag. Gelegentlich stützte diese sich auf den Knien und den Unterarmen ab und bot den Männern die Kehrseite, wenn sie diese Form des Geschlechtsverkehrs vorzogen.

Gottfried entdeckte auch etwas, von dem diese Herren nichts ahnten, nämlich die ausgezeichneten Fotokameras, mit denen Lobeswert und Wolfgang von Tiedern das Treiben heimlich festhielten. Nun begriff er, weshalb Prinz Johann Ferdinand Angst vor Tiedern hatte. Wenn auch nur das Geringste über diese orgiastischen Treffen bekannt wurde, würden Männer, die jetzt noch die höchsten Positionen einnahmen, sehr tief stürzen und auch unschuldige Verwandte mit sich reißen. Zwar glaubte er nicht, dass die Enthüllungen das Reich tatsächlich in den Grundfelsen erschüttern würden, doch die Auswirkungen würden für Teile des Adels und des hohen Bürgertums verheerend sein.

Gottfried maßte sich nicht an, Richter zu spielen, doch er ekelte sich vor diesem ungezügelten Treiben. Noch mehr jedoch wunderte er sich über die Dummheit der Herren, die sich von ihren Leidenschaften hinreißen ließen und sich damit in die Hand des Mannes begaben, der ihnen diese Orgien ermöglichte. Gottfried fragte sich, was Reinhold Schröter hier tat. Wenn sich sein zukünftiger Schwager ebenfalls an den sexuellen Ausschweifungen beteiligte, würde er alles daransetzen müssen, ihn von diesem Abgrund zurückzureißen.

Nicht zum ersten Mal bedauerte er es, dem Ruf seines Onkels gefolgt zu sein, um Beweise für das lasterhafte Verhalten der Herren, die sich hier versammelt hatten, zu beseitigen.

Als die Wachen zurückkehrten, versteckte er sich hinter einem Busch und wartete, bis die Männer um die Ecke gebogen waren. Dann lief er gebückt los und verschwand ungesehen im Wald.

Dort drehte er sich noch einmal zu dem Schlösschen um, das in der Dunkelheit kaum auszumachen war. Nur an zwei Stellen drang ein wenig Licht durch einen Spalt im Vorhang aus dem Fenster. Der Gedanke, diese Männer vor Tiederns Erpressungen zu retten, verleidete ihm sogar seine kürzlich erfolgte Beförderung, und er wünschte sich in sein Amtszimmer in Erfurt zurück. Doch aufgeben hieße, seinen Onkel im Stich zu lassen. Ohne diesen wäre er immer noch ein subalterner Beamter im hintersten Memelland ohne jede Aussicht auf eine Karriere, wie er sie Tiedern zum Trotz doch gemacht hatte.

Irgendwie reizte es ihn allerdings auch, dem Wolf die Zähne zu ziehen. Dies aber musste so geschehen, dass es seinen zukünftigen Schwager nicht mit ins Verderben riss. Warum muss Ottilie ausgerechnet Tiederns Nichte sein?, dachte er in komischer Verzweiflung, während er sich einen Weg durch den Wald bahnte.

Schließlich war er froh, als er einen Forstweg erreichte. Musste er jetzt nach rechts oder links?, fragte er sich. Unentschlossen zog er ein Schwefelhölzchen aus dem Etui und entzündete es. Der Schein reichte zwar nicht weit, aber er sah etwas glänzen und ging darauf zu. Beinahe hätte er über sich selbst gelacht, denn er war keine fünf Meter vor seinem Automobil auf den Weg getreten. Prinz Johann Ferdinand hatte ihm das Gefährt zur Verfügung gestellt. Das neueste Produkt der Firma Daimler fuhr mehr als doppelt so schnell wie sein

Vorgängermodell. Für ihn, der sich nicht mit einem Pferdegespann abmühen konnte, war dieser Motorwagen ideal.

Gottfried entzündete die Karbidlampen der Scheinwerfer, startete das Auto mittels Drehkurbel und stieg ein. Er hatte das Fahrzeug zwar eine gewisse Wegstrecke von dem kleinen Schloss entfernt abgestellt, dennoch gab er eine Weile nur wenig Gas, um nicht doch noch entdeckt zu werden. Während der Rückfahrt nach Berlin überlegte er, wie er weiter vorgehen sollte. Es war wohl am besten, wenn er sich mit Reinhold Schröter traf und mit ihm Tacheles redete.

2.

Reinhold stand derweil an der Wand des großen Raumes, in dem sich Lobeswerts Gäste mit der jungen Frau beschäftigten, die sich den Verkauf ihrer Jungfernschaft mit Sicherheit anders vorgestellt hatte. Emma von Herpichs Zofe Bonita hatte ihr eine geringere Dosis von dem Mittel eingegeben, mit dem Vicki betäubt worden war. Ihr Verstand war weitgehend ausgeschaltet, doch sie konnte sich zumindest schwerfällig bewegen und den Befehlen der Männer gehorchen.

Die Phantasie gaukelte Reinhold vor, statt ihrer würde Vicki auf dem Bett liegen und das Opfer der lüsternen Bande sein. Die Wut packte ihn, und er hätte den Männern am liebsten ins Gesicht geschrien, was für moralisch verkommene Menschen sie waren.

Endlich ließ auch der letzte Gast von der jungen Frau ab. Lobeswert klatschte in die Hände und bat die Herren, sich in den Nebenraum zu begeben, in dem Erfrischungen auf sie warteten. Zuvor war er nicht bei der Gruppe gewesen, sondern hatte hinter einem Paravent verborgen Fotoaufnahmen des Geschehens gemacht. Da das Bett mit der Frau hell erleuchtet gewesen war, hatte er auf Magnesiumblitze verzichten und trotzdem scharfe Fotos machen können. Jetzt zwinkerte er Wolfgang zu, der von der Seite fotografiert hatte.

»Ihr Herr Vater wird zufrieden sein. Ich habe von allen Herren Aufnahmen machen können. Man wird gut erkennen können, auf welche Art sie den Hengst gespielt haben«, meinte er mit einem Seitenblick auf die junge Frau, deren Gedanken sich langsam aus dem Nebel lösten, in dem sie gefangen gewesen waren.

Wolfgang von Tiedern lachte hämisch. »Sehr gut. Damit kann sich keiner von ihnen mehr gegen meinen Vater stellen, wenn er nicht gesellschaftlich vernichtet werden will!«

Das also hat mein Onkel vor, durchfuhr es Reinhold. Keiner der Herren, die an diesen Ausschweifungen teilnahmen, konnte es sich leisten, dass ein solches Bild von ihm in die Öffentlichkeit gelangte. Damit gaben die Fotografien Markolf von Tiedern die Macht über die betreffenden Männer, und er konnte alles von ihnen verlangen.

»Ich werde jetzt die Aufnahmen entwickeln. Wenn Herr von Tiedern danach fragt, so sage ihm, dass ich in einer Stunde damit fertig sein werde.« Mit den Fotoplatten in der Hand verließ Lobeswert den Raum.

Kaum war er fort, trat Wolfgang auf das Bett zu. Die vollen Brüste, die weiße Haut und die geringelten Locken über der Scham der jungen Frau stachelten seine Lust an. »Nicht übel, die Kleine! Fast so hübsch wie die Gentzsch«, sagte er grinsend und löste mit einem raschen Griff seine Hosenträger. Als er die Hose und die Unterhose nach unten zog, war sein Glied bereits steif, und er stieg seinem Opfer zwischen die Beine.

Reinhold sah es mit Abscheu und musste erneut an Vicki denken. Nur mit Mühe hielt er sich im Zaum und ordnete die

Vorhänge, um nicht weiter zusehen zu müssen. Dabei zog er auch den Spalt im Vorhang zu, durch den Gottfried das Geschehen im Raum beobachtet hatte. Hätte er es eine gute Stunde früher getan, wäre der heimliche Zuschauer vergeblich gekommen.

Als sich Wolfgang seine Hosen wieder anzog, fiel sein mit Wappen und Monogramm verziertes Taschentuch auf das Bett. Er achtete nicht darauf, sondern drehte sich zu Reinhold um. »Wenn du willst, kannst du sie auch haben.«

Reinhold schüttelte mit zusammengebissenen Lippen den Kopf.

»Hast du etwa nichts für Frauen übrig? Es gibt Männer, die mehr Vergnügen empfinden, wenn sie mit einem anderen Mann zusammen sind. Wenn du willst, können wir ja einmal erproben, wie sich das anfühlt.«

In dem Augenblick trat Tiedern ein. »Wo sind unsere Gäste?«, fragte er.

Reinhold wies auf die Tür zum Nebenraum. »Sie stärken sich gerade.«

»Ist Lobeswert bei ihnen?«

»Nein! Er entwickelt gerade die Fotografien. Ich soll Ihnen sagen, Herr Onkel, dass er in einer Stunde so weit sein wird.«

»Gut! Wolfgang, du begibst dich zu den anderen Herren und sorgst dafür, dass sie sich wohlfühlen. Deute an, dass ihnen beim nächsten Mal ein ganz besonderer Leckerbissen vorgesetzt wird, nämlich Mädchen aus den Kolonien, jede noch Jungfrau, und so wohlgestaltet wie Göttinnen!« Tiedern lachte. Um seine Freunde zufriedenzustellen, musste er ihnen langsam mehr bieten als ein paar verarmte Mädchen, die für Geld ihre Unschuld opfern wollten. Da kamen ihm Exotinnen mit schwarzer oder brauner Hautfarbe als Abwechslung gerade recht.

Während sein Vater seinen Gedanken nachhing, verließ Wolfgang den Raum und gesellte sich zu den Herren, die sich bei Cognac und Zigarren über die Vorzüge der jungen Frau ausließen, die ihnen an diesem Abend präsentiert worden war. Wolfgang goss sich auch ein Glas Cognac ein und deutete dann grinsend an, dass die Herrschaften beim nächsten Mal zwischen Elfenbein und Ebenholz wählen könnten.

Reinhold trat unterdessen zu der jungen Frau, die mittlerweile wach genug geworden war, um sich aufsetzen zu können. Ihre Hand krampfte sich um Wolfgangs Taschentuch. Als sie Reinhold vor sich sah, stand sie schwankend auf und spie ihm ins Gesicht. Ihr Speichel war blutig, denn sie hatte sich auf die Zunge gebissen.

»Schufte seid ihr, Schufte! Der Teufel soll euch holen!«, lallte sie.

»Sei zufrieden! Du hast heute eine hübsche Summe verdient«, erklärte Tiedern und zeigte ihr ein dickes Bündel Banknoten.

»Es hieß, ein freundlicher Herr würde mich behutsam entjungfern und dafür gut bezahlen«, stöhnte die Frau. »Aber da war kein freundlicher Herr, sondern eine Rotte wilder Eber, die keine Schonung kannten. Ich werde nie mehr einen Mann ertragen können. Das habt ihr mir angetan!«

Ihre Lautstärke steigerte sich mit jedem Satz.

»Beruhigen Sie sich und kleiden Sie sich an!«, bat Reinhold sie. »Ich bringe Sie in die Stadt in eine Pension, und morgen fahren Sie nach Hause.«

»Ich werde euch verklagen und ins Gefängnis bringen!«, schrie die Frau und rang keuchend nach Luft.

»Bitte, beruhigen Sie sich!«, flehte Reinhold erneut.

Tiedern musterte die junge Frau mit scharfem Blick und begriff, dass ihre Drohung ernst gemeint war. Bisher hatten die

Mädchen, die sich auf dieses üble Spiel eingelassen hatten, aus Scham geschwiegen. Diese hingegen würde es nicht tun. Kurz entschlossen schob er Reinold beiseite.

»Du wartest, bis Lobeswert mit den Fotografien fertig ist, und bringst diese samt den Platten zum Palais. Um das Mädchen kümmere ich mich. Und du ziehst dich jetzt an!«

Die letzten Worte galten seinem Opfer, das sich dem befehlsgewohnten Ton nicht entziehen konnte. Die Frau raffte ihre Kleider an sich und kleidete sich mit steifen Bewegungen an. Dabei steckte sie gedankenverloren Wolfgangs Taschentuch ein.

»Komm jetzt!« Tiedern packte sie am Arm und führte sie hinaus. Er schob die junge Frau auf seinen Wagen zu, zwang sie, mit ihm zusammen einzusteigen, und forderte seinen Kutscher auf, ihn nach Potsdam zu bringen.

»Was wollen Sie dort?«, fragte die Frau verwundert.

»Mit Ihnen reden.«

»Es gibt nichts zu reden! Lassen Sie mich gehen! Sie sind mir zuwider!« Die Frau wollte den Schlag öffnen, um aus dem Wagen zu springen, doch Tiedern hielt sie fest.

»Hilfe!«, schrie die Frau und schlug nach ihm.

Wuterfüllt packte er sie am Hals und drückte zu. Eine kurze Weile röchelte sie noch, dann sackte sie zusammen. Erschrocken fühlte Tiedern nach ihrem Puls, doch da war nichts mehr zu spüren. Im ersten Augenblick fühlte er Panik, denn bislang hatte er noch nie Gewalt anwenden müssen. Dann zuckte er mit den Schultern. Die Frau war selbst schuld. Weshalb hatte sie auch drohen müssen, zur Polizei zu gehen? Immerhin hatte sie ihre Jungfernschaft verkauft, und ob nun ein Mann sie benutzte oder ein Dutzend, blieb sich im Grunde gleich.

Tiedern nahm seinen Gehstock und klopfte gegen die vordere Wand der Kutsche. »Ich habe meine Meinung geändert. Fahre an den Wannsee!«, forderte er den Kutscher auf.

Dieser hatte von dem Geschehen im Innern der Kutsche nichts mitbekommen und lenkte das Gespann an der nächsten Wegkreuzung auf den Wannsee zu.

Während der Fahrt setzte Tiedern die Tote so, als schliefe sie mit dem Kopf an seine Schulter gelehnt. Tiedern schaute aufmerksam zum Schlag hinaus. Zur Linken gab es Wasser, zur Rechten Wald, und nirgends entdeckte er ein Licht, das auf Menschen hinwies. Er überlegte, ob er dem Kutscher befehlen sollte, langsamer zu fahren, lauschte dann aber dem Lärm, den der Hufschlag der Pferde und das Rollen der Räder auf dem Kies des Weges verursachten. Er war laut genug, um andere Geräusche zu übertönen. Daher öffnete er den Schlag, zerrte die Tote dorthin und versetzte ihr einen Stoß. Die Frau stürzte aus dem Wagen, schlug am Wegrand auf und rollte ins Wasser. Der Kutscher bemerkte nichts davon, und Tiedern atmete auf. Sie waren weit genug von Lobeswerts Lustschlösschen entfernt, so dass niemand die Tote mit diesem in Verbindung würde bringen können.

Er wartete noch eine Viertelstunde, dann wies er den Kutscher an, nach Hause zu fahren. Zwar wunderte der Mann sich über den Umweg, zuckte jedoch mit den Schultern. Wenn sein Herr sich in der Weltgeschichte herumfahren lassen wollte, dann war das seine Sache. An die junge Frau, die mit eingestiegen war, dachte er schon lange nicht mehr, als sie tief in der Nacht bei Tiederns Palais ankamen.

3.

Reinhold hatte von Lobeswert die Fotografien und Fotoplatten entgegengenommen und war mit Wolfgang zusammen in dessen Wagen zum Palais gefahren. Dort zupfte sein Vetter ihn grinsend am Ärmel.

»Komm, sehen wir uns die Bilder an! Lobeswert meint, es wären die besten, die er je gemacht hat.«

»Ich weiß nicht …«, wandte Reinhold ein.

»Mein Gott, was bist du für eine jämmerliche Kreatur! Zuerst hast du dich geweigert, die Frau zu nehmen, obwohl sie wie ein prächtig servierter Osterbraten vor dir lag, und nun willst du dir nicht einmal die Bilder anschauen.«

»Ich wollte meinen Penis nicht in eine Scheide stecken, die bereits vom Samen eines Dutzend anderer Männer verklebt war«, antwortete Reinhold, dem nichts anderes einfiel.

Sein Vetter lachte. »Wenn du bei einer Jungfrau der Erste bist, tust du dich oft schwer. Wenn ich daran denke, wie ich arbeiten musste, um in Victoria von Gentzsch hineinzufahren. Aber jetzt mach den Kasten auf! Ich will mir die Bilder unserer Gäste anschauen.«

Für einige Augenblicke übermannte Reinhold die Wut. In Gedanken sah er Vicki vor sich, wie sie hilflos auf dem Bett gelegen hatte. Er ballte bereits die Fäuste, um seinen Vetter niederzuschlagen. Damit jedoch erreichte er nur, dass sein Onkel ihn umgehend aus dem Haus wies. Er musste sich beherrschen, um vor Ort bleiben und nach den Beweisen suchen zu können, die Tiedern schlussendlich das Genick brachen.

Scheinbar gelassen löste er die Schnallen, mit denen Lobeswert den Kasten verschlossen hatte, und holte die Fotografien heraus. Diese waren erstaunlich genau. Jeder der Männer, den Lobeswert beim Geschlechtsakt mit der halbbetäubten Frau auf die Platte gebannt hatte, war auf Anhieb zu erkennen.

»Sieh dir Graf Hohenthal an! Der hat einen ganz krummen Schwengel. Dass er damit überhaupt in eine Frau hineinkommt, ist ein Wunder«, rief Wolfgang glucksend und griff nach dem nächsten Bild.

»Er hat es geschafft und steckt bis zum Anschlag in dem Weibsstück. Bei Gott, der macht ein Gesicht wie ein Bulle, der gerade eine Kuh bespringt.«

So ging es einige Zeit weiter, denn Wolfgang von Tiedern kommentierte genüsslich jede Fotografie. Meistens spottete er, doch bei zwei besonders kräftig ausgestatteten Herren schwang auch eine gehörige Portion Neid mit. Schließlich legte er das letzte Bild weg, streckte die Arme aus und gähnte.

»Bin ich müde! Ich werde mich jetzt zu Bett legen.«

»Gute Nacht«, sagte Reinhold und wünschte ihm insgeheim die schlimmsten Albträume, die es geben konnte.

Er machte sich daran, die Fotografien, die Wolfgang einfach auf dem Tisch liegen gelassen hatte, wegzuräumen, damit keiner der Domestiken sie entdeckte. Er verstaute sie in dem Kasten, zog die Schnallen zu und brachte ihn in seine Kammer. Während er sich zum Schlafen bereit machte, wünschte er sich, endlich seinem Onkel die Maske vom Gesicht reißen und ihn aller Welt als den Schurken zeigen zu können, der er war. Dieser Gedanke verfolgte ihn bis in den Traum. Dort sah er Tiedern als Oberpriester einer heidnischen Religion, der seinem Gott eine Jungfrau nach der anderen opferte, und jede sah so aus wie Vicki. Er selbst stand daneben, ohne auch nur einen Finger rühren zu können, während Wolfgang jede Jungfrau vor ihrem Tod deflorierte und dabei üble Witze riss.

Als er am nächsten Morgen wie zerschlagen erwachte, wurde ihm bewusst, dass er dieses Leben nicht mehr würde durchstehen können. Sein Gewissen rebellierte gegen die Machenschaften seines Onkels, und er verfluchte die Tatsache, dass er durch den Willen seiner Mutter an diesen gekettet war. Wenn seine Mutter wüsste, was Tiedern tat, wäre sie wohl die Erste, die ihn auffordern würde, dieses sündenbeladene Haus zu verlassen. Längst schämte er sich, weil er es nicht über sich gebracht hatte, es ihr bei ihrem letzten Zusammentreffen zu berichten. Er hatte ihre Gefühle schonen wollen und sich dadurch noch tiefer in diesem Sumpf aus Unmoral, Erpressung und anderen üblen Dingen verfangen.

»Reinhold, wo ist der Kasten mit den Fotografien?«

Die Stimme seines Onkels riss ihn aus seinen Grübeleien, und er stürzte zur Tür.

»Ich habe sie hier in meiner Kammer, Herr Onkel.«

»Bringe sie in meine Bibliothek!«

»Sofort, Herr Onkel! Ich will mich vorher nur noch anziehen.« Während Reinhold sich wusch und die Zähne putzte, verfluchte er seine Abhängigkeit von Tiedern. »Es muss anders werden«, murmelte er, als er in die Hosen fuhr. Dann nahm er den Kasten und eilte zu den Privaträumen seines Onkels.

Dieser sah ihn angespannt an. »Hast du die Fotografien betrachtet?«

»Wolfgang wollte sie sehen«, antwortete Reinhold.

»Und da hast du natürlich auch ein Auge darauf geworfen.« Tiedern trat lachend auf den jungen Mann zu und legte ihm die rechte Hand auf die Schulter. »Diese Fotografien sind nur der handfeste Beweis für das, was du und ich schon seit Monaten beobachtet haben. Diese Männer sind blind in ihrer Gier nach einem immer exzentrischeren Genuss und geben sich dabei ganz in meine Hand.«

Er lächelte. »Mithilfe der Männer, die auf diesen Fotografien abgebildet sind, werde ich sehr hoch steigen – und du mit mir, Neffe. Ich kann dir sogar einen Adelstitel verschaffen und eine Braut aus einem angesehenen Haus.«

Ein solches Versprechen hätte Reinhold vor vier Jahren, als er in den Haushalt seines Onkels aufgenommen worden war, mit Begeisterung vernommen. Nun aber sträubte sich alles in ihm dagegen, sich dem Onkel auch nur in kleiner Weise zu verpflichten. Doch dieser erwartete ohnehin keine Antwort, sondern wies ihn an, ihm mit dem Kasten in die Bibliothek zu folgen.

Dort machte Tiedern sich an der Wand zu schaffen. Als ein Klacken ertönte, konnte er einen Teil der Wandverkleidung nach vorne ziehen und beiseiteschieben. Dahinter kam ein drei Schritt tiefer Raum zum Vorschein, in dem eine große, mit Eisen verstärkte Kommode stand. Deren Schubfächer waren jeweils mit einem Schloss versperrt.

Tiedern zog einen Schlüsselbund hervor, suchte nach dem richtigen Schlüssel und öffnete eine der untersten Schubladen. Darin lagen bereits zwei Kästen. Tiedern nahm Reinholds entgegen und verstaute ihn ebenfalls in dem Schubfach. Nachdem er die Schubladen wieder in die Kommode geschoben und versperrt hatte, drehte er sich zu seinem Neffen um.

»Das, was hier liegt, verschafft mir mehr Macht im Reich, als selbst gekrönte Häupter innehaben. Merke dir das, Reinhold, und du weißt, wo dein Glück liegt!«

Obwohl Tiedern diese Worte in einem freundlichen Ton ausgesprochen hatte, empfand Reinhold sie als Warnung, den Onkel niemals zu enttäuschen.

4.

Vicki saß in ihrem Zimmer und starrte auf den Revolver, den sie dem Matrosen abgenommen hatte. Ihr Wunsch nach Vergeltung, den sie in Büsum mühsam beherrscht hatte, war wieder erwacht, und sie zählte die Patronen, die sie noch besaß. Es waren fünf.

»Eine für Wolfgang von Tiedern, eine für seinen Vater, eine für Emma von Herpich, eine für deren Zofe Bonita und die notfalls für mich selbst«, zählte sie leise durch.

Dabei wusste sie selbst, dass es unmöglich war, diese Morde alle zu begehen, denn die Gefahr war groß, bereits nach dem ersten Schuss abgefangen zu werden. Der Gedanke, ihr erstes Opfer nur zu verletzen, dafür aber selbst aufs Schafott steigen zu müssen, ohne ihre Rache vollenden zu können, brachte sie dazu, die Waffe einzupacken und in ihrem Schrank zu verstecken.

Seufzend verließ sie ihr Zimmer und gesellte sich zu ihrer Großmutter.

Diese lächelte liebevoll. »Du solltest dir nicht so viele Gedanken machen, mein Kind. Ein Skandal flammt rasch auf, erlischt aber auch bald wieder.«

»Doch dieser hier wird mit Akribie geschürt.« Friederike war nun ebenfalls ins Zimmer gekommen.

Verwundert blickte Theresa auf. »Was hast du erfahren?«

»Meine Freundin Erika von Halstenberg hat mir erzählt, wie bei einem Teeempfang, den Giselberga von Hönig gegeben hat, die Rede darauf kam, dass nicht nur Vicki in Büsum gegen die Gesetze der Sittsamkeit verstoßen hätte, sondern auch meine Töchter.«

»Das ist unverschämt!«, rief Theresa, während Vickis Wunsch, Frau von Hönig zu erschießen, erneut aufflammte.

»Und ob es das ist.« Friederike rauchte förmlich vor Wut. »Zudem bestätigt es meinen Verdacht, dass der Schlag weniger gegen Vicki und ihre Familie gerichtet war als gegen uns Hartungs.«

»Was sollen wir tun?« Theresa sah bereits die verleumderischen Gerüchte wie die Wogen eines stürmischen Meeres über ihre Familie hereinbrechen.

»Wir werden mit Theodor und unseren Söhnen sprechen müssen. Keine Angst, Vicki! Das, was dir geschehen ist, wird dabei nicht zur Sprache kommen. Sie müssen aber wissen, mit welcher Infamie unsere Feinde vorgehen.«

»Das verstehe ich, Tante Friederike.«

Vicki senkte den Kopf. Ihr war klar, dass ihre Stiefmutter und ihre Tante alles tun würden, um sie zu schonen. Dennoch würde viel von dem Schmutz, der von fremder Hand auf sie geworfen wurde, an ihr haften bleiben. Eine standesgemäße Ehe war damit ausgeschlossen, ebenso der Zutritt zu vielen Häusern, in denen eine von Gentzsch eigentlich hätte willkommen sein müssen.

Ich werde meine Zeichnungen anfertigen und für mich leben, sobald ich volljährig bin, dachte sie, während Friederike Jule aufforderte, ihrem Mann und ihren Söhnen mitzuteilen, dass diese zu ihr kommen sollten, sobald sie wieder in der Villa waren.

Es dauerte nicht lange, bis Fritz erschien. Der Dienst in der Kaserne nahm ihn derzeit wenig in Anspruch, und da sein Freund Willi sich bei Luise von Baruschkes Rettung schlimmer verletzt hatte, als man zu Beginn gedacht hatte, und derzeit mit Fieber im Bett lag, hielt er sich viel zu Hause auf.

Eigentlich hatte Friederike warten wollen, bis auch ihr Mann anwesend war. Ihr Ärger über die Verleumdungen brachte sie jedoch dazu, ihrem ältesten Sohn in knappen Worten zu erklären, dass Giselberga von Hönig Vicki bei dem Verlobungsball ihres Sohnes übel brüskiert hatte und nun Verleumdungen über die Mädchen der Familie in Umlauf brachte.

Fritz zupfte dabei so erregt an den Knöpfen seiner Uniform, dass Vicki glaubte, er wolle sie abreißen. Schließlich erhob er sich mit bleicher Miene und verbeugte sich vor seiner Mutter.

»Verzeih, wenn ich nicht bleiben kann, Mama, doch ich habe heute Abend noch eine Verabredung. Auf Wiedersehen.« Er nickte seiner Großmutter und Vicki noch kurz zu und ging.

Friederike blickte ihm enttäuscht nach. »Ich hatte gehofft, Fritz würde mit uns beraten, was wir gegen unsere Feinde unternehmen können.«

»Ich weiß nicht, Tante Friederike. Fritz sah mir nicht aus, als wolle er nur einen Kameraden treffen, um mit diesem einen Krug Bier oder ein Glas Wein zu trinken. Ich habe seine Wut gespürt«, wandte Vicki ein.

»Er schien auch mir sehr aufgebracht«, stimmte ihr Theresa zu.

»Dann hoffe ich, dass er keinen Unsinn anstellt!« Ungeduldig wartete Friederike darauf, dass ihr Mann aus der Fabrik zurückkehren würde.

Unterdessen hatte Fritz eine Droschke gefunden und ließ sich in die Innenstadt fahren. Dort schaute er nacheinander in all die Salons und Restaurants, die von den Herren der besseren Gesellschaft aufgesucht wurden. Wohl trafen ihn dabei ein paar fragende Blicke, doch die Gastgeber begrüßten ihn freundlich, und einige seiner Bekannten freuten sich, ihn zu sehen. Jedes Mal fragte er nach Leander von Hönig und ging wieder, als er hörte, dass dieser nicht anwesend sei.

»Habe das Gefühl, als wäre Hartung geladen wie eine scharfe Granate«, meinte einer seiner Kameraden kopfschüttelnd.

»Hat wohl mit den Gerüchten zu tun, die im Haus der Baronin Hönig ihren Anfang genommen haben. Will wohl deren Sohn zur Rechenschaft ziehen. Würde an dessen Stelle sehr weit verreisen. Ist ein ausgezeichneter Schütze – Hartung meine ich, nicht Leander von Hönig«, antwortete sein Sitznachbar.

»Und das kurz vor seiner Hochzeit! Wird sich, wenn er Hartung gegenübersteht, eher mit der Tochter des Sensenmanns vermählen als mit Dorothee von Malchow. Wäre kein Schaden! Das Mädchen erhält eine respektable Mitgift, und hübsch ist sie auch.«

Der Offizier zwirbelte seinen Schnurrbart und sah ganz so aus, als wolle er, wenn Dorothee von Malchow wieder frei war, sich um diese bewerben.

Fritz von Hartung glaubte bereits, er würde an diesem Abend Leander von Hönig nirgendwo mehr antreffen, als er ein Haus betrat, das Gästen den Reiz von Kartenspielen in angenehmer Atmosphäre und bei guten Weinen bot. An einem Spieltisch saß der Gesuchte und schien seinem Gesichtsausdruck nach auf der Verliererstraße zu sein.

»Nehmen Sie es nicht schwer, mein Freund! Pech im Spiel bedeutet Glück in der Liebe, und das haben Sie fürwahr«, tröstete ihn ein Mitspieler.

Leander von Hönigs Gesicht nahm einen trotzigen Ausdruck an. Seine Braut Dorothee hatte ihm an diesem Morgen einen Brief zukommen lassen, in dem stand, dass sie nicht bereit sei, mit seiner Mutter, die eine ihrer liebsten Freundinnen auf eine so infame Weise beleidigt habe, in einem Haus zusammenzuleben. Entweder richteten sie sich einen eigenen Haushalt ein, oder die Hochzeit würde nicht stattfinden. Das war jedoch ein Ding der Unmöglichkeit, und er konnte nur hoffen, dass es Dorothees Eltern gelang, ihr diesen Unsinn auszureden.

In Gedanken verstrickt, übersah er, dass Fritz zu ihm trat. Er wurde erst auf ihn aufmerksam, als dieser ihn ansprach.

»Herr von Hönig, ich habe erfahren, dass Ihre Frau Mutter sich in äußerst despektierlicher Weise über Mitglieder meiner Familie geäußert hat. Da Sie nicht in der Lage waren, dies zu unterbinden, sehe ich mich gezwungen, von Ihnen Rechenschaft zu fordern.«

Die Explosion einer Bombe hätte nicht mehr Wirkung entfaltet als diese in eisigem Ton geäußerten Worte. Leander von Hönig starrte den jungen Offizier an und las in dessen Augen grenzenlosen Zorn. Da er selbst nicht der Mutigste war und seine Mutter ihn auch nicht zum Helden erzogen hatte, schauderte es ihn bei dem Gedanken, dem anderen auf zehn oder fünfzehn Schritt mit einer Pistole in der Hand gegenüberstehen zu müssen.

»Mein Herr, wir sollten uns wie zivilisierte Menschen benehmen. Ein Duell ist doch ein Relikt einer barbarischen Vergangenheit, das heute von allen zivilisierten Menschen abgelehnt wird!«, stieß er entgeistert aus.

»Soll das heißen, dass Sie sich weigern, für Ihre Ehre einzustehen?«

Leander von Hönig musterte seine Mitspieler und die Herren von den anderen Tischen, die ihre Spiele unterbrochen hatten und zu ihnen herüberschauten. Auf einigen Gesichtern las er bereits den Anflug von Verachtung. Wenn er nicht sein Ansehen verlieren wollte, musste er die Forderung zum Duell annehmen, fuhr es ihm durch den Kopf. Doch sein Mund entwickelte ein Eigenleben.

»Ich weigere mich, einen so archaischen Brauch zu akzeptieren.«

»Hönig, das können Sie nicht tun!«, rief einer seiner Freunde entsetzt.

»So ein Feigling!«, spottete ein Zweiter.

Fritz musterte den vor ihm sitzenden Hönig mit einem vernichtenden Blick, zog dann seine Handschuhe aus und schlug sie dem jungen Mann zweimal ins Gesicht. Anschließend drehte er sich um und ging zur Tür. Dort hielt er noch einmal inne.

»Ich bitte die Herren, mir zu verzeihen, dass ich Ihre Spiele gestört habe.« Nach diesen Worten ging er und ließ für etliche Sekunden eine fast schmerzhafte Stille zurück.

Der Erste von Hönigs Mitspielern schob diesem die gewonnenen Münzen hin. »Will kein Geld von einem Feigling haben.«

Die anderen taten es ihm gleich. Leander von Hönig starrte verdattert auf das Geld. »Was soll das? Ihr habt es doch ehrlich gewonnen!«

»Von jemandem, den wir für einen Ehrenmann gehalten haben. Sind aber keiner! Haben kein Recht, mit uns zu spielen.«

Das Urteil der Mitspieler war gefällt. Ein Mann, der sich einem Duell verweigerte, gehörte nicht mehr zu ihnen.

Da trat der Besitzer des Spielsalons zu ihm. »Ich muss den Herrn bitten, mein Haus zu verlassen!«

»Aber ich …«, rief Leander entsetzt.

»… würde an Ihrer Stelle jetzt gehen!«, unterbrach ihn ein Mitspieler und wies auf die Münzen. »Vergessen Sie Ihr Geld nicht. Hier in diesem Haus rührt es keiner mehr an.«

Wuterfüllt raffte Leander von Hönig die Goldstücke an sich, stopfte sie in die Tasche seines Jacketts und verließ den Raum mit dem Ausdruck eines beleidigten Knaben.

Hinter ihm schloss sich die Tür.

Fritz' Handeln war aus dem Affekt und ohne große Überlegung erfolgt, erwies sich jedoch als überraschend wirksam. Die Tatsache, dass Leander von Hönig sich geweigert hatte, für die Äußerungen seiner Mutter einzustehen, brachte nicht wenige dazu, diese als übles Geschwätz ohne Wahrheitsgehalt abzutun, und manche begannen, ihn und seine Mutter zu schneiden.

Am Nachmittag des nächsten Tages erschien ein Bote im Hause Hönig und teilte Giselberga und deren Sohn mit, dass die Familie von Malchow aufgrund gewisser Vorkommnisse darauf verzichte, in verwandtschaftliche Beziehungen zu ihnen zu treten.

Hatte Leander gehofft, seine Mutter würde Verständnis für ihn zeigen und ihn trösten, sah er jetzt eine Xanthippe vor sich, die ihm ihre Wut ins Gesicht schleuderte und mit den Worten schloss, wie sehr sie es bedauere, ihn geboren zu haben.

5.

Ohne zu wissen, was sich um die Familie Hartung abspielte, kämpfte Willi von Steben mit den Nachwirkungen seiner Verletzung. Zunächst hatte es ganz so ausgesehen, als wäre ihm bei der Rettung Luises von Baruschke nichts Ernsthaftes zugestoßen, dann aber hatte ihn das Fieber gepackt und ihn gezwungen, mehr als eine Woche im Bett zu bleiben. Kaum erlaubte der Arzt ihm, es zu verlassen, zog er sich vollständig an und machte sich zum Ausgehen bereit.

»Willi, was tust du da?«, rief seine Mutter erschrocken, als er auch noch den Säbel anlegte.

»Ich habe jemandem meinen Besuch versprochen und will dieses Versprechen jetzt erfüllen«, antwortete Willi, obwohl er sich so schwach fühlte, dass er nicht einmal wusste, ob er es bis auf die Straße schaffen würde.

»Ist es wegen des Mädchens, das du vor dem durchgehenden Gespann bewahrt hast?«, fragte ihn sein Vater, der General.

»Und wenn es so wäre?«

Wilhelm von Steben sog an seiner Zigarre und blies den Rauch langsam in die Luft. »Es ist höflich, sich zu erkundigen, ob die Damen den Zwischenfall gut überstanden haben. Du solltest aber bedenken, dass dein Erscheinen Erwartungen wecken könnte, an denen dir nicht gelegen sein dürfte.«

»Und wenn mir diese Erwartungen gelegen kämen?« Trotz seiner Schwäche klang Willi kämpferisch.

»Ich hatte die Hoffnung, dass du in einem solchen Fall zuerst mit deiner Mutter und mir sprichst, bevor du tätig wirst«, erklärte Wilhelm von Steben kühl.

»Nun, ich … ich …«, begann Willi, doch da legte ihm seine Mutter die rechte Hand auf den Arm.

»Ereifere dich nicht, mein Sohn! Du weißt, dein Vater und ich wollen das Beste für dich. Vielleicht solltest du warten, bis du wieder bei Kräften bist, bevor du das Heim von Frau Baruschke aufsuchst.«

»Ich will dahin!«, rief Willi erregt.

»Es wird dich keiner daran hindern«, warf sein Vater ein. »Du musst dir jedoch im Klaren darüber sein, dass eine zu enge Bindung an jenes Mädchen deiner Karriere Schaden zufügen wird. Es stammt aus niederen Kreisen, und der Adelstitel, mit dem sie und ihre Mutter sich schmücken, ist gekauft.«

»Ich danke dir, Vater, dass du mich warnen willst. Ich beende meine Militärlaufbahn jedoch lieber als glücklicher Major denn als unglücklicher General.«

»Wenn dies ein Stich gegen mich gewesen sein soll, ging er ins Leere. Ich bin sowohl glücklich wie auch General«, spottete Wilhelm von Steben.

»Vertraue unserem Jungen!«, bat seine Frau ihn. »Er wird sich von keiner schönen Larve täuschen lassen. Ist das Mädchen jedoch so, wie er es sich wünscht, sollten wir ihm keine Steine in den Weg rollen.«

»Ich danke dir, Mama.« Willi umarmte seine Mutter und sah seinen Vater bittend an.

Dieser wies kopfschüttelnd zur Tür. »Geh schon, Willi! Immerhin ist das Mädchen eine Verwandte von Theodor von Hartung, auch wenn wenig Freundschaft zwischen den Familien herrscht.«

»Und trotzdem hat Fritz Luises Mutter vor den Pferden gerettet.« Willi lächelte und salutierte vor seinem Vater. »Ich verspreche Ihnen, Herr General, keine übereilte Attacke zu reiten.«

»Dann ist es gut.« Wilhelm von Steben versetzte seinem Sohn einen Klaps und sah zu, wie dieser das Haus verließ und sich auf die Suche nach einer Droschke machte.

»Passen tut es mir ja nicht«, sagte er leise zu seiner Frau. »Ihr Vater ist der ledig geborene Sohn einer Kuhmagd.«

»Der es zu großem Reichtum gebracht hat! Sollte Willi sich wirklich in dieses Mädchen verlieben und es erringen, wird er wahrscheinlich weniger wegen ihrer Abkunft bedauert denn als Mitgiftjäger angesehen werden.«

»Bedauerlicherweise hast du recht.« Wilhelm von Steben wusste nicht, ob er seinem Sohn Erfolg wünschen oder hoffen sollte, dass das Mädchen beim zweiten Zusammentreffen einen weniger günstigen Eindruck hinterließ als bei ihrer Rettung.

Währenddessen winkte Willi einem Droschkenkutscher und stieg in den Wagen. Danach nannte er die Adresse, zu der er gebracht werden wollte, und fragte sich kleinmütig, wie man ihn dort empfangen würde.

6.

Bettina von Baruschke hatte sich bereits ein wenig geärgert, weil der junge Leutnant, der ihre Tochter gerettet hatte, noch nicht erschienen war. Die Enttäuschung ihrer Tochter war förmlich mit Händen zu greifen. Doch als nun ein Diener hereinkam und mitteilte, dass Herr Leutnant Willi von Steben seine Aufwartung machen zu können hoffe, schoss Luise wie von einer Tarantel gestochen von ihrem Stuhl hoch.

»Bei Gott! Herr von Steben kommt, und ich sehe vollkommen derangiert aus.«

»Du siehst gut aus«, beruhigte ihre Mutter sie und sah den Diener an. »Ich lasse den Herrn Leutnant bitten.«

»Sehr wohl, gnädige Frau.« Der Diener verbeugte sich und ging.

Kurz darauf trat Willi ein. Bettinas Unmut verflog, als sie das blasse und schmal gewordene Gesicht des jungen Mannes bemerkte. Er wirkte erschöpft, doch in seinen Augen lag ein Strahlen, das Luises Herz erwärmte.

»Herr Leutnant, Sie haben mich nicht vergessen«, rief sie aus und eilte ihm entgegen.

Bettina räusperte sich hörbar. »Contenance, meine Liebe! Seien Sie mir willkommen, Herr Leutnant, und setzen Sie sich. Es wird gleich eine kleine Erfrischung gebracht.«

»Ich danke Ihnen, gnädige Frau.« Willi war froh, sich setzen zu können.

»Sie sehen leidend aus«, fuhr Bettina fort.

Auf Willis Lippen erschien ein verlegenes Lächeln. »Ich musste in den letzten Tagen bedauerlicherweise einem Fieber widerstehen. Haben Sie keine Angst! Es war nicht ansteckend.«

»Es handelte sich wohl um eine Folge der Verletzung, die Sie sich bei Ihrem kühnen Einsatz zugunsten meiner Tochter zugezogen haben«, erwiderte Bettina.

Luise legte sich erschrocken die Hände auf den Mund. »O nein«, flüsterte sie unter Tränen. »Das wollte ich gewiss nicht.«

»Sie können nichts dafür, mein Fräulein! Um Sie zu retten, hätte ich noch viel mehr auf mich genommen.«

Sowohl Luise wie auch Bettina spürten, dass es ihm damit ernst war.

»Es war eine kühne Tat, bei der Sie Ihr Leben aufs Spiel gesetzt haben, um das Leben meiner Tochter zu retten.«

Bettina erinnerte sich an Fritz von Hartungs Worte, dass das Gespann absichtlich auf sie und Luise gelenkt worden wäre. Seitdem hatte sie sich gefragt, wer so verderbt sein könnte, ihren Tod und den ihrer Tochter herbeiführen zu wollen. Mittlerweile hegte sie einen Verdacht. Zwar hatte sie den Kutscher nur einen winzigen Augenblick gesehen, doch sie meinte sich zu erinnern, dass er eine fatale Ähnlichkeit mit Meinrad von Schleinitz aufwies. Dessen Heiratsantrag an ihre Tochter hatte sie bei der Versteigerung seines väterlichen Besitzes abgelehnt.

Der Diener kam mit einem Glas leichten Weins und mehreren Weißbrotschnitten mit Räucherlachs, Käse und Schinken. Willi, an dessen mangelndem Appetit seine Mutter in den letzten Tagen beinahe verzweifelt war, griff beherzt zu. Trotz seiner Schwäche fühlte er sich glücklich und erwies sich in der nächsten halben Stunde als angenehmer Gesprächspartner für Luise und deren Mutter.

Wenig später kam Ottokar hinzu und begrüßte den Gast mit großer Freude. »Ich kann Ihnen gar nicht sagen, wie dankbar ich Ihnen bin, dass Sie Luise vor dem Gespann gerettet haben. Ich würde meinen Dank auch gerne Herrn Leutnant von Hartung aussprechen. Ihm habe ich es zu verdanken, dass meine Mutter diesen Unfall heil überstanden hat«, setzte er mit leuchtenden Augen hinzu.

Die Miene seiner Mutter verdüsterte sich für einen Augenblick. In dieser Richtung hatte sie noch eine Schuld zu begleichen. Bettina fasste sich und lächelte ihrem Sohn zu. »Überanstrenge Herrn Leutnant von Steben nicht. Er hat sich bei seiner mutigen Rettungstat schwer verletzt!«

»Ich tat es gerne«, sagte Willi mit einem so warmen Blick auf Luise, dass diese hastiger atmete und es kaum mehr wagte, ihn anzuschauen.

Das Gespräch ging munter weiter. Luise und Ottokar mochten die Enkel einer Kuhmagd sein, doch ihre Manieren waren ausgezeichnet und sie beide bereit, Willi als einen Engel des Herrn anzusehen, der gekommen war, um das Mädchen zu erretten. Bettina spürte, dass Luise ihr Herz an den schmucken Leutnant verloren hatte. Doch wie würde sich dessen

Familie dazu stellen? Immerhin zählten die Stebens zu den hochrangigsten Familien der Mark, und Willis Vater war überdies General.

In Bettinas Überlegungen platzte die Meldung eines Dieners, dass Frau von Predow samt Schwiegertochter und Enkelin zu Besuch erschienen wäre.

»Ich lasse bitten«, sagte Bettina und wies den Diener an, auch für die Damen eine Erfrischung zu bringen.

»Wenn Sie erlauben, verabschiede ich mich. Wenn Sie die Güte hätten, mir zu gestatten, wiederzukommen?« Willi wollte aufstehen, doch Bettina hob begütigend die Hand. »Sie stören nicht, Herr Leutnant.«

»Danke, Mama.« Luise ergriff die Hand ihrer Mutter und sah sie mit glühenden Wangen an.

»Schon gut«, wehrte diese ab und sah ihren neuen Gästen entgegen.

Liebgard von Predow walzte mit starrer Miene herein. Ihr folgte ihre Schwiegertochter, eine pummelige Dame mit einem Gesicht wie ein Schaf, wie Bettina fand. Zu sagen hatte sie in ihrem Haushalt anscheinend nichts, da die Stellung ihrer Schwiegermutter unerschütterlich war. Ihre Tochter Bibiane hingegen war ein schlankes, hübsches Mädchen, knapp achtzehn Jahre alt, und zeigte als Einzige der drei eine gewisse Freude, an diesem Ort zu sein. Kurz zwinkerte sie Ottokar zu und knickste anschließend vor Bettina.

»Seien Sie mir willkommen, meine Damen, und auch du, mein Kind!« Bettina lächelte Bibiane zu und wies dann auf Willi.

»Wie Sie sehen, haben wir noch einen Gast. Darf ich Ihnen Herrn Leutnant von Steben vorstellen?«

»Sagten Sie von Steben?« Liebgard von Predow musterte den jungen Leutnant durchdringend, und ihre Gedanken wanderten mehr als fünfzig Jahre in die Vergangenheit. Damals hatte sie sich mit ihrem Bruder zerstritten und seitdem keinerlei Verbindung mehr zu ihm gesucht. Von anderen wusste sie, dass er irgendwann einmal geheiratet hatte und Vater eines Sohnes geworden war.

»Willi von Steben, mit Verlaub.«

Zu Bettinas Verwunderung klang Willi auf einmal sehr kühl und fast abwehrend.

»Ihr Vater ist der General Wilhelm von Steben?«, fuhr Liebgard von Predow fort.

Willi nickte. »Das ist er in der Tat.«

»Dann sind Sie mein Neffe, junger Mann.« Liebgard von Predow trat auf Willi zu, der sich nun doch erhoben hatte, und umarmte den völlig Überraschten.

»Richten Sie Ihrem Vater aus, dass ich seinen Besuch erwarte!«

Liebgard von Predow war geneigt, alte Differenzen zu vergessen, zumal sie die Blicke gesehen hatte, die ihr Neffe und Luise gewechselt hatten. Wenn der Sohn ihres Bruders die Tochter der Baruschke, wie sie Bettina für sich nannte, heiratete, sah eine Verbindung ihrer Enkelin mit Ottokar nicht mehr gar so stark nach einer Mesalliance aus. Außerdem gefiel ihr der Leutnant, und so wunderten sich nicht nur ihre Gastgeberin, sondern auch Liebgards Schwiegertochter und ihre Enkelin, wie leutselig sich die alte Dame im weiteren Verlauf des Besuchs verhielt.

7.

Während die Stimmung im Hause Baruschke erstaunlich friedlich war, hing bei der Familie von Gentzsch der Haussegen schief. Zwar hatte Malwine sich mittlerweile beruhigt, so dass sie nicht, wie ihr ältester Stiefsohn Otto wenig zartfühlend erklärt hatte, in eine geschlossene Anstalt eingeliefert werden musste, aber Gustav von Gentzschs Laune war denkbar schlecht. Immer wieder grübelte er über die Vergangenheit nach und fand in seinem Verhalten wie auch dem seiner zweiten Frau und seiner Söhne genug Gründe, die ein junges und sensibles Mädchen auf die schiefe Bahn treiben konnten. Doch war Victoria wirklich so geworden, wie Malwine es ihr vorwarf? Gustav hatte Theresas Mahnung im Ohr, dass seine Tochter ein unschuldiges Opfer geworden wäre. Er verehrte die Mutter seiner ersten Frau und wusste, dass sie stets gerecht war.

»… finde es weitaus angenehmer, dass Victoria bei ihrer Großmutter bleibt. Sie war immer ein störendes Element in unserer Familie!«

Die Bemerkung seines zweitältesten Sohnes Heinrich riss Gustav aus seinen Gedanken, und er funkelte diesen zornig an. »Zum Ersten ist Vickis Großmutter ebenfalls die deine, auch wenn du Frau Theresa von Hartung nicht die Achtung entgegenbringst, die ihr gebührt. Zum Zweiten ist Victoria deine und Ottos Schwester mit dem Anrecht, von euch beiden beschützt zu werden, so wie wahre Brüder es bei ihren Schwestern tun sollten. Ihr habt sie jedoch stets im Stich gelassen!«

Der Vorwurf traf nicht nur seine älteren, sondern auch seine jüngeren Söhne. Während Otto, Karl und Waldemar betroffen zu Boden blickten, wagte Heinrich Widerspruch.

»Verzeihen Sie, Herr Vater! Sie sind uns, was Victoria betrifft, kein gutes Vorbild gewesen. Immer haben Sie erklärt, sie sei im Grunde eine Mörderin, da sie den Tod unserer Mutter verschuldet habe.«

In dem Moment hielten alle den Atem an.

Gustav von Gentzsch atmete schwer und nickte schließlich. »Mich strafen die Sünden der Vergangenheit! Anstatt Victoria als letztes Liebespfand meiner Gunda anzusehen, habe ich sie gehasst, weil diese ihr Leben bei der Geburt lassen musste, und euch diesen Hass eingepflanzt. Verzeiht mir, wenn ihr es könnt.«

Dieses Schuldbekenntnis erschütterte seine Familie mehr, als wenn er zornig geworden wäre und Heinrich beschimpft hätte. Dieser kämpfte nun mit den Tränen.

»Herr Vater, die Schuld trifft Sie nicht allein. Oder, besser gesagt, sie trifft Otto und mich mehr als Sie. Als kleines Kind lief Victoria uns nach und hat um unsere Liebe gebettelt. Wir haben sie jedoch nur umgestoßen, so dass sie hingefallen ist, und schallend darüber gelacht.«

»Wir waren schlechte Brüder und hätten nicht nur ein Mal Ohrfeigen verdient gehabt«, gab auch Otto zu.

Gustavs Blick wanderte weiter zu seiner Gattin. Es wäre ihre Aufgabe gewesen, die Söhne davon abzuhalten, Victoria zu quälen. Stattdessen hatte sie deren Verachtung für die Schwester noch verstärkt. Gunda an ihrer Stelle hätte ihn und seine Söhne aufgefordert, das Kind so zu behandeln, wie es sich bei einer Tochter geziemte.

Malwine spürte den unausgesprochenen Vorwurf und ärgerte sich darüber. Da er das Mädchen abgelehnt hatte, hatte auch sie Victoria spüren lassen, dass sie unerwünscht war. Ihr jetzt die Schuld zu geben, dass seine Tochter moralisch missraten war, fand sie ungerecht. Allerdings war noch nicht alles verloren. Frau von Dravenstein hatte ihr bei ihrem letzten Besuch berichtet, dass Emma von Herpich erneut einen Ehekandidaten für Victoria gefunden habe.

Diesen würde der Eklat beim Verlobungsball Leander von Hönigs nicht interessieren, weil er sich in den Kolonien ansiedeln wollte. Sie sagte jedoch nichts, sondern beschloss, Cosima von Dravenstein am nächsten Tag aufzusuchen und darauf zu dringen, dass diese ihr Emma von Herpichs neue Adresse mitteilte, damit sie so bald wie möglich mit ihr über eine Ehe ihrer Stieftochter sprechen konnte.

8.

Von dem Willen getrieben, auf eigenen Beinen stehen zu können, fertigte Vicki eine Modeskizze nach der anderen an. Zwar wusste sie, dass sie jeden Monat nur einen Teil davon an das Modejournal verkaufen konnte, doch die Beschäftigung mit Zeichenstift und Block half ihr, ihre innere Ruhe wiederzufinden. Mittlerweile hatte sie von ihrer Freundin Dorothee einen Brief mit der Nachricht erhalten, dass deren Verlobung mit Leander von Hönig gelöst worden sei, da dieser sich als charakterlich schwach und ehrlos erwiesen habe. Der Eklat, den Giselberga von Hönig beim Verlobungsball ihres Sohnes entfacht hatte, war damit auf diese selbst und deren Sohn zurückgefallen.

Es brachte für Vicki eine gewisse Befriedigung, doch ein Stachel in ihrem Herzen blieb. Sie sah keine Möglichkeit, Emma von Herpich und vor allem Wolfgang von Tiedern zu bestrafen. Ihre Großmutter hatte ihr erklärt, dass es die von Giselberga von Hönig in Umlauf gebrachten Gerüchte nur bestärken würde, wenn Fritz sich auf die Jagd nach dem jungen Tiedern machte. Eines aber war ihrem Cousin bereits gelungen: Da Leander von Hönig zu feige gewesen war, sich ihm im Duell zu stellen, zweifelten immer mehr den Wahrheitsgehalt der Beschuldigungen an, mit denen seine Mutter sie in Verruf gebracht hatte. Es war wenigstens ein Trost, dachte Vicki.

Es schmerzte sie jedoch viel zu sehr, dass Wolfgang von Tiedern straffrei ausgehen sollte. Außerdem bestand die Gefahr, dass er sie erneut verleumden konnte. Ihre Großmutter hielt dies allerdings für wenig wahrscheinlich, da Fritz deutlich gezeigt hatte, dass er jede Beleidigung, die seine Familie betraf, mit der Forderung zu einem Duell beantworten würde.

Vicki nahm in diesen Tagen immer wieder den erbeuteten Revolver in die Hand und stellte sich vor, damit auf den jungen Tiedern zu schießen. Am liebsten hätte sie Fritz gebeten, ihr beizubringen, wie man mit der Waffe umging, und ihr zu helfen, an weitere Patronen zu gelangen. Da ihr Cousin sich jedoch umgehend an ihre Großmutter wenden würde, ließ sie es sein.

Auf jeden Fall war das Leben bei der Großmutter weitaus leichter als bei ihrer Familie. Hier wurde sie liebevoll behandelt und erholte sich langsam von dem Schock, den sie durch Emma von Herpichs Verrat und die Vergewaltigung durch Wolfgang von Tiedern erlitten hatte.

Theresa und Friederike unternahmen alles, damit Vicki sich wohlfühlte. Auch wenn ein wenig von den Gerüchten an dem Mädchen haften bleiben würde, hofften sie doch, eine halbwegs passende Ehe für sie stiften zu können. Damit wollten sie noch ein, zwei Jahre warten, bis sich die letzte Aufregung um den durch Giselberga von Hönig entfachten Skandal gelegt hatte. Irgendwann, so sagte Theresa spöttisch, würde eine neue Sau durchs Dorf getrieben werden und niemand mehr daran denken, was damals bei den Hönigs geschehen war.

Vickis Gedanken galten ohnehin keiner Heirat, sondern einem frei gestalteten Leben. Vielleicht, sagte sie sich, konnte sie sich später mit ihrer Schulfreundin Valerie von Bornheim zusammentun. Diese hatte aus ihrer Verachtung für Männer im Allgemeinen und einer Heirat im Besonderen nie einen Hehl gemacht. Zwar stand sie nicht im Kontakt mit ihr, doch Dorothee von Malchow konnte ihr vielleicht helfen, ihn wieder anzubahnen.

Ein Zusammenleben mit einer Frau und gelegentlichen Zärtlichkeiten erschien ihr angenehmer, als mit einem Mann verheiratet zu sein, der sich das Recht nahm, jederzeit so über ihren Körper verfügen zu können, wie Wolfgang von Tiedern es getan hatte.

In der Villa Hartung traten Vickis Sorgen in den Hintergrund. Theodor war von früh bis spät in der Fabrik und tat alles, um sie ertragreich zu führen. Auch wenn Egolf sein Studium weiterbetrieb, half er ihm dabei, und es gelang ihnen, das Ruder ganz herumzureißen. Der Umsatz und die Einnahmen stiegen, und einige Herren im Staatsdienst, die von Markolf von Tiedern angestiftet worden waren, ihnen vereinbarte Zahlungen vorzuenthalten, fragten an, weshalb sie von der Firma Hartung keine neuen Angebote für Uniformstoffe und andere Tuchwaren mehr erhielten. Vorsichtiger Optimismus machte sich breit.

Auf die Besucherin, die eines Vormittags tief verschleiert erschien und um eine Unterredung mit Friederike bat, war allerdings niemand vorbereitet.

Friederike saß gerade mit Theresa und Vicki in ihrem Salon und las einen Brief vor, den Auguste aus der Schweiz geschrieben hatte, als Jule eintrat und die Besucherin meldete.

»Verzeihung, gnädige Frau, aber ihren Namen hat sie nicht genannt«, setzte sie mit einem gewissen Missfallen über diese Unhöflichkeit hinzu.

Nicht weniger verwundert als ihre Bedienstete reichte Friederike den Brief ihrer Schwiegermutter. »Lies ihn, bis ich wiederkomme. Es wird nicht lange dauern«, sagte sie und forderte Jule auf, die Besucherin in den Nebenraum zu führen.

»Soll ich eine Erfrischung bereitstellen lassen?«, fragte die Dienerin.

»Nein! Bring nur etwas, falls ich die Dame später in den Salon führen sollte«, antwortete Friederike und begab sich in das benachbarte Zimmer.

Augenblicke später trat die Fremde ein. Deren Kleid verriet, dass sie sich eine teure Schneiderin leisten konnte. Auf übertriebene Modeauswüchse hatte sie jedoch verzichtet, und auch der Hut, den sie trug, war nicht aufwendig geschmückt, sondern geschmackvoll gestaltet. Ein grauer Schleier verdeckte das Gesicht, dennoch war Friederike sicher, die Frau zu kennen.

»Guten Tag! Welcher Grund führt Sie zu mir?«, grüßte sie.

Ihre Besucherin atmete tief durch und hob dann den Schleier. Vor ihr stand Bettina von Baruschke, Theodors Cousine, die während ihrer Zeit in der Höhere-Töchter-Schule der Schwestern Schmelling ein ausgemachtes Miststück gewesen war.

»Guten Tag«, grüßte nun auch Bettina.

Friederike fand, dass es höflicher war, der Verwandten einen Stuhl anzubieten. »Setzen Sie sich doch!«, sagte sie und nahm selbst Platz.

Zu ihrer Verwunderung blieb Bettina stehen.

»Sie sehen mich als Ihre Schuldnerin«, sagte sie leise. »Die Bilder verfolgen mich seit Jahren, und nun hat Gott, der Gerechte, mir ein Zeichen gegeben, dass es an der Zeit ist, meine Schuld zu bekennen. Ich habe damals im Internat der Schmelling-Schwestern aus Bosheit die Leine des Bootes gelöst, in dem meine Cousine Gunda und Sie gesessen haben. Ich schwöre Ihnen, dass ich nicht an solch böse Folgen gedacht habe! Es hätte schlimm enden können, denn wären Sie nicht so beherzt gewesen, ins Wasser zu springen und ans Ufer zu schwimmen, wären Sie und Gunda in den Stromschnellen ums Leben gekommen.«

Friederike erinnerte sich an die Szene und an die Hand, die sie gesehen hatte, als diese den Strick löste. Schon damals hatten Gunda und sie Bettina verdächtigt, es aber nicht beweisen können. Das Schuldbekenntnis nach fast fünfunddreißig Jahren zu hören war seltsam.

»Wie Sie selbst sagten, sind Gunda und ich damals heil davongekommen«, antwortete Friederike abweisend.

»Wären Sie es nicht, so wären meine Tochter und ich heute tot, denn es war Ihr Sohn, der mich gerettet hat. Sein Freund bewahrte meine Tochter vor Schlimmerem. Es war ein Zeichen des Herrn, der mir meine Tat von damals noch einmal vor Augen geführt und mir gesagt hat, dass ich Sie um Vergebung bitten muss.« Bettina ließ sich auf die Knie nieder und senkte den Kopf.

Friederike wusste zunächst nicht, was sie darauf antworten sollte. Die Tage im Internat der Schwestern Schmelling waren lange vorbei. In all den Jahren seither hatten Bettina und sie sich gelegentlich von Ferne gesehen, sich aber ansonsten gemieden. Da sie spürte, wie sehr diese Sache Bettina am Herzen lag, ergriff sie deren Hand.

»Ich freue mich, dass mein Sohn zur rechten Zeit zur Stelle war.«

»Wirklich? Sie bedauern nicht, dass das Schicksal meine Tochter und mich verschont hat?«, fragte Bettina.

»Was wäre ich für ein Mensch, Ihnen und Ihrer Tochter Schlechtes zu wünschen!«, rief Friederike aus. »Gott hat damals seine schützende Hand über mich gehalten, und diesmal tat er es über Sie und Ihre Tochter.«

»Sagen wir besser, weil er damals Sie beschützt hat, durften meine Tochter und ich leben.«

Nun konnte Bettina die Tränen nicht mehr zurückhalten. Alle, die sie als hart verhandelnde Geschäftsfrau kennengelernt hatten, hätten ihren Augen nicht getraut.

Friederike spürte, dass die Tränen aus ehrlichem Herzen kamen, und zog die Cousine ihres Mannes auf die Beine. »Es ist alles gut«, sagte sie und streichelte Bettinas Wange.

»Ja«, erwiderte Bettina mit einem tiefen Seufzer. »Es ist gut, dass ich den Mut aufgebracht habe, Sie aufzusuchen.«

»Ich freue mich darüber und hoffe, dass es nicht das letzte Mal war. Doch kommen Sie nun! Ich will Sie meiner Schwiegermutter vorstellen. Sie freut sich gewiss nicht weniger als ich, Sie hier zu sehen.«

Friederike führte Bettina hinaus auf den Flur und betrat mit ihr zusammen den Salon.

Bettina war weniger optimistisch als sie, denn sie erinnerte sich, wie oft ihre Mutter sich boshaft über ihre Schwägerin ausgelassen hatte. Damals waren viele Ausdrücke gefallen, die ewige Feindschaft nach sich ziehen konnten. Theresa sah sie jedoch nur mit einem gewissen Erstaunen an und bat Jule, eine Erfrischung zu bringen. Sie selbst nahm etwas Tee und aß ein paar Kekse dazu. Dann lächelte sie Bettina freundlich an. »Ich habe viel über Sie, aber auch über Ihren Ehemann gehört. Er soll ein ausgezeichneter Geschäftsmann gewesen sein.«

»Das war er allerdings«, antwortete Bettina mit Stolz. »Er war auf jeden Fall ein besserer Geschäftsmann als mein Vater – oder jetzt mein Bruder.«

»Nicht immer kommt es darauf an, ob man als Geschäftsmann gut ist oder nicht. Oft genug hemmen Feinde selbst den besten Mann«, wandte Friederike ein.

Bettina nickte. »Da haben Sie recht! Soviel ich gehört habe, ist es Ihrem Mann so ergangen. Man spricht hinter vorgehaltener Hand davon, dass einige Herren versucht haben sollen, sich auf unrechtmäßige Weise zu bereichern. Mein Cousin soll ihnen jedoch erfolgreich Paroli geboten haben.«

Geschäfte waren ihr Leben, und da auch Friederike und Theresa viel über die Fabrik und die Art und Weise wussten, in der Theodor diese führte, entspann sich ein angeregtes Gespräch. Und so tauschten die drei Damen etliche Informationen aus, die sich bei näherer Betrachtung als sehr interessant erwiesen.

Vicki konnte dazu wenig beitragen, nahm aber ihren Block und begann, Bettina zu zeichnen. Bislang hatte sie dem Modejournal stets Bilder von jungen Frauen verkauft. Bettina war jedoch ein gutes Beispiel dafür, dass auch reifere Damen in ausgewählten Kleidern eine gute Figur machen konnten. Dies, sagte sie sich, sollte der Herausgeber des Journals sich für die Zukunft merken.

9.

Gottfried Servatius hatte lange überlegt, ob er Reinhold seinen Auftrag offenbaren sollte. Da er weder die Gendarmerie noch andere staatliche Behörden bemühen durfte, sah er jedoch nur diese Möglichkeit, um sich die Beweise zu beschaffen. Er beobachtete Tiederns Palais, bis der Hausherr mit dem Wagen losgefahren war, und übergab dann dem Pförtner einen Brief an Reinhold, in dem er diesen bat, in denselben Gasthof zu kommen wie beim letzten Mal. Danach wartete er gespannt auf Reinholds Erscheinen und bekämpfte nur mühsam seinen Wunsch, mehr als ein Bier zu trinken. Doch wenn er Erfolg haben wollte, musste er einen klaren Kopf behalten.

Zu Gottfrieds Erleichterung erschien Reinhold bereits nach kurzer Zeit. Das Gesicht des jungen Mannes wirkte fester gefügt und entschlossener als bei ihrem letzten Zusammentreffen.

»Willkommen, Schwager!«, grüßte Gottfried, obwohl die Hochzeit mit Ottilie erst in drei Monaten stattfinden sollte.

»Guten Tag, Schwager!« Reinhold reichte Gottfried die Hand und erwiderte dessen festen Händedruck.

»Vielleicht wundern Sie sich, mich so rasch wiederzusehen. Mich haben besondere Umstände nach Berlin verschlagen. Keine Angst, diese haben nichts mit Ihrer Mutter oder Ihren Schwestern zu tun. Es geht vielmehr um Ihren Onkel.«

Mehr sagte Gottfried noch nicht, sah aber, wie sich Reinholds Miene bei Tiederns Erwähnung verhärtete.

»All das sollten wir in meiner Kammer besprechen. Ich lasse Bier und einen Braten hinaufbringen. Danach haben wir Zeit.«

Zeit wofür?, fragte sich Reinhold, der seinen Abscheu vor den Methoden seines Onkels kaum mehr verbergen konnte. Vielleicht war Servatius' Erscheinen ein Omen, überlegte er. Wenn dieser sich nach seiner Heirat mit Ottilie seiner Mutter und seiner jüngeren Schwester annahm, konnte er sich von seinem Onkel lossagen und sein eigenes Leben führen. Vielleicht nicht hier in Preußen oder Deutschland, doch wenn sein zukünftiger Schwager ihm ein paar Mark lieh, konnte er nach Amerika auswandern und sich dort mit harter Arbeit eine neue Heimat schaffen.

»Ich bin froh, Schwager, dass Sie gekommen sind. Es erleichtert einiges für mich«, sagte er.

»Sie hören sich so entschlossen an, mein Freund?«

»Das mag sein! Doch jetzt frage ich Sie, ob Sie bereit wären, außer für Ottilie auch für meine Mutter und für Natalie zu sorgen, und ob Sie mir überdies ein paar Hundert Mark leihen könnten.«

Nun war Gottfried doch verblüfft. »Wozu benötigen Sie das Geld?«

»Ich will die Dienste meines Onkels verlassen. Das kann ich jedoch nur, wenn ich Mutter und Schwestern in guter Hut weiß und für mich eine einfache Zwischendeckpassage in die Neue Welt bezahlen kann«, erklärte Reinhold offen.

»Mit ein paar Hundert Mark kommen Sie nicht weit«, wandte Gottfried ein.

»Um mehr will ich Sie nicht bitten. Ich bin bereit, zu arbeiten und sparsam zu leben. Daher wird das Geld für Sie nicht verloren sein, denn irgendwann werde ich es Ihnen zurückzahlen können.«

Gottfrieds Gedanken überschlugen sich. Wie es aussah, hatte Reinhold die Untaten seines Onkels satt. Das war in seinem Sinn. Dabei ging es ihm nicht allein darum, seinen zukünftigen Schwager aus diesem Umfeld zu befreien, sondern zu verhindern, dass Markolf von Tiedern noch mehr an Einfluss und Macht gewann. Außerdem musste dessen Treiben endgültig ein Ende gesetzt werden.

»Ich will offen mit Ihnen sprechen«, erklärte er Reinhold. »Ich bin schon seit vielen Jahren mit Ihrem Onkel verfeindet. Dass er mir nicht so schaden konnte, wie er es wollte, liegt an meinem Onkel, der einen gewissen Einfluss auf einen Herrn in hoher Position besitzt und diesen zu meinen Gunsten eingesetzt hat. Ich forsche Ihrem Onkel bereits seit Jahren nach und könnte dem Staatsanwalt Beweise für einige seiner Verbrechen vorlegen.«

»Und warum tun Sie es nicht?«

»Es wäre ein Stich in ein Hornissennest! Tiedern würde um sich schlagen und viele Herren in hohen Positionen mit in den Untergang reißen. Der daraus resultierende Skandal würde womöglich die Grundfesten des Reiches erschüttern. Außerdem …« Gottfried verstummte für einen Augenblick und trank einen Schluck Bier, bevor er weitersprach. »Außerdem ist zu erwarten, dass diese Herren Tiedern schützen werden, um nicht ihr gesamtes Ansehen und ihre Ehre zu verlieren.«

»Die Fotografien!«, entfuhr es Reinhold.

»Sie wissen davon?«

Reinhold nickte. »Ich habe gesehen, wie Baron Lobeswert die Herren beim Geschlechtsakt mit jungen Mädchen heimlich abgebildet hat. Auch habe ich mir unfreiwillig ein paar Bilder angeschaut, die ich vom Schauplatz der Orgien zum Palais meines Onkels bringen musste, weil mein Vetter diese unbedingt betrachten wollte.«

»Wissen Sie, wo Ihr Onkel diese Fotografien aufbewahrt?«, fragte Gottfried angespannt.

Erneut nickte Reinhold. »Es handelt sich um eine versteckte Kammer in seinen Gemächern. Man kann sie nur durch eine Geheimtür erreichen. Wie diese zu öffnen geht, weiß ich jedoch nicht.«

»Wir werden es herausfinden müssen«, erklärte Gottfried Servatius voller Zuversicht. »Halten Sie Augen und Ohren offen, aber verraten Sie sich nicht. Da wir Ihren Onkel um seine Erpresserfotografien bringen müssen, werden wir uns ungesetzlicher Methoden – sprich des Diebstahls – befleißigen.«

»Sie wollen in das Haus meines Oheims einbrechen?«, fragte Reinhold verdattert.

»Von wollen ist nicht die Rede, ich muss es tun. Dazu benötige ich Ihre Hilfe«, antwortete Gottfried mit verkniffener Miene.

Reinhold starrte gegen die Wand und versuchte, seine wirbelnden Gedanken zu ordnen. In Büsum hatte er Theresa von Hartung versprochen, Beweise gegen seinen Onkel zu besorgen. Das war ihm bislang nicht gelungen, und daher hatte er schon aufgeben und das Land verlassen wollen. Nun bot sein zukünftiger Schwager ihm seine Mithilfe an. Wenn es ihnen beiden gelang, Markolf von Tiedern zu Fall zu bringen, konnte er seine Schuld Vicki gegenüber wenigstens zu einem Teil begleichen.

»Das wird nicht leicht sein, denn mein Onkel verreist selten, und wenn, muss ich ihn begleiten. Auch hat er die Grafen Schleinitz zu Gast, und dann ist da auch noch das Personal«, sagte Reinhold und schämte sich, weil er so mutlos klang.

Auch Gottfried begriff, dass es nicht leicht sein würde, Tiedern zu überlisten, schüttelte aber seine Bedenken ab. Markolf von Tiedern war eine Gefahr für das Reich und damit fast jedes Mittel recht, um ihn auf seinem Weg an die Macht zu stoppen.

10.

Markolf von Tiedern hätte zufrieden sein können. Sein Einfluss auf die Spitzen von Politik und Verwaltung wuchs rasant, und er konnte damit rechnen, bald noch höher in der Hierarchie des Reiches aufzurücken. Eines jedoch störte sein Wohlbefinden: Seine private Rache, die er an Theodor von Hartung und dessen Familie hatte üben wollen, war ins Stocken geraten. Durch die Verleihung der Goldmedaillen in London und Amsterdam war es diesem gelungen, neue Kunden zu generieren und sich aus der Abhängigkeit von Staatsaufträgen zu befreien. Auch sein Plan, Hartungs Töchter in Schande zu bringen, hatte sich bis jetzt nicht verwirklichen lassen. Zwar war es seinem Sohn gelungen, Hartungs Nichte Victoria zu vergewaltigen, doch die danach in Gang gesetzte Verleumdung des Mädchens war misslungen, weil Leander von Hönig es nicht gewagt hatte, für die Äußerungen seiner Mutter im Duell einzustehen.

Zwar sagte Tiedern sich, dass seine politischen Pläne wichtiger waren als dieser Tuchfabrikant, doch er hasste es, zu verlieren. Wenn er diese Sache nun auf sich beruhen ließ, wäre dies seine zweite Niederlage gegen Theodor von Hartung. Dieser hatte ihm als Schüler und Student schmerzhaft seine Grenzen aufgezeigt und dafür gesorgt, dass er als übler Schnorrer und zudem als Feigling angesehen worden war. Dieser Ruf war auch daran schuld gewesen, dass er nicht in die einflussreichste Studentenkorporation Preußens hatte eintreten können.

Sein Einfluss war dennoch gestiegen und hatte schließlich ausgereicht, Gottfried Servatius, der seinen Beitritt zu der Korporation verhindert hatte, in das letzte Dorf vor der Grenze zum Russischen Reich zu versetzen.

Ob Servatius immer noch dort war und mittlerweile Litauisch gelernt hatte?, fragte Tiedern sich mit einem boshaften Lächeln. Seit Jahren hatte er sich nicht mehr um Servatius gekümmert. Irgendwann würde er es wieder tun und dafür sorgen, dass dieser bei verringerten Bezügen vorzeitig pensioniert wurde.

»Soll er doch am Hungertuch nagen!«, stieß er rachsüchtig hervor, vergaß den Beamten wieder und richtete seine Gedanken erneut auf Theodor von Hartung und dessen Familie.

Einen Hebel gab es noch, um diesen zu Fall zu bringen, nämlich die zweite Ehefrau seines Schwagers. Das dumme Ding lief immer noch zu Cosima von Dravenstein und verriet dort mit keinem Wort, ob sie etwas von den Geschehnissen in Büsum wusste.

Der Wunsch, es Theodor heimzuzahlen, wurde so stark, dass Tiedern sich hinsetzte, Papier und Füllfederhalter zur

Hand nahm und einen kurzen Brief schrieb. Nachdem er diesen in einen Umschlag gesteckt und diesen verschlossen hatte, läutete er nach seinem Neffen. »Sorge dafür, dass dieser Brief umgehend zu Frau von Herpich gebracht wird, aber nicht mit der Post, sondern durch einen Boten!«

»Sehr wohl, Herr Onkel.« Reinhold verneigte sich wie ein einfacher Diene und nahm den Umschlag entgegen.

Der Brief erreichte Emma von Herpich nur zwei Stunden später. Als sie ihn las, fauchte sie leise, denn Tiedern verlangte von ihr nicht mehr und nicht weniger, als dafür zu sorgen, dass Victoria von Gentzsch am Abend des nächsten Tages in Lobeswerts Lustschlösschen als willenloses Opfer für die dort versammelten Herren bereitliegen sollte.

Obwohl es nicht gerade leicht sein würde, diesen Auftrag auszuführen, bewunderte sie die Infamie dieses Planes. Es war bereits zutiefst anstößig, wenn die Herren namenlose Provinzlerinnen entjungferten, und konnte, falls dies bekannt wurde, ihrem Ansehen großen Schaden zufügen. Weitaus schlimmer war es noch, wenn ein Mädchen aus altadeliger Familie zum Opfer dieses Treibens wurde. Damit würden die Teilnehmer an der Orgie für immer aus der feinen Gesellschaft ausgestoßen werden und teilweise sogar ins Ausland fliehen müssen, um der zu erwartenden Strafe durch das Gericht zu entgehen. Dies gab Tiedern eine Waffe in die Hand, die ihm selbst Kaiser Wilhelm nicht mehr entwinden konnte, wenn er nicht wollte, dass einige Verwandte und Freunde, die zu den Stammgästen im Lustschlösschen zählten, mit Tiedern zusammen stürzten.

Um das Mädchen einzufangen, schrieb Emma von Herpich einen Brief und bat in einem zweiten Schreiben Cosima von Dravenstein, diesen an Malwine von Gentzsch weiterzuleiten. Danach musste sie warten, ob ihr Wild sich in der Falle verfing oder ob sie einen neuen Anlauf nehmen musste.

11.

Vicki war der erzwungenen Tatenlosigkeit überdrüssig. Damit die Gerüchte um sie rasch versiegten, durfte sie die Villa Hartung nur selten verlassen. Selbst Einkäufe mussten diskret erfolgen, und so blieben ihr im Grunde nur ihr Zeichenblock und gelegentlich ein Buch als Beschäftigung. Für ihren Wunsch nach Vergeltung war dies zu wenig. Außerdem hätte sie gerne einige ihrer Sachen aus der Wohnung ihres Vaters geholt. Durch ihre überstürzte Flucht vor Malwine war es ihr nur gelungen, ihren Zeichenblock, die Handtasche und den Revolver mitzunehmen.

Ihre Großmutter hörte sich ihre Bitte an und nickte lächelnd. »Wenn du willst, komme ich mit dir. Sollte Malwine ausfallend werden, werde ich ihr die richtige Antwort zu geben wissen.«

»Vielleicht morgen, Großmama! Es ist besser, wenn mein Vater zu Hause ist. In seiner Gegenwart muss meine Stiefmutter sich im Zaum halten.«

»Wenn du willst, werde ich Friederike bitten, uns zu begleiten.« Theresa spürte Vickis Scheu vor einem erneuten hysterischen Ausbruch der Stiefmutter. Sie selbst hielt die Gefahr für gering, doch ihre Enkelin, die von Malwine mit einem Stiefelknecht und einem Messer bedroht worden war, sah dies gewiss anders.

»Wir sollten auch Fritz mitnehmen. Dies dürfte Schutz genug sein«, sagte sie.

Vicki nickte. »Das ist ein guter Vorschlag, Großmama!«

Sie war ihrem Cousin dankbar, weil dieser den Verleumdungen durch sein rasches Handeln die übelsten Zähne gezogen hatte. Für Leander von Hönig und dessen Mutter hatte sich die Angelegenheit zur Katastrophe ausgewachsen. Durch seine Weigerung, sich Fritz im Duell zu stellen, hatte der junge Mann nicht nur jedes Ansehen in der besseren Gesellschaft verspielt, sondern auch die wohlhabende Braut verloren. Seine Mutter und er hatten Berlin mittlerweile verlassen und sich auf ihre Güter zurückgezogen. Dort würden sie einige Zeit bleiben müssen, bevor sie damit rechnen konnten, in der Hauptstadt wieder offene Türen vorzufinden.

Anders als die Hönigs fand der wahre Schuldige, nämlich Wolfgang von Tiedern, überall Einlass. Theresa erlaubte nicht einmal, dass Fritz diesen zum Duell forderte, um die Verleumdungen nicht erneut anzuheizen.

Ich bin es leid, als Opfer dieses infamen Schurken auch noch stillhalten zu müssen, schoss es Vicki durch den Kopf, während Theresa den Besuch im Haushalt der von Gentzschs plante.

Da trat Adele Klamt ein und schüttelte den Kopf. »Sie werden es nicht glauben, aber eben ist Frau Malwine von Gentzsch vorgefahren und bittet darum, empfangen zu werden.«

»Meine Stiefmutter?«, fragte Vicki verwundert.

Adele Klamt nickte. »Eben diese! Sie ist ganz ruhig und wartet im Vorzimmer. Soll ich ihr sagen, dass sie wieder gehen soll?«

Da hob Theresa die Hand. »Nein, führe sie zu uns. Sei unbesorgt, mein Kind! Ich werde dafür sorgen, dass sie nicht gewalttätig wird. Irgendwann musst du mit ihr reden. Da ist es besser, wenn dies in unserem Haus geschieht.«

Das sah Vicki ein und stimmte seufzend zu, ihre Stiefmutter zu empfangen.

Kurz darauf trat Malwine ein. Sie hatte sich so gut gekleidet, als wolle sie eine wichtige Person aufsuchen, und auf ihrem Gesicht fehlte jeglicher Ausdruck von Schuldbewusstsein. Kurz nickte sie Theresa zu und musterte dann ihre Stieftochter. Victoria erschien ihr ein wenig blass, doch sonst schien es ihr gut zu gehen.

»Guten Tag«, begann sie. »Ich soll dich von deinem Vater grüßen. Er hofft, dass du dich darauf besinnst, was du deiner Familie schuldig bist.«

»Ich werde nicht in eure Wohnung zurückkehren«, antwortete Vicki mit Nachdruck.

Malwine antwortete mit einem leicht verzerrten Lächeln. »Es ist sogar ganz gut, wenn du im Augenblick nicht bei uns lebst. Unsere Nachbarn, die wir bedauerlicherweise ertragen müssen, würden dich sehen und mit ihren Bekannten darüber sprechen. So aber ist zu hoffen, dass die Gerüchte, die dieses boshafte Weib in die Welt gesetzt hat, bald verstummen werden.«

»Das ist auch meine Hoffnung«, sagte Theresa, da Vicki beharrlich schwieg.

»Victorias Sachen befinden sich noch in unserer Wohnung. Sie wird gewiss das eine oder andere davon brauchen. Ich will daher mit ihr sprechen, was ihr Vater ihr bei seinem nächsten Besuch mitbringen soll.«

Malwine war jedoch nicht nur gekommen, um dieses Thema zu erörtern. Ihr Ziel war immer noch eine passable Heirat für das Mädchen und gleichzeitig dessen Entfernung aus ihrem Umkreis. Der Kandidat, von dem Emma von Herpich ihr an diesem Vormittag vorgeschwärmt hatte, erfüllte alle Bedingungen. Er war sowohl von guter Geburt wie auch reich und wollte sich in Deutsch-Ostafrika niederlassen. Dort, so sagte Malwine sich, war ihre Stieftochter gut aufgehoben. Um diese Ehe in die Wege zu leiten, musste sie Victoria dazu bringen, sie zu jenem kleinen Schlösschen südlich Berlins zu begleiten, in dem das erste Zusammentreffen mit ihrem Bräutigam stattfinden sollte.

»Wir wollten in den nächsten Tagen zu euch kommen und die wichtigsten Dinge holen«, sagte Theresa erleichtert, weil Malwine einzulenken schien.

»Das freut mich«, antwortete diese lächelnd. »Ich habe nun aber eine Bitte, und zwar würde ich zusammen mit Vicki gerne eine Bekannte besuchen. Diese soll sehen, dass zwischen uns Frieden herrscht. Das wird sie gewiss auch ihren Freundinnen mitteilen.«

Diese Sätze waren Malwine von Emma von Herpich in den Mund gelegt worden, denn diese wollte verhindern, dass Vicki oder deren Großmutter herausfanden, auf wessen Vorschlag hin diese Ausfahrt stattfinden sollte. Fiele ihr Name, würde Vicki sich mit Sicherheit weigern, die Frau ihres Vaters zu begleiten.

Theresa sah ihre Enkelin nachdenklich an. »Es wäre tatsächlich besser, wenn es in der Stadt hieße, deine Stiefmutter und du, ihr hättet euch versöhnt. Daher solltest du deine Stiefmutter bei diesem Besuch begleiten.«

»Ich fahre nicht alleine mit ihr«, begehrte Vicki auf.

»Das musst du auch nicht«, antwortete Theresa. »Ich werde mit euch kommen.«

»Ich weiß nicht, ob meine Bekannte auf so viel Besuch eingerichtet ist. Eigentlich erwartet sie nur mich allein.«

Malwine brach der Schweiß aus. Wenn Theresa mitkam, würde sie den Ehekandidaten auf Herz und Nieren prüfen und ihn dann doch ablehnen, weil er nach Ostafrika auswandern wollte.

»Wir müssen uns ja nicht lange dort aufhalten.« Theresa war nicht bereit, Malwine mit Vicki allein fahren zu lassen. Wenn es zu einem Streit kam, traute sie es Gustavs Ehefrau zu, erneut handgreiflich zu werden. Als sie jedoch aufstehen wollte, schoss ihr ein stechender Schmerz durch den Leib, und sie sank stöhnend in ihren Sessel zurück.

»Ich hätte heute Mittag doch nicht das Lauchgemüse essen sollen. Jetzt quälen mich Koliken so, dass ich wohl den Arzt holen lassen muss.«

»Dann bleibe ich bei dir und pflege dich«, rief Vicki erleichtert, weil sie hoffte, dadurch der Ausfahrt mit ihrer Stiefmutter entgehen zu können. Doch Theresa schüttelte den Kopf.

»Für deinen Ruf ist es besser, wenn du mitfährst. Dela, kannst du Friederike rufen? Sie wird gewiss so freundlich sein, Vicki und Malwine zu begleiten.«

Friederike war Malwine genauso unlieb wie Theresa, denn auch sie würde den Bewerber um Vickis Hand entschieden ablehnen. Zu ihrer Erleichterung hob Adele Klamt bedauernd die Hände.

»Frau von Hartung ist ausgefahren, um Frau von Reckwitz zu besuchen.«

»Dann wird es wohl nichts mit der Ausfahrt«, schloss Vicki aus diesen Worten.

»Es ist wichtig«, erwiderte Malwine drängend. »Ich habe die Einladung meiner Bekannten nur deshalb angenommen, um ihr zu zeigen, dass alle Differenzen zwischen Vicki und mir beseitigt sind! Es geht auch um meinen Ruf! Einige sehen mich bereits an wie die böse Stiefmutter bei Schneewittchen.«

Dies war ein Argument, dem sich auch Theresa nicht verschließen konnte. Da sie sich zu krank fühlte und Friederike ausgefahren war, sah sie Adele Klamt an.

»Vielleicht könntest du mitfahren und auf Vicki achtgeben?«

Adele sah Malwine an, die um einiges jünger war als sie und die sie niemals würde bändigen können. »Wäre es nicht besser, Jule mitzuschicken?«, fragte sie in der Hoffnung, Theresa würde begreifen, weshalb sie diesen Vorschlag machte. Jule war um einiges jünger und kräftiger als sie und würde mit Malwine eher fertigwerden.

»Wenn es so ginge, wäre es mir sehr lieb«, sagte Malwine rasch. Ein Dienstmädchen würde ihr gewiss nicht in die Quere kommen, zumal sie es nach ihrer Ankunft im Chalet zu den dortigen Bediensteten in die Küche schicken konnte.

Theresa überlegte einen Augenblick und nickte. »Dann soll es so geschehen.«

Während Vicki enttäuscht seufzte, atmete Malwine auf. »Der Wagen wartet«, sagte sie auffordernd.

»Ich werde mich umziehen«, sagte Vicki und verließ den Salon.

In ihrem Zimmer nahm sie eines der Ausgehkleider, die ihre Großmutter für sie hatte anfertigen lassen, und bat Jule, ihr ein zweites Dienstmädchen zu schicken, um ihr beim Anziehen Zofendienste zu leisten.

»Du sollst nämlich mitkommen und musst dich dafür umkleiden«, erklärte sie.

Wenig später trug sie andere Schuhe, hatte ein Jäckchen über das Kleid gezogen und einen passenden Strohhut aufgesetzt. Sie wollte schon zu ihrer Großmutter und Malwine zurückkehren. Da hielt sie an der Tür inne und holte den Revolver aus dem Schrank. Einen Augenblick zögerte sie, dann aber steckte sie ihn entschlossen in ihre Handtasche und kehrte kurz darauf in den Salon zurück.

Malwine betrachtete sie kurz. »Ich sehe, du bist fertig! So, glaube ich, kann ich dich präsentieren. Frau von Hartung, Sie erlauben, dass wir Sie jetzt verlassen?«

»Ich wünsche Ihnen eine gute Fahrt! Bringen Sie uns Vicki heil zurück.«

Zwar glaubte Theresa nicht, dass Malwine noch einmal einen hysterischen Anfall erleiden würde wie nach dem Eklat im Hause Hönig. Trotzdem haderte sie mit sich, weil sie sich zu elend fühlte, um selbst mitkommen zu können.

Der Wagen wartete in der Zufahrt zur Villa. Es handelte sich um ein leichtes Gefährt, dessen Verdeck zu Vickis Verwunderung zugezogen war.

»Das Wetter war heute Mittag nicht so gut. Auch wollte ich nicht, dass dich unterwegs zu viele Leute sehen«, erklärte Malwine rasch, als sie den verwunderten Blick ihrer Stieftochter bemerkte.

Da ihre Großmutter ebenfalls darauf achtete, dass sie möglichst wenig gesehen wurde, dachte Vicki sich nichts dabei, sondern nahm im Wagenkasten Platz. Malwine setzte sich neben sie, während Jule gegen die Fahrtrichtung schauen musste.

Die Fahrt dauerte länger, als Vicki erwartet hatte, und sie führte nicht in die Stadt hinein, sondern Richtung Süden in die dichten Föhrenwälder, die sich dort erstreckten. Sie zupfte ihre Stiefmutter am Ärmel.

»Wo wohnt Ihre Bekannte eigentlich?«, fragte sie.

Diese Frage konnte Malwine ihr nicht beantworten. Zwar hatte Emma von Herpich ihr am Vormittag alles erklärt, dabei aber nur vage von einem Schlösschen in der Umgebung Berlins gesprochen.

»Wir sind bald da«, erklärte sie und hoffte, dass sie sich nicht irrte. Sie atmete auf, als die Kutsche vor einem im überladenen Stil barocker Jagdhäuser errichteten Gebäude anhielt, das mitten im Wald stand.

Der Kutscher stieg vom Bock, band die Zügel an einen Balken und öffnete den Schlag. »Wir wären da«, erklärte er.

Vicki musterte ihn kurz und ärgerte sich über den abschätzigen Blick, mit dem er sie bedachte. »Sind wir hier wirklich richtig?«, fragte sie, da sie sich nicht vorstellen konnte, auf welche Weise Malwine die Bekanntschaft einer Frau gemacht hatte, die so weit außerhalb wohnte.

»Doch, doch! Das hier ist das Ziel«, antwortete der Kutscher grinsend.

Es handelte sich um Meinrad von Schleinitz, der nach dem misslungenen Anschlag auf Bettina von Baruschke verzweifelt bemüht war, Markolf von Tiedern doch noch zufriedenzustellen.

Da wurde die Schlosstür geöffnet, und eine Frau trat heraus. Sie trug die Kleidung einer Zofe und knickste. »Wenn die Damen mir folgen wollen. Die gnädige Frau wird gleich erscheinen.«

»Kommt!«, forderte Malwine Vicki und Jule auf und walzte voran. Kurz darauf fanden die drei sich in einem kleinen Salon wieder, in dem die meisten Möbel wie auch einige Standbilder mit Überzügen verhüllt waren. Vicki wunderte sich. Sie konnte ja nicht ahnen, dass sich Emma von Herpich in diesem Raum schon oft mit Tiedern gepaart hatte und die unanständigen Bilder und Statuen daher mit Tüchern bedeckt worden waren.

Die Zofe verließ den Raum und kehrte mit einem Tablett zurück, auf dem drei Gläser standen. »Hier ist eine kleine Erfrischung«, sagte sie mit einem Knicks.

Malwine hatte Durst und griff sofort zu. Auch Jule trank, während Vicki zögerte. Da ihr die Frau jedoch das Tablett förmlich unter die Nase hielt, nahm sie das Glas und nuckelte daran. Es war ein leichter Wein, aber er schmeckte etwas eigenartig, so dass sie in einem unbeobachteten Moment den restlichen Inhalt in eine Blumenvase leerte.

»Hoffentlich kommt Ihre Bekannte bald, Stiefmutter. Wir sind ziemlich weit gefahren und werden, wenn wir nicht beleidigend kurz bleiben wollen, bei der Rückfahrt in die Nacht geraten«, sagte sie.

Als Antwort aber erhielt sie nur ein leises Schnarchen.

Vicki drehte sich zu Malwine um und sah, dass diese auf ihrem Sessel eingeschlafen war. Auch Jule rieb sich über die Augen und setzte sich. Im nächsten Moment sank ihr Kopf zur Seite, und ihr fielen die Augen zu. Noch während Vicki sich darüber wunderte, spürte sie, wie die Welt sich um sie zu drehen begann, und schaffte es gerade noch, in einem der Sessel Platz zu nehmen, bevor auch ihr die Sinne schwanden.

Elfter Teil

Schicksalswege

I.

Markolf von Tiedern legte den Brief, den er eben gelesen hatte, beiseite und sah seinen Sohn und Hugo von Lobeswert fragend an.

»Sind alle Vorbereitungen getroffen?«

Lobeswert nickte eilfertig. »Aber selbstverständlich! Malwine von Gentzsch hat wie erwartet reagiert und wird ihre Stieftochter zum Lustschlösschen bringen. Ich habe für dieses Fest mehr als ein Dutzend Herren eingeladen.«

»Prächtig!« Tiedern lachte auf. »Wie kommen Sie mit Ihrer neuen Filmkamera zurecht?«

»Ausgezeichnet! Ihr Sohn und die Schauspielerin, die ich engagiert habe, um Frau von Gentzsch und deren Stieftochter zu empfangen und ihnen den Betäubungstrank zu reichen, haben sich dankenswerterweise für eine Probe zur Verfügung gestellt. Ich habe den Film bereits entwickelt. Der Projektor steht im kleinen Salon bereit.«

»Gut, sehen wir ihn uns an.« Tiedern trat zur Tür, drehte sich dann aber noch einmal zu Lobeswert um. »Die Schauspielerin! Wird sie schweigen?«

»Sie ist absolut zuverlässig, Herr von Tiedern. Außerdem wird sie ebenso wie Emma von Herpichs Zofe Bonita das Lustschlösschen verlassen, bevor die Herren erscheinen.«

»Sehr gut! Was sie nicht weiß, macht sie nicht heiß«, rief Wolfgang, um sich in Erinnerung zu bringen.

Er grinste, als sie den kleinen Salon betraten und er auf Anweisung von Lobeswert die Vorhänge zuziehen musste. Der ehemalige Schauspieler schaltete unterdessen den Projektor ein. Der Film lief an, und Tiedern sah als Erstes eine nicht mehr ganz junge, aber immer noch recht hübsche Frau, die mit gezierten Bewegungen ihre Kleider ablegte. Als sie nackt war, drehte sie sich langsam um die eigene Achse, damit ihre Formen gut zu erkennen waren, und nahm dann auf dem Bett Platz. Jetzt erschien auch Wolfgang. Er war bereits nackt und schob sich auf die Frau. Die folgenden Szenen waren aus verschiedenen Richtungen und Entfernungen gedreht worden und zeigten den Geschlechtsakt mit schonungsloser Deutlichkeit.

»Auf diese Weise habe ich erprobt, wie ich die Ereignisse des heutigen Abends am besten auf Zelluloid bannen kann«, berichtete Lobeswert stolz, während Wolfgang doch unsicher wurde, ob er sich wirklich dabei hätte filmen lassen sollen. Er blickte zu seinem Vater hin. Der jedoch nickte Lobeswert zufrieden zu.

»Je näher, desto besser. Man muss die Gesichter ebenso genau erkennen können wie die Geschlechtsteile!«

»Daran habe ich bereits gedacht und einen kleinen Umbau vornehmen lassen. Eine mit von hinten durchsichtigen Spiegeln versehene Stellwand steht jetzt näher am Bett, und ich kann aus verschiedenen Richtungen filmen.« Lobeswert war sicher, dass er seinem Anführer die Filmaufnahmen liefern konnte, die dieser sich wünschte.

»Man sollte dennoch über dem Film nicht die Fotografien vergessen«, fuhr Tiedern fort.

»Darum kümmere ich mich«, versprach sein Sohn.

Markolf von Tiedern nickte kurz, sah die beiden dann aber streng an. »Die Aufnahmen müssen wie immer völlig im Geheimen erfolgen.«

»Das ist selbstverständlich, Vater!«

»Und seht euch vor!«, mahnte Tiedern. »Wenn unsere Gäste etwas bemerken, habe ich auf einen Schlag mehr Feinde, als ein Mann ertragen kann. Übrigens werde ich heute später kommen. Prinz Johann Ferdinand hat mich gebeten, ihn aufzusuchen. Ich werde wahrscheinlich auch Seine Majestät sehen. Es geht um die Übertragung eines wichtigen Staatsamtes.«

»Sollen wir auf Sie warten?«, fragte sein Sohn.

Tiedern nickte. »Fangt an! Die Herren, die Lobeswert eingeladen hat, sollen nicht warten müssen.«

»Was ist mit Reinhold? Soll er uns helfen?«, fragte Wolfgang.

»Nein, er wird mich zum Schloss begleiten und meine Unterlagen nach dem Gespräch mit dem Prinzen und dem Kaiser nach Hause bringen.«

»Da er beim fröhlichen Rammeln nie mitmachen will, braucht er auch nicht dabei zu sein«, spottete Wolfgang und zwinkerte Lobeswert zu.

Sein Vater sah sich unterdessen den Film zu Ende an und sagte sich, dass er in Zukunft sicherstellen musste, dass Lobeswert keine Fotografien und Filme beiseiteschaffte. Sonst bestand die Gefahr, dass dieser ihn so erpresste, wie er es mit all den Herren vorhatte, die so unvorsichtig gewesen waren, seinen Einladungen zu den Orgien im Lustschlösschen zu folgen.

2.

Als sie erwachte, hätte Vicki nicht zu sagen vermocht, wie lange sie bewusstlos gewesen war. Die Situation glich so erschreckend jener bei Büsum, dass sie sich entsetzt umschaute. Sie war noch angekleidet, und das galt ebenso für Jule und ihre Stiefmutter, die in ihrem Sessel lag und mehr röchelte als schnarchte. Da beide das ganze Glas ausgetrunken hatten, hatte Vicki wenig Hoffnung, sie wach rütteln zu können. Doch sie wollte es zumindest versuchen. Wenn sie Jule halbwegs auf die Beine bekam, konnten sie vielleicht zu zweit fliehen. Was ihre Stiefmutter betraf, war sie zornig genug, um diese hier zurückzulassen.

Als Vicki versuchte, sich aufzurichten, gaben ihre Beine nach. Sie konnte sich gerade noch in den Sessel retten und so einen Sturz vermeiden. Damit war es ihr unmöglich zu fliehen! Dennoch war sie weniger hilflos als damals in Büsum, und sie hatte sogar noch ihre Handtasche bei sich.

Der Revolver!, durchfuhr es sie. Sie hatte ihre Hände so weit unter Kontrolle, dass sie die Waffe bedienen konnte. Von finsteren Rachegedanken erfüllt, holte sie das Ding aus der Tasche und verbarg ihre Hand mit der Waffe in den Falten ihres Rockes.

Es war keinen Augenblick zu früh, schon wurde die Tür geöffnet, und Emma von Herpich trat ein, gefolgt von ihrer Zofe Bonita.

»Die drei schlafen tief und werden frühestens in zwei Stunden aufwachen«, erklärte Bonita nach einem Blick auf die leeren Gläser.

Emma von Herpich nickte. »Vorher werden auch die Herren nicht erscheinen. Bis dorthin muss alles vorbereitet sein.«

»Wollen wir Fräulein von Gentzsch gleich ausziehen?«, fragte die Zofe.

Als Vicki das hörte, packte sie den Revolvergriff fester. Doch da schüttelte Emma von Herpich den Kopf.

»Das mache ich später! Wolfgang von Tiedern und Lobeswert werden mir gewiss gerne dabei helfen.«

Sie verzog ihr Gesicht zu einem spöttischen Lächeln, denn wie sie Tiederns Sohn kannte, würde dieser die Gelegenheit sofort zur eigenen Befriedigung nutzen. Sie zeigte auf Malwine und Jule. »Die beiden dürfen nicht hierbleiben! Lass sie in den Wagen tragen und in Gentzschs Wohnung bringen. Der Kutscher soll dort sagen, ihnen sei unterwegs übel geworden! Hole jetzt das Mittel, das ich ihr eingeben werde, damit die Herren mehr Freude an ihr haben, als wenn sie einen leblosen Leib besteigen müssten.«

»Sehr wohl.« Bonita verschwand und kehrte kurz darauf mit einem Flakon und einem Likörglas zurück. »Ihr solltet ihr mindestens zwei Gläser einflößen. Das kleine Biest hat einen starken Willen, und sie soll doch die devote Dienerin der Herren werden, für die sie die Stute spielen muss.«

»Du bist dir sicher, dass es wirkt? Sie soll den Männern zu Willen sein und keine Abscheu vor gewissen Praktiken zeigen!«

Bonita lachte leise auf. »Ihr unterschätzt meine Säftchen. Dieses hier lullt sie zunächst ein wenig ein. Sie wird aber sofort wach, wenn es so weit ist!«

»Nun gut!« Emma von Herpich hoffte, dass ihre Dienerin wusste, was sie tat, und rief dann Meinrad von Schleinitz herein. »Sie können die beiden zu Gentzschs Wohnung bringen.« Sie wies auf Malwine und Jule.

Schleinitz packte Malwine und hob sie hoch.

»Hat die ein Gewicht!«, stöhnte der junge Mann, während er sie nach draußen schleppte.

Wenig später kehrte er zurück, um auch Jule hinauszuschleifen.

Emma von Herpich sah ihm nach und drehte sich dann zu ihrer Zofe um. »Du kannst jetzt mitgehen! Was ist mit der Schauspielerin?«

»Die lassen wir in der Stadt aussteigen«, antwortete Bonita und verließ nach einem Knicks den Raum. Ihre Herrin warf noch einen kurzen Blick auf Vicki, sagte sich, dass diese noch länger nicht aufwachen würde, und ging ebenfalls hinaus.

Kaum war sie verschwunden, atmete Vicki erleichtert auf. Es war nicht leicht gewesen, die Bewusstlose zu mimen, da sie immer wieder kleine, schmerzhafte Stiche in Armen und Beinen verspürte. Als sie sich erhob, bemerkte sie, dass es etwas leichter ging als vorhin. An eine Flucht durch den Wald war in diesem Zustand allerdings noch nicht zu denken.

Ihr blieb daher nichts anderes übrig, als sich in Geduld zu üben. Gleichzeitig schossen ihr alle möglichen Gedanken durch den Kopf. Was war, wenn außer der Verräterin Emma auch Wolfgang von Tiedern und Lobeswert hereinkommen würden? War sie in der Lage, schnell genug zu schießen, um alle drei niederstrecken zu können? Mit einem Mal erschütterte sie der Gedanke, auf jemanden schießen zu müssen, und sie haderte mit dem Himmel, weil er sie in diese Situation gebracht hatte. Dann aber straffte sie die Schultern. Diese Schurken hatten sich Malwines bedient, um sie hierherzulocken. Damit hatte sie jedes Recht der Welt, sich zur Wehr zu setzen.

In der nächsten Stunde kämpfte sie dagegen an, erneut wegzudämmern. Sie kniff sich zuletzt mit der linken Hand in den Oberschenkel, um durch den Schmerz wach zu bleiben.

Da wurde die Tür geöffnet, und Emma von Herpich trat ein. Sie sah Vicki halb aufgerichtet im Sessel sitzen und lächelte zufrieden. »Wie es aussieht, bist du rechtzeitig wach geworden. Dann kannst du jetzt das hier trinken und mir in den Festsaal folgen. Vorher wirst du dich ausziehen.«

»Ich glaube nicht, dass ich das tun werde«, antwortete Vicki und hielt ihr die Mündung des Revolvers unter die Nase.

Emma von Herpich erstarrte. Sie hatte erwartet, Vicki noch weitgehend betäubt vorzufinden – und nun hielt diese sogar eine Waffe in der Hand. Die blitzenden Augen des Mädchens und der auf ihre Stirn gerichtete Revolver verrieten ihr, dass Vicki sowohl wach wie auch Herrin ihrer Glieder war. Einen Augenblick lang überlegte Emma von Herpich, ob sie versuchen sollte, Vicki niederzuringen. Eine einzige Kugel würde sie jedoch wehrlos machen oder gar töten. Das Risiko war ihr zu groß. Sie stieß einen Hilferuf aus, der jedoch sofort verstummte, als Vickis rechter Zeigefinger sich um den Abzugsbügel krümmte. Ihr wurde bewusst, dass ihr Schreien nichts half. Außer ihr und Vicki war im Augenblick niemand im Haus, und die drei Wachen, die Lobeswert angestellt hatte, um Fremde vom Lustschlösschen fernzuhalten, hielten sich in dem Pavillon am Zufahrtsweg auf und würden sie nicht hören.

»Jetzt seien Sie vernünftig!«, sagte sie und wollte rückwärts gehen, um den Raum mit einem raschen Satz verlassen und die Tür von außen abschließen zu können.

»Stehen bleiben!«, rief Vicki und spannte den Revolver.

Emma von Herpich erstarrte auf der Stelle.

»Sehr gut!« Vicki wies mit der linken Hand auf die Karaffe und das Glas, die auf dem kleinen Tischchen standen. »Sie haben eine Stärkung verdient! Füllen Sie das Glas dreimal und trinken Sie.«

Wenn das, was Bonita über dieses Mittel gesagt hatte, stimmte, musste es den freien Willen Emma von Herpichs lähmen und diese zu einem willenlosen Werkzeug machen. Dann konnte sie ihr befehlen, still liegen zu bleiben, während sie selbst die Flucht ergriff.

Mit einem verzweifelten Blick auf die vorgehaltene Waffe gehorchte Emma von Herpich. Zwar kannte sie die genaue

Wirkung des Mittels nicht, weil es sich um eine neue Mischung ihrer Zofe handelte, aber die Folgen waren ihrer Meinung nach auf jeden Fall weniger schlimm, als von dem Mädchen erschossen zu werden. Sie haderte mit sich, weil sie Bonita weggeschickt hatte. Sie konnte nur hoffen, dass Wolfgang von Tiedern und Lobeswert rechtzeitig erscheinen würden, um die kleine Gentzsch wieder einfangen zu können.

Vicki achtete darauf, dass Emma von Herpich die Flüssigkeit trank, und bemerkte bald, dass deren Augen glasig wurden. Nun wollte sie erproben, ob die Frau tatsächlich willenlos genug war, um ihren Befehlen zu gehorchen.

»Warum haben Sie mich in Büsum verraten und mich jetzt hierherbringen lassen?«, fragte sie.

Ihre Gefangene wollte schweigen, aber nun setzte die Wirkung des Mittels ein und zwang sie zum Gehorsam. »Herr von Tiedern lädt immer wieder Herren in hohen Positionen zu Gast, die hier mit den Mädchen all das anstellen dürfen, was ihnen zu Hause versagt bleibt. Dafür sucht Lobeswert Jungfrauen aus guten, aber verarmten Häusern und macht ihnen weis, dass sie, wenn sie einem betuchten Herrn diskret ihre Jungfernschaft opfern, dafür als Belohnung genug Geld für eine Aussteuer erhielten, mit der sie für einen Herrn ihrer Gesellschaftsschicht als Ehefrau interessant werden.«

»Aber warum habt ihr mich entführt und Tiederns Sohn mir Gewalt angetan?«, brach es aus Vicki heraus.

Für Augenblicke hatte Emma von Herpich Angst, das Mädchen würde schießen. Zu ihrer Erleichterung beruhigte sich Vicki wieder, und sie konnte den zweiten, in ihren Augen weitaus amüsanteren Teil ihrer Erzählung vollenden.

»Wenn die dummen Dinger sich auf diesen Handel einlassen, werden sie hierhergebracht und unter Drogen gesetzt.

Anschließend werden sie unter den anwesenden Herren versteigert. Der Gewinner hat das Recht, sie als Erster zu besteigen. Das bringt die übrigen Herren so in Hitze, dass sie ebenfalls ihre Befriedigung suchen. Statt unter einem diskreten Herrn liegen die Weiber dann unter zehn bis zwanzig Böcken.«

»Weshalb habt ihr mich in die Falle gelockt?«, fragte Vicki erneut.

Ihre Gefangene war bereits zu sehr ein Opfer der Droge, um schweigen zu können. »Markolf von Tiedern will Theodor von Hartung und dessen Familie vernichten. Dazu gehört auch, den Ruf seiner Töchter zu zerstören. Es wäre uns lieber gewesen, in Büsum eine Ihrer Cousinen zu erwischen, aber da diese bereits wieder abgereist waren, haben wir uns Sie gegriffen.«

Vicki wurde übel. »Sollte auch ich heute von zehn oder zwanzig Männern bestiegen werden?«, fragte sie mit klirrender Stimme.

Ihre Gefangene nickte.

Vickis Wut stieg ins Unermessliche, und sie fragte Emma von Herpich, wie das Ganze hätte vonstatten gehen sollen.

In ihrem Drogenrausch erzählte ihre Gefangene alles, was sie von ihr wissen wollte. So hielt Tiedern sich bei diesen Orgien zurück, während dessen Sohn sich doch das eine oder andere Mal an den wehrlosen Opfern vergriff. Vor allem aber war es Emma von Herpichs Aufgabe, die jeweiligen Mädchen dazu zu bringen, sich auszuziehen und auf die vorbereiteten Betten zu legen.

»Diesmal ist lediglich eines vorbereitet, weil nur du unter den schwitzenden Kerlen liegen sollst«, schloss Tiederns Geliebte ihren Vortrag. Ihre Stimme klang bereits schleppend, da die Droge immer stärker von ihr Besitz ergriff.

Jetzt wäre der richtige Zeitpunkt zur Flucht gewesen. Vicki zögerte. Entsetzt über das, was sie gehört hatte, musterte sie Emma von Herpich, die mittlerweile einen Zustand erreicht hatte, in jedem Menschen einen lieben Freund zu sehen. Die Frau hatte nicht nur sie, sondern auch etliche andere Mädchen betrogen und zum Opfer übler Kerle gemacht.

Vicki kam eine Idee. »Ziehen Sie sich aus!«, befahl sie ihrer Gefangenen.

Emma von Herpich wollte gehorchen, war aber bereits zu tapsig dazu. Den Revolver in der einen Hand, half Vicki der Frau, sich ihrer Kleidung zu entledigen, und wies sie an, sie in den vorbereiteten Saal zu führen. Unterwegs lauschte sie, ob sich noch jemand in dem Schlösschen befand, doch es blieb alles still.

Dort angekommen, befahl sie Emma von Herpich, sich auf das Bett zu legen.

»Aber das sollen doch Sie tun!«, protestierte diese kichernd.

»Du passt besser auf das Ding! Und nun gehorche!«

»Sie sind eine Spielverderberin!«, beschwerte sich Emma von Herpich, nahm aber auf dem Bett Platz. Es dauerte nur wenige Minuten, dann dämmerte sie von der Droge überwältigt weg.

Vicki betrachtete voller Abscheu die schöne Frau, die einen so schmutzigen Charakter besaß. Schließlich warf sie die leichte Decke, die dafür bereitlag, über die Schlafende und verdeckte auch Emmas Gesicht. Sollten die Schurken ruhig glauben, das vorgesehene Opfer läge auf dem Bett, dachte sie und verließ den schwülstig ausgestatteten Saal mit seinen obszönen Bildern.

Im Flur blickte sie aus dem Fenster, vergewisserte sich, dass der Vorplatz leer war, und schlüpfte zur Tür hinaus. Zunächst ging sie den Weg entlang, der zum Schlösschen führte. Das Geräusch von Hufschlägen und rollenden Rädern ließ sie innehalten. Um nicht gesehen zu werden, hastete sie in den Wald und entdeckte unweit von sich einen Pavillon, aus dem zwei Männer in einer Art Uniform traten.

Noch zehn Schritte weiter, dachte sie, und sie wäre unweigerlich von diesen gesehen worden. Nun forderten zwei Wagen, die in scharfem Tempo den Weg heraufkamen, die Aufmerksamkeit der Wächter. Die beiden winkten kurz und begaben sich auf ihre Runde.

Obwohl das Verdeck beider Wagen geschlossen war, glaubte Vicki, in einem davon Wolfgang von Tiedern zu erkennen. In dem anderen saßen mehrere Herren.

»Mich bekommt ihr heute nicht!«, murmelte Vicki und schlich vorsichtig weiter.

Sie wich dem Pavillon der Wächter in weitem Bogen aus und war dankbar für die Dämmerung, die sich langsam über das Land legte. Beinahe hätte sie die beiden Wächter übersehen, die ihre Runde fast beendet hatten, und rettete sich im letzten Moment hinter einen Busch. Ihr Herz klopfte dabei so laut, dass sie glaubte, man könne es hören.

Die Männer setzten jedoch unbeirrt ihre Runde fort. Aufatmend wollte Vicki auf den Weg zurückkehren, um schneller vorwärtszukommen. Dann aber fiel ihr ein, dass bis zu zwanzig Herren erwartet wurden und ihr daher etliche Kutschen entgegenkommen würden. Sie beschloss daher, im Wald zu bleiben. Dort, so hoffte sie, würde sie auf ein Haus oder ein Dorf treffen, in dem sie auf Hilfe rechnen konnte.

3.

Reinhold Schröter hatte seinen Onkel bis zum Berliner Schloss begleitet und musste dort in einem Vorzimmer warten. Während dieser Zeit hing er seinen Gedanken nach. Sein Onkel hatte angedeutet, dass er an diesem Tag nicht zum Lustschlösschen mitkommen müsse. War dies die Gelegenheit, auf die sein Schwager in spe Gottfried Servatius gewartet hatte?, fragte er sich. Allerdings würde das Hauspersonal den Versuch, gewaltsam in das versteckte Zimmer einzubrechen, mit Sicherheit verhindern wollen. Noch länger wollte er jedoch nicht warten. Er war schon zu tief in die Umtriebe seines Onkels verstrickt, um dies mit seinem Gewissen vereinbaren zu können.

Endlich kam Tiedern zurück. »Hier, bring die Tasche nach Hause!«, sagte er und reichte sie Reinhold. Seine Stimme klang nicht so, als wäre er mit der eben erfolgten Unterredung zufrieden.

Insgeheim freute Reinhold sich darüber. Er ließ sich jedoch nichts anmerken, sondern klemmte die Tasche unter den Arm und begleitete seinen Onkel nach draußen. Dort erwartete sie Meinrad von Schleinitz mit Tiederns Wagen. Auch er wirkte mürrisch. Während sein Vater es sich in Tiederns Palais gut gehen ließ, musste er Tiedern immer wieder als Kutscher dienen.

»Bring mich zu Lobeswert!«, wies Tiedern den jungen Grafen an, während er in den Wagen stieg.

Also gibt es heute Nacht wieder eine Orgie, dachte Reinhold und bedauerte das arme Mädchen, das diesmal das Opfer von Tiederns Gästen sein würde. Er sah dem Wagen nach, der in Richtung Süden abbog, und winkte dann eine Droschke heran. Allerdings ließ er sich nicht direkt zum Palais seines

Onkels fahren, sondern stieg beim *Roten Mond* aus und trat in die Gaststube.

Gottfried Servatius saß in der hintersten Ecke, stand aber sogleich auf, als er ihn entdeckte. »Ich wollte eigentlich zu Lobeswerts Waldhaus, sah aber dann, dass Ihr Onkel zum Schloss fuhr, und hatte das Gefühl, besser warten zu sollen«, begrüßte er Reinhold.

»Mein Onkel hatte einen Termin bei Hofe und eine kurze Audienz beim Kaiser, die aber anscheinend nicht so abgelaufen ist, wie er sich das vorgestellt hatte.«

»Wir sollten nach oben gehen und uns dort unterhalten«, schlug Gottfried vor.

Reinhold verzog das Gesicht und senkte die Stimme. »Mir wäre es lieber, wenn wir heute die Fotografien suchen, die Sie meinem Onkel abnehmen wollen. An einem solchen Abend kehrt er nicht vor Mitternacht zurück, und Graf Schleinitz wollte einen Freund aufsuchen. Wir haben es daher nur mit dem Personal zu tun.«

Nach kurzem Überlegen nickte Gottfried. »Dann soll es so sein! Beten Sie zu Gott, dass wir Erfolg haben! Haben wir es nämlich nicht, benötigen wir beide sehr schnell eine Passage in die Neue Welt.« Er lachte hart auf und ging dann, Reinhold hinter sich herziehend, nach oben.

»Ich muss ein paar Dinge mitnehmen, die uns nützlich sein könnten.«

»Wenn Tiedern erneut einige Herren zur Unzucht eingeladen hat, wird er Fotografien erstellen lassen.«

»Um die kümmern wir uns später.« Gottfried sagte sich, dass Prinz Johann Ferdinand gewiss nicht dabei sein würde, und ihm ging es in erster Linie um die Bilder von diesem. Hatte er erst einmal die Beweise in der Hand, die er brauchte, würde Markolf von Tiedern rasch verhaftet werden und das, was er noch an belastendem Material besaß, von vertrauenswürdigen Beamten beschlagnahmt und unter Verschluss gehalten werden. Doch um das in die Wege zu leiten, musste er die von Tiedern gelagerten Fotografien in seinen Besitz bringen.

Während er seine Gedanken wandern ließ, packte er mehrere Gegenstände, die er sich in den letzten Tagen besorgt hatte, in eine Tasche und klopfte Reinhold anschließend auf die Schulter. »Kommen Sie! Ich will diese leidige Sache abgeschlossen haben, bevor mich der Pastor vor den Traualtar ruft.«

»Gebe Gott, dass wir Erfolg haben!«

»... oder rasch genug auf ein Schiff gelangen, das uns aus Deutschland fortbringt.«

Gottfried lachte leise, obwohl er sich alles andere als wohl in seiner Haut fühlte. Ein Einbruch in das Haus eines so angesehenen und mächtigen Mannes, wie es Markolf von Tiedern war, galt als schweres Verbrechen. Daher war ihm klar, dass die Urkunde, die er von seinem Onkel erhalten hatte und mit der er die Hilfe jedes Polizisten einfordern konnte, nicht genügen würde, um den Kopf aus der Schlinge zu ziehen.

Die beiden verließen den Gasthof und legten die Strecke zu Tiederns Palais zu Fuß zurück. Dort angekommen, beschloss Reinhold, alles auf eine Karte zu setzen.

»Das hier ist mein zukünftiger Schwager. Er hat mich aufgesucht, um mir Grüße von meiner Mutter und meinen Schwestern zu überbringen. Mein Onkel hat erlaubt, dass er diesen Abend bei mir verbringt«, erklärte er dem Pförtner.

Dieser musterte Gottfrieds stattliche Gestalt, der man den Beamten auf hundert Schritte ansah, und nickte. »Sehr wohl, Herr Schröter! Mehr als Ihr Zimmer darf Ihr Schwager jedoch nicht betreten.«

»Gott, wie käme ich dazu!«, rief Gottfried aus. »Ich bin schon froh, dass ich mit dem Bruder meiner Braut in einem stillen Kämmerchen reden kann und nicht in einer lauten, raucherfüllten Kneipe, in der man sein eigenes Wort nicht versteht.«

Der Pförtner gab den Weg frei, und die beiden gingen schnurstracks in Reinholds Zimmer. Es war klein und so bescheiden eingerichtet wie eine Studentenbude. Wie schon bei den Wohnverhältnissen seiner zukünftigen Schwiegermutter konnte Gottfried deutlich erkennen, dass sich Tiederns Großzügigkeit den Verwandten gegenüber in engen Grenzen hielt.

»Setzen wir uns, bis es im Haus ein wenig ruhiger wird«, sagte er und nahm auf dem einzigen Stuhl Platz.

Mangels einer anderen Möglichkeit setzte Reinhold sich auf die Bettkante und legte die Tasche, die er von Tiedern erhalten hatte, auf den Tisch.

Gottfried musterte sie kurz und holte dann die Papiere heraus. Im ersten Augenblick wollte Reinhold ihn daran hindern. Doch dann erinnerte er sich daran, dass sie gekommen waren, um Beweismaterial zu stehlen, und schüttelte über sich selbst den Kopf.

Gottfried stieß einen leisen Pfiff aus. »Seine Majestät hat Tiedern einen Tadel erteilt, weil dieser einen der thüringischen Fürsten dazu gebracht hat, etliche Adelstitel gegen Geld zu verleihen. Er solle dies unterlassen.«

»Vielleicht stürzt mein Onkel über diese Sache«, meinte Reinhold hoffnungsvoll.

Gottfried schüttelte den Kopf. »Das wird nicht der Fall sein. In diesem Schreiben wird Tiedern der Posten eines Staatssekretärs im Ministerium angeboten. Das wäre noch einmal ein Aufstieg. In zwei, drei Jahren würde er wahrscheinlich Minister werden und nach einer angedeuteten Rangerhöhung vielleicht sogar noch Reichskanzler.«

»Das möge Gott verhüten!«, rief Reinhold erschrocken. Für so ehrgeizig hatte er die Pläne seines Onkels nicht gehalten.

»Ob Gott an dieser Stelle eingreifen wird, bezweifle ich. Das werden wir schon selbst in die Hand nehmen müssen«, antwortete Gottfried und steckte die Papiere wieder in die Tasche. »Wir werden sie mitnehmen. Immerhin sind sie der Beweis, dass Tiedern Adelstitel für Geld verkauft hat. So etwas gefällt weder dem alten Adel noch den durch irgendwelche Leistungen nobilitierten Herrschaften, denn es wertet ihre eigenen Titel ab.« Er entnahm seiner Tasche einen Bund mit Nachschlüsseln, danach einen Drillbohrer, eine kleine Stichsäge und mehrere Haken, mit denen man Riegel zurückschieben konnte.

»Ich glaube, wir haben jetzt lange genug gewartet«, sagte er nach einer Weile. »Befinden sich Bedienstete auf Dauer in den Gemächern Ihres Onkels?«

Reinhold schüttelte den Kopf. »Nein! Um die Zeit sitzt selbst sein Kammerdiener bei den Kollegen im Gesinderaum und betritt die Zimmer meines Oheims erst wieder, wenn dieser zurückkommt. Es gibt jedoch noch ein Problem. Nur die vorderen Zimmer im Flügel meines Onkels sind offen zugänglich. Seine Bibliothek, von der aus es zu dem Geheimgemach geht, ist während der Abwesenheit meines Onkels stets abgeschlossen.«

»Das sollte uns nicht betrüben«, antwortete Gottfried mit einem Blick auf seine Dietriche. Danach wies er mit dem Kinn zur Tür. »Sehen Sie nach, ob die Luft rein ist, und nehmen Sie die Tasche mit. Wenn jemand Sie sieht, können Sie sagen, Sie müssten diese Papiere in den Trakt Ihres Onkels tragen.«

Reinhold atmete tief durch, nahm die Tasche und trat zur Tür. Als er vorsichtig hinausspähte, tippte Gottfried ihm auf die Schulter.

»Machen Sie das immer so, wenn Sie Ihr Zimmer verlassen?«

»Nein! Verzeihen Sie. Ich …« Reinhold verstummte, verließ das Zimmer und ging schnurstracks den Flur entlang, bis er die Eingangstür zu den Räumlichkeiten seines Onkels erreichte. Es begegnete ihm niemand, und er sah auch keinen der Bediensteten auf dieser Etage. Als er die Klinke drückte, fand er die Tür zu seinem Entsetzen versperrt.

Da tauchte Gottfried bereits hinter ihm auf. »Was ist los?«, fragte dieser leise.

»Die Tür ist heute verschlossen.« Reinhold war kurz davor, aufzugeben, doch dazu war Gottfried nicht bereit. Er betrachtete das Schloss, wählte mehrere Dietriche aus und versuchte sie nacheinander. Beim dritten Nachschlüssel ertönte ein leises Knacken, und die Tür ließ sich öffnen.

»So macht man das«, meinte er und schob Reinhold hinein. »Außerdem hat Ihr Onkel uns einen großen Gefallen getan. Wenn ich die Tür hinter uns versperre, kann uns niemand stören, während wir uns auf die Suche nach der geheimen Kammer machen.«

Da in Tiederns Gemächern im Gegensatz zum Flur die Beleuchtung nicht eingeschaltet war, mussten die beiden sich erst einmal zu den Fenstern vortasten und die Vorhänge zuziehen. Erst danach konnten sie Licht machen, ohne dass ein Lichtschein nach draußen fiel. Als dies geschehen war, sah Gottfried Reinhold auffordernd an.

»Wo ist das Zimmer, durch das wir in die versteckte Kammer gelangen?«

Reinhold ging ihm voraus, zog dabei noch mehrfach die Vorhänge zu und blieb schließlich vor einer Tür stehen, deren

Schloss recht kompliziert aussah. Da keiner der Nachschlüssel passte, setzte Gottfried den Bohrer ein.

»Ich mache jetzt ein Loch und säge dann das Schloss aus. Keine Sorge, wir kommen hinein.«

Reinhold hoffte nur, dass es nicht zu lange dauerte. Bis ihr Onkel zurückkam, mussten sie das Haus verlassen haben. Sonst ging es nicht diesem, sondern ihnen an den Kragen.

4.

Wolfgang von Tiedern und Lobeswert wunderten sich, das Lustschlösschen unversperrt und leer vorzufinden. Viel Zeit, darüber nachzudenken, hatten sie jedoch nicht, da gleich hinter ihnen ein Wagen mit drei Herren gehalten hatte, die neugierig auf das Vergnügen waren, das ihnen an diesem Abend präsentiert werden sollte.

»Ich will sehen, ob alles vorbereitet ist. Wo kann Emma nur sein?«, fragte Wolfgang von Tiedern verwundert.

Lobeswert schlug sich leicht gegen die Stirn. »Sie bringt gewiss die Stiefmutter des Mädchens weg! Da wollte sie wohl nicht warten, bis wir zurückkommen.« Wegen der von ihm eingestellten Wächter glaubte der ehemalige Schauspieler auch nicht, dass jemand, der zufällig hier vorbeikam, ins Schlösschen gelangen würde. Er winkte daher ab und folgte Wolfgang von Tiedern in den Saal. Im sanften Licht der wenigen brennenden Kerzen sahen sie eine Gestalt auf dem Bett, die von einer leichten Decke vollständig verhüllt war. Da die Decke sich eng an den Körper schmiegte, waren die Formen einer wohlgestalteten Frau zu erkennen.

»Bei dem dünnen Leintuch zeichnen sich sogar die Brustwarzen ab. Wir sollten das Mädchen so belassen und eine

Blindversteigerung machen. Dies erhöht den Reiz für unsere Gäste«, schlug Lobeswert vor.

Wolfgang hatte bereits die Hand nach dem Tuch ausgestreckt, zog sie nun aber wieder zurück.

»Sie haben recht, Lobeswert. Das wird ein Spaß!«

»Wie es aussieht, sind neue Herrschaften gekommen. Wir sollten sie empfangen und ihnen etwas zu trinken anbieten.«

Es war nicht viel Arbeit, denn sie mussten nur den Servierwagen mit den entsprechenden Flaschen sowie genügend Gläser in den Saal bringen. Dennoch stöhnte Wolfgang theatralisch auf.

»Mein Vater sollte endlich für ein paar Domestiken sorgen, die uns bedienen!«

»Herr von Tiedern hat recht, Menschen niedrigen Standes nicht bei dem zusehen zu lassen, was hier geschieht«, antwortete Lobeswert und vergaß dabei ganz, dass er vor seiner Bekanntschaft mit Markolf von Tiedern ebenfalls zu den niedrigen Ständen gezählt hatte.

Wenig später waren die Herren, deren Zahl sich mittlerweile auf zehn erhöht hatte, mit Getränken und Häppchen versorgt, die Lobeswert tagsüber besorgt hatte. Auch er genehmigte sich ein großes Glas des ausgezeichneten Cognacs und verschwand mehrmals, um seine Filmkamera genau einzurichten.

Die von Lobeswert vorgeschlagene Blindversteigerung fand Anklang. Die meisten Herren hatten bereits Jungfrauen defloriert, Mädchen aus exotischen Ländern beigewohnt und waren von Meisterinnen ihres Fachs in sexuelle Praktiken eingewiesen worden, die sie sich nicht einmal hätten erträumen können. Jetzt rätselten sie, was für eine Schönheit unter dem Tuch verborgen lag. Lobeswert achtete darauf, was seine Gäste so sagten, und fand, dass es noch ein weites Feld an sexuellen Perversionen zu bestellen galt. Nun machte er sich daran, die Versteigerung zu eröffnen.

»Meine sehr verehrten Herrschaften, heute steht Ihnen ein ganz besonderer Genuss bevor, nämlich die schönste Frau der Welt. Sie ist nicht mehr ganz Jungfrau, hat sich aber an der Stelle noch sehr gut gehalten. Wer will der Erste sein?«

»Ich!«, rief einer und bot eintausend Mark.

»Nur so wenig? Meine Herren, Sie wissen doch, dass ich das Geld brauche, um weitere Freuden für Sie vorbereiten zu können.«

»Das machen wir anders«, rief einer der Gäste. »Jeder von uns nimmt einen Zettel, schreibt die Summe darauf, die er bereit ist zu bieten, und die Reihenfolge wird durch diese Summen bestimmt. Diese wird dann auch bezahlt und unserem Freund Lobeswert übergeben, damit dieser …«

»… noch reicher wird«, rief ein anderer lachend dazwischen.

Der Herr, der den Vorschlag gemacht hatte, schüttelte den Kopf. »Falsch! Baron Lobeswert wird mit dieser Summe dafür sorgen, dass uns bei unserem nächsten Zusammentreffen ein ganz besonderer Genuss bevorsteht.«

»Was ich mit dem größten Vergnügen tun werde!« Lobeswert kannte seine Gäste und wusste, dass die gut zwanzig Herren zusammen eine Summe bezahlen würden, mit der er ihnen tatsächlich etwas Außergewöhnliches bieten konnte. Es würde sogar etwas für ihn selbst übrig bleiben, so dass er Reserven für die Zeit ansparen konnte, in der Tiedern ihn nicht mehr benötigte. Er verteilte Zettel und Stifte und sammelte sie wieder ein, nachdem die Herren die jeweilige Summe aufgeschrieben hatten.

Danach dauerte es ein wenig, bis Wolfgang von Tiedern und er die Zettel ausgewertet hatten, doch schließlich stand der Sieger fest.

»Herr Graf, es ist Ihr Gewinn«, sagte Lobeswert zu einem der Gäste, die mittlerweile in Morgenmäntel gehüllt im Rund saßen.

Der Graf stand auf, warf den anderen einen triumphierenden Blick zu und trat zum Bett.

»Ich wette, Lobeswert hat uns belogen, und es liegt eine außerordentliche Hässlichkeit dort«, warf einer neidisch ein.

Unterdessen streckte der Gewinner die Hand nach dem Tuch aus und zog es langsam beiseite. Seine Augen weiteten sich, und er stieß ein Lachen aus. »Das Geld hat sich gelohnt.«

Nun erkannten auch alle anderen die Frau.

»Aber das ist doch Emma von Herpich! Wo ist Victoria von Gentzsch?«, entfuhr es Lobeswert.

Wolfgang von Tiedern starrte mit weit aufgerissenen Augen auf das Bett, wo der Sieger der Versteigerung eben auf die junge Frau glitt und mit einem heftigen Ruck in sie eindrang.

»Das kann nicht sein!«, stöhnte er. »Es müsste doch die kleine Gentzsch dort liegen.«

»Tut sie aber nicht!«, antwortete Lobeswert verzweifelt. »Bei Gott, was mag da passiert sein?«

»Mein Vater wird explodieren, wenn er das erfährt. Wir müssen die Sache beenden und Emma wegbringen.« Wolfgang von Tiedern wollte zu dem Bett, doch Lobeswert hielt ihn auf.

»Wir können die Herren nicht um ihr Vergnügen bringen. Sie haben viel Geld dafür bezahlt und glauben, Emma wäre heute für sie reserviert. Außerdem ist das Malheur bereits geschehen! Wichtiger für uns ist die Frage, wo die kleine Gentzsch sein kann.«

»Wir müssen sie suchen!« Wolfgang von Tiedern vergaß ganz, dass er die Gäste hätte heimlich fotografieren sollen.

Auch Lobeswert dachte nicht an die Filmkamera, die hinter einer Stellwand darauf wartete, bedient zu werden, sondern verließ den Saal, um das Gebäude zu durchkämmen. Doch von Vicki war nicht die geringste Spur zu entdecken.

Besorgt kehrte er in den Saal zurück, in dem auf dem Bett gerade ein Wechsel stattfand. Unterdessen war Emma von Herpich aus ihrem Betäubungsschlaf erwacht, aber noch viel zu benommen, um zu erkennen, was wirklich mit ihr geschah.

Zunächst verspürte sie noch einen gewissen sexuellen Reiz, der sich jedoch verlor, als ein Gast nach dem anderen zu ihr auf das Bett stieg und den Koitus vollzog. Sie war nicht in der Lage, sie daran zu hindern. Da ihr auch die Stimme nicht mehr gehorchte, brachte sie nur ein Wimmern und Lallen zustande, was die Männer noch mehr anspornte. Diese hatten Markolf von Tiedern schon lange um seine schöne Geliebte beneidet und nützten die Gelegenheit, sie besitzen zu können, voller Begeisterung aus.

»Die Schweine reiten sie noch ganz zuschanden«, flüsterte Wolfgang entsetzt. Doch ebenso wie Lobeswert wusste er, dass sie die enthemmten Gäste nicht von Emma von Herpich abhalten konnten.

»Was wird mein Vater dazu sagen?«, fragte Wolfgang den ehemaligen Schauspieler, als dieser nicht reagierte.

»Mich interessiert mehr, wo die kleine Gentzsch abgeblieben ist. Wenn sie sich zu ihren Verwandten durchschlägt, werden diese die Behörden alarmieren. Dann sitzen wir aber gewaltig in der Scheiße.« Lobeswert begriff mit erschreckender Klarheit, dass seine Zeit als Markolf von Tiederns Handlanger vorbei war. Für ihn war es besser, Berlin und Preußen in Zukunft weitestgehend zu meiden. Dabei war es gleichgültig, ob Markolf von Tiedern über diese Angelegenheit stürzte oder nicht. Kam es dazu, würden die Behörden alles tun, um auch Tiederns Helfer festzusetzen. Überstand Tiedern jedoch diese Sache, so wagte Lobeswert es nicht einmal, sich vorzustellen, wie dieser ihn für das, was seiner Geliebten eben zustieß, bestrafen würde.

»Ich werde draußen nach dem Mädchen suchen«, sagte er zu Wolfgang von Tiedern und verließ das Schlösschen. Das Geld, das durch die Versteigerung der jungen Frau erzielt worden war, hatte er wohlweislich bereits eingesteckt.

Draußen ärgerte er sich, weil die Kutscher mit ihren Wagen zurückgeschickt worden waren und erst nach Mitternacht zurückkommen würden. So lange konnte er nicht warten, wenn er Tiederns Rache entgehen wollte. Er stapfte daher die Straße entlang, merkte aber rasch, dass der Halbmond am Himmel nicht in der Lage war, den von hohen Bäumen gesäumten Weg zu erhellen. Deswegen stolperte er mehr, als er ging. Einmal fiel er sogar hin und schürfte sich das Knie auf. Im Aufrappeln fragte er sich verzweifelt, was an diesem Tag schiefgelaufen war.

Mit einem Mal vernahm er vor sich raschen Hufschlag sowie das Rollen eines schnellen Wagens. Augenblicke später sah er auch den Lichtschein, der aus den beiden seitlich am Wagen angebrachten Laternen drang und den Weg ein Stück weit beleuchtete. Für die nächtliche Stunde und die schlechten Sichtverhältnisse trabte das Gespann viel zu schnell.

Lobeswert war im ersten Augenblick erleichtert, denn er hoffte, den Wagen anhalten zu können, um mitgenommen zu werden. Dann erst begriff er, dass die Kutsche in Richtung des Lustschlösschens fuhr.

»Das kann nur Tiedern selbst sein!«, sagte er erschrocken und wollte hastig die Straße verlassen. In seiner Eile übersah er das dichte Gebüsch am Wegrand und stürzte. Keine drei Sekunden später war der Wagen heran. Den Hufen der Pferde entging Lobeswert noch, doch der Kutscher schnitt die Kurve, und die linksseitigen Räder des Wagens fuhren über Lobeswerts rechten Fuß hinweg.

Er schrie vor Schmerz, doch der Wagen war schon weitergerollt.

Im Wageninneren tippte Markolf von Tiedern Meinrad von Schleinitz mit seinem Gehstock an. »Was war das eben?«

»Wir haben wohl einen Hasen oder ein Reh überfahren«, antwortete dieser und riss die Pferde nach rechts, um nicht von der Straße abzukommen.

»Ein Hase oder Reh also«, antwortete Tiedern und lehnte sich wieder zurück.

Halb verrückt vor Schmerz kroch Lobeswert von der Straße weg und ließ sich auf ein weiches Bett aus Kiefernnadeln fallen, die den Boden bedeckten. Für einige Minuten wurde er ohnmächtig. Als er wieder zu Sinnen kam und um Hilfe rief, klang seine Stimme schwach und drang weder bis zum Lustschlösschen noch bis zum nächstgelegenen Dorf.

5.

Unterdessen war Vicki immer tiefer in den Wald hinein geflohen und wusste mittlerweile nicht mehr, in welche Richtung sie gehen sollte. Als sie Lobeswerts Schrei hörte, lief sie auf diesen zu und hoffte, auf jemanden zu treffen, der ihr helfen würde.

»Hallo, wer ist da?«, rief sie, erhielt aber keine Antwort, da Hugo von Lobeswert wieder bewusstlos geworden war.

Vicki erreichte unweit der Stelle, an der er lag, die Straße und rief erneut um Hilfe. Als niemand antwortete, überlegte sie, wohin sie sich wenden sollte. Schließlich nahm sie einen Abzählreim zu Hilfe und ging los. Nach einer Weile entdeckte sie vor sich einen Lichtschein. Ihre Hoffnung, auf ein Dorf oder wenigstens ein im Wald gelegenes Haus getroffen zu sein, verflog jedoch, als sie Lobeswerts Schlösschen vor sich sah. Sie war im Kreis gelaufen!

Unterdessen hatte Markolf von Tiedern das Gebäude betreten und sah als Erstes seinen Sohn so blass und mit so entsetztem Gesicht vor sich, dass er erschrak.

»Was ist geschehen?«, fragte er.

»Die kleine Gentzsch ist verschwunden! Dafür lag Emma von Herpich auf dem Bett des Saales. Wir konnten die anwesenden Herren nicht daran hindern, über sie herzufallen.«

»Das hast du zugelassen?« Tiedern packte seinen Sohn und schüttelte ihn wie ein Bündel Lumpen. Dann erst erinnerte er sich an dessen Bemerkung über Vicki und ließ ihn mit einem Fluch los.

»Was sagst du da? Victoria von Gentzsch ist verschwunden?«

Wolfgang nickte kleinlaut. »Als Lobeswert und ich gekommen sind, war das Lustschlösschen leer. Wir dachten, Emma von Herpich würde die Stiefmutter des Mädchens wegbringen und später wiederkommen. Außerdem lag jemand auf dem Bett, wenn auch mit einer Decke verhüllt. Lobeswert meinte, es würde den Reiz der Versteigerung erhöhen, wenn wir blind bieten lassen. Daher haben wir uns nicht um die Frau gekümmert.«

»Woher wusstet ihr überhaupt, dass es sich um eine Frau handelte, wo sie doch zugedeckt war?«, fragte sein Vater ätzend.

»Es war eine sehr dünne Decke, und ihre Formen haben sich abgezeichnet«, antwortete Wolfgang und deutete mit den Händen einen Busen an.

Markolf von Tiedern stand wie vom Donner gerührt da. Er hatte alles exzellent geplant, und doch war es schiefgegangen. »Wo ist Lobeswert?«, fragte er ärgerlich.

»Der wollte die Gentzsch suchen.«

»Mitten in der Nacht und in einem Wald, der sich meilenweit um uns erstreckt?«

Tiedern wollte noch mehr sagen, doch da kamen die ersten Herren aus dem Saal. Sie hielten volle Gläser in der Hand und waren bester Laune.

»Da sind Sie ja, mein lieber Tiedern! Ihr Freund Lobeswert hat uns heute einen außergewöhnlichen Genuss beschert.«

Verfluchte Hurensöhne, durchfuhr es Tiedern. Jeder von euch hat ein Weib daheim, und trotzdem rammelt ihr in eurer Geilheit meine Geliebte. Der Teufel soll euch holen! Er wusste jedoch, dass er seine Gedanken nicht aussprechen durfte, wenn er sich keine Feinde machen wollte, und vollzog eine abschätzige Handbewegung.

»Nicht der Rede wert, meine Herren! Das Einzige, was zählt, ist, dass es Ihnen gefallen hat«, antwortete er mühsam beherrscht.

Lobeswert würde er dafür bezahlen lassen, das schwor er sich. Vielleicht steckte dieser sogar mit seinen Feinden im Bund. Theodor von Hartung war reich genug, um sich die Unterstützung dieses unzuverlässigen Gesellen erkaufen zu können.

Da blickte er nach draußen, entdeckte auf dem Vorplatz einen Schatten und eilte zur Tür. Er machte eine Person aus, die vorsichtig um den Pavillon auf den Wagen zuschlich, mit dem er gekommen war. Dabei geriet sie für einen Augenblick in den Schein einer der Laternen, die neben dem Eingang des Schlösschens entzündet worden waren. In dem Augenblick dankte Tiedern Gott, denn es war Victoria von Gentzsch.

In ihrer ersten Enttäuschung, wieder am Ausgangspunkt ihrer Flucht angelangt zu sein, hätte Vicki am liebsten geweint. Sie erinnerte sich noch rechtzeitig an die Wachen und wartete ab, bis zwei davon ihre Runde begonnen hatten und hinter dem Gebäude verschwunden waren. Da der dritte Wächter sich gerade eine Zigarette anzündete und in die andere Richtung schaute, nützte sie die Gelegenheit und huschte in einer gewissen Entfernung an dem Pavillon vorbei. Ihr Ziel war die Kutsche, mit der Tiedern gekommen war. Der Kutscher stand noch neben dem Bock, und sie glaubte, ihn mit vorgehaltenem Revolver dazu bringen zu können, sie zu einer Ortschaft zu fahren, in der sie Hilfe bekommen konnte. Doch als sie nur noch wenige Meter vor sich hatte, klang Tiederns Stimme auf.

»Halt! Gib acht!« Das Erste galt Vicki, das Zweite Meinrad von Schleinitz, der die junge Frau jetzt erst bemerkte. Im Gegensatz zu Tiedern sah er jedoch den Revolver in Vickis Hand und erstarrte. Tiedern hingegen ging schnurstracks auf Vicki zu. Da etliche seiner Gäste ebenfalls zur Tür herauskamen, wollte er sie schon bitten, ihm zu helfen, das Mädchen einzufangen.

»Ist das nicht die Tochter des Herrn von Gentzsch?«, rief einer der Herren verblüfft, als Vicki in den Schein der Wagenlaternen eintauchte. Auch wenn Gustav und Malwine nur wenige Bekanntschaften geschlossen hatten, waren sie doch einigen Leuten vorgestellt worden. Die Herren, die sich hier versammelt hatten, kannten die Verleumdungen, die Giselberga von Hönig in Umlauf gebracht hatte, und so fragte sich der eine oder andere, ob Tiedern das Mädchen zu seiner neuen Geliebten machen wollte. Nach dem, was mit Emma von Herpich geschehen war, konnte sich keiner von ihnen vorstellen, dass Tiedern diese weiterhin behalten würde.

Inzwischen fochten Tiedern und Vicki ihr ganz spezielles Duell aus. Vicki wusste, dass sie dem Mann nicht entkommen konnte. Zum einen behinderte sie ihr Kleid, und zum anderen war sie durch das Herumirren im Wald zutiefst erschöpft. Ihre einzige Hoffnung lag darin, auf den Wagen zu gelangen und den Kutscher zu zwingen, sie von hier wegzubringen.

Tiedern hatte die Waffe noch immer nicht entdeckt. Daher glaubte er, Vicki hätte sich im Gepäckkasten des Wagens verstecken wollen, und amüsierte sich darüber.

»Komm her! Ich bringe dich ins Haus. Dort kannst du deine Kleidung richten. Du siehst ja ganz derangiert aus«, sagte er und schob sich zwischen sie und den Wagen.

Vicki hielt den Revolver so, dass er ihn noch nicht sehen konnte. Ihre Gedanken rasten, und sie erinnerte sich an Emma von Herpichs Worte, dass Markolf von Tiedern ihren Onkel Theodor und dessen gesamte Familie vernichten wollte. Sie dachte an ihre Großmutter, an ihre Tante Friederike, an Auguste, Lieselotte und Silvia und spürte, wie Zorn heiß in ihr hochkochte.

»Ich werde dich erschießen und die Welt von dir befreien«, murmelte sie und wollte die Waffe auf ihn anschlagen. Mitten in der Bewegung stockte sie jedoch. Es war etwas anderes, daran zu denken, jemanden zu erschießen, als es wirklich zu tun.

In dem Augenblick bemerkte Tiedern den Revolver in ihrer Hand und begriff, dass Emma von Herpich dieses Mädchen vollkommen unterschätzt und dafür einen schlimmen Preis bezahlt hatte. Daran, dass sie wirklich auf ihn schießen würde, glaubte er jedoch nicht.

»Leg die Waffe weg! Du verletzt dich sonst noch selbst«, sprach er mit zwingender Stimme. Schon oft hatte er auf diese Weise Menschen auf seine Seite gebracht. Diesmal stand ihm jedoch ein verzweifeltes Mädchen gegenüber, das die eigene Familie und ihre Verwandten bedroht sah und zudem Vergeltung für den Anschlag in Büsum üben wollte.

Als Tiedern bereits die Hand ausstreckte, um ihr den Revolver abzunehmen, richtete Vicki den Lauf auf ihn und zog durch.

Der Schuss hallte misstönend durch die Nacht. Die Herren vor dem Eingang zuckten zusammen und sahen voller Schrecken, wie Markolf von Tiedern sich mit der rechten Hand zur Brust griff und dann wie ein gefällter Baum zu Boden stürzte.

Ich habe ihn erschossen! Ich bin eine Mörderin!, hallte es in Vickis Gedanken. Gleichzeitig fühlte sie eine riesige Erleichterung. Von nun an würden die, die sie liebte, vor diesem Schurken sicher sein.

»Bei Gott, dieses Mädchen hat den armen Tiedern kaltblütig erschossen! Wir sollten sie festhalten und den Gendarmen übergeben.«

Diese Worte brachten Vicki in die Realität zurück. Sie war eine Mörderin, und für Mörder gab es nur eine Strafe, das Schafott. Doch sie wollte nicht sterben. Entschlossen trat sie auf den vor Angst schlotternden Meinrad von Schleinitz zu und richtete den Revolver auf ihn.

»Sie fahren mich jetzt nach Hause! Tun Sie es nicht, folgen Sie Ihrem Herrn in die Hölle!«

Schleinitz nickte mit bleicher Miene und erwartete, dass sie in den Wagenkasten steigen würde. Stattdessen erklomm Vicki den Bock und hielt ihn mit ihrem Revolver in Schach.

»Heraufkommen«, befahl sie ihm und krümmte leicht den Zeigefinger.

So rasch war Schleinitz noch nie auf den Bock eines Wagens gelangt. Mit einem Seitenblick auf den Revolver, den Vicki ihm in die Seite bohrte, löste er die Zügel und fuhr los. Einige der Anwesenden rannten noch ein Stück hinter der Kutsche her, gaben aber bald auf.

Einer der Herren wies auf das Schlösschen. »Kommen Sie, meine Herren, lassen Sie uns etwas trinken. Es wird noch über eine Stunde dauern, bis unsere Wagen gebracht werden. Vorher können wir den Mord an dem armen Tiedern nicht den Behörden melden.«

»Wie sollten ihn nicht draußen liegen lassen«, schlug einer vor.

»Vielleicht ist noch Leben in ihm?«

»Ich hätte doch mein Automobil benützen sollen. Dann könnte ich jetzt losfahren«, tadelte einer sich selbst.

»Ich bin mit meinem Automobil gekommen, habe aber meinen Chauffeur ebenso weggeschickt wie Sie Ihren Kutscher«, erklärte ein anderer.

Unterdessen war ein Mann, der etwas von Medizin verstand, zu Tiedern getreten und untersuchte diesen im Schein einer Laterne. Schon nach kurzer Zeit schüttelte er den Kopf.

»Da ist nichts mehr zu machen. Herr von Tiedern ist mausetot.«

»Mein Vater tot?« Wolfgang von Tiedern wollte es nicht glauben.

»Fassen Sie sich! Auch seien Sie gewiss, dass die Mörderin die gerechte Strafe ereilen wird.«

»Sobald unsere Kutschen und Automobile zurückkommen, werden wir den Mord umgehend den Behörden melden«, erklärte einer der Gäste und führte Wolfgang von Tiedern ins

Schlösschen zurück. Vier andere Herren hoben seinen toten Vater auf und trugen ihn hinterher.

Emma von Herpich wurde von dem Bett gescheucht, auf dem sie missbraucht worden war, damit der Leichnam daraufgelegt werden konnte. Inzwischen war die junge Frau wieder halbwegs klar bei Verstand und begriff, was mit ihr geschehen war. Vor dieser Nacht hätte sie jeden der hier versammelten Herren dazu bringen können, sie als Geliebte auszuhalten. Nun behandelte man sie wie eine Aussätzige. Sie weinte und jammerte über ihr Schicksal, doch niemand beachtete sie.

Die Herren schenkten sich noch einmal ein, und einer sah sich nach dem ersten Schluck so um, als sähe er die anzüglichen Gemälde und Statuen zum ersten Mal. Mit einer gewissen Abscheu betrachtete er die Perversionen, die hier dargestellt wurden, und trat dann zu seinen Freunden.

»Ich halte es nicht für gut, wenn wir mit dem Geschehen dieser Nacht und Herrn von Tiederns Tod in Verbindung gebracht werden«, erklärte er.

»Und warum nicht?«

»Schauen Sie doch, wo wir uns befinden! Wenn das hier in die Presse kommt, stürzt sich die Journaille wie Geier darauf. Stellen Sie sich nur den Skandal vor, den all dies hier verursachen würde. Unsere gesamte Reputation wäre beim Teufel! Einige von uns würden gezwungen, von ihren Posten zurückzutreten, und wir alle würden bei Hofe nicht mehr zugelassen werden.«

Diese Worte schlugen ein wie eine Granate. Die anderen Herren sahen den Schmuck des Lustschlösschens nun ebenfalls mit anderen Augen, und so manchem wurde bei dem Gedanken übel, was die Familie dazu sagen würde, wenn sein Name mit all dem hier in Verbindung gebracht wurde.

»Sehen Sie her! Markolf von Tiedern hat uns fotografieren lassen«, rief einer und wies auf Fotoapparate und die Filmkamera, die er beim unruhigen Herumgehen entdeckt hatte.

Bis jetzt hatte Wolfgang von Tiedern sich des Mitgefühls der anderen sicher sein können. Doch nun wendete sich das Blatt.

»Ihr Vater war ein Schuft, und Sie sind es auch!«, fuhr einer der Männer ihn an.

»Wir sollten aufbrechen, sobald unsere Gefährte gekommen sind, und Sie, Tiedern, sind hiermit gewarnt. Wagen Sie es ja nicht, bei den Behörden unsere Namen zu erwähnen. Sie würden zerquetscht wie eine Laus! Außerdem werden Sie uns alle Fotoplatten und Aufnahmen übergeben, die von uns gemacht worden sind!«

Es war der Gewinner dieses Abends, der Wolfgang von Tiedern offen drohte. Dieser hatte den Schock über den Tod seines Vaters nicht überwunden und spürte nun auch die Verachtung der hier versammelten Herren. Schnell begriff er, dass er von ihnen keinerlei Rücksicht zu erwarten hatte.

Zwei Männer traten zu ihm. »Sie werden mit uns zum Palais Ihres Vaters fahren und uns alles aushändigen, was dort über uns zu finden ist!«

»Ein sehr guter Vorschlag! Nur sollten vier oder besser noch sechs von uns sich Tiederns annehmen. Nicht, dass es ihm gelingt, sich uns zu entziehen«, rief ein anderer und gesellte sich zu den beiden Herren.

Als einige Zeit später die Kutschen und Automobile vorfuhren, um die Besitzer abzuholen, dachte keiner der Herren mehr daran, Markolf von Tiederns Tod umgehend den Behörden zu melden. Auch Wolfgang von Tiedern war dazu nicht in der Lage, da ihn die sechs Herren in die Mitte nahmen und zwangen, mit ihnen zusammen in eine der größeren Kutschen zu steigen.

6.

Während Gottfried Servatius das Schloss aussägte, starb Reinhold tausend Tode. Sekunden dehnten sich zu Minuten und zu Stunden. Als er jedoch auf seine Taschenuhr blickte, begriff er, dass sein zukünftiger Schwager keine zehn Minuten gebraucht hatte, um die Tür zu öffnen.

»Wenn mein Onkel kommt, sieht er auf Anhieb, dass sich hier jemand zu schaffen gemacht hat«, sagte er, als Gottfried das Schloss zur Seite legte und die Tür aufstieß.

»Ein Grund mehr für uns, nicht zu trödeln«, antwortete sein zukünftiger Schwager und eilte zum Fenster, um die Vorhänge in der Bibliothek zuzuziehen.

Reinhold schaltete das Licht ein und wies auf die Bücherwand. »Dort befindet sich die Geheimtür.«

»Die gleich nicht mehr geheim sein wird.« Gottfried lachte kurz und begann, die Bücher auszuräumen.

Reinhold half ihm dabei und entdeckte schließlich einen kleinen, versteckten Hebel. Als er ihn drückte, schwang ein Stück der Wandverkleidung aus, und sie konnten diese zur Seite schieben. Danach galt es erneut, Vorhänge zuzuziehen, bevor sie Licht machen konnten.

Der kleine Raum wurde von einer wuchtigen Kommode beherrscht.

»Die Fotografien und Platten befinden sich ganz unten«, erklärte Reinhold.

»Mich interessieren nicht nur diese, sondern auch schriftliche Aufzeichnungen, Tagebücher und dergleichen«, erklärte Gottfried und probierte seine Dietriche an der obersten Schublade aus. Das Glück war mit ihm, denn Markolf von Tiedern hatte sich mehr auf das komplizierte Schloss zu seinen privaten Gemächern und die Geheimtür in der Bibliothek verlassen als auf die Schlösser seiner Kommode. Innerhalb kurzer Zeit hatte er die Schubfächer geöffnet und blickte kurz in die Papiere, die er dort fand.

»Wenn wir diese den Behörden übergeben, werden sich einige Herren wegen Korruption und Unterschleif vor Gericht wiederfinden«, erklärte er bereits nach kurzer Zeit zufrieden.

Reinhold räumte unterdessen die Schubfächer mit den Fotoplatten und den Fotografien aus. Zuletzt hatten sie so viel Material gefunden, dass er aufstöhnte.

»Um das alles wegzuschaffen, bräuchten wir einen Lastesel.«

»Da wir diesen nicht besitzen, müssen wir uns das Zeug selbst aufladen. Besorge zwei Bettlaken! Die müssten reichen.«

Der Gedanke, mit zwei in Säcke verwandelten Bettlaken durch die nächtlichen Straßen zu gehen, war Reinholds Meinung nach völliger Irrsinn, aber er gehorchte, weil ihm keine bessere Lösung einfiel. Gottfried teilte ihre Ausbeute in zwei Haufen und stapelte sie auf den Betttüchern.

»Wir sollten dieses gastliche Haus jetzt verlassen«, meinte er mit einem Grinsen.

»Ich hoffe nur, es sieht uns niemand vom Personal. Die rufen sonst gleich die Gendarmen«, antwortete Reinhold. »Wir müssen das Haus durch die Hintertür verlassen, denn vorne sitzt der Pförtner in seiner Kammer und behält den Eingang im Auge«, fuhr er fort und wies Gottfried an, ganz leise zu sein.

»Wir müssen am Gesinderaum vorbeigehen. Die dürfen nichts bemerken.«

»Ganz meine Meinung.« Gottfried atmete tief durch und folgte Reinhold über die rückwärtige Treppe nach unten. Als sie an der Tür des Gesinderaums vorbeischlichen, hielten sie den Atem an und waren froh, als sie den Hinterausgang erreicht hatten. Dieser war mit einem Riegel verschlossen, doch den konnten sie geräuschlos zurückziehen, und so standen sie kurz darauf im Freien.

»Wenn uns jetzt jemand sieht, wird er uns für Einbrecher halten«, meinte Reinhold besorgt, als sie auf die Straße traten.

»Das lass meine Sorge sein!« Gottfried schlug die Richtung zur nächsten Polizeiwache ein und betrat diese mit einer Selbstverständlichkeit, als hätten die Beamten auf ihn gewartet. Diese starrten ihn und Reinhold irritiert an, doch bevor einer von ihnen etwas sagen konnte, hielt Gottfried ihnen die Anweisung hin, ihn in allem zu unterstützen, was er von den Behörden auch fordern mochte.

»Was soll das bedeuten?«, fragte der Polizeileutnant, der hier in der Nacht Dienstältester war.

»Das, was hier geschrieben steht! Sie haben mich mit allen Kräften zu unterstützen. Ich brauche umgehend einen Wagen, der meinen Begleiter und mich zum königlichen Schloss bringt, und drei Mann Begleitung, die diese wichtigen Beweisstücke für mich bewachen«, erklärte Gottfried freundlich und klopfte dem Polizeileutnant auf die Schulter. »Vielleicht ist sogar eine Beförderung möglich, zumindest aber eine Belobigung.«

Es war nicht zu erkennen, ob den Mann die Aussicht auf eine Belohnung antrieb oder ob er die Verantwortung so rasch wie möglich an eine höhere Stelle übergeben wollte. Er sandte einen seiner Männer los, einen Wagen zu besorgen. Es dauerte einige Zeit, bis der Schutzmann wieder erschien. Das Gefährt, das er aufgetrieben hatte, wurde normalerweise zum Transport von Gefangenen benützt.

Reinhold stieg daher mit einem gewissen Unbehagen ein und war schließlich erleichtert, weil nicht nur Gottfried, sondern auch der Polizeileutnant und zwei weitere Polzisten ihnen in den Wagenkasten folgten.

Der Kutscher schwang die Peitsche, und der Wagen rollte zum Stadtschloss. Schon kurz darauf reichte Gottfried dem Wachoffizier vom Dienst das Schreiben. »Wir sind im Auftrag Seiner Majestät unterwegs und müssen sofort Seine Königliche Hoheit, Prinz Johann Ferdinand, sprechen.«

»Jetzt, mitten in der Nacht?«, fragte der Offizier verdattert.

»Wäre es weniger wichtig, wären wir zu einem geeigneteren Zeitpunkt erschienen«, antwortete Gottfried streng und sah zufrieden zu, wie der Schlagbaum hochging und sie in das Palastgelände einfahren konnten.

7.

Etwa dreihundert Meter von der Villa Hartung entfernt hieß Vicki den Kutscher anzuhalten. »Wenn ich vom Bock gestiegen bin, verschwindest du, so schnell du kannst«, drohte sie noch, bevor sie hinabkletterte und ihren Revolver ein letztes Mal auf Schleinitz richtete. »Und nun fort!«

Das ließ dieser sich nicht zweimal sagen. Er gab den Pferden die Peitsche und preschte davon. Unterwegs überlegte er, dass er den Mord an Markolf von Tiedern den Behörden melden müsste. Doch als die erste Polizeiwache in Sicht kam, fuhr er daran vorbei. Ein neuer Gedanke hatte sich in seine Gedanken geschlichen. Nach Tiederns Tod standen sein Vater und er erneut vor dem Nichts. Selbst wenn sie irgendwo bei Bekannten oder Verwandten unterkamen, bedeutete dies die Verbannung in die Provinz, und man würde von ihm erwarten, sich als Gutsinspektor oder Zahlmeister nützlich zu machen. Ein solches Leben war jedoch nichts für ihn.

Meinrad von Schleinitz fuhr zu Tiederns Palais und ließ das Gespann vor dem Eingang stehen. Als er klingelte, wurde ihm sofort geöffnet.

»Ihr Herr Vater ist vor kurzem zurückgekehrt«, erklärte ihm der Pförtner und blickte an dem jungen Schleinitz vorbei nach draußen, da er erwartete, seinen Herrn oder dessen Sohn in der Begleitung des Grafen zu sehen.

Der junge Schleinitz verzog die Lippen zu einem schiefen Grinsen. »Ich muss gleich wieder los. Herr von Tiedern hat mich nur geschickt, etwas zu holen.«

Er ging am Pförtner vorbei, erreichte das Zimmer, das ihm zur Verfügung gestellt worden war, und packte rasch ein paar Kleidungsstücke ein. Danach klopfte er bei seinem Vater.

Bernulf von Schleinitz hatte sich ein Glas Wein einschenken lassen und saß auf seinem Stuhl, als sein Sohn hereinkam. »Seid ihr schon zurück?«, fragte er etwas beleidigt, weil er nicht mit zum Lustschlösschen hatte fahren dürfen.

»Tiedern ist tot! Er wurde erschossen«, antwortete sein Sohn schonungslos.

»Aber das ist …« Sein Vater richtete sich halb auf und sank auf seinen Stuhl zurück.

»Hast du ihn getötet?«, fragte er, da er den Charakter seines Sohnes kannte.

Dieser schüttelte den Kopf. »Nein, es war Victoria von Gentzsch. Es war dunkel, aber ich habe sie erkannt. Das sollte uns nicht weiter berühren. Wir müssen an uns denken.«

»Wie meinst du das?«, fragte der alte Graf verwirrt.

»Wir wissen nicht, ob Wolfgang von Tiedern den Besitz seines Vaters halten kann. Vor allem aber können wir nicht sagen, ob er uns hier weiterhin wohnen lässt oder nicht. Daher sollten wir für uns selbst sorgen.«

»Und wie?«

»Ich weiß, wo Tiedern seinen Schlüssel versteckt hat und wo er sein Geld aufbewahrt! Wenn wir rasch handeln, können wir uns die Taschen füllen und das Haus verlassen, ohne dass uns jemand verdächtigt.«

Da sein Vater wusste, welche Summen Tiedern immer wieder einnahm, nickte er. »Dann sollten wir uns beeilen, mein Sohn.«

»Ich hole den Schlüssel! Er ist in einer kleinen Kammer versteckt. Ich erwarte Sie bei Tiederns Gemächern.« Meinrad von Schleinitz eilte zu dem genannten Zimmer. Zwar versperrte Tiedern den vorderen Teil seiner Zimmerflucht nicht jedes Mal. Da er es jedoch immer wieder tat, wollte der junge Schleinitz nicht an der verschlossenen Tür rütteln und dabei von einem Bediensteten gesehen werden.

Der Schlüssel war dort, wo er ihn vermutete, und er ging mit wachsendem Triumphgefühl zu Tiederns Tür. Mit dem Schlüssel konnte er diese anstandslos öffnen und befand sich bereits in Tiederns Schlafzimmer, als sein Vater zur Tür hereinkam.

»Endlich!«, rief Meinrad von Schleinitz und deutete auf eine eiserne Kassette. »In dieser Truhe bewahrt Tiedern sein Bargeld auf.«

»Aber die Kiste ist zugesperrt! Wenn wir sie hier öffnen, alarmiert das Geräusch die Dienerschaft«, wandte sein Vater ein.

»Deswegen werden wir die Truhe auch nicht hier aufbrechen, sondern mitnehmen«, antwortete Meinrad von Tiedern grinsend. »Kommen Sie, fassen Sie mit an!«

Sein Vater zögerte einen Augenblick, half dann aber mit, die Kassette hochzuwuchten und auf den Flur zu tragen.

»Was ist mit dem Pförtner? Er wird uns niemals so gehen lassen!«, sagte er besorgt.

»Gut, dass Sie mich an ihn erinnern. Wir stellen die Kiste dort vorne ab.« Meinrad von Schleinitz lotste seinen Vater zu der genannten Stelle und betrat anschließend den Vorraum.

»Komm, hilf uns!«, rief er dem Pförtner zu. »Herr von Tiedern wünscht, dass ich diese Truhe zu Herrn von Dravenstein bringe.«

Seine Worte verfingen, der Diener packte mit an und half ihm, die Truhe zum Wagen zu bringen. Kaum lag sie im Gepäckkasten, klopfte Meinrad von Schleinitz dem Mann auf die Schulter.

»Meinen Dank! Das hier ist für dich.« Er reichte dem Pförtner eine halbe Mark und stieg auf den Bock. Dann drehte er sich zu seinem Vater um. »Ich hoffe, Sie verzeihen mir, wenn ich Sie bitte, mitzukommen. Doch ich fühle mich sicherer, wenn jemand im Wagen sitzt, der mit einer Pistole umzugehen versteht.«

»Gerne.« Bernulf von Schleinitz hatte sich bereits gefragt, wie es ihm gelingen konnte, seinen Sohn zu begleiten, ohne Misstrauen zu erregen. Nun eilte er auf den Wagen zu und stieg erleichtert ein.

Sein Sohn löste die Zügel und schwang die Peitsche. Nur wenige Augenblicke später rollte der Wagen los, und mit ihm fuhren die beiden Herren Schleinitz für ihr Gefühl einer angenehmen Zukunft entgegen.

Unterdessen kehrte der Pförtner ins Haus zurück und wollte eben wieder in seinem Kämmerchen Platz nehmen, als Tiederns Kammerdiener in höchster Eile heranschoss.

»In den Gemächern des Herrn ist eingebrochen worden! Ich wollte eben das Bett für die Nacht richten, da sah ich es. Jemand hat das Schloss zur Bibliothek ausgesägt.«

»Aber wie kann das sein? Ich habe doch niemanden gesehen. Nur die Grafen Schleinitz haben eben mit einer großen

Truhe das Haus verlassen. Sie sagten, der Herr hätte es ihnen befohlen«, antwortete der Pförtner verwirrt.

Sofort eilte der Kammerdiener zu den Zimmern seines Herrn, kam aber umgehend wieder zurück. »Die Geldkassette ist verschwunden. Los, eile zur nächsten Polizeiwache und melde den Diebstahl. Ach ja, berichte dort, es sei zu befürchten, dass die Grafen Schleinitz die Diebe sind.«

»Bei Gott, wenn das stimmt, hätte ich ihnen noch dabei geholfen!«, stieß der Pförtner entsetzt hervor und rannte los.

Gut zwei Stunden später hielt der Wagen mit Wolfgang von Tiedern und den sechs Herren vor dem Palais. Diese waren teils irritiert, teils höchst erschrocken, weil das Haus hell erleuchtet war. Zwei Polizisten standen vor dem Eingangsportal, während ein Dritter auf die Kutsche zukam und den Schlag öffnete.

»Weshalb halten Sie hier?«, fragte er unfreundlich.

»Ich bin Wolfgang von Tiedern, der Sohn des Hausherrn«, antwortete Wolfgang empört.

Der Polizist stand mit einem Mal stramm. »Verzeihen Sie, gnädiger Herr. Doch im Palais ist eingebrochen worden. Die Diebe werden bereits verfolgt.«

»Eingebrochen? Aber …« Erschrocken stieg Wolfgang von Tiedern aus dem Wagen, während die anderen Herren sitzen blieben. Schließlich ermannte sich einer und folgte ihm.

»Was kann da geschehen sein?«, fragte er besorgt.

»Ich weiß es nicht.« Wolfgang von Tiedern eilte ins Haus und stieg zu den Gemächern seines Vaters hoch. Sogleich fiel ihm auf, dass die Geldtruhe verschwunden war. Weitaus schlimmer aber traf ihn der Anblick, der sich ihm in der geheimen Kammer bot. Die große Kommode stand offen und war bis auf das letzte Blatt Papier und die letzte Fotografie ausgeräumt.

»Was ist jetzt? Geben Sie mir die Bilder«, befahl sein Begleiter.

»Sie sind weg, alle weg!« Wolfgang von Tiedern kamen vor Schreck die Tränen, während der Mann mit einem Fluch das Haus verließ und in den Wagen stieg.

»Meine Herren, ich bringe Ihnen eine äußerst unangenehme Nachricht. In Tiederns Palais ist heute Nacht eingebrochen worden, und es wurden alle Fotografien geraubt.«

»Bei Gott, das ist entsetzlich!«, rief einer.

Ein Dritter schlug erschrocken das Kreuz. »Unser Schicksal liegt nun in fremder Hand. Beten Sie, meine Herren, dass es uns nicht wie mit Felsen zermalmt!«

Bedrückt und voller Furcht gab der Besitzer des Wagens dem Kutscher den Befehl, loszufahren.

Wolfgang von Tiedern blieb nicht weniger erschüttert als die sechs Herren im Palais zurück, und es dauerte Stunden, bis er sich so weit gefasst hatte, dass er dem Polizeioffizier, der die Untersuchung des Diebstahls leitete, den Mord an seinem Vater melden konnte.

8.

Noch während Meinrad von Schleinitz zu Tiederns Palais unterwegs war, erreichte Vicki die Villa Hartung und läutete Sturm. Es wurde so schnell aufgemacht, als hätte Albert hinter der Tür gewartet. Er sah Vicki, drehte sich um und begann lauthals zu rufen.

»Fräulein Victoria ist wieder da.«

Buchstäblich innerhalb Sekunden versammelten sich Theresa, Friederike, Theodor, Egolf und Gustav von Gentzsch um das Mädchen.

»Bei Gott, Victoria! Was ist geschehen?«, rief ihr Vater.

Die Frage war berechtigt, denn Vickis Kleid war schmutzig, der Saum zerrissen und ihr Gesicht zu einer Grimasse des Schreckens erstarrt. Außerdem hielt sie noch immer den Revolver in der Hand.

»Was ist geschehen, Kind?«, fragte nun auch Theresa, während Friederike Adele Klamt anwies, Vicki etwas zu trinken zu holen.

»Danach kannst du besser reden«, sagte sie und führte das Mädchen in den Rosa Salon.

»Wir waren in großer Sorge um dich, als es Abend wurde, und du und Jule nicht zurückgekehrt seid«, sagte Theresa. »Wir haben schließlich Albert zu deinem Vater geschickt, um nachzusehen, ob ihr euch dort aufhaltet.«

Vickis Vater seufzte. »Von dem Diener habe ich erfahren, dass Malwine mit dir ausfahren wollte. Sie wurde am späten Nachmittag zusammen mit eurer Jule von einem Kutscher heimgebracht, und der erklärte, er habe beide in der Stadt in einem Zustand angetroffen, der auf exzessiven Weingenuss hindeute. Da er uns vom Sehen her kennen würde, habe er die beiden eingeladen und zu uns gebracht. Ich fragte mich, weshalb Jule bei Malwine war, gab mich aber mit der Erklärung zufrieden, dass beide in der Stadt zusammengetroffen seien und etwas probiert hätten, das ihnen nicht bekommen ist! Als Albert kam und nach dir fragte, wollte ich die beiden wecken und fragen, was mit dir geschehen ist, doch ich bekam sie nicht wach.«

»Bedrängt das Kind nicht! Ihr seht doch, wie elend es ist«, mahnte Friederike, nahm das Glas Wein, das eine junge Dienerin ihr brachte, und reichte es Vicki.

Diese trank gehorsam und sah dann mit wehen Augen in die Runde. »Malwine hat Jule und mich zu Emma von Herpich gebracht! Zuerst war dort nur eine mir unbekannte Frau, die hat uns je ein Glas Wein gereicht, der ein betäubendes Mittel enthielt. Es schmeckte komisch, und so habe ich nicht viel davon getrunken. Daher wurde ich wach, als Emma von Herpich in den Raum trat. Sie hatte die Fremde und ihre Zofe Bonita weggeschickt, um Jule und meine Stiefmutter nach Hause zu bringen. Mich wollte sie einer Gruppe Herren für gewisse Dinge überlassen. Da ich jedoch wach war und meinen Revolver bei mir hatte, konnte ich sie überwältigen und zwingen, selbst den Betäubungstrank zu schlucken. Danach bin ich geflohen. Ich habe mich aber im Wald verirrt und bin im Kreis gelaufen. So kam ich zu dem Schlösschen zurück und traf dort auf Markolf von Tiedern. Er wollte mich ergreifen, und da habe ich ihn erschossen. Jetzt werden sie mich aufs Schafott bringen und köpfen«, sprudelte es aus Vicki heraus.

Theresa und die anderen benötigten einige Augenblicke, um aus ihrem Bericht schlau zu werden.

»Was sagst du? Malwine hat dich an diese Herpich ausgeliefert?« Gustav war so empört, dass er seine Frau am liebsten auf der Stelle erschlagen hätte.

Dagegen dachte Theodor an die letzten beiden Sätze, die Vicki gesprochen hatte. »Du sagst, du hättest Markolf von Tiedern erschossen?«

Vicki nickte. »Ja! Denn ich wusste mir nicht anders zu helfen. Ich wollte seinen Kutscher mit vorgehaltener Waffe zwingen, mich von dort wegzubringen. Da kam Tiedern auf mich zu. Mir ist nichts anderes übrig geblieben, als abzudrücken. Teilweise bin ich froh, es getan zu haben, denn wie Emma von Herpich mir erzählt hat, wollte er dich und die ganze Familie vernichten. Auguste, Lieselotte und Silvia sollten ebenso ein Opfer dieser schlimmen Männer werden, wie er es für mich geplant hatte.«

»Vielleicht können wir auf Notwehr plädieren«, überlegte Egolf.

Sein Vater schüttelte den Kopf. »Markolf von Tiedern war ein sehr einflussreicher Mann. Zwar werden viele froh sein, dass er nicht mehr ist, aber man wird bei der Frau, die ihn getötet hat, wenig Gnade kennen.«

»Was sollen wir tun?«, fragte Theresa entsetzt. »Es darf nicht sein, dass meine Enkelin hingerichtet wird, nur weil sie einen Mann erschossen hat, den ein Schwein zu nennen eine Beleidigung für sämtliche Borstentiere wäre.«

»Auf jeden Fall muss Vicki Berlin so schnell wie möglich verlassen«, wandte Friederike ein.

»Nicht nur Berlin, sondern auch Preußen und am besten ganz Deutschland«, erklärte Theodor, während Gustav von Gentzsch die Hände seiner Tochter ergriff und sie verzweifelt ansah. »Verzeih mir! Ich war so ein Narr! Gleichgültig, was auch kommen mag, ich werde immer zu dir stehen.«

»Ja, Papa«, sagte das Mädchen und fand es in der entsetzlichen Lage, in der sie sich befand, schön, wenigstens die Liebe des Vaters gefunden zu haben.

9.

Reinhold und Gottfried hatten geraume Zeit warten müssen, bis Prinz Johann Ferdinand sich in der Lage sah, sie zu empfangen. Der Prinz hatte sich in einen goldfarbenen Morgenrock gehüllt und setzte sich in einen Sessel. Danach betrachtete er die Fotografien, die Reinhold und Gottfried auf dem Tisch ausgebreitet hatten.

»Haben Sie die Bilder oder Bildplatten angesehen?«, fragte er mit einer gewissen Anspannung.

Gottfried schüttelte den Kopf. »Nein, Königliche Hoheit! Die Zeit hatten wir wahrlich nicht. Mein Schwager und ich waren froh, dass wir die Bilder überhaupt aus Tiederns Palais herausholen konnten. Ohne ihn«, er wies auf Reinhold, »wäre mir dies nicht gelungen.«

Es war der Versuch, ein wenig von dem Erfolg und der erhofften Belohnung auch Reinhold zukommen zu lassen.

»Sehr gut.« Der Prinz stand auf, trat an den Tisch und blätterte die Umschläge durch, in denen Tiedern die anstößigen Bilder aufbewahrt hatte. Als er auf den Umschlag mit seinem Namen traf, zog er diesen heraus und öffnete ihn. Beim Anblick der Fotografien verzog er kurz das Gesicht und warf dann alles ins Kaminfeuer.

Während die Beweise, dass er mehrmals an den von Tiedern und Lobeswert organisierten Orgien teilgenommen hatte, langsam verkohlten, blätterte er die Unterlagen durch, die Reinhold und Gottfried darüber hinaus mitgebracht hatten. Wie etliche andere Verbrecher, die überzeugt gewesen waren, niemals entlarvt zu werden, hatte auch Markolf von Tiedern seine Erfolge fein säuberlich notiert. So stand die Summe, um die er Theodor von Hartung gebracht hatte, ebenso verzeichnet wie die Tatsache, dass er Gustav von Gentzsch nach Berlin hatte rufen lassen, damit dieser die Arbeit für Dravenstein und einige andere Herren erledigen sollte, um deren hohe Posten zu sichern. In einem Eintrag nannte er Gustav einen hehren Tropf, da sich dieser als unbestechlich erwiesen hatte.

»Sie sind der Neffe dieses Mannes?«, fragte Johann Ferdinand Reinhold.

Dieser nickte. »Meine Mutter ist eine Schwester von Markolf von Tiedern.«

»Der Mann hat Sie also bei sich aufgenommen. Was wissen Sie von seinen Untaten?«, fragte der Prinz weiter.

»Ich habe mitbekommen, dass er Dinge getan hat, die ich niemals mit meinem Gewissen vereinbaren kann. Da ich jedoch eine Verantwortung meiner Mutter und meinen Schwestern gegenüber besaß, die nach dem Tod meines Vaters mittellos zurückgeblieben sind, vermochte ich mich nicht von ihm zu lösen, denn meine Mutter ist auf den kleinen Zuschuss angewiesen, den er ihr zukommen lässt. An seinen Verbrechen habe ich mich jedoch nicht beteiligt.«

Reinhold klang besorgt, weil er damit rechnen musste, in denselben Topf geworfen zu werden wie sein Onkel. Doch da winkte der Prinz ab.

»Schwamm drüber! Sie haben mitgeholfen, die Beweise zu sichern. Das muss genügen.« Er wollte noch etwas hinzufügen, doch da klopfte es an die Tür.

»Herein!«, rief der Prinz ungehalten.

Ein Polizeimajor in Uniform kam herein und salutierte. »Verzeihen Sie, Königliche Hoheit, wenn ich Sie zu so später Stunde störe. Ich habe eben erfahren, dass Markolf von Tiedern einem Mordanschlag zum Opfer gefallen ist. Laut Aussage einiger hoher Herren, die zufällig Zeugen des Verbrechens wurden, wurde er von einer Weibsperson mit Namen Victoria von Gentzsch erschossen.«

»Vicki? O nein!« Reinhold war, als würde ihm der Boden unter den Füßen weggezogen.

Wieder einmal habe ich versagt, dachte er. Anstatt mit Gottfried Servatius die Bilder zu stehlen, damit einigen hohen Herren gesellschaftliche Ächtung erspart blieb, hätte er Vicki vor den Nachstellungen seines Onkels und Vetters bewahren müssen. Er fragte sich verzweifelt, was geschehen war, und vor allem, wo sich Vicki jetzt befand.

Prinz Johann Ferdinand war seine Bemerkung nicht aufgefallen. Aber Gottfried bemerkte die Unruhe seines Schwagers und packte diesen mit einem schmerzhaften Griff am Arm. »Beherrsche dich! Du kannst mir nachher, wenn wir allein sind, erklären, was es mit dieser Frau auf sich hat.«

Unterdessen hatte der Prinz dem Polizeimajor einige Fragen gestellt und wandte sich jetzt mit sichtlicher Erleichterung wieder Gottfried und Reinhold zu.

»Meine Herren, ich danke Ihnen sehr für Ihre Bemühungen. Sie geben mir damit die Möglichkeit in die Hand, nach Tiederns Tod weitere Maßnahmen in die Wege leiten zu können. Jetzt aber muss ich Sie bitten, mich zu verlassen.«

Obwohl Gottfried im zivilen Zwirn steckte, salutierte er. »Sehr wohl, Königliche Hoheit.« Er zupfte Reinhold am Ärmel. »Komm!«

Reinhold schüttelte die Erstarrung ab, die ihn für Augenblicke erfasst hatte, und folgte seinem Schwager nach draußen. Das Fahrzeug, mit dem sie gekommen waren, war längst weg, daher gingen sie Richtung Spittelmarkt und hofften, dort eine Droschke zu finden.

»Was ist jetzt mit dieser Frau?«, fragte Gottfried, da Reinhold zunächst schwieg.

Dieser überlegte sich, wie viel er seinem Schwager anvertrauen durfte, und erklärte schließlich, dass Vicki die Tochter des ehemaligen Landrats und jetzigen Beamten im Ministerium, Gustav von Gentzsch, und die Nichte des Tuchfabrikanten Theodor von Hartung sei.

»Tiedern hegte eine tiefe Feindschaft zu Hartung«, sagte Gottfried.

»Deshalb sorgte Tiedern nicht nur dafür, dass Hartung starke Preisabschläge wegen angeblicher Qualitätsmängel hinnehmen musste. Er ließ auch dessen Töchtern und seiner Nichte nachstellen. Sie sollten, genauso wie etliche andere arme Mädchen, diesen feinen Herren, die im Grunde nichts anderes als lumpige Schweine sind, für deren Perversitäten überlassen werden«, erklärte Reinhold bitter.

»Sie glauben, Tiedern hätte heute oder, besser gesagt gestern, da bereits der Morgen graut, Victoria von Gentzsch zu diesem Lustschlösschen gelockt, damit diese zur Befriedigung etlicher Herren dienen sollte?«

So ganz konnte Gottfried sich dies nicht vorstellen. Als er jedoch an Tiedern und dessen Charakter dachte, ließen seine Zweifel nach.

»Auf jeden Fall sitzt das Mädchen jetzt in der Tinte, um es salopp auszudrücken«, fuhr er fort. »Man wird wegen Tiederns Tod ein paar Krokodilstränen vergießen, das Mädchen aber entweder zum Schafott oder wenigstens lebenslangem Gefängnis verurteilen und ansonsten froh sein, selbst mit heiler Haut davonzukommen.«

In Gottfrieds Worten schwang kaum verhohlene Verachtung für jene Herren mit, die nun aufatmen konnten, weil die Gefahr, von Tiedern erpresst oder der gesellschaftlichen Vernichtung preisgegeben zu werden, gebannt war.

»Vicki darf nicht sterben! Und sie darf auch nicht eingesperrt werden! Nicht dafür, damit dieses Gesindel sich gut fühlen kann«, rief Reinhold erregt. »Eher hole ich die obszönen Bilder aus dem Schloss heraus und mache sie öffentlich!«

»Beherrsche dich!«, fuhr Gottfried ihn an, wurde dann aber leiser. »Dort, wo sich die Fotografien jetzt befinden, holt sie selbst der beste Dieb der Welt nicht mehr heraus.«

Reinhold blieb abrupt stehen und packte seinen Schwager bei der Brust. »Aber wir müssen etwas tun.«

»Liegt dir so viel an dem Mädchen?«, fragte Gottfried und seufzte, als Reinhold heftig nickte.

»Warum kann die Sache nicht einfach sein? Es wäre doch so schön gewesen! Bevor wir überlegen, was wir tun können, sollten wir zuerst einmal wissen, wo sich das Mädchen befindet.«

»Vicki hat zuletzt bei ihrer Großmutter, Frau Theresa von Hartung, gelebt«, berichtete Reinhold.

»Dann sollten wir diese Dame aufsuchen«, schlug Gottfried vor.

Zu einer solch frühen Stunde?, wollte Reinhold schon fragen, begriff aber selbst, dass die Zeit drängte, und eilte weiter. Nach einer Weile kam ihnen eine Droschke entgegen. Der Kutscher hatte mehrere Herren von einem gewissen Etablissement nach Hause gebracht und wollte endlich Feierabend machen. Als Reinhold ihm winkte, hielt er trotzdem an.

»Wenn Se jetzt noch jefahren werden wollen, zahlen Se den dreifachen Preis«, sagte er in der Hoffnung, dies wäre den beiden Männern zu teuer. Stattdessen stiegen beide in seinen Wagen, und Reinhold drückte ihm mehrere Markstücke in die Hand.

»Bringen Sie uns zur Villa des Tuchfabrikanten von Hartung am Grunewald«, forderte er den Kutscher auf.

10.

In der Villa Hartung machte in dieser Nacht niemand ein Auge zu. Als kurz nach drei Uhr morgens an der Tür geklingelt wurde, zuckten alle zusammen.

»Das wird die Polizei sein. Du musst dich verstecken, Kind!«, rief Theresa erschrocken.

»Wir hätten, als Vicki gekommen ist, sofort den Wagen anspannen lassen und losfahren sollen«, erklärte Theodor, ohne jedoch eine Idee zu haben, wo sie das Mädchen hätten verbergen können.

»Es sind zwei Männer. Sie sehen nicht wie Polizisten aus, sondern tragen Zivil«, meldete Albert, der zum Fenster hinausgeschaut hatte.

Adele Klamt, die nach mehr als fünfzig Jahren in Theresas Diensten quasi zur Familie gehörte, sah fragend in die Runde. »Vielleicht gehen sie wieder, wenn wir nicht aufmachen.«

Da klingelte es erneut und diesmal weitaus länger.

»Uns wird nichts anderes übrig bleiben, als zu öffnen«, sagte Friederike.

»Ich gehe schon.« Adele Klamt eilte in den Vorraum und machte die Tür einen Spalt weit auf. Sofort schob jemand die Tür ganz auf und drängte herein. Es handelte sich um einen jungen Mann, dem ein untersetzter Herr um die fünfzig folgte.

»Ist Fräulein Victoria hier?«, fragte Reinhold erregt.

»Das muss ich verneinen«, log Adele.

Vicki hatte jedoch Reinholds Stimme erkannt und kam nach vorne. »Was wollen Sie hier?«, fragte sie spröde.

»Sie retten!«, antwortete Reinhold, obwohl er nicht die geringste Ahnung hatte, wie er dies bewerkstelligen konnte.

Jetzt erschien auch Theresa und atmete auf, als sie Reinhold erkannte. »Kommen Sie!«, forderte sie ihn auf und warf seinem Begleiter einen fragenden Blick zu.

»Das ist mein zukünftiger Schwager. Er wird mir helfen«, stellte Reinhold Gottfried vor.

Dieser verdrehte die Augen. Eine Frau, die jemanden getötet hatte, den Behörden zu entziehen, gehörte nicht gerade zu den Aufgaben eines Beamten wie ihm. Andererseits hatte kein Mensch es verdient, wegen eines Schurken wie Markolf von Tiedern hingerichtet zu werden. Daher folgte er Reinhold und sah sich, als sie alle im Rosa Salon versammelt waren, Vicki genauer an. Es war das schönste Mädchen, das er je gesehen hatte, und er verstand, dass Reinhold sich in sie verliebt hatte. Doch zum jetzigen Zeitpunkt konnte diese Liebe nur im Leid enden.

»Wir haben uns überlegt, Vicki ins Ausland zu bringen«, erklärte Theodor.

Während Reinhold zustimmend nickte, brachte Gottfried einen Einwand. »Dafür müsste sie über die Grenze gelangen. Bis diese erreicht ist, dürfte ihr Steckbrief bereits dort eingetroffen sein!«

»Dann muss sie sich verkleiden«, schlug Friederike vor.

»Sie bräuchte die entsprechenden Papiere. Sonst wird sie so lange festgehalten, bis die Polizei ihre Identität herausgefunden hat«, erklärte ihr Gottfried.

Reinhold sah zuerst ihn und dann die anderen an. »Fräulein Victoria kann nicht mit ihren eigenen Papieren reisen, sonst wird sie spätestens an der Grenze festgenommen. Aber es gibt eine andere Möglichkeit.«

»Welche?«, fragte Theresa hoffnungsvoll.

»Außerdem muss sie ein Land aufsuchen, in dem nicht irgendwelche Beamten ihre Auslieferung erwirken können«, fuhr Reinhold fort, ohne auf Theresas Frage einzugehen.

»Du meinst die Vereinigten Staaten von Amerika.« Da Reinhold schon mehrmals davon gesprochen hatte, dorthin auszuwandern, fiel Gottfried dieser Schluss nicht schwer.

Reinhold nickte mit verkniffener Miene. »Es scheint mir die beste Lösung zu sein. Dort ist Fräulein Victoria allen Zugriffen entzogen. Immerhin weiß sie Dinge über meinen Onkel, von dem einige Schurken nicht wollen, dass sie unters Volk gebracht werden.«

Bislang hatte Vicki sich aufgegeben und sich schon weitestgehend damit abgefunden, dass ihr Leben zumindest den einen Sinn gehabt hatte, den Feind ihrer Familie zu beseitigen.

Doch nun spürte sie wieder, wie wenig sie bereit war, ihren Nacken unter das Fallbeil zu legen. Daher sah sie Reinhold halb verwirrt, halb hoffnungsvoll an.

»Reden Sie nicht um den heißen Brei herum, sondern sagen Sie endlich, was Sie meinen!«, erklärte sie mit einem Fauchen.

»Das würde mich auch interessieren.« Gustav von Gentzsch trat neben seine Tochter und blickte Reinhold erwartungsvoll an.

Dieser wusste nicht so recht, ob er mit der Sprache heraus sollte oder nicht. »Es wird nicht ganz einfach sein. Wir benötigen dazu gestempeltes Papier von einer Behörde.«

»Das kann ich besorgen!«, rief Gottfried rasch.

»Auch einen Pass?«

»Es wäre sinnlos, einen für das Fräulein zu verlangen. Man würde den, der es tut, sofort verhaften, und sie gleich danach«, wandte Gottfried ein.

Reinholds Gedanken rasten. »Es gibt eine Möglichkeit für Fräulein Victoria, Deutschland offen zu verlassen, ohne dass sie ihren Namen nennen muss.«

»Wie soll das gehen?«, fragte Theresa verwundert.

»Als verheiratete Frau, die im Pass ihres Ehemanns eingetragen ist.«

»Aber ich bin nicht verheiratet!«, schrie Vicki ihn an.

Sie verstand nicht, was er wollte, und ärgerte sich fürchterlich, weil er Hoffnungen in ihr erweckt hatte, die sich doch nicht zu erfüllen schienen.

»Aber Sie können heiraten! Ich bin bereit dazu, und zwar ohne jede Forderung, die ein Ehemann laut Gesetz besitzt. In dem Augenblick, in dem Sie in den Vereinigten Staaten in Sicherheit sind, können Sie die Scheidung erwirken und Ihrer eigenen Wege gehen.«

Vicki wusste seinen seltsamen Blick nicht zu deuten. Außerdem begriff sie nicht, was er damit beabsichtigte. Bevor sie jedoch nachfragen konnte, wandte er sich an Theresa.

»Wären wir verheiratet, würde Fräulein Victoria nicht unter ihrem Vornamen in meinem Pass eingetragen, sondern als Frau Reinhold Schröter. Die Heiratsurkunde, die wir für den Pass benötigen, werden wir bei der Ausreise nicht vorlegen müssen.«

In Reinholds Augen war dies die einzige Möglichkeit, um Vicki gefahrlos aus dem Land zu schaffen. Gleichzeitig fragte er sich, was das Mädchen und dessen Angehörige zu seinem so verrückt klingenden Vorschlag sagen würden.

Gustav von Gentzsch brach als Erster das Schweigen. »Wenn es meine Tochter retten kann, wird sie es tun.«

Er sah Gottfried an, der in komischer Verzweiflung neben Reinhold stand und nicht wusste, ob er weinen oder lachen sollte. Schließlich winkte er mit einer heftigen Bewegung ab.

»Das, glaube ich, ist Prinz Johann Ferdinand uns schuldig. Bleiben Sie hier! Ich besorge die nötigen Papiere. Zum Glück besitze ich noch von meinem Posten im Memelland her die Berechtigung, Ehen zu schließen, und kann das Fräulein und Sie daher trauen. Es wird jedoch etwas dauern, bis ich auch den Pass besorgen kann.«

»Ich lasse gleich anspannen, und wir fahren noch heute mit der Bahn nach Steben«, erklärte Theodor.

Doch da hob Gottfried beschwichtigend die Hand. »So lange dauert es auch wieder nicht, denn ich hoffe, innerhalb einer Stunde zurück zu sein. Danach erfolgt die Trauung, und anschließend wird mein Schwager mit mir kommen und den Pass beantragen. Bevor ich jedoch gehe, hätte ich gerne einen Krug Bier. Den habe ich mir wohl verdient.«

Während Adele Klamt verschwand, um ihm Bier zu holen, musterte Vicki Reinhold unter zusammengezogenen Brauen. Warum wollte er ihr helfen?, fragte sie sich. Nur, weil sein Onkel schuld an ihrer Lage war? Obwohl er sich sichtlich zu beherrschen versuchte, fand sie den Ausdruck seiner Augen liebevoll, und tatsächlich tat es gut, dass es nicht nur Männer wie Markolf von Tiedern und dessen Sohn gab.

Außerdem ging es um ihren Hals, der, wenn sie nicht rechtzeitig aus Preußen und Deutschland hinauskam, ziemlich unsanft abgetrennt werden würde. Ihre erste Angst davor, verhaftet, verurteilt und hingerichtet zu werden, wich einer gewissen Anspannung, wie es weitergehen würde. Doch musste ihre Flucht gleich bis in die Vereinigten Staaten führen? Während ihr Gefühl sich dagegen sträubte, sagte ihr Verstand: Das muss sein! Wenn sie in der Nachbarschaft Deutschlands blieb, konnte das, was geschehen war, sie immer wieder verfolgen. Jenseits des Ozeans war dies unwahrscheinlich. Dort aber würde sie sich alleine durchschlagen müssen. Auch würde sie ihre Großmutter, ihre Cousinen, ja, die gesamten Verwandten nie mehr wiedersehen. Auch ihren Vater nicht, dessen Liebe sie nach so vielen Jahren des Wartens endlich errungen hatte.

Für Augenblicke überwältigte sie die Verzweiflung. Dann suchte ihr Blick Reinhold. Für ihn galt das Gleiche. Auch er würde drüben in Amerika auf sich allein gestellt sein. Und doch war er bereit, für sie seine Heimat zu verlassen und ein völlig neues Leben zu beginnen?

11.

Die Fahndung nach der Mörderin Markolf von Tiederns lief langsamer an, als man es hätte erwarten können. Wohl wurde ein Steckbrief erstellt und telegrafisch an die Wachen an der Reichsgrenze und an die wichtigsten Polizeistellen geschickt. Zunächst aber durchsuchten die Beamten das Palais Tiedern vom Dachboden bis in die Keller. Prinz Johann Ferdinand hatte in Absprache mit Kaiser Wilhelm II. die Leitung der Aktionen übernommen, und diesem lag vor allem daran, alles Material an sich zu bringen, das ihn und seine Freunde in ein schlechtes Licht rücken konnte.

So war es bereits acht Uhr morgens, als ein Trupp Polizei das Haus betrat, in dem Gustavs Familie lebte. Er selbst war noch bei den Hartungs, und so empfing sein ältester Sohn Otto die Beamten. Diese drangen in die Wohnung ein und forderten alle auf, sich im Wohnzimmer zu versammeln.

»Was soll das?«, fragte Otto empört.

»Fahnden nach einem Frauenzimmer namens Victoria von Gentzsch. Hat einen ganz hohen Herrn ermordet«, war die Antwort des kommandierenden Polizeioffiziers.

»Unmöglich!«, rief Otto, während seine Mutter, der es mittlerweile wieder besser ging, wütend aufkreischte.

»Dieses Biest ist noch unser Verderben! Wolle Gott, dass Victoria sich in der Spree ersäuft hat. Ich weine ihr keine Träne nach! Sie war unser Unglück von Anfang an, eine Schlange an meinem Busen, die ich gegen meinen Willen nähren musste. Sie soll …«

»Seien Sie jetzt endlich still!«, fuhr Otto sie an, doch einmal in Fahrt ließ Malwine sich nicht mehr bremsen und verfluchte Vicki in einer Weise, die selbst den Polizeibeamten zu viel wurde.

»Kann jemand dieses Weib zum Schweigen bringen?«, fragte der Offizier aufgebracht.

»Hoffentlich wird dieses Unglückswesen gefasst! Sie gehört aufs Schafott, oh, ich wünschte, ich könnte das Fallbeil selbst auslösen! Ich ...«

Dem Polizeioffizier wurde es zu bunt, und er befahl zweien seiner Untergebenen, Malwine zu fesseln und zu knebeln.

Es dauerte eine Weile, bis Malwine notgedrungen Ruhe geben musste.

Danach wandte sich der Offizier an Otto. »Sind Sie das Haupt der Familie?«

Otto schüttelte den Kopf. »Nein, das ist mein Vater.«

»Wo befindet sich Ihr Vater?«

»Er ist wohl ins Ministerium gefahren, wo er einen hohen Posten innehat«, erklärte Otto.

Der Polizeioffizier wurde etwas freundlicher. »Es heißt, Fräulein Victoria von Gentzsch habe Herrn Markolf von Tiedern mit einem Revolver erschossen. Wissen Sie, wo genannte Victoria von Gentzsch aufzufinden ist?«

»Nein, das weiß ich nicht«, antwortete Otto mit einem erneuten Kopfschütteln.

Zwar konnte er sich keinen Reim aus dem Ganzen machen, hatte aber von seinem Vater erfahren, dass die Familie Feinde besaß und auf sich achtgeben sollte. Er nahm daher an, dass Vicki in eine Falle geraten war und sich nicht anders hatte helfen können, als sich mit einer Schusswaffe zur Wehr zu setzen.

»Weiß jemand anderes es?«, fragte der Polizeioffizier Ottos jüngere Brüder und die Bediensteten.

Waldemar hob zögernd die Hand. »Vicki ist nicht hier. Die lebt bei unserer Großmutter.«

Otto hätte seinem jüngsten Halbbruder für diese Worte den Hals umdrehen können, hatte er doch gehofft, jemanden zu den Hartungs schicken und diese warnen zu können.

»Wo befindet sich Ihre Großmutter?«, fragte der Offizier.

»In Westfalen«, log Waldemar.

Otto fiel ein Stein vom Herzen, und er nahm sich vor, dem schlauen Bürschchen in Zukunft bei seinen Schulaufgaben zu helfen.

Ohne zu wissen, dass die alte Dame in Westfalen nur Waldemars und Karls Großmutter war, nicht aber auch die von Vicki, ließ der Polizeioffizier sich die Adresse nennen und erteilte einem seiner Männer den Befehl, zur Wache zu eilen und den Fahndungsbefehl an die Behörden vor Ort weiterzugeben.

Da seine Männer die Gesuchte in der Wohnung nicht gefunden hatten, verabschiedete er sich und verließ das Haus.

Otto atmete tief durch und sah dann die anderen streng an. »Ich will nicht, dass irgendjemand von euch schwätzt! Verstanden?«

Heinrich, Karl und Waldemar nickten.

»Was kann geschehen sein?«, fragte Heinrich.

»Denkt daran, dass Frau Malwine und ich gestern betäubt hierhergebracht wurden«, meldete sich Jule, die an diesem Morgen nur mit Mühe aus den Federn gekommen war. »Irgendetwas Schreckliches muss geschehen sein. Ich muss sofort zu meiner Herrschaft!«

»Ich würde dich gerne hinbringen, doch ich weiß nicht, ob das Haus nicht unter Bewachung steht. Ein Dienstmädchen, das zum Markt geht, um Gemüse einzukaufen, wird wohl kaum auffallen. Hier hast du ein wenig Geld. Wenn du dir sicher bist, dass dir niemand folgt, nimmst du dir eine Droschke und lässt dich zur Villa Hartung fahren«, erklärte ihr Otto und drückte ihr ein paar Münzen in die Hand. Dann strich er Waldemar über den Schopf. »Gut gemacht, Kleiner! Zwar weiß ich nicht, was geschehen ist, doch wir gewinnen durch dein kluges Verhalten Zeit.«

»Zeit, wofür?«, fragte Heinrich.

»Um Vicki zu finden und sie heimlich zur Stadt hinauszubringen«, sagte Otto.

Unterdessen wies Karl auf Malwine. »Was ist mit Mama? Wir sollten ihr den Knebel abnehmen und die Fesseln lösen.«

Otto betrachtete seine Stiefmutter, die mit hasserfüllter Miene in einem Sessel lag, und schüttelte den Kopf. »Das machen wir erst, wenn sie sich beruhigt hat. Oder willst du, dass sie sich weiterhin wie eine Verrückte aufführt? Wenn es zu schlimm wird, müssen wir sie in ein entsprechendes Sanatorium geben.«

Der Blick, den er dafür von der Gefesselten erhielt, war voller Mordlust.

Zwölfter Teil

Abschied

1.

Tatsächlich kehrte Gottfried Servatius schon bald zurück. Er wirkte abgespannt und übernächtigt, grinste aber, als er auf Reinhold und Vicki zutrat.

»Zu was der Wisch, den mir Prinz Johann Ferdinand über meinen Oheim zukommen ließ, nicht alles gut ist«, sagte er und wedelte mit mehreren Papieren. »Erst einmal die Heiratsurkunde! Wir müssen nur noch die Trauung vollziehen und die Namen eintragen, dann ist sie gültig. Und das hier ist der Pass! Ich habe ihn bereits ausfüllen und stempeln lassen, gebe ihn jedoch erst heraus, wenn ihr beide ordnungsgemäß verheiratet seid. Sonst denkt ihr noch, ihr braucht es nicht tun, weil der Pass auch so reichen würde. Ich will mich aber keinesfalls der Urkundenfälschung schuldig machen.«

Das Letzte klang bärbeißig. Gottfried war stets stolz darauf gewesen, ein ehrenhafter Beamter zu sein, und musste nun zu Mitteln greifen, die nicht gerade im Sinne des Gesetzes waren. Außerdem wusste er, dass Reinhold Vicki liebte, aber nie den Mut finden würde, ihr dies zu gestehen. Vielleicht half es ihm, wenn die beiden verheiratet waren. Nützte der junge Mann die Situation nicht aus, so war es allein dessen Problem.

»Eine gewisse Feierlichkeit sollte schon sein«, mahnte er Vicki und Reinhold, da beide so aussahen, als wollten sie nur rasch ihre Unterschrift unter das Papier setzen und danach umgehend aufbrechen.

Er bedachte seinen zukünftigen Schwager mit einem strengen Blick. »Ich erwarte ja kein Brautkleid und keinen Frack und Zylinder, finde aber Ihren verknitterten Anzug unpassend.«

»Ich habe nur diesen einen Anzug. Meine anderen Kleidungsstücke befinden sich noch im Palais meines Onkels. Ich müsste sie holen«, antwortete Reinhold betroffen.

Gottfried hob sofort die Hand. »Würde ich an Ihrer Stelle bleiben lassen. Die Behörden stellen das Palais derzeit auf den Kopf. Man hat Tiederns Sohn und einige seiner Helfershelfer vorläufig festgesetzt. Laufen Gefahr, wenn Sie sich dort blicken lassen, ebenfalls verhaftet zu werden, und ich weiß nicht, wie ich Sie wieder freibekommen könnte.«

»Ich kann Ihnen mit Hemd und Hosen aushelfen«, bot Egolf an.

»Dann machen Sie das, junger Mann!«, forderte Gottfried ihn auf und bat um einen Krug Bier. »Wenn ich zudem etwas zum Frühstück bekäme, wäre ich dankbar. War heute Morgen ziemlich lange unterwegs. Habe auch eine Kabine zweiter Kategorie auf dem Schnelldampfer *Pennsylvania* reservieren lassen. Das Schiff legt übermorgen von Hamburg ab. Können mir das Geld später geben, wenn alles gut gegangen ist. Sollten jetzt nicht damit in Verbindung gebracht werden.«

»Ihr Frühstück steht bereit, Herr Servatius«, meldete Dela in diesem Augenblick.

»Sehr gut! Wenn ich gefrühstückt habe, werde ich die beiden verheiraten. Dann haben wir es hinter uns.«

»Wie war das mit einer gewissen Feierlichkeit?«, fragte Vicki spitz.

Sie wusste noch immer nicht, wie sie sich zu der Situation stellen sollte. Eine Heirat war eine ernste Sache. Sie nur einzugehen, um sich hinterher gleich wieder scheiden zu lassen, kam ihr wie eine Sünde vor. Gleichzeitig bewunderte sie Reinhold, weil er auf diesen Gedanken gekommen war. Ohne ihn müsste sie sich wahrscheinlich des Nachts über die Grenze schleichen – und das auf die Gefahr hin, im Nachbarland aufgegriffen und zurückgeschickt zu werden.

»Herr Servatius hat recht! Bringen wir es hinter uns«, sagte sie und sah ihren Vater an. »Sie hätten sich gewiss einen anderen Rahmen für meine Heirat gewünscht!«

Gustav von Gentzsch nickte. »Allerdings! Da die Umstände es jedoch erzwingen, ist mir diese Heirat willkommen.«

»Mir auch«, warf Theresa ein und schloss Vicki in die Arme. »Mein armes Kind! Ich hätte dir ein besseres Schicksal gewünscht.«

»Ich mir auch, Großmama! Doch wir müssen es hinnehmen, wie es kommt«, antwortete Vicki leise und folgte dann Gottfried ins Speisezimmer.

Reinhold zögerte einen Augenblick. Da legte Gustav von Gentzsch seine Hand schwer auf seine Schulter.

»Ich vertraue Ihnen meine Tochter an. Geben Sie gut acht auf sie!«

»Das werde ich«, versprach Reinhold. Ihm schwirrte der Kopf. Mit Vicki verheiratet zu sein, war schöner als alles, was er sich je erträumt hatte. Er war fest entschlossen, zu seinem Wort zu stehen und keinerlei Ansprüche an sie zu stellen. Allerdings würde er auch nach ihrer Scheidung ein Auge auf sie haben müssen, um sie vor den Gefahren warnen und schützen zu können, die sie jenseits des Ozeans erwarten mochten.

Unterdessen hatte Gottfried das Speisezimmer erreicht und blickte verblüfft auf das, was ihm aufgetischt worden war. »So lässt sich leben und laben!«, meinte er lachend, setzte sich und nahm sich ein schönes Stück Schinken. Statt Kaffee gab es Bier zu trinken, und Butter, Käse, Wurst und Brot waren reichlich vorhanden.

Es war das beste Frühstück, das er je gegessen hatte. Trotzdem hielt er sich nicht allzu lange damit auf, sondern trank aus, wischte sich den Mund mit einer Serviette ab und stand auf. »Wir können mit der Trauung beginnen!«

»Aber nicht hier im Speisezimmer! Auch wenn sie schlicht und einfach vonstattengehen wird, sollte sie in einem schöneren Raum stattfinden. Außerdem sollte Vicki sich umziehen. So sieht sie doch arg derangiert aus«, wandte Theresa ein und forderte die anderen auf, sie in den Rosa Salon zu begleiten. Sie winkte Vicki, ihr zu folgen, und half ihr eigenhändig, ein anderes Kleid anzulegen.

Vicki konnte kaum denken. Sie hatte Angst vor dem, was auf sie zukam, und fürchtete sich zudem davor, die Heimat verlassen zu müssen.

Auch Theresa tat das Herz bei dem Gedanken weh, ihre Enkelin an ein fernes Land zu verlieren. Sie beherrschte sich jedoch und begleitete Vicki in den Salon, in dem die anderen bereits auf sie warteten.

Während Theresa Vicki zu Reinhold führte, atmete Gottfried tief durch und kramte in seiner Erinnerung, denn die letzte Ehe, die er beurkundet hatte, lag bereits mehr als anderthalb Jahrzehnte zurück.

Vicki lauschte seinen Worten und fragte sich, ob sie nicht doch versuchen sollte, Deutschland auf einem anderen Weg zu verlassen. So aber würde sie Reinhold zwingen, seiner Heimat und seiner Familie den Rücken zu kehren und sich in der Ferne eine neue Existenz zu schaffen. Sie betrachtete ihn nachdenklich und fand, dass er trotz einer gewissen Blässe ein gutaussehender junger Mann war. Er überragte sie um einen halben Kopf und hatte ein schmales Gesicht, das anders als bei ihren früheren Begegnungen weitaus energischer wirkte. In seinen Augen lag ein warmer Schein, wenn er sie ansah, und sie fühlte sich irgendwie bei ihm geborgen.

Als Gottfried die Frage stellte, ob sie Reinhold heiraten wolle, antwortete sie, ohne zu zögern, mit Ja und sagte sich, dass damit die Würfel gefallen waren. Nachdem sie und Reinhold sowie Theodor und Egolf als Zeugen unterschrieben hatten, war die Ehe ebenso gültig wie jede andere im Reich.

»Und was kommt jetzt?«, fragte Vicki, die sich nur mühsam aus dem Bann dieser Zeremonie lösen konnte.

»Wir werden noch heute mit der Bahn nach Hamburg fahren und dort im Hotel übernachten, bis die *Pennsylvania* ablegt«, erklärte ihr Vater.

»Davon würde ich abraten«, erwiderte Gottfried. »Fräulein Victorias – oder, besser gesagt, Frau Schröters Steckbrief ist bereits im Umlauf. Daher sollten so wenige Menschen wie möglich sie sehen. Aus diesem Grund schlage ich vor, dass ich die beiden mit meinem Daimler nach Hamburg bringe.«

»Das ist eine sehr lange Strecke für ein Automobil«, wandte Egolf ein.

»Automobile sind schon viel weiter gefahren, und meines schafft das auch. Im Staubmantel und mit Hut, Schleier und Autofahrerbrille wird niemand Fräulein Victoria mit der steckbrieflich gesuchten Mörderin des ehrenwerten Hofbeamten Markolf von Tiedern in Verbindung bringen.«

Gottfried atmete tief durch. Für jemanden wie ihn, der eigentlich nur seine Arbeit zur Zufriedenheit seiner Vorgesetzten leisten wollte, war bereits der Auftrag, Tiedern die anstößigen Fotografien abzunehmen und ihn zu entlarven, eine schwierige Sache gewesen. Aber einer von den Behörden verfolgten Mörderin zur Flucht zu verhelfen, war noch ein ganz anderes Kaliber.

Er tröstete sich damit, dass es ihm weniger um Victoria von Gentzsch als um den Bruder seiner Braut ging. Durch seine Nähe zu Markolf von Tiedern würde Reinhold vielen entscheidenden Männern im Reich suspekt sein und damit in Deutschland kein Bein mehr auf die Erde bringen.

»Dann machen wir es so!«, drang Gustav von Gentzschs Stimme in seine Gedanken. »Sie bringen meine Tochter und diesen jungen Mann nach Hamburg. Ich komme mit.«

»Ich auch.« Es war für Theresa die Entscheidung eines Augenblicks.

»Aber Mama, das ist viel zu anstrengend für dich! Außerdem ist es dir gestern nicht gut gegangen. Lass lieber mich mitfahren«, rief Friederike erschrocken.

Theresa wandte sich mit Tränen in den Augen zu ihr um. »Dank dem Hausmittel, das wir von dem Buckelapotheker aus Königsee gekauft haben, ist mir heute besser zumute, und ich kann reisen. Außerdem geht es um die Tochter meiner Gunda! Ich hatte viel zu kurz etwas von ihr und muss nun auch noch Vicki ziehen lassen.«

»Keine Sorge, ich gebe auf die alte Dame acht!«, versprach Gottfried.

Auch Gustav nickte. »Das tue ich auch! Außerdem werden wir mit der Eisenbahn zurückfahren. Nicht, dass ich Herrn Servatius' Fahrkünsten misstraue. Aber meine Schwiegermutter soll es so bequem wie möglich haben.«

»Ein guter Vorsatz!«, lobte ihn Gottfried. »Doch sollten wir jetzt rasch handeln. Es ist nicht auszuschließen, dass die Polizei schon bald in diesem Haus erscheint, um nach Fräulein Victoria zu fahnden. Aus diesem Grund halte ich es für besser, umgehend aufzubrechen und nach Steben zu fahren, um morgen früh von dort aus den Weg nach Hamburg anzutreten.«

Auf seine Worte hin wurde es still. Gustav von Gentzsch umarmte seine Tochter und hielt sie so fest, als wolle er sie nicht mehr loslassen, während Friederike gegen ihre Tränen ankämpfte. Theodor legte den Arm um sie, um sie zu trösten. Am liebsten wäre auch er mitgefahren, doch dafür reichte der Platz im Daimler nicht aus.

»Fahrt mit Gott!«, sagte er mit belegter Stimme.

»Möge er uns allen beistehen!« Theresa atmete tief durch und wandte sich ihrer Enkelin zu. »Komm, meine Liebe, lass uns packen! Wir haben einen weiten Weg vor uns.«

»Einen sehr weiten«, antwortete Vicki und löste sich aus den Armen ihres Vaters. Sie sah Reinhold mit entschlossener Miene an. »Lassen Sie uns aufbrechen, Herr Schröter, denn ich gedenke nicht, die erste Nacht meiner Ehe in einer Gefängniszelle zu verbringen!«

2.

Mit der Eisenbahn hätten sie nicht mehr als gut zwei Stunden bis Steben benötigt. Gottfrieds knatterndes Gefährt kam jedoch erst gegen Abend dort an. Theresa hatte den Abschied kurz gehalten, zum einen, um keine Zeit zu verlieren, und zum anderen, um Vickis Trennungsschmerz nicht noch zu vertiefen.

Während der Fahrt hatte ihre Enkelin wie erstarrt in dem Automobil gesessen und kein Wort gesagt, und auf Steben zog Vicki sich nach einem raschen Abendessen in ihr Zimmer zurück. Reinhold und Gottfried blieben ebenfalls nicht lange auf. Sie hatten sich die letzte Nacht zum größten Teil um die Ohren geschlagen und waren entsprechend müde. Außerdem hatten sie am nächsten Morgen eine lange Strecke vor sich, denn Gottfried wollte so weit wie möglich fahren und erst in einem Dorf kurz vor Hamburg übernachten.

Irgendwann in der Nacht erwachte Vicki aus einem wilden Albtraum, in dem sie mit ihrem Revolver immer wieder auf Markolf von Tiedern und dessen Sohn geschossen hatte, ohne diese jedoch verletzen oder gar töten zu können. Stattdessen hatten die beiden sie überwältigt und nackt ausgezogen. Bevor sie jedoch von ihnen vergewaltigt werden konnte, hatte das hämmernde Pochen ihres Herzschlags sie geweckt.

Um sich aus der Erinnerung an diesen üblen Traum zu lösen, richtete Vicki ihre Gedanken auf Reinhold. Sie sah ihn als jungen Studenten vor sich, der sich in der Eisenbahn betroffen für das lümmelhafte Verhalten seines Vetters entschuldigt hatte. Einige Zeit später hatte sie ihn zusammen mit seiner Mutter im Café erlebt. Damals hatte sie ihn verachtet. Doch jetzt begriff sie seine Verzweiflung, durch deren Flehen an seinen Onkel gebunden zu sein. In Büsum hatte Reinhold sich ihrer angenommen, nachdem Wolfgang von Tiedern ihr Gewalt angetan hatte, und sie zu ihrer Großmutter gebracht. Und nun begleitete er sie in die Fremde, damit sie an seiner Seite Deutschland unbehelligt verlassen konnte.

Ihr kam der Gedanke, dass sich Heldentum nicht nur durch mutige Taten beweisen konnte, sondern auch durch die Kraft, Dinge zu erdulden und der Verantwortung für andere gerecht zu werden. Reinhold hatte die Verpflichtung für seine Mutter so lange wahrgenommen, bis abzusehen war, dass der Bräutigam seiner Schwester für diese sorgen würde.

»Jetzt hebe ihn nicht gleich in den Himmel«, verspottete sie sich selbst, musste sich aber sagen, dass Reinhold ein angenehmer junger Mann war, dem sie Vertrauen schenken konnte.

Es dauerte lange, bis Vicki wieder einschlief. Als sie erneut erwachte, wurde im Haus bereits gearbeitet.

Wollte Servatius nicht früh aufbrechen?, fragte sie sich und stieg aus dem Bett. Wenig später hatte sie die Zähne geputzt, sich gewaschen und ohne Hilfe angekleidet. Als sie den Frühstücksraum betrat, fand sie ihre Großmutter, ihren Vater, Reinhold und Gottfried bereits dort vor.

Vicki setzte sich zu ihnen, brachte aber kaum einen Bissen hinunter. Ein Blick auf Reinhold verriet ihr, dass es ihm ähnlich ging. Er trank einen Schluck Kaffee, aß einen Bissen Brot und kaute schier endlos darauf herum.

»Ihr solltet kräftig zulangen, denn vor uns liegt ein weiter Weg«, forderte Gottfried die beiden auf.

»Wie wollen Sie fahren?«, fragte Reinhold.

Gottfried nannte ein paar Städte, die er durchqueren wollte. »Wir werden unterwegs in einem Landgasthof essen und in einem ähnlichen in der Nähe von Hamburg übernachten, so dass wir morgen in weniger als einer Stunde den Liegeplatz der *Pennsylvania* erreichen. Wenn der Dampfer ablegt, seid ihr beide an Bord.«

»Hoffentlich!«, entfuhr es Gustav, der Automobilen auch nach der Fahrt von Berlin hierher wenig Vertrauen entgegenbrachte.

Gottfried grinste. »Ich wette eine Flasche Cognac mit Ihnen, dass wir es schaffen.«

»Wenn Sie unsere beiden heil auf das Schiff bringen, erhalten Sie von mir so viel Cognac, wie Sie trinken können«, versprach Vickis Vater ihm.

»Oh, ich kann eine Menge vertragen.« Gottfried grinste noch breiter und stand auf. »Wir sollten einen Picknickkorb füllen, denn unser Brautpaar wird gewiss bald Hunger bekommen, nachdem es jetzt keinen Appetit hatte.«

»Das mache ich«, erklärte Theresa und verließ den Frühstücksraum.

Gottfried aß noch ein Brötchen, zog dann seine Taschenuhr heraus und blickte darauf. »Es wird Zeit! Trödeln dürfen wir nicht.«

Vicki ging noch einmal in ihr Zimmer. Ihr Koffer war bereits wieder zum Automobil geschafft worden. Außer einigen wenigen Kleidungsstücken hatte sie ihre Zeichnungen mitgenommen, die nun doch nicht mehr in dem Modejournal erscheinen würden. Auch der mit frischen Patronen bestückte Revolver zählte zu ihrem Gepäck. Vicki hätte ihn am liebsten zurückgelassen, da er sie an ihre dunkelsten Stunden erinnerte. Ihr Vater hatte jedoch darauf bestanden, dass sie ihn mitnahm, damit Reinhold und sie jenseits des Ozeans nicht wehrlos waren. Es gab etliche Geschichten über die Vereinigten Staaten von Amerika, und nicht wenige erzählten von rauen Gesellen, Gewalt und Tod. Das Geld, das sie sich mit den Zeichnungen verdient hatte, war von ihrer Großmutter in Goldmark umgetauscht worden, und Onkel Theodor hatte den Beutel mit etlichen weiteren Goldstücken aufgefüllt, so dass sie keine arme Einwanderin in die USA sein würde. Sie trug das Geld unter dem Rock ihres Kleides versteckt, denn es sollte ihr helfen, sich in der neuen Welt eine Zukunft zu verschaffen. Einen Teil davon wollte sie Reinhold geben, damit auch er drüben nicht mittellos war.

Vicki griff an ihr Kleid, spürte durch den Stoff hindurch den Beutel und atmete tief durch. Nun war es so weit.

Als sie nach draußen kamen, waren die Koffer bereits am Heck des Automobils festgeschnallt worden. Gottfried half Theresa und Vicki beim Einsteigen und nahm auf dem Fahrersitz Platz. Nachdem auch Reinhold und Vickis Vater im Auto saßen, gab Gottfried einem Diener das Zeichen, den Motor anzukurbeln, und legte, als dieser lief, den ersten Gang ein. Die Hauptetappe auf dem Weg nach Hamburg hatte begonnen.

3.

Gottfried Servatius hatte das Automobil gut im Griff, musste aber immer wieder auf Fuhrwerke, Reiter und Fußgänger Rücksicht nehmen. Mehrmals war er gezwungen, langsam hinter einem Pferdewagen herzufahren, da dessen Fuhrleute nicht daran dachten, ihm Platz zu machen. Schon bald bedauerten Theresa und Vicki, dass das Innere des Wagens nicht rundum abgeschlossen war wie eine Kutsche. Der vordere Teil war offen, und die Räder schleuderten bei der hohen Geschwindigkeit immer wieder Dreckbatzen und kleine Steine nach hinten. Auch wenn sie nicht jedes Mal getroffen wurden, so war dies alles andere als angenehm.

Nach zwei Stunden und etwa fünfzig zurückgelegten Kilometern legte Gottfried die erste Rast ein. Er füllte den Tank mit einem Reservekanister auf und gab seinen Fahrgästen die Gelegenheit, sich ein paar Meter in den Wald hineinzubegeben und sich dort zu erleichtern. Vicki und Theresa wuschen sich anschließend die Hände am Bach und säuberten ihre Gesichter, die trotz der Schleier um ihre Fahrerbrillen herum dick mit Staub bedeckt waren.

»Ich glaube nicht, dass sich diese Art der Fortbewegung durchsetzen wird«, erklärte Gustav von Gentzsch seufzend, als sie im Automobil einen kleinen Imbiss zu sich nahmen und diesen mit einem Gemisch aus Wasser und Wein hinunterspülten.

»Ich glaube doch«, antwortete Gottfried im Brustton der Überzeugung. »Ein Pferdegespann hätten wir, um in der gleichen Zeit so weit zu kommen, gehörig antreiben müssen, und nun wäre es an der Zeit, die Pferde zu wechseln. Beim Automobil reicht es, ein wenig Benzin in den Tank nachzugießen.«

»In einer Kutsche oder einem Landauer sitzt man jedenfalls bequemer! Ich bin ganz steif«, stöhnte Vicki, als sie wieder einstieg. Dennoch war sie froh, auf diese Weise reisen zu können. In der Eisenbahn hätten viele Menschen sie gesehen und Gendarmen sie anhand des Steckbriefs erkennen können.

Mangels eines hilfsbereiten Dieners musste diesmal Reinhold den Motor mit der Kurbel anlassen. Kaum hatte er wieder im Fahrgastraum Platz genommen, löste Gottfried die Bremse und fuhr weiter.

Stunde um Stunde verging. Alle zwei Stunden legte Gottfried eine Pause ein, um den Motor nicht zu überhitzen. Unterwegs füllte er an einem Laden für Petroleum und Leuchtöle seine Benzinkanister wieder auf. Als er schließlich am Abend vor einem Krug nahe der Elbe anhielt, war Theresa so erschöpft, dass sie die anderen am liebsten gebeten hätte, am nächsten Tag allein weiterzufahren. Auch Vicki fühlte sich wie zerschlagen und hielt Gottfried Servatius' Ansicht, Automobile könnten sich als Gefährt für lange Reisen durchsetzen, für sehr übertrieben.

Der Wirt war neugierig aus seinem Gasthof herausgekommen, denn Automobilisten gab es in dieser Gegend nur selten. Er grüßte sie freundlich und fragte nach ihrem Begehr.

»Etwas zu essen, wenn es recht ist, und drei Zimmer für die Nacht«, antwortete Gottfried, der ein Zimmer für Gustav von Gentzsch wollte, eines für Theresa und Vicki und das Letzte für sich und Reinhold.

»Etwas zu essen und zu trinken könnt ihr jederzeit haben. Aber Kammern habe ich nur zwei. Einer muss daher auf einem Strohsack auf dem Boden schlafen«, erklärte der Wirt.

Gottfrieds Blick wanderte fragend zu Gustav. Als dieser nickte, grinste er den Wirt an. »Dann sei es so, zuerst etwas zu essen und dann zwei Kammern für die Nacht.«

»Wie weit ist es noch bis Hamburg?«, fragte Vicki, die das Schiff nicht verpassen wollte.

»Oh, nicht mehr weit! Etwa acht Meilen oder sechzig Kilometer, wie es seit neuestem heißt.«

Als Gottfried das hörte, fluchte er leise. Durch die verdammten Fuhrwerke, die ihn immer wieder behindert hatten, waren sie weniger weit gekommen, als er gehofft hatte.

»Wir werden morgen sehr früh aufbrechen müssen. Es kann immer etwas dazwischenkommen«, sagte er.

Das hieß, auch diesmal bald zu Bett zu gehen. Doch in der Gaststube zu sitzen, zu trinken und dabei zu reden, danach war ohnehin keinem zumute. Theresa und Vicki verabschiedeten sich direkt nach einem einfachen Abendessen und gingen nach oben. Das Zimmer war anspruchslos eingerichtet. Es gab auch keine Toilette, sondern nur einen Nachttopf aus einfachem Porzellan unter dem Doppelbett, und zum Waschen mussten ihnen eine kleine Schüssel und ein Krug warmen Wassers genügen.

Beide nahmen die Schlichtheit ihres Gastzimmers nicht einmal wahr. Ihre Gedanken galten dem baldigen Abschied, und sie wurden von Schwermut erfasst. Schließlich setzte Theresa sich zu Vicki aufs Bett und klammerte sich an sie.

»Ich mag nicht daran denken, dass du für immer fortgehen musst«, sagte sie unter Tränen.

»Es kommt mir vor wie ein übler Traum, doch wenn ich auf meine rechte Hand sehe, weiß ich, dass ich die tödliche Kugel auf Markolf von Tiedern abgeschossen habe. Ich bedaure es nicht. Er war ein schlechter Mensch und hatte Schlimmes mit mir, Auguste, Lieselotte, Silvia und wohl auch mit Dagmar vor.« Vicki weinte jetzt ebenfalls, denn durch diese Tat verlor sie ihre Heimat und ihre Familie.

»Es hätte einen anderen Weg geben müssen, Tiedern aufzuhalten«, stöhnte Theresa. Dabei wusste sie selbst aus ihrer Jugend, wie schlecht Menschen sein konnten.

»Es gab keinen anderen.« Vickis Stimme klang wieder fest. »Wenn ich in die Fremde muss, so ist dies ein Opfer, das ich für euch alle bringe und gerne auf mich nehme. Grüße alle von mir und sage ihnen, sie sollen in mir keine zweite Judith sehen, die dem neuen Holofernes zwar nicht den Kopf abschlug, sondern ihm eine Kugel ins Herz schoss, sondern die Vicki, die mit ihnen in der Schule und in Büsum war.«

Bei dem Wort Büsum zitterten ihre Lippen ein wenig, denn nicht weit von diesem Ort hatte Wolfgang von Tiedern sie vergewaltigt. Sie hoffte, dass es für ihn Strafe genug war, den Vater verloren zu haben. Dann schob sie den Gedanken an ihn rigoros beiseite und umarmte ihre Großmutter.

»Ich liebe dich! Ich liebe euch alle!«, schluchzte sie und fühlte sich so elend wie selten zuvor in ihrem Leben.

»Ich liebe dich auch«, sagte Theresa leise. »Dich auf diese Weise zu verlieren, fällt mir fast ebenso schwer wie damals, als deine Mutter starb. Mein Kind, warum musste das alles geschehen?«

»Das weiß allein Gott«, antwortete Vicki und streichelte der alten Frau übers Haar. »Wir sollten uns nun hinlegen, denn es wird morgen ein langer und beschwerlicher Tag für uns werden.«

Theresa wischte sich die Tränen aus den Augen und nickte. »Das sollten wir! Schlaf gut, mein Kind, und denke nicht mehr an das, was geschehen ist, sondern an das, was vor dir liegt!«

»Es wird schwer genug werden«, sagte Vicki und machte sich zur Nacht bereit.

Danach umarmte sie Theresa erneut. »Gute Nacht, Großmama.«

»Gute Nacht.« Theresa seufzte und legte sich hin. Ihre Gedanken rasten, und sie glaubte nicht, so bald einschlafen zu können, doch die Erschöpfung forderte bald ihren Tribut.

Auch Vicki zweifelte daran, rasch einschlafen zu können. Sie dämmerte trotzdem weg, träumte in dieser Nacht jedoch nicht mehr von Tiedern und dessen Sohn, sondern von einem Automobil, das mit ihr eine Straße befuhr, die einfach nicht enden wollte.

Am Morgen wachte sie erst auf, als ihre Großmutter sie an der Schulter rüttelte. Obwohl ihre Blase drückte, wartete sie, bis ihre Großmutter sich gewaschen und angezogen hatte. Dann erst zog sie den Topf unter dem Bett hervor.

Als sie nach unten kam, waren die anderen bereits beim Frühstück. Reinhold grüßte scheu, während sein Schwager Gustav von Gentzsch erneut von den Vorzügen eines Automobils zu überzeugen versuchte.

»Man muss es weder füttern noch ausmisten, sondern es nur während der Fahrt mit Benzin, Öl und gelegentlich mit etwas Kühlerwasser versorgen«, erklärte er und verzehrte zwischendurch eine fast unterarmlange Wurst.

Vicki hatte zwar mehr Hunger als am Vortag, war aber froh, als das Signal zum Aufbruch gegeben wurde und sie wieder in dem Daimler Platz nehmen konnte. Auch Theresa hatte sich entschlossen, weiter mitzufahren, um ihre Enkelin nicht im Stich zu lassen.

Diesmal schien es, als wolle das Schicksal Gottfried für sein Eintreten für die Automobile bestrafen. Waren sie am Vortag ohne Panne vorwärtsgekommen, hatten sie diesmal noch keine drei Kilometer zurückgelegt, als der vordere linke Reifen die Luft verlor. Gottfried fuhr an die Seite und schaute nach. Schließlich zerrte er am Reifen und zeigte kurz darauf einen daumenlangen, dünnen Gegenstand.

»Dieser Hufnagel ist der Übeltäter!«, rief er. »Ich muss den Ersatzreifen anbringen. Wenn ich die Damen bitten dürfte, auszusteigen und sich ein wenig zur Seite zu begeben, und die Herren, mir zu helfen!«

Alle vier verließen den Wagen. Theresa und Vicki blieben in der Nähe und sahen zu, wie Gottfried die Schrauben löste, mit denen das Rad befestigt war. Danach mussten Vickis Vater und Reinhold den Wagen hochheben, damit er das defekte Rad abnehmen und dafür das andere anbringen konnte. Es dauerte schier unendlich lange, doch schließlich konnten sie wieder einsteigen, und die Fahrt ging weiter.

»Was machen wir, wenn erneut ein Nagel einen Reifen durchbohrt?«, fragte Reinhold besorgt.

»Dann muss ich ihn flicken. Aber das dauert länger«, antwortete Gottfried und flehte den Herrgott an, es nicht dazu kommen zu lassen.

4.

Um nicht zu spät nach Hamburg zu kommen, fuhr Gottfried, so oft es nur ging, mit höchstmöglicher Geschwindigkeit und gönnte dem Automobil keine Pause mehr. Als sie sich Hamburg näherten, wurde die Landstraße belebter. Fuhrwerke waren in der gleichen Richtung wie sie unterwegs, andere kamen ihnen entgegen, und es wurde noch schwieriger, zu überholen. Außerdem mochten die Kutscher keine knatternden Kästen, die ihre Pferde erschreckten, und schimpften hinter ihnen her. Einer schlug sogar mit der Peitsche nach ihnen, doch Gottfried bückte sich rasch genug, um ihr zu entgehen.

Reinhold blickte nun immer öfter auf seine Taschenuhr und sah sich im Geiste bereits hinter der *Pennsylvania* herstarren.

Auch Vickis Sorge wuchs. Die Zeit, bis zu der sie das Schiff hatten erreichen wollen, war bereits verstrichen, und der Hafen kam noch immer nicht in Sicht.

»Du wirst sehen, es wird alles gut gehen«, versuchte Theresa sie zu beruhigen.

»Ja, Großmama«, antwortete Vicki und fasste nach den Händen der alten Dame.

Wenig später gabelte sich die Straße, und Gottfried entschied sich, rechts weiterzufahren. Doch nach einer Weile endete die Fahrbahn vor einem breiten Fleet, das nur mit einer Fähre überwunden werden konnte.

»Musste das sein?«, fluchte Gottfried.

Da er annahm, dass umzukehren noch mehr Zeit kosten würde, reihte er sich in die Schlange der Fuhrwerke ein, die gleich ihm übergesetzt werden wollten.

Doch auch das ging nicht so rasch, wie er es gehofft hatte. Es dauerte, bis die vor ihnen angekommenen Fuhrwerke auf die schwankende Fähre geschafft werden konnten. Immer wieder scheuten die Pferde und mussten mühsam in Zaum gehalten werden.

Im Gegensatz dazu kam Gottfried mit dem Automobil ohne fremde Hilfe auf die Fähre und brauchte auch weniger Platz als eine vierspännige Kutsche. Der Schiffer, der den Preis für die Überfahrt kassierte, knöpfte ihnen jedoch genauso viel Geld ab wie den anderen.

Die Fähre wurde von einer Dampfmaschine angetrieben, die kaum genug Kraft aufbrachte, um ans andere Ufer zu kommen.

Vicki wünschte der Fähre zuletzt Flügel, während Reinhold den Gedanken verwünschte, das Automobil benützt zu haben. Vielleicht hätten sie doch die Eisenbahn nehmen sollen, dachte er. Da legte die Fähre mit einem heftigen Ruck an, und das Ausladen begann.

Da sie als Letzte an Bord gekommen waren, mussten sie warten, bis alle Fuhrwerke die Fähre verlassen hatten. Wenigstens waren sie nun dicht am Hafengelände und passierten bald dessen Eingang. Es lagen etliche Schiffe an den Kais, doch als Gottfried einen Mann nach der *Pennsylvania* fragte, wies dieser weit nach hinten.

»Die finden sie dort! Soll aber gleich ablegen«, antwortete der Mann.

»Besten Dank«, sagte Gottfried und fuhr weiter.

Hier im Hafengelände musste er nicht nur auf Pferdegespanne achtgeben, sondern auch auf Männer, die mit Schubkarren Säcke und Kisten transportierten. Andere schleppten schwere Lasten auf den Schultern und ließen sich von dem knatternden Automobil nicht stören.

Endlich kam das Abfertigungsgebäude der HAPAG in Sicht, und zur Erleichterung aller ragte am Kai dahinter der riesige schwarze Rumpf der *Pennsylvania* empor.

»Wie ihr seht, ist das Schiff noch da«, rief Gottfried aufatmend und hielt das Automobil vor dem Abfertigungsgebäude an.

»Ihr müsst hineingehen und eure Fahrscheine vorzeigen«, forderte er Vicki und Reinhold auf.

Reinhold nickte, stieg aus und bot Vicki die Hand. Einen Augenblick lang zögerte sie, griff dann aber zu und sah ihn mit einem gequälten Lächeln an.

»Bringen wir es hinter uns!«, sagte sie und folgte ihm in die Halle.

Da sich die meisten Passagiere bereits an Bord befanden, war diese fast leer. Es war auch nur noch einer der Schalter besetzt, um auf verspätete Fahrgäste zu warten. Mit klopfenden Herzen gingen die beiden darauf zu.

»Guten Tag, die Herrschaften.« Obwohl Vickis Kleid während der Fahrt staubig geworden war, erkannte der Angestellte der HAPAG, dass sie zur gehobenen Gesellschaftsschicht zählte. Auch der Anzug, den Reinhold von Egolf erhalten hatte, war gewiss nicht in einem Konfektionsladen gekauft worden.

»Guten Tag.« Reinhold reichte dem Mann die Fahrtunterlagen samt seinem neuen Pass.

Für einige Augenblicke überkam ihn die Angst, er könne als Markolf von Tiederns Neffe zur Fahndung ausgeschrieben worden sein. Damit hätte er Vicki einen argen Bärendienst erwiesen, denn sie würde man mit Sicherheit auch verhaften.

»Herr Reinhold Schröter, Frau Reinhold Schröter. Herzlichen Dank und eine gute Überfahrt. Ihr Gepäck wird gleich an Bord gebracht.« Der HAPAG-Angestellte lächelte den beiden freundlich zu und sah sich dann um, ob noch weitere Passagiere kamen.

Reinhold war so erleichtert, dass er einen Arm um Vicki legte und sie leicht an sich zog. Es war sogar angenehm, fand sie, und ihre Angst, mit ihm eine Kabine teilen zu müssen, wurde geringer.

Doch nun kam das Schlimmste für sie beide. Reinhold umarmte Gottfried und bat ihn, seiner Mutter und seinen Schwestern Grüße auszurichten.

»Das mache ich«, antwortete Gottfried und versprach ihm, sich um alle zu kümmern. Dann klopfte er ihm auf die Schulter. »Viel Glück!«

Vicki verabschiedete sich unterdessen von ihrem Vater und klammerte sich dann weinend an Theresa. Beide wussten, dass es ein Abschied für immer sein würde, und so flossen reichlich Tränen.

Die Zeit schritt unerbittlich voran. Ihre Koffer waren bereits auf das Schiff gebracht worden, und nun kam ein Steward auf sie zu und neigte kurz den Kopf.

»Ich muss die Herrschaften bitten, an Bord zu gehen.«

Theresa löste sich aus Vickis Armen und tätschelte ihr die Wange. »Du wirst mir schreiben, nicht wahr?«

»Das werde ich gewiss.« Halb blind vor Tränen wandte Vicki sich ab und ging auf das Schiff zu. Reinhold ergriff ihre Hand, um ihr die Gangway hochzuhelfen, und sie, die so viele Jahre immer einsam gewesen war, fühlte eine Vertrautheit mit ihm, die sie selbst verwunderte.

»Bleiben wir an Deck! Ich will sehen, wie die Heimat hinter mir entschwindet«, bat sie Reinhold.

Dieser nickte und trat mit ihr an eine Stelle der Reling, von der aus sie gut hinabschauen konnten. Von dort aus sahen Theresa, Gustav von Gentzsch und Gottfried seltsam klein und fern aus. Dennoch entdeckte die alte Dame ihre Enkelin und winkte. Vicki winkte zurück, während die Gangway vom Schiff weggezogen wurde und das Dröhnen der Sirene anzeigte, dass die *Pennsylvania* ablegen würde.

Kurz darauf wurden die Leinen gelöst, und zwei Dampfschlepper zogen das große Schiff aus dem Hafen hinaus. Vicki blickte mit brennenden Augen zum Kai zurück, auf dem die Gestalten ihrer Großmutter, ihres Vaters und Gottfrieds immer kleiner wurden, bis sie schließlich nicht mehr zu erkennen waren. Dann erst hörte sie auf zu winken.

Reinhold hätte sie gerne getröstet, wusste aber nicht, wie er es anfangen sollte. »Wenn wir drüben in den Vereinigten Staaten angelangt sind, werden Sie die Scheidung beantragen müssen. Ich kann es nicht tun, denn es würde sonst so aussehen, als läge die Schuld für die Trennung bei Ihnen«, sagte er, um das Schweigen zwischen ihnen zu beenden.

Langsam drehte Vicki sich zu ihm um. »Sie sind ein wahrer Kavalier, Herr Schröter. Doch was machen Sie, wenn ich die Scheidung nicht beantrage?«

»Nicht beantragen? Heißt das, Sie wollen bei mir bleiben?« Reinhold konnte es nicht glauben, doch als Vicki verschämt nickte, trat ein strahlendes Lächeln auf sein Gesicht.

»Sie würden mich damit zum glücklichsten Menschen der Welt machen.« Mit diesen Worten schloss er sie in die Arme, und ihre Lippen fanden sich zu einem ersten, scheuen Kuss.

5.

Es war der 31. Dezember des Jahres 1899. Die Uhr zeigte nur noch wenige Minuten vor Mitternacht an. Theresa von Hartung saß in ihrem Lieblingssessel im großen Saal von Steben und musterte die Gäste, die sich um sie versammelt hatten, um mit ihr zusammen den Wechsel vom neunzehnten ins zwanzigste Jahrhundert zu feiern.

Auf der gegenüberliegenden Seite des Saales saßen Wilhelm von Steben und Liebgard von Predow mit ihren Kindern und Schwiegerkindern. Mehr als fünfzig Jahre lang hatten Bruder und Schwester kein Wort miteinander gewechselt. Nun freuten sie sich sichtlich, ihren Frieden miteinander gemacht zu haben. Bei ihnen saß Bettina von Baruschke und betrachtete stolz die beiden jungen Paare, die sie in absehbarer Zeit zur Großmutter machen würden.

Mehr in der Mitte des Saales hatten sich die jüngeren Gäste versammelt und beendeten eben das Bleigießen. Es musste dabei recht lustig zugegangen sein, denn sie hatten viel gelacht. Theresas Blick glitt zu Auguste, die aus der Schweiz angereist war, um Weihnachten und Silvester mit der Familie zu feiern. Einer ihrer Kommilitonen begleitete sie, und die Vertrautheit, die zwischen den beiden herrschte, deutete an, dass hier bald eine Verlobung folgen würde. Diese war auch bei Lieselotte zu erwarten, die sichtlich Gefallen an Arnold von Gerbrandt und dieser an ihr gefunden hatte.

Theresas Gedanken wanderten über fünfzig Jahre in die Vergangenheit. Damals hatte Arnolds gleichnamiger Großvater um sie geworben, doch das Schicksal hatte es anders beschlossen. Nun würde ihre Enkelin den Platz als Herrin auf Trellnick einnehmen, der einst für sie vorgesehen gewesen war.

Theresa musterte die weiteren Gäste, unter denen sich die Mutter von Reinhold Schröter befand, die mit ihren beiden Töchtern und ihrem Schwiegersohn Gottfried Servatius eingeladen worden war. Dieser trat eben auf sie zu und lehnte sich an ihren Sessel.

»Verehrte Frau von Hartung, verspüren Sie Lust auf eine weitere Fahrt mit einem Automobil, sobald das Wetter es wieder zulässt?«, fragte er fröhlich.

»Ich bin seit damals schon mehrfach mit einem Automobil mitgefahren. Sie haben meinen Enkel Egolf mit Ihrer Begeisterung angesteckt, und er hat sich einen Fahrausweis und ein Gefährt besorgt. Damit sind wir sogar noch kurz vor Weihnachten Unter den Linden entlanggefahren.« Theresa lächelte nachsichtig. Auch wenn sie die Vorliebe einiger Herren für diese Krach machenden Dinger nicht verstand, so gönnte sie ihnen doch das Vergnügen, damit zu fahren.

»Was hört man eigentlich Neues über jene unappetitliche Angelegenheit?«, fragte sie Gottfried, da in den Zeitungen schon seit längerem nicht mehr darüber berichtet worden war.

»Es wird ein gewisses Geheimnis daraus gemacht. Auch Journalisten, die Auskunft darüber wünschen, erhalten nur das, was die Behörden freigeben. Es sind einfach zu viele hohe Herren darin involviert. Selbst die finanziellen Unregelmäßigkeiten, die in Markolf von Tiederns Auftrag geschehen sind, werden zum größten Teil unter den Teppich gekehrt.« Gottfried machte eine kurze Pause und hob den Zeigefinger. »Dies heißt jedoch nicht, dass diejenigen, die davon profitiert haben, das unrechtmäßig erhaltene Geld auch behalten durften.«

»Ich weiß«, antwortete Theresa. »Meinem Sohn wurden die Summen erstattet, um die man ihn betrogen hatte.«

»Nicht nur diese Herren mussten das Geld zurückzahlen, sondern auch jene, die bei Heinrich von Dobritz und anderen Banken Kredite aufgenommen haben in der Absicht, diese nicht zu bedienen. Ihnen wurde mit gesellschaftlicher Ächtung gedroht, falls sie dies nicht tun.« Gottfried schüttelte nachdenklich den Kopf, dann wurde seine Miene ganz ernst.

»Vor zwei Wochen wurde Wolfgang von Tiedern wegen Mordes an einer jungen Frau auf dem Schafott hingerichtet. Diese war das letzte Opfer gewesen, das gewissen Herren für ihre Unmoral überlassen worden war. Man fand die Leiche im Wannsee, und sie hatte ein Taschentuch mit dem Wappen Markolf von Tiederns und Wolfgangs Monogramm einstecken. Man drehte ihm daraus einen Strick, obwohl er bis zuletzt beteuerte, unschuldig zu sein.«

Gottfried hielt kurz inne, bevor er weitersprach. »Aber Hugo Schmittke, der frühere Baron Lobeswert, hat ihn belastet. Dieser behauptete, der junge Tiedern sei als Letzter bei dieser jungen Frau gewesen, und sie hätte ihm gedroht, die Behörden zu informieren. Danach hätte er sie weggebracht.«

»Vielleicht war es auch so«, antwortete Theresa.

»Vielleicht.« Gottfried war als derjenige, der im Auftrag des Prinzen Johann Ferdinand Tiederns Verbrechen aufgedeckt hatte, besser informiert als die meisten und hatte seine Zweifel. Doch was brachte es, zu sagen, dass Lobeswert schwer verletzt in der Nähe des Lustschlösschens aufgefunden worden war und man ihm den rechten Unterschenkel hatte amputieren müssen?

Lobeswert hatte sich als Kronzeuge zur Verfügung gestellt und dafür nur eine kurze Gefängnisstrafe erhalten, die ihm jedoch bald erlassen worden war. Das Letzte, was er von ihm gehört hatte, war, dass Lobeswert von einem der an den Orgien beteiligten Herren in seine Dienste genommen und nach Ostpreußen gebracht worden war.

»Was Lobeswerts Komplizin Emma von Herpich betrifft, so ist diese zu zehn Jahren Gefängnis verurteilt worden. Wie ich hörte, soll sie mittlerweile an Schwindsucht erkrankt sein, und man gibt ihr nur noch wenige Monate zu leben. Ihre Zofe Bonita hat sich, als man sie verhaften wollte, mit einem ihrer Gifte umgebracht. Damit wurden alle, die Ihre Enkelin ins Lustschlösschen gelockt haben, vom Schicksal bestraft.«

Theresa nickte, als sie das hörte, fragte sich aber, ob sie Vicki dies wirklich mitteilen und damit wieder alte Wunden aufreißen sollte.

»Freuen wir uns lieber auf das neue Jahr«, sagte sie daher, als draußen die ersten Raketen in den Himmel aufstiegen und in bunten Farben explodierten.

»Auf das neue Jahrzehnt, Mama, und das neue Jahrhundert!« Theodor war zu seiner Mutter getreten und stieß mit ihr als Erster auf das neue Jahr an.

Auch die anderen Mitglieder der Familie sammelten sich nun um sie, ebenso die Freunde und Bekannten. Für etliche Augenblicke übertönte das Klingen der Gläser und das »Prosit Neujahr!« sogar das Krachen, mit dem Raketen ihre farbenprächtigen Muster an den Himmel malten.

»Ob Vicki jetzt ebenfalls mit einem Glas Champagner in der Hand dem Feuerwerk zusieht?«, fragte Theresas jüngste Enkelin Dagmar.

»Du bist dumm«, antwortete ihr Bruder Eike von oben herab. »Dort, wo Vicki lebt, ist es jetzt erst kurz nach sechs Uhr abends! Sie wird frühestens in sechs Stunden dem Feuerwerk zusehen.«

»Wie geht es ihr denn?«, wollte Charlotte, die Mutter der beiden, wissen.

»Hast du nicht letztens einen Brief von ihr bekommen?«, fragte Theodor seine Mutter. Zwar wusste er bereits, was darin geschrieben stand, die meisten anderen kannten ihn jedoch nicht.

Aller Augen richteten sich nun auf Theresa. Diese trank einen Schluck Champagner und fand, dass er ihr noch immer nicht schmeckte. Daher reichte sie das Glas Friederike und sah lächelnd in die Runde.

»Vicki und Reinhold sind noch immer verheiratet. Vicki verlegt mittlerweile mit großem Erfolg ein Modemagazin. Zunächst hat Reinhold ihr dabei geholfen, nun will er eine Fabrik für Konfektionskleidung gründen. Vicki schreibt, dass in den Vereinigten Staaten ein großer Bedarf an solider Kleidung bestehe, und will Modeskizzen für Reinhold erstellen, so dass sich auch ärmere Frauen adrett anziehen können. Außerdem, so schreibt sie, wird sie Reinhold in wenigen Monaten mit einem Petit Paquet beschenken. Wenn es ein Mädchen wird, soll es Theresa heißen, ein Junge Fredrik nach seinem Großvater Friedrich.«

»Weiß Herr von Gentzsch bereits, dass er Großvater wird?«, wollte Egolf wissen.

Theresa nickte lächelnd. »Nicht nur das! Er plant, selbst in die Vereinigten Staaten auszuwandern. Zwar wurde die ihm vorenthaltene Beförderung noch ausgesprochen, aber man hat ihn danach vorzeitig pensioniert. Da er sich noch zu jung fühlt, um seine Jahre als Privatier zu verbringen, will er seine Kraft jenseits des Großen Teiches erproben. Vickis Brüder und ihr jüngerer Halbbruder Waldemar gehen mit ihm. Vickis älterer Halbbruder Karl hingegen bleibt bei der Mutter. Diese erhält das Haus, das Gustav von seiner Großtante Ophelia geerbt hat, sowie die Zinsen aus einer fest angelegten Summe, die nach ihrem Tod an Karl ausbezahlt wird.«

Theresas Gedanken galten jedoch vor allem ihrer Enkelin. Schon bald würde sie Urgroßmutter sein. Der Gedanke, dass sie Vickis Kinder niemals würde sehen können, schmerzte sie. Dann aber schalt sie sich eine Närrin.

Einzig wichtig war, dass ihre Enkelin in den Vereinigten Staaten endlich zu sich selbst gefunden hatte und ein glückliches Leben führte.

Historischer Überblick

Im Jahre 1897 bestand das von Bismarck geschaffene Deutsche Reich bereits seit mehr als zweieinhalb Jahrzehnten. Diese Epoche war eine Zeit großer Veränderungen, in der der Adel, der zusammen mit der Kirche bis dahin das größte Vermögen besessen hatte, an Reichtum immer mehr von den Industriellen übertroffen wurde, die aus dem Bürgertum stammten. Die mit Dampfmaschinen und später mit Elektromotoren betriebenen Maschinen in teilweise kunstvoll erbauten Fabriken befriedigten eine immer größer werdende Nachfrage nach Konsumgütern, aber auch die Forderungen des Militärs. Über eine gut ausgebildete und ausgerüstete Armee zu verfügen, war für das Reich zum einen eine Prestigefrage, zum anderen auch Garant für die eigene Sicherheit.

Die staatlichen Strukturen entsprachen jedoch bei weitem nicht der neuen Zeit. Zwar gab es in Deutschland bereits Parlamente, doch ihr Einfluss war gering. Der Kaiser bestimmte die Richtlinien der Politik, doch Wilhelm II. war kein Herrscher, der sich gleich seinem berühmten Vorgänger auf dem Thron Preußens, dem großen Friedrich, als erster Diener des Staates sah. Auch zählten konzentrierte Arbeit am Schreibtisch und intensives Aktenstudium nicht gerade zu seinen Tugenden. Viel lieber befuhr er auf seiner Staatsjacht *Hohenzollern* die Weltmeere und überließ es seinem Reichskanzler und den Ministern, seine teilweise sehr vagen, sprunghaften und nicht immer durchdachten Anweisungen in die Tat umzusetzen.

In der Zeit nach der Reichsgründung entstanden große Industrien, und deren Besitzer wurden teilweise unermesslich reich. Dennoch beherrschte der Adel noch immer die feine Gesellschaft. Wer etwas gelten wollte, musste einen Titel oder das

»von« im Namen erringen, auf eine andere Weise war ein gesellschaftlicher Aufstieg kaum möglich. Für Fürsten und gekrönte Häupter war es nun die billigste Art und Weise, Männer, die Außerordentliches geleistet hatten, dadurch zu belohnen, indem man sie in den Adelsstand erhob. Es kostete sie kaum mehr als die Urkunde, auf die das Adelsdiplom geschrieben wurde. Daher verwundert es nicht, wenn einige Nobilitierungen nur aufgrund dezent gereichter Geldsummen vergeben wurden.

In der Verwaltung des Reiches begannen die alten preußischen Beamtentugenden zu schwinden, und es machte sich Korruption breit. Auch die Moral eines gewissen Teils der höheren Stände nahm ab. Nach dem Motto, erlaubt ist, was mit Geld bezahlt werden kann, wurden die Grenzen der guten Sitten gerne und weit überschritten. Der in diesem Roman beschriebene Verkauf der »Jungfräulichkeit«, mit dem sich minderbemittelte Mädchen von Stand eine Mitgift verdienen wollten, fand in einem gewissen Rahmen statt. In jener Zeit gab es auch mehrere sexuelle Skandale, in die Damen und Herren aus höchsten Kreisen verwickelt waren. Diese wurden so gut wie möglich vertuscht und kamen teilweise erst nach Jahren einem größeren Publikum zu Ohren.

Nach außen hin wurde in besseren Kreisen jedoch die »Ehre« als höchstes Gut angesehen. Ein Mann, der sich einer Forderung zum Duell verweigerte, fand sich gesellschaftlich geächtet wieder. Bei Mädchen von Stand erforderte es die Ehre, jungfräulich in die Ehe einzutreten. Der Verlust der Jungfräulichkeit – sei es durch Vergewaltigung oder Verführung – hatte zumeist den gesellschaftlichen Ruin der jungen Frau zur Folge. In jenen Zeiten erwiesen sich böse Gerüchte als teuflische Waffen. Wer einmal davon betroffen war, galt rasch als ehrlos und konnte nicht einmal mehr seine Verleumder zum Duell fordern.

Die Gesellschaft war patriarchalisch aufgebaut, und der Mann besaß als Haupt der Familie das Recht, sowohl seine Frau wie auch die Kinder zu züchtigen. Dies ging so weit, dass Frauen nicht mehr als eigenständige Individuen, sondern als Anhängsel des Ehemanns betrachtet wurden. Die Ehefrau Luise eines Josef Mayer wurde daher selbst in offiziellen Papieren nicht als Frau Luise Mayer, sondern als Frau Josef Mayer aufgeführt. Der Ehemann hatte in den meisten Fällen die Verfügungsgewalt über die von der Frau in die Ehe gebrachte Mitgift beziehungsweise deren Erbe. Eine Ausnahme stellten Witwen dar. Anders als verheiratete Frauen konnten sie das Familienvermögen eigenmächtig verwalten. Nicht wenige verwitwete Frauen verzichteten daher auf eine weitere Heirat und führten stattdessen alleine ihre Geschäfte. Von ihren zumeist um einiges älteren Ehemännern darauf vorbereitet, gelang ihnen dies sehr gut, und sie vermochten oft das Familienvermögen durch eigene Leistung zu steigern.

Vielleicht wird sich manche Leserin ein wenig darüber mokieren, dass wir einer Frau von fünfundzwanzig Jahren einen fast doppelt so alten Ehemann verschafft haben. Solche Ehen wurden aber häufig geschlossen, und so manches arme Mädchen war froh, einen zwar älteren, aber gut betuchten Ehemann zu erhalten, der ihr und ihren Kindern ein Leben in Wohlstand versprach.

Eine Neuheit der letzten Jahre des neunzehnten Jahrhunderts waren die Automobile. Zwar herrschten auf den Straßen noch Kutschen, Droschken und Pferdefuhrwerke vor, doch der Benzinduft aus den Auspuffen zeugte bereits von einer neuen Zeit. Auch aus diesem Grund haben wir die Heldin dieses Romans mit einem Automobil von Berlin nach Hamburg bringen lassen.

Iny und Elmar Lorentz

Glossar

arretieren – festnehmen
Base – Cousine
Billett – Fahrkarte
Blaustrumpf – spöttische Bezeichnung für gelehrte Frauen, die nach Gleichstellung mit Männern strebten
Bureau – damalige Form von Büro
Chaiselongue – eine Art Sofa mit einer hochgezogenen Lehne auf einer Seite
Chalet – Schlösschen, Landsitz
Chargen – Bezeichnung für Militärs und Beamte in höheren Diensträngen
Deregulierung – von der Schule verwiesen werden
Droschke – Pferdetaxi
Fleete – Kanäle, auf denen in Hamburg die Handelsgüter mit kleinen Schiffen zu den Handelsspeichern transportiert wurden
General – hoher Stabsoffizier
Gotha – Adelsstammbuch
Jerezwein – Sherry
Landauer – robuster, offener Wagen
Leibstuhl – spezieller Stuhl als Toilettenersatz
libertär – freizügig
Leutnant – niedrigster Offiziersrang
Major – höherer Offizier
Majorat – nur im Mannesstamm zu vererbender Besitz, der ungeteilt erhalten bleiben muss
Meile – etwa 7,4 Kilometer
Mesalliance – Heirat mit jemandem weit unter dem eigenen Stand

Ottomane – sofaähnliche Sitzbank
Petit Paquet – Umschreibung von schwanger sein
Pot de Chambre – Nachttopf als Toilettenersatz
Pennsylvania – Name eines Passagierschiffes der Hamburg-Amerikanische-Packetfahrt-Actien-Gesellschaft (Hapag). Gleichzeitig Name eines Bundesstaates der Vereinigten Staaten von Amerika
Renommee – Ansehen
Reputation – Ansehen, Ruf
suspendiert werden – von der Universität verwiesen werden
Vendetta – Blutrache

Personen

Die Familie von Gentzsch

Victoria von Gentzsch – Enkelin Theresas von Hartung
Gustav von Gentzsch – Victorias Vater
Malwine von Gentzsch – Victorias Stiefmutter
Otto von Gentzsch – Victorias ältester Bruder
Heinrich von Gentzsch – Victorias nächstälterer Bruder
Karl von Gentzsch – Victorias Halbbruder
Waldemar von Gentzsch – Victorias Halbbruder
Gitta – Hausmädchen bei den Gentzschs

Die Familie von Hartung

Theresa von Hartung – Victorias Großmutter
Friederike von Hartung – Theresas Schwiegertochter
Theodor von Hartung – Theresas Sohn
Fritz von Hartung – Theresas Enkel
Egolf von Hartung – Theresas Enkel
Theo von Hartung – Theresas Enkel
Auguste von Hartung – Theresas Enkelin
Lieselotte von Hartung – Theresas Enkelin
Silvia von Hartung – Theresas Enkelin
Charlotte von Harlow – Theresas Tochter
Eicke von Harlow – Theresas Enkel
Dagmar von Harlow – Theresas Enkelin
Cordelia von Steben – Wilhelm von Stebens Ehefrau
Wilhelm von Steben – preußischer Offizier
Willi von Steben – Wilhelm von Stebens Sohn

Achim von Gerbrandt – Herr auf Trellnick
Arnold von Gerbrandt – Achim von Gerbrandts Sohn
Ulrike von Gerbrandt – Achim von Gerbrandts Tochter
Gertrud von Reckwitz – Friedrichs jüngere Schwester
Adele Klamt – Mamsell bei den Hartungs
Hilde, Jule – Dienstmädchen bei den Hartungs
Albert – Diener bei den Hartungs

Die Familien Dobritz und Baruschke

Heinrich von Dobritz junior – Theodor von Hartungs Vetter
Bettina Baruschke – Heinrich von Dobritz' Schwester
Luise Baruschke – Bettina Baruschkes Tochter
Ottokar Baruschke – Bettina Baruschkes Sohn

Die Familie von Tiedern und Freunde

Markolf von Tiedern – einflussreicher Beamter und Höfling
Wolfgang von Tiedern – Markolf von Tiederns Sohn
Emma von Herpich – Markolf von Tiederns Geliebte
Bonita – Emma von Herpichs Zofe
Dravenstein – Gustav von Gentzschs Vorgesetzter
Cosima von Dravenstein – Dravensteins Ehefrau
Hugo von Lobeswert – ehemaliger Schauspieler, jetzt Baron
Bernulf von Schleinitz – Graf auf Schleinitz
Meinrad von Schleinitz – Bernulf von Schleinitz' Sohn
Reinhold Schröter – Wolfgang von Tiederns Neffe
Hermine Schröter – Mutter Reinholds, Ottilies und Natalies
Ottilie Schröter – Reinholds ältere Schwester
Natalie Schröter – Reinholds jüngere Schwester
Gottfried Servatius – preußischer Beamter

Weitere Personen

Dorothee von Malchow – Schulfreundin Victorias
Lukretia von Kallwitz – Schulfreundin Victorias
Valerie von Bornheim – Schulfreundin Victorias
Fräulein Krügel – Lehrerin in Frau Berends' Internat
Frau Berends – Leiterin des Internats
Jost von Predow – Freiherr auf Predow
Liebgard von Predow – Jost von Predows Mutter
Bibiane von Predow – Jost von Predows Tochter
Kopitzke – Chefredakteur des Modejournals
Giselberga von Hönig – Leander von Hönigs Mutter
Leander von Hönig – Dorothee von Malchows Bräutigam
Ketelsen – Hausvermieter in Büsum
Merry, Elka – Mägde aus Büsum

Zwischen Drama und Glamour:
ein hochemotionales Frauenschicksal
aus der Welt der Oper

Annette Landgraf

Glück wie Glas

Roman

In der entspannten Atmosphäre einer Kreuzfahrt plant Michaela, ihre kriselnde Ehe mit dem Opernstar Peer in Ordnung zu bringen. Doch sie hat die Rechnung ohne Peers Agent Rainer Pahnke gemacht, mit dem sie immer wieder bei der Prüfung der Abrechnungen aneinandergerät: Pahnke hat heimlich zwei Auftritte auf dem Schiff vereinbart und ist ebenfalls mit an Bord.
Und er hält eine weitere Überraschung bereit: die überaus attraktive Sopranistin Antonella Sebaldi, die mit Peer gemeinsam auftreten soll. Als Michaela durch einen Zufall erfährt, dass sie schwanger ist, stellt Peer sie vor eine unmögliche Wahl.